中国古代名著全本译注丛书

绝妙好词

译注

[宋] 周 密 编选

邓乔彬 彭国忠 刘荣平 译注

图书在版编目（CIP）数据

绝妙好词译注 /（宋）周密编选；邓乔彬，彭国忠，
刘荣平译注. —上海：上海古籍出版社，2019.12
（中国古代名著全本译注丛书）
ISBN 978-7-5325-9370-5

Ⅰ. ①绝… Ⅱ. ①周… ②邓… ③彭… ④刘… Ⅲ.
①宋词-选集②宋词-译文③宋词-注释 Ⅳ.
①I222.844

中国版本图书馆 CIP 数据核字（2019）第 225843 号

中国古代名著全本译注丛书
绝妙好词译注
［宋］周　密　编选
邓乔彬　彭国忠　刘荣平　译注
上海古籍出版社出版发行
（上海瑞金二路272号　邮政编码200020）
（1）网址：www. guji. com. cn
（2）E -mail：guji1 @ guji. com. cn
（3）易文网网址：www. ewen. co
江阴金马印刷有限公司印刷
开本890×1240　1/32　印张16.75　插页5　字数420,000
2019年12月第1版　2019年12月第1次印刷
印数：1—3,100
ISBN 978-7-5325-9370-5

I · 3431　定价：68.00元
如有质量问题，请与承印公司联系

前　言

《绝妙好词》是周密编纂的一部南宋词集。

周密（1232—1298），字公谨，号草窗、蘋洲，又号四水潜夫、弁阳老人、弁阳啸翁。其先济南人，为齐望族。曾祖周秘官御史中丞，随高宗南渡，始居吴兴。祖父周祕曾任刑部侍郎、大理寺卿，赠少傅。父周晋，曾宰富春，监衢州，知汀州。周密青少年时代侍父于闽及浙之衢州、柯山、鄞江等地，三十岁为临安府幕僚，三十二岁沿檄宜兴，督毗陵民田，三十四岁为两浙运司掾，四十三岁为丰储仓检察。前此一年，蒙古兵相继陷樊城、襄阳。此后一年，贾似道兵败被贬循州，继而被杀漳州。元兵入建康，左丞相留梦炎遁，文天祥起兵勤王，周密为义乌令。宋亡，周密弁阳家破，离湖州，终身寓杭。端宗崩，帝昺立，迁厓山，继而元兵破厓山，帝昺蹈海，赵宋政权彻底覆亡，周密时年四十九岁。他自谓“余行年五十，已觉四十九年之非”，怀遗民之痛，相继写成《癸辛杂识》、《志雅堂杂钞》、《齐东野语》、《武林旧事》等。宋亡后，其好友如陈允平、赵孟頫皆不固晚节，而周密则与坚持民族气节的邓牧、谢翱交游。《四库全书》关于邓牧《伯牙琴》的提要云：“牧与谢翱、周密等友善，二人皆抗节遁迹者……密放浪山水，著《癸辛杂识》诸书，每述宋亡之由，多追咎韩、贾，有《黍离》诗人‘彼何人哉’之感。”王行题其画像卷曰：“宋运既徂，吴有三山郑所南先生，杭有弁阳周草窗先生，皆以无所责守而志节不屈见称。……二先生姿韵虽殊，要皆介然特立，足以增亡国之光者矣。”其大节可见。

周密体貌豪伟秀逸，有飘飘迈俗之气。书学欧、柳，善画梅竹兰石，富收藏，有书四万二千馀卷，及三代以来金石之刻一千五百馀种，兼工诗乐文章。夏承焘《周草窗年谱·附录》考其著述为三十一种，并断之为："现存者十三，已佚者十，其为后人裁篇别出，不甚可信者，另列存疑目附后，凡八种。"除《齐东野语》多记南宋史事，可称野史巨擘外，《癸辛杂识》网罗宋元间人物琐事、见闻杂言；《武林旧事》追想临安昔游，亦可补正史所载之缺；《浩然斋雅谈》考证经史、评论文章诗词；《云烟过眼录》鉴赏书画古器，亦为周氏重要著作。

周密擅诗，四十三岁以前所作结集为《草窗韵语》，晚年又成《弁阳诗集》。马廷鸾《碧梧玩芳集》卷十五《题周公谨弁阳集后》云："公谨上世为中兴名从臣，家弁阳，迩京师，开门而仕，则跬步市朝之上；闭门而隐，则俯仰山林之下。其所交皆承平诸王孙，觞咏流行，非丝非竹，致足乐也。而今也乃与文士弄笔墨于枯槎断崖之间，骚客苦吟于衰草斜阳之外，乐之极者伤之尤者乎？"知人论世，可见其前后期创作之不同。

周密于词为南宋一大家。其父周晋工词，母章氏，参知政事章良能女，亦解翰墨。周密家学渊源，又从精于音律之紫霞翁杨缵学词，后结吟社于西湖杨氏环碧园，先后与吴文英、陈允平、李彭老、李莱老、王沂孙、张炎等著名词人交游，词艺愈精。词集名《蘋洲渔笛谱》，一名《草窗词》，编次不一，所收大体相同。周密词曾得杨缵赏识，王槃跋其《徵招》、《酹江月》云："昔登霞翁之门，翁为予言草窗乐府妙天下，因请其所赋观之，不宁惟协比律吕，而意味迥不凡，《花间》、柳氏，真可为舆台矣。翁之赏音，信夫。"清人周济在《介存斋论词杂著》中称"公谨敲金戛玉，嚼雪盥花，新妙无与为匹"。戈载《宋七家词选》则赞其词"尽洗靡曼，独标清丽，有韶倩之色，有绵渺之思，与梦窗旨趣相侔，二窗并称，允矣无忝。其于律亦极严谨，盖交游甚广，深得切劘之益"。

近人刘毓盘在《词史》第六章中指出："两宋词人，每以奸人为进退。"又说："贾似道当国，尤好词人。廖莹中能词，以司出纳矣；罗椅能词，以荐登其门矣；翁孟寅能词，则赠以数十万矣；郭应西能词，则由仁和宰擢官告院矣；张淑芳能词，理宗欲选妃，则匿以为妾矣。八月八日，为其生辰，每岁四方以词为寿者以数千计，复设翘材馆，等其甲乙，首选者必有所酬。吴文英亦与之游，集中有寿贾相《宴清都》、《木兰花慢》二词。"趋附者中，绝无周密。宋亡后，他对词友的晚节不固深感惋惜，对他们的出仕多有劝阻。

周密虽生于宋末，但由于世胄公子的身份，前期词却难以见到对政事的感喟，多系湖山游赏、伤春悲秋、闲情闺思、咏物题画的内容，亦有酬酢应景、即席分题之作。在清雅的风物、闲雅的生活中，展现出一种高雅的格调。其中也有少量作品感怀现实、萦念国事，在预感到南宋小朝廷朝不保夕的同时，也为自己的难有作为而感慨抑塞。元兵攻陷临安后，周密弁阳家破，他身历离乱，词作也转向现实。《三姝媚·送圣与还越》、《法曲献仙音·吊雪香亭梅》、《探芳讯·西泠春感》等作，都流露出黍离之悲、兴亡之感；《一萼红·登蓬莱阁有感》更被陈廷焯评为"苍茫感慨，情见乎辞，当为草窗集中压卷。虽使清真、方回、白石、梅溪诸家为之，亦不能毫厘相过"。宋端宗景炎三年（1278），胡僧杨琏真伽发会稽宋帝后六陵，暴尸弃骨。次年，周密与王沂孙、李彭老、张炎、仇远、唐珏、王易简等十四人，分咏龙涎香、白莲、莼、蝉、蟹诸题，编为《乐府补题》。厉鹗《论词绝句》写道："头白遗民涕不禁，补题风物在山阴。残蝉身世香莼兴，一片冬青冢畔心。"其以冬青故事说"补题"，虽仅指唐珏一人，但实际上是寄托亡国之痛的集体之作。诚如夏承焘先生在《周草窗年谱》的《附录二·乐府补题考》中所说："王、唐诸子，丁桑海之会，国族沦胥之痛，为自来词家所未有；宋人咏物之词，至此编乃别有其深衷新义。"而周密在宋亡所作之词，常得遗民的广泛唱和，感怀君国，多有寄托，让人能窥见宋末元初知识分子的情感和灵魂。

戴表元《剡源文集》卷八《周公谨弁阳诗序》云："公谨少年诗流丽钟情，春融雪荡，翘然称其材大夫也；壮年典实明赡，睹之如陈周庭鲁庙遗器，蔚蔚然称其博雅多识君子也；晚年展转荆棘霜露之间，感慨激发，抑郁悲壮，每一篇出，令人百忧生焉，又乌乌然称其为累臣羁客也。"若移评其词，亦可谓大体适当。

周密不仅是与王沂孙、张炎齐名的宋末大词人，而且是重要的选家，辑有《绝妙好词》一书。

《绝妙好词》专收南宋词人的作品，始自张孝祥，终于仇远，共一百三十二家，录词近四百首。其中个别作者，如蔡松年、仇远，被分别视作金、元作家，但仍可认为此书是南宋词的专门选本。是书编选甚严，选词十首以上的，为姜夔、史达祖、吴文英、周密、王沂孙五家，而辛弃疾只选三首，由此可见编选的择向背后自有明确标准。张炎在《词源》卷下说："近代词人用功者多，如《阳春白雪》集，如《绝妙词选》，亦自可观，但所取不精一；岂若周草窗所选《绝妙好词》之为精粹。"这"精一"、"精粹"，实在一"雅"。柯煜序此书云："山玉川珠，供其采撷；蜀罗赵锦，藉彼剪裁"，"秀远为前此所无，规矩实后来之式"。可见其取之既精，又为南宋以来"复雅"潮流之自然结果，是周密张雅词之帜并昭示范式之一大举措。正如朱彝尊在是书题跋中所写："词人之作，自《草堂诗馀》盛行，屏去激楚阳阿，而巴人之唱齐进矣。周公谨《绝妙好词》选本，中多俊语，方诸《草堂》所录，雅俗殊分。"当然，《绝妙好词》体现出周密醇雅风流的审美择向，以清词丽句为主体，正如焦循《雕菰楼词话》所说："皆同于己者，一味轻柔润腻而已。"但也有少数例外者，如施岳《水龙吟》之慷慨悲歌、丁宥《水龙吟》之凄厉呜咽、刘澜《庆宫春》之硬语盘空等，皆可视为其中之别调。由于此书编定于作者晚年，家国巨变使周密能在一定程度上突破原来的选录标准，将抒写亡国之恨、风格苍凉凄楚或沉郁顿挫的作品收入，以致柯煜序中有"人间玉碗，阙下铜驼，不无荆棘之悲，用志黍离之感"的评语。

《绝妙好词》所选词年代最晚者，是卷六张炎的《甘州·钱草窗西归》，此词成于元成宗元贞元年（1295），周密时年六十四岁。周密卒于大德二年（1298），可推知是书当编定于卒前二三年间。编成不久，版片已毁，张炎在《词源》卷下赞其"精粹"之后，接着写道："惜此板不存，恐墨本亦有好事者藏之。"可见在元时已难得，其流传未广可以想见。明朝三百年，词家亦未寓目。清初黄虞稷编《千顷堂书目》,《绝妙好词》见于该书目之卷三十二,作八卷,而今传本七卷,故疑有残阙。清康熙初,朱彝尊编《词综》,犹未及见。虞山钱氏述古堂藏《绝妙好词》一旧钞本,系绛云楼故物,题作"弁阳老人辑",未著周密姓名。故钱遵王在跋语中说:"或曰弁阳老人即周草窗,未知然否。"尚疑之未决。嘉善柯煜(南陔)与钱遵王有戚谊,于康熙二十三年(1684)从钱氏处录得,与从父寓匏及兄弟辈订其缺误,刻以行世。朱彝尊跋云:"从虞山钱氏钞得,嘉善柯孝廉南陔重锓之。作者百三十有二人,第七卷仇仁近残阙,目亦无存,可惜也。"今检《绝妙好词》七卷,前六卷每卷多则三十人,少则十一人,每卷录词均逾五十首,而第七卷仅四人,居末的仇远仅二首,可见钱氏旧本亦非完璧。《千顷堂书目》作八卷,则所佚为一卷有馀。

《绝妙好词》的柯煜刻本未知刻于何时,至康熙三十七年(1698),钱塘高士奇重刻一本,因此本每卷第一行下有"清吟堂重订"字,故称清吟堂高氏刊本。柯、高二本,亦似流传未广,厉鹗在康熙六十一年十二月九日写跋语,谓"近时购之颇艰",经"吴丈志上掇残帙以赠,仅得二卷,又借于符君幼鲁,属门人录成",始"为完好"。至雍正三年(1725),有群玉书堂项氏刻本,项絪序,每卷末有勘定人姓氏。又有陆钟辉本,似乾隆初所刻。

乾隆十三年(1748),厉鹗因谒选县令入京,途经天津,寓查为仁(莲坡)水西庄数月。查雅好倚声,正为《绝妙好词》作笺注,"不独诸人里居出处十得八九,而词中之本事,词外之佚事,以及名篇秀句,零珠碎金,撝拾无遗"(厉鹗《绝妙好词笺序》)。厉氏与之有同好,兴望洋之叹同时,又增入己得,助成其事,竟然不入京谒选。次年夏,书成,而莲坡病故。乾隆十五年春,其子善长、善和将是书名之曰《绝妙好词笺》而付梓,此即宛平查氏澹宜书屋刊本。自此,查、厉合笺本通行,而《绝妙好词》原本不复重刻。

高士奇刻本各卷的作者,皆依先号、次姓名、后字之体例,其总目于人名下均注出选录词数。查、厉笺本则仅有姓名,而字号出现于小传中，总目人名下之选录词数皆删去。钱遵王在其《述古堂藏书》题词中曰："卷中词人，大半予所未晓者。"可见作者中不甚知名者颇多。又曰："此本又经前辈细看批阅，姓氏下各朱标其出处里第，展玩之，心目了然。"但高刻本并未将这些内容刻入。查、厉笺本附以小传，远较钱氏钞本详赡。且词后辑附宋元人著述，凡关于词之本事、佚闻，及诸家评论，并其人之著名篇什、隽秀字句，皆收入其中。为此，《四库全书总目提要》评之曰："所笺多泛滥旁涉，不尽切于本词，未免有嗜博之弊。"但又认为："宋词多不标题，读者每不详其事，如陆淞之《瑞鹤仙》、韩元吉之《水龙吟》、辛弃疾之《祝英台近》、尹焕之《唐多令》、杨恢之《二郎神》，非参以他书，得其原委，有不解为何语者。其疏通证明之功，亦有不可泯者矣。"其实非止于此，笺注中所涉，非仅有助于疏通证明，对知人论世或以广见闻，亦甚有助益。

道光年间，余集又以见录于周氏他书而未入《绝妙好词》者，撮录而成《续钞》一卷。其后，徐楙又以余氏所搜未尽，又补续一卷。二者合为《绝妙好词续钞》之上下卷，或作《原续》与《又续》。余、徐二氏之辑，出之于《浩然斋雅谈》《癸辛杂识》《齐东野语》《武林旧事》诸著，均周密所作，故原、又二续基本上是秉依周氏原旨。道光八年（1828），徐楙重刻《绝妙好词笺》，将此续钞二卷附于后。同治十一年（1872），会稽章氏又以此本重刻，使之流布甚广。

诚如《四库全书总目提要》所云，《绝妙好词》"去取谨严，犹在曾慥《乐府雅词》、黄昇《花庵词选》之上。又，宋人词集，今多不传，并作者姓名亦不尽见于世。零玑碎玉，皆赖此以存。于词选中，最为善本"。经朱彝尊、柯煜叔侄昆季、高士奇、查为仁、厉鹗、余集、徐楙诸家校订，渐臻完善，然仍不乏字句异同处。光绪年间，郑文焯著有《绝妙好词校馀》一卷，附刻于其《冷红词》后，可补前贤之不逮。

下面谈谈我们对《绝妙好词》一书注、译的体会及具体处理方法。

据我们看来，《绝妙好词》除明显的风格特征外，全书似无统一的编辑体例。它既不按作者生卒、仕历或里居编排，也不据词调编列，颇有《箧中集》特点。集中所列词，有少数作者与今流行本（如《全宋词》）不同，如卷二刘仙伦《霜天晓角》写峨眉亭一词，通常认为是韩元吉所作；同卷李泳《清平乐》（乱云将雨），一般认为是李萧的作品。今一仍其旧，仅于注释〔1〕中加以辨正。

书中调名亦有与流行本不同者。如《续钞》中李彭老《惜红衣》（水西云北），今本调作《壶中天》；同卷章谦亨《玉楼春·守岁》，今本调作《步蟾宫》。有些调名，文字与今略异，如卷三李肩吾《挝球乐》，今本作《抛球乐》。有些词，原作者盖本于贺铸《东山乐府》"寓声"遗意，如卷二张辑《疏帘淡月》一阕，本"寓桂枝香"，《山渐青》乃"寓长相思"，但原书无"寓×××"之字，遂使一般读者不知其调名。凡此种种，今一仍其旧，而于注〔1〕中指明。

关于词的题或序，原书或不录，如卷二姜夔《疏影》、《扬州慢》、《玲珑四犯》等，仅有调而无序，或作节录，又如姜夔《法曲献仙音》，在《白石道人歌曲》中题云："张彦功官舍在铁冶岭上，即昔之教坊使宅。高斋下瞰湖山，光景奇绝。予数过之，为赋此。"而此书节为"张彦功官舍"。凡此之类，今据查、厉之笺，或《全宋词》等，于注释〔1〕中予以补录。

关于异文的处理：以上海古籍出版社影印清道光八年（1828）徐楙爱日轩刻本为底本，以较为通行的《全宋词》本为主要对勘本，以词人别集为参校本，不论衍、脱、讹、异各种情况，一依底本为准，不改动底本，而出校注。极个别之处，底本实讹而有碍理解词意者，如卷二蔡松年《尉迟杯》末句"馀香相半"之"半"当为"伴"之讹，今改动底本，并在注释中出校语。除特别注明据某本而校者外，"一本作××"之"一本"，基本上指《全宋词》本，繁体字改简体，异体字基本保留并出校，极少数异体字则径改而不出校语。

查、厉之笺，号称渊博，《四库全书总目提要》已予称道。然正如《提要》同时指出的：“所笺多泛滥旁涉，不尽切于本词，未免有嗜博之弊。”故今于其关于词作者名、字、号的考证，词题或序的补录，词本事的附录等材料切当而精要者，予以存录，并加“原笺”两字以示尊重；于其“泛滥旁涉”之处，均予删除。同时于注释〔1〕附录后人关于该词的评论文字。

《绝妙好词》尚无完善注本，故今之注释力求详细。除征引典源外，于其脱化前人或同时人诗、文、词之句者，亦一并指出，并于注释词义时适量称引前人或同时人相关词（诗）以助理解。凡遇生、僻、难字，一律据新版《现代汉语词典》加注今音。对前卷已注、后卷复出者，则采用参见形式，除尽量指明“参见某人某词注几”外，有时仅标“前已注”，或径略而不注。

本书所收词的现代语翻译，仍采用韵文形式，尽量忠实于原作，并注意保留诗词的特有韵味。译时基本采用原有韵脚，如原词用韵过疏，或今日读来韵律感不强，或因语言变化难用原韵者，则作适当调整。

原书的序、跋、题辞等材料，在本书内作为附录一并录入。

本书的注释与翻译，由我的两位博士生彭国忠、刘荣平担任。成稿后经我审读，略有修改。《前言》系参照夏承焘先生《周草窗年谱》及施蛰存先生《历代词选集叙录》写成。蒙曹明纲先生热情约写并认真审核指教，在此特致谢忱。

邓乔彬

目　录

前　言 ·· 1

卷　一 ·· 1

张孝祥 ··· 1

　念奴娇 ··· 1

　西江月 ··· 3

　清平乐 ··· 3

　菩萨蛮 ··· 4

范成大 ··· 5

　醉落魄 ··· 5

　朝中措 ··· 6

　眼儿媚 ··· 7

　忆秦娥 ··· 8

　霜天晓角 ······································· 8

洪　迈 ··· 9

　踏莎行 ··· 9

陆　游 ·· 10

　朝中措 ·· 11

　乌夜啼 ·· 11

　又 ·· 12

陆　淞 ·· 13

　瑞鹤仙 ·· 13

韩元吉 ·· 14

  水龙吟 ·· 15

  好事近 ·· 17

姚　宽 ·· 18

  菩萨蛮 ·· 18

  生查子 ·· 19

吴　琚 ·· 19

  柳梢青 ·· 20

  浪淘沙 ·· 21

  又 ·· 22

辛弃疾 ·· 23

  摸鱼儿 ·· 23

  瑞鹤仙 ·· 24

  祝英台近 ·· 25

刘　过 ·· 26

  贺新郎 ·· 27

  唐多令 ·· 28

  醉太平 ·· 29

谢　懋 ·· 29

  蓦山溪 ·· 30

  风入松 ·· 31

  浪淘沙 ·· 32

  霜天晓角 ·· 32

章良能 ·· 33

  小重山 ·· 33

陈　亮 ·· 34

  水龙吟 ·· 35

真德秀 ·· 36
　蝶恋花 ·· 36
刘光祖 ·· 37
　洞仙歌 ·· 37
蔡　枏 ·· 38
　鹧鸪天 ·· 39
洪咨夔 ·· 39
　眼儿媚 ·· 40
岳　珂 ·· 40
　满江红 ·· 41
　生查子 ·· 42
张　镃 ·· 42
　念奴娇 ·· 43
　昭君怨 ·· 44
卢祖皋 ·· 44
　宴清都 ·· 45
　江城子 ·· 46
　贺新凉 ·· 47
　倦寻芳 ·· 48
　清平乐 ·· 49
　又 ·· 50
　谒金门 ·· 50
　又 ·· 51
　乌夜啼 ·· 52
　又 ·· 52
张履信 ·· 53
　柳梢青 ·· 53
　谒金门 ·· 54

周文璞 ································· 55

　一剪梅 ······························· 55

徐　照 ································· 56

　南歌子 ······························· 56

　清平乐 ······························· 57

　阮郎归 ······························· 57

俞　灏 ································· 58

　点绛唇 ······························· 58

潘　牥 ································· 59

　南乡子 ······························· 59

刘　翰 ································· 60

　好事近 ······························· 60

　蝶恋花 ······························· 61

　清平乐 ······························· 62

刘子寰 ································· 63

　霜天晓角 ····························· 63

张良臣 ································· 64

　西江月 ······························· 64

卷　二 ································· 67

姜　夔 ································· 67

　暗　香 ······························· 67

　疏　影 ······························· 68

　扬州慢 ······························· 70

　玲珑四犯 ····························· 71

　琵琶仙 ······························· 73

　法曲献仙音 ··························· 74

　念奴娇 ······························· 75

一萼红 …………………………………………… 77

齐天乐 …………………………………………… 78

淡黄柳 …………………………………………… 79

小重山 …………………………………………… 80

点绛唇 …………………………………………… 81

惜红衣 …………………………………………… 82

刘仙伦 …………………………………………… 83

江神子 …………………………………………… 83

菩萨蛮 …………………………………………… 84

蝶恋花 …………………………………………… 85

一剪梅 …………………………………………… 86

霜天晓角 ………………………………………… 87

孙惟信 …………………………………………… 88

昼锦堂 …………………………………………… 88

夜合花 …………………………………………… 89

烛影摇红 ………………………………………… 90

醉思凡 …………………………………………… 91

南乡子 …………………………………………… 92

史达祖 …………………………………………… 93

绮罗香 …………………………………………… 93

双双燕 …………………………………………… 94

夜行船 …………………………………………… 95

东风第一枝 ……………………………………… 96

又 ………………………………………………… 98

黄钟喜迁莺 ……………………………………… 99

清商怨 …………………………………………… 100

蝶恋花 …………………………………………… 101

玉楼春 …………………………………………… 102

　青玉案 ·· 103

高观国 ·· 104

　齐天乐 ·· 104

　玉楼春 ·· 105

　金人捧露盘 ···································· 106

　　又 ··· 107

　祝英台近 ······································· 109

　思佳客 ·· 110

　霜天晓角 ······································· 110

　风入松 ·· 111

　谒金门 ·· 112

刘　镇 ··· 113

　玉楼春 ·· 113

张　辑 ··· 114

　疏帘淡月 ······································· 114

　山渐青 ·· 115

　谒金门 ·· 116

　念奴娇 ·· 116

　祝英台近 ······································· 117

李　石 ··· 118

　木兰花令 ······································· 118

李　泳 ··· 119

　定风波 ·· 119

　清平乐 ·· 120

郑　域 ··· 121

　昭君怨 ·· 121

王　嵋 ··· 122

　祝英台近 ······································· 122

　　夜行船 ·· 123
　蔡松年 ·· 124
　　鹧鸪天 ·· 124
　　尉迟杯 ·· 125
　韩　曤 ·· 127
　　高阳台 ·· 127
　　浪淘沙 ·· 128
　　又 ·· 128

卷　三 ·· 131
　刘克庄 ·· 131
　　摸鱼儿 ·· 131
　　卜算子 ·· 132
　　清平乐 ·· 133
　　生查子 ·· 134
　吴　潜 ·· 135
　　满江红 ·· 135
　　南柯子 ·· 136
　尹　焕 ·· 137
　　霓裳中序第一 ·· 137
　　眼儿媚 ·· 139
　　唐多令 ·· 139
　赵以夫 ·· 140
　　忆旧游慢 ·· 141
　姚　镛 ·· 142
　　谒金门 ·· 142
　罗　椅 ·· 143
　　柳梢青 ·· 143

方 岳 ……………………………………………… 144
　江神子 ………………………………………… 145
杨伯岩 ……………………………………………… 146
　踏莎行 ………………………………………… 146
周 晋 ……………………………………………… 147
　点绛唇 ………………………………………… 147
　清平乐 ………………………………………… 148
　柳梢青 ………………………………………… 149
杨 缵 ……………………………………………… 150
　八六子 ………………………………………… 150
　一枝春 ………………………………………… 151
　被花恼 ………………………………………… 153
翁孟寅 ……………………………………………… 154
　齐天乐 ………………………………………… 154
　烛影摇红 ……………………………………… 155
　阮郎归 ………………………………………… 156
赵汝茪 ……………………………………………… 157
　梅花引 ………………………………………… 157
　梦江南 ………………………………………… 158
　恋绣衾 ………………………………………… 159
　汉宫春 ………………………………………… 160
　如梦令 ………………………………………… 161
冯去非 ……………………………………………… 161
　喜迁莺 ………………………………………… 162
许 棐 ……………………………………………… 163
　鹧鸪天 ………………………………………… 163
　琴调相思引 …………………………………… 164
　后庭花 ………………………………………… 165

陆　叡 ··· 166
　瑞鹤仙 ·· 166
萧泰来 ·· 167
　霜天晓角 ·· 167
赵希迈 ·· 168
　八声甘州 ·· 168
赵崇嶓 ·· 170
　蝶恋花 ·· 170
　菩萨蛮 ·· 171
赵希㲄 ·· 171
　霜天晓角 ·· 172
　秋蕊香 ·· 172
王　澡 ·· 173
　霜天晓角 ·· 174
赵与铏 ·· 175
　谒金门 ·· 175
楼　槃 ·· 175
　霜天晓角 ·· 176
　又 ·· 176
钟　过 ·· 177
　步蟾宫 ·· 177
李肩吾 ·· 178
　挝球乐 ·· 178
　风流子 ·· 179
　清平乐 ·· 181
　风入松 ·· 181
　乌夜啼 ·· 182
　清平乐 ·· 183

鹧鸪天 …………………………………………… 184

黄 简 ……………………………………………… 185

柳梢青 …………………………………………… 185

玉楼春 …………………………………………… 186

陈 策 ……………………………………………… 187

摸鱼儿 …………………………………………… 187

满江红 …………………………………………… 189

黄 昇 ……………………………………………… 190

清平乐 …………………………………………… 190

李振祖 …………………………………………… 191

浪淘沙 …………………………………………… 191

薛梦桂 …………………………………………… 192

醉落魄 …………………………………………… 192

眼儿媚 …………………………………………… 193

三姝媚 …………………………………………… 194

浣溪沙 …………………………………………… 195

曾 揆 ……………………………………………… 196

西江月 …………………………………………… 196

卷 四 ……………………………………………… 197

吴文英 …………………………………………… 197

八声甘州 ………………………………………… 197

声声慢 …………………………………………… 199

青玉案 …………………………………………… 201

又 ………………………………………………… 201

好事近 …………………………………………… 202

唐多令 …………………………………………… 203

高阳台 …………………………………………… 204

杏花天 ……………………………………………… 205

风入松 ……………………………………………… 206

朝中措 ……………………………………………… 207

西江月 ……………………………………………… 208

浪淘沙 ……………………………………………… 209

高阳台 ……………………………………………… 210

思嘉客 ……………………………………………… 211

采桑子慢 …………………………………………… 212

三姝媚 ……………………………………………… 213

翁元龙 ……………………………………………… 215

水龙吟 ……………………………………………… 215

风流子 ……………………………………………… 216

醉桃源 ……………………………………………… 218

谒金门 ……………………………………………… 218

绛都春 ……………………………………………… 219

郑　楷 ……………………………………………… 220

诉衷情 ……………………………………………… 221

黄孝迈 ……………………………………………… 222

湘春夜月 …………………………………………… 222

水龙吟 ……………………………………………… 223

江　开 ……………………………………………… 224

浣溪沙 ……………………………………………… 224

杏花天 ……………………………………………… 225

谭宣子 ……………………………………………… 226

谒金门 ……………………………………………… 226

江城子 ……………………………………………… 227

陈逢辰 ……………………………………………… 228

乌夜啼 ……………………………………………… 228

西江月 …………………………………………… 229

楼　采 …………………………………………… 229

　瑞鹤仙 …………………………………………… 230

　玉漏迟 …………………………………………… 231

　法曲献仙音 ……………………………………… 232

　好事近 …………………………………………… 233

　二郎神 …………………………………………… 234

　玉楼春 …………………………………………… 235

奚　㳄 …………………………………………… 236

　芳　草 …………………………………………… 236

　华胥引 …………………………………………… 238

赵闻礼 …………………………………………… 239

　千秋岁 …………………………………………… 239

　鱼游春水 ………………………………………… 240

　风入松 …………………………………………… 241

　水龙吟 …………………………………………… 242

　隔浦莲近 ………………………………………… 244

　贺新郎 …………………………………………… 245

施　岳 …………………………………………… 246

　水龙吟 …………………………………………… 246

　清平乐 …………………………………………… 248

　解语花 …………………………………………… 248

　兰陵王 …………………………………………… 249

　曲游春 …………………………………………… 251

　步　月 …………………………………………… 252

卷　五 …………………………………………… 255

　陈允平 …………………………………………… 255

绛都春 ··· 255

瑞鹤仙 ··· 256

思佳客 ··· 257

恋绣衾 ··· 258

唐多令 ··· 259

满江红 ··· 260

秋蕊香 ··· 261

一落索 ··· 262

垂 杨 ··· 262

张 枢 ··· 263

瑞鹤仙 ··· 264

风入松 ··· 265

南歌子 ··· 266

谒金门 ··· 266

庆宫春 ··· 267

壶中天 ··· 268

李 演 ··· 270

摸鱼儿 ··· 270

声声慢 ··· 272

醉桃源 ··· 273

南乡子 ··· 274

八六子 ··· 275

祝英台近 ··· 276

莫 岌 ··· 277

水龙吟 ··· 277

玉楼春 ··· 278

生查子 ··· 279

卜算子 ··· 279

丁　宥 ………………………………………………… 280

　水龙吟 ………………………………………………… 280

储　泳 ………………………………………………… 282

　齐天乐 ………………………………………………… 282

赵汝迕 ………………………………………………… 283

　清平乐 ………………………………………………… 283

楼　扶 ………………………………………………… 284

　水龙吟 ………………………………………………… 284

　菩萨蛮 ………………………………………………… 285

史介翁 ………………………………………………… 286

　菩萨蛮 ………………………………………………… 286

周端臣 ………………………………………………… 287

　木兰花慢 ………………………………………………… 287

　玉楼春 ………………………………………………… 288

杨子咸 ………………………………………………… 289

　木兰花慢 ………………………………………………… 289

汤　恢 ………………………………………………… 290

　二郎神 ………………………………………………… 291

　倦寻芳 ………………………………………………… 292

　满江红 ………………………………………………… 294

　祝英台近 ………………………………………………… 295

　　又 ………………………………………………… 296

　八声甘州 ………………………………………………… 296

何光大 ………………………………………………… 298

　谒金门 ………………………………………………… 298

赵　溍 ………………………………………………… 299

　临江仙 ………………………………………………… 299

　吴山青 ………………………………………………… 300

赵 淇 ⋯⋯⋯⋯⋯⋯⋯⋯⋯⋯⋯⋯⋯⋯⋯⋯ 301

　谒金门 ⋯⋯⋯⋯⋯⋯⋯⋯⋯⋯⋯⋯⋯⋯ 301

毛 翔 ⋯⋯⋯⋯⋯⋯⋯⋯⋯⋯⋯⋯⋯⋯⋯⋯ 302

　浣溪沙 ⋯⋯⋯⋯⋯⋯⋯⋯⋯⋯⋯⋯⋯⋯ 302

潘希白 ⋯⋯⋯⋯⋯⋯⋯⋯⋯⋯⋯⋯⋯⋯⋯⋯ 303

　大 有 ⋯⋯⋯⋯⋯⋯⋯⋯⋯⋯⋯⋯⋯⋯⋯ 303

李 珏 ⋯⋯⋯⋯⋯⋯⋯⋯⋯⋯⋯⋯⋯⋯⋯⋯ 304

　击梧桐 ⋯⋯⋯⋯⋯⋯⋯⋯⋯⋯⋯⋯⋯⋯ 305

　木兰花慢 ⋯⋯⋯⋯⋯⋯⋯⋯⋯⋯⋯⋯⋯ 306

利 登 ⋯⋯⋯⋯⋯⋯⋯⋯⋯⋯⋯⋯⋯⋯⋯⋯ 308

　风入松 ⋯⋯⋯⋯⋯⋯⋯⋯⋯⋯⋯⋯⋯⋯ 308

曹 邍 ⋯⋯⋯⋯⋯⋯⋯⋯⋯⋯⋯⋯⋯⋯⋯⋯ 309

　玲珑四犯 ⋯⋯⋯⋯⋯⋯⋯⋯⋯⋯⋯⋯⋯ 309

刘 澜 ⋯⋯⋯⋯⋯⋯⋯⋯⋯⋯⋯⋯⋯⋯⋯⋯ 311

　庆宫春 ⋯⋯⋯⋯⋯⋯⋯⋯⋯⋯⋯⋯⋯⋯ 311

　瑞鹤仙 ⋯⋯⋯⋯⋯⋯⋯⋯⋯⋯⋯⋯⋯⋯ 312

　齐天乐 ⋯⋯⋯⋯⋯⋯⋯⋯⋯⋯⋯⋯⋯⋯ 314

张龙荣 ⋯⋯⋯⋯⋯⋯⋯⋯⋯⋯⋯⋯⋯⋯⋯⋯ 315

　摸鱼儿 ⋯⋯⋯⋯⋯⋯⋯⋯⋯⋯⋯⋯⋯⋯ 316

卷 六 ⋯⋯⋯⋯⋯⋯⋯⋯⋯⋯⋯⋯⋯⋯⋯⋯ 319

李彭老 ⋯⋯⋯⋯⋯⋯⋯⋯⋯⋯⋯⋯⋯⋯⋯⋯ 319

　木兰花慢 ⋯⋯⋯⋯⋯⋯⋯⋯⋯⋯⋯⋯⋯ 319

　壶中天 ⋯⋯⋯⋯⋯⋯⋯⋯⋯⋯⋯⋯⋯⋯ 321

　高阳台 ⋯⋯⋯⋯⋯⋯⋯⋯⋯⋯⋯⋯⋯⋯ 322

　法曲献仙音 ⋯⋯⋯⋯⋯⋯⋯⋯⋯⋯⋯⋯ 323

　一萼红 ⋯⋯⋯⋯⋯⋯⋯⋯⋯⋯⋯⋯⋯⋯ 325

　高阳台 ⋯⋯⋯⋯⋯⋯⋯⋯⋯⋯⋯⋯⋯⋯ 326

　　探芳讯 ·· 328

　　祝英台近 ·· 329

　　踏莎行 ·· 330

　　浪淘沙 ·· 331

　　四字令 ·· 332

　　生查子 ·· 333

李莱老 ·· 333

　　惜红衣 ·· 334

　　青玉案 ·· 335

　　扬州慢 ·· 336

　　谒金门 ·· 338

　　浪淘沙 ·· 338

　　生查子 ·· 339

　　高阳台 ·· 340

　　木兰花 ·· 341

　　清平乐 ·· 342

　　台城路 ·· 343

　　浪淘沙 ·· 345

　　杏花天 ·· 345

　　小重山 ·· 346

应法孙 ·· 347

　　霓裳中序第一 ···································· 347

　　贺新郎 ·· 348

王亿之 ·· 349

　　高阳台 ·· 350

余桂英 ·· 351

　　小桃红 ·· 351

胡仲弓 ·· 352

谒金门 ·············· 352

尚希尹 ·············· 353

　浪淘沙 ·············· 353

柴 望 ·············· 354

　念奴娇 ·············· 354

朱 藻 ·············· 355

　采桑子 ·············· 355

黄 铸 ·············· 356

　秋蕊香令 ·············· 356

王同祖 ·············· 357

　阮郎归 ·············· 357

王茂孙 ·············· 358

　高阳台 ·············· 358

　点绛唇 ·············· 360

王易简 ·············· 360

　齐天乐 ·············· 361

　酹江月 ·············· 362

　庆宫春 ·············· 363

张 桂 ·············· 365

　菩萨蛮 ·············· 365

　浣溪沙 ·············· 366

张 磐 ·············· 366

　绮罗香 ·············· 367

　浣溪沙 ·············· 368

张 林 ·············· 368

　唐多令 ·············· 369

　柳梢青 ·············· 369

朱晞孙 ···································· 370

 真珠帘 ································ 370

吴大有 ······························· 372

 点绛唇 ································ 372

张 炎 ······························· 373

 壶中天 ································ 373

 渡江云 ································ 375

 甘 州 ································ 376

赵崇霄 ······························· 377

 东风第一枝 ··························· 378

范晞文 ······························· 379

 意难忘 ································ 379

郑斗焕 ······························· 380

 新荷叶 ································ 380

曹良史 ······························· 381

 江城子 ································ 382

董嗣杲 ······························· 382

 湘 月 ································ 383

卷 七 ································· 385

周 密 ······························· 385

 国香慢 ································ 385

 一萼红 ································ 387

 扫花游 ································ 388

 三姝媚 ································ 389

 法曲献仙音 ··························· 391

 高阳台 ································ 392

 庆宫春 ································ 393

高阳台 …………………………………………………… 395

探芳信 …………………………………………………… 396

水龙吟 …………………………………………………… 397

效颦十解 ………………………………………………… 399

四字令 …………………………………………………… 399

西江月 …………………………………………………… 400

江城子 …………………………………………………… 401

少年游 …………………………………………………… 402

好事近 …………………………………………………… 402

西江月 …………………………………………………… 403

醉落魄 …………………………………………………… 404

朝中措 …………………………………………………… 405

醉落魄 …………………………………………………… 406

浣溪沙 …………………………………………………… 406

甘　州 …………………………………………………… 407

踏莎行 …………………………………………………… 408

王沂孙 …………………………………………………… 410

醉蓬莱 …………………………………………………… 410

法曲献仙音 ……………………………………………… 411

淡黄柳 …………………………………………………… 413

一萼红 …………………………………………………… 414

长亭怨 …………………………………………………… 415

庆宫春 …………………………………………………… 417

高阳台 …………………………………………………… 418

西江月 …………………………………………………… 419

踏莎行 …………………………………………………… 420

醉落魄 …………………………………………………… 421

赵与仁 ·· 422

　柳梢青 ·· 422

　琴调相思引 ·· 423

　西江月 ·· 424

　清平乐 ·· 424

　好事近 ·· 425

仇　远 ·· 426

　生查子 ·· 426

　八犯玉交枝 ·· 427

绝妙好词续钞 ·· 429

翁孟寅　见卷三 ·· 429

　摸鱼儿 ·· 429

王　澡　见卷三 ·· 431

　祝英台近 ·· 431

赵希迈　见卷三 ·· 432

　满江红 ·· 432

薛梦桂　见卷三 ·· 433

　醉落魄 ·· 433

翁元龙　见卷四 ·· 433

　江城子 ·· 433

　西江月 ·· 434

　朝中措 ·· 435

　鹊桥仙 ·· 436

张　枢　见卷五 ·· 437

　恋绣衾 ·· 437

　清平乐 ·· 438

　木兰花慢 ·· 439

李 演 见卷五 …………………………………………… 440
　　贺新凉 ………………………………………………… 440
刘 澜 见卷五 …………………………………………… 442
　　买陂塘 ………………………………………………… 442
李彭老 见卷六 …………………………………………… 444
　　惜红衣 ………………………………………………… 444
　　木兰花慢 ……………………………………………… 445
　　祝英台近 ……………………………………………… 447
　　清平乐 ………………………………………………… 448
　　章台月 ………………………………………………… 448
　　青玉案 ………………………………………………… 449
李莱老 见卷六 …………………………………………… 450
　　倦寻芳 ………………………………………………… 450
　　点绛唇 ………………………………………………… 452
　　西江月 ………………………………………………… 452
周 容 …………………………………………………… 453
　　小重山 ………………………………………………… 454
张 涅 …………………………………………………… 454
　　祝英台近 ……………………………………………… 455
章谦亨 …………………………………………………… 456
　　玉楼春 ………………………………………………… 456
魏子敬 …………………………………………………… 457
　　生查子 ………………………………………………… 457
陈参政 …………………………………………………… 458
　　木兰花慢 ……………………………………………… 458
失 名 …………………………………………………… 460
　　谒金门 ………………………………………………… 460
　　小重山 ………………………………………………… 460

失　名 …………………………………………… 461
　　踏莎行 …………………………………………… 461
失　名 …………………………………………… 462
　　望远行 …………………………………………… 462
无名氏 …………………………………………… 463
　　减字木兰花 …………………………………… 463
王夫人 …………………………………………… 464
　　满江红 …………………………………………… 464
严　蕊 …………………………………………… 466
　　如梦令 …………………………………………… 466
乩　仙 …………………………………………… 467
　　鹊桥仙 …………………………………………… 467

又　续 …………………………………………… 469
陆　游　见卷一 ………………………………… 469
　　钗头凤 …………………………………………… 469
吴　琚　见卷一 ………………………………… 470
　　水龙吟 …………………………………………… 470
吴文英　见卷四 ………………………………… 472
　　玉楼春 …………………………………………… 472
张　抡 …………………………………………… 473
　　柳梢青 …………………………………………… 474
　　壶中天慢 ………………………………………… 475
　　临江仙 …………………………………………… 476
曾　觌 …………………………………………… 477
　　阮郎归 …………………………………………… 477
　　柳梢青 …………………………………………… 478
　　壶中天慢 ………………………………………… 479

周必大 ·· 481
　点绛唇 ······································ 481
　又 ·· 482
俞国宝 ·· 483
　风入松 ······································ 483
乩　仙 ·· 484
　忆少年 ······································ 484

附　录 ·· 487
　四库全书总目提要 ······························ 487
　柯煜序 ·· 488
　高士奇序 ······································ 489
　厉鹗序 ·· 490
　绝妙好词题跋附录 ······························ 491
　绝妙好词纪事 ·································· 493
　善长善和跋 ···································· 495
　续钞余集原序 ·································· 496
　续钞徐楙跋 ···································· 497

再版后记 ·· 499

卷　一

张孝祥

　　张孝祥（1132—1169），字安国，历阳乌江（今安徽和县）人。迁居芜湖，因号于湖居士。宋高宗绍兴二十四年（1154）进士第一。授承事郎，签书镇东军判官，历秘书省著作郎、礼部员外郎等，迁中书舍人，直学士院，兼都督府参赞军事，领建康留守。曾出知平江、静江等，皆有声绩。诗、文、词俱工。词作追步苏轼，豪健雄丽。有《于湖居士文集》、《于湖词》。

念　奴　娇
过洞庭[1]

　　洞庭青草[2]，近中秋，更无一点风色。玉界琼田三万顷[3]，著我扁舟一叶[4]。素月分辉，明河共影[5]，表里俱澄澈。悠然心会，妙处难与君说。　　应念岭表经年[6]，孤光自照，肝胆皆冰雪[7]。短鬓萧疏襟袖冷[8]，稳泛沧溟空阔[9]。尽吸西江[10]，细斟北斗[11]，万象为宾客[12]。叩舷独啸[13]，不知今夕何夕[14]。

【注释】
　　〔1〕原笺："鹤山魏了翁跋此词真迹云：'张于湖有英姿奇气，著之湖、

湘间，未为不遇。洞庭所赋，在集中最为杰特，方其吸江酌斗、宾客万象时，讵知世间有紫微、青琐哉！'"此词当是乾道二年（1166），罢静江府，自桂林北归，过洞庭湖所作。

〔2〕洞庭青草：两湖名，均在湖南。青草湖在洞庭湖南，并与之相通。总称洞庭湖。

〔3〕界：一本作"鉴"。

〔4〕扁舟一叶：宋苏轼《前赤壁赋》："驾一叶之扁舟。"

〔5〕明河：银河，天河。明，一本作"银"。

〔6〕岭表经年：作者自乾道元年知静江府，领广南西路经略安抚使，至此已有两年时间。岭表，五岭之外，指两广地区。表，一本作"海"。

〔7〕胆：一本作"肺"。

〔8〕鬓：一本作"发"。　萧疏：稀少。疏，一本作"骚"。

〔9〕沧溟：弥漫的水。溟，一本作"浪"。

〔10〕吸：一本作"挹"。　西江：长江，因其自西而来，故称。《景德传灯录》卷八："襄州居士庞蕴参问马祖云：'不与万法为侣者是什么人？'祖曰：'待汝一口吸尽西江，即向汝道。'居士言下即顿悟玄要。"

〔11〕斟北斗：以北斗为酒器取饮。北斗，北斗七星，形如酒斗。《九歌·东君》："援北斗兮酌桂浆。"

〔12〕"万象"句：以万象为宾客。万象，万事万物。为，一本作"如"。

〔13〕叩舷：敲击船舷。宋苏轼《前赤壁赋》："扣舷而歌之。"　独啸：一本作"独笑"，或"一笑"。

〔14〕"不知"句：叹夜晚之美好。《诗·唐风·绸缪》："今夕何夕，见此良人。"　疏："美其时之善，思得其时也。"宋苏轼《念奴娇》："今夕不知何夕。"

【译文】

时近中秋，洞庭、青草两个湖上，再没有一丝风色。湖面如玉界琼田，三万顷的浩淼湖水，就漂着我小船一叶。明月分给它辉光，银河与它共影，里里外外，一片透明澄澈。那妙处，悠然深长，可以心会，却难以向您诉说。　想想我在岭南的两年，不就像这孤光自照的明月？肝胆纯洁，皎洁明净就像冰雪。任凭头上短发稀少，身上衣衫单薄，我仍稳泛着小船，渡过这水域的无际空阔。且待吸尽长江之水，用北斗斟上美酒，把万象邀作宾客。敲击船舷独自啸歌，良辰美景再难获得。

西 江 月

丹阳湖⁽¹⁾

问讯湖边春色⁽²⁾，重来又是三年。东风吹我过湖船。杨柳丝丝拂面。　　世路如今已惯。此心到处悠然。寒光亭下水连天⁽³⁾。飞起沙鸥一片。

【注释】

〔1〕丹阳湖：在安徽当涂东南。此词《景定建康志》题作"题溧阳三塔寺"，原笺云："自当以《建康志》为据。"三塔寺，在江苏溧阳西七十里处三塔湖（又名梁城湖）畔。

〔2〕问讯：探访。

〔3〕寒光亭：当在三塔寺中。作者诗词中多次提及。

【译文】

探访湖边的春色，重来时又是三年。东风阵阵吹送着我的小船，杨柳丝丝拂拭着我的脸面。　　人世的路如今已惯，这颗心到处可以安泰悠然。寒光亭下水连云天，飞起沙滩鸥鸟一片。

清 平 乐

光尘扑扑。宫柳低迷绿。斗鸭阑干春诘曲⁽¹⁾。帘额微风绣麭⁽²⁾。　　碧云青翼无凭⁽³⁾。困来小倚云屏⁽⁴⁾。楚梦不禁春晓⁽⁵⁾，黄鹂犹自声声。

【注释】

　　〔1〕斗鸭：古时使鸭相斗的博戏。《三国志·吴志·陆逊传》载建昌侯于堂前设斗鸭栏，"颇施小巧"。南唐冯延巳《谒金门》："斗鸭阑干独倚。" 诘曲：屈曲，曲折。

　　〔2〕帘额：帘子上端，代指帘。

　　〔3〕青翼：指青鸟，传为信使。宋柳永《法曲第二》："青翼传情。"

　　〔4〕云屏：以云母为饰或绘以云形的屏风。

　　〔5〕楚梦：战国楚宋玉《高唐赋》、《神女赋》，记楚王游阳台昼梦巫山神女事，后转指男女欢会。

【译文】

　　光照尘土飞腾，低迷了宫墙边的绿柳。春日的斗鸭栏杆，曲折依旧。微风透入，绣帘漾起了褶皱。　　碧云悠悠，青鸟传书没有凭信。身心困乏，且倚这云母小屏。纵有阳台楚梦，无奈已是晚春；巧啭的黄莺，独自声声啼鸣。

菩　萨　蛮

　　东风约略吹罗幕⁽¹⁾。一帘细雨春阴薄⁽²⁾。试把杏花看。湿云娇暮寒⁽³⁾。　　佳人双玉枕⁽⁴⁾。烘醉鸳鸯锦⁽⁵⁾。折得最繁枝。暖香生翠帷。

【注释】

　　〔1〕约略：轻微，不经意。

　　〔2〕帘：一本作"檐"。

　　〔3〕云：词后原注："云，一作红。"

　　〔4〕玉枕：玉制或玉饰的枕头。

　　〔5〕烘：映衬。　鸳鸯锦：指绣有鸳鸯图案的锦被。唐温庭筠《菩萨蛮》："水精帘里颇黎枕，暖香惹梦鸳鸯锦。"

【译文】

东风轻轻地吹着罗幕，一帘细雨微阴的天。试把杏花仔细看，暮寒中湿润的红云更加娇艳。　　俏丽的佳人，玉制的双枕，鸳鸯被里醉意微醺。折下梢头最茂盛的花枝，让暖香浮动在翠绿帐里

范成大

范成大（1126—1193），字至（一作致）能，一字幼元，初号此山居士，晚改石湖居士。吴郡（今江苏苏州）人。绍兴二十四年（1154）进士，调徽州司户参军。历礼部员外郎、中书舍人等，官至参知政事。尝出知静江、成都、明州、太平州，两次提举洞霄宫。乾道六年（1170），假资政殿大学士充金祈请国信使使金。为南宋中兴四大诗人之一。有《吴郡录》、《吴船录》、《揽辔录》、《石湖诗集》等。词集名《石湖词》。周必大谓石湖"乐府措之《花间集》中，谁曰不然"（《周益国文忠公集·书稿》卷六）。

醉 落 魄

栖乌飞绝。绛河绿雾星明灭[1]。烧香曳簟眠清樾[2]。花影吹笙[3]，满地淡黄月。　　好风碎竹声如雪。昭华三弄临风咽[4]。鬓丝撩乱纶巾折[5]。凉满北窗[6]，休共软红说[7]。

【注释】

〔1〕绛河：天河。古观天象者以北极为准，天河在其南，南方属火，色尚赤，因借称之。唐元稹《月三十韵》："绛河冰鉴朗，黄道玉轮巍。"

〔2〕樾：树荫。

〔3〕吹笙：谓饮酒。宋张元幹《浣溪沙》题："谚以窃尝为吹笙云。"

〔4〕昭华：管乐器名。《西京杂记》卷三："玉管长二尺三寸，二十六孔，吹之则见车马山林……铭曰：昭华之琯。" 三弄：即《梅花三弄》，古时著名曲名。

〔5〕纶巾：以青丝带编的头巾。

〔6〕"凉满"句：晋陶潜《与子俨等疏》："常言五六月中，北窗下卧，遇凉风暂至，自谓是羲皇上人。"

〔7〕软红：软红尘，谓都市繁华。宋苏轼《次韵蒋颖叔钱穆父从驾景灵宫》之一自注："前辈戏语，有西湖风月，不如东华软红香土。"

【译文】

全飞走了，栖息的乌鹊。天河里，绿雾升起，星光闪烁明灭。烧炷香，拖张席，在清凉的树荫下睡去，风味自别。花影中自酌自饮，满地都是淡黄的月色。 好风敲打着竹子声碎如雪，玉管奏出《梅花三弄》临风呜咽。鬓丝撩乱，头巾掀折。凉风习习满北窗，不用把都市繁华一起论说。

朝 中 措

长年心事寄林扃[1]。尘鬓已星星。芳意不如水远，归心欲与云平。　　留连一醉，花残日永，雨后山明。从此量船载酒，莫教闲却春情[2]。

【注释】

〔1〕林扃：林园，代指隐逸生活。

〔2〕春情：春天的情景。南朝梁萧子范《春望古意》："春情寄柳色，鸟语出梅中。"

【译文】

　　整年心事都寄托在林园，鬓发已经星星点点。美好的情意不能如水悠长，归去的心志想要与云齐远。　　流连成一醉，日长花残，雨后山色明如染。从此满船载美酒，再不让春光白白溜走。

眼 儿 媚(1)

　　酣酣日脚紫烟浮(2)。妍暖试轻裘(3)。困人天气，醉人花底，午梦扶头(4)。　　春慵恰似春塘水，一片縠纹愁(5)。溶溶洩洩(6)，东风无力(7)，欲皱还休。

【注释】

　　〔1〕此词或题作"萍乡道中乍晴卧舆中困甚小憩柳塘"。宋黄昇《中兴词话》评云："词意清宛，咏味之，如在画图中。"

　　〔2〕酣酣：形容旺盛。唐崔融《和宋之问寒食题黄梅临江驿》："遥思故园陌，桃李正酣酣。"　日脚：透过云隙照射下的光线。

　　〔3〕妍暖：天气晴朗温暖。　轻裘：本指皮装，此借指薄衣。

　　〔4〕扶头：易醉之酒。唐白居易《早饮湖州酒寄崔使君》："一榼扶头酒，泓澄泻玉壶。"

　　〔5〕縠（hú）纹：如同绉纱似的波纹。宋苏轼《和张昌言喜雨》："清洛朝回起縠纹。"

　　〔6〕溶溶洩洩：晃动不停貌。唐罗隐《浮云》："溶溶曳曳自舒张，不向苍梧即帝乡。"曳曳，同洩洩。此指水波荡漾。

　　〔7〕无力：指柔和软弱。语本唐李商隐《无题》"东风无力百花残"。

【译文】

　　云缝里射出的阳光很强，紫色烟气飘浮荡漾。一片晴和妍丽，且试穿起轻薄的春装。天气让人困乏，喝了酒醉卧在花旁，中午时仍在梦乡。　　这春日的慵懒，恰如春水池塘；缕缕细波泛起，愁绪随之漂荡。水波不停地摇晃，东风无力逞强，想把它吹皱，却又难起风浪。

忆 秦 娥

　　楼阴缺。阑干影卧东厢月[1]。东厢月。一天风露，杏花如雪。　　隔烟催漏金虬咽[2]。罗帏暗淡灯花结[3]。灯花结。片时春梦，江南天阔。

【注释】
　　〔1〕东厢：泛指正房东侧的房屋。
　　〔2〕金虬：金龙。此指龙形金属计时器。
　　〔3〕灯花结：灯心燃烧后结成的穗状物。俗以为吉兆。唐杜甫《独酌成诗》："灯花何太喜？酒绿正相亲。"

【译文】
　　楼阴缺处栏杆影子斜，东厢上空悬挂一轮明月。东厢月色清白，风露满天，杏花洁白如雪。　　隔着夜雾，更漏催时声声鸣咽。罗帐里光线昏暗，灯心烧尽成结。灯心已成结。游遍江南辽阔的江天，只在春梦一刻。

霜天晓角

　　晚晴风歇。一夜春威折。脉脉花疏天淡[1]，云来去、数枝雪。　　胜绝愁亦绝[2]。此情谁共说。惟有两行低雁，知人倚、画楼月[3]。

【注释】

〔1〕脉脉：默默。唐孟郊《乙酉岁舍弟扶侍归兴义庄》：“僮仆强与言，相惧终脉脉。”

〔2〕胜绝：此指风光景物妙绝。唐薛用弱《集异记·崔商》：“江滨有溪洞，林木胜绝。”

〔3〕画楼：装饰华丽的楼房。

【译文】

傍晚天晴风也歇，春威一夜受挫折。花朵萧疏天光暗淡，片云来去，相伴数枝花如雪。　　风物妙绝人也愁绝。这情怀可与谁说？只有天边两行低飞的大雁，知道有人身倚画楼遥望明月。

洪　迈

洪迈（1123—1202），字景庐，号容斋，别号野处。鄱阳（今江西波阳）人。绍兴十五年（1145）中博学鸿词科，授两浙转运司干办公事，知泉州、吉州、赣州等，历起居舍人、中书舍人等，累官至吏部、礼部员外郎，以端明殿学士致仕，卒谥文敏。与兄适、遵并称“三洪”。选有《万首唐人绝句》，著有《容斋五笔》、《夷坚志》等。

踏 莎 行

院落深沉，池塘寂静。帘钩卷上梨花影。宝筝拈得雁难寻[1]，篆香消尽山空冷[2]。　　钗凤斜欹[3]，鬓蝉不整[4]。残红立褪慵看镜[5]。杜鹃啼月一声声[6]，等闲又是三春尽。

【注释】

〔1〕宝筝：对筝的美称。　拈：通"捻"，弹奏的一种手法。　雁：一语双关。一指雁柱，即筝上整齐排列的弦柱，宋张先《生查子·弹筝》："雁柱十三弦，一一春莺语。"一代指书信，用《汉书·苏武传》中雁足传书典。

〔2〕篆香：即盘香。或指香气缭绕如篆文。　山：屏山，画有山峰的屏风。

〔3〕钗凤：凤形头钗，相传为晋石崇使人所铸。见《拾遗记·晋时事》。　敧（qī）：倾斜。

〔4〕鬓蝉：古时妇女的一种发式，轻薄如蝉翼。晋崔豹《古今注·杂注》载魏文帝宫女莫琼树曾创为此妆。

〔5〕立：立刻。　慵：懒。

〔6〕杜鹃：又称杜宇，相传古蜀帝杜宇失国，魂化为鸟，啼声凄切。

【译文】

庭院深沉沉，池塘水寂静。卷上帘钩，卷起帘上的梨花影。闲来手捻银筝，雁书却难寻。一缕篆香烟消尽，屏风空又冷。　头上凤钗斜，蝉鬓不齐整。脸上残存的红妆快褪尽，懒得再对镜。月下杜鹃悲啼声声，三春轻易又过尽。

陆　游

陆游（1125—1210），字务观，号放翁。山阴（今浙江绍兴）人。以荫补登仕郎。试礼部，忤秦桧被黜。后赐进士出身。尝为镇江、隆兴府、夔州通判。乾道八年（1172），四川宣抚使王炎辟为干办公事，亲临南郑前线。淳熙二年（1175），入范成大四川制置使幕。除提举福建、江南西路常平茶事，知严州，迁礼部郎中。预修孝宗、光宗两朝实录，兼秘书监。力主抗战，屡被劾去职，临终犹不忘恢复。以诗名，为南宋中兴四大诗人之首，人称"小太白"，诗作逾万首。论词尊苏轼，所作兼婉约、豪放、闲适多种风格，备苏、秦、辛等诸家词风。有《南唐书》、《剑南诗稿》、《渭南文集》等。词集名《放翁词》。

朝 中 措
梅

幽姿不入少年场⁽¹⁾。无语只凄凉。一个飘零身世，十分冷淡心肠。　　江头月底，新诗旧恨，孤梦清香。任是春风不管，也曾先识东皇⁽²⁾。

【注释】
〔1〕幽姿：此指梅。　少年场：年少者聚会嬉玩的场所。北周庾信《结客少年场》："结客少年场，春风满路香。"
〔2〕东皇：司春之神。

【译文】
你姿态幽雅不入少年欢聚场，默默无语只是一片凄凉。一个天涯飘零的身世，十分冷淡高傲的心肠。　　在冰封的江头清冷的月下，诗人的新作往日的惆怅，孤独的幽梦饱蘸清香。纵然春风弃你不顾，你也曾先结识了春神东皇。

乌 夜 啼

金鸭馀香尚暖⁽¹⁾，绿窗斜日偏明⁽²⁾。兰膏香染云鬟腻⁽³⁾，钗坠滑无声。　　冷落秋千伴侣，阑珊打马心情⁽⁴⁾。绣屏惊断潇湘梦⁽⁵⁾，花外一声莺。

【注释】

〔1〕金鸭：鸭形铜制香炉。唐戴叔伦《春怨》："金鸭香消欲断魂，梨花春雨掩重门。"

〔2〕绿窗：绿色纱窗。特指女子住室。

〔3〕兰膏：古时一种润发香油。 云鬟：发髻如云。南朝梁沈约《乐将殚思未已应诏》："云鬟垂宝花。"

〔4〕阑珊：兴致衰减，消沉。 打马：一种博戏名。宋李清照《〈打马图经〉序》："打马世有二种：一种一将十马，谓之关西马；一种无将，二十四马，谓之依经马。"

〔5〕潇湘：潇水与湘水，借指湖南一带。此句似用娥皇、女英追随舜至湘水而卒典。

【译文】

金鸭炉中馀香还留着温暖，绿纱帘外初日已一片光明。兰膏香油染腻了如云的秀发，金钗滑落悄然无声。　冷淡了往日荡秋千的伙伴，失去了昔日打马博戏的心情。绣屏风里好梦已被惊醒，花树上黄莺一声娇鸣。

又

纨扇婵娟素月⁽¹⁾，纱巾缥缈轻烟。高槐叶长阴初合，清润雨馀天。　弄笔斜行小草⁽²⁾，钩帘浅醉闲眠。更无一点尘埃到⁽³⁾，枕上听新蝉。

【注释】

〔1〕纨扇：用细绢制成的团扇。南朝梁江淹《杂体诗·效班婕妤〈咏扇〉》："纨扇如团月，出自机中素。" 婵娟：美好貌。指月色明娟。

〔2〕斜行：指字行倾斜。 小草：草书中字形小巧的一种。唐怀素作有小草《千字文》。

〔3〕尘埃：此指尘俗。《淮南子·俶真训》："芒然仿佯于尘埃之外，而

消摇于无事之业。"

【译文】

　　纨扇团团，似一轮明月婵娟；纱巾飘飘，如缕缕烟雾舒卷。高大的槐树，绿阴重合枝叶长，雨后的天空湿润又清凉。　铺纸走笔，随便斜书几行小草，钩上珠帘，带着微醉悠然入眠。心上再无一点尘俗事到，姑且卧在枕上听听新蝉。

陆　淞

　　陆淞（1109—1182），字子逸，小字斗哥，号云溪。山阴（今浙江绍兴）人。陆游之兄。以恩补通仕郎，历秘阁校理、工部郎中、知辰州，至左请大夫。晚以疾废，卜筑秀野，清谈啸傲，不问世事。

瑞　鹤　仙[1]

　　脸霞红印枕。睡觉来、冠儿还是不整。屏间麝煤冷[2]。但眉峰压翠，泪珠弹粉。堂深昼永，燕交飞、风帘露井。恨无人、说与相思，近日带围宽尽[3]。　重省。残灯朱幌[4]，淡月纱窗，那时风景。阳台路迥[5]。云雨梦[6]，便无准。待归来先指，花梢教看，却把心期细问。问因循、过了青春[7]，怎生意稳[8]。

【注释】

〔1〕原笺引《耆旧续闻》卷十云：南渡初，南班宗子寓居会稽，为近属士，园亭甲于浙东，一时坐客，皆骚人墨士。陆子逸尝与焉。士有侍姬盼盼者，色艺殊绝，公每属意焉。一日宴客，偶睡，不预捧觞之列，陆因问之，士即呼至，其枕痕犹在脸。公为赋《瑞鹤仙》，有"脸霞红印枕"之句，一时盛传，逮今为雅唱。后盼盼亦归陆氏。宋张炎评云："景中带情，屏去浮艳。"

〔2〕麝煤：香煤。用来薰香的燃料，也指焚香所起之烟。

〔3〕带围宽：形容消瘦。南朝梁沈约《与徐勉书》中自言其瘦云："百日数旬，革带常应移孔；以手握臂，率计月小半分。"

〔4〕幌：布或丝帛做成的帘幔。

〔5〕阳台：战国楚宋玉《高唐赋》言楚王梦中与神女相会，临别，神女言："妾在巫山之阳，高丘之阻，旦为朝云，暮为行雨，朝朝暮暮，阳台之下。"后因指男女欢合之所。

〔6〕云雨梦：见上注。

〔7〕因循：拖延，耽搁。

〔8〕怎生：怎么，如何。 稳：心安。宋欧阳修《桃源忆故人》："别后寸肠萦损，说与伊争稳。"

【译文】

脸生红晕，留着枕上印痕。睡醒起来，衣冠儿还是不整。屏风里香尽烟也冷。只有眉峰横压如山翠，粉泪脸上滚。白昼长长堂院深，双燕交飞，穿行在风帘和露井。恨的是无人可以说相思，为相思近日宽了带围人瘦尽。 重思量那时情景：残灯在红帘里摇曳，月色淡淡，把绿纱窗照映。而今阳台路漫漫，云雨好梦便不准。待他归来时，定先指花梢教他看花飞，再把他的心意细细问。问他耽搁了这青春，心里怎能安稳。

韩元吉

　　韩元吉（1118—1187），字无咎，号南涧翁。开封雍丘人。晚居上饶。以荫为龙泉主簿。高宗朝，知建安，除司农寺主簿。孝宗朝，除江东转运判官，以朝散大夫入守大理少卿，权中书舍人、吏部侍郎。乾道九年（1173），权礼部尚书，充贺金生辰使，归除吏部侍郎。淳熙间，出知婺州，移建安，旋召入为吏部尚书，除龙图阁学士，再出婺州，罢提举太平兴国宫。黄昇称其"名家文献，政事文学，为一代冠冕"。有词集《焦尾集》，已佚，今人辑为《南涧诗馀》。

水 龙 吟

书英华事[1]

雨馀叠巘浮空[2]，望中秀色仙都是[3]。洞天未锁[4]，人间春老，玉妃曾坠[5]。锦瑟繁弦[6]，凤箫清响[7]，九霄歌吹。问分香旧事[8]，刘郎去后[9]，知谁伴，风前醉。　　回首暝烟千里。但纷纷、落红如洗。多情易老[10]，青鸾何许[11]，诗成谁寄。斗转参横[12]，半帘花影，一溪寒水。怅飞凫、路杳行云梦远[13]，有三峰翠[14]。

【注释】

〔1〕题一作"题三峰阁咏英华女子"。　英华：宋代鬼仙。原笺引《耆旧续闻》云："元丰中，缙云令开封李长卿女慧性过人，姿度不凡，染疾逝，殡于邑之仙岩寺三峰阁。李公罢，因舁归。宣和庚子，青溪寇起（指方腊起义），焚燎无遗，唯三峰阁独存，主簿以为廨舍。济南王传庆及内表曹颖偕来馆。曹于厅治之东。一夕，有女子打扃而至，与语，皆出尘气，诘其姓氏，曰：'开封李长卿女，季尊其名，英华其字，辟谷有年，身轻于羽，知子鳏居，故来相慰。'唱和殆无虚日。曹有亲陈观察，挽之从军，将就道，英华与诀曰：'妾与君之缘断矣。子宿缘寡浅，尘业未偿，他日当有兵难，敬授尘香一瓣，有急，请爇以告，当阴有所获，不然，亦无

如之何也.'曹公勇为朔方之行,不意获谴麾下,追惟英华之言,欲取所遗香爇之,军行无宿火,卒正法。英华诗有云:'醒酒清风摇竹去,催诗小雨过山来。'非诗人所易到也。"又,《墨庄漫录》云:"处州缙云簿厅为武尉司,顷有一妇人常现形与人接,妍丽闲婉,有殊色,其来也,异香芬馥,非世间之香,自称曰英华,或曰绿华。前后官此者多为所惑。永嘉蒋辉远为邑簿,祠以香火,其怪遂绝。"

〔2〕叠巘:重叠的山峰。南朝宋谢灵运《晚出西射堂》:"连嶂叠巘崿,青翠杳深沉。"

〔3〕仙都:仙都山,在浙江缙云县。道书以为第二十九洞天。高六百丈,周三百里。

〔4〕洞天:洞中别有天地。道家所称神仙居处。也泛指风景胜地。

〔5〕玉妃:仙女。词中似指杨贵妃。唐陈鸿《长恨歌传》载贵妃死后,住在"最高仙山,上多楼阁,西厢下有洞户……云海沉沉,洞户日晓,琼户重阖,悄然无声"。

〔6〕锦瑟:漆饰有织锦文的瑟。唐李商隐《锦瑟》:"锦瑟无端五十弦,一弦一柱思华年。"

〔7〕凤箫:排箫。因以竹制成,参差如凤翼而名。也泛指箫。

〔8〕分香旧事:晋陆机《吊魏武帝文》记曹操临死时遗令云:"馀香可分与诸夫人。"后常作临死时不忘妻妾之典。此借用指曹颖与英华分别。

〔9〕刘郎:南朝宋刘义庆《幽明录》载,东汉永平间,浙江剡县人刘晨、阮肇入天台山采药迷路,遇二仙女,被邀至家,相处半年方别,至家,子孙已历七代。词中以仙女指英华,以刘郎指曹颖。

〔10〕多情易老:化用唐李贺《金铜仙人辞汉歌》"天若有情天亦老"句意。

〔11〕青鸾:即青鸟,传说中为西王母取食传信的神鸟。后代指信使。

〔12〕斗转参横:北斗星移转,参星横斜。谓天色将明。

〔13〕飞凫:《后汉书·方术传上·王乔》载仙人王乔为叶县令,"每月朔望,常自县诣台朝。帝怪其来数,而不见车骑,密令太史伺望之。言其临至,辄有双凫从东南飞来。于是候凫至,举罗张之,但得一只舄焉"。

行云:见陆淞《瑞鹤仙》词注〔5〕。

〔14〕三峰:指三峰阁。见注〔1〕。词因阁而及峰。

【译文】

雨后山峦重叠半空浮,望中那一片秀色,就是仙都。人间春已老,洞天风光却未锁,宛然贵妃当年曾住过。锦瑟急奏繁弦,凤箫发出清响，九霄歌吹声荡漾。问当日旧事，人心碎；刘郎别离后，是谁相伴风前醉？　回首暮烟千里，只有落红纷纷如雨洗。多情容易老，问青鸟在何处，新诗写成谁为寄？斗转参横天光晓，初日照着半帘花影，照着一溪寒水。惆怅飞仙有术路杳杳，行云去雨，梦中也难会。有三峰，苍然翠。

好 事 近
汴京赐宴〔1〕

　　凝碧旧池头〔2〕，一听管弦凄切。多少梨园声在〔3〕，总不堪华发。　杏花无处避春愁，也傍野花发。惟有御沟声断〔4〕，似知人呜咽。

【注释】
　　〔1〕一本题增"闻教坊乐有感"六字。　汴京：河南开封，北宋都城。原笺引《金史·交聘表》："大定十三年三月癸巳朔，宋遣试礼部尚书韩元吉、利州观察使郑兴裔等贺万春节。"并云："按，宋孝宗乾道九年为金世宗大定十三年。南涧《汴京赐宴》之词，当是此时作。"俞平伯《唐宋词选释》评云："下片作意略同杜甫《春望》'感时花溅泪'。"
　　〔2〕凝碧旧池头：凝碧池在唐洛阳神都苑。唐天宝十五载（756），安禄山攻陷东都，于此大宴，令梨园弟子奏乐，乐工雷海青掷乐器痛哭，惨遭肢解。诗人王维闻而为作诗。见《明皇杂录》等书。此代指北宋宫禁旧地。
　　〔3〕梨园：唐玄宗培养乐工、宫女歌舞之所。故址一在长安禁苑，一在宜春院。此代指北宋宫廷乐队。
　　〔4〕御沟：京城（此指汴京）禁苑中流出的河道。

【译文】
　　故都旧苑，听到这凄切的管弦。有多少教坊旧声，总教人难以忍受，尤其在鬓发斑白的时候。　杏花避不过春愁浩荡，也傍着野花开放。只有御沟流水响声断续，好像知道有人在悲哀哭泣。

姚 宽

姚宽（1105—1162），字令威，号西溪，嵊县（今属浙江）人。以荫补官。秦桧当政，以怨抑不用。后被荐入监进奏院六部门，权尚书户部员外郎，兼权金、仓、工部屯田郎，枢密院编修官。善工技之事，工篆隶，能词。曾注《史记》，撰有《西溪集》、《玉玺书》等，均佚。今存《西溪丛语》、《姚氏残语》等。有词集《西溪乐府》。

菩 萨 蛮

斜阳山下明金碧[1]。画楼返照融春色。睡起揭帘旌[2]。玉人蝉鬓轻[3]。　　无言空伫立。花落东风急。燕子引愁来。眉愁那得开。

【注释】
　〔1〕金碧：指画楼在夕照中的耀眼色彩。
　〔2〕帘旌：帘幕。
　〔3〕玉人：美女。　蝉鬓：见洪迈《踏莎行》注〔4〕。

【译文】
　山下斜阳明丽，一片金黄碧绿。红日落画楼，融入春色浓于酒。春睡起来卷起帘，鬓发轻如蝉翼。　　默默无语空伫立。花飘落，东风吹得急。燕子在风中引愁来，眉梢的愁怨怎能解得开。

生 查 子

郎如陌上尘，妾似堤边树⁽¹⁾。相见两悠扬⁽²⁾，踪迹无寻处。 酒面扑春风，泪眼零秋雨。过了别离时，还解相思否。

【注释】

〔1〕树：原注："一作絮。"

〔2〕悠扬：飘浮飞扬。唐韦庄《思归》："暖丝无力自悠扬，牵引东风断客肠。"

【译文】

郎像路上的土，妾似堤边的树。飘扬不定难相见，欲寻踪迹在何处？ 春风扑醒了醉面，秋雨淋湿了泪眼。等过了离别的时候，郎还懂得相思否？

吴 琚

吴琚（生卒不详），字居父，号云壑。开封（今属河南）人。高宗吴皇后侄。特授添差临安府通判，历尚书郎、部使者，知明州，兼沿海制置使。宁宗朝，知鄂州、庆元府。庆元六年（1200），以镇安军节度使判建康府兼留守。嘉泰二年（1202）致仕。卒谥忠惠。与范成大、陆游交善。工翰墨。有《云壑集》。

柳 梢 青

元日立春[1]

　　彩仗鞭春[2]。椒盘迎旦[3]，斗柄回寅[4]。拂面东风，虽然料峭[5]，终是寒轻[6]。　　带花折柳心情[7]。怎捱得、元宵放灯[8]。不是东园[9]，有些残雪，先去踏青[10]。

【注释】

〔1〕元日：正月初一。题言元日那天恰是立春。

〔2〕"彩仗"句：据宋孟元老《东京梦华录》载，宋时立春前一日，开封、祥符两县，置土制春牛于府前，绝早时，府县官员以彩杖鞭打春牛，以示劝农，谓之打春，又谓之鞭春。彩仗，即彩杖，用彩绸裹饰的木杖。

〔3〕"椒盘"句：写元日风俗。古人于正月初一用盘进椒，饮酒则取椒入酒中。见宋罗愿《尔雅翼·释木三》等。此句一作"鹅毛飞管"。

〔4〕"斗柄"句：谓春回大地。斗柄，北斗柄，即北斗七星的五、六、七三星。寅，古以十二支与十二月相配，冬至所在的十一月配子，故正月为建寅之月。又，东方有星名摄提，属亢宿，分指四时，寅为首，太岁在寅曰摄提格，故回寅即言回到春季。

〔5〕料峭：寒风使肌肤战栗貌。多形容春寒。

〔6〕终是：一作"毕竟"。

〔7〕带：一作"戴"。

〔8〕捱得：熬得，心焦地等到。　元宵放灯：唐以来即有正月十五放灯的风俗。

〔9〕东园：泛指园圃。晋陶潜《停云》之三："东园之树，枝条再荣。"

〔10〕踏青：本指清明节前后的民间习俗，此泛指踏青、出游活动。

【译文】

　　用彩杖鞭打土牛，进椒辛盘迎元旦，欢呼春回大地气象新。东风吹拂面颊，虽然觉得料峭，寒意毕竟已轻。　　想想戴花折柳的心情，怎能再捱到元宵放灯？不是去东园，那里还有些残雪，不如先去郊外踏青。

浪 淘 沙

　　云叶弄轻阴[1]。屋角鸠鸣[2]。青梅著子欲生仁。冷落江天寒食雨[3]，花事关情[4]。　　池馆昼盈盈[5]。人耐寒轻。一川芳草只销凝[6]。时有入帘新燕子，明日清明[7]。

【注释】

　　〔1〕云叶：云朵，云片。南朝陈张正见《初春赋得池应教》："春光落云叶，花影发晴枝。"

　　〔2〕鸠鸣：民俗以为鸠鸣为下雨的征候。

　　〔3〕寒食雨：寒食多风雨。南朝梁宗懔《荆楚岁时记》："去冬节一百五日，即有疾风甚雨，谓之寒食。"

　　〔4〕花事：指花开花落。

　　〔5〕池馆：池苑馆舍。此偏指池。　　盈盈：晶莹清澈貌。

　　〔6〕销凝：销魂凝神。宋柳永《夜半乐》："对此嘉景，顿觉销凝，惹成愁绪。"

　　〔7〕清明：即清明节，在寒食后一天或两天。

【译文】

　　云片带来轻阴，屋角有鸠鸟啼鸣。青梅已结子，快要生成仁。寒食节阴雨连江天，冷清清，花开花落最关情。　　池馆白昼清盈盈。轻寒还能忍耐，只是一川芳草消人魂。时时看见，新来燕子飞进帘幕，明天便是清明。

又⁽¹⁾

岸柳可藏鸦⁽²⁾。路转溪斜。忘机鸥鹭立汀沙⁽³⁾。咫尺钟山迷望眼⁽⁴⁾，一半云遮。　　临水整乌纱⁽⁵⁾。两鬓苍华⁽⁶⁾。故乡心事在天涯。几日不来春便老，开尽桃花。

【注释】

〔1〕原笺：《景定建康志》引此词，题云：'游青溪呈马野亭。'野亭跋其后云：'秦淮海之词，独擅一时，字未闻。米宝晋善诗，终不及字。若公，可谓兼之矣。辛酉季春，承议郎充江南东路转运司主管文字马之纯谨书。'"

〔2〕"岸柳"句：化用唐李白《杨叛儿》"乌啼白门柳"、"乌啼隐杨花"诗意。

〔3〕忘机鸥鹭：典出《列子·黄帝》："海上之人有好沤鸟者，每旦之海上，从沤鸟游，沤鸟之至者百住而不止。其父曰：'吾闻沤鸟皆从汝游，汝取来，吾玩之。'明日之海上，沤鸟舞而不下也。"沤鸟，即鸥鸟。

〔4〕钟山：在江苏南京，即紫金山。

〔5〕乌纱：乌纱帽，官帽。有时也为平民所服。

〔6〕苍华：形容头发灰白。

【译文】

岸边杨柳可藏鸦，山路曲折小溪斜。鸥鹭忘机，伫立在汀沙。钟山咫尺望不到，一半被云遮。　　临清水暂且整乌纱，理两鬓徒然见白发。这心儿常在故乡，此身却在天涯。几天不来春便老，枝头开尽了桃花。

辛弃疾

辛弃疾（1140—1207），字幼安，号稼轩。济南历城（今属山东）人。绍兴三十一年（1161）聚众自金归宋，授右承务郎。乾道间，通判建康府，知滁州。淳熙五年（1178），召为大理少卿，八年（1181），因劾落职，卜居上饶带湖，自是赋闲十年。后多有进退。开禧元年（1205）复以言者论列，归铅山。卒谥忠敏。为人有谋略。工词。刘克庄评云："公所作大声鞺鞳，小声铿锽，横绝六合，扫空万古，自有苍生以来所无。其秾纤绵密者，亦不在小晏、秦郎之下。"（《辛稼轩集序》）有词集《稼轩长短句》。

摸 鱼 儿[1]

　　更能消、几番风雨。匆匆春又归去。惜春长怕花开早，何况落红无数。春且住。见说道、天涯芳草无归路。怨春不语。算只有殷勤，画檐蛛网[2]，尽日惹飞絮[3]。

　　长门事[4]，准拟佳期又误[5]。蛾眉曾有人妒[6]。千金纵买相如赋[7]，脉脉此情谁诉。君莫舞。君不见、玉环飞燕皆尘土[8]。闲愁最苦。休去倚危栏，斜阳正在，烟柳断肠处。

【注释】

〔1〕此词或题作："淳熙己亥，自湖北漕移湖南，同官王正之置酒小山亭，为赋。"原笺引《鹤林玉露》云："辛幼安晚春《摸鱼儿》，词意殊怨，'斜阳'、'烟柳'之句，比之'未须愁日暮，天际是轻阴'者异矣。使在汉唐时，宁不贾种豆种桃之祸哉！愚闻寿皇见此词颇不悦，然终不加罪，可谓盛德也已。"清陈廷焯《白雨斋词话》评云："词意殊怨，然姿态飞动，

极沉郁顿挫之致。"

〔2〕画檐：以图画彩饰的屋檐。

〔3〕惹：粘挂。 飞絮：指柳絮。

〔4〕长门事：相传汉武帝陈皇后失宠，被禁闭在长门宫，便以百金为酬，请司马相如写《长门赋》，使武帝感悟，而复得宠。长门，汉宫殿名。

〔5〕准拟：料想，原本打算好的。

〔6〕蛾眉：长而美的眉毛。代指美女。战国楚屈原《离骚》："众女嫉余之蛾眉兮，谣诼谓余以善淫。"

〔7〕相如：司马相如，汉代赋家。事见注〔4〕。

〔8〕玉环：杨玉妃，唐玄宗宠妃，安史乱中被赐死马嵬。 飞燕：赵飞燕，汉成帝皇后，颇受宠，后被迫自杀。

【译文】

还能消受几番风和雨，匆匆地，春又要归去。爱惜春，总是怕花开得早，更何况落红纷纷已无数。春且停住！听说天涯多芳草，迷住了你归去的路。埋怨春去不言语。算来只有画檐上的蜘蛛网，殷勤地为它粘挂飞絮。 旧时长门宫里，安排下的佳期又被耽误，生得漂亮竟然也遭人嫉妒。纵然花费千金，买来司马相如的赋，这款款深情又向谁倾诉？劝君且莫舞。君不见，杨玉环和赵飞燕都化作了尘土。闲愁最教人痛苦。休去凭高倚栏杆，斜阳正在烟柳迷茫的断肠处。

瑞 鹤 仙

梅

雁霜寒透幕[1]。正护月、云轻嫩冰犹薄。溪奁照梳掠[2]。想含香弄粉，靓妆难学[3]。玉肌瘦弱[4]。更重重、龙绡衬著[5]。倚东风，一笑嫣然[6]，转盼万花羞落[7]。 寂寞。家山何在，雪后园林，水边楼阁。瑶池旧约[8]。鳞鸿更仗谁托[9]。粉蝶儿，只解寻花觅柳，开遍南枝未觉⁽¹⁰⁾。但伤心、冷淡黄昏，数声画角。

【注释】

〔1〕雁霜：即霜。因雁于秋天霜降时飞往南方，故及。

〔2〕溪奁：指梅以溪水为镜奁。奁，匣。

〔3〕靓（jìng）妆：盛妆。

〔4〕玉肌：指梅花花瓣。犹言玉容。宋苏轼《红梅》之一："寒心未肯随春态，酒晕无端上玉肌。"

〔5〕龙绡：即鲛绡。喻指梅萼。

〔6〕嫣然：笑态娇媚。

〔7〕转盼：转动目光。唐温庭筠《南歌子》之六："转盼如波眼，娉婷似柳腰。"

〔8〕瑶池：传说中西王母的住处，在昆仑山上。也代指宫苑中池。

〔9〕鳞鸿：鱼雁，用鱼雁传书典，指书信。

〔10〕南枝：树的南枝向阳，其花早开。

【译文】

　　冷霜寒透你的叶。正当水中嫩冰薄，天上轻云护着月。你用溪水作镜奁，细心地梳掠。想你也含粉弄香，就是不肯学那浓妆艳抹。花瓣如玉肌体态瘦弱，更有重重花萼似鲛绡衬托。在东风中嫣然一笑，万花都被你羞落。　　身处寂寞。你的故乡在哪里，是雪后园林，还是水边池阁？瑶池仙境曾把你邀约。如今书信又向谁付托？粉蝶儿除了寻花问柳，还知道什么。纵使你开遍南枝，它还没有察觉。惟有伤心，伴着这清冷疏淡的黄昏，听着那几声画角。

祝英台近⁽¹⁾

　　宝钗分⁽²⁾，桃叶渡⁽³⁾。烟柳暗南浦⁽⁴⁾。怕上层楼⁽⁵⁾，十日九风雨。断肠点点飞红，都无人管，倩谁劝、啼莺声住。　　鬓边觑⁽⁶⁾。应把花卜归期⁽⁷⁾，才簪

又重数。罗帐灯昏，哽咽梦中语。是他春带愁来，春归
何处。却不解、带将愁去。

【注释】
〔1〕此词或题作"晚春"。宋黄昇《中兴词话》评云："风流妩媚，富
于才情，若不类其为人。"
〔2〕宝钗分：古人有分钗作别的风俗。唐白居易《长恨歌》："唯将旧
物表深情，钿合金钗寄将去。钗留一股合一扇，钗擘黄金合分钿。"
〔3〕桃叶：晋王献之爱妾名。王献之曾在秦淮河与青溪交会处与桃叶
分别。
〔4〕南浦：南面水边。泛指送别之所。《楚辞·九歌·河伯》："子交手
兮东行，送美人兮南浦。"
〔5〕层楼：高楼。
〔6〕觑（qù）：斜视。
〔7〕把花卜归期：数花瓣以卜归期。

【译文】
折钗分别，就在桃叶渡口，水边暗柳含轻烟。怕上高楼看，十
日倒有九阴天。飞红点点人肠断，都没人去管，又请谁把黄莺的啼
鸣相劝？　斜看那鬓边花，用它来把归期预卜，才簪上又取下，
再重数。罗帐里灯光暗，睡梦中语哽咽：是春把愁带来，如今春不
知回到哪里，却不懂得把愁也一起带去！

刘　过

　　刘过（1154—1206），字改之，自号龙洲道人。太和（今江西泰
和）人。曾上书光宗皇帝，又陈恢复方略，不报，流落江湖，布衣以
终。有诗名。与辛弃疾交善。有《龙洲集》。词集名《龙洲词》。黄昇
评云："改之，稼轩之客，词多壮语，盖学稼轩者也。"（《花庵词选》）

贺 新 郎[1]

老去相如倦[2]。向文君、说似而今[3]，怎生消遣。衣袂京尘曾染处[4]，空有香红尚软[5]。料彼此、魂销肠断[6]。一枕新凉眠客舍，听梧桐、疏雨秋声颤。灯晕冷[7]，记初见。　　楼低不放珠帘卷[8]。晚妆残，翠钿狼藉泪痕凝脸[9]。人道愁来须殢酒[10]，无奈愁多酒浅。但托意、焦琴纨扇[11]。莫鼓琵琶江上曲，怕荻花、枫叶俱凄怨[12]。云万叠，寸心远。

【注释】

〔1〕原笺：《龙洲词》题云：'去年秋，余试牒四明，赋赠老娟，至今天下与禁中皆歌之。江西人来，以为邓南秀词，非也。'"

〔2〕相如：司马相如，汉武帝时曾被任为郎。工赋。

〔3〕文君：卓文君，临邛富商卓王孙女，新寡，为司马相如琴音所挑，遂私奔成亲。

〔4〕京尘：京洛扬尘。喻功名利禄等尘世俗事。晋陆机《为顾彦先赠妇》之一："京洛多风尘，素衣化为缁。"

〔5〕香红尚软：暗用"软红尘"典。本言都市繁华。宋苏轼《次韵蒋颖叔钱穆父从驾景灵宫》之一自注："前辈戏语，有西湖风月，不如东华软红香土。"此用其字面，香红指美人眼泪。

〔6〕魂销肠断：形容极度悲伤。

〔7〕灯晕：灯焰外围的光圈。

〔8〕珠帘：珍珠串缀的帘子。常用作对帘的美称。

〔9〕翠钿：翠玉制成的花形首饰。　狼藉：零乱不整。

〔10〕殢（tì）酒：醉酒。殢，迷恋。

〔11〕焦琴：即焦尾琴。后汉蔡邕以吴人烧爨之桐制琴，有美音，因琴尾犹焦而名。见《后汉书·蔡邕传》。　纨扇：见陆游《乌夜啼》（纨扇婵娟素月）注〔1〕。汉班婕好《怨歌行》曾以团扇夏用秋捐喻初宠后弃，故此用以寄情托意。

〔12〕"莫鼓"两句：唐白居易《琵琶行》诗写京城琵琶女年长色衰，沦落为商人妇，曾于浔阳江上弹奏琵琶，诗中有"枫叶荻花秋瑟瑟"之句，此化用之。

【译文】

老来相如已疲倦，对文君说：像如今日子如何消遣？衣袖曾让京尘沾染，空留下美人泪痕尚温软。料想彼此，都是魂销肠也断。一人在客舍中独眠，夜风送来满枕清凉；听疏雨敲打梧桐，声声震颤。灯晕凄冷，还记得那次初见面。　　画楼低低，珍珠帘不卷。翠钿不整晚妆残，泪痕凝在脸。人说愁来须醉酒，无奈愁恨太多酒力浅。只有将情意、寄托于焦尾琴细绢扇。莫弹"浔阳江上"琵琶曲，怕荻花枫叶都凄怨。乌云千重叠，寸心万里远。

唐 多 令⁽¹⁾

　　芦叶满汀洲。寒沙带浅流。二十年重到南楼⁽²⁾。柳下系船犹未稳，能几日、又中秋⁽³⁾。　　黄鹤断矶头⁽⁴⁾。故人今在否。旧江山总是新愁。欲买桂花重载酒，终不似，少年游。

【注释】

〔1〕此词《花庵词选》题作"重过武昌"。原笺："《龙洲词》题云：'安远楼小集，侑觞歌板之姬黄其姓者，乞词于龙洲道人，为赋此《唐多令》，同柳阜之、刘去非、石民瞻、周嘉仲、陈孟参、孟容。时八月五日也。'"

〔2〕南楼：又名玩月楼。在湖北武昌黄鹤山上。晋庾亮镇武昌，曾与使吏数人登楼赏月。

〔3〕"能几日"句：据《龙洲词》之题，时为八月五日，离中秋甚近。

〔4〕"黄鹤"句：黄鹤（亦作鹄）山，在武昌，上有黄鹤楼，西北为黄鹤矶。

【译文】

　　芦叶布满水中小洲，寒沙随着浅水细流。二十年了，我又来到南楼。把船系在柳树下，船恐怕还没泊稳，不几天，又是佳节中秋。　　孤峭的黄鹤矶头，老朋友还在否？旧山川总是叫人添新愁。想买几枝桂花，重载一船美酒，却终究不能像、少年时那样欢游。

醉 太 平

　　情高意真。眉长鬓青。小楼明月调筝。写春风数声。　　思君忆君。魂牵梦萦。翠销香暖云屏[1]。更那堪酒醒。

【注释】

　　〔1〕"翠销"句：言云屏上的翠色因香气缭绕而模糊不清。云屏，云母屏风。

【译文】

　　情深意也真。黛眉细长，鬓发青青。明月夜，小楼里面调银筝，弄出春风几声。　　思君又忆君。魂里牵挂，梦中回萦。翠绿一片渐模糊，香气缭绕，暖了云母屏。又怎能忍受酒醒时分。

谢　懋

　　谢懋（生卒不详），字勉仲，号静寄居士。洛师（今属河南）人。淳熙间卒。有词集《静寄居士乐章》。黄昇《中兴以来绝妙词选》卷四谓吴坦伯明曾为之作序，称其"片言只字，戛玉敲金，蕴藉风流，为世所赏"。

蓦 山 溪

厌厌睡起[1]，无限春情绪。柳色借轻烟，尚瘦怯、东风倦舞。海棠红皱，不奈晚来寒，帘半卷，日西沉，寂寞闲庭户。　　飞云无据[2]。化作冥蒙雨[3]。愁里见春来，又只恐、愁催春去。惜花人老，芳草梦凄迷，题欲遍[4]，琐窗纱[5]，总是伤春句。

【注释】

〔1〕厌厌：无聊貌，懒散貌。宋柳永《定风波》："终日厌厌倦梳裹。"

〔2〕无据：没有依凭。

〔3〕冥蒙：昏暗不明。南朝梁江淹《杂体诗·效颜延之〈侍宴〉》："青林结冥蒙，丹巘被葱蒨。"

〔4〕题：题写诗句。

〔5〕琐窗：镂刻着连琐图案的窗棂。

【译文】

睡起后无精打彩，满怀抱都是春情。柳色借来轻轻的烟色，还是瘦弱羞怯，在东风之中无力地飞舞。海棠花红了又皱，晚来风寒难忍受。落日西沉，帘幕半卷，庭院寂寞，门户清闲。　　天上一片飞云，无端化作细雨蒙蒙。愁里看见春走来，又只怕愁催春去太匆匆。我这个惜花的人已老，梦中还见到凄凉迷茫的芳草。把精美的窗纱都题写遍，写的总是伤春的诗篇。

风 入 松

老年常忆少年狂。宿粉栖香。自怜独得东君意⁽¹⁾，有三年、窥宋东墙⁽²⁾。笑舞落花红影，醉眠芳草斜阳。　　事随春梦去悠扬⁽³⁾。休去思量。近来眼底无姚魏⁽⁴⁾，有谁更、管领年芳⁽⁵⁾。换得河阳衰鬓⁽⁶⁾，一帘烟雨梅黄⁽⁷⁾。

【注释】

〔1〕东君：春神。

〔2〕"有三年"句：战国楚宋玉《登徒子好色赋》："天下之佳人，莫若楚国；楚国之丽者，莫若臣里；臣里之美者，莫若臣东家之子。……然此女登墙窥臣者三年，至今未许也。"后因以指女子爱慕追求心中的男子。

〔3〕悠扬：飘忽不定。

〔4〕姚魏：姚黄、魏紫，牡丹花的两个名贵品种。见宋欧阳修《洛阳牡丹记·花释名》。

〔5〕管领：掌管，管理。　年芳：美好的春色。

〔6〕河阳：晋潘岳为河阳令，于县中遍种桃李，人称"河阳一县花"。又，《晋书·潘岳传》："岳才名冠世，为众所疾，遂栖迟十年。出为河阳令，负其才而郁郁不得志。"

〔7〕"一帘"句：化用宋贺铸《青玉案》"一川烟草，满城飞絮，梅子黄时雨"词意。

【译文】

年老了，常常回忆少年时代的轻狂。相伴栖宿的都是粉黛艳香。自以为独得东君青睐，有佳人倾心美宋玉，三年窥视在东墙。笑对落花红影翩翩舞，醉看斜阳芳草落日长。　　情事随春梦悠扬而去，无须再思量。近来眼下不见牡丹绝色，有谁来掌管这无边春光？换来河阳县令满鬓衰发，面对着一帘烟雨梅子渐黄。

浪 淘 沙[1]

黄道雨初干[2]。霁霭空蟠。东风杨柳碧毿毿[3]。燕子不归花有恨，小院春寒。　　倦客亦何堪。尘满征衫。明朝野水几重山。归梦已随芳草绿，先到江南。

【注释】

〔1〕《词旨》取上阕末两句入"警句"。

〔2〕黄道：本谓天子所经行的道路。此泛指京城道路。

〔3〕毿（sān）毿：纷披下垂貌。唐施肩吾《春日钱塘杂兴》之一："钱塘郭外柳毿毿。"

【译文】

京城路上雨刚干，雨后晴霭空中盘。东风浩荡，杨柳碧冉冉。燕子不归来，花枝衔恨不开，小院里面春意寒。　　倦游的人怎能忍受，这尘土扑满征衣衫。明朝又将面对几重野水几重山？归梦已随着变绿的芳草，提前到了江南。

霜天晓角
桂　花

绿云剪叶。低护黄金屑[1]。占断花中声誉[2]，香和韵、两清洁。　　胜绝。君听说。当时来处别。试看仙衣犹带，金庭露[3]，玉阶月[4]。

【注释】

〔1〕黄金屑：桂花色黄而碎，故称。

〔2〕占断：占尽。

〔3〕金庭：传说天上神仙所居之处。唐陈子昂《题李三书斋》："愿与金庭会，将待玉书征。"

〔4〕玉阶：以玉砌成的台阶。传说仙界所有。

【译文】

用绿云剪裁成叶，低低呵护着黄金般的花屑。占尽了花中的美好声誉，不论是香还是韵，都清雅而高洁。　　真是胜绝。你不听人说：当时来处就十分特别？试看那身仙衣，还带着天上金庭的露水，玉阶上的明月。

章良能

章良能（？—1214），字达之，处州丽水（今属浙江）人。淳熙五年（1178）进士。庆元六年（1200）自枢密院编修官迁著作佐郎，次年，除起居舍人。嘉定间，同知枢密院事，参知政事。卒谥文庄。周密外祖。《齐东野语》评云："间作小词，极有思致。"有《嘉林集》，佚。存词一首。

小 重 山

柳暗花明春事深。小阑红芍药，已抽簪[1]。雨馀风软碎鸣禽。迟迟日[2]，犹带一分阴。　　往事莫沉吟[3]。身闲时序好[4]，且登临。旧游无处不堪寻[5]。无寻处，惟有少年心。

【注释】

〔1〕抽簪：谓花尚未开放，刚发出簪子般大小的芽蕾。

〔2〕迟迟：谓阳光充足温暖。《诗·豳风·七月》："春日迟迟。"

〔3〕沉吟：深思。《古诗十九首·东城高且长》："沉吟聊踯躅。"

〔4〕时序：时节。此指春季。

〔5〕旧游：此指过去的游踪。

【译文】

柳色暗，花色明，春事已经深。小栏杆里的红芍药，抽出的芽蕾细又嫩。雨后风吹软，碎声啼叫有鸣禽。温暖的阳光，还带着一分薄阴。　　往事已去似行云，不要再沉吟。趁着身闲节序好，且把山水重登临。昔日的游踪，一一都可追寻。无处寻觅的，只有那颗少年心。

陈　亮

陈亮（1143—1194），字同甫，号龙川。婺州永康（今属浙江）人。先试吏部，被黜，绍熙四年（1193）策进士第一，授签书建康府判官公事，未之官，逾年卒。端平初，追谥文毅。曾三次上疏，言恢复大计，皆不用。又三次入狱。论学重事功，为"永康学派"创始人，学者称"龙川先生"。词近辛稼轩，刘师培《论文杂记》云："龙川之词，感愤淋漓，眷怀君国……例之古诗，远法太冲，近师李白，此纵横家之词也。"有《三国纪年》、《苏门六君子文粹》（辑）、《龙川文集》等。词集名《龙川词》。

水 龙 吟[1]

闹花深处层楼,画帘半卷东风软[2]。春归翠陌,平莎茸嫩,垂杨金浅[3]。迟日催花[4],淡云阁雨[5],轻寒轻暖。恨芳菲世界,游人未赏,都付与、莺和燕。

寂寞凭高念远。向南楼、一声归雁[6]。金钗斗草[7],青丝勒马[8],风流云散。罗绶分香[9],翠绡封泪[10],几多幽怨。正销魂,又是疏烟淡月,子规声断[11]。

【注释】

〔1〕此词一本有题"春恨"。清陈廷焯《白雨斋词话》评云:"此词'念远'二字是主,故目中一片春光,触我愁肠,都成眼泪。"

〔2〕画帘:有画饰的帘。

〔3〕金浅:指柳色浅黄。

〔4〕迟日:见前首注〔2〕。

〔5〕阁雨:使雨停。阁,同"搁"。

〔6〕南楼:此泛指向南之楼。

〔7〕金钗斗草:以金钗为赌斗草。斗草,古时一种游戏,常于春天或端午节举行,竞采花草,比所得多寡优劣。唐郑谷《采桑》:"何如斗百草,赌取凤凰钗。"

〔8〕青丝:马缰绳。南朝梁王僧孺《古意》:"青丝控燕马,紫艾饰吴刀。"

〔9〕罗绶:罗带。 分香:此指分香罗带而别。宋秦观《满庭芳》:"香囊暗解,罗带轻分。"

〔10〕翠绡封泪:翠绡,青翠色丝巾。《丽情集》云:"灼灼,锦城官妓也,善舞《柘枝》,能歌《水调》。御史裴质与之善。裴召还,灼灼以软绡聚红泪为寄。"

〔11〕子规:杜鹃鸟。相传古蜀帝杜宇魂魄所化,啼声凄怨。

【译文】

繁花深处的高楼上,精致的窗帘半卷,东风柔软。春天回到道路田野,细嫩的莎草一片翠绿,垂杨金黄轻浅。温暖的阳光催促花开，淡淡的云层留着雨水，轻轻的寒轻轻的暖。可恼这片姹紫嫣红的芳菲世界，游人尚未来赏玩，都给了那莺莺燕燕。　　独自寂寞，登高又怀远。南楼边，传过一声鸣叫，那是北来的大雁。赌金钗、斗百草，勒青丝、骑骏马，往日的风流如行云飞散。罗带分香赠别，翠巾封寄红泪，有多少幽愁多少哀怨！正在消魂时，又是轻烟飘拂月色暗淡，被子规声声叫断。

真德秀

真德秀（1178—1235），字希元，号西山，浦城（今属福建）人。庆元五年（1199）进士，授南剑州判官。开禧元年（1205）中博学宏词科。为太学博士，后官至翰林学士知制诰，卒谥文忠。理学大家。学者称"西山先生"。有《三礼考》、《四书集编》、《大学衍义》、《西山先生真文忠公文集》、《西山先生诗集》等。

蝶 恋 花

红 梅⁽¹⁾

两岸月桥花半吐⁽²⁾。红透肌香，暗把游人误。尽道武陵溪上路⁽³⁾。不知迷入江南去。　　先自冰霜真态度。何事枝头，点点胭脂污。莫是东君嫌淡素⁽⁴⁾。问花花又娇无语。

【注释】

〔1〕一本无题。《历代词话》卷七引《宋名家词评》曰："作《大学衍

义》人，又有此等词笔。"

　　〔2〕月桥：指半月形拱桥。

　　〔3〕武陵溪：晋陶潜《桃花源记》中所写世外桃源。

　　〔4〕东君：春神。也指日神。《楚辞·九歌》有《东君》篇。

【译文】

　　月形小桥连接两岸，梅花半开。花瓣如含香的肌肤已经红透，暗中却把游人赚。都说是武陵溪上桃花源，不知已被它迷入江南。　　冰霜幽姿本天然，为何枝头上一点点，反被红胭脂污染？莫非是东君嫌你太素太淡？问梅花梅花又娇柔无言。

刘光祖

　　刘光祖（1142—1222），字德修，号后溪，又号山堂，简州阳安（今四川简阳）人。乾道五年（1169）进士。历仕孝宗、光宗、宁宗三朝，官终显谟阁直学士。谥文节。以论谏激烈有名于世。有《鹤林词》。

洞 仙 歌
败 荷

　　晚风收暑，小池塘荷静。独倚胡床酒初醒[1]。起徘徊、时有香气吹来，云藻乱[2]，叶底游鱼动影。　　空擎承露盖[3]，不见冰容[4]，惆怅明妆晓鸾镜[5]。后夜月凉时、月淡花低，幽梦觉、欲凭谁省。也应记、临流凭阑干，便遥想、江南红酽千顷。

【注释】

〔1〕胡床：一种坐具，可以折叠。也叫交床。宋程大昌《演繁露·交床》有记载。

〔2〕云藻：即藻，一种水草。

〔3〕擎：支撑。 承露盖：指荷叶。宋苏轼《赠刘景文》："荷尽已无擎雨盖，菊残犹有傲霜枝。"

〔4〕冰容：指荷花未败时。

〔5〕鸾镜：妆镜。此借指塘水。相传古罽宾王获一鸾鸟，甚爱之，而鸟三年不鸣。夫人曰："闻鸟见其类而后鸣，何不悬镜以映之？"王从言。鸾睹影感契，悲鸣不已，一奋而绝。见《太平御览》卷九一六引刘宋范泰《鸾鸟诗》序。

【译文】

晚风收去白日的残热，小池塘里，荷花变得一片寂静。我独自身倚胡床，酩酊酒醉刚醒。站起身徘徊。香气吹来阵阵闻，水藻零乱，叶底游鱼搅碎了一池荷影。　　如盖的绿叶空自擎。天明梳妆，不见荷花的冰雪姿容，定会对水惆怅生。后半夜月凉时分，月光淡淡荷花低。一夕幽梦，醒来凭谁去追寻？也应该记起，曾经倚栏杆临水玩赏花的娉婷。便遥想江南的荷花红透了千万顷。

蔡 枏

蔡枏（？—1170），字坚老，自号云壑道人。南城（今属江西）人。尝为宜州别驾、袁州通判。与曾纡、吕本中等倡和。有《浩歌集》。

鹧 鸪 天

病酒厌厌与睡宜⁽¹⁾。珠帘罗幕卷银泥⁽²⁾。风来绿树花含笑，恨入西楼月敛眉。　　惊瘦尽，怨归迟。休将桐叶更题诗⁽³⁾。不知桥下无情水，流到天涯是几时。

【注释】

〔1〕病酒：沉醉于酒，或因饮酒过量而生病。　厌厌：精神不振貌。

〔2〕银泥：银粉调制的颜料，涂饰之物。

〔3〕桐叶题诗：据《云溪友议》等书载，唐玄宗时，顾况于宫苑流水中得一梧叶，上有题诗云："一入深宫里，年年不见春。聊题一片叶，寄与有情人。"况亦于叶上题诗和之。

【译文】

喝多了酒无精打彩，醉了就应去睡眠。饰银泥的珠帘罗幕高高卷。轻风吹入绿树花枝含笑，月色入西楼，愁恨把眉敛。　　自己惊诧消瘦尽，怨恨他归来迟。桐叶虽好再也不题诗。不知桥下无情的河水，流到天涯要等到何时。

洪咨夔

洪咨夔（1176—1236），字舜俞，号平斋。於潜（今浙江临安）人。嘉定二年（1209）进士。授如皋主簿，后官至刑部尚书、翰林学士、知制诰，加端明殿学士，提举万寿观。卒谥忠文。词多送行献寿之作，多富贵气，工于发端。有《春秋说》、《平斋集》。词集名《平斋词》。

眼 儿 媚⁽¹⁾

平沙芳草渡头村。绿遍去年痕。游丝上下⁽²⁾，流莺来往⁽³⁾，无限销魂。　　绮窗深静人归晚⁽⁴⁾，金鸭水沉温⁽⁵⁾。海棠影下，子规声里，立尽黄昏。

【注释】

〔1〕《词旨》以下阕末三句入 "警句"。
〔2〕游丝：飘荡在空中的细丝，由蜘蛛等昆虫吐布。
〔3〕流莺：鸣声婉转的黄莺。
〔4〕绮窗：雕饰精美的窗子。
〔5〕金鸭：铜制鸭形香炉。　水沉：沉水香，一种熏香料。

【译文】

平沙芳草边的渡口小村，春风染遍了去年的绿痕。蛛丝上下飘荡，黄莺来往啼鸣，春光无限令人销魂。　　画窗寂静人归得晚，金鸭炉里沉水香气氤氲。海棠花的影下，子规鸟的声中，她默默独立了整个黄昏。

岳 珂

岳珂（1183—? ），字肃之，号亦斋、东几，晚号倦翁。汤阴（今属河南）人。岳飞孙。宝庆时官至户部侍郎、淮东总领兼制置使。淳祐元年（1241）后卒。有《金陀粹编》、《愧郯录》、《桯史》、《玉楮集》等。

满 江 红

　　小院深深，悄镇日、阴晴无据[1]。春未足、闺愁难寄，琴心谁与[2]。曲径穿花寻蛱蝶[3]，虚阑傍日教鹦鹉。笑十三、杨柳女儿腰[4]，东风舞。　　云外月，风前絮。情与恨，长如许。想绮窗今夜，与谁凝伫[5]。洛浦梦回留珮客[6]，秦楼声断吹箫侣[7]。正黄昏、时候杏花寒，廉纤雨[8]。

【注释】

　　[1]镇日：犹整日。
　　[2]琴心：琴声中表达的情意。《史记·司马相如列传》载卓文君新寡，相如"以琴心挑之"。
　　[3]蛱蝶：即蝴蝶。
　　[4]"笑十三"句：言杨柳如十三岁少女的腰肢那样细软柔弱。
　　[5]凝伫：凝望伫立。
　　[6]"洛浦"句：《韩诗外传》载，郑交甫在汉皋台下，遇二神女，"与言曰：'愿请子之珮'，二女与交甫，交甫受而怀之，超然而去，十步循探之，即亡矣，回顾二女，亦即亡矣。"洛浦，洛水之滨，相传曹植于此遇洛神宓妃。此当合两事而用之。
　　[7]"秦楼"句：相传春秋时，萧史善吹箫，作凤鸣。秦穆公女弄玉喜之，遂嫁萧史，穆公为造凤台以居，一夕二人吹箫引凤，共飞升仙去。见《列仙传》。
　　[8]廉纤：细微。

【译文】

　　小院深深整日寂静，天阴天晴全无凭据。春意还没有充足，春闺愁绪寄往何处？琴心又可向谁倾诉？小路弯弯曲曲，寻蝴蝶穿梭在花丛间。天色近午倚栏杆，且教鹦鹉学人言。笑杨柳，细如十三岁的女孩腰，在风中亭亭袅袅。　　云外月色暗，风前柳絮乱。情和恨，常常是这般。想今夜倚绮窗，与谁一起凝望。洛浦留珮客的梦已醒，秦楼吹箫人的声也断。正是黄昏时候，杏花清寒，细雨绵绵。

生 查 子

　　芙蓉清夜游[1]，杨柳黄昏约[2]。小院碧苔深，润透双鸳薄[3]。　　暖玉惯春娇，簌簌花钿落[4]。缺月故窥人，影转阑干角。

【注释】

　　[1] 芙蓉：似指芙蓉园。汉代洛阳、隋唐长安，均有芙蓉园。此或泛指某处一花园。

　　[2]"杨柳"句：化用宋欧阳修《生查子》："月上柳梢头，人约黄昏后。"

　　[3] 双鸳：指绣有鸳鸯图案的鞋子。也泛指鞋，因其左右相对成双。

　　[4] 花钿：金翠珠宝制成的花形首饰。

【译文】

　　在清朗的夜色中去芙蓉园一游，与他在黄昏时的柳树下相约。小院长满深深的碧苔，湿透了薄薄的鸳鸯绣鞋。　　温柔如玉的身肢习惯了春的娇媚，头上的花钿簌簌往下落。弯弯的月儿像是故意窥探人事，悄悄地把影子转向栏杆一角。

张　镃

　　张镃（1153—? ），初字时可，因慕郭功甫，改字功甫，号约斋。成纪（今甘肃天水）人。张俊曾孙。居临安，卜居南湖。隆兴二年（1164），为大理司直。嘉定四年（1211）被除名象州编管，是年后卒。善画，工诗，能词。有《梅品》《桂隐百果》《诗学规范》《南湖集》等。词集名《玉照堂词钞》，或作《南湖诗馀》。

念 奴 娇

宜雨亭咏千叶海棠[1]

　　绿云影里，把明霞、织就千里文绣[2]。紫腻红娇，扶不起、好是未开时候。半怯春寒，半便晴色，养得胭脂透。小亭人静，嫩莺啼破春昼。　　犹记携手芳阴[3]，一枝斜戴，娇艳波双秀[4]。小语轻怜花总见，争得似花长久[5]。醉浅休归，夜深同睡，明日还相守。免教春去，断肠空叹诗瘦[6]。

【注释】

〔1〕宜雨亭：据《武林旧事》，为作者南湖居处亭名，有海棠二十株，是其"桂隐百果"之一。

〔2〕文绣：刺绣。或指刺绣出的华美丝织品、衣物等。

〔3〕芳阴：花阴。

〔4〕波：流转的目光。代指眼。

〔5〕争：通"怎"。

〔6〕诗瘦：为做诗而瘦。唐李白《戏赠杜甫》："借问别来太瘦生，总为从前作诗苦。"

【译文】

　　绿云影里裁出一片明霞，织成这千里长的锦绣。紫色腻，红色羞，扶不起，好像还是未开的时候。一面怯春寒，一面就着晴色，将花养得胭脂一般透。亭子小，人声静，乳莺儿叫破了春昼。

还记得当时花影下曾携手，她斜戴一枝海棠花，双目娇艳含俊秀。语气柔软怜爱轻，花总看得见，又怎能像花一样长久？浅醉不要说归去，夜深且伴花儿睡，明日里还可相厮守。免得春归花飞后，空叹断肠为作诗瘦。

昭 君 怨
园池夜泛

月在碧虚中住[1]。人向乱荷中去。花气杂风凉。满船香。　云被歌声摇动。酒被诗情掇送[2]。醉里卧花心。拥红衾[3]。

【注释】

〔1〕碧虚：青天，碧空。因天色碧而虚。南朝梁吴均《咏云》："飘飘上碧虚，蔼蔼隐青林。"

〔2〕掇送：打发。

〔3〕红衾：红被子。喻指荷花。

【译文】

月儿高高挂在天上，人向乱荷影里荡桨。凉风吹来花气，满船都是清香。　天上的云被歌声摇动，酣美的酒把诗情催送。醉了卧在荷叶丛中，且把红花作被相拥。

卢祖皋

卢祖皋（生卒不详），字申之，又字次夔，号蒲江。永嘉（今属浙江）人。庆元五年（1199）进士。官终将作少监，兼直学士院。与"永嘉四灵"相唱和。工乐府，江浙间多歌之。有《蒲江词》。

宴 清 都
初 春

春讯飞琼管[1]。风日薄，度墙啼鸟声乱。江城次第笙歌，翠合绮罗香暖[2]。溶溶涧[3]，绿冰泮[4]。醉梦里，年华暗换。料黛眉重锁隋堤[5]，芳心暗动梁苑[6]。

新来雁，阔云音，鸾分镜影[7]，无计重见。啼春细雨，笼愁淡月，恁时庭院[8]。离肠未语先断。算犹有、凭高望眼。更那堪、芳草连天，飞梅弄晚。

【注释】

〔1〕春讯：春天的信息。　　琼管：玉笛。
〔2〕合：通"盒"。
〔3〕溶溶：水波流动貌。
〔4〕泮：融化。
〔5〕隋堤：隋炀帝时，沿通济渠、邗沟河岸修筑的御道，道旁广植杨柳，后人称为隋堤。唐韩琮《杨柳枝》："梁苑隋堤事已空，万条犹舞旧东风。"
〔6〕梁苑：在河南开封，汉梁孝王筑，延名士司马相如等为上宾，时相宴游。
〔7〕鸾分镜影：谓失去伴侣。见刘光祖《洞仙歌》注〔5〕。
〔8〕恁时：那时。

【译文】

春的讯息飞出笛管。风光初露，过墙啼鸟叫声乱。江城里笙歌此起彼落，翡翠盒绮罗衫香风送暖。绿冰融化，水波溶溶流深涧。醉里和梦里，东君暗把年华换。料想是柳叶绿如眉，层层锁隋堤；花心如春心，春情暗起梁王苑。　　南来新雁叫，久阔了云间音；与他一别后，无法再相见。细雨啼春苦，淡月笼愁绪，记得是那时庭院。话还未出口，离肠已先断。就算是凭高眺望，又怎能面对芳草凄迷连天远，梅花落红斜阳晚。

江 城 子

　　画楼帘幕卷新晴。掩银屏[1]。晓寒轻。坠粉飘香，日日唤愁生。暗数十年湖上路，能几度，著娉婷[2]。
　　年华空自感飘零。拥春酲[3]。对谁醒。天阔云闲，无处觅箫声[4]。载酒买花年少事，浑不似，旧心情。

【注释】

〔1〕银屏：镶银的屏风。唐白居易《长恨歌》："珠箔银屏逦迤开。"

〔2〕娉婷：姿态美好的样子。此指佳人。唐乔知之《绿珠篇》："明珠十斛买娉婷。"

〔3〕春酲（chéng）：春日酒醒后困倦。

〔4〕觅箫声：谓寻找知音或心上人。箫声，用萧史弄玉典。见岳珂《满江红》注〔7〕。

【译文】

　　清晓高楼卷帘幕，天已新放晴。因有微寒在，犹自掩银屏。红粉坠落香飘散，日日愁向心上生。暗数十年来的湖上路，还能有几次，再见她的娉婷身影？　　空自感叹年华飘零。抱着春日酒后的困乏，又会对谁独保清醒？天空茫茫浮云悠闲，没有地方可以寻觅箫声。就连载酒买花这种年少事，都不像往日那样有好心情。

贺 新 凉

彭传师于吴江三高堂之前作钓雪亭，盖擅渔人之窟宅，以供诗境也。子野命予赋之[1]。

挽住风前柳。问鸱夷、当日扁舟[2]，近曾来否。月落潮生无限事，零乱茶烟未久[3]。谩留得莼鲈依旧[4]。可是从来功名误[5]，抚荒祠、谁继风流后。今古恨，一搔首。　江涵雁影梅花瘦[6]。四无尘、雪飞风起，夜窗如昼。万里乾坤清绝处，付与渔翁钓叟。又恰是、题诗时候。猛拍阑干呼鸥鹭，道他年、我亦垂纶手[7]。飞过我，共樽酒。

【注释】

〔1〕彭传师：原笺引《桯史》云："彭传师，名法，以恩科得官，依钱东岩之门，督府尝欲举以使金，不克遣，终老于选调云。"　三高堂：在江苏吴江，祠越国上将军范蠡、晋江东步兵张翰、唐赠右补阙陆龟蒙。宋初建。　钓雪亭：《嘉靖吴江县志》："钓雪亭，在雪滩，宋嘉泰二年县尉彭法建，华亭林至记。"　子野：不详。　宋黄昇《中兴词话》评云："无一字不佳。每一咏之，所谓如行山阴道中，山水映发，使人应接不暇也。"

〔2〕鸱夷：皮革囊。此指范蠡。《史记·越王勾践世家》："范蠡浮海出齐，变姓名，自谓鸱夷子皮。"　当日扁舟：即指范蠡泛舟五湖。

〔3〕茶烟：缅怀陆龟蒙。陆隐居甫里，自号江湖散人、甫里先生，又号天随子，常携束书、茶灶、笔床、钓具往来江湖间。

〔4〕谩：一作"漫"，同。　莼鲈：西晋张翰在洛阳为官，见秋风起，因思家乡莼羹、鲈脍，遂弃官归隐。

〔5〕功名误：唐杜甫《奉赠韦左丞丈二十二韵》："纨袴不饿死，儒冠多误身。"

〔6〕"江涵"句：唐杜牧《九日齐山登高》："江涵秋影雁初飞。"

〔7〕垂纶：垂钓。纶，钓丝。

【译文】

　　拉住风前杨柳，问范蠡当年小舟，近日曾来否？月落潮涨无限事，云烟过眼走。零乱的茶烟消散未久，留存的莼羹鲈鱼还依旧。可是人生从来都被功名误，凭吊荒祠，后人谁能继承他们的风流？今古茫茫恨，踯躅一搔首。　　江涵秋雁影，雪压梅花瘦。四面无纤尘，风起雪花舞，映照夜窗明如昼。乾坤万里远，此处最清绝，都付与渔翁和钓叟。恰又是雪夜题诗的好时候。猛把栏杆拍，呼唤鸥和鹭：他年我也是江上垂钓手！鸥鹭飞过来，与我共饮杯中酒。

倦 寻 芳

春　思

　　香泥垒燕[1]，密叶巢莺，春晴寒浅。花径风柔，著地舞茵红软[2]。斗草烟欺罗袂薄，秋千影落，春游倦。醉归来，记宝帐歌慵[3]，锦屏春暖[4]。　　别来怅、光阴容易还，又荼蘼牡丹开遍[5]。妒恨疏狂[6]，那更柳花盈面。鸿羽难凭芳信短[7]。长安犹近归期远[8]。倚危楼，但镇日、绣帘高卷[9]。

【注释】

　　〔1〕香泥：有芳香的泥土。唐胡宿《城南》："昨夜轻阴结夕霏，城南十里有香泥。"

　　〔2〕舞茵：铺在地上供跳舞用的草垫。此指落红如茵。

　　〔3〕宝帐：华美的帐子。刘宋鲍照《代陈思王京洛篇》："宝帐三千万，为尔一朝容。"

　　〔4〕锦屏：织锦屏风。也指女子住处。唐温庭筠《蕃女怨》："年年征战，画楼离恨锦屏空。"

　　〔5〕荼蘼：荼蘼花，春末开。

〔6〕疏狂：不受拘束。此指柳絮无处不飞，又喜沾人衣。

〔7〕鸿羽：大雁。用雁足系书典，代指信使。

〔8〕长安犹近：相传晋明帝少时，元帝因事问长安与日孰远，答曰："日远。不闻人从日边来，居然可知。"元帝异之，明日集群臣宴，复问，乃答曰："日近。"帝失色问故，答曰："举目见日，不见长安。"见《世说新语·夙惠》。

〔9〕镇日：整日。

【译文】

　　香泥垒燕窝，密叶筑莺巢，春晴寒气十分浅。花径轻风柔，飞红铺地舞垫软。斗百草，烟近衣衫薄，秋千不荡影停落，春游已疲倦。醉酒归来，只记得，宝帐里歌懒唱，锦屏中春色暖。　　自别来增惆怅，光阴冉冉容易还。又是荼蘼花满架，牡丹花开遍。更怎忍杨花轻薄疏狂扑满面。情书短，鸿雁难传。你的归期竟比长安远。一人独倚高楼，绣帘整天高卷。

清 平 乐

　　锦屏开晓〔1〕。寒入宫罗峭〔2〕。脉脉不知春又老〔3〕。帘外舞红多少。　　旧时驻马香阶，如今细雨苍苔。残梦不成重理，一双蝴蝶飞来。

【注释】

〔1〕锦屏：此指女子闺房。

〔2〕宫罗：一种薄丝织品。

〔3〕脉脉：含情难抒貌。

【译文】

　　清晨打开锦屏，寒意透入宫罗还觉得料峭。多情不知道春天又将老，帘幕外落红飘舞有多少。　　往日系马停留的台阶，如今细雨滴满苍苔。残梦零乱想再梳理，有一双蝴蝶翩然飞来。

又

柳边深院。燕语明如剪[1]。消息无凭听又懒[2]。隔断画屏双扇。　　宝杯金缕红牙[3]。醉魂几度儿家。何处一春游荡，梦中犹恨杨花[4]。

【注释】

〔1〕剪：形容燕声明快。

〔2〕无凭：不准，没凭据。

〔3〕宝杯：贵重的酒杯。　金缕：指《金缕衣》等曲调。　红牙：檀木制成的拍板，以调节乐曲的节拍。此句言饮酒、听歌。

〔4〕杨花：代指水性杨花的女子。

【译文】

杨柳树边深深院，燕叫分明如论辩。消息不准懒得听，用双扇画屏来隔断。　　金杯妙曲伴着红牙节拍，醉魂几次来奴家？一春游荡到何处，教我梦中还恨轻薄的杨花。

谒 金 门

香漠漠[1]。低卷水风池阁。玉腕笼纱金半约[2]。睡浓团扇落。　　雨过凉生云薄。女伴棹歌声乐。采得双莲迎笑剥[3]。柳阴多处泊。

【注释】

〔1〕漠漠：香气浓郁貌。

〔2〕玉腕：女子温润洁白的手腕。 笼纱：笼着纱袖。 金半约：指半束着金环。三国魏曹植《美女篇》："攘袖见素手，皓腕约金环。"

〔3〕双莲：并蒂莲。象征男女和合。世以为吉祥。

【译文】

香气浓浓，随风低卷吹上池阁。半束金环的玉腕笼着轻纱，睡意正浓不觉团扇掉落。 一阵细雨过，凉意渐生云层薄。女伴采莲藕，棹歌唱得乐。采得并蒂莲，含笑轻轻剥，船儿移向浓柳阴里泊。

又

风不定。移去移来帘影。一雨池塘新绿净。杏梁归燕并〔1〕。 翠袖玉屏金镜〔2〕。薄日绮疏人静〔3〕。心事一春疑酒病。鸟啼花满径。

【注释】

〔1〕杏梁：文杏木做的屋梁。言屋宇华贵。宋晏殊《采桑子》："燕子双双，依旧衔泥文杏梁。"

〔2〕翠袖：青绿色衣袖。借指女子。 玉屏：玉制或玉饰屏风。 金镜：铜镜。

〔3〕绮疏：镂刻成空心花纹的窗户。《后汉书·梁冀传》："窗牖皆有绮疏青琐，图以云气仙灵。"

【译文】

风吹荡，帘幕移晃影不定。细雨洒池塘，绿色新又净。杏梁上，燕子归来成双并。 佳人画屏里对金镜。薄日照绮窗，人声静。心病闹了一春，只疑是酒病。帘外啼鸟鸣，花落满幽径。

乌 夜 啼

几曲微风按柳⁽¹⁾，生香暖日蒸花。鸳鸯睡足方塘晚，新绿小窗纱。　　尺素难将情绪⁽²⁾，嫩罗还试年华⁽³⁾。凭高无处寻残梦，春思入琵琶。

【注释】

〔1〕按：抚弄，触摸。
〔2〕尺素：书信。　将：传达，表达。
〔3〕嫩罗：色淡质薄的罗衣。

【译文】

丝丝微风拂柳枝，暖日蒸花香气发。方塘日色晚，鸳鸯睡得足，新绿映上小窗纱。　　片纸难将情怀达，穿上轻罗衣，一试青春好年华。登高望远，残梦无处寻，缕缕春思尽写入琵琶。

又
西 湖

漾暖纹波飐飐⁽¹⁾，吹晴丝雨蒙蒙⁽²⁾。轻衫短帽西湖路，花气扑青骢⁽³⁾。　　斗草褰衣湿翠⁽⁴⁾，秋千瞥眼飞红。日长不放春醪困⁽⁵⁾，立尽海棠风⁽⁶⁾。

【注释】

〔1〕飐（zhǎn）飐：颤动貌。汉刘歆《遂初赋》："回风育其飘忽兮，回飐飐之泠泠。"

〔2〕蒙蒙：雨丝纷杂迷茫。
〔3〕青骢：毛色青白的骏马。
〔4〕搴（qiān）：用手提起，撩起。
〔5〕春醪：春酒。
〔6〕海棠风：海棠花开时的风。二十四番花信风之一，时间在春分。

【译文】

　　波纹摇摇漾暖气，雨丝蒙蒙吹天晴。轻衫短帽，在西湖路上行，花香扑向骏马身。　　撩衣斗草翠色湿衣襟，荡秋千眼前飞过红花影。白日漫长不让酒醉困，在海棠风中立个尽。

张履信

　　张履信（生卒不详），字思顺，号游初。鄱阳（今江西波阳）人。淳熙中监江口镇，后通判潭州，官至连江守。存词二首。

柳 梢 青

　　雨歇桃繁。风微柳静，日淡湖湾[1]。寒食清明[2]，虽然过了，未觉春闲。　　行云掩映春山。真水墨[3]，山阴道间[4]。燕语侵愁，花飞撩恨，人在江南。

【注释】

　　〔1〕湾：水边弯曲处。
　　〔2〕寒食清明：春季中的两个节气。
　　〔3〕水墨：指水墨画卷。

〔4〕山阴道:在浙江绍兴,以景物美而多著称。南朝宋刘义庆《世说新语·言语》:"从山阴道上行,山川自相映发,使人应接不暇。"

【译文】

　　雨停桃花繁,风轻杨柳静,湖水一湾日光淡。寒食清明虽过去,春事仍然不觉闲。　　天上行云地上山,云山相掩映。真实的水墨画卷,仿佛让人置身山阴道间。燕语声声入愁来,花飞片片乱心怀,断肠人在江南。

谒 金 门

　　春睡起。小阁明窗儿底〔1〕。帘外雨声花积水。薄寒犹在里。　　欲起还慵未起〔2〕。好是孤眠滋味〔3〕。一曲广陵应忘记〔4〕。起来调绿绮〔5〕。

【注释】

　　〔1〕底:通"低"。
　　〔2〕慵:懒散。
　　〔3〕好是:正是,恰是。
　　〔4〕广陵:指《广陵散》,琴曲名。《晋书·嵇康传》载康善弹此曲,秘不授人,后遭害,临刑索琴弹之,曰:"《广陵散》于今绝矣。"
　　〔5〕绿绮:古琴名。相传汉司马相如作《玉如意赋》,梁王悦而赐此琴。此泛指琴。

【译文】

　　春睡起,小阁明亮窗儿低。帘外雨声细,雨水花心积。薄寒犹不去。　　想起终又懒得起,恰恰是孤眠滋味。一曲《广陵散》怕忘记,起来弹琴调绿绮。

周文璞

　　周文璞（生卒不详），字晋仙，号方泉，汝阳（今山东汶上）人，或言阳谷（今属山东）人。曾为溧阳县丞。与韩淲、葛天明、姜夔等人唱和。宝庆间，以江湖诗案被累，遂讳诗。有《方泉集》。

一　剪　梅

　　风韵萧疏玉一团[1]。更著梅花，轻袅云鬟[2]。这回不是恋江南[3]。只为温柔，天上人间[4]。　　赋罢闲情共倚阑[5]。江月庭芜[6]，总是销魂，流苏斜掩烛花寒[7]。一样眉尖，两处关山[8]。

【注释】
　　〔1〕萧疏：清丽。唐吴融《书怀》："夏物萧疏景更清。"
　　〔2〕云鬟：高耸的环形发髻。
　　〔3〕恋江南：指轻浮绮靡的情爱。旧时江南以绮丽浮艳出名。
　　〔4〕天上人间：唐白居易《长恨歌》："但令心似金钿坚，天上人间会相见。"
　　〔5〕赋罢：晋潘岳辞官家居，曾作《闲情赋》以致意。此指吟诗填词。
　　〔6〕庭芜：庭园荒芜，生满杂草。
　　〔7〕流苏：彩色羽毛或丝线制成的穗状垂饰物。此指以流苏为饰的帷帐。
　　〔8〕关山：喻指双眉。

【译文】
　　风韵本清丽，似美玉一团。又戴着梅花，轻轻袅动云鬟。这次不是为了恋江南，只为多情温柔，立誓相伴天上人间。　　吟罢了闲情共倚栏杆。江上明月，庭园荒草，总是叫人魂欲断。流苏帐斜掩，银烛花吐寒。一样的眉尖，攒成了两处关山。

徐　照

徐照（？—1211），字道晖，一字灵晖，自号山民。永嘉（今属浙江）人。一生不仕。工诗，与赵师秀、翁卷、徐玑合称"永嘉四灵"。有《芳兰轩诗集》。

南　歌　子

帘景筛金线[1]，炉烟袅翠丝。菰芽新出满盆池[2]。唤取玉瓶添水、买鱼儿[3]。　　意取钗重碧[4]，慵梳髻翅垂[5]。相思无处说相思。笑把画罗小扇[6]，觅春词[7]。

【注释】

〔1〕景：同"影"。　筛（shāi）：在筛具中来回摇动，同"筛"。金线：喻指日光。

〔2〕菰：即茭白。　盆池：埋盆于地，引水灌之，以种观赏性水生植物。

〔3〕玉瓶：指瓷瓶。

〔4〕重碧：深绿色。

〔5〕髻翅垂：即垂翅髻，发式的一种。

〔6〕画罗：有图饰的丝织物。

〔7〕春词：咏写春天或有关男女情事的文辞。

【译文】

帘透日光如筛金线,炉烟袅袅似翠丝。菰菜才生芽,长满一盆池。快取玉瓶添水,买些鱼儿养在里。 想用重碧钗束发,懒得去梳垂翘髻。相思的人没处可说相思。含笑拿一把画罗小扇,到处寻觅春词。

清 平 乐

绿围红绕。一枕屏山晓[1]。怪得今朝偏起早[2]。笑道牡丹开了。 迎人卷上珠帘。小螺未拂眉尖[3]。贪教玉笼鹦鹉[4],杨花飞满妆奁。

【注释】

〔1〕屏山:即屏风。

〔2〕怪得:惊怪,惊疑。

〔3〕"小螺"句:谓眉尚未画好。螺,螺子黛,古时妇女用来画眉的青黑色矿物颜料,相传出自波斯。也泛指画眉用品。

〔4〕教:指教鹦鹉学语。

【译文】

绿的红的围绕,屏风里一觉睡到晓。惊问为何今天偏偏起得早,笑答牡丹花开了。 当人面卷上珠帘,螺黛还没描上眉尖。却贪教玉笼中的鹦鹉,让杨花飞满了妆奁。

阮 郎 归[1]

绿杨庭户静沉沉。杨花吹满襟。晚来闲向水边寻。

惊飞双浴禽。　　分别后，重登临。暮寒天气阴。妾心移得在君心。方知人恨深[2]。

【注释】

〔1〕《词旨》以下阕末两句入"警句"。

〔2〕"妾心"两句：化用五代顾夐《诉衷情》"换我心，为你心，始知相忆深"词意。

【译文】

　　绿杨垂下影，庭院静沉沉。杨花吹落满衣襟。天气晚，闲向水滨寻。惊吓起对浴的禽鸟，双双飞不定。　　分手后，此处重登临。正当暮寒天又阴。只有将妾心移置在君心，方知道我的愁恨深。

俞　灏

　　俞灏（1146—1231），字商卿。先世居杭州，徙居乌程（今浙江湖州）。绍熙四年（1193）进士。授吴县尉。后历知安丰军、常德府，提举湖北常平茶盐。致仕后，居杭州九里松，自号青松居士。

点　绛　唇

　　欲问东君[1]，为谁重到江头路。断桥薄暮[2]。香透溪云渡。　　细草平沙，愁入凌波步[3]。今何许。怨春无语。片片随流水。

【注释】

〔1〕东君：春神。

〔2〕断桥：在杭州白堤上。或言本名宝祐桥，又名段家桥。

〔3〕凌波：在水面上行走。比喻女子步履轻盈。语本三国魏曹植《洛神赋》："凌波微步，罗袜生尘。"

【译文】

想问问春神，为了谁重又回到江头路？断桥边，日色暮。花香透溪水，溪上云争渡。　　细草生平沙，愁入伊人纤纤步。伊人而今在何处？怨春默默无语。落红片片随流水。

潘 牥

潘牥（1204—1246），字庭坚，号紫岩。闽县（今属福建）人。端平二年（1235）进士。历浙西茶盐司干官，改宣教郎，除太学正，旬日出，通判潭州。卒于官。有《紫岩词》。

南 乡 子⁽¹⁾

生怕倚阑干。阁下溪声阁外山。空有旧时山共水⁽²⁾，依然。暮雨朝云去不还⁽³⁾。　　想见蹑飞鸾⁽⁴⁾。月下时时认佩环⁽⁵⁾。月又渐低霜又下，更阑⁽⁶⁾。折得梅花独自看⁽⁷⁾。

【注释】

〔1〕此词原笺引刘克庄《后村诗话》，题作"镡津怀旧"，又引《花庵绝妙词选》，题作"题南剑州妓馆"。按：《后村诗话》云："'溪山'句、

'梅花'句，似非忆妓所能当，或亦别有寄托，题或误耳。而词致俊雅，故自不同凡艳。"《草堂诗馀正集》评云："'阁下溪声阁外山'句，便已婉挚，况复足'山水'一句乎？结得凄切。"

〔2〕空：一本作"惟"。

〔3〕暮雨朝云：用战国楚宋玉《高唐赋》记巫山神女自称"旦为朝云，暮为行雨"典。指相思的女子，也指男女欢爱。

〔4〕蹑：踩、踏，词中有"乘"之义。 鸾：神话中的鸟，如凤凰。

〔5〕认：一本作"整"。 佩环：即环佩，衣带上的饰物。

〔6〕更阑：夜深。阑，阑珊。

〔7〕"折得"句：宋姜夔《疏影》："想佩环、月下归来，化作此花幽独。"此或化用之。

【译文】

　　最怕倚栏杆。楼阁下溪声潺潺，楼阁外青山绵绵。空有这旧时山水，模样还依然。她却如暮云朝雨，一去不复返。　　想象她此时乘着飞鸾，月下时时可认出她的佩环。月又渐渐落，霜又渐渐下，夜色已阑珊。折来一枝梅花，独自赏看。

刘　翰

　　刘翰（生卒不详），字武子。长沙（今属湖南）人。曾游张孝祥、范成大、吴琚之门。有诗名。有《小山词》。

好事近

　　花底一声莺[1]，花上半钩斜月。月落乌啼何处[2]，点飞英如雪[3]。　　东风吹尽去年愁，解放丁香结[4]。

惊动小亭红雨〔5〕，舞双双金蝶〔6〕。

【注释】

〔1〕"花底"句：唐白居易《琵琶行》："间关莺语花底滑。"

〔2〕"月落"句：唐张继《枫桥夜泊》："月落乌啼霜满天。"

〔3〕飞英：落花。

〔4〕丁香结：丁香花实丛生如结，常喻愁多集聚。唐李商隐《代赠二首》之一："芭蕉不展丁香结，同向春风各自愁。"

〔5〕红雨：指落花，犹言落红成雨。

〔6〕金蝶：金黄色的蝴蝶。

【译文】

花丛下一声莺叫，花丛上悬挂半钩弯月。月落何处乌鹊啼，啼落花飞如飘雪。　　春风吹散去年愁，吹开丁香花心结。惊动小亭落红如雨，惊舞起双双金蝴蝶。

蝶 恋 花

团扇题诗春又晚〔1〕。小梦惊残，碧草池塘满〔2〕。一曲银钩帘半卷。绿窗睡足莺声软。　　瘦损衣围罗带减〔3〕。前度风流〔4〕，陡觉心情懒。谁品新腔拈翠管〔5〕。画楼吹彻江南怨〔6〕。

【注释】

〔1〕团扇题诗：在团扇上题写诗句。因春晚日暖，快要用扇子了。

〔2〕"碧草"句：化用南朝宋谢灵运《登池上楼》"池塘生春草"句意。

〔3〕"瘦损"句：谓身体衰弱消瘦。见陆淞《瑞鹤仙》注〔3〕。又《古诗十九首》："相去日已远，衣带日已缓。"

〔4〕风流：指男女间的恋情。

〔5〕翠管：笛类管乐器的美称。

〔6〕彻：尽。　江南怨：指乐府《江南》等曲中抒写离别的怨情。

【译文】

又到团扇题诗时，春色晚。一霎短梦惊春残，池塘碧草已生满。一曲银钩弯，帘幕儿半卷。绿窗里睡得足，窗外黄莺声娇软。　衣围瘦损，罗带渐渐宽。前番追寻的恋情，如今陡然心灰意懒。有谁来品赏新腔摆弄翠管？画楼上一声声吹尽了《江南》曲的哀怨。

清 平 乐⁽¹⁾

凄凄芳草。怨得王孙老⁽²⁾。瘦损腰围罗带小⁽³⁾。长是锦书来少⁽⁴⁾。　玉箫吹落梅花⁽⁵⁾。晓烟犹透轻纱。惊起半帘幽梦，小窗淡月啼鸦。

【注释】

〔1〕《词旨》以下阕末二句入"警句"。

〔2〕"凄凄"两句：用汉淮南小山《招隐士》"王孙游兮不归，春草生兮萋萋"辞意。凄凄，同"萋萋"，草木茂盛貌。王孙，王族子孙，泛指贵室子弟或行人。

〔3〕"瘦损"句：见前首注〔3〕。

〔4〕长是：老是，时常。　锦书：前秦时苏蕙曾织锦为回文诗寄赠远徙的丈夫，后即以锦书泛指妻子思念丈夫的书信。

〔5〕玉箫：玉制之箫，也用作箫的美称。　落梅花：古笛曲有《梅花落》。

【译文】

芳草生得茂，王孙悲伤老。腰围消瘦尽，罗带渐渐小。锦字回文信，常是来得少。　　玉箫声吹《梅花落》，晓烟袅袅透轻纱。半帘幽梦被惊起，小窗淡月斜，声声鸣啼鸦。

刘子寰

刘子寰（生卒不详），字圻父，号篁嵊翁。建阳（今属福建）人。嘉定十年（1217）进士。尝知钦州。与同邑刘清夫齐名，工诗文。有《篁嵊词》。

霜天晓角

横阴漠漠[1]。似觉罗衣薄。正是海棠时候，纱窗外，东风恶[2]。　　惜春春寂寞。寻花花冷落。不会这些情味[3]，元不是[4]，念离索[5]。

【注释】
〔1〕横：宽广，有充满之义。　漠漠：密布貌。
〔2〕东风恶：用宋陆游《钗头凤》词中成句。
〔3〕会：理会，懂得。
〔4〕元：原来。
〔5〕离索：离群索居，孤独。宋陆游《钗头凤》："一怀愁绪，几年离索。"

【译文】
阴霾横空密布，轻罗衣衫似觉单薄。正是海棠开的时候，纱窗外，东风吹得恶。　　爱惜芳春春寂寞，寻觅花儿花冷落。不懂得这些情味，原本就不是感念别情离索。

张良臣

　　张良臣（生卒不详），字武子，号雪窗。大梁（今河南开封）人。寓居四明。隆兴元年（1163）进士。曾"两仕都城，司粜于外，司帑于内"，官至监左藏库。与魏杞、史浩等游。工诗。有《雪窗小稿》。

西 江 月

　　四壁空围恨玉(1)，十香浅捻啼绡(2)。殷云度雨井桐凋(3)。雁雁无书又到(4)。　　　别后钗分燕尾(5)，病馀镜减鸾腰(6)。蛮江豆蔻影连梢(7)。不道参横易晓(8)。

【注释】

〔1〕四壁空围：谓四周静悄悄无人。　恨玉：指女子之恨。

〔2〕十香：喻指女人手指。　啼绡：指拭泪用的巾帕。

〔3〕殷：盛貌。

〔4〕雁雁无书：反用鸿雁传书典。

〔5〕钗分燕尾："分燕尾钗"之倒装。古代男女相别时，女方常折钗留赠男子。燕尾钗，即燕钗，女子发髻上的燕形首饰。

〔6〕镜减鸾腰："鸾镜腰减"之倒装。鸾镜，相传古罽宾王获一鸾鸟而不鸣，后听夫人言置镜鸾前，鸾睹影奋绝。后即用以泛称镜子。腰减，用"沈腰"典。见陆淞《瑞鹤仙》注〔3〕。

〔7〕蛮江：泛指南方的江。　豆蔻：豆蔻花，有穗，初如芙蓉，深红色，渐开而色淡。南方人称其未大开者为含胎花。常喻指少女。唐杜牧

《赠别》"豆蔻梢头二月初";五代皇甫松《浪淘沙》"蛮歌豆蔻北人愁"。此合用之,指梦中所见对方现在之处。

〔8〕参(shēn)横:参星横斜。表示天色将明。

【译文】

四周静悄悄,佳人正恨恼。十指纤纤细,轻捻揩泪的绢绡。乌云带雨过,井上梧桐树叶凋。没有书信来,大雁又空到。 别后燕尾钗已折断,病后明镜里瘦了身腰。江水中豆蔻影儿连着梢,没料到参星横斜天将晓。

卷 二

姜　夔

　　姜夔（1155—1221？），字尧章，号白石道人。饶州鄱阳（今江西波阳）人。20岁后，漫游各地。绍熙四年（1193）起，依贵胄张鉴之门十年。后迁移杭州。庆元五年（1199），诏与礼部试，不第，遂以布衣终老。与萧德藻、杨万里、范成大、辛弃疾等交往。精鉴赏，工书法，以诗词名世。为南宋词坛巨擘，与周邦彦并称"周姜"。精乐律，能自度曲。宋张炎《词源》评其词"不惟清空，又且骚雅，读之使人神观飞越"。有《续书谱》、《绛帖平》、《诗说》、《白石道人集》等。词集名《白石道人词集》，或名《白石道人歌曲》。

暗　香[1]

　　旧时月色。算几番照我，梅边吹笛。唤起玉人[2]，不管清寒与攀摘。何逊而今渐老[3]，都忘却、春风词笔。但怪得、竹外疏花[4]，香冷入瑶席[5]。　　　　江国。正寂寂。叹寄与路遥[6]，夜雪初积。翠尊易竭[7]。红萼无言耿相忆[8]。长记曾携手处，千树压、西湖寒碧[9]。又片片吹尽也，几时见得。

【注释】

〔1〕此词原笺引《白石道人歌曲》，题云："辛亥之冬，予载雪诣石湖。止既月，授简索句，且征新声，作此两阕。石湖把玩不已，使工妓隶习之，音节谐婉，乃名之曰《暗香》、《疏影》。"据此，词当作于光宗绍熙二年（1191）冬天，在诗人范成大寓所苏州石湖，且为自创曲。宋张炎《词源》评云："词之赋梅，唯白石《暗香》、《疏影》二曲，前无古人，后无来者，自立新意，真为绝唱。"

〔2〕玉人：美人。

〔3〕何逊：南朝梁诗人，所作《咏早梅》诗，甚有名于时。因是赋梅，故及之。此为词人自比。

〔4〕竹外疏花：宋苏轼《和秦太虚梅花》："江头千树春欲暗，竹外一枝斜更好。"

〔5〕瑶席：华美的宴席。

〔6〕寄与：寄给。陆凯寄梅花给范晔，并附诗云："折梅逢驿使，寄与陇头人。江南无所有，聊寄一枝春。"词暗用之。

〔7〕翠尊：用翠玉制成的酒器。宋周邦彦《浪淘沙慢》："翠尊未竭，凭断云留取，西楼残月。"此反用之。

〔8〕红萼：指红梅。 耿：悲伤，心情不安。

〔9〕寒碧：寒冷的湖水。

【译文】

算来往日的月色，多次照着我，梅边吹横笛。笛声唤起佳人，不管天气寒，与我同把梅花摘。如今何逊已渐老，都忘了春风得意的好词笔。只怪那竹外疏疏开几朵，冷香直透入华美的宴席。　　江南水乡，正一片沉寂。有心寄一枝去，可叹路途遥远，夜雪又初积。杯中的美酒容易喝尽，红梅无言使我时时相忆。常记起曾经携手之处，千树万树花，压着西湖一片寒碧。又被片片吹尽了，何时再能见到她的影姿？

疏　影

仲吕宫〔1〕

苔枝缀玉〔2〕。有翠禽小小〔3〕，枝上同宿。客里相逢，篱角黄昏，无言自倚修竹[4]。昭君不惯胡沙远[5]，但暗忆、江南江北。想佩环、月下归来[6]，化作此花幽独。　　犹记深宫旧事，那人正睡里，飞近蛾绿[7]。莫似春风，不管盈盈[8]，蚤与安排金屋[9]。还教一片随波去。又却怨、玉龙哀曲[10]。等恁时[11]，重觅幽香，已入小窗横幅[12]。

【注释】

〔1〕此词与上词同时作。清陈廷焯《词则·大雅集》评："上章已极精妙，此更运用故事设色渲染，而一往情深，了无痕迹，既清虚又腴炼，直是压遍千古。"

〔2〕苔：苍苔。梅有枝干遍着苔藓者，称苔梅。见宋范成大《梅谱》。　玉：喻指梅花。

〔3〕翠禽：翠鸟。《龙城录》载：相传隋时，赵师雄于罗浮松林遇一女子，相邀酒店对饮，又有绿衣童子前来歌舞助兴，遂醉卧林间。次日起视，则身在大梅树下。遂悟女乃梅所化，童子则枝上翠鸟。

〔4〕"无言"句：唐杜甫《佳人》："天寒翠袖薄，日暮倚修竹。"

〔5〕昭君：王昭君，王嫱，西汉元帝时入宫，后匈奴入汉求和亲，昭君自请远嫁。　胡沙：指北方匈奴住地。

〔6〕"想佩环"句：化用唐杜甫《咏怀古迹》之三咏昭君"画图省识春风面，环珮空归月夜魂"诗意。佩环，衣上玉饰。

〔7〕"犹记"三句：《太平御览》卷九七〇引《宋书》："武帝女寿阳公主，日卧于含章檐下，梅花落公主额上，成五出之华，拂之不去。皇后留之。自后有梅花妆。后人多效之。"　蛾绿：本女子画眉用的青黑色颜料，此代指女子眉毛。

〔8〕盈盈：姿态美好貌。

〔9〕蚤：通"早"。　金屋：汉武帝幼时喜姑母女阿娇，对姑母言："若得阿娇作妇，当以金屋贮之。"见《汉武故事》。宋王禹偁《诗话》："石崇见海棠叹曰：'汝若能香，当以金屋贮汝。'"

〔10〕玉龙：喻指笛子。宋林逋《霜林晓月·题梅》："甚处玉龙三弄，声摇动，枝头月。"　哀曲：指笛曲《梅花落》。

〔11〕恁时：那时。

〔12〕横幅：横的画幅。

【译文】

　　树干上苔点斑斑，树枝上白玉缀满。有只翠鸟小小，枝头上与它同眠。相逢在客里：篱笆角，黄昏天。似佳人无语，独倚修竹边。想是昭君不惯胡地大漠遥远，只暗忆江北和江南。明月夜，响佩环，归来化作此花，幽独凄艳。　　还记得深宫旧事：那人正卧含章殿，忽一朵飞来眉间。莫要像春风，花态盈盈都不管，最好是早筑金屋呵护全。如教花片随流水，又为笛声《落梅》哀怨。到那时，再去寻幽香，已被画入小窗横绢。

扬 州 慢
仲吕宫[1]

　　淮左名都[2]，竹西佳处[3]，解鞍少驻初程[4]。过春风十里[5]，尽荠麦青青[6]。自胡马窥江去后[7]，废池乔木，犹厌言兵[8]。渐黄昏，清角吹寒，都在空城。杜郎俊赏[9]，算而今、重到须惊。纵豆蔻词工[10]，青楼梦好[11]，难赋深情。二十四桥仍在[12]，波心荡、冷月无声。念桥边红药[13]，年年知为谁生。

【注释】

　　〔1〕原笺引《白石道人歌曲》，题作："淳熙丙申至日，予过维扬，夜雪初霁，荠麦弥望。入其城，则四顾萧条，寒水自碧，暮色渐起，戍角悲吟。予怀怆然，感慨今昔，因自度此曲。千岩老人以为有黍离之悲也。"当是宋孝宗淳熙三年（1176）冬至日，作者经过扬州时的自度曲。千岩老人，指诗人萧德藻，福建闽清人，作者的叔丈。清陈廷焯《白雨斋词话》评云："'犹厌言兵'四字，包括无限伤心语，他人累千百言，亦无此韵味。"

　　〔2〕淮左名都：扬州在淮水东，为淮南东路首府，故称。

　　〔3〕竹西：竹西亭，在扬州城北门。唐杜牧《题扬州禅智寺》："谁知

竹西路，歌吹是扬州。"

（4）少驻：略作停留。 初程：初次的旅程。此为作者首次到扬州。

（5）春风十里：唐杜牧《赠别》："春风十里扬州路，卷上珠帘总不如。"

（6）荠麦：荠菜和野麦。

（7）胡马窥江：指宋高宗绍兴三十一年（1161），金主完颜亮南侵，扬州再次遭到破坏。

（8）厌：厌恶。 兵：兵火战乱。

（9）杜郎：杜牧。 俊赏：快意的游赏。

（10）豆蔻词：指唐杜牧《赠别》："娉娉袅袅十三馀，豆蔻梢头二月初。"

（11）"青楼"句：唐杜牧《遣怀》："十年一觉扬州梦，赢得青楼薄倖名。"青楼，妓院。

（12）"二十四桥"两句：唐杜牧《寄扬州韩绰判官》："二十四桥明月夜，玉人何处教吹箫？"二十四桥，或言扬州唐时有二十四桥，宋时存六七桥。见宋沈括《梦溪笔谈·补笔谈》。或言即吴家砖桥，一名红药桥，因古时有二十四美人吹箫于此而得名。见清李斗《扬州画舫录》。

（13）红药：指芍药。宋时，扬州以芍药闻名天下。

【译文】

　　初来这淮左名府，风光优美的竹西亭，解下鞍马稍作留停。春风十里过尽，满眼都是荠菜和野麦青青。自从金人南下掳掠后，这里的废池和乔木，都厌恶谈兵。天色渐渐到黄昏，凄凉的号角在寒风中吹起，响遍一座空城。　　杜牧当年快意游赏，而今若重到，算来也会大吃一惊。纵使他"豆蔻梢头"诗句工丽，青楼梦遇好，也难写款款深情。二十四桥仍然在，波心荡漾，一弯冷月悄无声。想那桥边红芍药，可知道年年为谁生？

玲珑四犯

黄钟商（1）

叠鼓夜寒（2），垂灯春浅，匆匆时事如许（3）。倦游欢意少，俯仰悲今古[4]。江淹又吟恨赋。记当时、送君南浦[5]。万里乾坤，百年身世[6]，惟有此情苦。　　扬州柳垂官路。有轻盈换马[7]，端正窥户[8]。酒醒明月下，梦逐潮声去。文章信美知何用[9]，漫赢得、天涯羁旅。教说与。春来要、寻花伴侣[10]。

【注释】

〔1〕原笺引《白石道人歌曲》，题作"越中闻箫鼓感怀"，一本"越中"前有"此曲双调，世别有大石调一曲"数字，后有"岁暮"两字。越中，指浙江绍兴。清陈廷焯《词则·大雅集》评："音调苍凉。白石诸阕，惟此词最激，意亦最显，盖亦身世之感，有情容己者。"

〔2〕叠鼓：泛指击鼓声。此谓岁暮箫鼓迎春之俗。

〔3〕时事：一时之事，短时间内的事。

〔4〕"俯仰"句：晋王羲之《兰亭集序》："向之所欣，俯仰之间，已为陈迹，犹不能不以之兴怀。"

〔5〕"江淹"两句：江淹为南朝梁诗人，著有《恨赋》、《别赋》等。其《别赋》云："送君南浦，伤如之何！"作者于此以江淹自比，"吟恨赋"指遭遇让人痛苦之事。

〔6〕"万里"两句：唐杜甫《春日江村五首》之一："乾坤万里眼，时序百年心。"

〔7〕轻盈换马：用唐李冗《独异志》载三国魏曹彰爱妾换马事。轻盈，借指美女。

〔8〕端正窥户：用战国楚宋玉《登徒子好色赋》中东邻子逾墙"窥宋"典。端正，借指长相端正的女子。

〔9〕信：实在。

〔10〕要：同"邀"，约请。

【译文】

寒夜鼓声响，初春挂彩灯，世事匆匆忙。游赏倦，欢意少，俯仰今古心悲伤。江淹又把《恨赋》吟。记得当时，曾到南浦去送君。乾坤万里大，身世百年长，最苦唯此情。　　杨柳低垂扬州路。佳人轻盈可换马，端丽多情窥门户。酒醒月已沉，睡梦远去逐潮声。文章虽美谁知价，空赢得羁旅在天涯。春来时候捎句话，邀上伴侣赏红花。

琵 琶 仙

吴兴春游[1]

双桨来时，有人似、旧曲桃根桃叶[2]。歌扇轻约飞花，蛾眉正奇绝。春渐远，汀洲自绿，更添了、几声啼鴂[3]。十里扬州，三生杜牧[4]，前事休说。 又还是、宫烛分烟[5]，奈愁里、匆匆换时节。却把一襟芳思，与空阶榆荚[6]。千万缕、藏鸦细柳[7]，为玉樽、起舞回雪[8]。想见西出阳关，故人初别[9]。

【注释】

〔1〕此词原笺引《白石道人歌曲》，题作："《吴都赋》云：'户藏烟浦，家具画船。'唯吴兴为然。春游之盛，西湖未能过也。己酉岁，予与萧时甫载酒南游，因怀成歌。"其中《吴都赋》应为《西都赋》，原文为："户闭烟浦，家藏画舟。"吴兴，浙江湖州。萧时甫（父），萧德藻侄，作者内兄。词作于宋孝宗淳熙十六年（1189）。宋张炎《词源》评云："情景交炼，得言外意。"

〔2〕"双桨"两句：相传王献之送爱妾桃叶于秦淮河畔，歌《桃叶》歌为别："桃叶复桃叶，度江不用楫。但度无所苦，我自迎接汝。"桃根，桃叶之妹。或以为桃根、桃叶代指词人在合肥所眷恋的琵琶妓姊妹两人。

〔3〕啼鴂：即杜鹃鸟。

〔4〕"十里"两句：唐杜牧《赠别》："春风十里扬州路。"又，宋黄庭坚《广陵春早》："春风十里珠帘卷，仿佛三生杜牧之。"

〔5〕宫烛分烟：谓寒食节到了。唐韩翃《寒食》："日暮汉宫传蜡烛，轻烟散入五侯家。"

〔6〕榆荚：即榆钱。唐韩愈《晚春》："杨花榆荚无才思，唯解漫天作

雪飞。"

〔7〕藏鸦细柳：唐李白《杨叛儿》诗有"乌啼白门柳"、"乌啼隐杨花"之句，又宋周邦彦《锁窗寒》"暗柳啼鸦"，词或化用之。

〔8〕回雪：形容舞姿回旋轻盈。唐蒋防《春风扇微和》："舞席皆回雪。"

〔9〕"想见"两句：唐王维《送元二使安西》："劝君更进一杯酒，西出阳关无故人。"阳关，在今甘肃敦煌西南，古代中原通往西域的著名关隘。

【译文】

小舟双桨荡来时，有人像传说中的桃根和桃叶。歌扇轻把飞花约，优美的姿态正奇绝。春天渐渐远，汀洲犹自绿，又添上几声消魂的啼鸩。十里扬州路，三生杜牧之，前尘往事休再说。　　又还到宫中传烛分烟火，无奈愁中匆匆换季节。却把满怀春思绪，托付给榆荚片片落空阶。细柳藏鸦千万缕，似为华宴旋舞如回雪。回想起当日西出阳关路，与故人初次离别。

法曲献仙音
张彦功官舍[1]

虚阁笼寒，小帘通月，暮色偏怜高处。树隔离宫[2]，水平驰道[3]，湖山尽入樽俎[4]。奈楚客淹留久，砧声带愁去[5]。　　屡回顾。过秋风，未成归计，谁念我、重见冷枫红舞。唤起淡妆人[6]，问逋仙、今在何许[7]。象笔鸾笺[8]，甚如今、不道秀句。怕平生幽恨，化作沙边烟雨。

【注释】

〔1〕此词原笺引《白石道人歌曲》，题作："张彦功官舍在铁冶岭上，

即昔之教坊使宅。高斋下瞰，湖山光景奇绝。予数过之，为赋此。"

〔2〕离宫：皇帝出巡时住的宫室。

〔3〕驰道：供君王车马行驶的道路。也泛指车马驶行的大道。

〔4〕樽俎（zǔ）：盛酒肉的器皿。

〔5〕砧声：即捣衣声。砧，捶击衣或布料的垫石。

〔6〕淡妆人：指西施。宋苏轼《饮湖上初晴后雨》："欲把西湖比西子，淡妆浓抹总相宜。"

〔7〕逋仙：宋林逋，曾隐居西湖孤山，二十年足迹不及城市。

〔8〕象笔：以象牙为管的笔。也用作对笔的美称。 鸾笺：彩色笺纸。宋苏易简《文房四谱·纸谱》："蜀人造十色笺，凡十幅为一榻……然逐幅于方版之上研之，则隐起花木麟鸾，千状万态。"

【译文】

寒气笼罩高阁，明月照亮小帘，暮色偏喜留在高岭。重树隔断了离宫，远水与驰道相平，湖山胜景，尽泻入酒樽。奈何楚地为客久停留，砧声阵阵带愁恨。 频频回顾。秋风已过，归计尚未成，谁念我、又见红叶在冷风中舞？唤起西子淡淡妆，问声逋仙今在何方？象牙笔，彩色笺，为何如今写不出秀美的诗篇？怕平生的幽恨，化作了沙边的雨和烟。

念 奴 娇
吴兴荷花〔1〕

闹红一舸〔2〕，记来时、尝与鸳鸯为侣。三十六陂人未到〔3〕，水佩风裳无数〔4〕。翠叶吹凉，玉容消酒〔5〕，更洒菰蒲雨〔6〕。嫣然摇动〔7〕，冷香飞上诗句。 日暮。青盖亭亭〔8〕，情人不见，争忍凌波去〔9〕。只恐舞衣寒易落〔10〕，愁入西风南浦〔11〕。高柳垂阴，老鱼吹浪〔12〕，留我花间住。田田多少〔13〕，几回沙际归路。

【注释】

〔1〕原笺引《白石道人歌曲》，题作："予客武陵，湖北宪治在焉。古城野水，乔木参天。予与二三友，日荡舟其间，意象悠闲，不类人境。秋水且涸，荷叶出地寻丈，因列坐其下。上不见日，清风徐来，绿云自动。间于疏处窥见游人画船，亦一乐也。揭来吴兴，数得相羊荷花中。又夜泛西湖，光景奇绝，故以此句写之。"武陵，湖南常德。宪治，宋时提点刑狱的官署。

〔2〕红：指荷花。　舸（gě）：本指大船，此泛指船或小船。

〔3〕三十六陂：地名，在扬州。常指湖泊众多。宋王安石《题西太一宫壁》："三十六陂流水，白头想见江南。"陂，池塘湖泊。

〔4〕水佩风裳：以水为佩，以风为裳。唐李贺《苏小小墓》："风为裳，水为佩。"本写女子衣饰，此状荷叶荷花之貌。

〔5〕玉容：容貌姣美。此指荷花。

〔6〕菰蒲：两种水生植物。

〔7〕嫣然：笑容灿烂妩媚貌。

〔8〕青盖：指荷叶。　亭亭：直立貌。

〔9〕争：同"怎"。　凌波：形容女子步态轻盈。语出三国魏曹植《洛神赋》。

〔10〕"只恐"句：指秋凉后荷叶易枯败脱落。

〔11〕西风：秋风。　南浦：泛指别离之处。

〔12〕老鱼吹浪：化用唐杜甫《城西陂泛舟》"鱼吹细浪摇歌扇"诗意。

〔13〕田田：指荷叶相连。古乐府《江南曲》："江南可采莲，莲叶何田田。"

【译文】

红荷盛开处一条船，记得来时，曾与鸳鸯相为伴。三十六陂水长路远人未到，水如佩风为裳绰约无限。叶儿碧绿吹凉风，花能消酒似玉颜，更在菰蒲叶间洒雨点。笑容灿烂轻摇动，便有冷香缕缕飞上诗篇。　夕阳晚。青叶亭亭见。不遇情人，怎忍凌波独自还？只恐她舞衣容易脱落，愁生南浦西风寒。高柳垂阴影，老鱼吹波浪，都留住我在荷花间。有多少荷叶相连，几回把沙际归路遮掩。

一萼红

人日登定王台[1]

古城阴，有官梅几许[2]，红萼未宜簪。池面冰胶，墙腰雪老，云意还又沉沉。翠藤共闲、穿径竹[3]，渐笑语惊起卧沙禽[4]。野老林泉[5]，故王台榭[6]，呼唤登临。　　南去北来何事，荡湘云楚水，极目伤心。朱户粘鸡[7]，金盘簇燕[8]，空叹时序侵寻[9]。记曾共、西楼雅集[10]，想垂柳、还袅万丝金[11]。待得归鞭到时，只怕春深。

【注释】

〔1〕人日：农历正月初七。　定王台：在湖南长沙东，相传为汉景帝子长沙定王为望其母而建。原笺引《白石道人歌曲》，题作："丙午人日，余客长沙别驾之观政堂。堂下曲沼西负古垣，有卢橘、幽篁，一径深曲。穿径而南，官梅数十株，如椒如菽，或红破白露，枝影扶疏。著屐苍苔细石间，野兴横生。亟命驾登定王台，乱湘流入麓山。湘云低昂，湘波容与。兴尽悲来，醉吟成调。"丙午，指宋孝宗淳熙十三年（1186）。

〔2〕官梅：官府所种之梅。

〔3〕翠藤：即指原笺中所言卢橘，其生时青色，熟时变黄，故又称金橘。

〔4〕沙禽：沙滩上的禽鸟。

〔5〕野老：林野之人。　林泉：山林泉石。

〔6〕故王台榭：即指定王台。

〔7〕粘鸡：农历正月初一为鸡日，故民俗常画鸡贴在门上，以示谨始。

〔8〕金盘：金属盘。　簇：聚集。　燕：燕形剪彩。《荆楚岁时记》："立春之日，悉剪彩为燕戴之，帖'宜春'二字。"

〔9〕侵寻：渐进，渐到。

〔10〕雅集：风雅的宴集。指文人聚会。

〔11〕万丝金：指柳丝，初春时其色黄如金。

【译文】

　　古城之阴，有几株官梅，红花初绽开，还不宜插上鬓。池面冰封，墙腰雪厚，云积天上阴沉沉。翠藤闲垂竹穿径，渐渐有笑语，惊飞卧沙的幽禽。村老的山林泉石，故王的池台阁榭，呼唤人去登临。　　北去南来为何事，漂荡在楚水和湘滨？极目望远，景色伤人心。朱门上贴鸡图，金盘中聚彩燕，空叹节序暗换渐进。记曾经同在西楼赴雅会，想垂柳正鹅黄，风吹万缕如裛金。待到鞍马归来时，只怕春已深。

齐 天 乐

蟋 蟀〔1〕

　　庾郎先自吟愁赋〔2〕。凄凄更闻私语。露湿铜铺〔3〕。苔侵石井〔4〕，都是曾听伊处〔5〕。哀音似诉。正思妇无眠，起寻机杼〔6〕。曲曲屏山，夜凉独自甚情绪。　　西窗又吹暗雨。为谁频断续。相和砧杵〔7〕。候馆迎秋〔8〕，离宫吊月〔9〕，别有伤心无数。幽诗漫与〔10〕。笑篱落呼灯〔11〕，世间儿女。写入琴丝〔12〕，一声声更苦。

【注释】

　　〔1〕原笺引《白石道人歌曲》，题云："丙辰岁与张功父会饮张达可之堂，闻屋壁间蟋蟀有声，功父约予同赋，以授歌者。功父先成，词甚美。予裴回末利花间，仰见秋月，顿起幽思，寻亦得此。蟋蟀，中都呼为促织，善斗，好事者或以二三十万钱致一枚，镂象齿为楼观，以贮之。"词末又自注："宣政间，有士大夫制《蟋蟀吟》。"丙辰岁，指宋宁宗庆元二年

（1196）。张功父：张镃，字功父。裴回，同"徘徊"。末利花，即茉莉花。中都，此指北宋都城汴京。宣政，指北宋徽宗政和（1111—1117）、宣和（1119—1125）间。宋张炎评此词云："全章皆精粹，所咏了然在目，且不留滞于物。"

〔2〕"庾郎"句：北周时庾信作有《愁赋》（今不传），此为自指。

〔3〕铜铺：铜制铺首。铺首，门上用以衔门环的兽面。

〔4〕苔侵石井：唐司空曙《题暕上人院》："雨后绿苔生石井。"

〔5〕伊：指蟋蟀。

〔6〕机杼：指织布机。杼，梭子。蟋蟀一名促织，故言。

〔7〕相和砧杵：捣衣石和捣衣棒声音相呼应。

〔8〕候馆：客舍。

〔9〕离宫：帝王的行宫。　吊月：唐李贺《宫娃歌》："啼蛄吊月钩栏下。"

〔10〕豳诗：指《诗·豳风·七月》，中有"七月在野，八月在宇，九月在户，十月蟋蟀入我床下"句。　漫与：随意涉及。

〔11〕篱落：篱笆间。

〔12〕琴丝：琴弦。代指琴。

【译文】

像庾郎那样我先已自吟《愁赋》，又听到蟋蟀的凄凄私吟。露水沾湿了门上铜铺首，苍苔长满了石头井台，到处都曾听到它的悲鸣。正是思妇愁难眠，起来还把机杼寻。屏风曲曲，夜凉如水，独自一人何堪情！　　西窗暗中落细雨，为谁断断续续，相呼相应伴砧声？客舍里迎秋来，离宫里吊秋月，别有怀抱无数伤人心。《豳风》诗里曾涉及。可笑世间儿女，在篱落边举灯相寻。若是写进琴弦里，一声声更凄清。

淡 黄 柳
客合肥〔1〕

空城晓角。吹入垂杨陌。马上单衣寒恻恻〔2〕。看尽鹅黄嫩绿，都是江南旧相识。　正岑寂[3]。明朝又寒食。强携酒、小桥宅[4]。怕梨花落尽成秋色[5]。燕燕飞来，问春何在，惟有池塘自碧。

【注释】

〔1〕合肥：在安徽。此词一本题作："客居合肥南城赤栏桥之西，巷陌凄凉，与江左异。唯柳色夹道，依依可怜。因度此阕，以纾客怀。"据夏承焘《姜白石词编年笺校》考证，作者年轻时在合肥有过一段恋情。此词约写于宋光宗绍熙二年（1191）。

〔2〕恻恻：寒冷貌。

〔3〕岑寂：寂静。

〔4〕强：勉强。　小桥宅：词人合肥情侣的住处。

〔5〕"怕梨花"句：用唐李贺《河南府试十二月乐词·三月》"梨花落尽成秋苑"诗意。

【译文】

清晓空城号角响，声声吹入杨柳依依的路边。马上衣衫单，风过恻恻寒。看尽路边的杨柳嫩绿鹅黄，都是过去相识在江南。正寂静，明朝又是寒食天。勉强携酒来到小桥宅，怕梨花落尽，春景转眼成秋色。燕子飞过来，问春天在哪里，只有池塘碧绿依然。

小 重 山

湘　梅[1]

人绕湘皋月坠时[2]。斜横花自小[3]，浸愁漪。一春幽事有谁知[4]。东风冷，香远茜裙归[5]。　鸥去昔游非[6]。遥怜花可可[7]，梦依依。九疑云杳断魂啼[8]。相思血，都沁绿筠枝[9]。

【注释】

〔1〕本调一作《小重山令》，题作"潭州红梅"。

〔2〕湘皋：湘水岸边。

〔3〕斜横：宋林逋《山园小梅》："疏影横斜水清浅。"

〔4〕幽事：指花事。

〔5〕茜（qiàn）裙：绛红色裙子。此喻指红梅。

〔6〕鸥去：反用"鸥鹭忘机"典，谓已难断尘缘。

〔7〕可可：隐约、模糊貌。唐元稹《春六十韵》："九霄浑可可。"

〔8〕九疑：九嶷山，在湖南宁远南。相传舜死，葬于此。 断魂啼：似指舜死，二妃哭泣事；又用蜀帝杜宇魂化杜鹃悲啼事。

〔9〕沁：渗透。 绿筠：绿竹。相传舜巡苍梧不返，娥皇、女英二妃追随至湘水，思帝不已，泪下沾竹，竹尽成斑。

【译文】

踱步围绕湘水边，月儿落。梅枝横斜花儿小，愁浸涟漪波映梅梢。一春幽怨的情事谁知晓？东风吹冷，佳人归去香缥缈。 鸥鸟去不返，昔游难追攀。只有梅花隐隐远，依依入梦堪爱怜。九嶷山云杳，啼魂断。相思的血泪，都沁入了绿绿的竹枝间。

点 绛 唇

松 江〔1〕

燕雁无心，太湖西畔随云去〔2〕。数峰清苦。商略黄昏雨〔3〕。 第四桥边〔4〕，拟共天随住〔5〕。今何许。凭栏怀古。残柳参差舞〔6〕。

【注释】

〔1〕松江：吴淞江，俗称苏州河，由吴江县东流，与黄浦江汇合。原笺引《白石道人歌曲》，题作"丁未冬过吴江作"。丁未，指宋孝宗淳熙十四年（1187）。时作者由杨万里介绍，往苏州拜见范成大，途经吴

松。清陈廷焯《白雨斋词话》评云:"通首只写眼前景物,至结处云:'今何许……'感时伤事,只用'今何许'三字提唱,'凭栏怀古'下,仅以'残柳'五字咏叹了之,无穷哀感,都在虚处。令读者吊古伤今,不能自止,洵推绝调。"

〔2〕太湖:在江苏苏州吴中区,跨江、浙两省。

〔3〕商略:商量,酝酿。

〔4〕第四桥:即吴江甘泉桥,在城外,以其泉品居第四而名。

〔5〕天随:天随子,唐陆龟蒙之号。

〔6〕参差:上下错落不齐。

【译文】

无情的燕雁,随云飞向太湖西畔。只有几座山峰寂寞冷清,黄昏时候,仿佛酝酿着雨的来临。　　第四桥边,本想与天随子同住,而今他又在何处?凭栏吊古,残柳在风中参差起舞。

惜 红 衣

吴兴荷花　无射宫[1]

枕簟邀凉,琴书换日,睡馀无力。细洒冰泉[2],并刀破甘碧[3]。墙头唤酒,谁问讯、城南诗客。岑寂。高柳晚蝉,说西风消息。　　虹梁水陌[4]。鱼浪吹香[5],红衣半狼藉[6]。维舟试望故国[7]。渺天北。可惜柳边沙外,不共美人游历。问甚时同赋,三十六陂秋色[8]。

【注释】

〔1〕原笺引《白石道人歌曲》,题作:"吴兴号水晶宫,荷花盛丽。陈简斋云:'今年何以报君恩。一路荷花相送到青墩。'亦可见矣。丁未之夏,余游千岩,数往来红香中,自度此曲,以无射宫歌之。"陈简斋,诗人陈与义(1090—1138),字去非,号简斋。丁未,指宋孝宗淳熙十四年(1187)。

千岩，在浙江乌程，词人叔丈萧德藻在此为官，并自号千岩老人。

〔2〕冰泉：冷泉，叮用以消暑。

〔3〕并刀：并州剪刀。以锋利著称。　甘碧：甘瓜碧李，消夏美食。三国魏曹丕《与吴质书》云："浮甘瓜于清泉，沉朱李于寒水。"

〔4〕虹梁：拱桥。谓其横在水面上，如彩虹卧波。　水陌：水边小路。

〔5〕鱼浪：微波，如鱼鳞排列。　香：指荷香。

〔6〕红衣：指红荷的花瓣。　狼藉：凌乱不整。

〔7〕维舟：系船。

〔8〕三十六陂秋色：见作者《念奴娇》词注〔3〕。

【译文】

　　竹枕席招来凉意，用琴书打发日子，睡觉起来无气力。细细淋洒清泉水，并州刀破开甘瓜碧李。有谁墙头唤饮酒，慰问城南诗客？孤寂。柳树高，晚蝉鸣得急，诉说尽西风消息。　　桥旁水边路，细浪摇动着花的香气，花红却已半狼藉。泊舟试望故国，渺渺在天北极。可惜柳边沙滩外，不能陪伴美人去游历。问何时、能同吟这三十六陂秋色？

刘仙伦

　　刘仙伦（生卒不详），一名儗，字叔儗，号招山。庐陵（今江西吉安）人。布衣终老。有诗名，多新警峭拔之作。与刘过并称"庐陵二布衣"。工词。宋黄昇《中兴以来绝妙词选》卷五云："招山有诗集行世，乐章尤为人所脍炙。"有《招山乐府》。

江 神 子

东风吹梦落巫山(1)。整云鬟(2)。却霜纨(3)。雪貌冰肤⁽⁴⁾，曾共控双鸾⁽⁵⁾。吹罢玉箫香雾湿，残月坠，乱峰寒。

解珰回首忆前欢⁽⁶⁾。见无缘。恨无端。憔悴萧郎⁽⁷⁾，赢得带围宽⁽⁸⁾。红叶不传天上信⁽⁹⁾，空流水，到人间。

【注释】

〔1〕"东风"句：用楚王游巫山，梦遇巫山神女事。见战国楚宋玉《高唐赋》。

〔2〕云鬟：环形而高耸轻薄的发髻。

〔3〕霜纨：白丝绢团扇。古时行婚礼时新妇以扇遮面，交拜后去之。

〔4〕雪貌冰肤：《庄子·逍遥游》："藐姑射之山，有神人居焉，肌肤若冰雪，绰约若处子。"

〔5〕"曾共"句：用萧史弄玉乘凤成仙典，表明双方为夫妻关系。鸾，凤类神鸟。

〔6〕"解珰"句：化用《韩诗外传》记郑交甫遇两仙女，仙女解佩相赠典。珰，耳饰。

〔7〕萧郎：此泛指女子所爱男子。

〔8〕带围宽：用《古诗十九首》"衣带已日缓"诗意。

〔9〕"红叶"句：用"红叶题诗"典。

【译文】

东风将梦吹落到巫山。她整理着云鬟，撤去了纨扇。肌肤若冰貌似雪，曾与我、共驾双凤鸾。玉箫吹罢，香雾湿绵绵；残月坠落，乱峰寂寞寒。　　回首当日解珰相赠的幽欢。而今相见也无缘，怨恨也无端。萧郎憔悴，只赢得带围渐渐宽。红叶不传天上的音信，空有流水，潺潺到人间。

菩 萨 蛮
效唐人闺怨⁽¹⁾

吹箫人去行云杳⁽²⁾。香篝绣被都闲了⁽³⁾。叠损缕金衣^⑷。伊家浑不知。　　冷烟寒食夜。淡月梨花下。犹有软心肠。为他烧夜香。

【注释】

〔1〕唐人闺怨：指唐代人写的女子（或少妇）哀怨思远的诗作。
〔2〕"吹箫人"句：合用萧史弄玉吹箫，及巫山神女"旦为朝云，暮为行雨"典，指夫妻离别。
〔3〕香篝：熏笼。宋周邦彦《花犯·梅花》："香篝熏素被。"
〔4〕叠损：因折叠时久而损坏。　缕金衣：用金线缝饰之衣。

【译文】

可意的那人已远去，踪迹杳杳若行云。熏香笼、绣花被都遭冷清。缕金线的衣裳久已叠损，他却全然不知情。　寒食夜晚烟也冷，梨花树下淡月明。还有一副软心肠，为他烧香祈太平。

蝶 恋 花

小立东风谁共语。碧尽行云，依约兰皋暮^⑴。谁问离怀知几许。一溪流水和烟雨。　　媚荡杨花无着处。才伴春来，忙底随春去^⑵。只恐游蜂粘得住。斜阳芳草江头路。

【注释】

〔1〕依约：隐约，仿佛。　兰皋：生长兰草的岸地。
〔2〕忙底：为何急匆匆。忙，急促。底，何，为何。

【译文】

东风之中短时立，谁能与我共言语？碧云冉冉行已尽，兰皋隐约日色暮。谁问我离别怀抱有几许？一溪流水，和着满天烟雨。　　杨花轻薄，全无着身处。才伴春天来，为何匆忙随春去？只恐怕蜜蜂飞游粘得住，斜阳照落在长满芳草的江头路。

一　剪　梅[1]

唱到阳关第四声[2]。香带轻分。罗带轻分[3]。杏花时节雨纷纷[4]。山绕孤村。水绕孤村[5]。　　更没心情共酒樽。春衫香满，空有啼痕。一般离思两销魂。马上黄昏。楼上黄昏[6]。

【注释】

〔1〕清况周颐《蕙风词话续编》卷一评云：“词有淡远取神，只描取景物，而神致自在言外，此为高手。……刘招山《一剪梅》过拍云：‘杏花时节……’颇能景中寓情。昔人但称其歇拍三句‘一般离思’云云，未足尽此词佳胜。”

〔2〕阳关第四声：唐王维《送元二使安西》诗，有“西出阳关无故人”之句，后人用为别离之歌，称为《阳关曲》，并反复迭唱，称《阳关三叠》。第四声，据宋苏轼《东坡志林》七记载，经三叠后，第四声为“劝君更尽一杯酒”。唐白居易《对酒》：“相逢且莫推辞醉，听唱阳关第四声。”

〔3〕罗带轻分：用宋秦观《满庭芳》成句。古时夫妇离别，分钗断带相赠。

〔4〕“杏花”句：化用唐杜牧《杏花村》“清明时节雨纷纷……牧童遥指杏花村”诗意。

〔5〕“山绕”两句：化用宋秦观《满庭芳》“斜阳外，寒鸦数点，流水绕孤村”词意。

〔6〕一般三句：《词旨》以此三句入“警句”。

【译文】

唱到《阳关》第四声，轻分罗带相赠。罗带轻分相赠。正是杏花开放时节，阴雨又纷纷。群山环绕着孤村，流水环绕着孤村。

再没心情共对酒樽。春衫上香气氤氲，空留下斑斑泪痕。一样的离愁，两人都消魂：一个在马上载着黄昏，一个在楼上对着黄昏。

霜天晓角

蛾眉亭[1]

倚空绝壁。直下江千尺。天际两蛾凝黛，愁与恨、几时极[2]。　　暮潮，风正急。酒醒闻塞笛。试问谪仙何处[3]，青山外[4]，远烟碧。

【注释】

〔1〕一般认为这首词是韩元吉所作。蛾眉亭：在安徽当涂西北牛渚山绝壁上。原笺引《方舆胜览》："天门山在当涂县西南三十里，又名蛾眉，山夹大江，东曰博望，西曰梁山。蛾眉亭在采石山上，望见天门山。"

〔2〕"天际"两句：《方舆胜览》载，蛾眉亭"壁间有诗曰：'中分黛色三千尺，不著人间一点愁。'"此化用之。

〔3〕谪仙：唐诗人李白。李白晚年住在当涂，永王璘兵至，白入幕。后病死于青山。

〔4〕青山：在当涂南。山北麓有李白墓。

【译文】

绝壁倚天高耸，直下江底深千尺。遥望天际，仿佛两条黛色蛾眉，凝聚着愁与恨，几时到终极？　　晚潮起，风正急。酒醒时分听塞笛。请问谪仙在哪里？青山外，远空烟自碧。

孙惟信

孙惟信（1179—1243），字季藩，号花翁。开封（今属河南）人。以祖泽调为监当官，弃去，漫游四方，留苏杭最久，客死钱塘。与杜范、赵师秀、翁定、刘克庄等交厚，名重浙江公卿间。沈义父《乐府指迷》云："孙花翁有好词，亦善运意，但雅正中忽有一两句市井话，可惜。"有《花翁词》。

昼 锦 堂

薄袖禁寒。轻妆媚晚，落梅庭院春妍⁽¹⁾。映户盈盈⁽²⁾，回情笑整花钿⁽³⁾。柳裁云剪腰支小⁽⁴⁾，凤盘鸦耸髻鬟偏⁽⁵⁾。东风里，香步翠摇⁽⁶⁾，蓝桥那日因缘⁽⁷⁾。　　婵娟⁽⁸⁾。流慧眄⁽⁹⁾，浑当了、匆匆密爱深怜。梦过栏杆，犹认冷月秋千。杏梢空闹相思眼，燕翎难系断肠笺⁽¹⁰⁾。银屏下，争信有人⁽¹¹⁾，真个病也天天。

【注释】

〔1〕春妍：谓貌如春日般明丽。

〔2〕盈盈：目光含情貌。

〔3〕倩笑：指女子笑容美好。《诗·卫风·硕人》："巧笑倩兮。"倩，笑靥美好貌。

〔4〕腰支：腰肢。

〔5〕"凤盘"句：谓髻鬟如盘着的凤，耸立的鸦。

〔6〕"东风"句：谓东风里步摇香翠。步摇，古时女子首饰，上缀金珠，步行风动则摇。

〔7〕蓝桥：在陕西蓝田东南蓝溪之上，相传其地有仙窟，唐时裴航遇

仙女云英于此。见《太平广记》五十《裴航》。 因缘：姻缘。

〔8〕婵娟：美好貌。此代指女子。

〔9〕流慧：透出聪明的神气。 眄（miǎn）：斜视，不正眼看。也泛指看，或眷顾。

〔10〕燕翎：燕翅。

〔11〕争：通"怎"。

【译文】

天色晚，轻妆薄衫，娇媚耐暮寒。庭院梅花落，容貌如春妍丽。光彩照门户，目光含情，回眸倩笑整花钿。裁柳枝，剪行云，成就腰身小；耸鸦鹊，盘凤凰，做出髻鬟偏。金步摇泛翠绿，香气东风里弥漫，蓝桥那日好姻缘。 妩媚姣好，正是那聪慧伶俐的一盼，全当作匆匆的密爱深怜。梦中经过栏杆边，还认得当时的冷月秋千。红杏枝头闹，空惹人的相思眼；燕羽也难系住断肠的锦笺。银屏里，怎会相信有人真的为她病恹恹，一天又一天。

夜 合 花

风叶敲窗，露蛩吟甃[1]，谢娘庭院秋宵[2]。凤屏半掩[3]，钗花映烛红摇。润玉暖，腻云娇[4]。染芳情、香透鲛绡[5]。断魂留梦，烟迷楚驿[6]，月冷蓝桥[7]。

谁念卖药文箫[8]。望仙城路杳[9]，莺燕迢迢。罗衫暗折，兰痕粉迹都销。流水远，乱花飘。苦相思、宽尽香腰[10]。几时重凭、玉骢过处[11]，小袖轻招。

【注释】

〔1〕露蛩：寒露中的蟋蟀。 甃：井壁。

〔2〕谢娘：唐宰相李德裕家歌妓谢秋娘，甚有名。后泛指歌妓。

〔3〕凤屏：雕绘有凤凰的屏风。

〔4〕腻云：有光泽的发髻。宋柳永《定风波》："暖酥消，腻云軃。"

〔5〕鲛绡：本指传说中鲛人所织之绡，此指巾帕。宋陆游《钗头凤》："泪痕红浥鲛绡透。"

〔6〕楚驿：楚地的驿站。

〔7〕蓝桥：见前首注〔6〕。

〔8〕"谁念"句：相传唐大和末，书生文箫在钟陵西山（今江西新建西）遇仙女吴彩鸾，相互爱慕，遂为夫妻，并相与成仙。见唐裴铏《传奇·文箫》。然文箫未尝卖药，乃日售彩鸾所手抄《唐韵》一部为生，其药乃两人成仙后遗世之仙人药，恐作者记忆有误。

〔9〕仙城：泛指仙境。

〔10〕宽尽香腰：用"沈腰"典。谓女子消瘦。

〔11〕恁：那样。　玉骢：白色骏马。

【译文】

　　风吹叶，叶把窗儿敲，蟋蟀井边叫，谢娘庭院到秋宵。半掩凤凰屏，钗上花饰相映，烛光红影摇。温润又光泽，发如腻云娇。沾染芳春情怀，香气浸透丝绡。断魂留在梦境，那烟雾迷离的楚驿，荒月冷冷的蓝桥。　　有谁顾念卖药的文箫？遥望仙境踪迹缥缈。莺燕闹春为时尚早。罗衫暗中收叠起，兰香痕红粉迹全消。流水远去，乱花水上漂。苦苦相思，瘦尽细细腰。何时再得如那时，骏马过去处，小袖轻举把郎招？

烛影摇红

牡　丹〔1〕

　　一朵鞓红〔2〕，宝钗压鬓东风溜〔3〕。年时也是牡丹时〔4〕，相见花边酒。初试夹纱半袖。与花枝、盈盈斗秀〔5〕。对花临景，为景牵情，因花感旧。　　题叶无凭，曲沟流水空回首〔6〕。梦云不到小山屏〔7〕，真个欢难偶〔8〕。别后知他安否。软红街、清明还又〔9〕。絮飞春尽，天远书沉，日长人瘦。

【注释】

〔1〕《词旨》以下阕末三句入"警句"。

〔2〕鞓（tīng）红：牡丹的一种。鞓，皮革腰带。宋欧阳修《洛阳牡丹记·花释名》："鞓红者，单叶，深红花，出青州，亦曰青州红……其色类腰带鞓，故谓之鞓红。"

〔3〕溜：滑落，滑动。

〔4〕年时：当年，当时。唐卢殷《雨霁登北岸寄友人》："忆得年时冯翊部，谢郎相引上楼头。"

〔5〕盈盈：姿仪美好貌。

〔6〕"题叶"两句：用"红叶题诗"典。

〔7〕梦云：用楚王梦遇巫山神女典，指男女欢会。　到：一本作"入"。　小山屏：指屏风。

〔8〕真个：确实，真的。　偶：合，遇。

〔9〕软红：见刘过《贺新郎》注〔5〕。此指都市繁华。

【译文】

　　一朵鞓红牡丹簪上头，压鬓金钗在东风中滑溜。当年也是牡丹花开时节，相见面，花边频举酒。初试夹衫短衣袖，仪态万方，与花枝儿比美斗秀。此花此景，景牵人情，人因花忆旧。　红叶题诗无凭据，曲沟流水，空让人回首。云雨渺茫，梦里也不到小山屏，欢会难再求。别离后，不知她还平安否？繁华街上，明日又是清明时候。柳絮飘飞春天尽，天远地阔书信沉，白日渐长人消瘦。

醉思凡

　　吹箫跨鸾[1]。香销夜阑[2]。杏花楼上春残。绣罗衾半闲[3]。　衣宽带宽[4]。千山万山。断肠十二阑干[5]。更斜阳暮寒。

【注释】

〔1〕"吹箫"句：用萧史弄玉典。

〔2〕夜阑：夜将尽，夜深。

〔3〕半闲：一半被闲置。

〔4〕"衣宽"句：用"沈腰"典，谓人消瘦。

〔5〕十二阑干：曲曲折折的栏杆。十二，形容曲折之多。

【译文】

　　郎去杳如跨凤鸾，沉香消尽夜阑珊。杏花飘落，楼上芳春残；绣罗被褥半清闲。　　衣衫松，罗带宽。相隔千山又万山。十二栏杆全倚遍，柔肠断，更有斜阳暮色寒。

南 乡 子 (1)

　　璧月小红楼 (2)。听得吹箫忆旧游 (3)。霜冷阑干天似水，扬州。薄倖声名总是愁 (4)。　　尘暗鹔鹴裘 (5)。裁剪曾劳玉指柔 (6)。一梦觉来三十载 (7)，风流。空对梅花白了头。

【注释】

〔1〕清查礼《铜鼓书堂词话》评云："情味缠绵，笔力幽秀，读之令人涵泳不尽。"

〔2〕璧月：形如玉璧的满月。

〔3〕吹箫：用萧史弄玉典。

〔4〕"扬州"两句：唐杜牧《遣怀》："十年一觉扬州梦，赢得青楼薄倖名。"

〔5〕鹔鹴裘：以鹔鹴鸟羽制成的衣服。相传汉司马相如与卓文君还成都后，曾因贫而以鹔鹴裘贳酒为欢。见《西京杂记》二。

〔6〕玉指：女子纤细白皙的手指。

〔7〕"一梦"句：化用杜牧诗句。见注〔4〕。

【译文】

满月如璧玉，光照小红楼。听到楼上箫声，追忆旧日游。天空似水，霜冻栏杆冷，声名薄倖在扬州，总是令人愁。　　尘土暗淡鹧鸪裘。鹧鸪裘，剪裁曾劳她玉指纤柔。一梦醒来三十年，何处再风流？空对梅花白了少年头。

史达祖

史达祖（生卒不详），字邦卿，号梅溪。汴（今河南开封）人。寓居临安。开禧间为中书省堂吏，"奉行文字，拟帖撰旨，俱出其手"（叶绍翁《四朝闻见录》戊集）。尝随李壁使金。受韩侂胄北伐失败事株连，黥面流放而卒。词以咏物、咏节序之作为工，多有警句。姜夔为其词作序时评云："能融情景于一家，会句意于两得。"张炎《词源》评其《东风第一枝》、《绮罗香》诸作"皆全章精粹，所咏了然在目，且不留滞于物"。有《梅溪词》。

绮 罗 香

春　雨[1]

做冷欺花，将烟困柳[2]，千里偷催春暮[3]。尽日冥迷，愁里欲飞还住。惊粉重、蝶宿西园[4]，喜泥润、燕归南浦[5]。最妨他、佳约风流，钿车不到杜陵路[6]。　　沉沉江上望极，还被春潮晚急，难寻官渡[7]。隐约遥峰，和泪谢娘眉妩[8]。临断岸、新绿生时，是落红、带愁流处。记当日、门掩梨花[9]，剪灯深夜语[10]。

【注释】

〔1〕清先著、程洪《词洁》评云:"无一字不与题相依,而结尾始出两字,中边皆有。前后两段七字句,于正面尤著到。如意宝珠,玩弄难于释手。"

〔2〕将:与,共。

〔3〕"千里"句:唐孟郊《喜雨》:"朝见一片云,暮成千里雨。"

〔4〕西园:此泛指园林。

〔5〕南浦:泛指水边。

〔6〕钿车:嵌饰珠宝的车子。 杜陵:在西安东南,汉宣帝陵墓所在地。又称杜原、乐游原。

〔7〕春潮晚急:用唐韦应物《滁州西涧》"春潮带雨晚来急"诗意。 官渡:官家设置的渡口。此指官家渡船。

〔8〕谢娘:泛指歌妓。 眉妩:喻指山峰。《西京杂记》载卓文君"眉色如望远山",《赵飞燕外传》载赵合德作薄眉,号远山黛。

〔9〕门掩梨花:宋李重元《忆王孙》:"雨打梨花深闭门。"

〔10〕"剪灯"句:化用唐李商隐《夜雨寄北》"何当共剪西窗烛,却话巴山夜雨时"句意。

【译文】

做成寒冷阻花开,带来烟雾困柳絮,千里一片,暗中催促春天去。整日迷茫阴冥冥,愁里想飞还又停。惊诧粉翅重,蝴蝶宿花园;喜见泥土润,燕子归水边。最是妨碍、佳人约会多风流,使香车不到杜陵路口。 极目遥望,江上正沉沉,又赶上春潮晚来湍急,官家渡船难寻觅。远峰隐约见,就像谢娘的双眉带着泪。来到断岸,新绿生长的时候,恰恰是落红漂愁随流水。记得当日,雨打梨花掩重门,曾剪烛共语到夜深。

双　双　燕〔1〕

过春社了〔2〕,度帘幕中间,去年尘冷。差池欲住〔3〕,试入旧巢相并。还相雕梁藻井〔4〕。又软语、商量不定。飘然快拂花梢，翠尾分开红影[5] 芳径。芹泥雨润[6]。爱贴地争飞，竞夸轻俊。红楼归晚，看足柳昏花暝。应自栖香正稳[7]。便忘了、天涯芳信。愁损玉人[8]，日日画栏独凭。

【注释】

〔1〕本词一本题作《咏燕》。《词统》评云："不写形而写神，不取事而取意，白描高手。"

〔2〕春社：春天的社日，在立春后第五个戊日，祭祀社神，以祈丰收。燕为候鸟，相传春社时来，秋社时去。

〔3〕差池：燕翅飞翔时的参差状。《诗·邶风·燕燕》："燕燕于飞，参池其羽。"

〔4〕相：细看。 藻井：彩饰的天花板，因其隔饰为井形而称。

〔5〕红影：指花影。

〔6〕芹泥：有芹草的水边泥地。唐杜甫《徐步》："芹泥随燕嘴。"

〔7〕栖香：此指燕子止息在花树丛中。

〔8〕玉人：一本作"翠黛双娥"。

【译文】

过了春社，燕子在帘幕间飞出飞进，去年的封尘已清冷。拍着翅膀欲住下，暂入旧巢互相依并。回首端详雕梁藻井，又呢喃细语，商量不定。飘然快飞掠过花梢，翠尾分开花的红影。 花草满幽径。芹泥润水滨。喜爱贴地飞，争夺矫健和轻盈。红楼归来晚，看足了柳色昏暗花幽暝。应是花树丛中睡得沉，便忘了传递天涯来的芳信。害得闺中人日见消瘦，画栏上天天一人独倚凭。

夜 行 船[1]

不剪春衫愁意态。过收灯[2]，有些寒在。小雨空帘，无人深巷，已早杏花先卖⁽³⁾。　　白发潘郎宽沈带⁽⁴⁾。怕看山、忆他眉黛⁽⁵⁾。草色拖裙⁽⁶⁾，烟光惹鬓，常记故园挑菜⁽⁷⁾。

【注释】

〔1〕此词一本有题，作"正月十八日闻卖杏花有感"。

〔2〕收灯：旧时正月十五为灯节，正月十三为上灯，十八为收灯。

〔3〕"小雨"三句：化用宋陆游《临安春雨初霁》"小楼一夜听春雨，深巷明朝卖杏花"诗意。

〔4〕白发潘郎：晋潘岳三十二岁时两鬓已斑白，其《秋兴赋》序云："余春秋三十有二，始见二毛。" 宽沈带：用沈约自叹腰带日宽典。

〔5〕眉黛：见作者《绮罗香》词注〔8〕。

〔6〕"草色"句：五代牛希济《生查子》："记得绿罗裙，处处怜芳草。"此化用之。

〔7〕挑菜：挖野菜。农历二月二日俗称挑菜节，仕女出郊拾菜，士民游观。词因时近而及。

【译文】

春衫不剪裁，生出愁意态。收过灯，还有些寒意在。帘外细雨绵绵，巷深无人来，早早地已有杏花提前卖。　　白了潘郎发，宽了沈郎带。怕看远山，怕想起她远山一样的眉黛。草色绿罗裙，烟光惹双鬓，常记起那时在故园里挑野菜。

东风第一枝
春　雪⁽¹⁾

巧剪兰心，偷粘草甲⁽²⁾，东风欲障新暖。谩疑碧瓦难留⁽³⁾，信知暮寒较浅⁽⁴⁾。行天入镜⁽⁵⁾，做弄出、轻松纤软。料故园、不卷重帘，误了乍来双燕。　　青未了、柳回白眼⁽⁶⁾。红不断、杏开素面。旧游忆著山阴⁽⁷⁾，后盟遂妨上苑⁽⁸⁾。寒炉重暖⁽⁹⁾，且慢放、春衫针线⁽¹⁰⁾。恐凤靴、挑菜归来⁽¹¹⁾，万一灞桥相见⁽¹²⁾。

【注释】

〔1〕一本题作"咏春雪"。

〔2〕剪：一作"沁"，又作"冰"。　草甲：草皮。甲，草木萌生时的外壳或外皮。

〔3〕谩：同"漫"。　疑：一作"凝"。

〔4〕信知：确知，实知。　较：一作"轻"。

〔5〕行天入镜：化用唐韩愈《春雪》"入镜鸾窥沼，行天马渡桥"诗意。

〔6〕青未了：唐杜甫《望岳》："齐鲁青未了。"

〔7〕"旧游"句：《世说新语·任诞》载王子猷曾于雪夜乘兴访戴安道，兴尽不见戴而返。山阴，今浙江绍兴。

〔8〕"后盟"句：南朝宋谢惠连《雪赋》云："梁王不悦，游于兔园，置旨酒，命宾友，召邹生，延枚叟，相如末至，居客之右……""后盟"即用此事。后，原作"厚"，据他本改。上苑，帝王苑囿。

〔9〕寒：一作"熏"。　暖：一作"熨"、"煤"。

〔10〕慢放：一作"放慢"。

〔11〕恐：一作"怕"。　凤靴：绣有凤凰图案的靴子。多为女子所穿。靴，一作"鞋"。

〔12〕"万一"句：指灞桥风雪，为古时著名风景之一。

【译文】

　　巧把兰心剪裁，偷把草皮粘连，阻碍东风不放暖。空凝在碧瓦上难留住，确知道日暮寒意浅。鸾入池，马行天，做弄出种种轻松和纤软。料故园此时重帘垂不卷，耽误乍来的双飞燕。　　柳色未绿全，如同回白眼。杏花未红遍，只得呈素脸。忆旧游，曾往山阴去访戴；遇事有耽搁，司马相如最后来到上苑。先把寒炉重熏暖，且放慢、缝春衫的针线。只恐怕穿着凤靴挑菜归来，万一在灞桥下相见。

又

灯 夕

酒馆歌云[1]，灯街舞绣，笑声喧似箫鼓。太平京国
多欢[2]，大酺绮罗几处[3]。东风不动，照花影、一天春
聚。耀翠光、金缕相交，冉冉细吹香雾。　　羞醉玉、
少年丰度[4]。怀艳雪、旧家伴侣[5]。闭门明月关心，倚
窗小梅索句。吟情欲断，念娇俊、知人无据[6]。想袖
寒、珠络藏香[7]，夜久带愁归去。

【注释】

〔1〕歌云：指歌声美妙动听。《列子·汤问》："秦青……抚节悲歌，声
振林木，响遏行云。"

〔2〕京国：京都，京城。

〔3〕大酺：盛大的宴饮。《史记·秦始皇本纪》"天下大酺"，张守节
《正义》："天下欢乐大饮酒也。"

〔4〕醉玉：犹醉玉颓山，形容男子酒后醉倒的风采。《世说新语·容
止》："嵇叔夜之为人也，岩岩若孤松之独立；其醉也，傀俄若玉山之将
崩。" 丰度：优美的举止神态。

〔5〕艳雪：晶莹的雪。喻人襟怀高洁。 旧家：犹从前。

〔6〕娇俊：娇美俊俏。指女子。 知人：鉴人。

〔7〕珠络：一种头饰，即以珠缀成的网络。

【译文】

酒馆里歌声入云，灯街上彩袖起舞，欢声笑语喧闹似箫鼓。京
城太平多欢乐，绮罗盛宴一处处。东风未吹到，灯光照花影，恍若
满天春。翠绿光闪耀，金缕衣相交，气息冉冉香雾飘。　　羞于大醉
如颓山，失却少年风度翩翩。怀抱似雪艳，是旧家的伙伴。闭上门，
明月关人心；倚窗前，小梅动诗兴。诗情欲断尽：念她长得俊俏，

识人眼力却不牢靠；想她衣袖轻寒珠络藏香，夜深归去满怀惆怅。

黄钟喜迁莺
元　宵[1]

　　月波凝滴[2]。望玉壶天近[3]，了无尘隔。翠眼圈花[4]，冰丝织练[5]，黄道宝光相直[6]。自怜诗酒瘦[7]，难应接[8]、许多春色。最无赖[9]，是随香趁烛，曾伴狂客[10]。　　踪迹。漫记忆。老了杜郎，忍听东风笛[11]。柳院灯疏，梅厅雪在，谁与细倾春碧[12]。旧情拘未定，犹自学、当年游历。怕万一，误玉人、夜寒帘隙[13]。

【注释】

　　[1]原笺引张炎评云："不独措词精粹，又且见时节风物之感。"《词旨》以"自怜"三句入"警句"。一本调无"黄钟"两字。

　　[2]月波：月光。因月色如水而称。　凝：一作"疑"。

　　[3]玉壶天：指澄澈的夜空。东汉费长房欲学仙，随卖药老翁（实仙人）跳入壶内，但见其中玉堂富丽，酒食齐备，别有洞天。见《后汉书·费长房传》。

　　[4]"翠眼"句：谓灯眼环拱成各种花形。

　　[5]"冰丝"句：指月光倾泻，如织白练。

　　[6]黄道：光道，此指月光。　宝光：指灯光。　直：遇，犹相映。

　　[7]诗酒瘦：因吟诗、病酒而瘦。魏崔浩爱吟咏，一日病起，友人戏曰："非子病如此，乃子苦吟诗瘦也。"

　　[8]应接：接受，应付。

　　[9]无赖：无奈。

　　[10]狂客：行为狂放不羁的人。

　　[11]"老了"两句：杜郎，指唐杜牧。其《题元处士高亭》："何人教我吹长笛，与倚春风弄月明。"词化用之。

〔12〕春碧：酒名。宋范成大《七夕至叙州登锁江亭》："我来但醉春碧酒，星桥脉脉向三更。"据宋陆游《道院杂兴》诗自注，该酒本名重碧，后为范成大易名。

〔13〕玉人：美人。

【译文】

月光如水波聚凝，遥望夜空澄澈明净，无丝毫纤尘。翠绿的灯眼拼成花朵，月光织出白练，灯与月交相辉映。自怜苦吟病酒人消瘦，难应付这无数春色。最无奈的是，跟随香车趁着烛光，曾经伴着狂客。　往日踪迹，空记忆。杜郎已老，怎忍再听东风中吹笛？杨柳院落少灯火，梅花厅堂白雪多，谁能为我细倾一壶春碧？拘牵旧情心不定，还把当年游踪寻觅。怕只怕万一，误使佳人空等，夜间寒气透入帘幕的缝隙。

清　商　怨[1]

春愁远。春梦乱。凤钗一股轻尘满[2]。江烟白。江波碧。柳户清明，燕帘寒食。忆忆[3]。　莺声晚[4]。箫声短。落花不许春拘管[5]。新相识。休相失。翠陌吹衣，画桥横笛[6]。得得。

【注释】

〔1〕此词一本调作《钗头凤》，题作"寒食饮绿亭"。按：《钗头凤》、《清商怨》皆《撷芳词》之异名。

〔2〕"凤钗"句：写分别后情形。古时女子与情人或丈夫分别，常将其所佩钗分为两股，自己与对方各持一股。凤钗，凤形头钗。唐白居易《长恨歌》："钗留一股合分钿。"

〔3〕忆忆：一本作"忆忆忆"。下阕结句同增一字。　按：该调上下两结本自有添两字叠韵与三字叠韵之异。

〔4〕晚：一作"晓"、"暖"。

〔5〕拘管：拘牵管束。

〔6〕桥：一作"楼"。

【译文】

　　春愁随人远，春梦还零乱。凤钗留一股，轻尘已落满。江烟冉冉白，江波粼粼碧。清明杨柳插门楣，寒食燕飞帘幕里。往事能不忆？　　黄莺啼得晚，箫声吹得短。落花本无情，不许春天管。与他新相识，就该不轻离。阡陌翠绿风拂衣，桥梁如画横吹笛，还是休提起。

蝶 恋 花

　　二月东风吹客袂。苏小门前[1]，杨柳如腰细[2]。蝴蝶识人游冶地[3]。旧曾来处花开未。　　几夜湖山生梦寐。评泊寻芳[4]，只怕春寒里[5]。今岁清明逢上巳[6]。相思先到湔裙水[7]。

【注释】

〔1〕苏小：苏小小，南朝齐时钱塘名妓，墓在西湖。此代指妓女。

〔2〕如腰细：古诗词常以杨柳喻细腰，此反以细腰喻杨柳。唐温庭筠《苏小小歌》："吴宫儿女腰如束，家在钱塘小江曲。"

〔3〕游冶地：游览作乐的地方。

〔4〕评泊：揣度，思忖。

〔5〕里：语助词，犹"哩"。

〔6〕上巳：汉前以三月上旬的巳日为上巳，魏晋后定为三月三日。古人每有修禊、踏青等活动。

〔7〕湔（jiān）裙：旧俗女子在农历正月元日至月晦到水边洗衣，相传可避灾难。隋杜台卿《玉烛宝典》卷一元日风俗自注："今世唯晦日临河解除，妇女或湔裙也。"词因上巳风俗而及湔裙。湔，洗涤。

【译文】

　　二月春风吹，轻轻拂客衣。苏小门前柳，也如人腰细。蝴蝶认得游乐地。旧时常去处，可知花开未？　　梦中几夜见湖山，思忖去寻芳，只是怕春寒。今年清明连上巳，相思先到浣裙的水边。

玉 楼 春
社前一日[1]

　　游人等得春晴也[2]。处处旗亭闲系马[3]。雨前红杏尚娉婷[4]，风里残梅无顾藉[5]。　　忌拈针指还逢社[6]。斗草赢多裙欲卸[7]。明朝新燕定归来[8]，叮嘱重帘休放下。

【注释】

　　〔1〕社：此指春社。见作者《双双燕》词注〔2〕。
　　〔2〕等得：等到。
　　〔3〕旗亭：酒楼，因其悬旗为招牌而称。
　　〔4〕娉婷：形容姿态美好。
　　〔5〕"风里"句：此句与上句互文见义。顾藉，顾念，顾惜。
　　〔6〕"忌拈"句：旧俗有正月忌动针线的说法。
　　〔7〕斗草：古时一种比赛所得花草多寡的游戏。
　　〔8〕"明朝"句：相传燕于春社日归来。

【译文】

　　游人终于等到春日放晴，到处可见坐骑系在旗亭。春雨来前，枝头红杏还艳丽娇好，如今却没了精神；风中的残梅也已黯然消魂。　　每逢春社到，忌讳拈针线。斗百草，赢得欢，身暖欲脱罗裙衫。明天新燕定会飞还，千叮嘱万叮咛，不要放下重帘。

青 玉 案

蕙花老尽离骚句⁽¹⁾。绿染遍、江头树。日暝酒消听骤雨⁽²⁾。青榆钱小⁽³⁾，碧苔钱古⁽⁴⁾。难买东君住⁽⁵⁾。
官河不碍遗鞭路⁽⁶⁾。被芳草、将愁去。多定红楼帘影暮⁽⁷⁾。兰灯初上⁽⁸⁾，夜香初炷⁽⁹⁾。犹自听鹦鹉。

【注释】
〔1〕"蕙花"句：战国楚屈原《离骚》："余既滋兰之九畹兮，又树蕙之百亩……虽萎绝其亦何伤兮，哀群芳之芜秽。"词用其意。蕙，蕙兰，暮春开花。
〔2〕日暝：日暮。
〔3〕青榆钱小：榆树先叶而生荚，连缀成串，似铜钱而较小。
〔4〕碧苔钱古：苔点圆，如钱，而色深，故言古。南朝梁刘孝威《怨诗》："丹庭斜草径，素壁点苔钱。"
〔5〕东君：春神。
〔6〕官河：由官府开通的河道。 遗鞭：前秦苻坚南侵，自恃兵多，扬言投鞭可断江流。见《晋书·苻坚载记下》。
〔7〕多定：大多数，多半。
〔8〕兰灯：本谓点燃兰膏之灯，后用作灯的美称。
〔9〕炷：点燃。

【译文】
蕙花枯老，就像《离骚》中的诗句。绿色已染遍江头树。酒醒日已暮，且听骤雨打茅屋。榆钱青青小，苔钱碧又古，还是难买春光住。 投鞭断不了官河的水路。路边芳草纷披，带了离愁远去。红楼上多半垂帘日色暮。华灯初上，夜香刚点燃，那人还在独自听鹦鹉。

高观国

　　高观国（生卒不详），字宾王，号竹屋。山阴（今浙江绍兴）人。与史达祖、陆游等交游唱和。甚有名于时。宋黄昇《中兴以来绝妙词选》卷六引陈造序其词集云："竹屋、梅溪词，要是不经人道语，其妙处，少游、美成不及也。"有《竹屋痴语》。

齐 天 乐

　　碧云缺处无多雨，愁与去帆俱远。倒苇沙闲，枯兰溆冷[1]，寥落寒江秋晚[2]。楼阴纵览[3]。正魂怯清吟[4]，病多依黯[5]。怕挹西风[6]，袖罗香自去年减。　　风流江左久客[7]，旧游得意处，珠帘曾卷[8]。载酒春情，吹箫夜约[9]，犹忆玉娇香怨[10]。尘栖故苑[11]。叹璧月空檐[12]，梦云飞观[13]。送绝征鸿[14]，楚峰烟数点[15]。

【注释】
　　〔1〕溆：水边。
　　〔2〕寥落：冷落，冷清。
　　〔3〕楼阴：楼影。唐杜甫《遣怀》："水净楼阴直。"　纵览：纵目眺望。
　　〔4〕清吟：清闲地吟哦。
　　〔5〕依黯：指伤别怀远的情怀。
　　〔6〕挹：牵引。
　　〔7〕江左：江东，江南。
　　〔8〕珠帘：珍珠缀饰的帘子。唐杜牧《赠别》："春风十里扬州路，卷上珠帘总不如。"此化用之。
　　〔9〕吹箫：暗用萧史弄玉典。

〔10〕玉、香：均指女性。

〔11〕故苑：旧时的园林。

〔12〕璧月：如璧圆月。

〔13〕梦云飞观：用楚王游高唐观而梦与巫山神女相接典。观，指高唐观。

〔14〕征鸿：远飞的大雁。雁至秋自北向南飞。

〔15〕"楚峰"句：化用唐李贺《梦天》"遥望齐州九点烟"诗意。

【译文】

碧云缺处雨水少，愁随去帆天涯远。芦苇倒伏，沙滩闲静。兰草枯败，水边冷清。寒江寥落秋日晚。楼阴里纵目观览，正是清吟魂怯怯，病多神黯然。怕西风吹引罗袖，袖上香气去年以来逐日减。　　在江南风流地长久为客，旧时冶游得意处，佳人珠帘也曾卷。载酒春情浓，吹箫夜相约，还记得玉容含娇香带怨。可叹尘冷封故苑。璧月挂空檐，梦里云飞高唐观。目送征鸿飞去尽，楚峰宛如几点轻烟。

玉 楼 春

宫　词〔1〕

几双海燕来金屋〔2〕。春满离宫三十六〔3〕。春风剪草碧纤纤〔4〕，春雨浥花红扑扑〔5〕。　　卫姬郑女腰如束〔6〕。齐唱阳春新制曲〔7〕。曲终移宴起笙箫，花下晚寒生翠縠〔8〕。

【注释】

〔1〕此词一本题作"拟宫词"。

〔2〕海燕：即燕。古人或以为燕产于南方，须渡海而至，故称。唐沈佺期《古意》："卢家少妇郁金堂，海燕双栖玳瑁梁。"词化用之。

〔3〕三十六：极言离宫之多。汉班固《西都赋》："离宫别馆，三十六所。"

〔4〕纤纤：细密貌。

〔5〕浥：沾湿。　扑扑：鲜润貌。

〔6〕卫姬郑女：郑、卫两地的女子。又汉武帝有皇后卫子夫，人称"卫娘"，以发美得宠；郑穆公有女，即夏姬。此泛指美女。　腰如束：形容腰细。战国楚宋玉《登徒子好色赋》："腰如束素。"

〔7〕阳春：指古名曲《阳春白雪》。战国楚宋玉《对楚王问》："客有歌于郢中者……其为《阳春白雪》，国中属而和者不过数十人。"此泛指歌唱春天的乐曲。

〔8〕翠縠（hú）：翠色绉纱。此指宫女衣衫。

【译文】

海燕对对成双，飞上金屋梁。离宫三十六，春色都满贮。春风剪出碧草，细纤纤；春雨滋润鲜花，红扑扑。　　卫姬和郑女，腰细似纨束，齐声歌唱新谱的《阳春》曲。曲罢移处重开宴，笙箫起，花下夜久寒生衣。

金人捧露盘
水　仙

梦湘云，吟湘月，吊湘灵[1]。有谁见、罗袜尘生。凌波步弱[2]，背人羞整六铢轻[3]。娉娉袅袅[4]，晕娇黄、玉色轻明[5]。　　香心静，波心冷，琴心怨[6]，客心惊。怕佩解、却返瑶京[7]。杯擎清露[8]，醉春兰友与梅兄[9]。暮烟万顷，断肠是、雪冷江清[10]。

【注释】

〔1〕湘灵：湘水之神。《楚辞·远游》："使湘灵鼓瑟兮，令海若舞冯夷。"

〔2〕"罗袜"两句：形容女子步履轻盈。三国魏曹植《洛神赋》："凌波微步，罗袜生尘。"

〔3〕六铢：六铢衣，一种轻薄之衣。佛经称忉利天衣重六铢，后便称佛、仙之衣为六铢，进而借指女子所著轻纱衣。铢，古代重量单位，二十四分之一两。

〔4〕娉娉袅袅：形容女子姿态美好。唐杜牧《赠别》："娉娉袅袅十三馀，豆蔻梢头二月初。"

〔5〕晕：脸上的红潮。此指花色之晕。 娇黄：嫩黄，淡黄。水仙花心微黄。 玉色：白色。 轻明：晶莹透明。

〔6〕琴心：琴声中传递的情思。琴曲中有《水仙操》。唐李益《古瑟怨》："破瑟悲秋已减弦，湘灵沉怨不知年。"

〔7〕佩解：用《韩诗外传》载郑交甫遇神女典。 瑶京：玉京，天帝所居。此泛指仙界。

〔8〕杯擎清露：用"金人捧露盘"字面及典源，指水仙花朵如承露之杯盘。

〔9〕春：唐宋酒名多用"春"字，此即代指酒。 兰友、梅兄：兰、梅，与水仙同为冬末春初开放的花种。宋黄庭坚《王充道送水仙花五十枝欣然会心为之作咏》："含香体素欲倾城，山矾是弟梅是兄。"

〔10〕"雪冷"句：水仙花开于寒冷之时，故有此景。

【译文】

飞梦绕湘云，吟诗弄湘月，凭吊哭湘灵。有谁看见她，罗袜生细尘，凌波步态轻盈？衣衫轻薄，背人羞自整。芳姿袅袅又娉婷。眉晕含嫩黄，脸如美玉皎洁晶莹。 芳心寂寞静，波心荡漾冷，琴心诉哀怨，客心容易惊。怕她似交甫所遇女神，珠佩解后返仙京。金杯高擎承玉露，兰友和梅兄醉不醒。暮烟苍茫千万顷，断肠最是在，雪花飘冷江水清。

又
梅

念瑶姬[1]，翻瑶佩[2]，下瑶池[3]。冷香梦、吹上南枝[4]。罗浮路杳[5]，忆曾清晚见仙姿[6]。天寒翠袖，可怜是、倚竹依依⁽⁷⁾。　　溪痕浅，云痕冻，月痕淡，粉痕微⁽⁸⁾。江楼怨、一笛休吹⁽⁹⁾。芳香待寄，玉堂烟驿雨凄迷⁽¹⁰⁾。新愁万斛⁽¹¹⁾，为春瘦、却怕春知。

【注释】

〔1〕瑶姬：即巫山女神，天帝之季女，相传"未行而卒，封于巫山之阳，精魂为草，实为灵芝"（《水经注·江水二》）。故后世亦以为花草之神。此指梅神。

〔2〕翻：振动。　瑶佩：美玉制成的佩件。

〔3〕瑶池：传说中西王母所居，在昆仑山上。

〔4〕冷香：凌寒而开的花香。此指梅花。　南枝：向阳枝。借指梅花。宋苏轼《次韵苏伯固游蜀冈送李孝博奉使岭表》："愿及南枝谢。"清王文诰辑注引赵次公注："南枝，梅也。"

〔5〕罗浮：在广东。《龙城录》载赵师雄曾于罗浮遇梅花化成的仙女。

〔6〕仙姿：指梅。

〔7〕"天寒"两句：唐杜甫《佳人》诗："天寒翠袖薄，日暮倚修竹。"宋苏轼《王晋叔所藏画跋尾·芍药》："倚竹佳人翠袖长，天寒犹著薄罗裳。"此化用之。翠袖，本指女子的青绿色衣袖，词中代指佳丽女子。依依，依恋貌。

〔8〕粉痕微：喻指梅花花色淡雅。

〔9〕"江楼"句：笛曲中有《落梅花》（《梅花落》）。怨，指梅花落败之怨。

〔10〕"芳香"两句：化用陆凯寄梅花给范晔事及"折花逢驿使"之赠诗。玉堂，有多解。汉有宫殿名玉堂，宋之翰林院亦称玉堂，神仙居处也称玉堂。又，豪贵的宅第也可称玉堂，如刘宋鲍照《喜雨》："惊雷鸣桂渚，回涓流玉堂。"

〔11〕万斛：极言愁之多。斛，古代量器，容量有十斗、五斗之别。

【译文】

想来可能是瑶姬，一路响瑶佩，走下瑶池。将一片冷香梦，吹上梅花枝。南方罗浮路杳茫，记得夜晚凉凄凄，曾一睹她的绰约仙姿。寒气生翠袖，最可爱身倚修竹情依依。　　溪水痕迹浅，冻云痕迹断，清月痕迹淡，花粉痕迹微。一腔飘零怨，江楼休吹《落梅》笛。待把芳香寄远处，玉堂驿馆烟雨凄迷。新愁千万斛，为春消瘦，又怕被春知。

祝英台近[1]

一窗寒，孤烬冷，独自个春睡。绣被薰香，不似旧风味。静听滴滴檐声，惊愁搅梦，更不管、庾郎心碎[2]。

念芳意。一并十日春寒，梅花瞤憔悴[3]。懒做新词，春在可怜里。几时挑菜踏青[4]，云沉雨断，尽分付、楚天之外[5]。

【注释】

[1]《词旨》以"惊愁"两句入"警句"。

[2]庾郎：北周庾信，本南方人，后流寓北周，悲戚悒悒，作《哀江南赋》以寓乡思。

[3]瞤（shà）：极甚之辞。

[4]挑菜踏青：均为春天游玩项目。挑菜节在农历二月初二，踏青则在清明前后。

[5]"云沉"两句：盼望天晴。又化用巫山云雨典，指男女不能欢爱聚首。

【译文】

一扇窗户清寒，一炉灰烬孤冷，更有一人独睡。绣花被褥熏沉香，也不似旧日那风味。静听雨水打檐声滴滴，惊起春愁搅乱梦，更不管飘零的庾郎心已碎。 念春意，一连遭此十日寒，梅花极憔悴。懒做新词篇，实在春可怜。几时去踏青？几时去挑菜？待云沉雨断绝，全抛到楚天外。

思 佳 客

剪翠衫儿稳四停⁽¹⁾。最怜一曲凤箫吟⁽²⁾。同心罗帕轻藏素⁽³⁾，合字香囊半影金⁽⁴⁾。　　春思悄，昼窗深。谁能拘束少年心。莺来惊碎风流胆，踏动樱桃叶底铃⁽⁵⁾。

【注释】
〔1〕剪：裁理。　稳四停：四边匀称。
〔2〕凤箫：排箫，因排竹参差如凤翼而故称。
〔3〕同心罗帕（pà）：绾有同心结的巾帕，古代多用来象征两情相悦。　素：白色生绢。
〔4〕合字香囊：绣有回文字样的香囊，也表示和合。　影金：指金黄色，或金线。
〔5〕铃：樱桃将熟时，为防鸟来啄食而设铃惊吓之。

【译文】
翠衣衫整得极匀称，最爱听一曲引凤的箫声。素绢做成同心帕，香囊上合字半绣金。　　春思静悄悄，白天小窗深。谁能拘管住少年人的心？莺贪风流惊碎胆，踏响了樱桃叶底铃。

霜天晓角

春云粉色。春水和云湿。试问西湖杨柳⁽¹⁾，东风外、几丝碧。　　望极。连翠陌。兰桡双桨急⁽²⁾。欲访莫愁何处⁽³⁾，旗亭在、画桥侧⁽⁴⁾。

【注释】

〔1〕西湖杨柳：杭州西湖边多植桃柳，"柳浪闻莺"即是一处著名的景点。

〔2〕兰桡：兰木做的船桨。多用作小船的美称。

〔3〕莫愁：古乐府中传说的女子。或言为洛阳人，嫁为卢家少妇。或言石城（今湖北钟祥）人，善歌谣。古乐府《石城乐》："莫愁在何处？莫愁石城西。艇子打两桨，催送莫愁来。"此化用之。

〔4〕画桥：雕饰精美的桥，也用作桥的美称。

【译文】

春云淡如粉，春水沾湿了云。试问西湖岸边柳，东风外，几条嫩丝染碧色？　　纵目远望，一片翠色连阡陌。小船儿双桨打得急。要寻找莫愁在哪里，一座旗亭，就在画桥侧。

风 入 松

卷帘日日恨春阴。寒食新晴。马蹄只向南山去[1]，长桥爱、花柳多情[2]。红外风娇日暖，翠边水秀山明[3]。　　杜郎歌酒过平生[4]。到处蓬瀛[5]。醉魂不入重城晚[6]，秾欢寄、桃叶桃根[7]。绣被嫩寒清晓，莺啼唤起春醒[8]。

【注释】

〔1〕南山：似指荆南山，在江苏宜兴南。或泛指南边的山。

〔2〕长桥：似指荆溪桥，在江苏宜兴，相传周处斩蛟处。或为泛指。

〔3〕"红外"两句：互文见义。红指花，翠指草木。

〔4〕杜郎：指唐杜牧。为人风流倜傥。此用以自称。

〔5〕蓬瀛：蓬莱、瀛洲，传说中的神山，代指仙境。此喻指快意尽兴处。

〔6〕重城：泛称城市。古时城市外城中又建内城，故称。

〔7〕秾欢：指男女间的浓情蜜意。　桃叶桃根：晋王献之有宠姜桃叶，桃叶有妹名桃根。此代指姊妹情人。乐府《桃叶歌》："桃叶复桃叶，桃树连桃根。相怜两乐事，独使我殷勤。"

〔8〕醒：病酒。

【译文】

日日卷珠帘，天天恨春阴。寒食天气新转晴。马蹄得得响，只向南山去。爱长桥，花柳最多情。花红处风娇日色暖，翠叶边水秀青山明。　风流郎歌酒伴一生，身所到处即仙境。夜醉自不入重城，且将浓欢蜜爱，寄给桃叶桃根。绣被清晓生微寒，黄莺一声啼，把酒醉唤醒。

谒 金 门

烟墅暝[1]。隔断仙源芳径[2]。雨歇花梢魂未醒。湿红如有恨。　别后香车谁整[3]。怪得画桥春静[4]。碧涨平湖三十顷。归云何处问[5]。

【注释】

〔1〕烟墅：烟雾中的小屋。
〔2〕仙源：神仙所居之处。
〔3〕香车：香木车。泛指华美的车轿。多为女子或神仙所乘。
〔4〕怪得：难怪。唐曹唐《小游仙诗》："怪得蓬莱山下水，半成沙土半成尘。"
〔5〕归云：犹行云。

【译文】

烟雾笼罩着野舍，阻断了桃花源的路。雨声停，梢上的花惊魂尚未醒，湿红噙泪如有恨。　别离后，香车谁修整？难怪画桥春色静。平湖水涨碧，荡漾三十顷。行云踪迹何处问。

刘　镇

刘镇（生卒不详），字叔安，号随如，学者称随如先生。南海（今广东广州）人。嘉泰二年（1202）进士。尝谪居三山二十馀年。淳祐四年（1244）上封事言史嵩之夺情。与弟镕、铎俱以文名。能词。刘克庄《跋刘叔安感秋八词》盛称赞之，明杨慎称之为"南渡填词巨工"（《词品》卷五）。有《随如百咏》，已佚，赵万里有辑本。

玉 楼 春
东山探梅[1]

泠泠水向桥东去[2]。漠漠云归溪上住[3]。疏风淡月有来时，流水行云无觅处。　　佳人独立相思苦。薄袖欺寒修竹暮[4]。白头空负雪边春，著意问春春不语。

【注释】

〔1〕东山：东面的山。作者谪居福州（三山），其东山为九仙山。

〔2〕泠泠：形容水声悠扬清越。

〔3〕漠漠：寂静无声貌。五代齐己《残春连雨中偶作遇故人》："漠漠门长掩，迟迟日又西。"

〔4〕"佳人"两句：化用唐杜甫《佳人》及宋苏轼《王晋叔所藏画跋尾·芍药》中诗句。见高观国《金人捧露盘·梅》词注〔8〕。

【译文】

春水清泠泠，流向桥东去。行云默默移，回到溪头住。风疏疏，月淡淡，常有来时候；水潺潺，云飘飘，却无寻觅处。像佳人独立，受尽相思苦。天寒日暮薄袖冷，身倚修竹。雪边一片春，白头空辜负。特意去慰问，春却不言语。

张　辑

　　张辑（生卒不详），字宗瑞，号东泽，又号庐山道人、东泽诗仙、东仙。鄱阳（今江西波阳）人。履信子。尝结屋庐山，与冯去非等交善。得诗法于姜夔。所作词皆以篇末三数字另立新名。有《东泽绮语续》。

疏帘淡月 [1]

　　梧桐雨细。渐滴作秋声 [2]，被风惊碎。润逼衣篝 [3]，线袅蕙炉沉水 [4]。悠悠岁月天涯醉。一分秋、一分憔悴。紫箫吹断 [5]，素笺恨切 [6]，夜寒鸿起。
　　又何苦、凄凉客里。负草堂春绿，竹溪空翠 [7]。落叶西风，吹老几番尘世。从前谙尽江湖味。听商歌、归兴千里 [8]。露侵宿酒，疏帘淡月，照人无寐。

【注释】
　　〔1〕《词旨》以"悠悠"三句、"落叶"两句、"疏帘"两句入"警句"。王闿运《湘绮楼评词》评云："轻重得宜，再莽不得。"此词一本有"寓桂枝香　秋思"数字。
　　〔2〕"梧桐"两句：化用唐温庭筠《更漏子》："梧桐树，三更雨……一叶叶，一声声，空阶滴到明"词意。
　　〔3〕衣篝：熏衣用的笼子。
　　〔4〕蕙炉：即香炉。　沉水：沉水香，一种名贵香料。
　　〔5〕紫箫：紫玉箫，用紫玉竹制成。
　　〔6〕素笺：书信。古人多于白绢上书写，故称。
　　〔7〕草堂、竹溪：指乡居和隐居之地。唐杜甫曾于浣花溪畔筑草堂，

李白则在徂徕山下竹溪隐居。

〔8〕商歌：悲歌。商在五音中配秋，其声凄切，故称。

【译文】

梧桐叶上雨细细，渐渐滴作秋声，又被风惊碎。熏衣笼上潮气逼，烟缕袅袅沉水。岁月悠悠去，人在天涯醉。一分秋，增一分憔悴。吹断紫玉箫，信笺上愁堆砌，夜寒有只孤鸿起。而今又何苦，受此凄凉在客里。辜负了草堂春天绿，竹溪晴空翠。秋风吹落叶，吹老人世多少辈！从前早已熟识江湖味。听商歌一曲，动归兴千里。清露初下侵宿酒，淡月入疏帘，照探人不寐。

山 渐 青〔1〕

山无情。水无情。杨柳飞花春雨晴。征衫长短亭〔2〕。拟行行。重行行〔3〕。吟到江南第几程〔4〕。江南山渐青。

【注释】

〔1〕此词一本有"寓长相思"数字。

〔2〕长短亭：即长亭、短亭，古时路边供行人休憩、饯别的亭子。大约十里一长亭，五里一短亭。

〔3〕"拟行行"两句：谓前行不止。《古诗十九首》："行行重行行。"

〔4〕"吟到"句：宋张孝祥《鹧鸪天》："行行又入笙歌里，人在珠帘第几重。"此化用之。

【译文】

山无情，水无情。杨柳飞花絮，雨停天放晴。征衫染征尘，长亭又短亭。　　拟行行，重行行。江南路上仍行吟，此是第几程？江南山，渐渐青。

谒 金 门[1]

花半湿。睡起一帘晴色。千里江南真咫尺[2]。醉中归梦直[3]。　　前度兰舟送客[4]。双鲤沉沉消息[5]。楼外垂杨如此碧。问春来几日。

【注释】
〔1〕此词一本调作"垂杨碧　寓谒金门"。
〔2〕"千里"句：化用唐岑参《春梦》"枕上片时春梦中，行尽江南数千里"句意。
〔3〕直：到，抵达。
〔4〕兰舟：小船的美称。
〔5〕双鲤：代指书信。汉代古诗："客从远方来，遗我双鲤鱼。呼儿烹鲤鱼，中有尺素书。"

【译文】
花朵半干半湿，一觉睡起满帘晴色。江南千里远，真如在咫尺。醉中和梦中，把归程直指。　　前番小舟送客去，书信沉沉无消息。楼外垂杨这样青翠，问它春来已有几日。

念 奴 娇

嫩凉生晓，怪得今朝湖上[1]，秋风无迹。古寺桂香山色外，肠断幽丛金碧[2]。骤雨俄来[3]，苍烟不见，苔径孤吟屐。系船高柳，晚蝉嘶破愁寂[4]。　　且约携酒高歌，与鸥相好[5]，分坐渔矶石[6]。算只藕花知我意，犹把红芳留客。楼阁空蒙⁽⁷⁾，管弦清润，一水盈盈隔⁽⁸⁾。不如休去，月悬良夜千尺。

【注释】

〔1〕怪得：惊怪，怪疑。

〔2〕幽丛：指桂丛。　金碧：桂花色黄，叶碧绿，故称。

〔3〕俄：突然，忽然。

〔4〕"系船"两句：用宋姜夔《惜红衣》句意。

〔5〕与鸥相好：化用《列子·黄帝》"鸥鹭忘机"典。

〔6〕渔矶：突出在水边供人垂钓的岩石。

〔7〕空蒙：空旷迷茫。南朝齐谢朓《观朝雨》："空蒙如薄雾。"

〔8〕盈盈：清澈貌。古诗十九首《迢迢牵牛星》："盈盈一水间，脉脉不得语。"

【译文】

　　早来生轻凉，难怪今日湖面上，秋风踪迹藏。远山外，古寺桂花阵阵香，金碧一丛丛，幽静断人肠。骤雨一霎来，不见烟苍苍，苔藓路，留下孤吟诗人屐痕一行行。系船高柳下，任晚蝉嘶破愁寂嘶破嗓。　　且与鸥鸟相约：携酒高歌，对坐渔矶旁。算来只有荷花知我意，为客人还留下红芳。楼阁缥缈，管弦奏清响，相隔在盈盈的水一方。不如不回去，直到月悬中天，良夜千尺长。

祝英台近⁽¹⁾

　　竹间棋⁽²⁾，池上字⁽³⁾。风日共清美。谁道春深，湘绿涨沙觜⁽⁴⁾。更添杨柳无情，恨烟颦雨⁽⁵⁾，却不把、扁舟偷系。　　去千里。明日知几重山，后朝几重水。对酒相思，争似且留醉⁽⁶⁾。奈何琴剑匆匆⁽⁷⁾，而今心事，在月夜、杜鹃声里。

【注释】

〔1〕《词旨》以"恨烟颦雨"入"词眼"。

〔2〕竹间棋：谓竹间对弈。唐姚合《闲居遣怀》之二："留僧竹里棋。"

〔3〕池上字：池边习字，取其洗笔砚便捷。

〔4〕湘绿：湘水。　沙觜：河口附近的带状沙滩，一端连陆地，一端突出水中。觜，通"嘴"。

〔5〕颦：皱眉抱怨。

〔6〕争：通"怎"。

〔7〕琴剑：古时文人外出随身之物，故多指行役或流落江湖。唐薛能《送马温往河外》："琴剑事行装，河关出北方。"

【译文】

　　竹间下棋，池边习字。风光真清美。谁料到春已深，湘水涨碧漫沙嘴。更有杨柳无情绿，烟雨皱眉抱愁恨，却不把小船暗中拴系。　　远去千里。谁知道明日几重山，后日几重水？与其对酒苦相思，怎如眼前且留醉！奈何携琴提剑行程太匆匆，而今的心事，都在月夜杜鹃的声声啼鸣里。

李　石

　　李石（1108—1181？），字知几，号方舟，人称方舟先生。资州盘石（今属四川）人。绍兴二十一年（1151）进士，后任太学博士、成都路转运判官。有《续博物志》等。词集名《方舟诗馀》。

木兰花令

辘轳轳轳门前井〔1〕。不道隔窗人睡醒。柔丝无力玉琴寒[2]，残麝彻心金鸭冷[3]。　　一莺啼破帘栊静。红日渐高花转影。起来情绪寄游丝[4]，飞伴翠翘风不定[5]。

【注释】

〔1〕辘轳：井上汲水的机械装置。　轧轧：象声词，轧在辘轳（或牛脖）上受重时发出的声音。

〔2〕柔丝：此指琴弦。　玉琴：琴之美称。

〔3〕麝：麝香。　金鸭：铜制鸭形香炉。

〔4〕游丝：春天蜘蛛等昆虫吐出飘于空中的细丝。

〔5〕翠翘：翠鸟尾上的长羽。此代指翠鸟。

【译文】

门前井，辘轳轧轧发响声。不料隔窗人早醒。琴丝无力诉清寒，麝香残心已烧尽，金鸭暖炉早已冷。　　一声娇莺啼破帘栊的沉静。红日渐高，花树转过投影。起来心绪也不定，恰如游丝绊翠羽，在风中飘荡不定。

李　泳

李泳（生卒不详），字子永，号兰泽。扬州（一说庐陵，似误）人。淳熙中尝为溧水令，又为坑冶司干官。兄弟五人合著有《李氏华萼集》。

定　风　波[1]

点点行人趁落晖。摇摇烟艇出渔扉[2]。一路水香流不断。零乱。春潮绿浸野蔷薇。　　南去北来愁几许。登临怀古欲沾衣[3]。试问越王歌舞地。佳丽。只今惟有鹧鸪啼[4]。

【注释】

〔1〕此词一本题作"感旧"。

〔2〕烟艇：烟波中的小船。唐陆龟蒙《奉和袭美添渔具·箬笠》："朝携下枫浦，晚戴出烟艇。" 渔扉：渔人之家。

〔3〕沾衣：泪下湿衣。唐杜牧《九日齐山登高》："古往今来只如此，牛山何必独沾衣。"

〔4〕"试问"三句：唐窦巩《南游感兴》："伤心欲问前朝事……鹧鸪飞上越王台。"词或化用之。越王歌舞地，在浙江绍兴，春秋时越王勾践活动处。

【译文】

行人点点趁着落日的馀晖，小船摇摇出了渔家的柴扉。水流一路芳香不断，错杂零乱，春潮涨绿，浸上岸边的野蔷薇。　　南去北来，愁恨知几许？登临怀古，泪下沾湿衣。试问为何当年越王歌舞地，曾有多少个佳丽，而今只有鹧鸪声声哀啼。

清 平 乐[1]

乱云将雨。飞过鸳鸯浦[2]。人在小楼空翠处[3]。分得一襟离绪[4]。　　片帆隐隐归舟[5]。天边雪卷云游[6]。今夜梦魂何处[7]，青山不隔人愁。

【注释】

〔1〕此词一般认为是李莱所作。

〔2〕鸳鸯浦：水边鸳鸯栖息的地方。或指两浦相接，形如鸳鸯。

〔3〕空翠：指碧绿的草木。

〔4〕一襟：满怀。　离绪：离愁别恨。

〔5〕"片帆"句：南朝齐谢朓《之宣城郡出新林浦向板桥》："天际识归舟。"

〔6〕雪卷：指波浪翻滚。宋苏轼《念奴娇》："惊涛拍岸，卷起千堆雪。"

〔7〕"今夜"句：化用宋柳永《雨霖铃》"今宵酒醒何处"词意。

【译文】

乱云携带着雨，飞快掠过鸳鸯浦。有人立在草木掩映的小楼上，分得满怀离别的愁苦。　　远帆隐隐一片是归舟。天边波浪涌，似雪卷，似云游。梦魂今夜到何处？青山隔不断，总是离人愁。

郑　域

郑域（生卒不详），字中卿，号松窗。三山（今福建福州）人。淳熙十一年（1184）进士。庆元二年（1196）曾随张贵谟使金。有《燕谷剽闻》。词名《松窗词》。

昭 君 怨
梅〔1〕

道是花来春未。道是雪来香异。水外一枝斜〔2〕。野人家〔3〕。　　冷落竹篱茅舍〔4〕。富贵玉堂琼榭〔5〕。两地不同栽。一般开。

【注释】

〔1〕明杨慎《词品》评云："兴比甚佳。"

〔2〕"水外"句：宋林逋《山园小梅》："疏影横斜水清浅。"

〔3〕野人：村野之人。或也指隐逸之人。

〔4〕竹篱茅舍：泛指简陋的乡居屋舍。宋张昇《离亭燕》："蓼屿荻花洲，掩映竹篱茅舍。"

〔5〕玉堂琼榭：泛指华贵的殿宇楼阁。

【译文】

说它是花，春天却没到。说它是雪，却有异香暗飘。水边有一枝横斜，开在荒村人家。　　冷冷清清的竹篱茅舍，富贵华丽的玉堂琼榭：栽在两个不同的地方，它却一样盛开。

王　嵎

王嵎（？—1182），字季夷。北海（今山东潍坊）人。寓居吴兴。绍熙间名士，与陆游、韩元吉唱和。有《北海集》，今佚。

祝英台近

柳烟浓，花露重，合是醉时候[1]。楼倚花梢，长记小垂手[2]。谁教钗燕轻分[3]，镜鸾慵舞[4]，是孤负[5]，几番晴昼。　　自别后。闻道花底花前，多是两眉皱。又说新来，比似旧时瘦[6]。须知两意常存，相逢终有[7]，莫谩被、春光僝僽[8]。

【注释】

〔1〕合：应该，应当。

〔2〕小垂手：舞名，舞时略垂其手。南朝梁吴均有《小垂手》诗。

〔3〕钗燕：即燕形钗。古时男女离别时多分钗为两段。晋袁宏《后汉纪·灵帝纪上》："妇人见去，当分钗断带。"此仅言离别。

〔4〕镜鸾：相传古时罽宾王得鸾鸟而不鸣，遂听夫人言，置镜其前，鸾鸟"睹影而鸣，一奋而绝。"本喻失偶，此仅言离别。

〔5〕孤负：同"辜负"。

〔6〕比似：比起，与……相比。

〔7〕"须知"两句：化用宋秦观《鹊桥仙》"两情若是久长时，又岂在朝朝暮暮"词意。

〔8〕谩：空，枉。 僝僽（chán zhòu）：折磨。宋黄庭坚《宴桃源》："天气把人僝僽，落絮游丝时候。"

【译文】

浓烟罩杨柳，重露湿花朵，正当是酷酊沉醉时候。长记得花间有高楼，长记得舞的是小垂手。谁教燕钗轻分别？谁教孤鸾对镜愁？辜负了多少丽日和晴昼。 从别后，听说你花前花下双眉常皱。又听说，你近来还比往日瘦。要知道只要两情专一就能长久，相逢之日终会有。切莫空被这可恼的春光折磨够。

夜 行 船[1]

曲水溅裙三月二[2]。马如龙，钿车如水[3]。风扬游丝[4]，日烘晴昼，人共海棠俱醉。 客里光阴难可意[5]。扫芳尘、旧游谁记。午梦醒来，不觉小窗人静，春在卖花声里[6]。

【注释】

〔1〕《词旨》以末句入"警句"。

〔2〕"曲水"句："二"似为"三"之误。旧俗于农历三月初三到水边嬉戏，祓除不祥。又有正月元日至晦日湔裙事（见史达祖《蝶恋花》注〔7〕）。

〔3〕"马如龙"句：形容车马众多。语本《后汉书·明德马皇后》："前过濯龙门上，见外家问起居者，车如流水，马如游龙。"钿车，雕饰精美的车。

〔4〕扬：浮扬。

〔5〕可意：称心如意。

〔6〕"春在"句：化用宋陆游《临安春雨初霁》"小楼一夜听春雨，深巷明朝卖杏花"诗意。

【译文】

三月初二天，浣裙曲水边。骏马如龙游，宝车似水流。风扬蛛丝起，暖日烘晴晖，人与海棠花，一时都陶醉。　　客中光阴，实在难称意。扫尽落花，旧游谁能记？午梦初睡醒，只觉得小窗人寂静，春天还留在卖花的叫声里。

蔡松年

蔡松年（1107—1159），字伯坚，号萧闲老人。真定（今河北正定）人。本宋人，后降金，官至右丞相，封卫国公，谥文简。善词，与吴激齐名，号"吴蔡体"。有《萧闲老人明秀集》。

鹧 鸪 天

赏 荷

秀樾横塘十里香⁽¹⁾。水光晚色静年芳⁽²⁾。燕支肤瘦薰沉水^[3]，翡翠盘高走夜光^[4]。　　山黛远^[5]，月波长。暮云秋影照潇湘。醉魂应逐凌波梦^[6]，分付西风此夜凉^[7]。

【注释】

〔1〕秀樾：秀美的花影。樾，树阴。此指荷阴。

〔2〕年芳：年华。

〔3〕燕支：胭脂，红色颜料，代指红色。　瘦：金王若虚《滹南诗话》云："莲体实肥，不宜言瘦。"并言有人曾以"腻"字代之。　沉水：沉香。

〔4〕翡翠盘：指荷叶。　走：流转，转动。　夜光：指露珠。

〔5〕山黛远：远山如黛。《赵飞燕外传》言飞燕妹合德"新沐，膏九回沉水香为卷发，号新髻；为薄眉，号远山黛"。

〔6〕凌波：用三国魏曹植《洛神赋》"凌波微步"典。

〔7〕分付：同"吩咐"。

【译文】

身姿秀美横水塘，方圆十里飘清香。水光一片立晚色，静穆幽雅有年芳。肤瘦胭脂点，香似沉水薰；叶如翡翠高举盘，露珠滚动闪夜光。　　山作眉黛远，月如秋波长。斜日暮云里，倩影照潇湘。醉魂应追凌波梦去，吩咐秋风今夜凉。

尉 迟 杯

紫云暖^[1]。恨翠雏^[2]，珠树双栖晚^[3]。小花静院逢迎，的的风流心眼^[4]。红潮照玉碗^[5]。午香重、草绿宫罗淡^[6]。喜银屏^[7]，小语私分，麝月春心一点^[8]。
华年共有好愿。何时定、妆鬟莫雨零乱^[9]。梦似花飞，人归月冷，一夜小山新怨^[10]。刘郎兴^[11]，寻常不浅。

况不似、桃花春溪远。觉情随、晓马东风，病酒馀香相伴⁽¹²⁾。

【注释】

〔1〕紫云：紫色云。古时以为祥瑞。

〔2〕恨：此有"爱怜"义。　翠雏：翠鸟之雏。

〔3〕珠树：树之美称。唐李白《送贺监归四明应制诗》："借问欲栖珠树鹤。"

〔4〕的的：光亮明媚貌。

〔5〕红潮：脸上红晕。因醉酒、害羞等而起。　玉碗：玉制食具。亦泛指精美的碗。

〔6〕午香：旧俗五月每日中午祭祀之香。此指熏香。　宫罗：一种质地轻薄的丝织品。

〔7〕银屏：镶银为饰的屏风。

〔8〕麝月：即月。南朝陈徐陵《玉台新咏序》："金星将婺女争华，麝月与嫦娥竞爽。"

〔9〕莫：通"暮"。

〔10〕小山：小山眉，相传为唐明皇令画工所画十眉图中的一种，亦即远山眉。见明杨慎《丹铅续录·十眉图》。也指怨积如山。

〔11〕"刘郎"句：相传东汉永平年间，刘晨与阮肇入天台山采药，迷路，误入一桃源，遇两仙女，留半年始归，而子孙已历七世。复返天台寻访，踪迹渺然。见南朝宋刘义庆《幽明录》。词以下数句即用此事。

〔12〕伴：原作"半"，据《全金元词》改。

【译文】

　　紫色云呈暖。可恼翠鸟幼雏，美树双栖起得晚。相逢在开着小花的静院，通身亮丽风流到心眼。颊上红潮映玉碗。午时熏香重，草色碧绿，宫罗衣衫淡。可喜银屏内私语，月光明媚透出春心一点。　　美好年华共有美好愿。究竟在何时，妆鬟遭暮雨，一片零乱？佳梦如花飞，人归月清冷，新怨一夜上眉如小山。刘郎情兴，寻常自不浅。何况又不像桃源花溪那样遥远。觉得情意只与东风晨马、酒病馀香相伴。

韩 疁

韩疁（生卒不详），字子耕，号萧闲。有《萧闲词》，已佚。

高 阳 台
除 夕[1]

频听银签[2]，重爇绛蜡[3]，年华衮衮惊心[4]。饯旧迎新[5]。能消几刻光阴。老来可惯通宵饮，待不眠、还怕寒侵。掩清尊[6]。多谢梅花，伴我微吟。　　邻娃已试春妆了，更蜂枝簇翠[7]，燕股横金[8]。勾引春风，也知芳意难禁。朱颜那有年年好，逞艳游、赢取如今。恣登临。残雪楼台，迟日园林[9]。

【注释】

〔1〕清况周颐《蕙风词话》卷二评云："此等词，语浅情深，妙在字句之表。便觉刻意求工，是无端多费气力。"

〔2〕银签：银制更签，古时夜间计时报更所用。

〔3〕爇：同"然"，通"燃"。　绛蜡：红烛。宋苏轼《次韵代留别》："绛蜡烧残玉斝飞。"

〔4〕衮衮：本为水奔流貌，此指急速流逝。

〔5〕饯：饯别，送别。

〔6〕尊：盛酒器。

〔7〕蜂枝：蜂形首饰。枝，指首饰。

〔8〕燕股：指燕形头钗。

〔9〕迟日：春日。《诗·豳风·七月》："春日迟迟。"

【译文】

　　银漏滴得频，红烛换得勤，年华逝去惊人心。辞旧又迎新，能消得几刻光阴！老来怎惯通宵饮。待不睡，又怕夜寒侵。放下清尊，谢梅花多情，尚伴我微吟。　　邻家女已把春装试，更将金翠首饰插满鬓。勾引春风来，也知道芳意不可禁。红颜哪能年年好，不如冶游纵声情，赢取现今。恣意去登临，不管是残雪楼台，还是春日园林。

浪 淘 沙

　　莫上玉楼看[1]。花雨斑斑。四垂罗幕护朝寒。燕子不知春去也，飞认栏干。　　回首几关山。后会应难。相逢只有梦魂间。可奈梦随春漏短，不到江南。

【注释】

　　〔1〕玉楼：华丽的楼房。

【译文】

　　莫登高楼看，花上定是雨渍斑斑。罗幕四面垂，抵御朝来寒。燕子不知春已去，还飞来认取旧栏杆。　　回首望，几重关，几重山。后会料应难，相逢只在飘忽梦魂间。无奈何，梦随春夜漏声短，到不了江南。

又

丰乐楼[1]

　　裙色草初青[2]。鸭鸭波轻[3]。试花霏雨湿春晴[4]。

三十六梯人不到[5]，独唤瑶筝[6]。　　艇了忆逢迎。依旧多情。朱门只合锁娉婷[7]。却逐彩鸾归去路[8]，香陌春城[9]。

【注释】

〔1〕丰乐楼：原笺引《武林旧事》云："丰乐楼，在涌金门外。旧为众乐亭，又改耸翠楼，政和间改今名。" 按：浙江杭州西城门名涌金门，临西湖。

〔2〕裙色草：指绿草。五代牛希济《生查子》："记得绿罗裙，处处怜芳草。"

〔3〕鸭鸭波：绿波。鸭鸭，即鸭头绿的省语。唐李白《襄阳歌》："遥看汉水鸭头绿。"

〔4〕"试花"句：《词旨》收入"警句"。霏雨，纷飞之雨。

〔5〕三十六梯：代指楼的最高层或高楼。三十六，极言其多。

〔6〕瑶筝：筝之美称。

〔7〕朱门：代指豪贵之家。　娉婷：代指美女。

〔8〕彩鸾：传说中的仙女，与书生文箫相恋。见唐裴铏《传奇》。此指富人家的女眷。

〔9〕香陌：此指散发着花草芳香及女子衣香的道路。　春城：指临安城，当时的都城。

【译文】

草色如裙初泛青，波作鸭头绿莹莹。飞雨蒙蒙试花娇，淋湿了晴朗的春。三十六层梯，楼高人不到，独自弹响筝弦声。　　记得小船曾相迎，如今仍多情。朱门该是锁住了佳人的娉婷身。却追逐她归去的路，香风阵阵满春城。

卷　三

刘克庄

　　刘克庄（1187—1269），初名灼，字潜夫，号后村，莆田（今属福建）人。嘉定二年（1209）以恩补将仕郎，宝庆元年（1225）知建阳县。以《落梅》诗卷入江湖诗案，闲废十年。淳祐六年（1246）赐同进士出身，后以焕章阁学士致仕。谥文定。词风近辛弃疾。有《后村先生大全集》。词集名《后村长短句》，或《后村别调》。

摸　鱼　儿
海　棠

　　甚春来、冷烟凄雨，朝朝迟了芳信[1]。蓦然作暖晴三日，又觉万姝娇困[2]。天怎忍、潘令老不成[3]，也没看花分。才情减尽。怅玉局飞仙[4]，石湖绝笔[5]，辜负这风韵。　　倾城色[6]，懊恼佳人薄命。墙头岑寂谁问。东风日莫无聊赖[7]，吹得燕支成粉[8]。君细认。花共酒，古来二事天尤吝[9]。年光去迅。漫绿叶成阴[10]，青苔满地，做取异时恨。

【注释】

〔1〕芳信：花开的消息。

〔2〕姝：美女。比喻海棠花。

〔3〕潘令：指晋潘岳，曾为河阳令，于一县遍种桃李，人称"河阳一县花"。此为作者自称，词恐即作于其建阳任上。

〔4〕玉局飞仙：指苏轼，因其曾提举成都玉局观，自称玉局仙。其《海棠》诗云："只恐夜深花睡去，故烧高烛照红妆。"

〔5〕石湖：范成大，号石湖居士。亦有咏海棠诗作。

〔6〕倾城：极言女子貌美动人。语出李延年为荐其妹所作之歌。

〔7〕日莫：日暮。　无聊赖：犹没来由。

〔8〕燕支：胭脂。

〔9〕吝：吝啬，不大方。

〔10〕绿叶成阴：唐杜牧曾与湖州幼女相约十年后来迎娶，后十四年，牧刺湖州，女已嫁人生子，乃怅而为诗："自是寻春去较迟，不须惆怅怨芳时。狂风落尽深红色，绿叶成阴子满枝。"此化用其事。

【译文】

为什么春天来了，还烟雨清冷，一天天耽误了花开的音讯？突然间大放了三天暖晴，又觉得百花娇困没精神。天怎么忍心，叫我这个花县令老去不成，又没看花的份！才情已被减尽。可叹玉局仙飞逝，石湖居士也停笔，辜负了这美好的风韵。　姿色能倾人城，就像多情佳人薄命。在墙头孤独寂寞谁来问。日暮时的东风好没由来，直吹得胭脂飘零成粉。你可要细细辨认。这名花与美酒，两事自古以来天就最惜吝。年光老去只在一转瞬。待到绿叶成阴，青苔布满地，只能促成将来相怜的怨恨。

卜算子

海棠为风雨所损〔1〕

片片蝶衣轻〔2〕，点点猩红小〔3〕。道是天工不惜花〔4〕，百种千般巧。　朝见树头繁，莫见枝头少〔5〕。

道是天工果惜花，雨洗风吹了。

【注释】

〔1〕此词原有七首，此为第二首。一本题作"惜花"。

〔2〕蝶衣：蝶翅，喻指花瓣轻盈。

〔3〕猩红：如猩猩血般的红色。词中指海棠花红。宋陆游《花下小酌》："柳色初深燕子回，猩红千点海棠开。"

〔4〕天工：造物主，大自然。

〔5〕莫：通"暮"。

【译文】

瓣似蝶翅片片轻，花作猩红点点小。若说天工不惜花，造出百种千般巧。　朝见树头花儿繁，暮见枝上花儿少。若说天工真惜花，怎任它雨洗风吹了？

清 平 乐

顷在维扬陈师文参议家，舞姬绝妙，为赋此词[1]。宫腰束素[2]。只怕能轻举[3]。好筑避风台护取[4]。莫遣惊鸿飞去[5]。　一团香玉温柔[6]。笑靥俱有风流。贪与萧郎眉语[7]，不知舞错伊州[8]。

【注释】

〔1〕此词一本题作"赠陈参议师文侍儿"。

〔2〕"宫腰"句：形容舞姬腰细。《韩非子·二柄》："楚灵王好细腰，而国中多饿人。"束素，战国楚宋玉《登徒子好色赋》："腰如束素。"

〔3〕轻举：轻飞，飞升而去。

〔4〕好：可以。　避风台：相传赵飞燕身轻，若不胜风，汉成帝为筑七宝避风台护之。见晋王嘉《拾遗记·前汉下》、宋乐史《杨太真外传

上》等。

　　〔5〕惊鸿：惊飞的大雁。三国魏曹植《洛神赋》："翩若惊鸿，婉若游龙。"

　　〔6〕香玉：比喻美女体肤。唐温庭筠《晚归曲》："弯堤杨柳遥相嘱，雀扇团圆掩香玉。"

　　〔7〕萧郎：情郎的通称。《词旨》以此句与下句入"警句"。清许昂霄《词综偶评》评曰："入神。"

　　〔8〕伊州：舞曲名。宋张先《减字木兰花》："舞彻《伊州》，头上宫花颤未休。"

【译文】

　　宫腰细细，像一束纨素，只怕身轻能飞举。最好筑座避风台护住，莫让她惊鸿般飞去。　　肌肤似一团香玉温柔，一颦一笑都风流。贪与情郎眉传语，不知道舞错了《伊州》。

生　查　子

灯夕戏陈敬叟〔1〕

　　繁灯夺霁华〔2〕，戏鼓侵明灭〔3〕。物色旧时同，情味中年别。　　浅画镜中眉，深拜楼中月〔4〕。人散市声收〔5〕，渐入愁时节。

【注释】

　　〔1〕灯夕：农历正月十五元宵节夜，旧俗多张灯游乐，故称灯夕。陈敬叟：原笺引宋黄昇《花庵绝妙词选》云："陈以庄，名敬叟，号夕溪，建安人。"又引作者《陈敬叟集序》评陈氏诗才气清拔，力量宏放云云。

　　〔2〕霁华：指雨后天晴空中清澈明净。

　　〔3〕明灭：一本作"明发"，谓天将放亮。似略胜。然将"明"与"侵"连属，灭谓鼓声止，也可。

　　〔4〕"深拜"句：旧时有女子望月祭拜的风俗。

　　〔5〕市声：街市的喧哗声。

【译文】

　　繁灯似锦，夺去晴朗夜空的光彩。戏鼓震天，直到天明声才止歇。景色风物同往日，人到中年情味别。　　对镜浅浅画眉，对楼深深拜月。待到人散市声静，便渐渐进入愁时节。

吴　潜

　　吴潜（1196—1262），字毅夫，号履斋。宣城宁国（今属安徽）人。嘉定十年（1217）进士第一，签书镇东军节度判官，改签广东军判官。开庆初转左丞相兼枢密使，封许国公，以论丁大全等人之奸，贬循州安置。卒赠少师。能词。《四库总目提要》评云："其诗馀则激昂、凄劲兼而有之，在南宋不失为佳手。"有《履斋遗稿》及续、别集等。词集名《履斋先生诗馀》。

满 江 红
金陵乌衣园[1]

　　柳带榆钱[2]，又还过、清明寒食。天一笑、满园罗绮[3]，满城箫笛。花树得晴红欲染，远山过雨青如滴。问江南、池馆有谁来，江南客。　　乌衣巷[4]，今犹昔。乌衣事，今难觅。但年年燕子[5]，晚烟斜日。抖擞一春尘土债[6]，悲凉万古英雄迹。且芳樽、随分趁芳时，休虚掷。

【注释】

〔1〕乌衣园：原笺引《景定建康志》云："在城南二里，乌衣巷之东。"明陈霆《渚山堂词话》评云："史称履斋为人豪迈，不肯附权要，然则固刚肠者，而'抖擞'、'悲凉'等句，似亦类其为人。"

〔2〕柳带榆钱：谓柳丝细长，榆荚如钱。

〔3〕天一笑：汉东方朔《神异记·东王公》言东王公常与一玉女投壶，每投千二百矫，"矫出而脱误不接者，天为之笑"。张华注云："言笑者，天口流火烙灼，今天不下雨而有电火。"此指天气放晴。唐杜甫《能画》："每蒙天一笑，复似物皆春。"

〔4〕乌衣巷：在江苏南京东南，三国时孙吴于此置乌衣营，兵士皆服乌衣。晋室渡江，王、谢望族集居于此。

〔5〕年年燕子：用唐刘禹锡《乌衣巷》"旧时王谢堂前燕，飞入寻常百姓家"诗意。

〔6〕抖擞：以手举物而振拂。此有抖落、摆脱意。唐王炎《夜半闻雨》："抖擞胸中三斗尘，强欲哦吟无好语。" 尘土：喻指尘世俗务。

【译文】

柳丝如带榆荚如钱，转眼又到清明寒食天。天气一放晴，满园游人穿罗绮，满城响起箫和笛。花树得暖晴，彤红可染；远山经雨洗，青翠如滴。问江南池馆有谁来？来的都是江南客。　　乌衣巷，依然如往昔；乌衣事，而今却难觅。只有年年燕飞来，守着斜日晚烟。抖落掉一春来的尘俗债，悲叹万古英雄的踪迹心中黯然。且对美酒尽兴饮，不要将大好时光白抛遣。

南 柯 子

池水凝新碧，兰花驻老红[1]。有人独倚画桥东。手把一枝杨柳、系春风。　　鹊伴游丝坠[2]，蜂粘落蕊空。秋千庭院小帘栊。多少闲情闲绪、雨声中。

【注释】

〔1〕老红：深红，残红。

〔2〕伴：一作"绊"，与下文"粘"相对，义较胜。

【译文】

　　池水凝聚着新碧，兰花留驻了深红。有个人独自凭依在画桥东，手拿一枝杨柳系春风。　　乌鹊绊上了游丝坠落，蜜蜂粘走了花蕊枝空。寂静的秋千庭院，小巧的帘幕窗枕。有多少闲闷的情绪，都在风雨声中。

尹　焕

　　尹焕（生卒不详），字惟晓，号梅津。福州长溪（今属福建）人。寓居山阴。嘉定十年（1217）进士。淳祐间，累官太尉少卿兼尚书左司郎中及敕令所删定官。与吴文英唱和。有《梅津集》，已佚。

霓裳中序第一
茉　莉〔1〕

　　青鬐粲素靥〔2〕。海国仙人偏耐热〔3〕。餐尽香风露屑〔4〕。便万里凌空，肯凭莲叶〔5〕。盈盈步月〔6〕。悄似怜、轻去瑶阙〔7〕。人何在，忆渠痴小〔8〕，点点爱轻撷〔9〕。　　愁绝。旧游轻别。忍重看、锁香金箧〔10〕。凄凉今夜簟席〔11〕，怕杳杳诗魂，真化风蝶〔12〕。冷香清到骨，梦十里、梅花霁雪。归来也，厌厌心事[13]，自共素娥说[14]。

【注释】

〔1〕原笺引《全芳备祖》"素馨花……尹梅津《霓裳中序第一》云云"，以为是咏素馨花。素馨花初秋开，而据词意，写的是风露中开败的花，故非素馨可知。

〔2〕青颦：指叶。颦，皱眉。 粲：鲜明、美好貌。也指笑貌。 靥（yè）：本指笑容上的酒窝，后也用作旧时妇女面部的一种妆饰。

〔3〕海国仙人：指茉莉花。相传出自波斯，故云。 耐热：茉莉花在夏季开放。

〔4〕"餐尽"句：言茉莉花到风露降时便落去。

〔5〕"肯凭"句：言茉莉花开败后，不像荷花那样落在荷叶上。肯，岂肯。凭，仗，依靠。

〔6〕盈盈：此指步态娇美。

〔7〕瑶阙：传说中的仙宫。

〔8〕渠：他，第三人称代词。 痴小：幼小，幼弱。唐王建《送韦处士老舅》："忆昨痴小年，不知有经籍。"

〔9〕爱：易。 挽：拗折，折断。

〔10〕金箧：金箱。

〔11〕簟席：竹席。

〔12〕风蝶：蝴蝶的一类。晋崔豹《古今注·鱼虫》："蛱蝶，一名野蛾，一名风蝶。……色白背青者是也。"

〔13〕厌厌：精神不振貌。

〔14〕素娥：嫦娥。

【译文】

叶如青青皱眉，花似灿烂笑靥。这位海国女仙偏能耐热。待餐尽香风饮露屑，她便万里凌空去，岂肯如荷花要倚靠莲叶！踏着月光步履轻盈，静静地像是飞赴仙宫瑶阙。而今人何在？记得她十分娇小，容易被点点拗折。 心里正愁绝。旧游故交轻易别。怎忍心重看、锁香的金箧？今夜枕席凄切，怕诗魂杳杳，真化作风中蝶。一阵冷香清到骨，梦见梅花十里如晴雪。归来后，心事病恹恹，只向嫦娥说。

眼儿媚[1]

垂杨袅袅蘸清漪[2]。明绿染春丝[3]。市桥系马，旗亭沽酒[4]，无限相思。　　云梳雨洗风前舞，一好百般宜。不知为甚，落花时节[5]，都是颦眉[6]。

【注释】

〔1〕此词一本题作"柳"。
〔2〕袅袅：细长柔美貌。　蘸：轻点。　漪：波纹。
〔3〕春丝：指春日的柳条。
〔4〕旗亭：挂有旗招的酒店。
〔5〕落花时节：指暮春。唐杜甫《江南逢李龟年》："落花时节又逢君。"
〔6〕颦眉：指柳叶已长成形如皱着的眉。

【译文】

垂杨袅袅蘸春水，涟漪起。明亮的绿色染上了柳枝。市桥边系马，旗亭里沽酒，自然惹出无限相思。　　云梳发，雨洗面，它在风前舞蹁跹。一好百般都相宜。只是不知为了什么，到了落花时节，人和柳叶都一样皱眉。

唐多令

苕溪有牧之之感[1]

蘋末转清商[2]。溪声供夕凉。缓传杯、催唤红妆。慢绾乌云新浴罢[3]，裙拂地、水沉香[4]。　　歌短旧情长。重来惊鬓霜。怅绿阴、青子成双[5]。说着前欢伴不俫[6]，飐莲子、打鸳鸯[7]。

【注释】

〔1〕苕溪：水名，源出浙江天目山，至吴兴，与霅溪合流，注入太湖。因岸多苕（苇花）而名。原笺引《齐东野语》所记此词本事云："尹梅津未第时，薄游苕霅，籍中适有所盼。后十年，问讯旧游，则久为宗子所据，且育子，而犹挂名籍中。于是假之郡将，久而始来，颜色瘁痟，不见膏沐。相对若不胜情。梅津为赋《唐多令》云……"题中所谓"牧之之感"，用唐杜牧事（见前刘克庄《摸鱼儿·海棠》注〔10〕），即"为宗子所居，且育子"云云。

〔2〕蘋末：代指风。语本战国宋玉《风赋》："夫风生于地，起于青蘋之末。"蘋，浅水生植物。末，梢。　清商：秋于五音属商，其声凄清，故代指秋风。晋潘岳《悼亡》："清商应秋至。"

〔3〕乌云：形容女子头发飘逸乌黑。

〔4〕水沉香：熏沉水香。

〔5〕"怅绿阴"句：用唐杜牧《叹花》诗诗意。

〔6〕佯：假装。　俫：通"睐"。

〔7〕飐：丢，抛。宋周邦彦《南柯子》："飐下扇儿拍手、引流萤。"莲子：谐音"怜子"。

【译文】

风起青蘋末，转声成秋商。溪水流潺潺，晚夕添清凉。缓传杯和盏，催唤佳人来侑觞。佳人慢绾乌云髻，长裙拂地新出浴，衣飘沉水香。　歌舞虽短暂，旧情却悠长。重来颇惊鬓有霜。更惆怅，绿叶成阴子成双。提起当年欢情事，假装不理睬，抛过莲子打鸳鸯。

赵以夫

赵以夫（1189—1256），字用父，号虚斋。自称芝斋老人。郓

（今属山东）人。居长乐。嘉定十年（1217）进士。累官至吏部尚书兼侍读，改礼部尚书，进资政殿学士。有《虚斋乐府》。

忆旧游慢
荷　花

望红蕖影里⁽¹⁾，冉冉斜阳，十里沙平。唤起江湖梦，向沙鸥住处，细说前盟⁽²⁾。水乡六月无暑，寒玉散清冰⁽³⁾。笑老去心情，也将醉眼，镇为花青⁽⁴⁾。　亭亭。步明镜⁽⁵⁾，似月浸华清，人在秋庭。照夜银河落，想粉香湿露，恩泽亲承⁽⁶⁾。十洲缥缈何许⁽⁷⁾，风引彩舟行。尚忆得西施，馀情袅袅烟水汀⁽⁸⁾。

【注释】

〔1〕红蕖：红荷。

〔2〕"唤起"三句：化用"鸥鹭忘机"典，谓欲过江湖生活。

〔3〕寒玉：指水，以其清冷而言。唐李群玉《引水行》："一条寒玉走秋泉。"　清冰：指碧绿的荷叶。

〔4〕"也将"两句：表示对荷花的喜爱。相传晋阮籍见凡俗之人用白眼对之，反之则用青眼（眼平视而见黑眼珠）。见《世说新语·简傲》"嵇康与吕安善"刘注引《晋百官名》。镇，常，长久。

〔5〕明镜：比喻明月。唐杜甫《八月十五夜月》之一："满月飞明镜，归心折大刀。"

〔6〕"似月"五句：用唐明皇、杨贵妃事。唐白居易《长恨歌》："春寒赐浴华清池，温泉水滑洗凝脂。侍儿扶起娇无力，始是新承恩泽时。"华清，华清池，在陕西临潼骊山下。

〔7〕十洲：传说中的仙境，为大海中的十处名山胜境。

〔8〕"尚忆"两句：相传西施于吴灭后，与范蠡泛舟五湖以隐。汀，水边平地。

【译文】

遥望红莲影里，斜阳冉冉暮，沙滩十里平。唤起了我旧日的江湖梦，便走向沙鸥住处，与它细说江湖心。水乡六月天不暑，水珠散落荷叶如清冰。自笑老来好心情，也把矇眬醉眼，整天为花垂青。　　花亭亭。仿佛漫步在明镜，又如月色洒华清，贵妃伫立在秋庭。银河照夜渐渐落，清露沾湿花香粉，教人想起贵妃初承君王恩。海上有十洲，缥缈何处寻？风为彩舟引航程。还记得西施婀娜多情，隐身在烟水汀。

姚　镛

姚镛（生卒不详），字希声，一字敬庵，号雪篷。剡溪（今浙江嵊州）人。嘉定十年（1217）进士。尝为吉州判官，擢赣州守，贬衡阳。有《雪篷集》。

谒　金　门

吟院静。迟日自行花影^⑴。熏透水沉云满鼎^⑵。晚妆窥露井^⑶。　　飞絮游丝无定。误了莺莺相等^⑷。欲唤海棠教睡醒^⑸。奈何春不肯。

【注释】

〔1〕迟日：指春日。《诗·豳风·七月》："春日迟迟。"
〔2〕水沉：即沉水香。　云：指升腾弥漫的香气。　鼎：香炉。
〔3〕露井：露天之井，即井口不覆盖。
〔4〕莺莺：莺鸟。可能也暗指女子。

〔5〕"欲唤"句：化用宋苏轼《海棠》"只恐夜深花睡去，故烧高烛照红妆"诗意，指春深海棠花谢。

【译文】

小院吟诗静无声。春日迟迟，花影自在行。沉水香已熏，烟云满炉鼎。傍晚要梳妆，照水对露井。　柳絮蛛丝飞不定。耽误莺莺久相等。海棠沉睡想唤醒，奈何春天又不肯。

罗 椅

罗椅（1214—? ），字子远，号涧（一作碉）谷。庐陵（今江西吉安）人。宝祐四年（1256）进士。曾为江陵、潭州教官，知赣州信丰，迁榷货务提辖。尝登贾似道门。以诗名。有《涧谷遗稿》。

柳 梢 青〔1〕

萼绿华身〔2〕。小桃花扇〔3〕，安石榴裙〔4〕。子野闻歌〔5〕，周郎顾曲〔6〕，曾恼夫君〔7〕。　悠悠羁旅愁人〔8〕。似零落、青天断云〔9〕。何处销魂。初三夜月〔10〕，第四桥春〔11〕。

【注释】

〔1〕《词旨》以"何处销魂"三句入"警句"。

〔2〕萼绿华：传说中仙女，自言为九嶷山中得道女子罗郁。见晋陶弘景《真诰·运象》等。

〔3〕小桃花：桃花的一种，正月即开花，状如垂丝海棠。

〔4〕安石榴：石榴，相传汉张骞出使西域时，自安息国带回。

〔5〕子野：晋桓伊，字叔夏，小字子野，通音律，善吹笛。《世说新语·任诞》："桓子野每闻清歌，辄唤'奈何'。谢公（安）闻之，曰：'子野可谓一往有深情。'"

〔6〕周郎：三国吴周瑜，精于音律，酒后亦能听出琴曲之误，而知则必顾，故时人谚云："曲有误，周郎顾。"见《三国志·周瑜传》。

〔7〕恼：撩拨，挑逗。宋苏轼《蝶恋花》："笑渐不闻声渐悄，多情却被无情恼。"

〔8〕悠悠：飘忽不定貌。

〔9〕断云：行云，片云。

〔10〕初三夜月：唐白居易《暮江吟》："可怜九月初三夜，露似珍珠月似弓。"

〔11〕第四桥：即甘泉桥。因其泉品居第四而名，在江苏苏州城外。

【译文】

萼绿华样小巧的身，画着小桃花的扇，安石榴样红的裙。听歌像桓子野一般深情，顾曲与周瑜同样精明，曾惹逗过她的夫君。

羁旅悠悠愁人心，似零落在青天的孤云。何处最消魂？初三夜的月，第四桥的春。

方　岳

方岳（1199—1262），字巨山，号秋崖。歙州祁门（今属安徽）人。绍定五年（1232）进士。官至吏部尚书左郎官。曾因忤史嵩之、贾似道、丁大全而三次罢官。能诗词。况周颐评云："疏浑中有名句，不坠宋人风格。……置之六十家中，不在石林（叶梦得）、后村（刘克庄）下也。"有《秋崖集》。词集名《秋崖先生词》。

江 神 子

牡 丹

窗绡深掩护芳尘[1]。翠眉颦[2]。越精神。几雨几晴，做得这些春。切莫近前轻著语，题品错，怕花嗔[3]。

碧壶难贮玉粼粼[4]。碎苔茵[5]。晚风频。吹得酒痕[6]，如洗一番新。只恨谪仙浑懒事[7]，辜负却[8]，倚阑人[9]。

【注释】

〔1〕窗绡：窗纱。

〔2〕翠眉颦：指花叶。

〔3〕"切莫"三句：唐杜甫《丽人行》："切莫近前丞相嗔。"此用其句式。题品，品评。

〔4〕碧壶：碧玉壶。用汉费长房壶中洞天典，代指仙境。宋苏轼《刁景纯席上和谢生》之一："误入仙人碧玉壶。"此喻指花萼。 玉粼粼：形容花色如玉晶莹闪亮。

〔5〕苔茵：青苔遍布如地毯。

〔6〕酒痕：指花色变红，如酒留痕。

〔7〕谪仙：本指谪居世间的仙人，此系词人自称。

〔8〕却：语助词，无实义。

〔9〕倚阑人：喻花。

【译文】

窗纱深围护花挡土尘，叶如翠眉常颦，花儿越发精神。几番风雨几番晴，才做出了这么些春。切莫近前轻言语，万一错品评，怕要被花嗔。 花朵萼上落，片片都晶莹。破碎了地上的绿苔茵。晚风又频频。吹得花色染酒痕，像被水洗一样新。只恨谪仙太疏懒，辜负了，这位倚栏俏佳人。

杨伯岩

杨伯岩（？—1254），字彦瞻，号泳斋。先世代州崞县（今山西代县）人，居临安（今浙江杭州）。周密外舅。官太社令。淳祐间以工部郎守衢州，迁浙东提刑。有《六帖补》、《九经补韵》等。

踏 莎 行
雪中疏寮借阁帖更以薇露送之[1]

梅观初花[2]，蕙庭残叶。当时惯听山阴雪[3]。东风吹梦到清都[4]，今年雪比年前别。　　重酿宫醪[5]，双钩官帖[6]。伴翁一笑成三绝[7]。夜深何用对青藜[8]，窗前一片蓬莱月[9]。

【注释】

〔1〕疏寮：原笺引《中兴馆阁续录》云：高似孙，字续古，号疏寮，鄞县人，淳熙十一年（1184）进士，庆元五年（1199）除秘书省著作郎，六年通判徽州。阁帖：宋《淳化阁帖》的简称。太宗淳化中，出内府及士夫家藏汉晋以下古帖，刻石于秘阁，得十卷，世传为《阁帖》。　薇露：蔷薇露，宫酒名。原笺引《武林旧事》云："诸色酒名蔷薇露，流香并御库。"

〔2〕梅观：与下句"蕙庭"同指种梅植蕙处。

〔3〕山阴雪：用王子猷雪夜访戴典。词中指双方早有交情。

〔4〕清都：神话中天帝所居宫阙。此代指帝王都城。

〔5〕重酿：反复酿制。　宫醪：宫酒，供帝王饮用的酒。词中指薇露。

〔6〕双钩：摹写帖字的一种方法，即以线条钩出所摹字笔画的四周，成空心字体。宋姜夔《续书谱·临》中有具体做法和要求。　官帖：官府

刻印或拓成的名家法帖。此指题中所言"阁帖"。

〔7〕三绝：此指帖、酒及对方的笑，乃戏言。

〔8〕"夜深"句：相传汉刘向于成帝末，校书天禄阁，有太乙之精化为老人夜降，"著黄衣，植青藜杖，叩阁而进。见向暗中独坐诵书，老父乃吹杖端，烟然，因以见向，授《五行洪范》之文"。见《三辅黄图·阁》。后因以青藜指夜读照明的灯烛。

〔9〕蓬莱：此代指秘阁。《后汉书·窦章传》："是时学者称东观为老氏藏室、道家蓬莱山。"

【译文】

观上梅初开，庭中蕙草剩残叶。当年常访戴，听惯山阴道上雪。东风吹梦到京城，今年雪与往年别。　　多次酿成的宫廷酒，双钩描就的官家帖。伴君一笑，真堪称三绝。夜读何用青藜火，秘阁窗前自有一片月。

周　晋

周晋（生卒不详），字明叔，号啸斋。先世济南（今属山东）人。寓居吴兴（今浙江湖州）。周密父。曾官富阳令、福建转运使干官，监衢州，通判柯山。宝祐三年（1255）知汀州。富藏书，工词。

点　绛　唇
访牟存叟南漪钓隐〔1〕

午梦初回，卷帘尽放春愁去。昼长无侣。自对黄鹂语。　　絮影蓣香〔2〕，春在无人处。移舟去。未成新句。

一研梨花雨[3]。

【注释】

〔1〕清王闿运《湘绮楼评词》评云："真景清供。" 牟存叟：原笺引《癸辛杂识》等云：牟子才，字存叟，本井研人，爱吴兴山水清越，因家湖州之南门，有南园，其中多轩亭花卉，"岷峨一亩宫前枕大溪，曰南漪小隐"，则"南漪钓隐"即本此。

〔2〕蘋：蘋草，叶柄端有四片小叶成田字形，也叫田字草，夏秋开小白花。

〔3〕一研：一砚池。一，有"满"义。研，通"砚"。 梨花雨：指梨花飘落如雨。

【译文】

刚从午梦中睡醒，卷帘把春愁放尽。白昼长长无伴侣，对着黄鹂独自语。 柳絮飘影蘋草香，春在无人处隐藏。驾着小舟离去，未能写成新诗句，落满了一砚池的梨花雨。

清 平 乐[1]

图书一室。香暖垂帘密。花满翠壶熏研席[2]。睡觉满窗晴日。 手寒不了残棋。篝香细勘唐碑[3]。无酒无诗情绪，欲梅欲雪天时[4]。

【注释】

〔1〕原笺引《珊瑚网》载郭畀手跋此词云："大德十一年岁丁未十月初十日，客寓燕山，奔走暮归，黄尘满面，挑灯读此词一过，想象江南如梦中也。"

〔2〕翠壶：制作精美的花瓶。 研席：砚台与坐席，读书写作处。研，同"砚"。

〔3〕篝：熏笼。 勘：校勘，校对核定。 唐碑：唐代的碑帖和刻石。

〔4〕梅、雪：用作动词，指梅开、雪下。

【译文】

图书堆了一房间，垂帘细密香气暖。翠瓶里花插满，气味熏透席砚。一觉醒来满窗晴光灿烂。　手寒，残棋未下完。熏一笼香，再把唐碑细勘。无酒无诗的情绪，梅欲开雪欲下时的天。

柳 梢 青
杨 花

　似雾中花〔1〕，似风前雪，似雨馀云。本自无情。点萍成绿〔2〕，却又多情。　西湖南陌东城〔3〕。甚管定、年年送春〔4〕。薄倖东风〔5〕，薄情游子，薄命佳人。

【注释】

〔1〕雾中花：唐杜甫《小寒食舟中作》："老年花似雾中看。"
〔2〕"点萍"句：相传杨花落水，则化为浮萍。见宋苏轼《水龙吟·杨花》词原注。浮萍表面是绿色。
〔3〕西湖：泛指西边的湖。　南陌：泛指南面的路。
〔4〕甚：为甚，为什么。　管定：一定。
〔5〕薄倖：薄情，负心。

【译文】

你似雾中花，风前雪，雨后云。本来也无情。自从点化成绿萍，却又太多情。　西边湖，南边路，东边城，为何定是你，年年送别春？东风太负心，游子太薄情，你却似佳人薄命。

杨 缵

杨缵（1201？—1265），字继翁，号守斋，又号紫霞翁。开封（今属河南）人。居钱塘（今浙江杭州）。度宗淑妃之父。官太社令、列卿。又曾为司农卿、浙东帅。赠少师。好古博雅，能画墨竹，善琴，深通音律，周密尝从之游。多自制曲。作有《紫霞洞谱》、《圈法周美成词》，皆佚。今存《作词五要》。

八 六 子
牡丹，次白云韵[1]

怨残红。夜来无赖[2]，雨催春去匆匆。但暗水、新流芳恨[3]，蜨凄蜂惨[4]，千林嫩绿迷空[5]。　　那知国色还逢[6]。柔弱华清扶倦[7]，轻盈洛浦临风[8]。细认得凝妆[9]，点脂匀粉，露蝉耸翠[10]，蕊金团玉成丛[11]。几许愁随笑解，一声歌转春融[12]。眼矇眬。凭阑干、半醒醉中。

【注释】

〔1〕白云：赵崇嶓，字汉宗，号白云，有《白云小稿》。

〔2〕无赖：无奈，无可如何。

〔3〕暗水：浅伏不露的水。唐李百药《送别》："夜花飘露气，暗水急还流。" 芳恨：春恨。

〔4〕"蜨凄"句：《词旨》入"词眼"。蜨，同"蝶"。

〔5〕迷空：弥布天空。迷，通"弥"。

〔6〕国色：指牡丹，形容其香、色冠绝。唐李正封咏牡丹诗："天香夜染衣，国色朝酣酒。"

〔7〕"柔弱"句：以杨贵妃新出浴喻牡丹之娇态。唐白居易《长恨歌》："春寒赐浴华清池……侍儿扶起娇无力。"

〔8〕洛浦临风：用洛水女神宓妃典。三国魏曹植《洛神赋》："凌波微步，罗袜生尘。"临风，迎风。

〔9〕凝妆：盛装，衣装华丽。形容牡丹有富贵相。

〔10〕"露蝉"句：与上句结构相同。露，耸均作动词。蝉，蝉冠，喻指花上端之状。翠，翠鸟羽，喻指花萼。

〔11〕蕊金团玉：黄色花蕊外面是白色花瓣。

〔12〕转：通"啭"，宛转。 融：长，久远。《诗·大雅·既醉》："昭明有融。"毛传："融，长。"或解作和顺，亦通。

【译文】

凄怨的残花，夜来无寄托，遭雨水催逼，匆匆随春去。只有暗道水，新流百花恨不已。蝶也凄，蜂也惨，嫩绿千林迷空远。　哪知还与国色幸相逢！身柔弱，如贵妃慵倦华清宫；态轻盈，似宓妃在洛浦临风行。细细瞧，盛妆丽又整：点胭脂，匀素粉，花冠露出绿萼耸，黄蕊白瓣一丛丛。一声欢快笑，破解多少愁；一声宛转歌，春意乐融融。双眼正矇眬。身倚栏杆，半醒半醉中。

一 枝 春

除 夕〔1〕

竹爆惊春〔2〕，竞喧填、夜起千门箫鼓〔3〕。流苏帐暖〔4〕，翠鼎缓腾香雾〔5〕。停杯未举。奈刚要、送年新句〔6〕。应自有、歌字清圆，未夸上林莺语〔7〕。　从他岁穷日莫〔8〕。纵闲愁、怎减刘郎风度〔9〕。屠苏办了〔10〕，迤逦柳欺梅妒〔11〕。宫壶未晓〔12〕，早骄马、绣车盈路〔13〕。还又把、月夜花朝〔14〕，自今细数。

【注释】

〔1〕原笺引《武林旧事》云："守岁之词虽多，极难其选。独守斋《一枝春》最为近世所称。"

〔2〕竹爆：即爆竹。唐张说《岳州守岁》之三："桃枝堪辟恶，竹爆好惊眠。"

〔3〕喧填：喧哗，热闹。 箫鼓：泛指鼓乐声。

〔4〕流苏帐：饰有流苏的帷帐。流苏，用丝线或彩色羽毛做成的穗状垂饰物。

〔5〕翠鼎：指香炉。

〔6〕刚：硬，偏偏。

〔7〕上林：上林苑，秦、汉及刘宋都有苑名此。此泛指帝王苑囿。

〔8〕从：听随。 莫：通"暮"。

〔9〕刘郎：《幽明录》中载有与阮肇同上天台山之刘晨，诗文中常称为刘郎。又，刘阮两人曾重访天台，人称"前度刘郎"。唐刘禹锡《再游玄都观绝句》有"前度刘郎今又来"之句，词或合用两事以自称。

〔10〕屠苏：药酒名。古时多于正月初一饮之。见《荆楚岁时记》等。

〔11〕迤逦：逐渐，渐次。 柳欺梅妒：常用以状春天景象。

〔12〕宫壶：宫中报时漏壶（古代一种以滴水计时的装置）。

〔13〕骄马：骏马。 绣车：装饰华美的车辆。

〔14〕月夜花朝：泛指良辰美景。此指美好的春日。

【译文】

爆竹惊春到，家家竞喧闹。夜半箫鼓响门前，流苏帐里暖融融，翠香炉中雾冉冉。杯停未举起，奈何偏要写出、送旧迎新的诗句。本该是吐字清亮歌声圆，胜过上林黄莺鸣宛转。 任随它岁穷日又暮，纵使有闲愁，怎减得刘郎风度？办好屠苏酒，渐渐到梅谢柳长时候。宫漏未报晓，早已有骏马绣车填满路。还又把月夜花朝，从今仔细数。

被 花 恼
自度腔[1]

　　疏疏宿雨酿寒轻[2]，帘幕静垂清晓。宝鸭微温瑞烟少[3]。檐声不动[4]，春禽对语[5]，梦怯频惊觉。欹珀枕[6]，倚银床[7]，半窗花影明东照。　　惆怅夜来风，生怕娇香混瑶草[8]。披衣便起，小径回廊，处处多行到。正千红万紫竞芳妍，又还似、年时被花恼[9]。蓦忽地[10]，省得而今双鬓老[11]。

【注释】
　〔1〕自度腔：自制的词调。
　〔2〕宿雨：经夜的雨。　寒轻：犹言轻寒。
　〔3〕宝鸭：鸭形香炉。　瑞烟：祥瑞的烟气，炉烟的美称。
　〔4〕檐声：此指檐下雨声。
　〔5〕春禽：春鸟。
　〔6〕珀枕：琥珀枕，枕之美称。
　〔7〕银床：银饰之床。隋江总《东飞伯劳歌》："银床金屋挂流苏。"
　〔8〕娇香：指花香。　瑶草：仙草。
　〔9〕年时：往时，当年。　恼：撩拨。宋杨万里《钓雪舟倦睡》："无端却被梅花恼，特地吹香破梦魂。"
　〔10〕蓦忽：忽然。
　〔11〕省得：意识到，想到。

【译文】
　　宿雨疏疏成轻寒，帘幕静静垂到晓。宝鸭香炉剩微温，瑞烟稀又少。檐下无雨声，春鸟相对鸣，把人好梦频惊醒。斜倚银床，背靠琥珀枕，花影半窗，红日东方明。　　惆怅夜来一阵风，生怕花香混瑶草。披衣就起床，小路旁，回廊上，处处都走到。正是万紫千红好，争芳斗艳娇，又像往年一样被花恼。忽然间想到，而今双鬓斑白人已老。

翁孟寅

翁孟寅（生卒不详），字宾旸，号五峰。钱塘（今浙江杭州）人。其先本福建崇安人，其祖彦国，为中丞。孟寅尝为临安乡荐之首，后游维扬、鄂渚。与吴文英相唱和。有《五峰词》。

齐 天 乐
元 夕[1]

红香十里铜驼梦[2]，如今旧游重省[3]。节序飘零[4]，欢娱老大[5]，慵立灯光蟾影[6]。伤心对景。怕回首东风，雨晴难准。曲巷幽坊，管弦一片笑相近。　　飞棚浮动翠葆[7]，看金钗半溜[8]，春炉红粉[9]。凤辇鳌山[10]，云收雾敛，迤逦铜壶漏迥[11]。霜风渐紧[12]。展一幅青绡[13]，争悬孤镜[14]。带醉扶归，晓醒春梦稳[15]。

【注释】
〔1〕元夕：指正月十五之夜，自古有张灯游乐的风俗。
〔2〕红香十里：状都城元夕热闹景象。红，指灯光。香，指士女衣香等。　铜驼：铜驼街，在河南洛阳，道旁曾有汉铸铜驼两枚相对，为古时著名繁华区。此代指南宋都城临安。
〔3〕旧游：此指旧游之地。
〔4〕"节序"句：谓在流落中过佳节。飘零，飘泊流落。

〔5〕"欢娱"句：谓遇到欢乐时年龄已大，与上句同是一喜一悲，有美中不足之憾。

〔6〕慵：懒散。指情绪不佳。 蟾影：月光。蟾，指月。因传说月中有蟾蜍而言。

〔7〕飞棚：即山棚，为庆祝节日而搭建，因其高耸而名。宋孟元老《东京梦华录·元宵》："正月十五日元宵，大内前自岁前冬至后，开封府绞缚山棚，立木正对宣德楼。" 翠葆：帝王仪仗中的一种，以翠羽缀饰于竿头，形若盖。

〔8〕溜：滑落，滑动。南唐李煜《浣溪沙》："佳人舞点金钗溜。"

〔9〕炉：一作"垆"。

〔10〕凤辇：帝王车驾。 鳌山：巨鳌形灯山。宋周密《乾淳岁时记·元夕》："元夕二鼓，上乘小辇，幸宣德门观鳌山。擎辇者皆倒行，以便观赏。山灯凡数千百种。"

〔11〕迤逦：断断续续，或渐次。 迥：远。

〔12〕"霜风"句：宋柳永《八声甘州》："渐霜风凄紧。"

〔13〕青绡：青纱。绡：轻纱。

〔14〕争：一作"净"。 孤镜：喻指明月。

〔15〕醒：酒后神志不清。

【译文】

京城十里繁华区，灯红衣香入梦寐，旧游光景重记取。佳节漂泊中过，年老时候遇欢乐。慵立灯光和月影，对景独伤心。更怕回首看东风，是雨是晴难有准。曲巷深坊在附近，一片管弦和笑声。 彩棚飞空中，有皇家翠葆浮动。看官人金钗坠将滑，胭脂红粉胜红花。凤辇又去观灯山，云收雾也敛，铜壶断续漏声远。寒风渐渐紧。展开一幅青纱巾，怎能悬住天上镜？带醉扶路归，晓醉不醒春睡沉。

烛影摇红[1]

楼倚春城，琐窗曾共巢春燕[2]。人生好梦逐春风，不似杨花健。旧事如天渐远。奈晴丝、牵愁未断[3]。镜尘埋恨，带粉栖香⁽⁴⁾，曲屏寒浅⁽⁵⁾。　　环珮空归⁽⁶⁾，故园羞见桃花面。轻烟残照下栏杆，独自疏帘卷。一信狂风又晚⁽⁷⁾。海棠花、随风满院。乱鸦归后，杜宇啼时，一声声怨。

【注释】

〔1〕清王闿运《湘绮楼评词》云："'健'字险妙。无限伤心，却不做态。"

〔2〕琐窗：镂雕有连琐图案的窗棂。

〔3〕晴丝：晴空中的游丝。又，"晴"谐"情"，"丝"谐"思"。

〔4〕栖：附着。

〔5〕曲屏：曲折的屏风。

〔6〕环珮空归：唐杜甫《咏怀古迹》："画图省识春风面，环珮空归月夜魂。"环珮，佩玉。

〔7〕一：完全。　信：任凭。

【译文】

春城耸高楼，楼上琐窗巢春燕。人生好梦追逐春风散，不如杨花那样健。往事如天渐渐远。无奈晴丝牵忧愁，缕缕不绝断。旧恨已被镜尘掩，空带粉和香，屏风曲曲春寒浅。　　珮环空归来，羞见故园桃花面。轻烟碧冉冉，一抹残照下栏杆，独自才把疏帘卷。任凭它狂风又起日又晚，风吹海棠落满院。鸦群归栖聒噪乱，杜鹃啼鸣声声怨。

阮　郎　归

月高楼外柳花明⁽¹⁾。单衣怯露零⁽²⁾。小桥灯影落残星。寒烟蘸水萍⁽³⁾。　　歌袖窄，舞环轻⁽⁴⁾。梨花梦满城⁽⁵⁾。落红啼鸟两无情。春愁添晓醒。

【注释】

〔1〕柳花：杨柳与花。

〔2〕零：落。

〔3〕蘸：轻点。　水萍：即浮萍。

〔4〕环：一作"鬟"，较胜。

〔5〕梨花梦：指梦境。《墨庄漫录》卷六引唐王建《梦看梨花云歌》："薄薄落落雾不分，梦中唤作梨花云。……落英散粉飘满空，梨花颜色同不同。眼穿臂短取不得，取得亦如从梦中。无人为我解此梦，梨花一曲心珍重。"

【译文】

楼外月高挂，花花柳柳颇分明。身穿单衣衫，心怯露水清。小桥灯影里，坠落下几颗残星。寒烟袅袅蘸浮萍。　歌袖窄又小，舞鬟多轻盈。梨花如梦飞满城。落花和啼鸟，两相都无情。春愁加酒醉，晓来几分病。

赵汝茪

赵汝茪（生卒不详），字参晦，号霞山，又号退斋。商王元份后裔。有《退斋词》。

梅 花 引

对花时节不曾欢。见花残。任花残。小约帘栊[1]，一面受春寒。题破玉榍双喜鹊[2]，香烬冷，绕云屏[3]，浑是山[4]。　待眠。未眠。事万千。也问天。也恨天。髻儿半偏。绣裙儿、宽了还宽[5]。自取红毡，重坐暖金船[6]。惟有月知君去处，今夜月，照秦楼[7]、第几间。

【注释】

〔1〕约：缠束。此指挽卷。

〔2〕题破：题遍，反复题写。　玉椾（jiān）：笺纸的美称。椾，小幅而精美的纸张。　双喜鹊：指绘在笺纸上的喜鹊，暗用"报喜"意。

〔3〕云屏：云母屏风。或有云形彩绘的屏风。

〔4〕山：屏山，即屏风。或指屏风上所画之山。

〔5〕"绣裙"句：言人瘦了又瘦。

〔6〕金船：金质盛酒器，相传为陈思王曹植遗制。北周庾信《北园新斋成应赵王教》："玉节调笙管，金船代酒卮。"

〔7〕秦楼：代指妓馆。

【译文】

面对花开的时节，心情竟然不欢。看着花开残，一任花开残。轻轻挽窗帘，敞开一面受春寒。把双喜鹊花笺题写遍。炉香成烬，冷香绕云屏，屏上都是山。　　待要眠，未成眠。心事万万千。也问过天，也恨这天。发髻半边偏。绣花裙宽了又宽。自己拿过红毛毡，重坐饮酒取些暖。只有天上一轮月，知道他在谁身边。今夜明月照妓馆，不知他在第几间。

梦 江 南

帘不卷，细雨熟樱桃。数点霁霞天又晓[1]，一痕凉月酒初消。风紧絮花高[2]。　　萧闲处[3]，磨尽少年豪。昨梦醉来骑白鹿[4]，满湖春水段家桥[5]。濯发听吹箫[6]。

【注释】

〔1〕霁霞：雨后天空出现的彩霞。霁，雨过天晴。　晓：一作"晚"，较胜。

〔2〕絮花：即柳絮。柳树种子有白色绒毛，成熟时随风飘扬。

〔3〕萧闲：寂静散漫。

〔4〕"昨梦"句：化用唐李白《梦游天姥吟留别》"且放白鹿青崖间，须行即骑访名山"诗意。

〔5〕段家桥：在浙江杭州西湖，即断桥。

〔6〕濯：洗。

【译文】

帘幕垂不卷，帘外小雨细如毛，催熟了红樱桃。几点晴霞飞上天，天色忽如晓。一痕凉月挂树梢，酒意刚刚消。风吹紧，柳花扬得高。　寂静萧散处，消磨尽多少少年英豪！昨夜醉梦中，身骑白鹿游，春水满西湖，来到段家桥。湖水濯我发，湖面听吹箫。

恋 绣 衾〔1〕

柳丝空有万千条。系不住、溪头画桡〔2〕。想今宵、也对新月，过轻寒、何处小桥。　玉箫台榭春多少〔3〕。溜啼痕、盈脸未消。怪别来燕支慵傅〔4〕，被东风、偷在杏梢。

【注释】

〔1〕《词旨》以末两句入"警句"。

〔2〕画桡：船桨的美称，又代指画船。

〔3〕玉箫：玉制之箫。或为箫之美称。

〔4〕燕支：即"胭脂"。慵：懒得。傅：涂抹。

【译文】

柳丝空有千千万，系不住溪头的画船。遥想今夜间，他在哪处小桥边，虽也对新月，独自伴轻寒。　台榭上，曾去吹玉箫，而今春已有多少？一任泪水满脸溜，痕迹都未消。难怪别后懒搽胭脂，都被东风偷抹上杏树梢。

汉 宫 春

著破荷衣⁽¹⁾，笑西风吹我，又落西湖。湖间旧时饮者，今与谁俱。山山映带⁽²⁾，似携来、画卷重舒。三十里、芙蓉步障⁽³⁾，依然红翠相扶⁽⁴⁾。　　一目清无留处⁽⁵⁾。任屋浮天上⁽⁶⁾，身集空虚⁽⁷⁾。残烧夕阳过雁⁽⁸⁾，点点疏疏。故人老大，好襟怀、消减全无⁽⁹⁾。漫赢得、秋声两耳⁽¹⁰⁾，冷泉亭下骑驴⁽¹¹⁾。

【注释】

〔1〕荷衣：荷叶编制之衣。旧时多为隐士高人所服。《楚辞·九歌·少司命》："荷衣兮蕙带，儵而来兮忽而逝。"

〔2〕映带：景物间相互映衬。晋王羲之《兰亭集序》："又有清流激湍，映带左右。"

〔3〕芙蓉：荷花之别称。　步障：一种屏幕，多用来遮蔽风尘，或分隔内外。《晋书·石崇传》载崇与王恺等人斗富，恺作紫丝布步障四十里，崇作锦步障五十里。

〔4〕红：指荷花。　翠：指荷叶。　扶：扶持，映衬。

〔5〕一目：满眼。

〔6〕屋浮天上：谓坐在船中。古人称水上生涯为浮家泛宅，故船行可言屋浮。

〔7〕空虚：指水天交接处。

〔8〕残烧夕阳：言夕阳如烧残之火。

〔9〕襟怀：胸襟，怀抱。也指情致、韵致。

〔10〕漫：空。宋秦观《满庭芳》："漫赢得、青楼薄倖名。"

〔11〕冷泉亭：在杭州灵隐寺前飞来峰下，唐代元英建，因冷泉而名亭。唐白居易有《冷泉亭记》。　骑驴：似用唐郑綮"诗思在灞桥雪中驴子上"典，指觅诗或苦吟。见宋孙光宪《北梦琐言》卷七。

【译文】

身穿破荷衣，笑秋风吹我，又流落到西湖。湖上往日酒友，而今与谁在一起？相互映带多青山，似携来画卷重舒展。三十里芙蓉如步障，依然是红花绿叶相扶将。　满目一色清无际，任凭它船游天上、身在空虚里。火烧斜阳残，雁过疏疏又点点。故人已老大，好情怀全消减。空赢得秋风贯双耳，冷泉亭下，骑驴觅诗篇。

如 梦 令

小砑红绫笺纸⁽¹⁾。一字一行春泪。封了更亲题，题了又还坼起⁽²⁾。归来，归来，好个瘦人天气。

【注释】

〔1〕小砑（yà）：轻轻压磨。砑，用卵石压磨纸，使之平整光滑。　红绫笺纸：以红绫串饰或饰边的精美笺纸。

〔2〕"封了"两句：唐张籍《秋思》："复恐匆匆说不尽，行人临发又开封。"词化用之。

【译文】

红绫笺纸轻砑光，写下一个字，春泪滴一行。封好亲笔题，刚刚题好又拆启。你回不回来，回不回来？好一个令人消瘦的天气！

冯去非

冯去非（1192—？），字可迁，号深居。南康军都昌（今江西星子）人。淳祐元年（1241）进士。尝为淮东转运干办。宝祐四年召为宗学谕，五年罢归庐山，不复仕。尚节气。与丞相程元凤、参知政事蔡抗交善。与吴文英唱和。

喜 迁 莺

凉生遥渚⁽¹⁾。正绿茭擎霜⁽²⁾，黄花招雨⁽³⁾。雁外渔灯，蛩边蟹舍⁽⁴⁾，绛叶表秋来路⁽⁵⁾。世事不离双鬓⁽⁶⁾，远梦偏欺孤旅。送望眼，但凭舷微笑，书空无语⁽⁷⁾。　　慵看，清镜里，十载征尘，长把朱颜污⁽⁸⁾。借箸清油⁽⁹⁾，挥毫紫塞⁽¹⁰⁾，旧事不堪重举。间阔故山猿鹤⁽¹¹⁾，冷落同盟鸥鹭⁽¹²⁾。倦游也，便樯云柁月⁽¹³⁾，浩歌归去。

【注释】
　〔1〕渚：水边。
　〔2〕绿茭：绿菱。茭，菱。晋左思《魏都赋》："丹藕凌波而的皪，绿茭泛涛而浸潭。"
　〔3〕黄花：此指菊花。
　〔4〕蛩（qióng）：蟋蟀。　蟹舍：渔家。唐张志和《渔父词》："松江蟹舍主人欢。"
　〔5〕绛叶：红叶。　表：标志，显示。
　〔6〕不离：逃不开，避不掉。
　〔7〕书空：指用手指在空中虚写字形。《世说新语·黜免》言殷浩尝终日书空，作"咄咄怪事"四字。
　〔8〕朱颜：红颜，指青春年少。
　〔9〕借箸：指为人谋划。《史记·留侯世家》："张良对曰：'臣请藉（借）前箸为大王筹之。'"　清油：一作"青油"，青油幕帐，此代指军中。
　〔10〕紫塞：本指北方边塞，此泛指边塞。晋崔豹《古今注·都邑》："秦筑长城，土色皆紫，汉塞亦然，故称紫塞焉。"

〔11〕间阔：久别。《汉书·诸葛丰传》："间何阔，逢诸葛。" 故山猿鹤：南朝齐孔稚珪《北山移文》："蕙帐空兮夜鹤怨，山人去兮晓猿惊。"指隐者离山。词化用之。

〔12〕"冷落"句：化用"鸥鹭忘机"典。也指离开隐逸生活。

〔13〕樯云柁月：以云为樯，以月为柁。犹言乘舟归去。樯，桅杆。柁，通"舵"。

【译文】

远方小岛生凉气。正是菱叶碧绿擎白霜，菊花橙黄招阴雨。雁声阵阵，渔火迷离；蟋蟀呻吟，渔舍低低。红叶一片，标示着秋来的路线。世事沧桑，逃不过两鬓苍苍；远梦依稀，偏欺它人在孤旅。凭舷遥望只微笑，咄咄书空默无语。　清镜明亮不忍看，征尘扑扑，十载朱颜换。青油幕里运筹划策，边境线上挥毫草檄，往事如云烟，怎堪再重举！久别故山猿与鹤，同盟鸥鹭遭冷遇。仕游已疲倦，便用云作帆，月为舵，高唱一曲归去。

许　棐

许棐（？—1249），字忱夫。海盐（今属浙江）人。嘉熙中隐居秦溪，筑小庄于溪北，种梅十馀株，自号梅屋，悬白居易、苏轼像事之，聚奇书数千卷。有《献丑集》、《梅屋集》等。词集名《梅屋诗馀》。

鹧　鸪　天

翠凤金鸾绣欲成[1]。沉香亭下款新晴[2]。绿随杨柳阴边去，红踏桃花片上行。　莺意绪，蝶心情[3]。

一时分付小银筝[4]。归来玉醉花柔困[5]，月滤窗纱约半更[6]。

【注释】

〔1〕凤、鸾：诗词中多喻指情侣或夫妇。此指所绣凤、鸾图案。

〔2〕沉香亭：在唐时兴庆宫，李白曾作《清平调》词云："解释春风无限恨，沉香亭北倚栏干。" 款：寻访。

〔3〕"莺意绪"两句：谓因春鸟引起春情。

〔4〕分付：寄托，寄意。 银筝：银饰之筝，或以银作字标调的筝。

〔5〕玉：此喻指游春女子。

〔6〕滤：过滤，透入。

【译文】

翠凤和金鸾即将绣成，沉香亭下先赏新晴。绿色直向杨柳阴里去，红色仿佛在桃花瓣上行。 莺叫惹起的意绪，蝶舞招来的心情，一时全托付给小小的银筝。归来时人如醉，花柔困，月光透入窗纱，大约是半更时分。

琴调相思引

组绣盈箱锦满机[1]。倩人缝作护花衣[2]。恐花飞去，无复上芳枝[3]。 已恨远山迷望眼，不须更画远山眉[4]。正无聊赖[5]，雨外一鸠啼[6]。

【注释】

〔1〕组绣：丝绣的华丽服饰。 机：织机。

〔2〕倩：请。

〔3〕芳枝：花枝。

〔4〕远山眉：古时女子所画眉式的一种，相传起于卓文君。《西京杂

记》卷二："文君姣好，眉色如望远山，脸际常若芙蓉。"

〔5〕无聊赖：尤可如何，没精打彩。宋朱淑贞《寓怀》之一："孤窗镇日无聊赖。"

〔6〕鸠：斑鸠，常在雨中啼叫。

【译文】

　　丝绣满箱箧，锦幅满织机，请人裁剪好，缝件护花衣。只恐一朝花被风吹去，不复光顾树上枝。　　已恨远山遮望眼，不须再画那远山眉。心意正百无聊赖，雨外传来孤鸠的声声悲啼。

后 庭 花

　　一春不识西湖面〔1〕。翠羞红倦〔2〕。雨窗和泪摇湘管〔3〕。意长笺短。　　知心惟有雕梁燕〔4〕。自来相伴。东风不管琵琶怨〔5〕。落花吹遍。

【注释】

〔1〕"一春"句：化用唐杜甫《咏怀古迹》"画图省识春风面"句式。

〔2〕翠羞红倦：指叶深绿，花将谢。

〔3〕摇湘管：指写信。湘管，毛笔。因用湘竹制作而名。

〔4〕雕梁：装饰华美的房梁，多用为梁的美称。

〔5〕琵琶怨：汉代王昭君出塞，常以琵琶曲寄托远离中原的幽怨。此指愁思忧怨。唐杜甫《咏怀古迹》："千载琵琶作胡语，分明怨恨曲中论。"

【译文】

　　一春未见西湖面，想来翠叶已深绿，红花也困倦。风雨窗前含泪动笔管，无奈情意深长笺幅短。　　知心惟有画梁上的燕，自来相陪伴。东风不问琵琶弦上多少怨，只管把落花吹个遍。

陆 叡

陆叡（？—1266），字景思，号云西。会稽（今浙江绍兴）人。绍定五年（1232）进士。官至中大夫、集英殿修撰，江南东路节度转运副使兼淮西总领。曾谏事贾似道。

瑞 鹤 仙[1]

湿云粘雁影。望征路愁迷，离绪难整。千金买光景[2]。但疏钟催晓[3]，乱鸦啼暝。花悰暗省[4]。许多情、相逢梦境。便行云、都不归来，也合寄将音信[5]。　　孤迥[6]。盟鸾心在，跨鹤程高[7]，后期无准。情丝待剪，翻惹得[8]，旧时恨。怕天教何处，参差双燕，还染残朱剩粉。对菱花、与说相思[9]，看谁瘦损。

【注释】

〔1〕《词旨》以末两句入"警句"。又，此词《全宋词》据《全芳备祖》题作"梅"，然全词与梅关系不大，恐系误置。

〔2〕"千金"句：喻时光珍贵。古语云："一寸光阴一寸金，寸金难买寸光阴。"

〔3〕"疏钟"句：南朝齐武帝曾置钟景阳楼上，使宫人闻钟声，早起妆饰。见《南齐书·武穆裴皇后传》。此或用之。

〔4〕悰（cóng）：情绪，心情。　省（xǐng）：体察。

〔5〕合：该，当。

〔6〕孤迥：孤独，寂寞。唐杜牧《南陵道中》："正是客心孤迥处。"

〔7〕"盟鸾"两句：谓虽有心缔结婚约，但像萧史弄玉那样成对仙去却很渺茫。

〔8〕翻：反而，倒。

〔9〕菱花：菱花镜，代指镜。

【译文】

　　片片湿云，粘连着飞雁的身影。遥望征途，不禁迷惘愁闷，别离情怀难调整。美好光景价千金，但只见稀疏钟声催日晓，聒乱鸦声啼黄昏。惜花心绪暗中自记省。许多好情怀，相逢在梦境。你便似行云一样不归，也总该寄来音信。　　孤独岑静。与鸾为伴的心意还在，跨鹤仙去的路程太远，后会之期没有凭准。待将情丝剪断，反招来旧时愁恨。怕不知在哪里，天教燕双飞，染上残脂和剩粉。对着菱花镜，诉说相思的凄苦，看看是谁消瘦衰损。

萧泰来

　　萧泰来（生卒不详），字则阳，一字阳山，号小山。临江（今江西清江）人。绍定二年（1229）进士。淳祐末，为御史。宝祐元年，自起居郎出知隆兴府。人品不高，喜伤残善类，"为小人之宗"（《癸辛杂识·别集》）。

霜天晓角
梅〔1〕

　　千霜万雪。受尽寒磨折。赖是生来瘦硬〔2〕，浑不怕、角吹彻〔3〕。　　清绝。影也别。知心惟有月。元没春风情性〔4〕，如何共、海棠说。

【注释】

〔1〕清查礼《铜鼓书堂词话》评云："命意措词，自觉不凡。而于乐章风格，亦见雅俊，较之徒事艳冶绮语者，其身分高若干等第，词家审之。"《词旨》以"清绝"三句入"警句"。

〔2〕赖是：幸亏，幸好。宋毛滂《虞美人》："二分春去知处，赖是无风雨。"

〔3〕角：号角。唐乐府"大角曲"中有《大梅花》、《小梅花》，即汉乐府《梅花落》之遗。　彻：乐曲结尾，此有"完"、"尽"之义。

〔4〕元：通"原"，原来。

【译文】

千层霜，万层雪，梅花受尽寒冷的折磨。幸亏生来消瘦坚硬，全不怕，角声吹尽《梅花落》。　　真清绝。连影子也特别。知她心的只有天上月。她本来就没有春风的情性，怎么把她与海棠相提并说。

赵希迈

赵希迈（生卒不详），字端行，号西里。永嘉（今属浙江）人。燕王德昭裔孙。尝于理宗朝知武冈军。

八声甘州
竹西怀古 ⁽¹⁾

　　寒云飞万里，一番秋、一番搅离怀。向隋堤跃马 ⁽²⁾，前时柳色 ⁽³⁾，今度蒿莱。锦缆残香在否 ⁽⁴⁾，枉被白鸥猜 ⁽⁵⁾。千古扬州梦，一觉庭槐 ⁽⁶⁾。　　歌吹竹西难问⁽⁷⁾，拚菊边醉著⁽⁸⁾，吟寄天涯。任红楼踪迹，茅屋染苍苔。几伤心、桥东片月⁽⁹⁾，趁夜潮、流恨入秦淮⁽¹⁰⁾。潮回处，引西风恨，又渡江来。

【注释】

〔1〕竹西：在江苏扬州甘泉北，禅智寺旁。唐杜牧《题扬州禅智寺》："谁知竹西路，歌吹是扬州。"后人遂于其处筑歌吹亭，又名竹西亭。

〔2〕隋堤：隋炀帝下江南，命人于通济渠、邗沟河岸修筑御道，道旁植柳，后人称隋堤。

〔3〕前时：谓隋时。

〔4〕锦缆：锦制缆绳。南朝陈张正见《公无渡河》："金堤分锦缆，白马渡莲舟。"此指炀帝南下，一路奢侈。《大业拾遗记》："炀帝幸江都……萧妃乘凤舸，锦帆彩缆，穷极侈靡。"

〔5〕白鸥猜：化用"鸥鹭忘机"典，指被鸥鸟猜疑。

〔6〕"千古"两句：化用唐杜牧《遣怀》"十年一觉扬州梦"诗意，并用"南柯一梦"典，指世事无常，繁华如梦。槐，即《南柯太守传》所写梦中的槐树（槐安国）。

〔7〕"歌吹"句：见注〔1〕。

〔8〕拚（pàn）：舍弃，不顾惜。

〔9〕几：多少。　桥：似指扬州二十四桥，古时繁华之地。

〔10〕"趁夜潮"句：化用唐刘禹锡《金陵五题·石头城》"山围故国周遭在，潮打空城寂寞回。淮水东边旧时月，夜深还过女墙来"诗意。

【译文】

寒云从万里外飞来。一番清秋，搅乱一番人的离怀。跃马驰向隋堤，前次的青青柳色，而今只剩下一片蒿莱。那锦制的绳缆，梳妆的残香，不知道是否还在？枉被这波上的白鸥嫌猜。千年来的扬州一梦，醒后空留院庭老槐。　竹西歌吹难寻觅，拚它个菊前一醉，也好把诗句寄向天涯。任凭红楼踪迹杳然，茅屋苍苔斑斑。有多少伤心事，在桥东的一片孤月下，趁着夜潮，含恨流入秦淮。潮水返回处，又引了秋风恨，渡过江来。

赵崇璠

赵崇璠（1198—1256前），字汉宗，号白云。居南丰（今属江西）。商王元份裔孙。嘉定十六年（1223）进士。授石城令，改淳安。官至大宗正丞。词集名《白云小稿》。

蝶 恋 花

一剪微寒禁翠袂[1]。花下重开[2]，旧燕添新垒[3]。风旋落红香匝地[4]。海棠枝上莺飞起。　　薄雾笼春天欲醉。碧草澄波，的的情如水[5]。料想红楼挑锦字[6]。轻云淡月人憔悴。

【注释】

〔1〕一剪：犹剪剪，寒气侵袭貌。　翠袂：翠袖。代指女子服饰。唐杜甫《佳人》："天寒翠袖薄，日暮倚修竹。"

〔2〕花下："下"字无义。疑为"又"的坏字。

〔3〕垒：燕巢。

〔4〕匝：布满，遍及。

〔5〕的的：深切貌。唐苏颋《陈仓别陇州司户李维深》："情言正的的，蕙风间薰薰。"

〔6〕锦字：用苏蕙锦书回文典，指写情书。

【译文】

一阵阵微寒，使人难脱翠衣。花树又重开，旧燕子忙着添新垒。风旋花落，香红铺满地。海棠枝上，黄莺儿飞起。　　薄雾笼罩春空如醉。草碧绿，波澄澈，感情深似水。料想她在红楼上书写情意。月色淡，云朵轻，人憔悴。

菩 萨 蛮

桃花相向东风笑。桃花忍放东风老[1]。细草碧如烟。薄寒轻暖天。　　折钗鸾作股。镜里参差舞[2]。破碎玉连环[3]。卷帘春睡残。

【注释】
　〔1〕忍：岂忍，怎忍。
　〔2〕"折钗"两句：化用"鸾镜"典，言情人或夫妇分别。钗鸾，即鸾形头钗，相传唐同昌公主有九鸾之钗。见《杜阳杂编》。而"鸾"字又合下句组成"鸾镜"。股，一股，钗一般为两股，为别离而折断后只剩一股。
　〔3〕玉连环：套系在一起的玉环。唐李商隐《赠歌妓》之一："水精如意玉连环。"玉连环破碎，也指分手。

【译文】
　桃花对着春风笑，桃花又怎忍让春风老？细草茸茸碧如烟。天气微微暖，轻轻寒。　　折断鸾钗各一股，镜里孤鸾参差舞。连琐玉环已破碎，钩起珠帘春梦阑珊。

赵希彭

　赵希彭（1205—1266），字清中，号十洲。四明（今浙江宁波）人。燕王德昭裔孙。宝庆二年（1226）进士。入仕四十年，虚静恬淡。尝除南雄守，不赴。一日遗偈端坐而逝。

霜天晓角

桂

姮娥戏剧⁽¹⁾。手种长生粒⁽²⁾。宝干婆娑千古⁽³⁾，飘芳吹满虚碧⁽⁴⁾。　　韵色⁽⁵⁾。檀露滴⁽⁶⁾。人间秋第一。金粟如来境界⁽⁷⁾，谁移在、小亭侧。

【注释】

〔1〕姮娥：嫦娥。因避汉文帝刘恒讳而改。　戏剧：儿戏，游戏。

〔2〕长生粒：指桂花。相传嫦娥窃不死之药飞入月宫，是为月精。月中适有桂树，故词连用之，言桂为长生药所种得。

〔3〕宝干：指桂树干。　婆娑：随风纷披貌。

〔4〕虚碧：清澈碧蓝的天空。

〔5〕韵色：指桂的韵（香味）和色。

〔6〕檀露：香露。又，檀表示与佛教有关之物，作者虔佛，故用此字。而佛教又有能使万物复苏的甘露，即杨枝水。

〔7〕金粟如来：佛名，即维摩诘大士。又，桂花因色黄似金、粒小如粟而称金粟，词连用之。　境界：佛教指事物达到的程度或表现的情况，如《无量寿经》卷上："比丘白佛：斯义弘深，非我境界。"

【译文】

嫦娥一时游戏，随手种下长生的颗粒。高大的枝干婆娑了千年，香气吹拂飘满整个天际。　　韵味和色香，甘露滴洒，堪称人间清秋第一。那是金粟如来的境界，被谁移到了小亭侧？

秋蕊香

髻稳冠宜翡翠⁽¹⁾。压鬓彩丝金蕊⁽²⁾。远山碧浅蘸秋水^{〔3〕}。香暖榴裙衬地^{〔4〕}。　　宁宁二八馀年纪^{〔5〕}。恼春意。玉云凝重步尘细^{〔6〕}。独立花阴宝砌^{〔7〕}。

【注释】

〔1〕"髻稳"句：即"髻稳翡翠冠宜"之倒装。翡翠，一种色彩鲜艳的天然矿石。南朝齐谢朓《落梅》："用持插云髻，翡翠比光辉。"或指翠鸟羽。

〔2〕"压鬓"句：谓以金蕊和彩线压鬓。金蕊，金色花蕊。也代指有金蕊的花。

〔3〕远山：指眉。因古有远山眉而称。　秋水：眼波。

〔4〕榴裙：石榴裙，色鲜红。　衬：映照。

〔5〕宁宁：意不详。一作"亭亭"，似善。

〔6〕玉云凝重：谓神色庄重。玉云，形容女子脸色。　步尘细：谓步履轻盈，扬起的灰尘很少。

〔7〕宝砌：台阶的美称。宝，有佛教称物色彩。

【译文】

发髻匀称冠儿稳，上面插的是翡翠。压鬓角用的是彩丝金花蕊。眉如远山碧浅浅，向下蘸着的眼波似秋水。香气暖，石榴裙映红了地。　亭亭玉立，正是二八年纪。惹上了春情春意。一脸的凝重，脚步轻缓尘土细。独自站立在，台阶上的花阴里。

王 澡

王澡（1166—？），初名津，字子知。后改名，字身甫，号瓦全居士。宁海（今属浙江）人（一说四明人）。绍熙元年（1190）进士。嘉定十二年（1219）监都进奏院。终太常博士。有《瓦全居士诗词》，已佚。

霜天晓角
梅

疏明瘦直⁽¹⁾。不受东皇识⁽²⁾。留与伴春终肯⁽³⁾，千红底、怎著得⁽⁴⁾。 夜色。何处笛⁽⁵⁾。晓寒无奈力⁽⁶⁾。飞入寿阳宫里⁽⁷⁾。一点点、有人惜。

【注释】

〔1〕疏明：疏朗透亮。

〔2〕东皇：东方司春之神。

〔3〕终：虽然，纵使。唐李商隐《筹笔驿》："管乐有才终不忝，关张无命欲何如。"

〔4〕千红：指百花。 底：旁，旁边。唐王建《宫词》："院院烧灯如白日，沉香火底坐吹笙。" 著：摆放，安置。

〔5〕笛：笛曲中有《落梅花》，词借言梅花将落。

〔6〕奈：通"耐"。

〔7〕"飞入"句：相传刘宋时，武帝女寿阳公主尝于人日卧于含章殿下，有梅花落其额上，成五出之花，拂之不去；经三日，洗之乃落。宫女奇而效之，竞作梅妆。见唐韩鄂《岁华纪丽》。

【译文】

枝干疏朗瘦硬，却不受东皇赏识。纵然肯留下与春为伴，又怎能置身在百花边？ 夜幕降临，何处传来《落梅花》的笛声？待到拂晓日寒，更无耐力相战。不如飞到寿阳宫殿内，一点点，还有人爱怜。

赵与铻

赵与铻（生卒不详），字庆御，号昆仑。燕王德昭裔孙。

谒 金 门

归去去。风急兰舟不住[1]。梦里海棠花下语。醒来无觅处。　薄倖心情似絮[2]。长是轻分轻聚。待得来时春几许。绿阴三月暮。

【注释】
〔1〕兰舟：小舟之美称。
〔2〕薄倖：犹冤家。系女子对其所欢的昵称。

【译文】
归去，归去。风也急，驾着小船不停息。梦中海棠花下曾共语，醒来已是无处觅。　这冤家心情像柳絮，经常地轻分又轻聚。待到他来春已几许？绿阴浓浓三月暮。

楼 槃

楼槃（生卒不详），字考甫，号曲涧。鄞县（今属浙江）人。绍定（1228—1233）间，曾为庆元府教谕。

霜天晓角

梅

　　月淡风轻。黄昏未是清。吟到十分清处，也不䒬、二三更[1]。　　晓钟天未明。晓霜人未行。只有城头残角[2]，说得尽、我平生。

【注释】

　　〔1〕不䒬：不过，只有。

　　〔2〕角：唐大角曲，有大小《梅花》。见萧泰来《霜天晓角·梅》注〔3〕。

【译文】

　　月色淡，微风轻。黄昏虽来临，还未见我清。等诗人吟到十分清时，也不过二三更。　　晓钟已响天未明，晓霜满地人未行。只有城头残角一声声，说得尽我生平。

又

　　剪雪裁冰[1]。有人嫌太清。又有人嫌太瘦，都不是、我知音。　　谁是我知音。孤山人姓林[2]。一自西湖别后，辜负我、到如今。

【注释】

　　〔1〕剪雪裁冰：指雪落、冰结于梅上，反被赋予了各种形状，如受剪裁一般。

　　〔2〕孤山：在浙江杭州西湖中。孤峰独耸，景致清幽。　人姓林：指

北宋诗人林逋,隐居于孤山,二十年足不及城市,植梅养鹤,人称梅妻鹤子,并以《山园小梅》等写梅诗著称。

【译文】

　　性如冰雪裁剪成,便有人嫌太孤清。又有人嫌太瘦硬,这些都不是我的知音。　　谁是我的知音? 孤山隐士人姓林。自从在西湖相别后,就辜负了我,一直到如今。

钟　过

　　钟过(生卒不详),字改之,号梅心。庐陵(今江西吉安)人。中宝祐三年(1255)解试。

步 蟾 宫⁽¹⁾

　　东风又送酴醿信⁽²⁾。蚤吹得、愁成潘鬓⁽³⁾。花开犹似十年前,人不似、十年前俊。　　水边珠翠香成阵⁽⁴⁾。也消得、燕窥莺认⁽⁵⁾。归来沉醉月朦胧,觉花气、满襟犹润。

【注释】

　　〔1〕《词旨》以"花开"两句入"警句",以"燕窥莺认"入"词眼"。
　　〔2〕酴醿:花名,因其色似酴醿酒而名。春晚开花。在二十四番花信风中,其位居最后,当谷雨时。
　　〔3〕蚤:通"早"。　潘鬓:晋潘岳中年发初白,作《秋兴赋》,序云"余春秋三十有二,始见二毛",赋云:"斑鬓髟以承弁兮,素发飒以垂领。"

〔4〕珠翠：珍珠翡翠等贵重饰物，代指盛饰的女子。

〔5〕消得：享受，享用。　燕、莺：燕燕和莺莺，古时著名女子，代指歌女。宋苏轼《张子野年八十五尚闻买妾述古令作诗》：“诗人老去莺莺在，公子归来燕燕忙。”又，莺善鸣，燕善舞，因以喻指歌妓舞女。　窥：暗用战国楚宋玉《登徒子好色赋》中“窥墙”典，指女子爱慕男子。

【译文】

东风又送来酴醾花信，早吹得人愁白了潘郎鬓。花开还似十年前，人却不如十年前那样英俊。　　水边丽人香成阵。也赢得有人向我窥望，有人暗中传情。沉醉归来月朦胧，只觉得满襟花气还香润。

李肩吾

李肩吾（生卒不详），名从周，字肩吾，一字子我，号螃洲。彭山（今属四川）人，一说临邛人，一说眉州人。魏了翁客。著《字通》。有《螃洲词》。

捯　球　乐〔1〕

风胃蔫红雨易晴〔2〕。病花中酒过清明〔3〕。绮窗幽梦乱于柳，罗袖泪痕凝似饧〔4〕。冷地思量著〔5〕：春色三停早二停〔6〕。

【注释】

〔1〕此调今通行作《抛球乐》。

〔2〕罥（juàn）：缠绕，牵挂。　蔫红：深红色。代指红花。蔫，通"嫣"。唐杜牧《春晚题韦家亭子》："蔫红半落平池晚，曲渚飘成锦一张。"

〔3〕病花：为花而病。　中（zhòng）酒：犹"病酒"。唐王建《赠溪翁》："伴僧斋过夏，中酒卧经旬。"又，宋魏野《清明》诗有"无花无酒过清明"句，此反用之。

〔4〕饧（xíng）：以麦芽、谷芽之类熬制的饴糖。

〔5〕冷地：冷僻处。

〔6〕三停：三成。　早：指早已过去。

【译文】

风缠红花雨换晴。为花病，为酒病，病花病酒过清明。绮窗里幽梦比柳丝乱，罗袖上泪痕如饧凝。独自一人费思量：春色有三分，早过去两分。

风 流 子

双燕立虹梁[1]。东风外、烟雨湿流光[2]。望芳草云连[3]，怕经南浦[4]，葡萄波涨[5]，怎博西凉[6]。空记省，残妆眉晕敛，罥袖唾痕香[7]。春满绮罗，小莺捎蝶，夜留弦索[8]，幺凤求凰[9]。　　江湖飘零久，频回首、无奈触绪难忘。谁信温柔牢落[10]，翻堕愁乡[11]。便玉笺铜爵[12]，花间陶写[13]，瑶钗金镜[14]，月底平章[15]。十二主家楼苑[16]，应念萧郎[17]。

【注释】

〔1〕虹梁：高拱的屋梁。汉班固《西都赋》："抗应龙之虹梁。"

〔2〕流光：闪烁流动的光彩。汉司马相如《上林赋》："应驷声，击流光。"

〔3〕芳草云连：唐白居易《李白墓》："绕田无限草连云。"又，芳草暗

用《招隐士》"王孙游兮不归，春草生兮萋萋"典，意寓离别。

〔4〕南浦：泛指送别之地。南朝梁江淹《别赋》："送君南浦，伤如之何。"

〔5〕葡萄波：碧绿的水波。

〔6〕博：获取，得到。 西凉：代指西域一带，相传为葡萄产地。

〔7〕"罥袖"句：《飞燕外传》载："后与婕妤坐，后误唾婕妤袖，婕妤曰：'姊唾染人绀袖，正似石上花。'因号石华广袖。"此化用之。罥，挂，沾惹。

〔8〕弦索：代指弦乐器。唐元稹《连昌宫词》："夜半月高弦索鸣，贺老琵琶定场屋。"

〔9〕幺凤求凰：琴曲中有《凤求凰》，相传因司马相如求卓文君诗中"凤兮凤兮归故乡，遨游四海求其凰"而得名。幺凤，又称桐花凤，比燕小。

〔10〕牢落：零落，荒疏。

〔11〕翻：反而。 愁乡：愁苦之境。

〔12〕便：原注："别本作使，非。" 玉笺：精美的笺纸。代指写信。铜爵：铜制饮酒器，像雀形。代指饮酒。

〔13〕陶写：陶泻，排遣。

〔14〕瑶钗金镜：精制华美的钗和镜。代指女子用及留之物。

〔15〕月底：月下。 平章：品评、议论。

〔16〕十二主家楼苑：泛指高层楼阁。唐王昌龄《放歌行》："南渡洛阳津，西望十二楼。"

〔17〕萧郎：女子对意中人的通称。

【译文】

燕子双立在曲梁。东风外，如烟细雨湿流光。远望芳草与天连，怕经过水边送别那地方。波似葡萄绿，满岸涨，怎么说它来自西凉？空记得，她眉晕深敛带残妆；空留下，衣襟上片片唾痕香。春天来，遍地是绮罗，雏莺追蝴蝶，夜间留弦索，弹奏"求凰"歌。 江湖飘泊流落久。频频回首，无奈情绪触动难驱走。谁相信零落了温柔，反跌进无边的忧愁。便只有书玉笺，举金杯，花丛里陶泻情怀。把玉钗金镜，在月下细细评论。你住在主家高楼里，应念着我这个痴情人。

清 平 乐

美人娇小。镜里容颜好。秀色侵人春帐晓。郎去几时重到。 叮咛记取儿家⁽¹⁾。碧云隐映红霞⁽²⁾。直下小桥流水，门前一树桃花。

【注释】

〔1〕记取：记得，记着。 儿：此为女子自称。
〔2〕碧云：指绿树。 红霞：隐指桃花。

【译文】

美人娇又小，镜子里面容颜好。秀色逼人，春帐里睡到晓。郎君今去后，几时重来到？ 当日反复叮咛要记着奴家。碧云隐映着红霞，一直走下小桥流水，门前有一树桃花。

风 入 松

冬 至

霜风连夜做冬晴。晓日千门。香葭暖透黄钟管⁽¹⁾，正玉台、彩笔书云⁽²⁾。竹外南枝意早⁽³⁾，数花开对清尊⁽⁴⁾。 香闺女伴笑轻盈。倦绣停针。花砖一线添红景⁽⁵⁾，看从今、迤逦新春⁽⁶⁾。寒食相逢何处，百单五个黄昏⁽⁷⁾。

【注释】

〔1〕"香葭"句：古人烧苇膜成灰，置十二律管中，闭于密室，以占节候。某节候至，则相应管中葭灰即飞出。见《后汉书·律历志》。黄钟

管灰动，表示到了冬至日。香葭，葭灰。

〔2〕玉台：传说中天帝居处。代指天文台（因其多在京城）。《汉书·礼乐志》："游间阖，观玉台。"颜注引应劭曰："玉台，上帝之所居。" 书云：观察天象以占吉凶，并作记录。《左传·僖公五年》："公既视朔，遂登观台以望，而书，礼也。……必书云物，为备故也。"宋时人多以"书云"代指冬至。见洪迈《容斋四笔·用书云之误》等。

〔3〕南枝：借指梅花。宋苏轼《次韵苏伯固游蜀冈送李孝博奉使岭表》："愿及南枝谢，早随北雁翩。"

〔4〕清尊：代指酒。

〔5〕花砖：有花纹之砖。唐时内阁北厅前阶有花砖道，冬季日至五砖，学士当值。唐白居易《待漏入阁书事奉赠元九学士阁老》："彩笔停书命，花砖趁立班。"词中指冬至。 一线添：谓冬至后白昼渐长。《岁时广记》卷三八引《岁时记》："晋魏间，宫中用红线量日影，冬至后日添长一线。"又，民谚亦有"吃罢冬至面，一天长一线"之说。 景：日影。

〔6〕迤逦：逐渐。

〔7〕"寒食"两句：谓冬至后一百五日到寒食节。见《荆楚岁时记》等。

【译文】

霜风连夜吹，吹出冬至晴。朝阳升起，照耀万户和千门。香葭灰暖透黄钟管，天文台上观彩云。竹外梅花芳意早，开放数枝对清尊。 香闺里，女伴笑得多轻盈，刺绣疲倦便停针。宫中花砖道，红线添长一丝影。试看从今日，渐渐便新春。寒食要到哪一天？一百零五个黄昏。

乌 夜 啼

径藓痕沿碧甃⁽¹⁾，檐花影压红阑⁽²⁾。今年春事浑无几，游冶懒情悭⁽³⁾。 旧梦莺莺沁水，新愁燕燕长干⁽⁴⁾。重门十二帘休卷⁽⁵⁾，三月尚春寒。

【注释】

〔1〕碧甃（zhòu）：青碧的井壁。代指井。

〔2〕檐花：屋檐下的花。　阑：栏干。

〔3〕悭：少。

〔4〕"旧梦"两句：莺莺、燕燕。见钟过《步蟾宫》注〔5〕。沁水，水名，在山西。长干，里巷名，在江苏南京南长江边上。

〔5〕十二：极言其多。古时京城十二门，此只借用。

【译文】

小路上的苔痕通向碧井边，屋檐下的花影压着红栏杆。今年春事阑珊没多少，赏景游玩兴致浅。　旧梦中莺莺在沁水，添新愁燕燕在长干。重门十二道，帘幕休要卷，虽是三月天，春意还微寒。

清 平 乐

东风无用。吹得愁眉重。有意迎春无意送。门外湿云如梦。　韶光九十悭悭⁽¹⁾。俊游回首关山⁽²⁾。燕子可怜人去⁽³⁾，海棠不分春寒⁽⁴⁾。

【注释】

〔1〕韶光：春光。　九十：即三春，共九十日。　悭（qiān）悭：稀少。

〔2〕俊游：快意游赏。宋秦观《望海潮》："金谷俊游，铜驼巷陌。"

〔3〕"燕子"句：似用唐张建封死后，其爱妾盼盼独居燕子楼十馀年事。宋苏轼《永遇乐》："燕子楼空，佳人何在？空锁楼中燕。"

〔4〕海棠：海棠花开约春分前后。唐裴廷裕《蜀中登第答李博六韵》："海棠当户燕双双。"　不分：不料。唐陈陶《水调词》之二："容华不分随年去。"

【译文】

东风真无用，只吹得愁眉更重。有意迎春来，无意把春送。门外湿云一层层，都如梦。　春光也太少，只有匆匆九十天。回首俊游隔关山。燕子可怜人去后，不料海棠花开春又寒。

鹧　鸪　天

绿色吴笺覆古苔^{〔1〕}。濡毫重拟赋幽怀^{〔2〕}。杏花帘外莺将老，杨柳楼前燕不来。　倚玉枕^{〔3〕}，坠瑶钗^{〔4〕}。午窗轻梦绕秦淮^{〔5〕}。玉鞭何处贪游冶^{〔6〕}，寻遍春风十二街^{〔7〕}。

【注释】

〔1〕吴笺：吴地所产笺纸。宋陆游《新滩舟中作》："衰迟未觉诗情减，又擘吴笺赋楚城。"　古苔：苍苔。此指苔笺，即以水苔制成的纸。其纹理纵横邪侧，又名侧理纸，相传为南越人所制。唐王勃《乾元殿颂》序云："纵麟笔于苔笺。"

〔2〕赋：抒写。　幽怀：内心深处的情感。

〔3〕玉枕：玉制或玉饰的枕。也用作对瓷枕、石枕的美称。

〔4〕瑶钗：玉钗。钗之美称。

〔5〕秦淮：秦淮河。源于溧水县东北，通常指流经南京的那一段。著名的繁华地。

〔6〕玉鞭：马鞭之美称。此代指意中外游的男子。　游冶：此指追求声色之乐。

〔7〕十二街：唐长安城南北七街，东西五街，因以十二街指长安街道。唐白居易《登乐游园望》："下视十二街，绿树间红尘。"此代指南宋都城临安。

【译文】

吴笺绿色，纹理如苍苔。濡墨挥毫，重新准备抒幽怀。帘幕外，杏花繁闹莺将老；高楼前，杨柳依依燕不来。　　玉枕上斜躺，坠落了金钗。小窗午睡，轻梦绕过秦淮：那人何处贪游冶，让我寻遍了春风十二街。

黄　简

　　黄简（生卒不详），一名居简，字元易，号东浦。建安（今属福建）人。寓居吴郡光福山。嘉熙（1237—1240）中卒。工诗。

柳　梢　青

　　病酒心情⁽¹⁾。唤愁无限，可奈流莺⁽²⁾。又是一年，花惊寒食，柳认清明⁽³⁾。　　天涯翠巘层层⁽⁴⁾。是多少、长亭短亭⁽⁵⁾。倦倚东风，只凭好梦，飞到银屏⁽⁶⁾。

【注释】

〔1〕病酒：饮酒过量而引起不适。

〔2〕可奈：何奈。　流：形容莺声婉转流动。

〔3〕"花惊"两句：互文见义，写寒食清明时的景物。

〔4〕翠巘：翠绿的山峰。唐杜牧《朱坡》："日痕绉翠巘，陂影堕晴霓。"

〔5〕长亭短亭：古时于路边置亭，供人送别或憩息用，十里一长亭，五里一短亭。

〔6〕银屏：银饰屏风。又作屏风的美称。

【译文】

　　病酒的心情，无奈又被莺声，唤起无限愁恨。又是一年，花开了，惊诧已到寒食节；柳绿了，才觉察已是清明。　　　望尽天涯，翠峰一层层。要经历多少长亭短亭！倦来倚东风，只凭它带着好梦，飞回家中银屏。

玉 楼 春

　　龟纹晓扇堆云母[1]。日上彩阑新过雨。眉心犹带宝觥醒[2]，耳性已通银字谱[3]。　　密奁彩索看看午[4]。晕素分红能几许[5]。妆成挼镜问春风[6]，比似庭花谁解语[7]。

【注释】

　　〔1〕龟纹：龟背上的纹理。　扇：障扇，遮尘或蔽光所用，类似屏风。　堆：有饰、绘之义。　云母：用以装饰的矿石。

　　〔2〕宝觥：精美的酒杯。代指美酒。　醒：病酒。

　　〔3〕耳性：记性。　银字谱：代指乐谱。银字，谓乐器（笙笛类管乐器）上以银作字，以表示音调高低。或指用银粉书写的乐谱。

　　〔4〕密奁彩索：指精心梳妆。奁，盛梳妆用品的器具，此用作动词。彩索，彩色绳索，指系发彩丝。　午：日近午时。

　　〔5〕晕素：素辉。本指月光（见何劭《杂诗》李善注），此指晕彩和粉之类饰品。　分（fēn）红：搽红。

　　〔6〕挼（ruó）：揉搓，摩挲。

　　〔7〕比似：与……相比。　解语：会说话。《开元天宝遗事》载："明皇秋八月，太液池有千叶白莲数枝盛开，帝与贵戚宴赏焉。左右皆叹羡久之，帝指贵妃示于左右，曰：'争如我解语花？'"又，此句与上句采用唐朱庆馀《近试上张水部》"妆罢低声问夫婿，画眉深浅入时无"句式。

【译文】

　　龟纹扇屏，饰满云母粉。晓日初上彩栏杆，一场新雨洗新天。眉心还带美酒晕，耳边已响银谱音。　　开妆奁，取彩带，看看天色已近午。妆事有多少，搽红又匀素。妆罢弄明镜，含笑问春风：我和庭中花，哪个更生动？

陈　策

　　陈策（1200—1274），字次贾，号南墅。上虞（今属浙江）人。数试不第，入李曾伯、马光祖等幕，积阶至训武郎。

摸 鱼 儿
仲宣楼赋[1]

　　倚危梯、酹春怀古[2]，轻寒才转花信[3]。江城望极多愁思[4]，前事恼人方寸[5]。湖海兴。算合付元龙[6]，举白浇谈吻[7]。凭高试问。问旧日王郎，依刘有地，何事赋幽愤[8]。　　沙头路[9]，休记家山远近。宾鸿一去无信[10]。沧波渺渺空归梦，门外北风凄紧。乌帽整。便做得功名，难绿星星鬓[11]。敲吟未稳[12]。又白鹭飞来，垂杨自舞，谁与寄离恨。

【注释】

　　〔1〕仲宣楼：在湖北当阳。汉末王粲（字仲宣）曾于此作《登楼赋》

抒怀。原笺引李曾伯《可斋杂稿》云：淳祐十年（1250）前后，李曾伯为荆州帅，作者在其幕，词当作于此时。

〔2〕危梯：高楼。 酹：以酒浇地表祭奠。

〔3〕花信：花信风，应期而来的风，相传有二十四番，自小寒至谷雨，四月八个节气，每五日一候。

〔4〕江城：指江陵。原笺又引《江陵志馀》等书言仲宣楼在江陵东南，李曾伯所记也是江陵。

〔5〕方寸：即心。

〔6〕"湖海"两句：《三国志·魏志·陈登传》载刘备在荆州刘表处论天下英雄，许汜对陈登不满，言："陈元龙湖海之士，豪气未除。"元龙，陈登字。

〔7〕举白：举酒杯。白，本指罚酒之杯，后泛指酒杯。 谈吻：谈论的口舌。即指刘备等人之言。

〔8〕"问旧日"三句：汉末大乱，王粲奔荆州依刘表，未得重用，遂登楼写赋，一抒幽怀。词用此事。王郎，指王粲。刘，刘表。

〔9〕沙头：沙滩边。

〔10〕宾鸿：鸿雁，候鸟，春北飞秋南飞，故言"宾"。词中隐指在外之人（亦作者自况）。王粲赋即有家山之思。

〔11〕绿：青黑色。 星星鬓：白发。

〔12〕敲吟：吟诗。化用传说唐代贾岛作诗在用"推"或"敲"字间反复斟酌事（五代何光远《鉴诫录》）。

【译文】

倚高楼，怀古又奠春，轻寒中刚传来花风信。江城上极目眺远，愁思无限，前代事，惹人乱方寸。湖海豪兴，算来当首推陈登，举起酒，祭谈吻。登高试问，问王粲当日有地依刘表，为何还要写幽愤。 沙头有路，休记家山远和近。鸿雁一去无音信。沧波渺渺梦空归，门外北风正凄紧。且把乌帽整。纵使成就了功和名，也难绿这满头星星鬓。吟诗推敲尚未稳，有白鹭飞来，垂杨自舞，谁为我寄离恨？

满江红

杨　花

　　倦绣人闲，恨春去、浅颦轻掠。章台路[1]，雪粘飞燕，带芹穿幕[2]。委地身如游子倦[3]，随风命似佳人薄。叹此花、飞后更无花[4]，情怀恶。　　心下事，谁堪托。怜老大，伤飘泊。把前回离恨，暗中描摸[5]。又趁扁舟低欲去[6]，可怜世事今非昨[7]。看等闲、飞过女墙来[8]，秋千索。

【注释】

　　〔1〕章台路：汉长安有街名章台，多植柳。又，章台也泛指冶游之处，妓院聚集之所；唐韩翃有姬柳氏在长安，韩为作诗称"章台柳"。词中所写杨花，正有风尘女子况味。

　　〔2〕芹：芹泥，燕子筑巢所用草泥。唐杜甫《徐步》："芹泥随燕嘴，花蕊上蜂须。"

　　〔3〕委地：落地。

　　〔4〕"叹此花"句：相传唐黄巢咏菊花诗，有"此花开后更无花"之句，此化用之。

　　〔5〕描摸：捉摸，思忖。宋刘克庄《忆秦娥》："古来成败难描摸。"

　　〔6〕低：低下，降下。

　　〔7〕今非昨：谓世事变化极速。晋陶潜《归去来兮辞》："觉今是而昨非。"

　　〔8〕等闲：轻易，随便。又有"无端义"。　女墙：城墙上凹凸形的小墙。泛指矮墙。

【译文】

　　倦绣之人一时闲，恨春归，轻浅的愁波从眉梢飞掠。章台路上，如雪的杨花粘飞燕，又被它衔带芹泥穿幕过。跌落在地，身似游子倦；随风抛洒，命如佳人薄。叹此花飞后更无花，情怀为之恶。　心头事，哪个可付托？感慨年岁老大，悲伤身世飘泊。把前回离别旧恨，暗中细揣摩。又想趁着扁舟顺流去，可叹世事变幻今非昨。看它飞过女墙来，悠闲的是那秋千索。

黄　昇

　　黄昇（生卒不详），字叔旸，号玉林，又号花庵词客。晋江（今属福建）人。一说建阳人，一说闽县（均属福建）人。早弃科举，雅意读书。与魏庆之友善。有诗名。词则"上逼少游，近摹白石"（《四库总目提要》）。辑有《唐宋诸贤绝妙词选》、《中兴以来绝妙词选》。词集名《散花庵词》。

清　平　乐

宫　词[1]

　　珠帘寂寂[2]。愁背银釭泣[3]。记得少年初选入。三十六宫第一[4]。　当年掌上承恩[5]。而今冷落长门[6]。又是羊车过也[7]，月明花落黄昏。

【注释】
〔1〕一本题作"宫怨"。《词旨》以末两句入"警句"。
〔2〕珠帘：珍珠缀饰之帘。
〔3〕银釭：银白色的灯盏或烛台。代指精美的灯。
〔4〕三十六宫：形容宫殿众多。此指后宫佳人。汉班固《西都赋》："离宫别馆，三十六所。"

〔5〕"当年"句:《飞燕外传》:"汉赵飞燕体轻,能为掌上舞。"后为汉成帝皇后。词言其人体轻而善舞,得到皇帝宠爱。

〔6〕冷落长门:汉武帝陈皇后宠极一时,后失宠,幽居长门宫。长门,宫名,后多泛指失宠幽居处。

〔7〕羊车过:《晋书·后妃传上·胡贵嫔》载:"(武帝)并宠者甚众,帝莫知所适,常乘羊车,恣其所之,至便宴寝。宫人乃取竹叶插户,以盐汁洒地,而引帝车。"词用之。

【译文】

珠帘里面静悄悄,背对银灯暗抽泣。记得年少初入选,三十六宫数第一。　　当年受宠承主恩,而今冷落在长门。又是一辆羊车过,月色明,花飘落,正黄昏。

李振祖

李振祖(1211—?),字起翁,号中山。闽县(今属福建)人。宝祐四年(1256)进士。

浪 淘 沙

春在画桥西[1]。画舫轻移[2]。粉香何处度涟漪。认得一船杨柳外,帘影垂垂。　　谁倚碧阑低。酒晕双眉[3]。鸳鸯并浴燕交飞。一片闲情春水隔,斜日人归。

【注释】

〔1〕画桥:雕饰华丽的桥。多用作桥的美称。

〔2〕画舫：装饰华美的游船。或用作游船的美称。

〔3〕晕：酒后脸上出现的红潮。

【译文】

　　春天正在画桥西，画船轻轻移。何处粉香飘飞过涟漪？认得一条小船，停泊在杨柳外，船上有帘影低垂。　　谁在碧栏杆上低倚？酒色晕上双眉。鸳鸯鸟波中并浴，双燕子天上齐飞。一片闲情隔着春水，落日斜，人也归。

薛梦桂

　　薛梦桂（生卒不详），字叔载，号梯飚。永嘉（今属浙江）人。宝祐元年（1253）进士。尝知福清县，仕至平江倅。

醉　落　魄

　　单衣乍著。滞寒更傍东风作[1]。珠帘压定银钩索[2]。雨弄新晴，轻旋玉尘落[3]。　　花唇巧借妆红约[4]。娇羞才放三分萼[5]。樽前不用多评泊[6]。春浅春深，都向杏梢觉[7]。

【注释】

〔1〕滞寒：久寒。滞，久，长期。

〔2〕"珠帘"句：谓以银钩索压定珠帘不让风吹起。

〔3〕玉尘：喻指小水珠。宋杨万里《观荷上雨》："细雨沾荷散玉尘，聚成颗颗小珠新。"

〔4〕花唇：花边。

〔5〕萼：花的萼。

〔6〕评泊：评论。

〔7〕觉：察知，发觉，明白显示。

【译文】

　　单衣刚穿着，久寒偏傍东风发作。压定珍珠帘，使用银钩索。雨后放新晴，细水珠轻轻旋落。　　花唇巧借一抹红，淡淡地涂饰。含娇又害羞，才放出三分花萼。酒前不用多评说，春深与春浅，都在杏树梢头明摆着。

眼 儿 媚
绿　笺〔1〕

　　碧筒新展绿蕉芽〔2〕。黄露洒榴花〔3〕。蘸烟染就〔4〕，和云卷起〔5〕，秋水人家〔6〕。　　只因一朵芙蓉月〔7〕，生怕黛帘遮〔8〕。燕衔不去，雁飞不到〔9〕，愁满天涯。

【注释】

〔1〕绿笺：指绿色诗笺。

〔2〕碧筒：芭蕉叶初抽出时，未展开，卷如筒形。　绿蕉：绿芭蕉。代指绿笺。唐皮日休《奉题屋壁》：“空将绿蕉叶，来往寄闲诗。”

〔3〕黄露：黄色的露。相传尧以之赐群臣。《晋中兴书》：“露之异者，有朱露、青露、黄露。”词中指染笺用的槐黄水。参《遵生八笺》卷十五《燕闲清赏·论纸》。　榴花：指红色。益州十样蛮笺中有明黄、深红等名目。

〔4〕蘸烟：喻笺之精美。又似指在诗笺上作书。烟，指墨。

〔5〕和云：十样蛮笺中有浅云笺。又似指写好后将笺卷起。

〔6〕秋水人家：似指对方女子住处。

〔7〕一朵芙蓉月：形容女子貌美。月，指脸如满月。

〔8〕黛帘：厚重的帘。

〔9〕"燕衔"两句：用雁、燕传书典，言诗笺无法寄达。

【译文】

碧筒形的芭蕉芽新展成，槐黄液洒上石榴红花片。蘸着烟雾染，和着彩云卷，寄向伊人秋水边。 只为她月貌芙蓉面，生怕她放下重重帘。这诗笺燕子衔不去，鸿雁捎不到，空使人在天涯愁怀满。

三 姝 媚

蔷薇花谢去。更无情、连夜送春风雨。燕子呢喃[1]，似念人憔悴，往来朱户。涨绿烟深，早零落、点池萍絮[2]。暗忆年华，罗帐分钗[3]，又惊春暮。 芳草凄迷征路[4]。待去也，还将画轮留住[5]。纵使重来，怕粉容销腻[6]，却羞郎觑。细数盟言犹在[7]，怅青楼何处[8]。绾尽垂杨[9]，争似相思寸缕[10]。

【注释】

〔1〕呢喃：燕鸣声。五代刘兼《春燕》："多时窗外语呢喃，只要佳人卷绣帘。"

〔2〕点池萍絮：相传柳絮入水即化为浮萍。见宋苏轼《水龙吟》（似花还似非花）自注。

〔3〕分钗：古时男女别时，女子擘其钗之一股给男子，因代指离别。

〔4〕"芳草"句：汉淮南小山《招隐士》："王孙游兮不归，芳草生兮萋萋。"此指男子远去。

〔5〕画轮：彩饰车轮。代指装饰华丽之车。唐郑嵎《津阳门》："画轮宝轴从天来。"

〔6〕粉容：代指女子姣美的容貌。 腻：润泽。《楚辞·招魂》："靡

颜腻理。"

　　〔7〕数：思量。《诗·小雅·巧言》："往来行言，心焉数之。"

　　〔8〕青楼：妓院。

　　〔9〕"绾尽"句：唐刘禹锡《杨柳枝词》之八："长安陌上无穷树，唯有垂杨绾别离。"此化用之。绾，音谐"挽"，杨（柳）谐"留"，故多取以表意。

　　〔10〕争：怎。　思：暗谐柳丝之丝。

【译文】

　　蔷薇花凋谢而去。老天更无情，连夜送春归，风风又雨雨。燕子呢喃细语，仿佛顾念人憔悴，往来红楼朱户里。水波涨绿烟雾深，早飘落一池化萍的柳絮。暗中记年华似水，当日罗帐分钗别，惊诧又到三月暮。　　芳草凄迷，遮断了出行路。真该那时候，将他的车轮留住。纵使再重来，恐怕我粉容衰减无润泽，羞叫他注目。细思忖山盟海誓还在，却惆怅冶游人到何处。把这垂杨都绾结，千条丝万条缕，也比不上我的相思苦。

浣 溪 沙

　　柳映疏帘花映林[1]。春光一半几销魂。新诗未了枕先温[2]。　　燕子说将千万恨[3]，海棠开到二三分。小窗银烛又黄昏[4]。

【注释】

　　〔1〕映：前一"映"字有"遮"、"隐藏"意。

　　〔2〕温：谓枕因热泪下滴而温润。

　　〔3〕说将：犹说出。将，语助词，无义。　千万恨：极言恨多。唐温庭筠《梦江南》："千万恨，恨极在天涯。"

　　〔4〕银烛：银制烛台。代指银灯、烛火等。

【译文】

　　杨柳遮蔽了疏帘，花儿映照着树林。春光才过去一半，人已几次销魂。新诗还未吟成，枕却被热泪湿润。　　燕子呢喃细语，说出千恨万恨。海棠花开到二三分。小窗掌银灯，天色又黄昏。

曾 揆

　　曾揆（生卒不详），字舜卿，号懒翁。南丰（今属江西）人。

西 江 月

　　榠雨轻敲夜夜[(1)]，墙云低度朝朝。日长天色已无聊。何况洞房人悄[(2)]。　　眉共新荷不展，心随垂柳频摇。午眠仿佛见金翘[(3)]。惊觉数声啼鸟。

【注释】

　　〔1〕榠：通"檐"。
　　〔2〕洞房：幽深的内室或相连的房间。
　　〔3〕金翘：妇女佩戴的金首饰，形如鸟尾长羽。五代毛熙震《浣溪沙》："晚起红房醉欲消，绿鬟云散袅金翘。"

【译文】

　　一夜又一夜，檐间雨轻轻敲；一日又一日，墙头云低低飘。白昼长长，天色已无聊，何况房屋深广人声悄。　　眉同新出的荷叶不舒展，心随垂柳的枝条频频摇。午睡里仿佛看见她，头戴金翠翘。好梦偏被它几声鸟啼惊吓掉。

卷　四

吴文英

　　吴文英（1200？—1260？）字君特，号梦窗，晚年又号觉翁，四明鄞县（今浙江宁波）人。本姓翁，后过继为吴氏后嗣（周密《浩然斋雅谈》卷下）。一生未第，游幕终身，居苏州、杭州、越州三地最久。作为宋末词坛一大家，其词风空灵奇幻、绵丽幽深、工于锤炼、长于用事。其论词尝云："盖音律欲其协，不协则成长短之诗；下字欲其雅，不雅则近乎缠令之体；用字不可太露，露则直突而无深长之味；发意不可太高，高则狂怪而失柔婉之意。"（沈义父《乐府指迷》）后人因称为"吴氏家法"（吴梅《乐府指迷笺释序》）。词集有四卷本与一卷本两种。毛氏汲古阁所刻《梦窗甲乙丙丁稿》为四卷本，《彊村丛书》所刻《梦窗词集》为一卷本。

八声甘州
陪庾幕诸公秋登灵岩[1]

　　渺空烟四远，是何年、青天坠长星[2]。幻苍崖云树，名娃金屋[3]，残霸宫城[4]。箭径酸风射眼[5]，剑水染花腥[6]。时靸双鸳响[7]，廊叶秋声[8]。　　宫里吴王沉醉[9]，倩五湖倦客[10]，独钓醒醒[11]。问苍波无语[12]，华发奈山青。水涵空阁凭高处[13]，送乱鸦、斜日落渔汀⁽¹⁴⁾。连呼酒，上琴台去⁽¹⁵⁾，秋与云平⁽¹⁶⁾。

【注释】

〔1〕庾幕：仓幕。据夏承焘《吴梦窗系年》，梦窗三十岁左右曾在苏州为仓台幕僚，居吴地达十年之久。　灵岩：山名，在今江苏苏州吴中区，上有春秋时吴国的遗迹。

〔2〕青天坠长星：谓灵岩山拔地而起，仿佛是一巨星从天而降。长星，巨星。

〔3〕名娃：指西施。春秋末年越国苎罗（今浙江诸暨南）人。越王勾践败于会稽，范蠡取西施献给吴王夫差，使其迷惑忘政。后西施归范蠡，同泛五湖。见《吴越春秋·勾践阴谋外传》。一说吴亡后，越沉西施于江。娃，美女。　金屋：《汉武故事》载汉武帝年少时对姑母云："若得阿娇作妇，当以金屋贮之。"此指吴王夫差为西施筑馆娃宫事。

〔4〕残霸：指夫差。他曾打败越国，与晋国争霸中原，后为越国所灭，霸业有始无终，故云。

〔5〕箭径：笔直之路，此指采香径。宋周必大《吴郡诸山录》："故老言香山产香，山下平田之中有径，直达山头。西施自此采香，故一名采香（径），亦云箭径，言其直也。"　酸风射眼：冷风刺眼。唐李贺《金铜仙人辞汉歌》："东关酸风射眸子。"

〔6〕剑水：指箭径之水。一本作"腻水"，意较胜。唐杜牧《阿房宫赋》："渭流涨腻，弃脂水也。"　花腥：花的香味。

〔7〕靸（sǎ）：没有后跟的拖鞋。此用为动词。　双鸳：鸳鸯形或有鸳鸯图案的绣鞋，女子所穿。因左右成双，故云。

〔8〕廊：响屧廊。《吴郡志》："响屧廊在灵岩山寺。相传吴王令西施辈步屧（木底鞋），廊虚而响，故名。"

〔9〕"宫里"句：唐李白《乌栖曲》："吴王宫里醉西施。"

〔10〕五湖倦客：指范蠡。汉赵晔《吴越春秋·夫差内传》载越国大夫范蠡辅佐勾践灭吴后，"乘扁舟，出三江入五湖，人莫知其所适"。徐天祐注引韦昭曰："胥湖、蠡湖、洮湖、滆湖，就太湖而五。"五湖具体所指，说法不一。后以"五湖"泛指隐遁之所。

〔11〕独钓醒醒：范蠡清醒地认识到越王勾践"可与共患难，不可与共乐"，功成身退，垂钓自乐，得以完身。

〔12〕苍波：青黑色的水波。

〔13〕涵：包容。

〔14〕渔汀：渔洲。汀，水边平地，小洲。

〔15〕琴台：在苏州灵岩上，传为西施弹琴处。

〔16〕秋：作者《唐多令》词云："何处合成愁，离人心上秋。"据此，可知此处"秋"即"愁"。

【译文】

　　四望长空，云烟浩渺无际，不知何年，青天坠落下一颗巨星。化作碧山高树，让名娃住金屋，如今未了的霸业只剩残败的宫城。采香径上冷风刺眼，箭径之水也染上花的香痕。不时传来鸳鸯木鞋的音响，和着响屧廊上的秋声。　　宫里的吴王正沉醉，只有请来倦游太湖的行客，他独自垂钓最清醒。问碧波，波不语，白发无奈山色青。去登高放眼，远水横天，空阁无人，目送纷飞的乌鸦，在夕阳里落下渔汀。连声呼美酒，快上琴台去，愁已与云平。

声 声 慢
闰重九饮郭园[1]

　　檀栾金碧，婀娜蓬莱[2]，游云不蘸芳洲[3]。露柳霜莲，十分点缀残秋[4]。新弯画眉未稳[5]，似含羞、低度墙头[6]。愁送远，驻西台车马[7]，共惜临流。　　知道池亭多宴，掩庭花、长是惊落秦讴[8]。腻粉阑干[9]，犹闻凭袖香留。输他翠涟拍甃[10]，瞰新妆[11]，时浸明眸。帘半卷，带黄花、人在小楼[12]。

【注释】

　　〔1〕一本题作"陪幕中饯孙无怀于郭希道池亭，闰重九前一日"。夏承焘《吴梦窗系年》定此词作于理宗绍定五年（1232）。原笺据作者《绛都春》与《花心动》词云："郭园当即是郭清华池馆，惜人与地俱不可考矣。"

〔2〕"檀栾"两句：总写园中竹、楼、柳、池，极言其地之美。檀栾，秀美貌。诗文中多用以状竹。汉枚乘《梁王菟园赋》："修竹檀栾。"金碧，指楼阁装饰精美华丽。婀娜，柔美貌。《洛神赋》："华容婀娜。"此指柳树。蓬莱，海上三神山之一。此状池沼烟云缭绕。

〔3〕游云：盖指俗尘。　蘸：浸入。　芳洲：指郭园。

〔4〕十分：极力。

〔5〕新弯画眉：指一弯如眉新月。杨铁夫《吴梦窗词笺释》："此非伎席，未见蛾眉，止似眉半月上墙头耳。反跌下片，非徒切八日已也。"

〔6〕度：越过。

〔7〕西台：西边的楼台。又，宋谢翱哭文天祥处。在今浙江桐庐南富春山。

〔8〕秦讴：指优美动听的歌声。《列子·汤问》："薛谭学讴于秦青，未穷青之技，自谓尽之，遂辞归。秦青弗止，饯于郊衢，抚节悲歌，声振林木，响遏行云。"

〔9〕腻粉：脂粉。　阑干：栏杆。

〔10〕输：比不上，不如。　翠涟拍甃：言春心荡漾，犹如涟漪抚弄池甃。甃（zhòu），本为井壁，此指池壁。杨铁夫《吴梦窗词笺释》云："同是'临流'，乃有彼此之别，改曰'输他'。"

〔11〕瞰：俯视。

〔12〕"帘半卷"两句：化用宋李清照《醉花阴》"莫道不消魂，帘卷西风，人比黄花瘦"，以及宋姜夔《满江红》"又怎知、人在小楼，帘影间"词意。黄花，菊花。

【译文】

修竹秀美，楼台色金碧，杨柳婀娜，池沼似蓬莱，浮云俗尘都不沾染这片芳洲。露中杨柳、霜下莲花，都一样精心点缀晚秋。一弯眉月若隐若现，似面带娇羞，低低地越过墙头。愁目远送，停驻下西台的车马，在水边共话别愁。　　知道池亭中多有宴会，回荡在庭院花丛中的，总是惊落行云的歌唱。留着脂粉的栏杆，还能闻到凭栏人的袖香。比不上涟漪抚拍井壁的温柔，俯看刚打扮的靓妆，万般情意闪现在明眸。而今帘幕半卷，伴带着菊花，寂寞人在小楼。

青 玉 案

短亭芳草长亭柳。记桃叶⁽¹⁾，烟江口。今日江村重载酒。残杯不到，乱红青冢⁽²⁾，满地闲春绣⁽³⁾。　　翠阴曾摘梅枝嗅。还忆秋千玉葱手⁽⁴⁾。红索倦将春去后⁽⁵⁾。蔷薇花落，故园蝴蝶⁽⁶⁾，粉薄残香瘦。

【注释】

〔1〕桃叶：晋王献之爱妾名桃叶。此指词人所恋女子。用桃叶命名的桃叶渡，在南京秦淮河与青溪合流处。

〔2〕青冢：此指已故恋人的坟墓。

〔3〕春绣：本指丝织品，此喻春花春草。宋辛弃疾《粉蝶儿》："昨日春如、十三女儿学绣。"

〔4〕玉葱手：指女子细白的手指。玉葱，葱的美称。

〔5〕将：带。

〔6〕蝴蝶：以庄周梦蝶自喻。《庄子·齐物论》："不知周之梦为蝴蝶与，蝴蝶之梦为周与？"后以"梦蝶"谓虚幻迷茫。

【译文】

短亭芳草萋萋，长亭杨柳依依。记得桃叶渡头，在那烟水江口。今日携酒重游江村，喝尽残酒也不能到。落花覆盖的青冢，遍地花草散布着春绣。　　绿荫下曾经同摘梅枝将花嗅，还记得秋千上玉葱般的手。红索悠悠把春带走后，蔷薇花凋落，故园中蝴蝶纷飞，粉薄香残自消瘦。

又

新腔一唱双金斗⁽¹⁾。正霜落、分甘手⁽²⁾。已是红窗人倦绣[3]。春词裁烛[4]，夜香温被，怕减银壶漏[5]。

吴天雁晓云飞后[6]。百感情怀顿疏酒。彩扇何时翻翠袖。歌边拚取[7]，醉魂和梦，化作梅边瘦。

【注释】

〔1〕金斗：金属饮器，此指酒斗。

〔2〕甘：通"柑"。黄柑、黄橙之类水果，立春用以酿酒。《遵生八笺》："立春日作五辛盘，以黄柑酿酒，谓之洞庭春色。"宋周邦彦《少年游》词："纤指破新橙。"

〔3〕红窗：指少女的闺房。 倦绣：《江行杂录》载白居易《闺妇》诗："倦倚绣时愁不动，缓垂绿带髻鬟低。辽阳春尽无消息，夜合花前日又西。"好事者据之画为《倦绣图》。

〔4〕春词：男女情词或咏春之作。

〔5〕银壶漏：金属制成的滴水计时器。

〔6〕吴天：杨铁夫《吴梦窗词笺释》："姬去归吴，故曰'吴天'。"

〔7〕拚（pàn）：甘愿，不惜。也作"拌"。宋晏幾道《鹧鸪天》词："当年拚却醉颜红。"

【译文】

唱一曲新歌，伴我饮尽双斗。正是霜降时节，为我分柑的是玉人的纤手。红窗下，人已倦于织绣，烛前写春词，夜香温被衾，怕时光易逝银壶滴漏。 吴天孤雁去，晓云飘飞后。情怀百感交集，顿时疏远了酒。何时手持彩扇，为我翩舞翠袖？歌席上拼尽馀力，醉魂和幽梦，化作梅枝消瘦。

好 事 近

飞露洒银床[1]，叶叶怨梧啼碧。蕲竹粉连香汗[2]，是秋来陈迹。 藕丝空缆宿湖船[3]，梦阔水云窄[4]。还系鸳鸯不住，老红香月白[5]。

【注释】

〔1〕银床：银饰井架，泛指白色井架。

〔2〕蕲竹：湖北蕲州所产之竹，此代指簟席。

〔3〕藕丝：指情丝，有藕断丝连之意。 缆：用为动词，系缆。

〔4〕"梦阔"句：化用唐岑参《春梦》"枕上片时春梦中，行尽江南数千里"诗意。

〔5〕老红：残红，残花。

【译文】

飞露洒落在银井架上，碧梧叶叶如怨如泣。蕲竹席上香汗沾粉，秋来一切都成陈迹。　藕丝系不住湖中宿夜的船，梦无边际云水窄。又系不住双鸳鸯，残花犹香月光白。

唐 多 令[1]

何处合成愁。离人心上秋[2]。纵芭蕉、不雨也飕飕。都道晚凉天气好，有明月、倦登楼。　　年事梦中休[3]。花空烟水流。燕辞归、客尚淹留[4]。垂柳不萦裙带住，漫长是、系行舟。

【注释】

〔1〕原笺："张叔夏（炎）云此词疏快不质实。"一本题作"惜别"。

〔2〕"何处"两句：用离合法将"愁"字分为上"秋"下"心"。"心上秋"即是"愁"字。此法在乐府诗中已见，词不多见。

〔3〕年事：年时之事，已往之事。

〔4〕燕：暗指所恋。 客：作者自称。

【译文】

哪里才能合成愁？别离人的心上秋。纵然不下雨，芭蕉也是冷飕飕。都说傍晚凉爽天气好，有明月相照，我却倦于登楼。　　往事梦里休，花儿凋尽，烟散水流。燕子辞别归去，客中的我还被滞留。垂柳缠不住裙带，却无端地系住我的行舟。

高 阳 台
落 梅

　　宫粉雕痕，仙云堕影〔1〕，无人野水荒湾。古石埋香〔2〕，金沙锁骨连环〔3〕。南楼不恨吹横笛〔4〕，恨晓风、千里关山。半飘零，庭院黄昏，月冷栏杆。　　寿阳宫里愁鸾镜〔5〕，问谁调玉髓，暗补香瘢〔6〕。细雨归鸿，孤山无限春寒〔7〕。离魂难倩招清些〔8〕，梦缟衣、解佩溪边〔9〕。最愁人，啼鸟清明，叶底青圆〔10〕。

【注释】

　　〔1〕"宫粉"两句："宫粉"写梅颜色，"仙云"状梅意态，"雕痕"、"堕影"言花凋零情状。宫粉，宫女施用的粉黛。

　　〔2〕古石埋香：据《玉溪编事》，王承检筑防蕃城，至上邽山下获瓦棺。石刻篆铭曰："车道之北，邽山之阳，深深葬玉，郁郁埋香。"此言梅花品质高洁。

　　〔3〕"金沙"句：据《续玄怪录》，昔延州有妇人，颇有姿貌，少年子悉与之游。数年而殁，人共葬之道左。大历中，有胡僧自西域来，见墓，敬礼焚香，谓斯乃大圣，即锁骨菩萨，不信可开墓验之，众启墓，视其骨，果钩结皆如锁状。又据《释氏通鉴》，马郎妇具礼成姻，适体不适，客未散而妇死。数日，有老僧杖锡来，拨开墓穴，见尸已化，惟金锁子骨存焉。此用"金沙"、"锁骨"拟梅，本黄庭坚《戏答陈季常寄黄州山中连理松枝》"金沙滩头锁子骨，不妨随俗暂婵娟"诗意。

　　〔4〕南楼：指文人雅士聚会之所。《世说新语·容止》："庾太尉（亮）在武昌，秋夜气佳景清，使史殷浩、王胡之之徒登南楼理咏。"　横笛：笛曲中有《梅花落》之曲。唐李白《与李郎中钦听黄鹤楼上吹笛》："黄鹤楼

中吹玉笛，江城五月落梅花。"此暗含梅花凋落之意。

〔5〕"寿阳"句：相传南朝宋武帝女寿阳公主人日卧于含章殿檐下，有梅花落其额上，成五出花，拂之不去，宫女效之，为梅花妆。愁鸾镜，言梅花既已凋落，寿阳公主无以饰容，故愁对鸾镜。

〔6〕"问谁"两句：唐段成式《酉阳杂俎》前集卷八："三国吴孙和宠夫人邓氏，尝舞如意，误伤孙颊，命太医合药，医言得白獭髓，杂玉与琥珀屑，当灭痕。孙以百金购得白獭，乃合膏。琥珀太多，痕未灭，左右有赤点如痣，视之，更益甚妍。"前已言无梅为饰，故只好用玉髓补瘢饰容。

〔7〕孤山：宋林逋隐居处，在杭州西湖中，其上有梅。

〔8〕"离魂"句：《楚辞·招魂》："目极千里兮，伤春心。魂兮归来兮，哀江南。"招魂指招梅花之魂，因梅花已落，故招。倩，请。些（suò），语气词，无义。楚人旧俗凡禁咒句尾皆称"些"。

〔9〕缟衣：白绢衣，喻白梅。宋苏轼《十一月二十六日松风亭下梅花盛开》诗："海南仙云娇堕砌，月下缟衣来叩门。" 解佩溪边：《韩诗外传》载郑交甫在江皋遇二仙女，请其佩，数十步之内佩失，顾二女，亦不见。此有怀人之意。

〔10〕"最愁人"三句：杨铁夫《吴梦窗词笺释》云："梅之结子，本非可愁。可愁者，姬弃两子而行，睹子思母，不最可愁乎？"青圆，指梅子。

【译文】

如宫粉褪尽色痕，似仙云坠落絮影，有花开在无人的野水荒湾。好像古来巨石埋此幽香，又似金沙滩头锁子骨钩连成环。不恨南楼上吹来横笛，却恨晓风、吹不到千里外的关山。一半已飘零，庭院又黄昏，月光冷冷地照着栏杆。　寿阳宫里玉人愁对鸾镜，问谁能调制獭髓，暗补瘢痕？细雨斜飘归鸿飞，笼罩孤山有无限春寒。难招请的离魂啊！常梦见身着缟衣的玉人，解佩赠我在溪边。最愁损人的是，清明时节鸟儿啼不停，叶底长出的梅子已经青圆。

杏 花 天
重 午

幽欢一梦成炊黍[1]。知绿暗、汀菰几度。竹西歌断芳尘去⁽²⁾。宽尽经年臂缕⁽³⁾。 梅黄后、林梢更雨⁽⁴⁾。小池面、啼红怨暮。当时明月重生处⁽⁵⁾。楼上宫眉在否⁽⁶⁾。

【注释】

〔1〕"幽欢"句：用邯郸黄粱梦典。端午节吃角黍（粽子），切题。唐沈既济《枕中记》载：卢生于邯郸道上客店中遇道者吕翁，生自叹穷困，翁乃授之枕，使入梦。生梦中历尽富贵。及醒，主人炊黄粱未熟。

〔2〕竹西：代指扬州。唐杜牧《题扬州禅智寺》诗："谁知竹西路，歌吹是扬州。"后人于寺旁筑竹西亭，又名歌吹亭。 歌断：歌尽，不再唱歌。

〔3〕经年：犹经年累月，形容历时长久。 臂缕：旧俗于端午节以五色丝彩系臂，相传能辟兵及鬼，令人不病。又名长命缕、辟兵缯。见《风俗通义》。

〔4〕更雨：又着了雨。词言梅子黄熟（梅雨）后，又下雨。

〔5〕当时明月：宋晏幾道《临江仙》："当时明月在，曾照彩云归。"

〔6〕宫眉：代指宫女。暗指所恋女子。

【译文】

幽欢短促，已如黄粱美梦破灭。不知水洲上的莼菜，绿叶凋零了几度？歌尽扬州，香尘散去，经年累月臂消瘦，宽松了所缠丝缕。 梅子黄熟后，林梢又着濛濛雨。小小池塘边，落花泣怨春暮。当时明月重又升起的地方，楼上的佳人还在否？

风 入 松

听风听雨过清明⁽¹⁾。愁草瘗花铭⁽²⁾。楼前绿暗分携路⁽³⁾，一丝柳、一寸柔情。料峭春寒中酒⁽⁴⁾，交加晓梦啼莺。 西园日日扫林亭⁽⁵⁾。依旧赏新晴。黄蜂频扑秋千索，有当时、纤手香凝。惆怅双鸳不到⁽⁶⁾，幽阶一夜苔生。

【注释】

〔1〕"听风"句：宋魏野《清明》："无花无酒过清明。"此化用之。

〔2〕瘗（yì）花铭：葬花词。花，或指作者亡姬。作者《莺啼序》云："事往花委，瘗玉埋香。"铭，一种文体，称述功德，以彰后世，或用以自警。南朝梁庾信有《瘗花铭》。

〔3〕分携：离别。意同"分首"、"分袂"、"分襟"。宋王之道《书怀示周少隐右司》诗："分携十四载，复此见颜色。"

〔4〕料峭：微寒，也指风力寒冷、尖利。　中酒：醉酒、病酒。

〔5〕西园：本汉上林苑别名，后泛指园林。此指吴氏客居临安的寓所。

〔6〕双鸳：女子绣鞋。见作者《八声甘州》注〔7〕。

【译文】

听风听雨度过了清明，愁绪萦怀拟写一篇《瘗花铭》。楼前绿叶深掩分别时的小路，一缕柳丝，就像一寸柔情。春寒料峭喝醉了酒，扰人晓梦是那交鸣不已的黄莺。　　西园的林亭天天打扫，依旧像往日那样观赏新晴。黄蜂频频扑到秋千索上，莫不是当时、玉人纤手上的香气犹凝？多惆怅啊，那双绣鞋再也走不到这里，幽寂的石阶上苔藓一夜丛生。

朝 中 措

晚妆慵理瑞云盘⁽¹⁾。针线傍灯前。燕子不归帘卷，海棠一夜孤眠。　　踏青人散⁽²⁾，遗钿满路⁽³⁾，雨打秋千。尚有落花寒在，绿杨未褪青绵⁽⁴⁾。

【注释】

〔1〕瑞云盘：一种鬈鬟高耸的女子发式。瑞云，祥云。喻指头发。

〔2〕踏青：春日郊游。

〔3〕遗钿满路：指春日游览之盛，以至于人散后遗落的钗钿到处都是。宋俞国宝《风入松》："明日重扶残醉，来寻陌上花钿。"（《全宋词》）钿，用金银珠宝等制成花形的首饰。

〔4〕青绵：柳絮。

【译文】

晚妆时懒得梳成瑞云盘，只靠在灯前弄针线。燕子没归来，门帘仍高卷，海棠花一夜孤独自眠。　　踏青人散去，遗落的钗钿满路都是，春雨打湿了秋千。还有将落的花朵开在寒气里，绿杨也未褪尽青色的絮绵。

西 江 月
青梅枝上晚花〔1〕

枝袅一痕雪在〔2〕，叶藏几豆春浓〔3〕。玉奴最晚嫁东风。来结梨花幽梦〔4〕。　　香力添熏罗被〔5〕，瘦肌犹怯冰绡〔6〕。绿阴青子老溪桥。羞见东邻娇小〔7〕。

【注释】

〔1〕一本题作"赋瑶圃青梅枝上晚花"。瑶圃，周密《癸辛杂识》载荣邸瑶圃在绍兴。晚花，梅已结子，枝上尚有馀花，故曰"晚花"。

〔2〕雪：指梅花。宋苏轼《梨花》诗："惆怅东南一株雪，人生看得几清明。"

〔3〕豆：指梅子。宋欧阳修《渔家傲》词："叶间梅子青如豆。"

〔4〕"玉奴"两句：陆辅之《词旨》列为"警句"。玉奴，南朝齐东昏侯妃潘氏，小名玉儿，诗词中多称玉奴。此指梅花。作者《天香·腊梅》词："玉奴有姊，先占立、墙阴春早。"嫁东风，指随东风离枝而去。宋张先《一丛花令》词："沉思细恨，不如桃杏，犹解嫁东风。"梨花梦，用唐王建梦见梨花云事典，指梦境。《墨庄漫录》卷六引唐王建《梦看梨花云歌》："薄薄落落雾不分，梦中唤作梨花云。"宋苏轼《西江月》："不与梨花

同梦。"

〔5〕添：因香尽而添，暗指时间已晚。

〔6〕冰绡：洁白的细绢，状梅花。

〔7〕"绿阴"两句：陆辅之《词旨》列为"警句"。见作者《高阳台》注〔10〕。东邻，战国楚宋玉《登徒子好色赋》："楚国之丽者，莫若臣里，臣里之美者，莫若臣东家之子。"后因以"东邻"指美女。

【译文】

一缕白絮袅颤枝头，仿佛挂着雪花，藏在叶间的几点梅子春意正浓。白梅最晚嫁给东风，正与梨花同样做着春梦。　梅香频熏丝罗被，瘦弱的玉肌似承载不起白绡。当绿荫下的梅子老熟在溪桥，想必羞于见到东邻美女的娇小。

浪 淘 沙

灯火雨中船。客思绵绵。离亭春草又秋烟[1]。似与轻鸥盟未了[2]，来去年年。　往事一潸然[3]。莫过西园[4]。凌波香断绿苔钱[5]。燕子不知春事改，时立秋千。

【注释】

〔1〕离亭：道旁供人歇息的亭子。古人往往于此送别。

〔2〕"似与"句：谓与鸥鸟盟誓为友，比喻隐退。宋陆游《夙兴》诗："鹤怨凭谁解，鸥盟恐已寒。"

〔3〕潸然：流泪的样子。

〔4〕西园：见作者《风入松》注〔5〕。

〔5〕凌波：语本三国魏曹植《洛神赋》，此言步履轻盈。　香断：犹玉殒香消，指所恋亡故。　苔钱：苔点形圆如钱，故曰"苔钱"。南朝梁刘孝威《怨诗》："丹庭斜草径，素壁点苔钱。"

【译文】

灯火照亮雨中的船，客居他乡，愁思绵绵。离亭春草才绿不久，今又笼罩着秋烟。似乎与悠闲的鸥鹭旧盟未断，来来去去，年复一年。 思往事泪水潸然，不要再经过西园。凌波微步的佳人魂已断，只剩下点点绿苔钱。燕子不知道春事已改，不时伫立在秋千。

高 阳 台
丰乐楼分韵得"如"字〔1〕

修竹凝妆〔2〕，垂杨驻马，凭阑浅画成图〔3〕。山色谁题〔4〕，楼前有雁斜书〔5〕。东风紧送斜阳下，弄旧寒、晚酒醒馀〔6〕。自销凝〔7〕，几许花前〔8〕，顿老相如〔9〕。

伤春不在歌楼上，在灯前攲枕〔10〕，雨外熏炉。怕有游船，临流可奈清癯〔11〕。飞红若到西湖底，搅翠澜、总是愁鱼〔12〕。莫重来，吹尽香绵〔13〕，泪满平芜〔14〕。

【注释】

〔1〕丰乐楼：据《淳祐临安志》记载：丰乐楼是杭州涌金门外一座酒楼，"据西湖之会，千峰连环，一碧万顷，柳汀花坞，历历栏槛间，而游桡画鹢，棹讴堤唱，往往会合于楼，为游览最"。淳祐十一年（1251），临安府以楼卑小，撤去重建，雄丽冠西湖。吴文英于同年春作《莺啼序·丰乐楼节斋新建》，大书楼壁，为人传诵。此词为重游时作，前后感受不同，与"丰乐"两字绝不同。

〔2〕凝妆：盛妆。唐谢偃《新曲》："青楼绮阁已含春，凝妆艳粉复如神。"此句化用唐杜甫《佳人》诗："天寒翠袖薄，日暮倚修竹。"

〔3〕阑：栏杆。 浅画：西湖本来就美，无需反复勾画，只需二三笔勾勒即可。

〔4〕题：题写款识。

〔5〕雁斜书：大雁斜斜地飞行。书是指雁阵呈"一"字或"人"

字形。

〔6〕醒馀：犹醒后。

〔7〕销凝：伤感而出神。宋柳永《夜半乐》词："对此嘉景，顿觉销凝，惹成愁绪。"

〔8〕几许：多少。

〔9〕相如：西汉辞赋家司马相如。有才思，以琴声赢得卓文君的爱慕。此为作者自况。

〔10〕欹（qī）枕：一种可以斜靠的枕头。欹，倾斜。

〔11〕清癯：清逸消瘦。

〔12〕愁鱼：词人移愁于鱼，见鱼游绿水吞食落花，心中愁意顿起。

〔13〕香绵：指花絮。

〔14〕平芜：平坦的原野。

【译文】

修竹边有女盛妆，垂杨旁有男驻马，凭栏几笔可成画图。如此山色谁来题写款识？楼前有大雁把字斜书。东风急送夕阳西下，吹弄旧日寒气，在傍晚酒醒之馀。独自伤感出神，多少花前、顿时老了相如。　　伤春不在歌楼上，在灯前的斜枕，雨中的香炉。怕有游船来，临流照颜怎奈何清癯？飞花若飘到西湖底，搅动碧波、总是含愁的游鱼。不要再来！风已吹尽柳絮，泪已洒满平芜。

思 嘉 客

迷蝶无踪晓梦沉[1]。寒香深闭小庭心[2]。欲知湖上春多少，但看楼前柳浅深。　　愁自遣，酒孤斟。一帘芳景燕同吟。杏花宜带斜阳看，几阵东风晚又阴。

【注释】

〔1〕迷蝶：用庄周梦蝶典，喻虚幻之事。见作者《青玉案》注〔6〕。

〔2〕庭心：庭院中央。

【译文】

蝴蝶迷踪迹，晓梦正深沉；深闭小庭院，冷香绕庭心。要知道湖上春色有多少，只要看看楼前柳色是浅是深。　　愁来独自遣，饮酒独自斟。与燕子同吟一帘春景。杏花应披夕阳看，几阵东风吹来，傍晚天又阴。

采桑子慢

九　日

　　桐敲露井[1]，残照西窗人起[2]。怅玉手、曾携乌纱，笑整风欹[3]。水叶沉红[4]，翠微云冷雁慵飞[5]。楼高莫上，魂销正在[6]，摇落江蓠[7]。　　走马断桥[8]，玉台妆榭[9]，罗帕香遗[10]。叹人老、长安灯外[11]，愁换秋衣。醉把茱萸[12]，细看清泪湿芳枝。重阳重处，寒花怨蝶[13]，新月东篱[14]。

【注释】

　　〔1〕露井：无盖之井。

　　〔2〕西窗：西厢的窗户。唐李商隐《夜雨寄北》："何当共剪西窗烛，却话巴山夜雨时。"

　　〔3〕"怅玉手"两句：用龙山落帽典。《晋书·孟嘉传》："嘉为桓温参军，九月九日，温游龙山。僚佐毕集，佐吏并着戎服，有风至，吹嘉帽堕落，嘉不之觉，温命孙盛作文嘲嘉，嘉亦为文答之，其文甚美。"唐杜甫《九日蓝田崔氏庄》："笑倩旁人为正冠。"乌纱，帽子。

　　〔4〕水叶沉红：谓欲题诗于红叶而红叶沉入水底。唐范摅《云溪友议》卷十载卢渥于御沟中拾得红叶，上有宫女题诗，后二人巧遇，结为伉俪。

　　〔5〕翠微：轻淡青葱的山色。此指山。

　　〔6〕魂销：犹销魂。谓为情所感，若魂魄离散。南朝梁江淹《别赋》："黯然销魂者，唯别而已矣。"

〔7〕江蓠：蘼芜。

〔8〕断桥：桥名。在杭州孤山边。本名宝祐桥，又名段家桥。以孤山之路至此而断，故自唐以来皆呼为断桥。

〔9〕玉台：玉饰镜台，或为镜台的美称。　妆榭：犹妆楼。榭，台上建的高屋。

〔10〕帕：手巾。

〔11〕长安：代指临安。

〔12〕茱萸：古俗农历九月九日重阳节佩茱萸，相传能祛邪辟恶。唐王维《九月九日忆山东兄弟》诗："遥知兄弟登高处，遍插茱萸少一人。"看茱萸即思故人。又有茱萸酒。唐杜甫《九日蓝田崔氏庄》："明年此会知谁健？醉把茱萸仔细看。"饮茱萸酒亦是思故人。两说皆可通。

〔13〕"寒花"句：宋苏轼《南乡子》："明日黄花蝶也愁。"

〔14〕东篱：晋陶潜《饮酒》诗之五："采菊东篱下，悠然见南山。"后因以指种菊处。

【译文】

　　风吹梧桐叶落露井，夕阳照西窗人睡起。怅然想起玉人纤手、曾拿起乌纱帽，笑着为我理好风吹斜的帽檐。水沉红叶，青山云冷雁懒飞。莫上高楼，伤心的魂儿正在，摇落的江蓠。　　走马过断桥，镜台妆楼依旧，罗巾香泽留。叹息人已老、临安灯下，和愁换秋衣。醉中拿着茱萸细细看，清泪滴湿芳枝。再度重阳时，又是寒花伴怨蝶，新月照东篱。

三 姝 媚

过都城旧居有感⁽¹⁾

　　湖山经醉惯。渍春衫、啼痕酒痕无限⁽²⁾。久客长安，叹断襟零袂⁽³⁾，涴尘谁浣⁽⁴⁾。紫曲门荒⁽⁵⁾，沿败井、风摇青蔓⁽⁶⁾。对语东邻⁽⁷⁾，犹是曾巢，谢堂双燕⁽⁸⁾。　　春梦人间须断⁽⁹⁾。但怪得、当时梦缘能短⁽¹⁰⁾。

绣屋秦筝[11]，傍海棠偏爱，夜深开宴。舞歇歌沉，花未减、红颜先变[12]。伫久河桥欲向[13]，斜阳泪满。

【注释】

〔1〕都城：指临安，下"长安"同。杨铁夫《吴梦窗词笺释》："题言'有感'，非感旧居，实感都城。……疑此词必作于宋亡以后，盖《黍离》之什也。"

〔2〕渍：浸染，沾染。

〔3〕断襟零袂：言衣领袖破碎零乱。指孤身飘泊受尽苦难。

〔4〕渷（wò）尘：污尘。　浣：洗。

〔5〕紫曲：帝都郊野的曲折小路。

〔6〕败井：破井。杨铁夫《吴梦窗词笺释》："观此，知梦窗旧居必非临湖，盖傍湖之家皆取水于湖，无凿井者。"　青蔓：即芜菁，根块可供蔬食。俗称大头菜。

〔7〕东邻：东家美女。见作者《西江月》注〔7〕。

〔8〕谢堂双燕：唐刘禹锡《乌衣巷》诗："旧时王谢堂前燕，飞入寻常百姓家。"谢堂，指高门世族。六朝时王、谢世为望族，居乌衣巷（南京东南）。

〔9〕须断：终断，一定断。

〔10〕怪得：惊疑。宋李曾伯《满江红》词："推枕闻鸡，正怪得、乾坤都白。"　能：这样。

〔11〕绣屋：妇女所住之华丽居室。　秦筝：类似瑟的弦乐器。战国时流行秦地，传为秦蒙恬所造。后指贵重的筝。

〔12〕红颜：指词人的青春容颜。

〔13〕河桥：桥梁。北周庾信《李陵苏武别赞》："河桥两岸，临路悽然。"

【译文】

　　惯于醉中过湖山，无边泪痕酒痕，浸渍春衫。久客临安，长叹襟袖断零，谁替我洗掉污尘？帝郊小路门庭荒芜，沿着破败水井，风在吹摇青蔓。和东邻美女对语，还是曾经筑巢谢家的双燕。

人间春梦终归断！只是惊疑，当时如梦佳缘这样短。华丽闺房传来筝声，偏爱依傍海棠，夜深时开酒宴。舞停歌声消沉，花未凋减，红润容颜先变。久久伫立河桥，想对着夕阳把泪水洒满。

翁元龙

翁元龙（生卒年不详）字时可，号处静，四明（今浙江宁波）人，一说黄岩人。理宗朝（1225—1264），曾客居宋右相杜范门下。杜范《清献集》卷十七《跋翁处静词》云："时可之作，如絮浮水，如荷湿露，萦旋流转，似沾未著。"曾有词集刻于当时，今不传。赵万里《校辑宋金元人词》辑有《处静词》一卷，仅20首。笔致细腻、构思精巧，风格近于吴文英而情深不及。

水 龙 吟
雪霁登吴山见沧阁，闻城中箫鼓声[1]

画楼红湿斜阳[2]，素妆褪出山眉翠[3]。街声暮起，尘侵灯户，月来舞地[4]。宫柳招莺，水荭飘雁[5]，隔年春意[6]。黯梨云[7]，散作人间好梦，琼箫在、锦屏底[8]。　　乐事轻随流水。暗兰消、作花心计[9]。情丝万轴[10]，因春织就，愁罗恨绮[11]。昵枕迷香[12]，占帘看夜，旧游经醉。任孤山、剩雪残梅[13]，渐懒跨、东风骑。

【注释】

〔1〕吴山：在杭州西湖东南。春秋时为吴南界，故名。　见沧阁：原笺引《两湖麈谈》云："吴山下宝奎寺，门径幽深，树石清雅，乃宋相乔行简故第。其西偏坡陀，可眺立大江，一望在目。有巨石，上刻'见沧'二字，其旁款玺云'御书之宝'。相传宋理宗书。"

〔2〕红湿：指雪融后夕阳映照泛红光。

〔3〕素妆：指雪。　山眉：山如眉形。

〔4〕舞地：指杭州。南宋时，杭州为歌舞繁盛之地。

〔5〕水荭：水蓼，生长水边，花红呈穗状。

〔6〕隔年：去年，岁除之前。

〔7〕黯：昏暗。　梨云：用唐王建梦见梨花云事典，指梦中恍惚所见如云似雪的缤纷梨花。后用为状雪之典。见吴文英《西江月》注〔4〕。

〔8〕琼箫：玉箫、玉饰之箫。　锦屏：彩锦妆饰的屏风。此指花丛。

〔9〕兰：兰灯。兰膏可为灯油。　作花：指玩花、赏花。

〔10〕丝：谐音"思"。

〔11〕罗、绮：轻软有花纹的丝织品。

〔12〕昵枕迷香：为花香所迷而辗转难眠。昵，本意亲近，此指在床上翻来覆去。

〔13〕孤山：在杭州西湖里外二湖之间，山上有梅。

【译文】

　　斜阳映红潮湿的画楼，雪妆褪去、山峰如眉色般青翠。街市的闹声在傍晚响起，尘土飞入亮灯的人家，月光洒在歌舞之地。宫柳招徕黄莺，水荭飘浮大雁，岁除前已萌发春意。梨花般的雪片无光泽，散在人间做好梦，玉箫声回荡在花丛底。　　赏心乐事轻随流水。昏暗的兰灯消去了赏花的打算。万般有情丝絮、借春光织成含愁带恨的罗绮。迷恋花香倚枕难眠，占取芳帘欣赏夜景，旧时游历曾常醉。任凭孤山剩雪挂残梅，也渐懒得跨上坐骑，踏香在东风里。

风 流 子

闻桂花怀西湖〔1〕

　　天阔玉屏空〔2〕。轻云弄、淡墨画秋容。正凉挂半蟾〔3〕，酒醒窗下，露催新雁，人在山中。又一片，好秋花占了，香换却西风。箫女夜归，帐栖青凤〔4〕，镜娥妆冷〔5〕，钗坠金虫〔6〕。　　西湖花深窈〔7〕，闲庭砌、曾占席地歌钟〔8〕。载取断云归去〔9〕，几处房栊〔10〕。恨小帘灯暗，粟肌消瘦〔11〕，熏炉烟减，珠袖玲珑〔12〕。三十六宫清梦〔13〕，还与谁同。

【注释】

〔1〕一本题作"木樨"。木樨，一名岩桂，即桂花。

〔2〕玉屏：杭州的玉屏山。宋吴文英《柳梢青》词："玉屏风冷愁人，醉烂漫、梅花翠云。"

〔3〕半蟾：半月。旧传月中有蟾蜍。

〔4〕"箫女"两句：用萧史与弄玉吹箫引凤仙去典。见汉刘向《列仙传》。帐栖青凤，谓宿于凤帐内。青凤帐，织有凤凰花饰的帐子。唐杜牧《八六子》："凤帐萧疏。"

〔5〕镜娥：月中嫦娥。

〔6〕金虫：妇女首饰。以黄金制成虫形，故称。

〔7〕深窈：深远幽静。

〔8〕席地：古人铺席于地为座，后坐在地上称"席地"。席，即以……为席之意。　歌钟：歌乐声。唐李白《魏郡别苏明府因北游》："青楼夹两岸，万家喧歌钟。"

〔9〕断云：片云。暗用巫山朝云典，指美人歌妓。

〔10〕房栊：房舍窗栊。栊，窗上的棂木，也指窗。

〔11〕粟肌：肌肤触寒收缩起粒，如粟状。

〔12〕玲珑：空明貌。

〔13〕三十六宫：极言宫殿之多。汉班固《两都赋》："离宫别馆，三十六所。"

【译文】

天空开阔，玉屏山空濛。浮云舒展，似用淡墨画出秋容。半月凉月正挂在天上，窗下醉去的我醒来，秋露催旅雁急飞，还有人在山中。又是一片好秋光，给花儿占了去，花香去了来西风。箫女夜中归来，睡帐上绣着青凤，月中嫦娥梳妆停罢，钗头坠落金虫。

西湖花深幽静，空闲的庭阶上，曾经席地而坐，听着歌钟。载着片云归去，有几处房舍窗栊。怅恨小帘中灯光昏暗，触寒起粟的玉肌消瘦，香炉烟雾渐少，缀饰珍珠的衣袖精巧玲珑。重重深宫的清梦，今日又与谁同？

醉 桃 源

柳

千丝风雨万丝晴⁽¹⁾。年年长短亭⁽²⁾。暗黄看到绿成阴⁽³⁾。春由他送迎。　　莺思重，燕愁轻。如人离别情。绕湖烟冷罩波明⁽⁴⁾。画船移玉笙⁽⁵⁾。

【注释】

〔1〕晴：谐音"情"。

〔2〕长短亭：古代大路旁设置的驿亭，供传递文书或行旅休息之用。十里一长亭，五里一短亭。

〔3〕暗黄：柳枝初芽时的颜色。

〔4〕"绕湖"句：西湖十景中有"柳浪闻莺"一景。

〔5〕玉笙：笙的美称。笙，管乐器名。大者十九簧，小者十三簧。

【译文】

千丝伴风雨，万丝舞天晴。年年为人送别，长亭又短亭。从暗黄的柳芽，直看到绿叶成荫。春天来又去，由它相送迎。　　莺儿思绪重，燕子愁情轻，好像行人离别情。冷雾绕西湖，碧波清又明。玉笙吹，画船在移行。

谒 金 门

莺树暖⁽¹⁾。弱絮欲成芳茧⁽²⁾。流水惜花流不远。小桥红欲满。　　原上草迷离苑⁽³⁾。金勒晚风嘶断⁽⁴⁾。等得日长春又短。愁深山翠浅。

【注释】

〔1〕莺树暖：唐白居易《钱塘湖春行》："几处早莺争暖树。"

〔2〕芳茧：风吹絮花滚成团，好像雪白的蚕茧。

〔3〕"原上"句：唐白居易《赋得古原草送别》："离离原上草……晴翠接荒城。"词化用之。离苑，古代帝王行宫中的园林。

〔4〕金勒：金饰的带嚼口的马笼头。借指坐骑。

【译文】

树中黄莺啼唤，唤来晴光送暖。风吹轻柔的柳絮，想结出雪白的蚕茧。流水眷恋落花，流呀流不远。小桥下面的红花，浮呀快浮满。　原野芳草萋萋，模糊了离宫别苑。坐骑晚风中嘶鸣，马笼头似被挣断。等得白天变长之时，春天已是很短。此时春愁深深，山中翠色浅浅。

绛 都 春
秋晚，海棠与黄菊盛开〔1〕

花娇半面。记密烛夜阑〔2〕，同醉深院。衣袖粉香，犹未经年如年远〔3〕。玉颜不趁秋容换〔4〕。但换却、春游同伴。梦回前度，邮亭倦客〔5〕，又拈笺管〔6〕。　慵按。《梁州》旧曲〔7〕，怕离柱断弦，惊破金雁〔8〕。霜被睡浓〔9〕，不比花前良宵短。秋娘羞占东篱畔〔10〕。待说与、深宫幽怨。恨他情淡陶郎〔11〕，旧缘较浅〔12〕。

【注释】

〔1〕海棠：此指秋海棠。秋天开花。

〔2〕密烛：纹理细密的蜡烛。　夜阑：夜深。宋苏轼《海棠》："只恐夜深花睡去，故烧高烛照红妆。"此化用之。

〔3〕经年：海棠有春开者，此又秋开，未及一年，故云。　如年远：

如一年时间之长。

〔4〕玉颜：喻海棠。　趁：逐，随。

〔5〕邮亭倦客：指长期飘流在外的人。此为词人自指。邮亭，驿馆，递送文书者投止处。

〔6〕笺管：纸和笔。

〔7〕《梁州》：即《凉州》，原是凉州一带的地方歌曲，后传入内地。宋王灼《碧鸡漫志》卷三："天宝乐曲皆以边地为名，若《凉州》、《伊州》、《甘州》之类。"

〔8〕金雁：秋雁。雁常列阵飞行。又，琴、筝等弦乐器上弦柱排列如雁。唐宋之问《送赵司马赴蜀州》诗："桥寒金雁落，林曙碧鸡飞。"

〔9〕霜被：即霜。雁夜间露宿，着霜如覆被。

〔10〕秋娘：唐李德裕家姬名谢秋娘。又，唐李锜妾名杜秋娘。后泛指美人。唐白居易《琵琶行》："曲罢曾教善才伏，妆成每被秋娘妒。"此指海棠。　东篱：菊圃。见吴文英《采桑子慢》注〔14〕。

〔11〕陶郎：陶渊明，爱菊。

〔12〕较：表程度。约相当于"略"、"稍"。

【译文】

　　海棠绽开半面娇颜，记得曾深夜点燃蜡烛，与花同醉在深院。衣袖沾染花香，还未过去一年，香气似可保留一年这么久远。花颜不随秋天来到而变换，只是换了春游时的同伴。回想前度幽梦，邮亭边疲倦的我，又拈起了纸笺笔管。　　懒懒地弹起，旧曲《梁州》，怕哀柱思弦，惊散了秋雁。寒霜如被盖着她浓睡，不比从前花下，觉良宵苦短。秋娘般美丽的海棠，羞占开满菊花的东篱畔。却想对菊花说说深宫里的幽怨。恨那情感冲淡的陶郎，与海棠的缘分稍浅。

郑　楷

　　郑楷（生卒年不详），字持正，号眉斋。三山（今福建福州）人。有《文房拟制表》一卷。传世词作仅一首。

诉 衷 情

　　酒旗摇曳柳花天⁽¹⁾。莺语软于绵。碎绿未盈芳沼⁽²⁾，倒影蘸秋千⁽³⁾。　　奁玉燕⁽⁴⁾，套金蝉⁽⁵⁾。负华年⁽⁶⁾。试问归期，是酴醾后，是牡丹前⁽⁷⁾。

【注释】
　　〔1〕柳花天：柳花飘飞的时节。柳花，鹅黄色，柳成子后，上有白色绒毛，随风飘落为柳絮。古人诗篇中，往往絮、花不别。
　　〔2〕碎绿：碎萍。宋苏轼《水龙吟·次韵章质夫杨花词》注："杨花落水为浮萍，验之信然。"
　　〔3〕蘸：浸入水中。
　　〔4〕奁：古代妇女梳妆用的镜匣。此用为动词，放入奁中。　玉燕：玉燕钗。唐韩偓《春闷偶成》："醉后金蝉重，欢馀玉燕欹。"
　　〔5〕金蝉：古代妇女所用金色蝉形的贴面饰物。
　　〔6〕负：辜负，虚度。　华年：青春年华。唐李商隐《锦瑟》："锦瑟无端五十弦，一弦一柱思华年。"
　　〔7〕酴醾、牡丹：均开在谷雨节内，牡丹春末开花，酴醾初夏开花。

【译文】
　　酒旗随风摇，柳花飞满天。黄莺把歌唱，歌声软于绵。碎萍正青绿，尚未满池沼。水中晃倒影，时时入秋千。　　匣装玉燕钗，套装金蝉贴，虚度了青春华年。试问游子何时归，是在酴醾开后，还是在牡丹开前？

黄孝迈

黄孝迈（生卒年不详），字德文，号雪舟。宋末理宗（1225—1264）时人。有《雪舟长短句》，不传。今存词四首。

湘春夜月[1]

近清明，翠禽枝上消魂[2]。可惜一片清歌，都付与黄昏。欲共柳花低诉，怕柳花轻薄，不解伤春。念楚乡旅宿[3]，柔情别绪，谁与温存。　　空樽夜泣[4]，青山不语，残月当门。翠玉楼前[5]，唯是有、一波湘水，摇荡湘云[6]。天长梦短，问甚时、重见桃根[7]。这次第[8]，算人间没个并刀[9]，剪断心上愁痕。

【注释】

〔1〕作者自度曲，调名即是题名。当取自词中"近清明"、"残月当门"、"一波湘水"等语意。宋词中仅此一调。清万树《词律》评曰："风度婉秀，真佳词也。"

〔2〕翠禽：鸟名。头大，体小，嘴强而直，羽毛以翠绿色为主。宋姜夔《疏影》："苔枝缀玉，有翠禽小小，枝上同宿。" 消魂：也作"销魂"，极度欢乐之意。

〔3〕楚乡：楚地，因楚在南方，也泛指南方各地。

〔4〕空樽夜泣：意谓酒杯也不能忘怀于孤寂。宋姜夔《暗香》："翠尊易泣，红萼无言耿相忆。"

〔5〕翠玉楼：歌妓所居之楼。

〔6〕湘水、湘云：暗用舜二妃追舜不及而没于湘水典，状所恋女子伤心情状。

〔7〕桃根：晋王献之爱妾桃叶之妹。此指昔日情人。

〔8〕次第：光景，情形。

〔9〕并刀：并州出产的剪刀，以锋利著称。唐杜甫《戏题王宰画山水图歌》："焉得并州快剪刀，剪取吴松半江水。"

【译文】

　　时序近清明，翠鸟在枝上欢乐地啼鸣。可惜一片清脆的歌声，都付给了黄昏。想和柳花说说悄悄话，却怕柳花轻浮放荡，不懂得伤春。忆起楚乡中的旅行歌宿，有多少柔情别意，而今谁来与我温存？

　　空杯似在夜中哭泣，青山默默无语，残月照当门。翠玉楼前，只是有一条湘水泛清波，摇荡着楚天白云。日长梦短，问何时再能见到桃根？这情形，算来人间没把并州剪刀，来剪断心上的愁痕。

水 龙 吟

　　闲情小院沉吟[1]，草深柳密帘空翠。风檐夜响[2]，残灯慵剔，寒轻怯睡。店舍无烟，关山有月，梨花满地。二十年好梦，不曾圆合，而今老、都休矣[3]。　　谁共题诗秉烛[4]，两厌厌、天涯别袂[5]。柔肠一寸，七分是恨，三分是泪[6]。芳信不来，玉箫尘染[7]，粉衣香退。待问春，怎把千红换得，一池绿水。

【注释】

〔1〕沉吟：沉思。三国魏曹操《短歌行》："但为君故，沉吟至今。"

〔2〕风檐：风中的屋檐。唐李商隐《二月二日》诗："新滩莫悟游人意，更作风檐雨夜声。"

〔3〕"店舍无烟"六句：原笺引宋刘克庄《跋雪舟长短句》云："其清丽，叔原（晏幾道）、方回（贺铸）不能加；其绵密，骎骎乎秦郎（秦观）'和天也瘦'之作。"圆合，衔接，吻合。

〔4〕秉烛：谓持烛以照明。

〔5〕厌厌：通"恹恹"，病态貌。 别袂：犹分袂，举手道别。唐权德舆《送人使之江陵》："纷纷别袂举，切切离鸿响。"

〔6〕"柔肠一寸"三句：化用宋苏轼《水龙吟·次韵章质夫杨花词》："春色三分，二分尘土，一分流水。"

〔7〕玉箫：玉制之箫，或箫之美称。 尘染：谓无心思吹奏，上面沾上灰尘。

【译文】

无端愁情悠悠，小院独自沉思。芳草茂盛柳叶浓，帘幕空染翠。夜风吹得屋檐响，残灯将尽懒得剔，轻寒笼罩怕独睡。客舍无炊烟，明月照关山，梨花落满地。二十年来好梦未曾圆，而今老了，一切皆休矣。 和谁一起秉烛题诗？两相病恹恹，各处天涯自分袂。一寸柔肠，七分是恨，三分是泪。飘香信笺不再来，玉箫已布满灰尘，粉衣熏香消褪。打算问问春天，怎样用千朵红花换回这一池绿水？

江 开

江开（生卒年不详），字开之，号月湖。传词四首。赵闻礼《阳春白雪》选录二首。

浣 溪 沙

手捻花枝忆小蘋[1]。绿窗空锁旧时春[2]。满楼飞絮一筝尘。 素约未传双燕语[3]，离愁还入卖花声。十分春事倩行云[4]。

【注释】

〔1〕捻：用手指搓捏。　小蘋：晏幾道歌妓名。指所恋女子。宋晏幾道《临江仙》词："记得小蘋初见，两重心字罗衣，琵琶弦上说相思。"

〔2〕绿窗：绿色纱窗，女子所居。唐韦庄《菩萨蛮》词："劝我早归家，绿窗人似花。"

〔3〕素约：旧约，早先约定的。

〔4〕倩：请。

【译文】

手里搓捏花枝，心里想着小蘋。绿窗徒然锁住，旧时一点芳春。满楼飞絮飘，筝上蒙灰尘。　　旧约未传递，双燕偏对语。离愁正悠悠，又传卖花声。春景十分浓，欲告知，请行云。

杏 花 天

谢娘庭院通芳径⁽¹⁾。四无人、花梢转影。几番心事无凭准。等得青春过尽⁽²⁾。　　秋千下、佳期又近。算毕竟、沉吟未稳⁽³⁾。不成又是教人恨。待倩杨花去问⁽⁴⁾。

【注释】

〔1〕谢娘：谢秋娘，唐宰相李德裕家姬。后泛指歌妓。宋温庭筠《归国谣》词："谢娘无限心曲，晓屏山断续。"

〔2〕青春：指大好春光，也指女子容颜。

〔3〕沉吟：沉思。宋秦观《满园花》词："一向沉吟久，泪珠盈满袖。"

〔4〕"不成"两句：陆辅之《词旨》入"警句"。不成，难道。待倩，打算请。杨花，杨花漫天飞舞，或可到情郎身边。一说指沦落风尘的女子，谢娘的同伴。

【译文】

谢娘庭院通花径，四面无人，日移花枝影。几番心事没个准，等得芳颜都凋尽。　　秋千下，相会佳期又临近，思来想去，毕竟心不稳。莫不是又教我再添愁恨？打算请杨花去问问。

谭宣子

谭宣子（生卒年不详），字明之，号在庵，精于音律，能自度曲。赵万里《校辑宋金元人词》辑有《在庵词》一卷。传词十三首。词风纤丽，格调清远。

谒 金 门⁽¹⁾

人病酒⁽²⁾。生怕日高催绣。昨夜新番花样瘦。旋描双蝶凑。　　闲凭绣床呵手⁽³⁾。却说春愁还又。门外东风吹绽柳。海棠花厮勾⁽⁴⁾。

【注释】

〔1〕此词别作赵闻礼词，见《浩然斋雅谈》卷下。清吟阁本《阳春白雪》卷六载此词，无撰人姓氏。

〔2〕病酒：谓饮酒过量而生病。《史记·魏公子列传》："日夜为乐饮者四岁，竟病酒而卒。"

〔3〕绣床：装饰华丽的床。多指女子睡床。

〔4〕厮勾：相接。宋石孝友《洞仙歌》："问蓬山别后，几度春归，归去晚，开得蟠桃厮勾。"此言海棠相接柳花开放。

【译文】

佳人因酒而病。生怕太阳高挂，催她起床织绣。见昨夜刚绣出的花样瘦，马上描出双蝶去拼凑。　　闲来靠在绣床呵冻手，却说春愁又上心头。门外东风吹绽了柳叶，海棠花开又接在它后。

江 城 子

咏　柳[1]

　　嫩黄初染绿初描。倚春娇，索春饶[2]。燕外莺边，想见万丝摇。便作无情终软美，天赋与、眼眉腰[3]。　　短长亭外短长桥[4]。驻金镳[5]，系兰桡[6]。可爱风流，年纪可怜宵[7]。办得重来攀折后[8]，烟雨暗，不辞遥。

【注释】

〔1〕一本无题。

〔2〕娇：妩媚美丽。　饶：富厚丰足。

〔3〕眼眉腰：柳眼柳眉柳腰。早春初生的柳叶如人睡眼初展，故称"柳眼"。因柳叶细长如眉，故称"柳眉"。因杨柳柔软如同女子纤细的身腰，故称"柳腰"。

〔4〕短长亭：古代于官道旁设的驿站，供传递文书或行旅休息之用。十里一长亭，五里一短亭。

〔5〕驻金镳：谓系马于柳荫。金镳，带嚼口的马笼头。此指行人所骑之马。

〔6〕系兰桡：谓泊舟岸柳下。兰桡，木兰制成的桨，用作桨的美称。桡，桨。

〔7〕"可爱"两句：用张绪风流典。《南史·张绪传》载：刘悛献蜀柳数株，武帝置灵和殿，常曰："此杨柳风流可爱，似张绪当年时。"风流，洒脱放逸，风雅潇洒。

〔8〕办：准备。宋史达祖《满江红》："办一襟，风月看升平，吟春色。"　后：呵或啊。宋赵长卿《贺新郎》："为你后、甘心憔悴。"

【译文】

　　春风刚染黄嫩芽，旋又画出绿叶。依仗春的娇美，索取春的富饶。在燕舞莺歌中，想看看无数柳丝随风摇。纵然做出无情状，也终归软媚，天赋与柳眼柳眉柳腰。　　短亭长亭之外，是短桥长桥。行人之马系在柳荫，行人之舟傍着柳梢。当年张绪风流可爱，妙龄正像这柳条。准备再来攀折啊！即使烟雨昏暗，也不辞路遥。

陈逢辰

陈逢辰（生卒年不详），字振祖，号存熙。传世词作仅二首。

乌　夜　啼

月痕未到朱扉⁽¹⁾。送郎时。暗里一汪儿泪、没人知。　　揾不住⁽²⁾。收不聚。被风吹。吹作一天愁雨、损花枝⁽³⁾。

【注释】
〔1〕朱扉：红窗，女子所居。
〔2〕揾：揩拭、擦。
〔3〕一天：满天。　花枝：双关语，暗指女子容貌。

【译文】
月轮未爬到朱扉。送别情郎时，背地里撒了一汪儿泪，忍住了没人得知。　　人走后泪水擦不住，收不拢，被风吹。化作满天愁雨，落损了繁茂的花枝。

西 江 月

杨柳雪融滞雨⁽¹⁾，醲醾玉软欺风⁽²⁾。飞英簌簌扣雕栊⁽³⁾。残蝶归来粉重⁽⁴⁾。　　罨画扇题尘掩⁽⁵⁾，绣花纱带寒笼⁽⁶⁾。送春先自费啼红⁽⁷⁾。更结疏云秋梦⁽⁸⁾。

【注释】

〔1〕雪：指柳絮。　滞雨：久雨。唐薛逢《长安夜雨》诗："滞雨通宵又彻明，百忧如草雨中生。"

〔2〕欺风：指随风摇曳。

〔3〕雕栊：雕有花纹的窗户。栊，窗上棂木，窗户。

〔4〕粉重：谓翅膀披雨而滞重。

〔5〕罨（yǎn）画：色彩鲜明的绘画。明杨慎《丹铅总录·订讹·罨画》："画家有罨画，杂彩色画也。"

〔6〕寒笼：笼罩一层寒气。

〔7〕先自：已自。

〔8〕疏云秋梦：暗用楚襄王梦见巫山神女事，喻男女情事。

【译文】

杨柳雪絮消融于久雨，醲醾玉瓣软摇于春风。落花簌簌扣琐窗，残蝶归来翅膀重。　　彩画曾题扇，今为灰尘掩。纱带曾绣花，今为寒气笼。送春归，已自抛泪悼落红；又结了疏云悠悠的秋梦。

楼　采

楼采（生卒年不详），字君亮，鄞县（今浙江宁波）人。嘉定十年（1217）进士。其词多与赵闻礼相混。存词仅六首。清沈雄

《古今词话·词评》卷上谓其作"词意俱足,而又工力悉敌者也"。
词风与吴文英相近。

瑞 鹤 仙[1]

冻痕销梦草[2]。又招得春归,旧家池沼。园扉掩
寒峭[3],倩谁将花信[4],遍传深窈[5]。追游趁早,便
裁却、轻衫短帽[6]。任残梅、飞满溪桥,和月醉眠清
晓。　　年小。青丝纤手[7],彩胜娇鬟[8],赋情谁表[9]。
南楼信杳[10],江云重,雁归少。记冲香嘶马[11],流红回
岸,几度绿杨残照。想暗黄[12],依旧东风,灞陵古道[13]。

【注释】
〔1〕此词一作赵闻礼词。见《词学丛书》本《阳春白雪》卷五。宛委
别藏本、清吟阁本《阳春白雪》无撰人姓氏。
〔2〕冻痕:遇冷而凝结的冰雪。　梦草:池塘边草。南朝宋谢灵运
《登池上楼》诗:"池塘生春草,园柳变鸣禽。"相传是梦见谢惠连而吟得,
故称梦草。
〔3〕寒峭:犹春寒料峭。料峭,指轻寒,也指风力寒冷、尖利。
〔4〕花信:开花的消息。犹花期。
〔5〕深窈:偏远僻静之地。
〔6〕轻衫短帽:宋陆游《蝶恋花》:"短帽轻衫,夜夜眉州路。"
〔7〕青丝:指乌黑的头发。
〔8〕彩胜:即春幡。用纸或绸剪成的一种饰物。《岁时风土记》:"立春
之日,士大夫之家,剪裁为小幡,或悬于家人之头,或缀于花枝之下。"
〔9〕赋情:咏春之情,或指男女春情。
〔10〕南楼:文人雅士聚会之所,此指男子所居之处。见吴文英《高
阳台》注〔4〕。
〔11〕冲香:浓烈的香气。
〔12〕暗黄:暮春之季黄花呈暗淡色。

〔13〕灞陵：本作"霸陵"，在长安东。此指男子游历之地。

【译文】

    冻痕消融，芳草吐绿，又招得春天归来，已到旧家池沼。园门关掩轻寒，请谁将花儿的信息，传遍深幽远道？追寻春天游踪须趁早，马上剪裁好轻衫短帽。任凭梅花残瓣飞满溪桥，醉眠月光下，直到清晓。   芳年尚小，头发如青丝，纤手多美妙，娇鬟插戴彩胜，咏春心情向谁表？南楼音信杳杳，江边云彩低垂，雁儿归来少。想起繁香丛中马嘶鸣，水流落红绕岸回，几度绿杨映残照。料想黄花已黯淡，有人依旧冒东风，奔走在灞陵古道。

玉 漏 迟⁽¹⁾

    絮花寒食路⁽²⁾。晴丝胃日⁽³⁾，绿阴吹雾。客帽欺风，愁满画船烟浦。彩柱秋千散后，怅尘锁、燕帘莺户。从间阻⁽⁴⁾，梦云无准⁽⁵⁾，鬓霜如许。   夜永绣阁藏娇⁽⁶⁾，记掩扇传歌，剪灯留语。月约星期⁽⁷⁾，细把花须频数⁽⁸⁾。弹指一襟幽恨⁽⁹⁾，谩空趁、啼鹃声诉⁽¹⁰⁾。深院宇。黄昏杏花微雨。

【注释】

    〔1〕此词一作赵闻礼词。见《词学丛书》本《阳春白雪》卷五。又误入吴文英《梦窗词集》。

    〔2〕寒食：节令名。在农历清明前一日或二日。

    〔3〕胃（juàn）：挂碍。

    〔4〕从：任凭，听从。

    〔5〕梦云：梦中的巫山朝云，喻所恋女子。战国楚宋玉《高唐赋》："妾在巫山之阳，高丘之阻。旦为朝云，暮为行雨。朝朝暮暮，阳台之下。"

    〔6〕娇：佳人。

〔7〕月约星期：陆辅之《词旨》列入"词眼"。谓男女双方约定相会时间，即指月为约，数星为期。

〔8〕"细把"句：数花须以占卜吉凶和幽会佳期。

〔9〕弹指：一弹指的省语，谓时间短暂。 一襟：满襟，满腔。襟，衣领。

〔10〕谩空：徒然，空有。

【译文】

寒食柳絮飘满路。游丝高挂遮晴光，绿荫浓浓风吹雾。游子戴帽迎风，愁满画船，雾满江浦。秋千彩柱人散后，怅恨尘封绣户，这里曾有莺燕常住。任凭山水阻隔，梦中行云无凭据，鬓边白发竟如许！ 夜深绣阁藏娇颜，记得她彩扇遮面歌别离，剔灯留我依依语。我与她指月为约数星为期，她却把花须频频数。一弹指间，空剩满腔幽恨，趁着这杜鹃啼声如泣如诉。庭院深深，黄昏杏花湿细雨。

法曲献仙音[1]

花匣幺弦，象奁双陆[2]，旧日留欢情意。梦到银屏[3]，恨裁兰烛[4]，香篝夜阑鸳被[5]。料燕子重来地。桐阴锁窗绮[6]。 倦梳洗。晕芳钿、自羞鸾镜[7]，罗袖冷，烟柳画阑半倚。浅雨压荼蘼，指东风、芳事馀几。院落黄昏，怕春莺、惊笑憔悴。倩柔红约定，唤取玉箫同醉[8]。

【注释】

〔1〕此词一作赵闻礼词，见《词学丛书》本《阳春白雪》卷五。宛委别藏本、清吟阁本《阳春白雪》无撰人姓氏。别误作姜夔词，见洪正治本《白石诗词集》。

〔2〕"花匣"两句：陆辅之《词旨》列入"属对"。花匣，刻有花纹的匣子，幺弦，琵琶的第四弦，借指琵琶。象奁，象牙匣。双陆，古代一种博戏。下铺一特制盘子，双方各用十六枚棒槌形的"马"立于己方，以掷骰子的点数各占步数，先走到对方者为胜。

〔3〕银屏：镶银的屏风。

〔4〕兰烛：香烛，烛的美称。兰，一种香料。

〔5〕香篝：熏笼。宋周邦彦《花犯·梅花》："香篝熏素被。" 夜阑：夜深，夜将尽。

〔6〕窗绮：犹窗绡，蒙在窗上的细薄丝织品。

〔7〕晕：模糊光影。 芳钿：即钿花。用金、银、玉、贝等做成的花形饰品。 鸾镜：背面有鸾鸟图案的妆镜，镜的美称。

〔8〕玉箫：女子名。此指所欢恋的女子。见《云溪友议》。

【译文】

花匣中的琵琶，像盒中的双陆，昔日留住多少欢情蜜意。梦中来到银屏边，兰烛带恨烧，深夜香笼熏染鸳鸯被。料想燕子重来旧地，梧桐浓荫遮掩窗绮。　倦于梳妆打扮，花钿泛晕光，照鸾镜自羞孤影。罗袖冷，画栏边烟柳斜倚。细雨打湿荼蘼花，指问东风，春事还有几？庭院黄昏时，怕春莺惊笑我憔悴。请娇柔的红花去约定，唤来佳人一同醉。

好 事 近⁽¹⁾

人去玉屏闲，逗晓柳丝风急⁽²⁾。帘外杏花细雨，冒春红愁湿⁽³⁾。　单衣初试麹尘罗⁽⁴⁾，中酒病无力⁽⁵⁾。应是绣床慵困⁽⁶⁾，倚秋千斜立。

【注释】

〔1〕此词一作赵闻礼词。见《词学丛书》本《阳春白雪》卷五。

〔2〕逗晓：破晓，天刚亮。宋周邦彦《凤来朝·佳人》词："逗晓看

娇面。"

〔3〕罥：高挂。

〔4〕麹尘：麹上所生菌，色淡黄如尘。因以称淡黄色，也作"鞠尘"。

〔5〕中酒：饮酒过量而身体不适。

〔6〕绣床：雕饰华丽的床，女子所睡。

【译文】

那人去后玉屏闲，破晓急风翻柳丝。窗外杏花雨细，风吹红花高挂起，似在雨中愁泣。　　初试春衣穿起黄罗衫，醉酒生病无力。必是绣床边困倦了，靠在秋千斜伫立。

二 郎 神

露床转玉[1]，唤睡醒、绿云梳晓[2]。正倦立银屏，新宽衣带，生怯轻寒料峭。闷绝相思无人问[3]，但怨入、墙阴啼鸟。嗟露屋锁春，晴风喧昼，柳轻梅小。　　人悄。日长谩忆[4]，秋千嬉笑。怅烬冷炉熏[5]，花深莺静，帘箔微红醉裛[6]。带结留诗[7]，粉痕销帕[8]，情远窃香年少[9]。凝恨极，尽日凭高目断，淡烟芳草。

【注释】

〔1〕露床：铺设竹席的凉床。《史记·滑稽列传》："置之华屋之下，席以露床。"

〔2〕绿云：形容女子乌黑如云的秀发。

〔3〕闷绝：闷极。

〔4〕谩忆：空忆。

〔5〕烬：物体燃烧后所剩馀物。

〔6〕帘箔：用竹子或芦苇编成的方帘。唐李白《捣衣篇》："明月高高

刻漏长，真珠帘箔掩兰堂。"

〔7〕带结：衣带结。古以锦带绾为连环回文式，表示相爱。

〔8〕帕：手巾。

〔9〕窃香年少：指情郎。晋韩寿美姿容，贾充辟为司空掾。充少女午见而悦之，使侍婢潜修音问，及期往宿，家中莫知，并盗冀中西域异香赠寿。充僚属闻寿有奇香，告于充。充乃考问女之左右，具以状对。充秘其事，遂以女妻寿。见《晋书·贾谧传》《世说新语·惑溺》。

【译文】

月光绕着凉床转，唤醒佳人，晓来梳理如云鬓鬓。正疲倦地站在银屏边，身上衣带新近觉又宽，很怕春寒料峭。闷极无人问相思，只听到如怨如诉的鸟儿在墙边树荫下啼叫。嗟叹露屋关锁春晴，白昼风声喧闹，柳吐轻芽梅子正小。　　人静悄，整日空想，秋千上曾有人嬉笑。堪惆怅啊！熏炉灰冷，花丛深处黄莺静，浅红帘在春风中醉摇。衣带结上留情诗，手帕上粉痕消褪，多情少年情已遥。凝神怅恨已极，整日登高望尽，淡烟笼盖着芳草。

玉 楼 春

东风破晓寒成阵。曲锁沉香簧语嫩[1]。凤钗敲枕玉声圆[2]，罗袖拂屏金缕褪[3]。　　云头雁影占来信[4]。歌底眉尖萦浅晕。淡烟疏柳一帘春，细雨遥山千叠恨。

【注释】

〔1〕曲：本指蚕箔，用苇或竹编成饲蚕的器具。此指帘箔，即窗帘。沉香：沉水香。用沉木制成，因其能沉，故名。　簧语：即如簧巧语，状鸟儿叫声宛转动听。

〔2〕"凤钗"句：古代枕头多用竹、木、陶制作，故人枕其上头钗与枕相触能发声。圆，清亮。

〔3〕金缕：金丝，多用来装饰衣帘等。

〔4〕占：卜问。

【译文】

　　东风破晓寒气阵阵，花窗紧闭幽香，如簧鸟语声声嫩。凤钗触枕，似珠玉相磨声清圆，罗袖拂玉屏，金线颜色褪。　　看到天边雁影，就卜问远方来信，歌筵边眉尖浅蘸红晕。淡烟迷疏柳，一帘春色，细雨湿濛濛，远山叠起千堆恨。

奚 淢

　　奚淢（生卒年不详），字倬然，号秋崖。善音律，客于音律大师杨缵之门，与当时词坛名流周草窗、施梅川、徐雪江等交游。又曾以《齐天乐》诔奸相贾似道。有《秋崖词》一卷，存词仅十首，以清婉凄清见长，音律闲婉似出杨缵，而格调骚雅有类姜夔。

芳 草
南屏晚钟〔1〕

　　笑湖山、纷纷歌舞，花边如梦如薰〔2〕。响烟惊落日〔3〕，长桥芳草外〔4〕，客愁醒。天风送远，向两山唤醒痴云〔5〕。犹自有、迷林去鸟，不信黄昏。　　销凝〔6〕。油车归后〔7〕，一眉新月，独印湖心〔8〕。蕊宫相答处〔9〕，空岩虚谷应，猿语香林〔10〕。正酣红紫梦，便市朝、有耳谁听〔11〕。怪玉兔、金乌不换〔12〕，只换愁人。

【注释】

〔1〕此调又名《凤箫吟》、《凤楼吟》。今传宋人词，除此首题名《芳草》外，诸家词均名《凤箫吟》。此词有"长桥芳草外、客愁醒"之句，似缘题而赋，在宋时，《芳草》或为此调本名。南屏晚钟：西湖十景之一。原笺引董嗣杲《西湖百咏》注云："南屏山在兴教寺后，旧多摩崖，剥落之馀，止存司马温公隶书家人卦、米元章书'琴台'二字。"

〔2〕"笑湖山"两句：宋周密《武林旧事》："西湖天下景，朝昏晴雨，四序总宜。杭人亦无时而不游，而西湖特盛焉。……日糜金钱有纪极。故杭谚有'销金锅儿'之号，此语不为过也。"花边，花丛中。薰，通"熏"，一种香草，也指花草香气。

〔3〕响烟：响，钟声。烟，日暮时的云气。

〔4〕长桥：在南屏山下东北的西湖旁。

〔5〕两山：指长桥附近的南屏山与夕照山。　痴云：凝滞不动的云彩，暗用巫山朝云典，指男女情事。

〔6〕销凝：谓感伤而出神。

〔7〕油车：指女子游春所乘油布帷幕小车。

〔8〕独印湖心：西湖十景中有"三潭印月"。

〔9〕蕊宫：道教经典中所说的仙宫。此代指道观。

〔10〕香林：花木林。

〔11〕市朝：追名逐利之所。宋司马光《花庵独坐》："忘机林鸟下，极目塞鸿过。为问市朝客，红尘深几何？"

〔12〕玉兔：指月亮。　金乌：指太阳。

【译文】

　　笑看湖山，歌舞纷纷不能休，花丛中如幽梦如香薰。钟声惊落云烟中的夕阳，长桥边芳草中，有位过客独愁不眠。天上的风远远地吹送，向着南屏山、夕照山，唤醒痴情驻步的彩云。还有那林中迷途的孤鸟恋恋飞，不信会有黄昏。　销魂凝神。油车归去后，一弯如眉新月，独自倒映湖心。仙宫声响互答处，应和着空岩幽谷的愁鸣，猿猴凄鸣动花林。正是红红紫紫幽梦酣畅的时节，纵然市井中有人知，又有谁来听此清音？奇怪啊！月亮太阳总不换，换来换去的只是愁苦人。

华胥引

中秋紫霞席上[1]

　　澄空无际。一幅轻绡[2]，素秋弄色。剪剪天风[3]，飞飞万里[4]，吹净遥碧[5]。想玉杵芒寒[6]，听佩环无迹[7]。圆缺何心，有心偏向歌席。　　多少情怀，甚年年、共怜今夕。蕊宫珠殿[8]，还吟飘香秀笔。隐约《霓裳》声度[9]，认紫霞楼笛。独鹤归来[10]，更无清梦成觅。

【注释】

〔1〕紫霞：杨缵号紫霞，见本书卷三。宋周密《齐东野语》卷十八云："翁往矣！回思著唐衣，坐紫霞楼，调手制宋素琴（第一），作新制《琼林》、《玉树》二曲，供客以玻璃瓶洛花，饮客以玉缸春酒，笑语竟夕不休，犹昨日事。而人琴俱亡，冢上之木已拱矣，悲哉！"与此词所写甚为吻合。

〔2〕轻绡：生丝织成的薄纱、薄绢。此状月光。

〔3〕剪剪：形容风轻微而带有寒意。唐韩偓《寒食夜》："测测轻寒剪剪风，杏花飘雪小桃红。"

〔4〕飞飞：飞行貌。南朝陈徐陵《鸳鸯赋》："飞飞兮海滨，去去兮迎春。"

〔5〕遥碧：高远的碧空。

〔6〕玉杵：玉制春杵。传说月中白兔持杵捣药，因以玉杵指月亮。　芒寒：光色清冷。

〔7〕佩环：即环佩。女子饰品，多挂在腰间，走路或风吹皆有声响。此指歌妓。

〔8〕蕊宫：道家指仙宫。此指花草杂生的东园（杨缵所居）。

〔9〕《霓裳》：即《霓裳羽衣曲》。传自西凉，经唐玄宗润色，宫中多奏此乐。小说家附会谓玄宗与方士游月宫，闻仙乐，归而记之。此指杨缵谱成的乐曲。　度：按谱演奏。

〔10〕独鹤：用丁令威化鹤归来典。见《搜神后记》。词中自指，写久而重来后面对人事之变的感受。

【译文】

　　清澈的天空无边无际，月光似一幅薄纱，清秋在调彩弄色。天风扑面而来，一飞万里，吹净遥远的空碧。想必玉杵挥舞寒光，听不见佩环的声息。月圆月缺是何心，偏偏有心照向歌舞筵席。多少情怀，为何年年都爱今夕。仙宫宝殿，还有苦吟的飘香秀笔。隐隐约约传来《霓裳》仙曲，听出是紫霞楼中的清笛。一只白鹤独自归来，更无清梦可以寻觅。

赵闻礼

　　赵闻礼（生卒年不详），字立之，一字粹夫，号钓月，临濮（今山东濮县）人。其生活时代约在宋末理宗（1225—1264）、度宗（1265—1274）前后。曾官胥口监征，以诗卷和金石碑刻干谒权臣程公许。博雅多识，诗词兼工，有《钓月集》。周密《浩然斋雅谈》卷下谓其中"大半皆楼君亮（采）、施仲山（岳）所作"，今佚。曾辑两宋词为《阳春白雪》。正集八卷以工丽精妙为主，外集一卷则悲壮激昂之作。赵万里《校辑宋金元人词》辑有《钓月词》一卷，存词十馀阕。所作以绵丽清新为胜。

千 秋 岁

　　莺啼晴昼。南国春如绣[1]。飞絮眼[2]，凭阑袖[3]。日长花片落，睡起眉山斗[4]。无个事[5]，沉烟一缕腾金兽[6]。　　千里空回首。两地厌厌瘦[7]。春去也，归来否。五更楼外月[8]，双燕门前柳。人不见，秋千院落清明后。

【注释】

〔1〕春如绣：谓春天花草盛开，美如织锦刺绣。宋辛弃疾《粉蝶儿》词："昨日春如、十三女儿学绣，一枝枝、不教花瘦。"

〔2〕絮眼：柳絮初绽如睡眼睁开。

〔3〕阑：栏杆。

〔4〕眉山：喻指女子秀丽的双眉。语出《西京杂记》。　斗：犹对也。双眉对蹙之意。参张相《诗词曲语辞汇释》卷二。

〔5〕个事：这事，那事，指所忧之事。

〔6〕金兽：熏香铜炉，多制成兽形，如麒麟、狻猊、袅鸭等。

〔7〕厌厌：即"恹恹"，病态貌。

〔8〕五更：旧时分一夜为甲、乙、丙、丁、戊五段，总称五更。此指戊时。

【译文】

晴光下黄莺不住地啼鸣，南国春色如织绣。柳絮飞眼，栏边有人垂袖。白昼长，花瓣落，睡起双眉皱。幸好没有那种事，一缕沉烟腾起在金兽炉口。　　千里外游子空回想，两地相思同样瘦。春天归去了，你可回来否？五更楼边月西沉，双燕栖息门前柳。仍不见你归来，庭院秋千空摇荡，在清明过后。

鱼游春水

青楼临远水〔1〕。楼上东风飞燕子。玉钩珠箔〔2〕，密密锁红关翠。剪胜裁幡春日戏〔3〕。簇柳簪花元夜醉〔4〕。闲忆旧欢，漫撩新泪〔5〕。　　罗帕啼痕未洗。愁见同心双凤翅〔6〕。长安十里轻寒〔7〕，春衫未试。过尽征鸿知几许，不寄萧郎书一纸〔8〕。愁肠断也，个人知未。

【注释】

〔1〕青楼：指妓院。南朝梁刘邈《万山见采桑人》："倡妾不胜愁，结

束下青楼。"

〔2〕珠箔：珠帘。

〔3〕胜、幡：古代妇女的头饰。类似彩旗飘带，多以剪彩为之，唐宋风俗尤然，戴之以庆春日。见《岁时风土记》。

〔4〕柳、花：泛指各种头饰。宋周密《武林旧事·元夕》："妇人皆带珠翠、闹蛾、玉梅、雪柳、菩提叶、灯珠、销合金……而衣尚白，盖月下所宜也。"

〔5〕漫：空，徒然。　撩：整理，词中作"擦拭"解。

〔6〕同心：同心结。以锦带绾为连环回文结表示相爱。梁武帝《有所思》："如今绾作同心结，将赠行人知不知。"

〔7〕长安：借指临安。

〔8〕萧郎：《梁书·武帝纪》上："（王）俭一见深相器异，谓庐江何宪曰：'此萧郎三十内当作侍中，出此则贵不可言。'"萧郎，指梁武帝萧衍。后泛指女子所恋的男子。

【译文】

　　青楼靠临远水边，东风拂楼飞来新燕。玉钩不挂珠帘，密密锁着红翠。剪彩胜，裁春幡，立春之日同欢戏。扎嫩柳，戴鲜花，元夕之夜共沉醉。闲来想起旧欢游，满把擦去新眼泪。　　罗帕泪痕未洗净，愁见同心结，结上双凤正展翅。临安十里笼轻寒，春衫未曾试。不知大雁飞过多少回？情郎不曾把信寄。愁结寸肠肠欲断，我的郎君知不知？

风 入 松

　　麹尘风雨乱春晴[1]。花重寒轻。珠帘卷上还重下[2]，怕东风、吹散歌声。棋倦杯频昼永，粉香花艳清明。　　十分无处着闲情[3]。来觅娉婷[4]。蔷薇误胃寻春袖[5]，倩柔荑、为补香痕[6]。苦恨啼鹃惊梦，何时剪烛重盟[7]。

【注释】

〔1〕麴尘：淡黄色。见楼采《好事近》注〔4〕。

〔2〕"珠帘"句：陆辅之《词旨》列入"警句"。唐杜牧《赠别》："卷上珠帘总不如。"

〔3〕十分：犹"完全"。

〔4〕娉婷：姿态美好。此指花朵。

〔5〕"蔷薇"句：化用宋周邦彦《六丑·蔷薇谢后作》："长条故惹行客。"罥，挂住。

〔6〕柔荑：状女子之手柔嫩细白。《诗·卫风·硕人》："手如柔荑，肤如凝脂。" 香痕：指蔷薇刺挂破衣衫处。

〔7〕"何时"句：唐李商隐《夜雨寄北》："何当共剪西窗烛，却话巴山夜雨时。"

【译文】

灰黄的风雨搅乱了春晴，花朵低垂寒气轻。才卷上珠帘又放下，怕东风吹散我的歌声。倦于棋，酒不停，春昼长；脂粉香，百花艳，度清明。　　真是无处寄闲情，只好寻觅花姿的娉婷。蔷薇刺误挂我的春衫袖，想请那柔嫩的纤手，为我补好沾有花香的裂痕。苦恨阵阵杜鹃声惊扰我的清梦，何时能剪烛窗下再续旧盟？

水 龙 吟

水仙花

几年埋玉蓝田[1]，绿云翠水烘春暖。衣薰麝馥[2]，袜罗尘沁，凌波步浅[3]。钿碧搔头[4]，腻黄冰脑[5]，参差难剪。乍声沉素瑟，天风佩冷[6]，蹁跹舞、《霓裳》遍[7]。　　湘浦盈盈月满[8]。抱相思、夜寒肠断[9]。含香有恨，招魂无路[10]，瑶琴写怨[11]。幽韵凄凉，暮江空渺，数峰清远[12]。粲迎风一笑[13]，持花酹酒[14]，结南枝伴〔15〕。

【注释】

〔1〕蓝田：山名。在陕西蓝田县东，骊山之南阜。山出美玉，故又名玉山。

〔2〕麝馥：麝香的香气，泛指浓香。

〔3〕袜罗、凌波：语本三国魏曹植《洛神赋》："凌波微步，罗袜生尘。"此喻水仙花。

〔4〕钿碧：绿色钿花。钿，用金属制成的花形首饰。　搔头：也称搔首，发簪。此指水仙花瓣。

〔5〕腻黄：犹金黄。　冰脑：冰片，一种香片。

〔6〕佩：环佩。此指水仙花叶。

〔7〕蹁跹：旋转的舞姿。　《霓裳》：即《霓裳羽衣曲》。从西域传入中土，唐明皇曾作润饰。小说家附会为月宫仙乐，明皇与方士游月宫，归而记之。　遍：乐曲从头到尾完整地演奏曰"遍"。

〔8〕湘浦：湘水之滨。舜妃溺于湘水，为湘夫人。

〔9〕肠断：形容极度伤心。

〔10〕招魂：召唤死者的灵魂。《楚辞》有《招魂》篇。此招水仙花魂。

〔11〕瑶琴写怨：《楚辞·远游》："使湘灵鼓瑟兮，令海若舞冯夷。"瑶琴，有玉饰的琴。

〔12〕数峰清远：唐钱起《湘灵鼓瑟》诗："曲终人不见，江上数峰青。"

〔13〕粲：笑貌。

〔14〕酹酒：以酒洒地表示祭奠。

〔15〕南枝：梅枝。宋苏轼《次韵苏伯固游蜀冈送李孝博奉使岭表》："愿及南枝谢，早随北雁翩。"清王文诰辑注引赵次公曰："南枝，梅也。"

【译文】

沉埋几年的根球是蓝田山的美玉，绿叶如云，翠水环绕，烘得暖暖春意。宛如凌波微步的洛神仙子，叶瓣像她的衣衫，熏透了麝香般浓郁的香气；根须像她的罗袜，沁入斑斑芳尘。细长的花茎是她绾发的碧玉簪，金黄色的花蕊是她熏衣的香片，长短不齐的花叶难以修剪。素瑟突然奏出低沉的乐声，似天风吹动环佩泠泠作响，花叶如仙子翩翩起舞，似把《霓裳》奏遍。　湘水边圆月朗照，湘妃独抱相思，寒夜中寸肠欲断。她含香带恨，欲招离魂而无路，只好用华丽的琴瑟弹奏幽怨。琴声悠悠韵律凄凉，晚江空旷缥缈，几座山峰青翠淡远。我迎风粲然一笑，端起水仙花用酒来祭奠，让它和梅枝结为同伴。

隔浦莲近

　　愁红飞眩醉眼。日淡芭蕉卷。帐掩屏香润[1]，杨花扑、春云暖。啼鸟惊梦远[2]。芳心乱。照影收奁晚[3]。　　画眉懒。微醒带困，离情中酒相半[4]。裙腰粉瘦，怕按六幺歌板[5]。帘卷层楼探旧燕[6]。肠断。花枝和闷重捻[7]。

【注释】

〔1〕屏：屏风。

〔2〕"啼鸟"句：唐金昌绪《春怨》："打起黄莺儿，莫教枝上啼。啼时惊妾梦，不得到辽西。"

〔3〕奁：女子梳妆用的镜匣。

〔4〕中酒：醉酒、病酒。

〔5〕六幺：唐教坊曲名，用作词调，又名《绿腰》。　歌板：拍板，歌唱时用以打拍子。

〔6〕层楼：高楼。

〔7〕捻：用手指搓捏。

【译文】

　　落红含愁飞，眩迷了醉眼。日光淡淡照，芭蕉轻轻卷。帷帐掩玉屏，屏内香气润，杨花飞扑扑，春云融融暖。啼鸟惊幽梦，梦中关山远，芳心堪迷乱，照镜收匣晚。　　懒得去画眉，微醒又困倦，别情酒病各占半。裙带束腰玉体瘦，怕唱《六幺》按歌板。卷起高楼窗帘，探看旧时飞燕。寸肠欲断，闷闷地把花枝重拈。

贺 新 郎

萤

池馆收新雨。耿幽丛、流光几点⁽¹⁾，半侵疏户。入夜凉风吹不灭，冷焰微茫暗度。碎影落、仙盘秋露⁽²⁾。漏断长门空照泪⁽³⁾，袖纱寒、映竹无心顾⁽⁴⁾。孤枕掩，残灯炷⁽⁵⁾。　练囊不照诗人苦⁽⁶⁾。夜沉沉、拍手相亲，骇儿痴女⁽⁷⁾。栏外扑来罗扇小⁽⁸⁾，谁在风廊笑语⁽⁹⁾。竟戏踏、金钗双股⁽¹⁰⁾。故苑荒凉悲旧赏，怅寒芜、衰草随宫路。同磷火，遍秋圃。

【注释】

〔1〕耿：凄凉。

〔2〕仙盘秋露：汉武帝好仙，曾于神明台上作承露盘，立铜仙人舒掌接甘露，以为饮之可以延年。见《汉书·郊祀志》。

〔3〕长门：汉宫名。陈皇后失宠于汉武帝，别居于此。

〔4〕"袖纱寒"句：化用唐杜甫《佳人》诗："天寒翠袖薄，日暮倚修竹。"

〔5〕炷：灯心。

〔6〕练囊：布袋。唐圭璋《全宋词》注云："练当作练。"练，粗丝织成的布。晋人车胤家贫点不起油灯，夏夜就捕捉萤火虫置布袋中照明读书，终于成名。见《晋书·车胤传》。

〔7〕"夜沉沉"两句：谓天真无邪、迷于情爱的少男少女在亲密无间地做游戏。骇（ái），愚、呆。

〔8〕"栏外"句：化用唐杜牧《秋夕》诗："银烛秋光冷画屏，轻罗小扇扑流萤。"

〔9〕风廊：临风的廊庑。春秋时吴国有响屧廊，西施及宫女们在廊上游玩，步虚而响。见吴文英《八声甘州》注〔8〕。

〔10〕金钗双股：古代女子有分钗赠给恋人的习俗，双股表示尚未涉足婚恋。

【译文】

池馆新雨已收住。凄幽的草丛中，几点流动的萤光出没，一半光亮侵入疏落的窗户。夜来凉风吹不灭，冷光微茫暗飞渡。细碎的光影落入仙人承露盘上的秋露。漏断空照长门宫，失宠皇后泪流悲苦，她的袖纱不挡严寒，无心看萤光映竹。孤枕掩面，残灯竭炷。　布袋中的萤光不再照亮诗人苦读。夜幕沉沉，拍手嬉笑亲密无间的是痴情的少男少女。栏杆旁有人用小罗扇捕来飞萤，不知谁在风廊上欢声笑语。竞相逐萤戏踏，头上有金钗双股。故宫旧苑荒凉，使人悲叹旧时的俊赏，怅恨寒冷衰蔽的杂草，追随宫苑的小路。萤光与磷火，遍布秋天的园圃。

施　岳

施岳（生卒年不详），字仲山，号梅山，吴（今苏州）人。曾久客临安，与杨缵、周密、李彭老等词人过从甚密。精通律吕，能依声填词，与诸家讲论不休。周密《武林旧事》卷五："其卒也，杨守斋为树梅作亭，薛梯飚为志其墓，李筼房书，周草窗题盖，葬于西湖虎头岩下。"其词既有凄凉掩抑之致，又有精雅清疏之风，与周密诸家相近。沈义父《乐府指迷》云："施梅山音律有源流，故其声无舛误。读唐诗多，故语澹雅。间有些俗气，盖亦渐染教坊之习故也。亦有起句不紧切处。"今传词仅六首。

水 龙 吟

翠鳌涌出沧溟⁽¹⁾，影横栈壁迷烟墅⁽²⁾。楼台对起，栏干重凭，山川自古。梁苑平芜⁽³⁾，汴堤疏柳⁽⁴⁾，几番晴雨。看天低四远，江空万里，登临处、分吴楚⁽⁵⁾。　　两岸花飞絮舞，度春风、满城箫鼓[6]。英雄暗老，昏潮晓汐[7]，归帆过橹。淮水东流[8]，塞云北渡，夕阳西去。正凄凉望极，中原路杳[9]，月来南浦[10]。

【注释】

〔1〕翠鳌：状都梁山像是海底涌出的巨鳌。都梁山，位于淮水南面的都梁县内（今江苏盱眙东南）。南岸的都梁驿是宋金使臣的交通要道。

〔2〕栈壁：悬木架接以便通行的险绝山道。 墅：别馆，供游乐休养的园林房屋。

〔3〕梁苑：西汉梁孝王所建东苑，故址在今河南开封东南。园林规模宏大，方三百馀里，宫室相连属，为游赏驰猎之地。也称兔园。

〔4〕汴堤：隋炀帝时沿通济渠、邗沟河岸修筑的御道，道旁植杨柳。自河南荥阳北引黄河东南流，至江苏盱眙入淮河。

〔5〕分吴楚：都梁山是春秋时吴楚两国的分界线。

〔6〕满城箫鼓：意谓老百姓已忘掉身处敌占区而酣醉于箫鼓声中，谴责南宋长期奉行苟安求和政策所造成的恶果。

〔7〕昏潮晓汐：犹晓潮昏汐。昼涨曰潮，夜涨曰汐。

〔8〕淮水：南宋与金国的分界线。宋理宗端平元年（1234），蒙古与南宋合灭金国后，淮水又成为宋、元的分界线。

〔9〕中原路：泛指淮水以北的沦陷区。

〔10〕南浦：南面的水边，泛指送别之地。此指淮水之滨。

【译文】

都梁山是苍茫海水中涌出的巨鳌，云影横斜壁间栈道，烟雾迷绕别墅。楼阁台榭相对拔起，重又来此凭栏，山川依然如古。梁苑杂草无边，汴堤柳条稀疏，不知经过了多少阳光风雨。看那天幕低沉四垂空远，江面空旷一览万里，登临处，分出了古时的吴和楚。

两岸花絮漫天飞舞，人们沐浴春风，全城都酣奏箫鼓。报国无路的英雄悄然老去，不变的是早晚的潮汐，过往的帆橹。淮水悠悠东流，塞云懒懒飞渡，夕阳冉冉西去。正在凄凉地尽力眺望遥远的中原大地，月光已静静地照在淮河南浦。

清 平 乐⁽¹⁾

　　水遥花暝。隔岸炊烟冷。十里垂杨摇嫩影。宿酒和愁都醒。（此首下阕残缺）

【注释】

　　〔1〕原笺："原本云：此下缺六首。"

【译文】

　　流水悠长花色暗，隔岸的炊烟随风冷。十里垂柳摇动着轻盈的身影，昨夜的酒和心中的愁一时都醒。

解 语 花

　　云容沍雪⁽¹⁾，暮色添寒，楼台共临眺。翠丛深窅⁽²⁾。无人处、数蕊弄春犹小。幽姿谩好⁽³⁾。遥想望、含情一笑。花解语⁽⁴⁾，因甚无言，心事应难表。　　莫待墙阴暗老。称琴边月夜⁽⁵⁾，笛里霜晓。护香须早，东风度、咫尺画阑琼沼⁽⁶⁾。归来梦绕。歌云坠、依然惊觉⁽⁷⁾。想忔时⁽⁸⁾，小几银屏冷未了。

【注释】

　　〔1〕云容：云表。　沍（hù）雪：凝住成雪。沍，冻结。
　　〔2〕窅（yǎo）：深远。
　　〔3〕谩好：空好。谩，空，徒然。宋张先《定西番》："秀眉谩生千媚，钗玉重，鬓云低。"
　　〔4〕花解语：典出《开元天宝遗事》："明皇秋八月，太液池有千叶白

莲数枝盛开，帝与贵戚宴赏焉，左右皆叹羡久之，帝指贵妃示于左右曰：'争如我解语花？'"此化用之。

〔5〕称：相称，适宜。

〔6〕咫尺：比喻距离极近，古时称八寸为咫。 琼沼：玉石砌成的池沼。

〔7〕歌云坠：《列子·汤问》："薛谭学讴于秦青，未穷青之技，自谓尽之，遂辞归。秦青弗止，饯于郊衢，抚节悲歌，声振林木，响遏行云，薛谭乃谢求返，终身不敢言归。"此指梅花飘落。

〔8〕"想恁时"两句：意谓梅花散落于小桌银屏上的画幅。化用宋姜夔《疏影》词："等恁时、重觅幽香，已入小窗横幅。"恁时，那时。

【译文】

云表凝聚雪珠，暮色增添寒意，登上楼台放眼远眺。绿树丛中深幽清渺，无人之处舞弄春风的几朵花瓣还小。窈窕姿态徒然好，遥遥相望，脉脉含情，嫣然一笑。花能说话，为何默默无言？应是心事难表。 莫要等那墙边绿荫深暗苍老。雅赏应在琴声中度月夜，笛声中过霜晓。爱护花儿须尽早，东风已吹过近咫尺的画栏池沼。归来梦魂萦绕，妙歌惊落梅花，依然使人惊觉。想那时，小几和银屏都不会凄凉了。

兰 陵 王

柳花白。飞入青烟巷陌[1]。凭高处，愁锁断桥[2]，十里东风正无力[3]。西湖路咫尺。犹阻仙源信息[4]。伤心事，还似去年，中酒恹恹度寒食[5]。 闲窗掩春寂。但粉指留红，茸唾凝碧[6]。歌尘不散蒙香泽。念鸾孤金镜[7]，雁空瑶瑟[8]。芳时凉夜尽怨忆。梦魂省难觅。 鳞鸿[9]，渺踪迹。纵罗帕亲题，锦字谁织[10]。缄情欲寄重城隔[11]。又流水斜照，倦箫残笛。楼台相望，对暮色，恨无极。

【注释】

〔1〕烟：积聚的气体。

〔2〕断桥：又名断家桥、段家桥，在西湖孤山旁。

〔3〕十里：非确指，极言范围之广。宋柳永《望海潮》："有三秋桂子，十里荷花。"

〔4〕仙源：道家称神仙所居处。又用刘、阮入天台桃源遇仙典，指情侣所居地。

〔5〕恹恹：没精打彩貌。

〔6〕茸唾：古代妇女刺绣，每当换线停针，用齿咬断绣线，口中常沾留线绒，随口吐出，俗谓唾绒。南唐李煜《一斛珠》词："烂嚼红茸，笑向檀郎唾。"茸，绒。

〔7〕鸾孤金镜：《异苑》载古罽宾王有一鸾，三年不鸣。夫人曰：闻见影则鸣，可悬镜照之。鸾睹影悲鸣，半夜一奋而绝。鸾孤，谓情人离去，孤单独处。

〔8〕雁空瑶瑟：空瑟无弦。雁，指筝上斜行排列的弦柱，犹如雁形。瑶瑟，用美玉装饰的瑟。

〔9〕鳞鸿：鱼和雁。旧有鱼雁传书的故事。

〔10〕锦字：锦字书。前秦苏蕙寄给丈夫的织锦回文诗。

〔11〕缄：封好信笺。缄情即写好情书。

【译文】

柳花吐白，飞入青烟缭绕的巷陌。登临高处，愁情似锁住了断桥，正到处东风吹得无力。西湖路近在咫尺，还是阻住来自仙居的消息。伤心的事情，又和去年一样，醉酒病恹恹地度过寒食。　　空窗虚掩，春意岑寂。但纤手留下红痕，唾茸凝成翠碧。她的歌声震颤梁尘，尘上还蒙着香泽。可怜她像孤鸾照铜镜，雁弦久离玉瑟。花开时节清凉的夜晚，尽是幽怨的回忆，梦魂醒后难以寻觅。　　传书的鱼和雁，渺无踪迹。纵然能亲自题写罗帕，锦字书谁去织？封好情书欲寄去，却为重城阻隔。又是斜阳照流水，箫声倦泣笛声呜咽。楼台相望，面对暮色，恨无极。

曲 游 春

清明湖上

画舸西泠路⁽¹⁾，占柳阴花影，芳意如织。小楫冲波，度麴尘扇底，粉香帘隙⁽²⁾。岸转斜阳隔。又过尽、别船箫笛。傍断桥、翠绕红围⁽³⁾，相对半篙晴色⁽⁴⁾。　　顷刻⁽⁵⁾。千山暮碧。向沽酒楼前，犹系金勒⁽⁶⁾。乘月归来，正梨花夜缟⁽⁷⁾，海棠烟幂⁽⁸⁾。院宇明寒食。醉乍醒、一庭春寂。任满身、露湿东风，欲眠未得⁽⁹⁾。

【注释】

〔1〕"画舸"句：宋周密《武林旧事》卷三："若游之次第，则先南后北，至午则尽入西泠桥里湖，其外几无一舸矣。"西泠，桥名。在杭州孤山西北尽头处，是由孤山入北山的必经之路。

〔2〕"小楫"三句：《武林旧事》卷三："都人士女，两堤骈集，几乎无置足地。水面画楫，栉比如鱼鳞，亦无行舟之路，歌吹箫鼓之声，振动远近，其盛可以想见。"小楫，代指小船、游船。麴尘，浅黄色。见楼采《好事近》注〔4〕。

〔3〕断桥：一名断家桥，又名段家桥，在西湖孤山旁。

〔4〕相对半篙晴色：取法宋周密《曲游春》词："闲却半湖春色。"其词序云："故中山（施岳）极击节余'闲却半湖春色'之句，谓能道人之所未云。"半篙，撑一竿所走距离的一半。篙，撑船的竿。

〔5〕顷刻：言时间之短。西泠多山，夕阳西下，湖面为山峰所挡而变得暮色沉沉。或曰游者正尽兴，不觉时间匆匆而逝。

〔6〕金勒：马笼头。此指马。

〔7〕缟：细白的生绢。言花开如披白绢。

〔8〕幂：笼盖。

〔9〕得：宋周邦彦《六丑·蔷薇谢合作》："恐断红、尚有相思字，何由见得？"宋姜夔《暗香》："又片片吹尽也，几时见得？"宋吴文英《解连环》："叹沧波、路长梦短，甚时到得？"

【译文】

　　画船云集西泠路，占尽柳的浓荫花的倩影，春意繁盛如绣似织。小小桨儿冲波向前，向黄色舞扇中穿行，粉香透过帘隙。行到北岸，夕阳为山峰阻隔。又过尽别的船只，无不吹奏箫笛。全都依傍断桥，是处翠叶环绕、红花簇围，相隔半篙之遥是晴色。　　过了片刻，群山沉浸在暮色的苍碧，游船向沽酒楼前划去，还有人系住马的金勒。等到踏月归来时，夜中梨花正披白缟，海棠笼罩着烟气。庭院灯光照亮了夜中的寒食。醉意突然醒来，满庭春光沉寂。任凭全身沾湿在东风送来的露水中，想睡而不得。

步　月
茉　莉〔1〕

　　玉宇薰风〔2〕，宝阶明月〔3〕，翠丛万点晴雪〔4〕。炼霜不就，散广寒霏屑〔5〕。采珠蓓、绿萼露滋。嗔银艳、小莲冰洁〔6〕。花魂在，纤指嫩痕，素英重结。　　枝头香未绝。还是过中秋，丹桂时节。醉乡冷境〔7〕，怕翻成消歇。玩芳味、春焙旋熏〔8〕，贮秋韵、水沉频爇〔9〕。堪怜处〔10〕，输与夜凉睡蝶〔11〕。

【注释】

　　〔1〕原笺引弁阳老人（周密）原注云："茉莉，岭表所产，古今咏者不甚多。文公曾咏二绝句，邹道卿亦曾题咏。此篇'小莲冰洁'之句，状茉莉最佳。此花四月开，直至桂花时尚有。'玩芳味'，古人用此焙茶，故云。"

　　〔2〕玉宇：瑰丽的宫阙殿宇。　薰风：香风。薰，一种香草，也泛指花草香气。

　　〔3〕宝阶：佛教语，指佛白天下降的步阶。此指玉石砌成的台阶。

　　〔4〕晴雪：状茉莉。

〔5〕"炼霜"两句：相传月中有玉兔捣药，月光似被炼制白色药物捣溅而出。广寒，传说中月宫名。此指月亮。霏屑，细末。指月光。

〔6〕嗔（tián）：盛大，众多。

〔7〕醉乡：指醉中境界。初唐王绩有《醉乡记》。

〔8〕春焙旋熏：指把茉莉花焙制成春茶。焙，烘烤。熏，加香料。

〔9〕秋：一作"秾"。　水沉：沉水香。　蒻（ruò）：烧。

〔10〕怜：爱怜。此指惬意。

〔11〕输与：比不上，不如。

【译文】

香风吹拂玉宇，明月朗照琼阶，碧绿丛中飞洒万点晴雪。莫不是月宫玉兔捣霜不成，溅落下的无数玉屑。采撷一朵含苞的芳蕾，露水滋润着绿色的花萼。众多白色花瓣，像小小莲花般玉清冰洁。花魂萦绕不去，纤手摘过的嫩痕处，白花会重结。　枝头香气不绝，还可开过中秋，正是丹桂飘香时节。醉乡中清冷，怕花魂骤散馨香消歇。雅赏它的芳味，春天焙烤旋又熏制，贮存秋天的风韵，如点起沉水香芳馥扑鼻。最可爱惜的，比不上凉夜中栖息花丛的蝴蝶。

卷 五

陈允平

陈允平（1205？—1280？），字君衡，一字衡冲，号西麓，四明（今浙江宁波）人。曾试上舍不遇。淳祐三年（1243），为馀姚令，旋罢去。往来吴越间，留杭最久。后以才人被元征召到大都（今北京），不受官放还。有《西麓诗稿》一卷。词有《西麓继周集》一卷、《日湖渔唱》一卷。其词以周邦彦为宗，风格平正和雅，构思运笔少跌宕变化。陈廷焯《白雨斋词话》卷二："陈西麓和平婉雅，词中正轨。"又云："西麓词在中仙（王沂孙）、梦窗（吴文英）之间。沉郁不及碧山（王沂孙），而时有清超处。超逸不及梦窗，而婉雅尤过之。"

绛 都 春 [1]

秋千倦倚，正海棠半坼 [2]，不奈春寒 [3]。殢雨弄晴 [4]，飞梭庭院绣帘闲 [5]。梅妆欲试芳情懒 [6]。翠颦愁入眉弯。雾蝉香冷 [7]，霞绡泪揾 [8]，恨袭湘兰。　　悄悄池台步晚。任红醮杏靥 [9]，碧沁苔痕。燕子未来，东风无语又黄昏。琴心不度香云远 [10]。断肠难托啼鹃。夜深犹倚，垂杨二十四栏 [11]。

【注释】

〔1〕原笺引《日湖渔唱》自注云："旧上声韵，今改平声。"

〔2〕坼：裂开。指海棠花蕾绽开。

〔3〕奈：一本作"耐"。

〔4〕殢雨：久雨。

〔5〕飞梭：飞速运动的织梭。指庭院檐角翘起似飞梭。

〔6〕梅妆：梅花妆。古时女子妆式，描梅花于额上为饰。相传始于南朝宋寿阳公主。

〔7〕雾蝉：云鬟。古时女子两鬓梳成薄翼状，形似蝉翅，故称。

〔8〕霞绡：粉红色的细纱，指手帕。

〔9〕醺（xūn）：浸染。苏轼《以檀香观音为子由生日寿》："国恩当报敢不勤，但愿不为世所醺。"

〔10〕琴心：琴声表达的情意。 香云：美好的云气，祥云。此暗用巫山云雨典，喻男女情事。

〔11〕二十四栏：言栏杆之多，或言栏杆曲折之多。以上六句《词旨》列为"警句"。

【译文】

　　倦来倚靠秋千，海棠正半绽花蕾，经不起春寒。雨下得久，似逗弄晴光，庭檐翘角如飞梭，绣帘静挂显清闲。想一试梅妆，芳心却慵懒，愁意涌入皱起的青眉间。蝉鬟冷透香，红帕拭清泪，离愁别恨袭上湘兰。　　悄悄踱步池台，直到很晚。任凭红晕浸染杏花，碧绿沁入苔痕。燕子不归来，东风无力语，又是一个黄昏。琴声不传心事，祥云那么悠远，伤心事难以交付啼鸣的杜鹃。夜深还靠在，垂杨遮盖的重重栏边。

瑞　鹤　仙

　　燕归帘半卷。正漏约琼签[1]，笙调玉琯[2]。蛾眉画来浅[3]。甚春衫懒试，夜灯慵剪。香温梦暖。诉芳心、芭蕉未展[4]。眇双波、望极江空[5]，二十四桥凭遍[6]。　　葱茜[7]。银屏彩凤，雾帐金蝉，旧家坊院[8]。烟花弄晚。芳草恨，断魂远。对东风无语，绿阴深处，时见飞红数片。算多情、尚有黄鹂，向人睍睆[9]。

【注释】

〔1〕漏：滴水计时的漏壶。　约：遵从，按照。　琼签：玉制刻度，插在壶中以记时。

〔2〕玉琯：玉管。玉制的古乐器，长一尺，六孔。

〔3〕蛾眉：女子的眉毛，因似蛾形而名。

〔4〕芭蕉未展：唐张说《戏草树》："戏问芭蕉叶，何愁心不开。"

〔5〕双波：形容女子两眼流盼的目光。

〔6〕二十四桥：扬州旧有二十四桥，北宋尚存七桥。一说扬州有红叶桥，又名二十四桥，相传有二十四仙吹箫于此，故名。

〔7〕葱茜：草木青翠茂盛貌。

〔8〕坊院：小街庭院。

〔9〕睍睆（xiàn huǎn）：形容鸟色美好或鸟声清圆。《诗·邶风·凯风》："睍睆黄鹂，载好其音。"

【译文】

门帘半卷，燕子归来。漏壶水正静依玉签，笙声调和玉琯。蛾眉画得浅。为何懒得一试春衫，夜灯将灭也不愿剔剪。香气温润，梦境温暖。芳心诉怨，就像芭蕉还未舒展。双眼远望，望尽空阔的江面，二十四桥一一靠遍。　　草木翠茂。银屏上彩凤飞舞，纱帐薄如秋蝉翼，依旧是原来的小街庭院。雾气中的花儿摇曳度傍晚。芳草载离恨，伤魂去远。对东风默默无语，绿荫深处，不时看见落红数片。堪称多情的还有黄鹂鸟，向人鸣叫声声清圆。

思 佳 客

锦幄沉沉宝篆残[1]。惜春无语倚栏杆。庭前芳草空惆怅，帘外飞花自往还。　　金屋静[2]，玉箫闲[3]。一尊芳酒驻红颜[4]。东风落尽酴醾雪[5]，满地清香夜不寒。

【注释】

〔1〕宝篆：篆香。指盘香燃起的烟雾弯曲如篆文。

〔2〕金屋：汉武帝幼恋阿娇，欲作金屋贮之。此指女子所居深闺。

〔3〕玉箫：女子名，指所恋。见黄孝迈《水龙吟》注〔7〕。或作箫声，亦通。

〔4〕尊：通"樽"，酒杯。

〔5〕酴醾：花名，或作荼蘼，一名木香。开于春末，花落而春去。喻美人红颜憔悴，青春难驻。

【译文】

锦帐低低下掩，篆香烬已残。伤春无言语，寂寞倚栏杆。庭前芳草绿，独处空惆怅；帘外花瓣飞，悠悠自往还。　　深闺静寂，玉箫闲悬。一杯芳香酒，双颊驻红颜。东风无情吹，酴醾落雪片；满地萦清香，春夜不觉寒。

恋绣衾

多情无语敛黛眉[1]。寄相思、偏仗柳枝[2]。待折向、尊前唱，奈东风、吹作絮飞。　　归来醉抱琵琶睡，正酒醒、香尽漏移[3]。无赖是、梨花梦[4]，被月明、偏照翠帷。

【注释】

〔1〕黛眉：黛画之眉。黛，青黑色颜料。

〔2〕柳枝：古人有折柳枝表示惜别挽留的习俗。柳谐音"留"。从"寄相思"到"吹作絮飞"，《词旨》列入"警句"。

〔3〕香、漏：焚香与漏滴是古代两种计时方法。

〔4〕无赖：无奈，无可奈何。　梨花梦：指恍惚所见梨花的梦境。典出唐王建梦见梨花云事。见吴文英《西江月》注〔4〕。

【译文】

多情却不说话，只是紧敛双眉。想表相思心情，偏偏借助折柳枝。等到折取后，走到酒席前唱歌，无奈东风不作美，吹得柳絮纷纷飞。　归来已沉醉，犹抱琵琶睡，正当酒醒时，香燃尽漏滴移。无奈是一场梨花幽梦，偏偏被朗朗明月，照醒在翠绿的帐帷！

唐 多 令 (1)

休去采芙蓉。秋江烟水空。带斜阳、一片征鸿。欲顿闲愁无顿处(2)，都著在两眉峰(3)。　心事寄题红(4)。画桥流水东。断肠人、无奈秋浓。回首层楼归去懒，早新月、挂梧桐。

【注释】

〔1〕一本题作"秋暮有感"。

〔2〕顿：放置。

〔3〕眉峰：眉如远山。语出《西京杂记》称卓文君"眉色如望远山"。

〔4〕题红：题诗于红叶之上。唐时有于祐和卢渥得题诗红叶娶宫女事。分见《太平广记》、《云溪友议》。

【译文】

不要去采撷芙蓉，秋江水气正空濛。披带斜阳，飞过一片征鸿。想放置闲愁无处放，都堆在两个眉峰。　想寄心事题红叶，

画桥流水只向东。伤心的人，无可奈何秋色浓。回望高楼懒归去，
一弯新月早已挂上梧桐。

满 江 红
和清真韵〔1〕

目断烟江，相思字、难凭雁足〔2〕。从别后、翠眉慵
妩〔3〕，素腰如束〔4〕。困倚牙床春绣懒〔5〕，钏金斜隐香腮
肉〔6〕。昼渐长、谁与对文枰〔7〕，翻新局。　　枝上鹊，
心期卜。芳草暗，西厢曲〔8〕。谢多情海燕，伴愁华屋。
明月空圆双蝶梦〔9〕，彩云难驻孤鸾宿〔10〕。任画帘、不卷
玉钩闲，杨花扑。

【注释】
　〔1〕清真：北宋词人周邦彦号清真居士。此词与作者《西麓继周集》
所录文字差异颇大，盖一为初稿，一为改定稿。
　〔2〕雁足：传说缚书雁足可以传递消息。
　〔3〕慵妩：画眉时因懒散反增妩媚。
　〔4〕素腰如束：即腰如束素。
　〔5〕牙床：以象牙为饰的睡床或坐榻。亦泛指精美的床。
　〔6〕钏金：腕环，一名条脱。　隐：唐宋人俗语，犹今天所谓硌着。
以上六句，一本作："目断江横，相思字、难凭雁足。从别后、倦歌慵绣，
悄无拘束。烟柳翠迷星眼恨，露桃红沁霞腮肉。"
　〔7〕文枰：棋盘。
　〔8〕"枝上鹊"四句：一本作"频暗把，归期卜。芳草恨，栏杆曲。"
鹊，古有灵鹊报喜之说。卜，占卜。西厢，西侧的厢房。泛指女子住处。
　〔9〕空：一作"自"。
　〔10〕彩云：暗用巫山朝云典，喻男女情事。　难驻：一作"空
伴"。　孤鸾：用孤鸾照镜典。喻不偶或失偶。见施岳《兰陵王》注〔7〕。

鸾，传说中凤凰一类的神鸟。

【译文】

　　望尽雾濛濛的江面，相思的书信，难以托付雁足。自从分别后，翠眉懒画更媚妩，洁白的腰身瘦剩一束。困倦了靠着牙床，懒去刺春绣，腕环斜硌脸上的香肉。白昼渐长，谁来与她对弈围棋，翻变新局？　　枝上喜鹊叫，把心头期望来占卜。芳草昏暗，西厢环曲。感谢多情的海燕，伴着愁人在华屋。明月空圆，因为蝴蝶成双只是美梦，彩云难以留驻，孤鸾只有独宿。任凭画帘不卷，玉钩闲垂，杨花飞扑。

秋 蕊 香

　　晚酌宜城酒暖(1)。玉软嫩红潮面(2)。醉中窈窕度娇眼(3)。不识愁深愁浅。　　绣窗一缕香绒线(4)。系双燕。海棠满地夕阳远。明月笙歌别院(5)。

【注释】

　　〔1〕宜城酒：古代襄州宜城（今湖北宜城）所产美酒。据《方舆胜览》载，宜城县东一里有金沙泉，造酒极美，世谓宜城春，又名竹叶酒。
　　〔2〕玉：谓女子的容貌。
　　〔3〕度：传递眼神。
　　〔4〕香绒线：指刚抽芽的柳条。
　　〔5〕别院：正院以外的庭院。

【译文】

　　晚饮宜城酒，身上暖烘烘。玉体足娇嫩，红晕上脸面。醉中更添妩媚，双眼频顾盼，不知道愁的深和浅。　　绣窗前一缕柳枝刚抽芽，停驻着一双春燕。满地都是海棠花，夕阳渐渐去远，明月照在吹笙歌唱的庭院。

一 落 索

欲寄相思愁苦。倩流红去[1]。泪花写不断离怀[2]，都化作、无情雨。　　渺渺暮云江树[3]。淡烟横素。六桥飞絮，夕阳西尽，总是春归处[4]。

【注释】

〔1〕倩：请。　流红：水上红叶。见作者《唐多令》词注〔4〕。

〔2〕"泪花"句：一作"满怀写不尽离愁"。

〔3〕暮云江树：化用唐杜甫《春日忆李白》诗："渭北春天树，江东日暮云。"江，一作"春"。

〔4〕"六桥飞絮"三句：一本作"夕阳西下杜鹃啼，怨截断、春归处"。六桥，杭州西湖外湖苏堤上之六桥：映波、锁澜、望山、压堤、东浦、跨虹。宋苏轼所建。

【译文】

想寄出相思的愁苦，请水流携红叶漂去。和泪写不尽离别的情怀，都化作无情的风雨！　　渺茫的暮云笼罩江树，淡烟似横陈的纱素。六桥柳絮飞舞，夕阳落尽的西边，总是春归之处。

垂 杨

银屏梦觉。渐浅黄嫩绿，一声莺小。细雨轻尘，建章初闭东风悄[1]。依然千树长安道[2]。翠云锁、玉窗深窈[3]。断肠人、空倚斜阳，带旧愁多少。　　还是清明过了。任烟缕露条、碧纤青袅[4]。恨隔天涯，几回惆怅苏堤晓[5]。飞花满地谁为扫。甚薄倖、随波缥缈[6]。纵啼鹃、不唤春归，人自老。

【注释】

〔1〕建章：汉代宫殿名，汉武帝建造。此指临安宫阙。

〔2〕长安：汉唐都城，代指南宋都城临安。

〔3〕玉窗：窗的美称，代指女子所居。　深窈：幽深僻静。

〔4〕纤：细小，细微。　袅：柔弱貌。

〔5〕苏堤：元祐年间，苏轼知杭州时筑堤于西湖，用以开湖蓄水。横截湖面，中为六桥九亭，夹道植柳。

〔6〕薄倖：不厚道，无情义。

【译文】

　　白色屏风内玉人醒了睡梦。浅黄的柳芽渐渐变成嫩嫩的翠叶，枝上传出黄莺的叫声，又尖又小。天上飘雨丝，地上扬轻尘，临安宫殿刚关闭，东风无力静悄悄。万千绿树，依旧环绕临安街道。翠云笼盖一切，纱窗深幽清窈。伤心人儿，空倚栏杆看夕阳，心上旧愁带了多少？　　又是过了清明节。任凭缕缕轻烟抚弄露水中的柳条，碧青的细叶随风颤摇。憎恨天涯路远阻隔了我，我心惆怅，几回来到苏堤，徘徊到清晓。落花满地谁来扫？花也变得很薄情，随水流去看不到。纵然啼鸣的杜鹃，不唤春天归去，我也空自衰老。

张　枢

　　张枢（生卒年不详），字斗南，一字云窗，号寄闲。张俊五世孙，词人张炎之父。祖籍西秦（今陕西），居临安。张炎《词源》卷下云："先人（张枢）晓畅音律，有《寄闲集》，旁缀音谱，刊行于世。每作一词，必使歌者按之，稍有不协，随即改正。"周密《浩然斋雅谈》卷下云："笔墨萧爽，人物蕴藉，善音律。尝度《依声集》百阕，音韵谐美，真承平佳公子也。"尝与杨缵、毛敏仲、徐理等人商榷音律，增删琴谱。又辟家园湖山绘幅楼为吟所，与杨缵、周密等共同组织吟社。其词今存九首，写春色花月，守律较严，炼字琢句精警，词格略嫌柔弱。

瑞 鹤 仙

卷帘人睡起[1]。放燕子归来，商量春事[2]。风光又能几。减芳菲、都在卖花声里。吟边眼底。披嫩绿、移红换紫[3]。甚等闲、半委东风，半委小溪流水[4]。　　还是。苔痕渱雨[5]，竹影留云，待晴犹未。兰舟静舣[6]。西湖上、多少歌吹。粉蝶儿、守定落花不去，湿重寻香两翅[7]。怎知人、一点新愁，寸心万里。

【注释】

〔1〕卷帘人：宋李清照《如梦令》词："试问卷帘人，却道海棠依旧。"

〔2〕商量春事：宋史达祖《双双燕·咏燕》词："还相雕梁藻井，又软语商量不定。"

〔3〕移红换紫：《词旨》列为"词眼"。

〔4〕"甚等闲"两句：《词旨》列为"警句"。

〔5〕渱雨：被雨冲洗。渱，洗刷。

〔6〕舣：泊舟停岸。

〔7〕"粉蝶儿"两句：《词旨》列为"警句"。

【译文】

人从睡梦中醒起。卷起窗帘，放燕子回来商量春事。春光又能停留多久？花朵渐渐凋零，都消失在卖花声里。吟咏时眼见嫩叶纷披，变换着红红紫紫。春色白白地走了，一半被东风带去，一半交给了小溪流水。　　还是如从前，雨水冲洗苔痕，竹影挽留云彩，等待天晴不见晴。兰舟静靠岸边，西湖上响起了多少歌舞管吹？一只粉蝶紧守落花不肯离去，是寻觅花香，还是水气沾湿了双翼？你怎么知道我，刚起一点愁绪，寸心已远去万里。

风 入 松

　　春寒懒下碧云楼[1]。花事等闲休[2]。红绵湿透秋千索[3]，记伴仙、曾倚娇柔[4]。重叠黄金约臂[5]，玲珑翠玉搔头[6]。　　熏炉谁熨暖衣篝[7]。消遣酒醒愁。旧巢未著新来燕，任珠帘、不上琼钩。何处东风院宇，数声揭调甘州[8]。

【注释】

　　[1] 碧云楼：高楼。

　　[2] 花事：游春赏花之事。宋杨万里《买菊》诗："如今小寓咸阳市，有口何曾问花事。"

　　[3] 红绵：红色薄绸。此指秋千索上的彩饰。

　　[4] 仙：仙侣，指所恋。

　　[5] 约臂：臂环一类饰物。

　　[6] 搔头：簪的别名。

　　[7] 衣篝：熏衣竹笼。

　　[8] 揭调：高亢的调子。明杨慎《丹铅总录·诗话·揭调》："乐府家谓揭调者，高调也。" 甘州：唐代著名大曲，后用为词调。

【译文】

　　怯春寒，懒得走下高楼，赏花之事任自休。清露湿透秋千索上的红绸，记得陪伴仙侣，曾经倚靠玉体的娇柔。臂上戴着金环饰，头上插着碧玉搔头。　　谁来燃起熏炉，熨贴烘暖衣裳。借酒遣愁，酒醒又见愁。新燕不来旧巢住，任凭珠帘，不挂上玉钩。东风吹拂哪处庭院，送来几声曲调高亢的《甘州》。

南 歌 子

柳户朝云湿[1]，花窗午篆清[2]。东风未放十分晴。留恋海棠颜色、过清明。　　垒润栖新燕[3]，笼深锁旧莺[4]。琵琶可是不堪听[5]。无奈愁人把做、断肠声[6]。

【注释】

〔1〕朝云：早晨的云。三国魏曹植《赠丁仪》："朝云不归山，霖雨成川泽。"

〔2〕午篆：午时焚香所起之烟。篆，烟雾缭绕如篆文。

〔3〕垒：指燕巢。

〔4〕莺：指女子。

〔5〕可是：岂是，难道是。

〔6〕把做：当作，作为。

【译文】

傍柳人家晨云湿重，缀花窗户午香清馨。东风未吹来十分晴朗的天气，好像留恋海棠颜色，依依不舍地度过清明。　　鸟巢温润，栖息新来的燕子；鸟笼深幽，锁住了旧时的黄莺。难道是琵琶的曲调不可听，无奈愁人把它当作伤心的断肠声！

谒 金 门

春梦怯。人静玉闺平帖[1]。睡起眉心端正贴。绰枝双杏叶[2]。　　重整金泥蹀躞[3]。红皱石榴裙褶[4]。款步花阴寻蛱蝶[5]。玉纤和粉捻[6]。

【注释】

〔1〕平帖：平稳妥帖。宋周邦彦《虞美人》词："金闺平帖春云暖，昼漏花前短。"

〔2〕绰：拿起，抓起。 杏叶：草名。又称金盏草，常蔓生于篱下，叶叶相对。

〔3〕金泥：也称泥金。用以书画或饰物的金屑。 蹀躞（dié xiè）：佩带上的饰物名。宋陆游《军中杂歌》："名王金冠玉蹀躞，面缚纛下声呱呱。"

〔4〕石榴裙：大红裙。

〔5〕款步：走路徐缓貌。 蛱蝶：蝴蝶。《古今注》："蛱蝶一名野蛾，一名风蝶，江东呼为挞末，色白背青者是也。"

〔6〕玉纤：女子手指。 捻：用手指搓捏。

【译文】

害怕做春梦，玉人静处闺房，闺房平整妥帖。睡起摘下杏草两片，端正地贴在眉额。 重新整理描金蹀躞，石榴裙上皱起了红褶。缓步走到花荫下寻觅蝴蝶，纤手沾了蝶粉不停地搓捏。

庆 宫 春

斜日明霞，残虹分雨，软风浅掠蘋波[1]。声冷瑶笙，情疏宝扇[2]，酒醒无奈秋何。彩云轻散，漫敲缺、铜壶浩歌[3]。眉痕留怨，依约远峰，学敛双蛾。 银床露洗凉柯[4]。屏掩香销，忍扫裓罗[5]。楚驿梅边[6]，吴江枫畔，庾郎从此愁多[7]。草虫喧砌，料催织、回文凤梭[8]。相思遥夜，帘卷翠楼，月冷星河。

【注释】

〔1〕蘋波：风起蘋叶动，犹如波翻。蘋，田字草，夏秋开小白花。

〔2〕情疏宝扇：班婕妤失宠于皇上，作《怨歌行》，借秋凉扇子被弃喻自己处境。

〔3〕敲缺：晋裴启《语林》载王敦每酒后辄咏魏武帝《龟虽寿》诗"老骥伏枥，志在千里；烈士暮年，壮心不已"之句，以铁如意击唾壶为节，壶被敲缺。

〔4〕银床：洁白的井架、井栏。

〔5〕裯罗：褥子，床垫。

〔6〕楚驿梅边：陆凯与范晔友善，自江南寄梅花一枝赠凯，并赠诗云："折花逢驿使，寄与陇头人。江南无所有，聊赠一枝春。"见南朝宋盛弘之《荆州记》。

〔7〕庾郎：庾信，作有《愁赋》。此指女子所恋男子。

〔8〕回文：诗词字句回旋往返，都可表意成诵之文。十六国时前秦苏蕙因其夫窦滔被徙流沙，而织锦为《回文旋图诗》以赠。凡八百四十字，宛转循环皆可诵读，后世传为佳话。　风梭：织梭之美称。

【译文】

　　明霞映带夕阳，残虹分去雨色，柔风浅浅掠过，蘋叶动微波。宝笙声停歇，宝扇情疏隔，酒醒后无奈秋何。彩云轻轻散去，高声唱歌，不经意把铜壶敲破。眉绽间留下哀怨，远处隐约的山峰，也学着敛紧双蛾。　　露水浸湿井架边的冷枝，玉屏遮掩香气消散，打起精神扫垫罗。楚天驿站梅树边，吴江枫树旁，情郎从此愁意多。草虫阶下喧闹，料想在催促织成回文的风梭。相思到深夜，翠楼中帘子仍卷起，月光冷冷地映在天河。

壶 中 天

月夕登绘幅堂，与箕房各赋一解⁽¹⁾

　　雁横迥碧⁽²⁾，渐烟收极浦，渔唱催晚。临水楼台乘醉倚，云引吟情闲远⁽³⁾。露脚飞凉⁽⁴⁾，山眉锁暝⁽⁵⁾，玉宇冰奁满〔6〕。平波不动，桂华底印清浅〔7〕。　　应是琼斧修成〔8〕，铅霜捣就〔9〕，舞《霓裳》曲遍〔10〕。窈窕西窗谁弄影〔11〕，红冷芙蓉深苑〔12〕。赋雪词工〔13〕，留云歌断〔14〕，偏惹文箫怨〔15〕。人归鹤唳〔16〕，翠帘十二空卷〔17〕。

【注释】

〔1〕绘幅堂：张枢祖父张镃曾在家园中建有十馀间一组的楼阁亭台，四周植丹桂，登楼展目，可以“尽见江湖诸山”，名之曰“群仙绘幅楼”。见《武林旧事》卷十。　笡房：李彭老号笡房。见本书卷六。　解：乐曲一章叫一解。

〔2〕迥碧：高远的碧空。

〔3〕“云引”句：《词旨》列入“警句”。

〔4〕露脚：露滴。唐李贺《李凭箜篌引》：“吴质不眠倚桂树，露脚斜飞湿寒兔。”

〔5〕山眉：谓远山如眉。

〔6〕玉宇：天空。　冰奁：月亮。宋陆游《江月歌》：“露洗玉宇清无烟，月轮徐行万里天。”

〔7〕桂华：指月光。传说月中有桂树。唐韩愈《明水赋》：“桂华吐耀，兔影腾精。”一说指桂花。底：犹低。　清浅：指水。宋林逋《梅花》：“疏影横斜水清浅，暗香浮动月黄昏。”

〔8〕琼斧修成：相传月宫中有八万二千修月户，持玉斧修月。见唐段成式《酉阳杂俎·天咫》。

〔9〕铅霜捣就：相传月中有玉兔捣药。铅霜，古代妇女化妆用的铅粉。此指月光。

〔10〕《霓裳》：唐代法曲。传自西凉，唐明皇润饰。小说家附会明皇游月宫得之。见《碧鸡漫志》卷三。　遍：歌曲从头到尾演唱一次叫一遍。

〔11〕西窗：唐李商隐《夜雨寄北》：“何当共剪西窗烛，却话巴山夜雨时。”

〔12〕芙蓉苑：唐长安内宫名。此指绘幅堂。

〔13〕赋雪词工：工于赋雪的人。南朝宋谢惠连为《雪赋》，被传为妙文。宋姜夔《扬州慢》词：“纵豆蔻词工，青楼梦好，难赋深情。”

〔14〕留云歌断：谓歌曲美妙嘹亮，能遏止行云。《列子·汤问》：“（秦青）抚节悲歌，声振林木，响遏行云。”

〔15〕文箫：相传唐大和年间，书生文箫中秋游钟陵西山游帷观，遇一美丽少女，口吟："若能相伴陟仙坛，应得文箫驾彩鸾。自有绣襦兼甲帐，琼台不怕雪霜寒。"女即仙女吴彩鸾。两人后为夫妇，并骑虎仙去。见唐裴铏《传奇·文箫》。此以文箫自况。盖词人之妻或所爱女子已逝。前文"赋雪词工"实暗指受彩鸾所吟之诗以指其妻或所爱有文才。

〔16〕"人归"句：化用丁令威学仙化鹤归来典，词中有悼亡意。

〔17〕十二：喻多，非实指。

【译文】

大雁横列在高远的碧空，远处水边的云气渐渐收合，渔歌竞唱催归在傍晚。乘醉靠在临水的楼台，云彩引得我吟兴闲远。露脚飞洒清凉，山眉锁住幽暗，天空中一轮明月圆满。波澜平稳不兴，月光低低地照出水的清浅。　　月宫应是玉斧修成，月光应是玉兔捣溅，月庭应在遍奏《霓裳》曲片。西窗中身影绰约，是谁在起舞？原来是红花哭泣在芙蓉苑。赋雪词写得工巧，留云的清讴已断，偏惹起文箫一腔幽怨。人已归，鹤凄鸣，重重翠帘空自卷。

李　演

李演（生卒年不详），字广翁，号秋堂，有《盟鸥集》。其词《贺新郎·多景楼落成》一首负盛名。今存词七首，艺术性较高。

摸鱼儿
太　湖

又西风、四桥疏柳[1]，惊蝉相对秋语。琼荷万笠花云重，袅袅红衣如舞。鸿北去。渺岸芷汀芳[2]，几点斜阳字。吴亭旧树[3]。又系我扁舟，渔乡钓里，秋色淡归鹭。　　长干路[4]。草莽疏烟断墅。商歌如写羁旅[5]。丹溪翠岫登临事[6]，苔屐尚粘苍土[7]。鸥且住[8]。怕月冷吟魂[9]，婉冉空江暮[10]。明灯暗浦。更短笛衔风，长云弄晚，天际画秋句[11]。

【注释】

〔1〕四桥：吴中的甘泉桥。《苏州府志》："甘泉桥一名第四桥，以泉品居第四也。"

〔2〕芷：香草名。　汀：水边平地，小洲。

〔3〕吴亭：指垂虹亭。在吴江（属苏州）长桥上。

〔4〕长干路：泛指吴中古道。长干，地名，在今江苏江宁。

〔5〕商歌：秋歌，悲凉低沉的秋声。阴阳五行之说，商、秋均属金，故称秋为商。　羁旅：外出飘泊，滞留异乡。

〔6〕丹溪：谓仙人居住的地方。三国魏曹丕《典论·论却俭事》："适不死之国，国即丹溪。其人浮游列缺，翱翔倒景。"

〔7〕苔屐：沾有苔藓的木底鞋。

〔8〕鸥：古代隐士常与鸥结盟为友，作者著有《盟鸥集》。

〔9〕吟魂：诗人之魂。

〔10〕婉冉：草木萧疏貌。

〔11〕"天际"句：似谓天边呈现出一幅秋景图。

【译文】

又是西风，凋零了四桥的杨柳，惊魂不定的秋蝉相对哀语。玉荷如万顶斗笠擎出水面，如云的花朵低垂，荷花在风中袅颤像在起舞。远远的岸边芷草散着幽香，大雁北飞，在夕阳中写下几行字。吴亭旧树边，又系住我扁舟一叶，泛游渔乡钓里，秋色隐去了归来的鸥鹭。　　长干古道，有丛草、淡烟和废墅。秋声似滞留的行人在凄鸣。丹溪仙人曾经登临翠峦，苔屐还粘着苍黑的山土。鸥鸟且停下，害怕凄冷的月光伤我诗心，草木萧疏江空日暮。明灯照亮昏暗的江浦，又是风儿衔来短促的笛声，高云在晚空中游荡，天边画出一幅秋景图。

声 声 慢

问梅孤山[1]

轻鞯绣谷[2]。柔屐烟堤[3]，六年遗赏新续[4]。小舫重来，唯有寒沙鸥熟。徘徊旧情易冷，但溶溶、翠波如縠[5]。愁望远，甚云销月老，暮山自绿。　　颦笑人生悲乐[6]，且听我尊前，渔歌樵曲。旧阁尘封，长得树荫如屋。凄凉五桥归路[7]。载寒秀、一枝疏玉。翠袖薄，晚无言、空倚修竹[8]。

【注释】

〔1〕原笺引《遂昌杂录》云：“钱塘湖上旧多行乐处，西太乙宫、四圣观皆在孤山。西太乙成后，西出断桥夹苏公堤皆植花柳，时时有小亭馆可憩。宫有景福之门、迎真之馆、黄庭之殿。结构之巧、丹臒之丽，真擅蓬莱道山之胜。余童时，尚记孤山之阴一小亭在高阜，上曰：‘岁寒缭亭’，皆古梅。下临水，曰：‘挹翠阁’。上下皆栱斗砌成，极为宏丽。”一本无题。

〔2〕鞯：马鞍。轻鞯指骑在轻便马鞍上的游人。

〔3〕柔屐：指着木屐步姿柔曼。

〔4〕遗赏：遗落的游赏。

〔5〕溶溶：水波荡漾貌。　縠（hú）：有皱纹的纱。

〔6〕颦笑：一颦一笑。颦，通“颦”，皱眉。

〔7〕五桥：宋周密《武林旧事》卷五：“第五桥，通曲院，港名东浦，北新路第二桥。”

〔8〕“翠袖薄”两句：用唐杜甫《佳人》“天寒翠袖薄，日暮倚修竹”诗意。翠袖，指代梅。

【译文】

　　乘轻骑游览锦绣山谷，着木屐漫步水气弥漫的湖堤，六年来遗落的游赏今又接续。小小画舫重驶来，只有寒冷沙岸边的鸥鸟相熟。留连徘徊觉旧情容易变得冷漠，只有溶溶碧波似难平的纱皱。忧愁地远视，甚觉彩云销损月光老，薄暮时山峰自泛青绿。　　苦笑人生悲与乐，且听我杯前清唱渔歌樵曲。旧阁楼布满灰尘，树投绿荫长遮护。凄凉地踏上五桥归路，采撷一枝疏梅，寒色秀如玉。如佳人翠袖单薄，晚来默默无言，空自倚着修竹。

醉 桃 源
题小扇

　　双鸳初放步云轻[1]。香帘蒸未晴[2]。杏熔暗泪结红冰[3]。留春蝴蝶情。　　寒薄薄，日阴阴。锦鸠花底鸣[4]。春怀一似草无凭[5]。东风吹又生[6]。

【注释】

〔1〕双鸳：绣有鸳鸯图案的女鞋，左右各一只，故曰双。或言图案中鸳鸯成双。　步云：犹云步。状女子步姿轻盈，似腾云驾雾。唐杜牧《张好好》诗："绛唇渐轻巧，云步转虚徐。"

〔2〕蒸：热气上升。指燃香腾起的烟雾。

〔3〕熔：消融。

〔4〕锦鸠：颜色鲜丽的鸠鸟，古谓布谷之属，今分鸠与布谷为两类。古人认为鸠鸣唤雨。宋陆游《喜晴》诗："正厌鸠呼雨，俄闻鹊噪晴。"

〔5〕无凭：没有凭据。

〔6〕"东风"句：唐白居易《赋得古原草送别》："野火烧不尽，春风吹又生。"

【译文】

　　才迈开脚步，似云彩般轻盈。香帘内熏烟缭绕，似水气蒸腾不见晴。杏花暗洒泪水，在红瓣上结成冰。留恋春光，只有蝴蝶的一片痴情。　　寒气薄薄透，日光阴沉沉，锦鸠在花下不住啼鸣。春愁像春草没有准信，东风吹来又四处复生。

南 乡 子
夜宴燕子楼[1]

芳水戏桃英。小滴燕支浸绿云[2]。待觅琼觚藏彩信[3]，流春[4]。不似题红易得沉[5]。　　天上许飞琼[6]。吹下蓉笙染玉尘[7]。可惜素鸾留不得[8]，更深。误剪灯花断了心[9]。

【注释】

〔1〕燕子楼：在江苏徐州。唐贞元中，张建封镇徐州，筑楼以居家妓关盼盼。张死后，"盼盼念旧爱而不嫁，居是楼十馀年"。见唐白居易《燕子楼三首并序》。宋苏轼《永遇乐》词："燕子楼空，佳人何在？空锁楼中燕。"

〔2〕燕支：即胭脂，状桃花颜色。此指歌妓脸色如桃花。　绿云：女子蓬松如云的黑发。

〔3〕琼觚：古代乡饮的玉爵，此指宴席上的酒盏。

〔4〕春：指春心。

〔5〕题红：题有情诗的红叶。

〔6〕许飞琼：传说中西王母侍女。此指一歌妓。

〔7〕蓉笙：仙境中的笙声。蓉，芙蓉城，古代传说中的仙境。见宋欧阳修《六一诗话》。《汉武帝内传》："（王母）又命侍女许飞琼鼓震灵之簧。"
玉尘：喻白花。唐张籍《同严给事闻唐昌观玉蕊近有仙过作》："千枝花里玉尘飞，阿母宫中见亦稀。"此指一歌妓。

〔8〕素鸾：指月亮。或指席上一歌妓。

〔9〕断了心：双关语，指灯芯被剪断，暗寓心伤至极，似被剪断一般。

【译文】

芳心似春水，想戏弄桃花。她轻施胭脂色，香透黑云鬓。等我寻觅玉杯藏好彩信，送去我的春心，不似题诗红叶容易沉。　　好似天上许飞琼，吹落的笙声似弥漫的花馨。可惜月光留不住，夜已深深。剪灯花，却误剪了芯。

八六子

次笇房韵

乍鸥边、一番腴绿[1]，流红又怨蕨花。看晚吹、约晴归路，夕阳分落渔家。轻云半遮。　　萦情芳草无涯。还报舞香一曲，玉瓢几许春华[2]。正细柳青烟，旧时芳陌，小桃朱户，去年人面[3]，谁知此日重来系马，东风淡墨敧鸦[4]。黯窗纱。人归绿阴自斜。

【注释】

〔1〕腴绿：浓绿。腴，丰美。

〔2〕玉瓢：玉制的瓢。此喻指西湖。

〔3〕"小桃"两句：唐崔护《题都城南庄》："去年今日此门中，人面桃花相映红。人面不知何处去？桃花依旧笑春风。"

〔4〕敧鸦：斜飞之鸦，风力使然。敧，倾斜。

【译文】

乍看鸥鸟旁边，突现一番浓绿，水中落红似又在抱怨蕨花。看傍晚歌吹，想邀约晴光一道踏上归途，夕阳却分落在打渔人家。轻倩的彩云把芳颜半遮。　　牵惹情怀的芳草无边无涯。又传来一阵香艳的舞曲，西湖还有几多芳华。正是青烟拂细柳，旧时飘香的小陌，小桃掩映红窗，不见去年玉人娇面，谁知今日又来树下系马，东风吹偏淡黑的乌鸦。窗纱昏暗，游人归后绿荫自斜。

祝英台近
次笰房韵

采芳蘋，萦去艣[1]。归步翠微雨[2]。柳色如波，萦恨满烟浦。东君若是多情[3]，未应花老，心已在、绿成阴处[4]。　　困无语。柔被褰损梨云[5]，闲修牡丹谱[6]。妒粉争香，双燕为谁舞。年年红紫如尘，五桥流水[7]，知送了、几番愁去。

【注释】

〔1〕艣：同"橹"。划船的工具，大曰艣，小曰楫。

〔2〕翠微：轻淡青葱的山色。此指山峦。

〔3〕东君：司春之神。

〔4〕绿成阴处：唐杜牧与湖州幼女相约十年来迎娶，后十四年，牧刺湖州，女已嫁人生子，乃怅而为诗："自是寻春去较迟，不须惆怅怨芳时。狂风荡尽深红色，绿叶成阴子满枝。"

〔5〕褰：揭起，撩起。　梨云：指梦中恍惚所见如云似雪的缤纷梨花。此指朦胧不清之梦。见吴文英《西江月》注〔4〕。

〔6〕牡丹谱：关于记载牡丹花的品种、栽培方法等方面的书。

〔7〕五桥：见李演《声声慢》注〔7〕。

【译文】

采摘飘香的蘋花，恋恋不舍地驾船归去，归时踏着青山细雨。柳色青青如碧波，心中的怨恨缠绕江浦。春神若是多情的话，应不允花儿老去，可是花的心思已在绿叶成荫处。　　困倦不想说话，撩起软被想少些朦胧梦境，闲来为牡丹修谱。群花互妒争散香，双燕为谁忙飞舞。年年红红紫紫逝如尘，五桥下的流水，不知送了多少愁去。

莫 岙

莫岙（生卒年不详），字子山，号两山，江都（今扬州）人，寓居丹徒（今江苏镇江）。咸淳四年（1268）进士（《至顺镇江志》卷一八）。曾因诗祸入狱，久之始得脱归。入元不仕。与周密为词友。存词五首。

水 龙 吟

镜寒香歇江城路[1]，今度见春全懒。断云过雨，花前歌扇，梅边酒珧[2]。离思相欺[3]，万丝萦绕[4]，一襟销黯[5]。但年光暗换，人生易感，西归水，南飞雁。

也拟与愁排遣。奈江山、遮拦不断。娇讹梦语，湿荧啼袖，迷心醉眼。绣毂华裀[6]，锦屏罗荐[7]，何时拘管[8]。但良宵空有，亭亭霜月[9]，作相思伴。

【注释】

〔1〕镜：指湖面水平如镜。

〔2〕珧：同"盏"，酒杯。

〔3〕欺：逼近。

〔4〕丝：花絮，谐音"思"。

〔5〕一襟：此指满心、满腔。　销黯：黯然销魂。形容极其伤感。

〔6〕绣毂（gǔ）华裀：华丽的车和车垫。毂，车轮中心有窟窿可穿轴的部分。此代指车。裀，垫褥。

〔7〕罗荐：丝织垫席。荐，草织的垫席。

〔8〕拘管：统管，统领。

〔9〕"但良宵"三句：《词旨》列入"警句"。亭亭，明亮美好貌。南

朝梁沈约《丽人赋》：“亭亭似月。”霜月，明月。

【译文】

　　湖面寒冷，花香消歇，江城路茫茫，今度见春光全都懒洋洋。飘零的云彩，骤消的雨水，花前歌扇翻舞，梅边举起酒盏。离别思绪逼近，万朵花絮飞来飞去，满心凄凉感伤。但是年光暗暗更换，人生容易感触，又见西归的流水，南飞的大雁。　　也打算把愁排遣，无奈江山遮拦不断。想起佳人梦中娇柔戏语，泪光荧荧啼痕染袖，让我迷心醉眼。绣车华垫，锦屏罗席，何时再能统管？只是良宵空有，孤峻高洁的明月，与我相思为伴。

玉　楼　春

　　绿杨芳径莺声小。帘幕烘香桃杏晓。馀寒犹峭雨疏疏[1]，好梦自惊人悄悄。　　凭君莫问情多少[2]。门外江流罗带绕[3]。直饶明日便相逢[4]，已是一春闲过了。

【注释】

　　〔1〕峭：料峭。形容轻寒或风力尖利、寒冷。
　　〔2〕凭：请，烦。
　　〔3〕罗带：状江水流转似飘罗带。唐韩愈《送桂州严大夫》：“江作青罗带，山如碧玉簪。”
　　〔4〕直饶：犹即使、纵使、就算。宋黄庭坚《望江东》词：“直饶寻得雁分付。又还是、秋将暮。”

【译文】

　　绿杨遮花路，树中莺声尖小。帘幕内烘香，帘外桃杏报春晓。馀寒犹冷雨疏疏，好梦自惊醒，无人静悄悄。　　请君莫问春情多少，门外江流似罗带缠绕。即使明天便与情郎相逢，已是这大好春光都虚度了。

生 查 子

三两信凉风⁽¹⁾，七八分圆月⁽²⁾。愁绪到今年，又与前年别。　衾单容易寒，烛暗相将灭⁽³⁾。欲识此时情，听取鸣蛩说⁽⁴⁾。

【注释】
〔1〕信：古谓风应花期，称信风或花信风。
〔2〕七八分：犹言七八成，谓月将圆而未圆。
〔3〕相将：即将，行将。
〔4〕蛩：蟋蟀。

【译文】
二三次凉信风，七八成将圆月。忧愁忧思到今年，又与前年有分别。　被衾单薄易着寒，烛光昏暗即将灭。要知这时心情，听听鸣叫的蟋蟀怎么说。

卜 算 子

红底过丝明⁽¹⁾，绿外飞绵小。不道东风上海棠⁽²⁾，白地春归了⁽³⁾。　月笛曲栏留，露舄芳池绕⁽⁴⁾。争得闲情似旧时⁽⁵⁾，遍索檐花笑⁽⁶⁾。

【注释】
〔1〕红底：花丛中。　过丝：游丝。
〔2〕不道：没料想，不知不觉。

〔3〕白地：平白地，无缘无故地。唐李白《越女词》之四："相看月未堕，白地断肝肠。"

〔4〕舄：鞋，复底而著木者为舄。

〔5〕争得：怎得，如何能够。

〔6〕檐花：靠近屋檐下开的花。唐杜甫《醉时歌》："清夜沉沉动春酌，灯前细雨檐花落。"宋赵次公注："檐花，近乎檐边之花也。学者不知所出，或以檐雨之细如水，或遂以檐花为檐雨之名。故特为详之。"宋王楙《野客丛书》卷十："少陵'檐花落'三字元有所自，丘迟诗曰'共取落檐花'，何逊诗曰'燕子戏还飞，檐花落枕前'。少陵用此语尔。"

【译文】

红花丛里游丝晃晃，绿树林中飞絮轻轻。不料东风拂海棠，无缘无故春归隐。　　月下笛声曲栏边留，露水湿鞋仍把芳池巡。无端情怀怎如旧时，不如找遍檐花寻寻开心。

丁　宥

丁宥（生卒年不详），字基仲（一字基重），号宏庵，钱塘（今浙江杭州）人。与吴文英交游。吴有赠宏庵词多首，其《高山流水》词注云："丁基仲侧室善丝桐赋咏，晓达音吕，备歌舞之妙。"存词一首。

水　龙　吟⁽¹⁾

雁风吹裂云痕，小楼一线斜阳影⁽²⁾。残蝉抱柳，寒蛩入户⁽³⁾，凄音忍听。愁不禁秋，梦还惊客，青灯孤枕。未更深，早是梧桐泫露⁽⁴⁾，那更度、兰宵永⁽⁵⁾。　　空

叹银屏金井⁽⁶⁾。醉乡醒、温柔乡冷⁽⁷⁾。征尘倦扑，闲花
漫舞，何心管领⁽⁸⁾。葱指冰弦⁽⁹⁾，蕙怀春锦⁽¹⁰⁾，楚梅风
韵⁽¹¹⁾。怅芙蓉城杳⁽¹²⁾，蓝云依黯⁽¹³⁾，锁巫峰暝⁽¹⁴⁾。

【注释】

〔1〕原笺："按，基仲《水龙吟》'葱指冰弦，蕙怀春锦'，又云'怅芙
蓉城杳'，当是悼其侧室而作，观梦窗词（指吴文英《高山流水》，见丁宥
小传）可证也。"

〔2〕"雁风"两句：《词旨》列为"警句"。雁风，秋风。云痕，云表。

〔3〕蛩：蟋蟀。《诗·豳风·七月》："十月蟋蟀入我床下。"

〔4〕泫露：露滴下垂。

〔5〕那更：怎奈。宋张炎《玉漏迟》词："清趣少，那更好游人老。"
兰宵：农历七月之夜。

〔6〕金井：本指砌有雕栏之井。此指藻井，即房屋梁栋交叉成井字
形，并绘有各种装饰图案。

〔7〕醉乡：指醉酒后神志不清的境界。唐王绩《醉乡记》："阮嗣宗、
陶渊明等十数人，并游于醉乡。" 温柔乡：喻美色迷人之境。汉伶玄《赵
飞燕外传》："是夜进合德，帝大悦，以辅属体，无所不靡，谓为温柔乡。"

〔8〕管领：领略，欣赏。

〔9〕葱指：指女子手指细白如葱根。 冰弦：指琴弦。

〔10〕蕙怀：犹蕙心，诗文中常喻女子纯美之心。

〔11〕楚梅：指楚地梅花。宋柳永《倾杯乐》："楚梅映雪数枝艳，报青
春消息。"

〔12〕芙蓉城：古代传说中的仙境。宋欧阳修《六一诗话》："（石）曼
卿卒后，其故人有见之者，云恍惚如梦中，言我今为鬼仙也，所主芙蓉
城，欲呼故人往游，不得，忿然骑一素骡去如飞。"此指亡魂所归之处。

〔13〕蓝云：蓝桥仙云。陕西蓝田县东南蓝溪之上有蓝桥，相传其地
有仙窟，为唐裴航遇仙女云英处。见《太平广记》五十《裴航》。此指词
人侧室周氏，号得趣居士。

〔14〕暝：昏暗，日暮。

【译文】

　　秋风吹裂云层，夕阳照小楼留下一线淡影。残蝉抱柳凄唱，寒

蛩入户栖眠，凄凉的声音不忍去听。忧愁禁不起肃杀的秋音，梦中羁客又惊醒，青灯陪伴孤枕。未到深更时分，梧桐早已垂下露滴，怎能度过这秋夜沉沉。　　望银屏藻井空怅叹，醉乡中醒来，温柔乡中清冷。疲倦地拂去征衣上的灰尘，悠闲的花儿漫天飞舞，没有心情去管领。细指拨弹洁白的丝弦，芳心满藏锦绣，她就像南国梅花般高风雅韵。令人惆怅啊！渺远的芙蓉城，蓝云仙子正黯然销魂，可是巫山被锁在幽暝。

储　泳

储泳（生卒年不详），字文卿，号华谷，云间（今上海松江）人。陶樑《词综补遗》卷十一："侨寓华亭，著有《诗家鼎脔》、《华谷祛疑说》。"存词一首。

齐　天　乐

东风一夜吹寒食，红片枝头犹恋。宿酒初醒[1]，新吟未稳，凭久栏杆留暖。将春买断[2]。恨苔径榆阶，翠钱难贯[3]。陌上秋千，相逢难认旧时伴。　　轻衫粉痕褪了，丝缘馀梦在[4]，良宵偏短。柳线穿烟，莺梭织雾[5]，一片旧愁新怨。慵拈象管[6]。待寄与深情，怎凭双燕。不似杨花，解随人去远[7]。

【注释】
〔1〕宿酒：昨夜喝的酒。

〔2〕买断：买尽。

〔3〕"翠钱"句：谓榆荚无法贯穿成串。前已言欲用钱买尽春色，实不可能，词人却不言不可能，而归因于榆钱无法贯穿成串，实乃痴语。

〔4〕丝缘：极言缘份浅，如丝一般细。

〔5〕莺梭：谓黄莺穿飞犹如梭子飞动。

〔6〕慵：懒。　象管：指笔，或以象牙为饰。

〔7〕解：懂得，能够。

【译文】

寒食一夜东风吹，枝上红花还留恋。昨夜醉酒刚醒来，新诗未稳吟。久靠栏杆想留住暖晴。有心将春色买尽。可恨苍苔覆小径，榆树掩石阶，翠绿的榆钱难以串连。巷陌有人荡起秋千，纵然相逢也难以认出昔日的伙伴。　春衫香痕褪尽了，缘份如丝残梦仍在，良夜偏偏短暂。柳条如线穿起淡烟，莺飞如梭织出薄雾，一片旧愁添新怨。懒懒地拈起笔管。想寄去深情，又怎能凭借双燕。还不如杨花，懂得随人飞远。

赵汝迕

赵汝迕（生卒年不详），字叔午，一作叔鲁，号寒泉，乐清（今属浙江）人。商王赵元份七世孙。嘉定七年（1214）进士，金判雷州，谪官而卒。存词一首。

清　平　乐

初莺细雨。杨柳低愁缕。烟浦花桥如梦里[1]。犹记倚楼别语。　小屏依旧围香。恨抛薄醉残妆。判却寸心双泪⁽²⁾，为他花月凄凉。

【注释】

〔1〕烟浦：云雾迷漫的水滨。浦，江边，此指送别之地。

〔2〕判：拼，割舍，豁出去。五代牛希济《临江仙》词："须知狂客，判死为红颜。" 却：动词词尾，表示完成。

【译文】

蒙蒙细雨出早莺，杨柳含愁低摆缕。浮烟蔽江，花簇画桥，一切恍如在梦里，还记得倚楼分别时的话语。 小小玉屏依旧围住幽香，恨来喝得微醉不梳妆。拼尽寸心与眼泪，甘愿为他花月之下受凄凉。

楼 扶

楼扶（生卒年不详），字叔茂，号梅麓，鄞县（今浙江宁波）人。楼钥之孙。端平中（1234—1236）为沿江制置司干官。淳祐间（1241—1252）知泰州、邵武。约卒于宋理宗宝祐（1253—1258）以前。存词三首。

水 龙 吟
次清真梨花韵⁽¹⁾

素娥洗尽繁妆⁽²⁾，夜深步月秋千地。轻腮晕玉⁽³⁾，柔肌笼粉，缁尘敛避⁽⁴⁾。霁雪留香⁽⁵⁾，晓云同梦⁽⁶⁾，昭

阳宫闭[7]。怅仙园路杳，曲栏人寂，疏雨湿、盈盈泪。

　　未放游蜂叶底。怕春归、不禁狂吹。象床困倚[8]，冰魂微醒[9]，莺声唤起。愁对黄昏，恨催寒食，满襟离思[10]。想千红过尽，一枝独冷，把梅花比。

【注释】

〔1〕清真：北宋词人周邦彦号清真居士。

〔2〕素娥：月中女神嫦娥。月色白，故又称素娥。此指梨花。

〔3〕轻腮：轻盈的脸颊。　晕玉：红玉。晕，脸上红潮。

〔4〕缁尘：黑尘。

〔5〕霁雪：雪后放晴。

〔6〕晓云：犹朝云。喻仙女。见楼采《玉漏迟》注〔5〕。

〔7〕昭阳宫：汉武帝所筑宫殿，以居昭仪赵合德。此指梨花生长之地。

〔8〕象床：象牙为饰的床。

〔9〕冰魂：冰洁的花魂。

〔10〕满襟：满腔。襟，衣领。

【译文】

　　花似月娥洗浓妆，深夜步出月宫来到秋千地。轻盈的玉颊透着红晕，柔嫩的肌肤施了粉泽，敛步把黑尘回避。雪后天晴香气留，朝云同花享幽梦，昭阳宫仍把美人掩闭。怅叹仙园路茫茫，曲曲栏杆人寂静，稀雨润湿花儿，似盈盈珠泪。　　花叶丛中不来游蜂，是怕春天归去，或是禁不起狂风劲吹？困来倚靠象牙床，冰洁花魂稍醒，是被莺声唤起。忧愁地面对黄昏，恨时光催走寒食，满心都是离思。想到众花凋尽，还有一枝傲冷独开，堪与梅花相比。

菩 萨 蛮

丝丝杨柳莺声近。晚风吹过秋千影[1]。寒色一帘

轻。灯残梦不成。　　耳边消息在⁽²⁾。笑指花梢待。又
是不归来。满庭花自开。

【注释】

　〔1〕秋千影：宋张先《天仙子》："隔墙送过秋千影。"
　〔2〕消息：指男子归来的消息。

【译文】

　　杨柳丝丝垂，黄莺叫声近。晚风悠悠吹，掠过秋千影。满帘寒
色轻透，灯将尽，梦不成。　　耳边传来消息，笑指花枝再等待。
又是不回来，满庭院的花儿自开。

史介翁

　史介翁（生卒年不详），字吉父，号梅屋。存词一首。

菩 萨 蛮

　　柳丝轻飏黄金缕⁽¹⁾。织成一片纱窗雨⁽²⁾。斗合做
春愁⁽³⁾。困慵熏玉篝⁽⁴⁾。　　暮寒罗袖薄⁽⁵⁾。社雨催花
落⁽⁶⁾。先自为诗忙⁽⁷⁾。蔷薇一阵香。

【注释】

　〔1〕飏：飞扬。　黄金缕：金黄的柳线。
　〔2〕"织成"句：指柳枝拂窗，形如雨下。　纱窗：代指女子所居。

〔3〕斗合：凑在一起，聚集。

〔4〕玉篝：玉饰熏笼。

〔5〕"暮寒"句：唐杜甫《佳人》诗："天寒翠袖薄，日暮倚修竹。"

〔6〕社雨：社日所降之雨。又叫社公雨、社翁雨。此指春社所下之雨。宋陆游《东轩花时将过感怀》之二："社雨晴时燕子飞，园林何许觅芳菲。"

〔7〕先自：本已。

【译文】

　　柳条漫展金黄色的丝缕，轻拂纱窗柳丝密织如雨。此景聚成春愁浓郁，困来懒用熏玉笼。　　傍晚寒冷罗袖薄，社日下雨花零落。本来已为吟诗忙，蔷薇送来一阵香。

周端臣

　　周端臣（生卒年不详），字彦良，号葵窗，建业（今江苏南京）人。周密《武林旧事》卷六"诸色伎艺人·御前应制"条中有其名，盖尝为御前应制。约卒于淳祐、宝祐间。赵万里《校辑宋金元人词》辑有《葵窗词稿》一卷。存词九首。以吟咏西湖风光为著。

木兰花慢
送人之官九华[1]

　　霭芳阴未解[2]，乍天气、过元宵[3]。讶客袖犹寒[4]，吟窗易晓[5]，春色无聊[6]。梅梢。尚留顾藉[7]，滞东风、未肯雪轻飘。知道诗翁欲去，递香要送兰桡[8]。　　清标[9]。会上丛霄。千里阻、九华遥。料今朝别后，他时有梦，应梦今朝。河桥。柳愁未醒，赠行人、又恐越魂销[10]。留取归来系马，翠长千缕柔条。

【注释】

〔1〕原笺引《方舆胜览》云："九华山在池州青阳县界，旧名九子山，李白以峰如莲花改名九华。"九华山在今安徽青阳县南。 之官：赴官上任。

〔2〕霭芳：飘香的云气。

〔3〕乍：刚刚、方才，或恰恰、正当。

〔4〕讶：惊怪。 客袖：指友人衣袖。

〔5〕吟窗：诗人之窗。

〔6〕无聊：可爱，可喜。

〔7〕顾藉：顾念，顾惜。

〔8〕兰桡：木兰做的桨，代作小舟的美称。

〔9〕清标：指明月。宋范成大《次诸葛伯山瞻军赠别韵》："清标照人寒，玉笋森积雪。"

〔10〕越魂：犹言越客，本指作客他乡的越人，后泛指异乡客居者。此指在越中送行的词人自己。

【译文】

芳云阴沉未开颜，天气刚刚过了元宵。惊怪朋友衣袖仍不挡轻寒，诗人窗户易亮到天明，春色真可爱。梅树梢，还留有恋恋不舍的花朵，沾滞东风，不肯轻易把花瓣飘。知道诗翁将要离去，我用兰舟传递花香。 一轮月明，正挂上高高的云霄。千里阻隔，九华山迢迢。料想今朝分别后，他日有梦，应梦见今朝。河边小桥，柳树愁眠未醒，折柳赠别行人，又恐自己魂消。留着柳枝给你归来系马，那时翠叶又长在千缕柔条。

玉 楼 春

华堂帘幕飘香雾。一搦楚腰轻束素[1]。翩跹舞态燕还惊[2]，绰约妆容花尽妒[3]。　　樽前漫咏高唐赋[4]。巫峡云深留不住。重来花畔倚栏杆，愁满栏杆无倚处。

【注释】

〔1〕一搦：犹言一把。搦，握。　楚腰：《韩非子·二柄》："楚灵王好细腰，而国中多饿人。"后因以楚腰泛称女子的细腰。

〔2〕燕：暗指赵飞燕。汉宫美人赵飞燕身轻如燕，腰束一把，舞姿妙绝，能立于掌中。

〔3〕绰约：柔美貌。

〔4〕高唐赋：战国楚宋玉所作。言楚襄王欲幸巫山神女朝云，可望而不可及。

【译文】

彩堂帘幕中飘出香雾，一把细腰轻如束素。舞态轻盈燕还惊叹，柔美妆容百花尽妒。　　杯前徒然吟咏《高唐赋》，巫峡云深留她不住。重来花畔靠在栏杆上，愁满栏杆没有靠处。

杨子咸

杨子咸（生卒年不详），号学舟，宋末词人。存词一首。

木兰花慢
雨中荼蘼

紫凋红落后，忽十丈，玉虹横[1]。望众绿帱中，蓝田璞碎[2]，鲛室珠倾[3]。柔条系风无力，更不禁、连日峭寒清[4]。空与蝶圆香梦，枉教莺诉春情。　　深深。苔径悄无人。栏槛湿香尘。叹宝髻蓬松[5]，粉铅狼藉[6]，谁管飘零。不愁素云易散，恨此花、开后更无春[7]。安得胡床月夜[8]，玉醅满醮瑶英[9]。

【注释】

〔1〕玉虬：指屈曲盘绕的花枝。虬，传说中无角的龙。

〔2〕蓝田：陕西蓝田山，以产玉著称。　璞：未经琢磨的玉石。此指花瓣。

〔3〕鲛室珠：《述异记》："南海中有鲛人室，水居如鱼，不废机织。其眼能泣，泣则出珠。"此指花朵。

〔4〕峭寒：轻寒或风力尖利寒冷，多指春寒。

〔5〕宝髻：指荼䕷花叶犹如女子发髻。

〔6〕粉铅：女子傅面的粉，白色。此指花瓣的颜色。

〔7〕"恨此花"句：唐黄巢《题菊花》："此花开后更无花。"

〔8〕胡床：一种可以折叠的轻便坐具，又称交床。

〔9〕玉醅：美酒。醅，未滤之酒。　瑶英：琼英，花朵。

【译文】

紫花红花凋落后，忽见十丈，玉枝矫横。细望各处翠叶中，似见蓝田美玉捣碎，鲛室明珠翻倾。柔条着风无力持，更禁不住连日春寒冷清。花儿空圆蝴蝶栖香的美梦，枉教黄莺低诉春情。　　庭院深深，苍苔路径静无人。栏杆沾着润湿的芳尘。怅叹宝髻蓬松，香粉杂乱，谁理睬落花的飘零。不愁白云易散，恨此花开后更无春。怎能月夜中安张绳床，满斟玉液餐琼英。

汤　恢

汤恢（生卒年不详），字充之，号西村，眉山（今属四川）人。

厉鹗笺引《浯溪集》作杨恢。理宗宝祐年间（1253—1258）在世。
紫望《淳州鼓吹》有《祝英台近》丁巳（淳祐五年，1245）访杨西
村词。其词柔婉劲拔兼备。存词六首。

二 郎 神
用徐幹臣韵[1]

琐窗睡起[2]，闲伫立、海棠花影。记翠楣银塘，红
牙《金缕》[3]，杯泛梨花冷[4]。燕子衔来相思字，道玉
瘦、不禁春病[5]。应蝶粉半销[6]，鸦云斜坠[7]，暗尘侵
镜。　　还省[8]。香痕碧唾[9]，春衫都凝。悄一似荼蘼，
玉肌翠帔[10]，消得东风唤醒。青杏单衣，杨花小扇，闲
却晚春风景[11]。最苦是、蝴蝶盈盈弄晚[12]，一帘风静。

【注释】
　〔1〕原笺引《挥麈馀话》云："徐伸字幹臣，三衢人。政和初，以知音
律为太常典乐，出知常州。尝自制《转调二郎神》云（词略）。既成，会
开封尹李孝寿来牧吴门，李以严治京兆，号'李阎罗'。道出郡下，幹臣
大合乐燕劳之，喻群娼令讴此词，必待其问乃止。娼如戒歌至三四，李果
询之。幹臣蹙额云：'某顷有一侍婢，色艺冠绝，前岁以亡室不容，逐去。
今闻在苏州一兵官处，屡遣信欲复来，而今之主公靳之，感慨赋此。词中
所赋多其书中语，适有天幸公拥麾于彼，不审能为我致之否？'李云：'此
甚不难，可无虑也。'既次无锡，宾赞者请受谒次第。李云：'郡官当至枫
桥。'桥距城十里而远，翼日，舣舟其所。官吏上下望风而股栗。李一阅
刺字，忽大怒，云：'都监在法不许出城，乃亦至此，使郡中万一有火盗之
虞，岂不殆哉！'斥都监下阶荷校送狱。又数日，取其供牒判奏字，其家
震惧，求援宛转哀鸣致恳。李笑云：'且还了徐典乐之妾来理会。'兵官
者解其指，即日承命，然后舍之。"
　〔2〕琐窗：镂刻有连琐图案的窗棂。

〔3〕红牙：调节乐曲节拍的拍板。多用檀木做成，色红，故名。《金缕》：即《贺新郎》。因宋叶梦得有词结句为"谁为我，唱《金缕》。"故后易此名。亦名《金缕歌》、《金缕词》。《金缕》本指唐杜秋娘所唱《金缕衣》，前两句曰："劝君莫惜金缕衣，劝君惜取少年时。"

〔4〕梨花：梨花春，酒名。唐时杭人趁梨花熟时酿酒，因名梨花春。唐白居易《杭州春望》："红袖织绫夸柿蒂，青旗沽酒趁梨花。"

〔5〕"燕子"两句：《词旨》列为"警句"。

〔6〕蝶粉：唐时宫妆。唐李商隐《酬崔八早梅有赠兼示之作》："何处拂胸资蝶粉，几时涂额藉蜂黄。"一说蝶粉喻人之贞洁。见宋罗大经《鹤林玉露》卷十四。

〔7〕鸦云：女子如云的乌发。

〔8〕省：犹记、忆。

〔9〕碧唾：碧绿的唾痕。《飞燕外传》载："后与婕妤坐，后误唾婕妤袖，婕妤曰：'姊唾染人绀袖，正似石上花。'"

〔10〕翠帔：绿色披肩。

〔11〕闲却：闲置。

〔12〕盈盈：姿态美好貌。

【译文】

雕花窗棂中睡起，闲来伫立在海棠花影里。记得碧舟轻泛银色湖塘，红牙拍板敲出《金缕》曲调，杯中晃着的梨花春酒已冷。燕子衔来让人牵挂的消息，说玉人消瘦禁不起伤春成病。应是粉妆半褪，乌发斜坠，灰尘侵满鸾镜。　　还记得，花痕与碧唾，都在春衫上结凝。恰似一朵荼蘼花，玉色肌肤挂着翠色披肩，须得东风才能唤醒。小试青杏色单衣，手挥画有杨花的小扇，虚度了晚春风景。最苦的是，蝴蝶在晚晴中展弄娇姿，满帘风声已寂静。

倦 寻 芳

饧箫吹暖⁽¹⁾，蜡烛分烟⁽²⁾，春思无限。风到楝花，二十四番吹遍⁽³⁾。烟湿浓堆杨柳色，昼长闲坠梨花片。

悄帘栊，听幽禽对语⁽⁴⁾，分明如剪⁽⁵⁾。　　记旧日、西湖行乐，载酒寻春，十里尘软⁽⁶⁾。背后腰肢，仿佛画图曾见。宿粉残香随梦冷，落花流水和天远⁽⁷⁾。但如今，病厌厌、海棠池馆⁽⁸⁾。

【注释】

〔1〕饧箫：卖饧人所吹之箫，用以招徕顾客。饧，古"糖"字，亦作"餳"。后指用麦芽或谷芽之类熬成的糖。《本草纲目·谷部》："饴即软糖也，北人谓之饧。"宋宋祁《寒食》诗："箫声吹暖卖饧天。"

〔2〕蜡烛分烟：旧俗寒食节后，以烛取新火炊食。

〔3〕"风到"两句：谓楝花开过，二十四番风信花都开完。古人将自小寒至谷雨共四个月八个节气分属二十四种花，称"二十四番花信风"，即小寒：梅花、山茶、水仙；大寒：瑞香、兰花、山矾；立春：迎春、樱桃、望春；雨水：菜花、杏花、李花；惊蛰：桃花、棣棠、蔷薇；春分：海棠、梨花、木兰；清明：桐花、麦花、柳花；谷雨：牡丹、荼蘼、楝花。

〔4〕幽禽：此指燕子。

〔5〕"分明"句：谓鸟声尖脆，似被剪出。

〔6〕十里尘软：用"软红尘"典，喻繁华热闹。宋苏轼《次韵蒋颖叔钱穆父从驾景灵宫》之一诗自注："前辈戏语有西湖风月，不如东华软红香土。"

〔7〕"宿粉"两句：《词旨》列入"警句"。宿粉，已隔夜的花粉。

〔8〕厌厌：同"恹恹"，病态貌。

【译文】

饧箫吹暖一片天，蜡烛分取寒食后的新火，春天思绪无限。风吹到楝花，二十四番风信花都吹了一遍。烟气湿润，翠色堆聚，杨柳色新；白昼漫长，悠然飘落梨花片。窗帘寂静，听笼中鸟儿对语，声声分明如刀剪。　记得旧时，西湖游乐，载酒寻春色，十里繁华不断。有个佳人背后的腰肢，仿佛图画中曾见。隔夜的花粉，残留的香气，俱随幽梦寂冷，落花随流水奔向天边。但是如今，我病倦无力，闲居海棠花开的池馆。

满 江 红

小院无人，正梅粉、一阶狼藉(1)。疏雨过，溶溶天气(2)，早如寒食。啼鸟惊回芳草梦(3)，峭风吹浅桃花色(4)。漫玉炉、沉水熨春衫(5)，花痕碧。　　绿縠水(6)，红香陌。紫桂棹(7)，黄金勒(8)。怅前欢如梦，后游何日。酒醒香消人自瘦，天空海阔春无极。又一林、新月照黄昏，梨花白。

【注释】

〔1〕狼藉：散乱不整貌。

〔2〕溶溶：天气和暖貌。宋苏轼《哨遍》："初雨歇，洗出碧罗天，正溶溶养花天气。"又，宋晏殊《采桑子》："暖景溶溶。"

〔3〕芳草梦：指梦中怀念情人。《楚辞·招隐士》："王孙游兮不归，春草生兮萋萋。"后人本此，以芳草作怀人之典。

〔4〕峭风：轻寒之风。

〔5〕沉水：沉水香。以沉木制成，入水能沉，故名。

〔6〕绿縠（hú）：翠绿波纹。縠，有皱纹的纱。

〔7〕桂棹：以桂木制成的船桨，代指小舟，或作舟的美称。

〔8〕黄金勒：黄金制成的带嚼口的马笼头。

【译文】

小院寂静无人，梅花正飘落，满阶狼藉。疏雨飞过，天气和暖，似早早到了寒食。啼鸟惊醒芳草梦，轻寒的风吹开了浅红的桃花色。香炉满溢清香，沉水熨贴春衫，春衫上花痕翠碧。　　绿水荡起波纹，红花飘香阡陌。船举紫棹，马戴金勒。前欢如梦堪惆怅，往后的游乐又在何日？酒醒后花香消尽人自空瘦，天空海阔春色无边。新月照亮黄昏，又见满林梨花吐白。

祝英台近

宿醒苏[1]，春梦醒，沉水冷金鸭[2]。落尽桃花，无人扫红雪[3]。渐催煮酒园林，单衣庭院[4]，春又到、断肠时节。　　恨离别。长忆人立荼蘼，珠帘卷香月。几度黄昏，琼枝为谁折[5]。都将千里芳心，十年幽梦，分付与、一声啼鴂[6]。

【注释】

〔1〕醒（chéng）：酒醉。

〔2〕金鸭：鸭形金属香炉。

〔3〕红雪：喻凋落的红花。唐白居易《周诸客携酒早春看樱桃花》："红雪压枝柯。"

〔4〕煮酒、单衣：宋周邦彦《六丑·蔷薇谢后作》词："正单衣试酒，怅客里、光阴虚掷。"

〔5〕"琼枝"句：陆凯《寄赠范晔》诗："折梅逢驿使，寄与陇头人。江南无所有，聊赠一枝春。"琼枝，花枝的美称。

〔6〕"都将"三句：《词旨》列为"警句"。鴂：杜鹃。春末夏初，常昼夜啼鸣，其声哀切。宋辛弃疾《贺新郎》词："绿树听鹈鴂，更那堪、鹧鸪声住，杜鹃声切。"

【译文】

昨夜醉酒醒来，今日春梦也复苏，金鸭香炉香火冷。桃花落尽，无人清扫飘落的红雪。时序渐催人园林中煮酒，庭院中试单衣，春天又到了伤心时节。　　怅恨离别。长忆玉人伫立荼蘼花下，卷起珠帘看香雾中的明月。几度黄昏，为谁把花枝折？将千里阻隔的春心，十年来的幽梦，全都交付给一声啼鹃的哀切。

又

仲 秋

　　月如冰，天似水，冷浸画栏湿。桂树风前，酝香半狼藉[1]。此翁对此良宵，别无可恨，恨只恨、古人头白。洞庭窄。谁道临水楼台，清光最先得[2]。万里乾坤，元无片云隔。不妨彩笔云笺，翠尊冰酽，自管领、一庭秋色[3]。

【注释】

　　〔1〕酝香：酒的浓香。此指桂香。
　　〔2〕"谁道"两句：宋苏麟因献诗云："近水楼台先得月，向阳花木易为春。"颇为范仲淹推荐。见宋俞文豹《清夜录》。后以"近水楼台"喻因便利而获利。
　　〔3〕"不妨"三句：词旨列为"警句"。彩笔，指笔端富有文采。云笺，有云状花纹的纸。冰酽，清亮的美酒。管领，领略，占有。

【译文】

　　月光如冰洁，天色似水柔，冷露把画栏浸湿。桂树迎立风前，浓香花瓣半狼藉。此翁面对如此良宵，应无其他恨事，恨只恨古人头发先白。　　洞庭湖窄。谁说靠近水边的楼台，清亮月光最先得？万里乾坤，原本没有片云阻隔。不妨用彩笔挥写云笺，用翠杯盛满美酒，自己占取这满庭秋色。

八声甘州

　　摘青梅荐酒[1]，甚残寒、犹怯苎萝衣[2]。正柳腴花瘦，绿云冉冉[3]，红雪霏霏[4]。隔屋秦筝依约[5]，谁品春词[6]。回首繁华梦，流水斜晖。　　寄隐孤山山下[7]，但一瓢饮水[8]，深掩苔扉。羡青山有思，白鹤忘机[9]。怅年华、不禁搔首[10]，又天涯、弹泪送春归。销魂远[11]，千山啼鸩[12]，十里荼蘼[13]。

【注释】

〔1〕荐酒：佐酒，下酒。

〔2〕苎萝衣：苎蔴藤罗制的衣，山野隐士所穿。

〔3〕冉冉：缓缓流动貌。

〔4〕红雪：指凋落的红花。　霏霏：形容雨雪之密。《诗·小雅·采薇》："今我来思，雨雪霏霏。"

〔5〕秦筝：指宝筝。战国时流行秦国的一种弦乐器。似瑟，传为秦蒙恬所造。

〔6〕春词：男女之间的情词或咏春之词。

〔7〕孤山：在杭州西湖中，孤峰独耸，秀丽清幽。宋林逋隐居于此。

〔8〕一瓢饮水：喻生活俭朴。《论语·雍也》："子曰：'贤哉回也！一箪食，一瓢饮，在陋巷，人不堪其忧，回也不改其乐。'"

〔9〕青山：指归隐处。唐贾岛《答王建秘书》："白发无心镊，青山去心多。"　白鹤忘机：谓与白鹤相处，不存世俗的追求名利之心。化用鸥鹭忘机典。《列子·黄帝》："海上之人有好沤鸟者，每旦之海上，从沤鸟游，沤鸟之至者百住而不止。其父曰：'吾闻沤鸟皆从汝游，汝取来，吾玩之。'明日之海上，沤鸟舞而不下也。"沤鸟，即鸥鸟。

〔10〕搔首：搔头。唐杜甫《春望》："白头搔更短，浑欲不胜簪。"

〔11〕销魂：魂魄消散。形容极度哀愁。

〔12〕啼鸩：见作者《祝英台近》注〔6〕。

〔13〕荼蘼：也作"酴醾"。春末夏初开花。宋苏轼《杜沂游武昌以酴醾花菩萨泉见饷》："酴醾不争春，寂寞开最晚。"

【译文】

摘颗青梅来下酒，这馀寒，还是侵入了苎萝衣。正是柳叶浓绿花朵消瘦时节，绿叶如云轻轻曼舞，红花如雪片片飞。隔屋隐约传来宝筝声，谁在品弹惜春词？回想繁华真如梦，流水依依送夕晖。

寄身隐居孤山山下，只享用一瓢饮水，深闭长满苍苔的柴扉。

羡慕青山顿生归思，看见白鹤忘掉机心。悔恨虚度大好年华，不禁愁来搔头，又是沦落天涯，挥泪送春归。伤魂远去，千山杜鹃哀鸣，十里盛开荼蘼。

何光大

何光大（生卒年不详），字谦履（一字谦斋），号半湖。存词一首。

谒 金 门

天似水。池上藕花风起。隔岸垂杨青到地。乱萤飞又止。　　露湿玉阑闲倚。人静自生凉意。泛碧沉朱供晚醉[1]。月斜才去睡。

【注释】

〔1〕泛碧：浸浮在水中的瓜果。　沉朱：沉于水的李子。或沉朱李之果实。两者皆夏日应时消暑的水果。魏文帝与人书云："浮甘瓜于清泉，沉朱李于寒水。"唐杜甫《解闷十二首》之十一："翠瓜碧李沉玉甃。"所咏皆此类。

【译文】

天色淡如水，池上荷花随风而起。对岸垂柳丝拂地，萤火虫纷飞又停止。　　露水沾湿玉栏杆，有人闲来靠倚，人静自生悲凉意。浮瓜沉李可供晚醉，月光偏西才回去睡。

赵 溍

赵溍（生卒年不详），字元晋，号冰壶，潭州（今湖南长沙）人。南宋名臣忠靖公赵葵之子。咸淳中（1265—1274）为沿江制置使、知建康府。临安被攻破后，广王登极于福州，改元景炎，被任为江西制置使，进兵邵武。元蒋子正《山房随笔》云：赵淮执政于瓜州，其兄赵溍"自京口迁金陵，北兵至，弃家而遁，南徙不返，死葬海旁山上"。存词二首。

临 江 仙
西湖春泛

堤曲朱墙近远，山明碧瓦高低。好风二十四花期[1]。骄骢穿柳去[2]，文艗挟春飞[3]。　　箫鼓晴雷殷殷[4]，笑歌香雾霏霏[5]。闲情不受酒禁持[6]。断肠无立处[7]，斜日欲归时。

【注释】

〔1〕好风二十四花期：即二十四番花信风。见汤恢《倦寻芳》注〔3〕。

〔2〕骄骢：骏马。骢，青白杂毛的马。

〔3〕文艗：画船。艗本作"鷁"，古常于船头画鷁形，因以名艗。鷁，形如鹭而大，羽色苍白，善翔。

〔4〕殷殷：雷声。《诗·召南·殷其雷》："殷其雷，在南山之阳。"

〔5〕霏霏：纷飞貌。《诗·小雅·采薇》："今我来思，雨雪霏霏。"

〔6〕禁持：摆布，纠缠。

〔7〕断肠：形容伤心之至。

【译文】

湖堤环曲红墙或近或远，山峰明丽绿瓦或高或低。好风吹遍二十四番花期，骏马穿柳奔去，画船载春飞逝。　箫声鼓声如晴雷殷殷响，笑声歌声似香雾纷纷飞。无端情怀受不了酒的驱遣，伤心人无立足处，只有回去，在夕阳欲落时。

吴 山 青
水　仙

金璞明。玉璞明。小小杯样翠袖擎[1]。满将春色盛。　仙佩鸣。玉佩鸣。雪月花中过洞庭[2]。此时人独清[3]。

【注释】

〔1〕"金璞明"三句：将水仙花想象为水中仙女，细长的翠袖（花茎）高擎着金盏玉盏。宋朱熹《用子服韵谢水仙花》诗："水中仙子来何处，翠袖黄冠白玉英。"璞，未经琢磨的玉石，指黄蕊与白瓣。样，同"盘"，因"杯"而及，无实义。世以水仙花为金盏银台。参《云麓漫钞》卷四。

〔2〕"仙佩鸣"三句：将水仙花想象为仙女佩带玉佩飘然过洞庭。佩，古代结于衣带上的饰物，此指水仙的绿叶。雪月，明月。

〔3〕人独清：指人的情怀澄清，有"众人皆醉我独醒"的意味。

【译文】

花蕊黄得发亮，花片白得透明，小小杯盘中，翠叶高高擎。满满地将春色盛。　仙子玉佩响，水仙绿叶应，明月照花丛，仙子过洞庭。此时人的情怀独能澄清。

赵 淇

赵淇（1239—1307），字元德，一字元建，号平远，又号太初，衡山（今属湖南）人。赵葵之次子。累官为直龙图阁、广南东路发运使，加右文殿修撰、刑部侍郎。入元，拜中奉大夫、湖南道宣慰使。有《太初纪梦》二十卷，佚。存词一首。

谒 金 门

吟望直[1]。春在栏杆咫尺[2]。山插玉壶花倒立[3]。雪明天混碧。　晓露丝丝琼滴[4]。虚揭一帘云湿[5]。犹有残梅黄半壁。香随流水急。

【注释】
〔1〕直：当，临。
〔2〕"春在"句：《词旨》列为"警句"。
〔3〕玉壶：指碧空。天空像玉壶一样冰洁。
〔4〕琼滴：露滴的美称。
〔5〕虚揭：轻轻地揭开。

【译文】
吟咏远望之时，春在栏杆隔咫尺。山峰直插碧空，繁花水中倒立。天色如雪明，混合着青碧。　晨露丝丝有水珠滴，一帘轻揭见云彩湿。还有残梅黄透半山壁，花随流水去得急。

毛 珝

毛珝（生卒年不详），字元白，号吾竹，柯山（一作桐山）人。宋末诗人，著有《吾竹小稿》一卷。李弇《吾竹小稿序》云："柯山毛元白，诗人之秀者也……惜其以文自晦，不求于时。吟稿一帙，章不盈百，清深雅正，迹前事而写芳襟，有沈千运独挺一世之作。"词存二首。

浣 溪 沙
桂

绿玉枝头一粟黄[1]。碧纱帐里梦魂香[2]。晓风和月步新凉。 吟倚画栏怀李贺[3]，笑持玉斧恨吴刚[4]。素娥不嫁为谁妆[5]。

【注释】

〔1〕粟黄：桂花粒小如粟米而色黄。

〔2〕碧纱帐：帏障之属，以木作架，顶及四周，蒙以绿纱。夏令张之，以避蚊蝇。此指桂花绿叶张挂树上，环绕桂花，如碧纱帐。 梦魂：指桂花之魂。

〔3〕李贺：唐朝著名诗人，有《梦天》、《天上谣》等诗，涉及桂花。

〔4〕吴刚：唐段成式《酉阳杂俎·天咫》："旧言月中有桂，有蟾蜍，故异书言，月桂高五百丈，下有一人常斫之，树创随合。人姓吴名刚，西河人，学仙有过，谪令伐树。"

〔5〕素娥：月中嫦娥，月色白，故称。唐李商隐《霜月》诗："青女素娥俱耐冷，月中霜里斗婵娟。"

【译文】

　　绿树枝头，一朵粟状小花正黄。碧叶丛中，花的幽梦做得正香。晓风伴月，天气刚清凉。　　倚靠画栏吟诗怀恋李贺，恼恨笑持玉斧的吴刚。既然嫦娥不嫁，又为谁梳妆？

潘希白

　　潘希白（生卒年不详），字怀古，号渔庄，永嘉（今浙江温州）人。宝祐元年（1253）进士，干办临安府节制司公事。德祐中（1275—1276）起为史馆检校，不赴。早年学诗于赵汝回，复工乐府，俱著称于时。存词一首。

大　有
九　日

　　戏马台前[1]，采花篱下[2]，问岁华、还是重九。恰归来、南山翠色依旧。帘栊昨夜听风雨[3]，都不似、登临时候。一片宋玉情怀[4]，十分卫郎清瘦[5]。　　红萸佩、空对酒[6]。砧杵动微寒[7]，暗欺罗袖[8]。秋已无多，早是败荷衰柳。强整帽檐欹侧[9]，曾经向、天涯搔首。几回忆、故国莼鲈[10]，霜前雁后。

【注释】

　　〔1〕戏马台：在江苏铜山，即项羽掠马台，刘裕曾于重阳节大会宾僚，赋诗于此。

〔2〕采花篱下：晋陶渊明《饮酒》诗其二："采菊东篱下，悠然见南山。"

〔3〕帘栊：窗户。栊，窗上棂木，也指窗户。

〔4〕宋玉：战国楚人。宋玉仕顷襄王朝，官位不高，很不得意。所作《九辩》借悲秋表达对现实的不满。

〔5〕卫郎：晋人卫玠字叔宝，风神秀异，有玉人之称。好谈玄理，官至太子洗马。后避乱移家建业。人闻其名，围观如睹。不久遂卒。时人谓"看杀卫玠"。见《晋书》附《卫瓘传》。

〔6〕红萸佩：装有茱萸的红佩囊。古俗重阳节取茱萸缝袋盛之，佩系身上，谓能辟邪。

〔7〕砧杵：捣衣石与棒。 动微寒：谓寒气传来了捣衣声。秋天是准备寒衣的时节，妇女夜晚捣衣，砧声容易引起天涯游子思归的心情。唐李白《子夜吴歌》："长安一片月，万户捣衣声。"

〔8〕欺：逼近。 罗袖：指代词人自己。

〔9〕帽檐欹侧：指帽子被风吹斜。用九日孟嘉龙山落帽典。见《晋书·孟嘉传》。唐杜甫《九日蓝田崔氏庄》："笑倩旁人为正冠。"

〔10〕故国莼鲈：故乡的莼菜和鲈鱼。《晋书·文苑传·张翰》："翰因见秋风起，乃思吴中菰菜、莼羹、鲈鱼脍，曰：'人生贵得适志，何能羁宦数千里以要名爵乎！'遂命驾而归。"

【译文】

来到戏马台前，在东篱下采摘菊花，问是什么年月，又是九月九。刚归来时，南山的翠色依旧。昨夜伫立窗下听风声雨声，全不像这登高的时候。心中充满宋玉当年的悲秋情结，身体很像卫玠般清瘦。 佩带红色茱萸香囊，茫然地对着酒。捣衣声惊动薄薄的寒气，悄悄逼近我的罗袖。秋天已经不多，早就有衰败的荷叶杨柳。打起精神整理歪斜的帽沿，曾经向天涯，翘望搔首。几回想起故乡的莼菜鲈鱼，时在霜降前雁归后。

李 珏

李珏（1219—1307），字元晖，号鹤田，又号庐陵民，吉水

（今属江西）人。年十二通书经，召试馆职，除秘书正字，批差充干办御前翰林司，主管御览书籍，除阁门宣赞舍人。入元不仕。珏与汪元量多有酬唱。曾为汪《水云诗》作跋。另与连文凤、方回、刘将孙交。有《杂著四集》、《钱塘百咏》，不传。存词二首。

击 梧 桐

别西湖社友[1]

枫叶浓于染[2]。秋正老、江上征衫寒浅[3]。又是秦鸿过[4]，霁烟外[5]，写出离愁几点。年来岁去，朝生暮落，人似吴潮展转[6]。怕听阳关曲[7]，奈短笛唤起，天涯情远。　　双屐行春[8]，扁舟啸晚，忆著鸥湖莺苑。鹤帐梅花屋[9]，霜月后、记把山扉牢掩。惆怅明朝何处，故人相望，但碧云半敛。定苏堤、重来时候[10]，芳草如剪[11]。

【注释】

〔1〕原笺引《都城纪胜》云：“文士有西湖诗社，非其他社集之比，乃行都士大夫及寓居诗人，旧多出名士。”元世祖至元二十六年（1289），汪元量与李珏等在杭州结诗社。事见汪元量《暗香》词序（此用欧阳光《宋元诗社研究丛稿》的考证）。

〔2〕枫叶浓于染：秋天枫叶变红，故云。唐杜牧《山行》诗：“霜叶红于二月花。”

〔3〕秋正老：唐李白《秋登谢朓北楼》诗：“秋色老梧桐。” 征衫：行人所穿的衣衫。

〔4〕秦鸿：泛指北方飞回的鸿雁。秦，代指北方。

〔5〕霁烟：正在消散的云气。霁指雨雪停，云雾散，天气放晴。

〔6〕吴潮：吴地的潮水。此指钱塘江潮。

〔7〕阳关曲：又称《渭城曲》，因唐王维《送元二使安西》诗而得名。

后入乐府，为送别之曲，反复诵唱，谓之《阳关三叠》。

〔8〕屐：木底鞋，有齿或无齿。《宋书·谢灵运传》："灵运常著木屐，上山则去前齿，下山则去后齿。"

〔9〕鹤帐梅花屋：古时隐士多以鹤、梅为伴，以示清雅。鹤帐，织或绣有仙鹤图案的帐子。梅花屋，指屋旁开有梅花。

〔10〕苏堤：北宋元祐年间，苏轼知杭州时，疏浚西湖，堆泥筑堤，分西湖为内外两湖。

〔11〕芳草如剪：芳草长得齐整，似被刀剪出一般。

【译文】

枫叶浓于染，秋色正衰减，江上行人衣衫不抵轻寒。又是北雁南飞，在云气渐散的天空，写出离愁几点。年来岁去，人似吴地江潮，朝生暮落不息地辗转。怕听《阳关曲》，无奈短促的笛声唤起，天涯游子悠悠情远。　　着一双木屐踏行春色，乘一叶扁舟啸傲晚景，回想起鸥鸟黄莺栖息的湖泊林苑。鹤绣帐上梅花伴屋，明月照临后，记得要把山门紧掩。堪惆怅啊！明朝不知归何处，故人应在相望，只见碧云半在收敛。重来时候，一定到苏堤，那时芳草齐整如刀剪。

木兰花慢

寄豫章故人[1]

故人知健否[2]。又过了、一番秋。记十载心期，苍苔茅屋，杜若芳洲[3]。天遥梦飞不到，但滔滔、岁月水东流。南浦春波旧别[4]，西山暮雨新愁[5]。　　吴钩[6]。光透黑貂裘[7]。客思晚悠悠。更何处相逢，残更听雁，落日呼鸥。沧江白云无数[8]，约他年、携手上扁舟。鸦阵不知人意，黄昏飞向城头。

【注释】

〔1〕豫章：古郡名，治所在今江西南昌。

〔2〕知健：唐杜甫《九日蓝田崔氏庄》："明年此会知谁健，醉把茱萸仔细看。"

〔3〕杜若芳洲：《楚辞·九歌·湘君》："采芳洲兮杜若，将以遗兮下女。"杜若，香草名。

〔4〕南浦春波：南朝梁江淹《别赋》："春草碧色，春水绿波。送君南浦，伤如之何。"南浦，泛指送别之地。《楚辞·九歌·河伯》："子交手兮东行，送美人兮南浦。"

〔5〕西山暮雨：唐王勃《滕王阁诗》："画栋朝飞南浦云，珠帘暮卷西山雨。"

〔6〕吴钩：古代吴地所产的一种弯形宝刀。《吴越春秋·阖闾内传》："阖闾既宝莫邪（剑名），复命于国中作金钩，令曰：'能为善钩者，赏之百金。'吴作钩者甚众。"后泛指锋利的宝刀。

〔7〕黑貂裘：黑貂皮做的袍子。《战国策·秦策》："苏秦说秦王，书十上而不行，黑貂之裘弊，黄金百斤尽，资用乏绝，去秦而归。"

〔8〕沧江：泛指江水，水呈青苍色，故云。多指隐居处。唐杜甫《秋兴》诗："一卧沧江惊岁晚，几回青琐点朝班。"　白云：也指隐居处。南朝陶弘景《诏问山中何所有赋诗以答》："山中何所有，岭上多白云。只可自怡悦，不堪持赠君。"

【译文】

　　不知道故人还健在否？又过了一个秋。记得十年来心所向往的是，长满青苔的茅屋，杜若飘香的沙洲。相隔天远魂梦飞不到，只有滔滔不停的江水，载着岁月东流。昔在春波漾起的南浦分别，而今西山暮雨又织出一片新愁。　　拿起吴钩，寒光射透黑貂裘。晚来行客思绪悠悠。还会在什么地方相逢，深更时孤独地听大雁哀鸣，落日时无奈地呼唤野鸥。沧江上有无数白云，相约来年，携手登上一叶扁舟。成群的乌鸦不解人意，黄昏后纷纷飞向城头。

利 登

利登（生卒年不详），字履道，号碧涧，金川（今属江西）人。淳祐元年（1241）进士，仕至宁都尉。与赵汉宗、黄希声、曾子实等为诗友。《江湖后集》有利登诗集《骳稿》一卷，多绍定（1228—1233）间避乱石城之作。刘壎《隐居通议》卷九谓碧涧尤工长短句，或涵婉沉细，或丽语屈出，但儿女情多，终伤正气。赵万里《校辑宋金元人词》辑有《碧涧词》一卷。存词十余首。

风 入 松

断芜幽树际烟平⁽¹⁾。山外更山青⁽²⁾。天南海北知何极，年年是、匹马孤征。看尽好花结子，暗惊新笋成林⁽³⁾。　　岁华情事苦相寻。弱雪鬓毛侵⁽⁴⁾。十千斗酒悠悠醉⁽⁵⁾，斜河界、白月云心⁽⁶⁾。孤鹤尽边天阔⁽⁷⁾，清猿啼处山深。

【注释】

〔1〕断芜：孤零零的原野。

〔2〕山外更山青：宋林昇《题临安邸》："山外青山楼外楼，西湖歌舞几时休。"

〔3〕好花结子、新笋成林：谓春光飞逝，时不由我。暗用唐杜牧《叹花》"绿叶成阴子满枝"诗意。见李演《祝英台近》注〔4〕。

〔4〕弱雪：稀疏的白发。

〔5〕十千斗酒：极言酒美价贵，一斗酒值十千钱。唐李白《将进酒》："陈王昔时宴平乐，斗酒十千恣欢谑。"

〔6〕斜河：犹言斜汉，即天河。秋天银河向西南方偏斜。南朝宋谢庄《月赋》："斜汉左界。"　白月：皎洁的月光。　云心：云端，高空。

〔7〕尽边：与下句"啼处"互文见义。

【译文】

　　荒原上幽暗的林边，云烟低平，山外山色更青。天南海北，何时是飘流的尽头；年年都是，独自骑马出征。看完好花结了果，暗惊新笋长成林。　　少年情事令我苦苦寻觅，稀疏的白发却爬上双鬓。只好用名贵的美酒把自己灌醉，银河倾斜处，月亮挂天心。孤鹤出没处，天空开阔；清猿啼鸣地，山谷幽深。

曹 邍

　　曹邍（生卒年不详），字择可（一作可择），号松山。早年浪迹江湖，理宗淳祐至度宗咸淳间（1241—1274），曾与诗友结成豫章诗社。《宋诗纪事》谓其尝为贾似道客。曾供奉内殿，官御前应制。其词多为奉诏应制的咏物篇什。赵万里《校辑宋金元人词》辑有《松山词》一卷。

玲珑四犯
荼蘼应制〔1〕

　　一架幽芳，自过了梅花〔2〕，犹占清绝〔3〕。露叶檀心〔4〕，香满万条晴雪〔5〕。肌素静洗铅华〔6〕，似弄玉、乍离瑶阙〔7〕。看翠虬、白凤飞舞〔8〕，不管暮鸦啼鴂〔9〕。

　　酒中风格天然别。记唐宫、赐尊芳冽〔10〕。玉蕤唤得馀春住〔11〕，犹醉迷飞蝶。天气乍雨乍晴，长是伴、牡丹时节〔12〕。夜散琼楼宴〔13〕，金铺深掩〔14〕，一庭春月。

【注释】

〔1〕一本题作"被召赋荼藦"。

〔2〕过了梅花：二十四番风信花中，梅花最先开放。见汤恢《倦寻芳》注〔3〕。

〔3〕犹：一本作"独"，义长。

〔4〕檀心：浅红色的花蕊。宋苏轼《黄葵》诗："檀心自成晕，翠叶森有芒。"

〔5〕晴雪：晶莹的花瓣。此指荼藦花。

〔6〕肌素：即素肌，洁白的肌肤。 铅华：女子傅面的粉。

〔7〕弄玉：《列仙传》载：萧史善吹箫，秦穆公之女弄玉好之，公遂以女妻之，后双双乘凤凰飞升成仙。 瑶阙：传说中的仙宫宝殿。

〔8〕虬：传说中无角的龙。

〔9〕鵙：伯劳鸟。

〔10〕"酒中"两句：唐代春天有饮荼藦酒的习俗，酒色与荼藦相似，是谓"天然别"。《辇下岁时记》："长安每岁清明，赐宰臣以下荼藦酒，即重酿酒也。"芳洌，美酒。

〔11〕玉蕤：比喻晶莹的花。蕤，即指花。汉王粲《初征赋》："庶卉焕以敷蕤。"

〔12〕"长是伴"句：二十四番风信花中，牡丹开过即是荼藦。见汤恢《倦寻芳》注〔3〕。

〔13〕琼楼：形容富丽堂皇的建筑物。指宫殿。

〔14〕金铺：金制铺首。门上有金花，花中有钮环以贯锁，起装饰门环的作用。此代指门。

【译文】

　　一树幽香的花朵，自打梅花凋谢后，还称得上绝妙清品。裸露的绿叶托护红蕊，香气贮满万枝，无数花瓣如晴光下雪花一般亮晶。洁白的肌肤似洗净了铅粉，好像仙女弄玉刚刚步出仙宫玉庭。静赏翠色的绿枝，上有白凤飞舞，不去理睬暮鸦伯劳的哀吟。　　荼藦酒的风味天然别致。记得唐朝宫庭里，御赐美酒芳香甘沁。玉花挽留住了暮春，还能迷醉蝴蝶，让它歇停。牡丹开花时节，天气总是忽雨忽晴。琼楼夜宴散去，宫门重重紧闭，只有一庭春月清澈晶莹。

刘 澜

刘澜（？—1276），字养源，号江村，天台（今浙江临海）人。尝为道士，入山十年，俄起家为从官。有诗集四卷，另有乐府结集，均请刘克庄为序（见《后村先生大全集》卷一〇九），俱未传。存词四首。

庆 宫 春
重登蛾眉亭感旧[1]

春剪绿波，日明金渚，镜光尽浸寒碧。喜溢双蛾[2]，迎风一笑，两情依旧脉脉[3]。那时同醉，锦袍湿、乌纱欹侧[4]。英游何在[5]，满目青山[6]，飞下孤白[7]。　　片帆谁上天门[8]，我亦明朝，是天门客。平生高兴[9]，青莲一叶[10]，从此飘然八极[11]。矶头绿树，见白马、书生破敌[12]。百年前事，欲问东风，酒醒长笛[13]。

【注释】
〔1〕蛾眉亭：在安徽当涂（今马鞍山）牛渚山上，山北突入长江，即著名的采石矶。
〔2〕双蛾：《安徽通志》：“蛾眉亭在当涂县北二十里，据牛渚绝壁，前直二梁山，夹江对峙，如蛾眉然，故名。”
〔3〕脉脉：两山相对如含情注视。
〔4〕“那时”两句：《新唐书·李白传》：“（白）尝乘月与崔宗之自采石至金陵，著宫锦袍坐舟中，旁若无人。”相传李白在采石矶醉酒捉月溺死。今此处有太白楼、捉月亭等古迹，为游览胜地。
〔5〕英游：英俊、杰出的人物。此指李白。

〔6〕青山：李白卒葬青山，在安徽当涂县东南。此指青翠的山峦。

〔7〕孤白：指月亮。因月明独悬天空，故称。

〔8〕"片帆"句：唐李白《游天门山》："天门中断楚江开，碧水东流至此回。两岸青山相对出，孤帆一片日边来。"天门：天门山，又名梁山。

〔9〕高兴：兴致高远。此指隐居江湖。

〔10〕青莲：李白号青莲居士。 一叶：指小船。唐李白《宣州谢朓楼饯别校书叔云》："明朝散发弄扁舟。"

〔11〕八极：八方极远之地。《荀子·解蔽》："明参日月，大满八极，夫是之谓大人。"

〔12〕白马、书生：南宋绍兴三十一年（1161）完颜亮率金兵进逼采石矶。虞允文奉诏至此慰劳宋军，见军无主帅，兵无斗志，自任统帅，大败金军于采石矶。完颜亮奔窜而死。史称"采石大捷"。虞是文官，故称"白马书生"。

〔13〕长笛：此指悠长的笛声。

【译文】

春风剪开碧绿的水波，日光照亮金黄的江边，水面如镜浸透寒冷的翠色。双蛾山流光溢彩，迎风一展笑颜，两峰依旧含情脉脉。那时有人同它一起陶醉，江水湿透他的锦袍，乌纱帽也歪向一侧。英杰今何在？满目是青山，飞下一片明月孤白。 谁驾片帆登上天门山，明朝我也是，天门山的过客。平生兴致高远，愿像青莲居士泛一叶小舟，从此飘游八极。采石矶头绿树丛丛，曾有骑白马的书生奋然破敌。百年前的往事，想问问东风，在那笛声悠长的酒醒时。

瑞 鹤 仙

海 棠

向阳看未足。更露立栏杆，日高人独。江空佩鸣玉[1]。问烟鬟霞脸，为谁膏沐[2]。情闲景淑[3]。嫁东风、无媒自卜〔4〕。凤台高，贪伴吹笙〔5〕，惊下九天霜鹄〔6〕。 红蹙〔7〕。花开不到，杜老溪庄〔8〕，已公茅屋〔9〕。山城水国〔10〕，欢易断、梦难续。记年时马上〔11〕，人酣花醉，乐奏开元旧曲〔12〕。夜归来，驾锦漫天〔13〕，绛纱万烛〔14〕。

【注释】

〔1〕"江空"句：唐王勃《滕王阁诗》："滕王高阁临江渚，佩玉鸣鸾罢歌舞。"

〔2〕"问烟鬟"两句：《诗·卫风·伯兮》："岂无膏沐？谁适为容。"此将海棠比作佳人，有飘如云烟的秀发，有红霞般的脸色。膏沐，妇女润发的油脂。此用为动词，犹梳妆打扮。

〔3〕景淑：景色美丽。此指海棠仪态。景，美好。

〔4〕嫁东风：指随东风离枝而去。宋张先《一丛花令》词："沉恨细思、不如桃杏，犹解嫁东风。" 卜：选择。

〔5〕"凤台"两句：用萧史、弄玉吹箫跨凤及秦穆公为筑凤台典。见《列仙传》。

〔6〕九天：极言其高。唐李白《望庐山瀑布》："飞流直下三千尺，疑是银河落九天。" 霜鹄：霜雁。

〔7〕蹙：皱缩。

〔8〕杜老：唐朝诗人杜甫。杜甫诗中无一语及于海棠，这几成诗家公案。宋人诗话对此多有讨论，一般以为杜甫母亲名海棠，甫避而不咏。

〔9〕已公：即已上人。唐时幽居之僧。杜甫作有《已上人茅斋》诗，首句云"已公茅屋下"。诗中写到已上人所种之瓜及江莲、天棘等，亦无海棠花，故词句云云。

〔10〕山城水国：喻路途遥远险阻。

〔11〕年时：当年，往年。

〔12〕"人酣"两句：据《杨太真外传》等载：唐明皇一日登沉香亭，杨贵妃卯酒未醒，扶掖而至，明皇笑曰："岂妃子醉，海棠睡未足耳。"此化用之。开元，唐玄宗年号（713—741）。

〔13〕驾锦：指海棠花盛开，犹繁花似锦。

〔14〕绛纱：灯笼上的红纱。绛，深红色。宋苏轼《海棠》："夜深唯恐花睡去，故烧高烛照红妆。"此用其意。

【译文】

花儿向阳时令人看不足，更带露靠立栏杆，日光高挂我心孤独。江面空阔，风鸣佩玉。问那发似云烟脸似彩霞的海棠，为谁梳妆洗沐？情态悠闲姿容雅淑，想嫁给东风，没有媒人自去卜。凤台高耸，贪恋陪伴吹笙人，惊下九天的白色鸿鹄。　　红花皱眉，不打算开到，老杜的溪庄，已公的茅屋。山城水国道难行，欢愉易断，幽梦难续。记得去年骑在马上，人与花俱酣醉，快乐地奏起开元旧曲。夜晚归来，漫天都是盛开的红花，绛红纱笼中燃起无数蜡烛。

齐 天 乐

吴兴郡宴遇旧人[1]

玉钗分向金华后[2]，回头路迷仙苑。落翠惊风，流红逐水[3]，谁信人间重见。花深半面[4]。尚歌得新词，柳家三变[5]。绿叶阴阴[6]，可怜不似那时看。　　刘郎今度更老[7]，雅怀都不到，书带题扇[8]。花信风高[9]，茗溪月冷[10]，明日云帆天远。尘缘较短[11]。怪一梦轻回，酒阑歌散[12]。别鹤惊心，感时花泪溅[13]。

【注释】

〔1〕吴兴郡：今浙江湖州。

〔2〕玉钗分：指离别。古有与情人或丈夫相别，女子分钗相赠，以示不忘的习俗。　金华：浙江金华县北有金华山，为道家福地。

〔3〕流红：水上题有情诗的红叶。

〔4〕花深半面：指再次短暂见面时，她的容貌已衰老。半面，《后汉书·应奉传》注引谢承书："奉年二十时，尝诣彭城相袁贺。贺时出行闭门，造车匠于内开扇出半面视奉，奉即委去。后数十年于路见车匠，识而呼之。"此指相聚时间短暂。

〔5〕柳家三变：北宋词人柳永原名柳三变。

〔6〕绿叶阴阴：暗用唐杜牧"绿叶成阴子满枝"诗意。见李演《祝英台近》注〔4〕。

〔7〕刘郎：用刘、阮入天台遇仙典，词中系自称，极贴切。前文"仙苑"已暗逗消息。

〔8〕书带题扇：指在衣带与纨扇上题诗作画，乃文士狎游时一种风雅自得的情趣。

〔9〕花信风：即二十四番花信风。见汤恢《倦寻芳》注〔3〕。 高：表示时序已近晚春。

〔10〕苕溪：水名。源出浙江天目山，注入太湖。夹岸多苔，秋后花飘水上如飞雪，故名。

〔11〕尘缘：佛教认为色、声、香、味、触、法为六尘，是污染人心、使生嗜欲的根缘。此指情缘。 较：差、欠的意思。

〔12〕酒阑：酒残。阑，晚、残尽。

〔13〕"别鹤"两句：化用唐杜甫《春望》"感时花溅泪，恨别鸟惊心"诗意。又，别鹤用《别鹤操》本事典。见《古今注》卷中。代指夫妇或情人分别。

【译文】

你分赠玉钗，我来金华后；回头不见路，已迷失在道家仙苑。翠叶惊风落，红叶逐水流，谁信能在人间再度相见。你已老去往日容颜，尚能歌唱新词，是柳家三变的曲片。绿叶已成浓荫，可惜不如昔时好看。 刘郎今年更老了，完全没有雅兴，去题写衣带团扇。花信风高吹，苕溪月凄冷，明天又挂高帆远去天边。情缘欠短，只能怪美梦一试就轻回，酒残歌亦散。分别时山鹤不禁心惊，感念时野花也伤心泪溅。

张龙荣

张龙荣（生卒年不详），字成子，号梅深。一名张榘（或作张矩）。曾与周密、陈允平各写十首吟咏西湖风景的词。今存词十二首。

摸 鱼 儿⁽¹⁾

又吴尘、暗斑吟袖⁽²⁾，西湖深处能浣⁽³⁾。晴云片片平波影，飞趁棹歌声远⁽⁴⁾。回首唤⁽⁵⁾。仿佛记、春风共载斜阳岸。轻携分短⁽⁶⁾。怅柳密藏桥，烟浓断径⁽⁷⁾，隔水语音换⁽⁸⁾。　　思量遍。前度高阳酒伴⁽⁹⁾。离踪悲事何限。双峰塔露书空颖⁽¹⁰⁾，情共暮鸦盘转。归思懒。悄不似、留眠水国莲花畔。灯帘晕满⁽¹¹⁾。正蠹帙重缮⁽¹²⁾，沉煤半冷⁽¹³⁾，风雨闭宵馆。

【注释】

〔1〕此词一本题作"重过西湖"。

〔2〕吟袖：诗人之袖。

〔3〕浣：洗。

〔4〕棹歌：船歌，渔歌。

〔5〕回首：回忆。

〔6〕携分：分携，分手。宋秦观《望海潮》："才话暂分携，早抱人娇咽，双泪红垂。"

〔7〕断径：遮断小路。

〔8〕"隔水"句：隐含南宋临安已被异族占领。

〔9〕高阳酒伴：指狂放不羁的旧友。《史记·郦生陆贾列传》载：郦食其自称"高阳贱民"上谒刘邦，使者禀告"状貌类大儒"，刘邦不喜儒者，拒见。郦食其嗔目按剑叱使者曰："走！复入言沛公，吾高阳酒徒也，非儒人也。"乃得见。

〔10〕双峰塔：西湖附近有南高峰、北高峰，峰顶各有高塔。　颖：毛笔头。此句谓双峰塔耸起，似笔头在露空书写。

〔11〕晕：灯的模糊光影。

〔12〕蠹帙：长蛀虫的书卷。　缮：同"翻"。

〔13〕沉煤：香煤，煤炭。因古时妇女用以画眉，故称。沉，沉香。

【译文】

又是吴地风尘，在我的衣袖上留下黑斑，西湖深处能净洗。晴空中片片云彩，在平展的波面上投下倩影，又随船上歌声飞逝。这一切唤起回忆，我仿佛记得夕阳岸边曾同沐春风，当时分别短促且容易。堪惆怅啊！柳条密密地遮掩画桥，云烟浓浓地隔断小径，对岸传来改腔的话音。　　细细思量，不见昔日高阳酒伴，只有离别的踪迹和悲伤的情事无限。双峰塔高耸云空，像是笔尖在露天书写，情感随暮鸦一起上下盘旋。回归的情绪已懒，全然不像昔日留卧在水乡莲花池畔。帘下灯晕已满。正在重翻虫蛀的书卷，香煤半已冷却，风雨中夜闭驿馆。

卷　六

李彭老

　　李彭老（生卒年不详），字商隐，号篯房，德清（今属浙江）人。与其弟李莱老（字周隐）并称"龟溪二隐"。淳祐中（1241—1252），为沿江制置司属官。与吴文英、周密以词酬唱。宋亡后曾参与《乐府补题》的咏物聚会。周密谓其词"笔妙一世"。所作沉郁凄迷，感慨万端，词风与周密、王沂孙相近。《彊村丛书》据汪谢城辑本收《龟溪二隐词》一卷，内彭老词二十一首。

木兰花慢

　　正千门系柳，赐宫烛、散青烟[1]。看秀靥芳唇，涂妆晕色[2]，试尽春妍[3]。田田[4]。满阶榆荚，弄轻阴、浅冷似秋天。随处饧香杏暖[5]，燕飞斜䤲秋千[6]。　　朱弦。几换华年[7]。扶浅醉、落红前。记旧时游冶[8]，灯楼倚扇，水院移船。吟边[9]。梦云飞远[10]，有题红、都在薛涛笺[11]。听绝残箫倦笛，夜堂明月窥帘。

【注释】
　　〔1〕"正千门"两句：宋吴自牧《梦粱录》卷二："清明交三月，节前

两日谓之'寒食',京师人从冬至后数起至一百五日,便是此日。家家以柳条插于门上,名曰'明眼',凡官民不论小大家,子女未冠笄者,以此日上头。寒食第二日,即清明节,每岁禁中命小内侍于阁门用榆木钻火,宣赐臣僚巨烛,正所谓'钻燧改火'者,即此时也。"唐韩翃《寒食》:"日暮汉宫传蜡烛,轻烟散入五侯家。"词化用之。

〔2〕晕色:淡红色。晕,光影色泽模糊的部分。

〔3〕春妍:青春娇容。

〔4〕田田:本为莲叶盛密貌,此作繁盛、繁多解。

〔5〕饧:古"糖"字,也写作"餹"。用麦芽或谷芽之类熬成的糖。宋宋祁《寒食》:"箫声吹暖卖饧天。"

〔6〕嚲(duǒ):下垂。

〔7〕"朱弦"两句:唐李商隐《锦瑟》:"锦瑟无端五十弦,一弦一柱思华年。"朱弦,用熟丝制的琴弦。泛指琴弦等。《荀子·礼论》:"朱弦而通越也。"郑注:"朱弦,练朱弦,练则声浊。"

〔8〕游冶:出游寻乐。

〔9〕吟边:诗中,词中。

〔10〕梦云:喻男女幽会。战国楚宋玉《高唐赋》记神女辞别楚襄王,自称"妾在巫山之阳,高丘之阻。旦为朝云,暮为行雨。朝朝暮暮,阳台之下"。

〔11〕题红:题有情诗的红叶。 薛涛笺:唐元和初,名妓薛涛好制小诗,惜纸幅大,乃命匠人造彩色小笺。时人名为"薛涛笺"。后世八行红笺沿用该名称。

【译文】

　　正是家家门前插柳,宫廷赏赐蜡烛,到处弥漫着青烟。看那秀脸芳唇,涂抹梳妆泛红晕,试尽春衫争娇妍。榆叶多浓密,榆英落满台阶,榆树铺展淡淡的绿荫,天气微冷似秋天。到处饧飘香杏争暖,燕子飞过斜垂的秋千。 琴上丝弦,弹走了多少华年?我扶带微醉,伫立落花前。记得旧时游览寻乐,灯楼中倚靠团扇,水院中轻移画船。而今吟咏诗句,梦中的朝云已经飞远,有题红叶诗,都写在薛涛笺。听尽残箫倦笛,寂处夜堂,明月窥探窗帘。

壶 中 天

登寄闲吟台[1]

青飙荡碧[2]，喜云飞寥廓，清透凉宇。倦鹊惊翻台
榭迥，叶叶秋声归树。珠斗斜河[3]，冰轮辗雾[4]，万里
青冥路[5]。香深屏翠，桂边满袖风露。　　烟外冷逼玻
璃[6]，渔郎歌杳，击空明归去[7]。怨鹤知更莲漏悄[8]，
竹里筛金帘户[9]。短发吹寒，闲情吟远，弄影花前舞。
明年今夜，玉樽知醉何处[10]。

【注释】

〔1〕寄闲：张枢字斗南，号寄闲。　吟台：即张枢家园湖山绘幅楼吟
台。见本书卷五。

〔2〕青飙：青蘋之风。战国楚宋玉《风赋》："夫风生于地，起于青蘋
之末，侵淫溪谷，盛怒于土囊之口。"飙，疾风。

〔3〕珠斗：北斗七星。因其相贯如珠，故称。

〔4〕冰轮：明月。宋苏轼《宿九仙山》："半夜老僧呼客起，云峰缺处涌
冰轮。"

〔5〕青冥：青天。

〔6〕玻璃：喻西湖水平如镜，晶亮透彻。

〔7〕空明：指澄澈透明的湖水。宋苏轼《前赤壁赋》："桂棹兮兰桨，
击空明兮溯流光。"

〔8〕莲漏：莲花漏，古代的一种计时器。传为晋代和尚慧远发明。见
宋夏竦《颍川莲花漏铭》。

〔9〕筛金：指透入光线。

〔10〕"明年"两句：陆辅之《词旨》列为"警句"。宋苏轼《阳关
曲·中秋作》："此生此夜不长好，明月明年何处看？"

【译文】

疾风冲荡青蘋，喜看辽阔天空云飞扬，清凉直透天宇。倦鹊惊

风陡翻，歌台舞榭深杳，叶叶秋声响于林树。北斗斜挂天河，月轮辗过霜雾，青天笼盖万里路。香气浓郁玉屏青翠，桂树边我举起衣袖挡风露。　　云烟出没处，冷气逼近西湖，打渔郎的歌声悠悠飘远，船桨击打着明净的水波归去。怨鹤知道更点，莲花漏滴悄然无声，阳光穿过竹丛透入窗户。寒风吹短发，无端情怀随着吟兴去远，花儿展弄身影在眼前飞舞。明年今夜，携玉杯不知醉在何处？

高 阳 台
落 梅

　　飘粉杯宽，盛香袖小，青青半掩苔痕。竹里遮寒，谁念减尽芳云。幺凤叫晚吹晴雪[1]，料水空、烟冷西泠[2]。感凋零。残缕遗钿[3]，迤逦成尘。　　东园曾趁花前约[4]，记按筝筹酒，戏挽飞琼[5]。环佩无声[6]。草暗台榭春深。欲倩怨笛传清谱[7]，怕断霞、难返吟魂[8]。转销凝。点点随波，望极江亭。

【注释】
〔1〕幺凤：鸟名。形状像传说中的凤鸟而体型较小。
〔2〕西泠：桥名，在杭州西湖孤山下。
〔3〕残缕遗钿：昔日西湖繁华，游人如织，丝缕钗钿到处遗落。
〔4〕东园：杨缵家园。宋末词人毛敏仲、徐天民、徐理、张炎、周密等于此商榷音律、分题酬唱。　约：指词人结成西湖吟社。
〔5〕"记按筝"两句：作者《重过东园兴怀知己》诗："东园桃李记春时，杖屦相从日日嬉。乌帽插花筹艳酒，碧莲探韵赋新诗。"筹，饮酒计数之具。飞琼，许飞琼，传说中西王母侍女。此指美貌歌妓。
〔6〕环佩：女子衣带上的饰物。此化用宋姜夔《疏影》"想佩环、月下归来，化作此花幽独"词意，暗喻杨缵谢世。
〔7〕清谱：指杨缵《紫霞洞谱》。元夏文彦《图绘宝鉴》卷四："（杨

缵）好古博雅，善琴，倚调制曲，有《紫霞洞谱》传世。"

〔8〕断霞：暗指杨缵。杨氏号紫霞、霞翁。见本书卷三。又杨缵所居之楼名"紫霞"。见袁桷《琴述赠黄依然》。　　吟魂：诗人之魂。

【译文】

　　花朵飘零觉盛杯宽大，香气浓郁觉衣袖窄小，青绿的梅枝半遮苔痕。竹林中可避寒，谁会痛惜凋尽的花云？幺凤晚叫似哀叹晴雪般亮丽的落花，料想水面空阔，烟雾冷罩西泠。感叹繁花凋零，到处都是断残的丝缕遗落的钗钿，连绵不尽都化作了香尘。　　曾趁东园花开前缔结盟约，记得弹奏宝筝按筹行酒，嬉游中挽着许飞琼。如今环佩寂然无声，青草茂盛遮暗歌台舞榭，春色已浓深。想请凄怨的长笛吹奏《洞谱》，却怕断零的紫霞居，难以收归诗人之魂。转瞬魂消神凝，点点落花随波飘流，极目眺望江亭。

法曲献仙音

官圃赋梅，继草窗韵〔1〕

　　云木槎枒〔2〕，水葓摇落〔3〕，瘦影半临清浅〔4〕。翠羽迷空〔5〕，粉容羞晓〔6〕，年华柱弦频换〔7〕。甚何逊、风流在〔8〕，相逢共寒晚。　　总依黯〔9〕。念当时、看花游冶〔10〕，曾锦缆移舟〔11〕，宝筝随辇〔12〕。池苑锁荒凉〔13〕，嗟事逐、鸿飞天远〔14〕。香径无人，甚苍藓、黄尘自满〔15〕。听鸦啼春寂，暗雨萧萧吹怨。

【注释】

　　〔1〕官圃：指西湖附近的聚景园。宋田汝成《西湖游览志馀》："清波门外旧有聚景园，先是高宗居大内时属意湖山，孝宗乃建园奉上皇游幸，其后累朝临幸，理宗以后日渐荒落。"　　草窗：宋末著名词人周密，字公

谨，号草窗。周密原作是《法曲献仙音·吊雪香亭梅》，同时和作还有王沂孙《法曲献仙音·聚景亭梅次草窗韵》。见王沂孙《法曲献仙音·聚景亭梅次草窗韵》注〔1〕。

〔2〕云木槎枒：高大的乔木枝枒横生，参差不齐。槎枒，旁生斜逸的枝丫。

〔3〕水葓：即水荭。一种水草，夏秋开花。　摇落：草木凋零。战国楚宋玉《九辩》："悲哉秋之为气也，萧瑟兮草木摇落而变衰。"

〔4〕瘦影半临清浅：意谓梅花开在水边。梅品清逸，故称瘦影。宋林逋《山园小梅》："疏影横斜水清浅。"

〔5〕翠羽：比喻青葱的树叶。此指梅叶。

〔6〕粉容：谓梅花。梅有粉红者。

〔7〕"年华"句：意谓年华飞逝。唐李商隐《锦瑟》诗："锦瑟无端五十弦，一弦一柱思华年。"

〔8〕何逊：字仲言，南朝梁诗人。在扬州为官时有《咏早梅》诗。唐杜甫《和裴迪登蜀州东亭送客逢早梅相忆见寄》诗："东阁官梅动高兴，还如何逊在扬州。"此系词人自喻。

〔9〕依黯：唐韩偓《寄诸兄弟》："却望山南空黯黯，回看童仆亦依依。"后简缩为"依黯"一词，状伤别怀远的情绪。

〔10〕游冶：出游寻乐。

〔11〕锦缆：丝织缆绳，状游船华美。隋炀帝曾锦缆龙船游扬州，并赏玩梅花。

〔12〕宝筝：华美的筝。也称秦筝，战国时期流行于秦地，传为蒙恬所造。

〔13〕苑：帝王游玩打猎的园林。

〔14〕"嗟事"句：化用宋苏轼《和子由渑池怀旧》"人生到处知何似，应似飞鸿踏雪泥。泥上偶然留指爪，鸿飞哪复计东西"诗意，谓往事如雁鸿飞远，去留无迹。

〔15〕苍藓：苔藓。

【译文】

高大的树木枝枒横生，水荭随风摇落；梅花照瘦影，一半临水边。翠叶迷漫天空，粉花清晨羞开颜；年华似锦瑟，一柱一弦频频换。正像当年何逊，风流依旧在，与梅共度寒冷的夜晚。　　心情总是惆怅。想念当时，为看花而游玩寻乐，曾用锦缆牵舟，弹起宝筝随帝辇。如今池苑锁荒凉，慨叹往事都随大雁远飞云天。芳香小径无人迹，青绿的苔藓上，黄尘自已落满。听乌鸦啼鸣，觉春天更沉寂，听雨声萧萧，像在吹奏我心中的幽怨。

一萼红

寄弁阳翁[1]

　　过蔷薇。正风喧云淡[2]，春去未多时。古岸停桡，单衣试酒[3]，满眼芳草斜晖。故人老、经年赋别[4]，灯晕里[5]，相对夜何其[6]。泛剡清愁[7]，买花芳事，一卷新诗。　　流水孤帆渐远，恐家山猿鹤[8]，喜见重归。北阜寻幽[9]，青津问钓，多情杨柳依依[10]。最难忘、吟边旧雨[11]，数菖蒲、花老是来期[12]。几夕相思梦蝶[13]，飞绕蘋溪[14]。

【注释】

　　〔1〕弁阳翁：周密自号弁阳翁，与李彭老、李莱老交谊甚深。其在《病中寄二隐·二隐皆有和篇，因再用韵》中云："平昔结交唯二隐，折梅时寄长短叹。"此词是周密回湖州探望之后词人的寄赠之作。

　　〔2〕喧：一本作"暄"，是。

　　〔3〕单衣试酒：宋周邦彦《六丑·蔷薇谢后作》："正单衣试酒，怅客里、光阴虚掷。"

　　〔4〕经年：年复一年，年年。　赋别：离别。

　　〔5〕晕：光影色泽模糊的部分。唐韩愈《宿龙宫滩》诗："梦觉灯生晕。"

　　〔6〕夜何其：夜色怎样了。《诗·小雅·庭燎》："夜如何其，夜未央。"

　　〔7〕泛剡：《世说新语·任诞》："王子猷居山阴，夜大雪……忽忆戴安道。时戴在剡，即便夜乘小船就之。"泛剡即是访友，此作思友解。

　　〔8〕家山猿鹤：南朝齐孔稚珪《北山移文》讽刺假隐士周颙离山后"蕙帐空兮夜鹤怨，山人去兮晓猿惊"。此反用其意。家山，故乡。

〔9〕北阜：北山。指隐士所居。阜，土山。《释名·释山》："土山曰阜。"

〔10〕依依：恋恋不舍。《诗·小雅·采薇》："昔我往矣，杨柳依依。"

〔11〕吟边：诗中，词中。　旧雨：唐杜甫《秋述》："常时车马之客，旧，雨来；今，雨不来。"谓过去宾客遇雨也来，而今遇雨却不来了。后以"旧雨"作老友的代称。

〔12〕菖蒲：水草，初夏开花。

〔13〕梦蝶：《庄子·齐物论》："昔者，庄周梦为蝴蝶，栩栩然蝴蝶也；自喻适志与，不知周也；俄然觉，则蘧蘧然周也。"后用"梦蝶"表梦幻之意，此指梦。

〔14〕蘋溪：岸边长满蘋草的溪流。指周密隐居处。周密号蘋洲，词集名《蘋洲渔笛谱》。

【译文】

开过了蔷薇。正是风暖云淡天气，春天过去没有多时。泊舟古岸边，穿单衣品春酒，满眼芳草抹夕晖。故人年老，年年离别，暗淡灯影下，相对晤谈夜深却不知。泛剡溪清愁不断，买花一类的春事，都吟成一卷新诗。　　流水送孤帆渐渐远去，想必家乡的猿鹤，喜见故主重归。北山寻觅幽景，绿水边垂钓，多情杨柳恋依依。最难忘的是我的老诗友，数数菖蒲开了多久，花老应是你的归期。几个晚上直相思，梦中变成蝴蝶，飞来飞去绕蘋溪。

高 阳 台

寄题荪壁山房⁽¹⁾

石笋埋云⁽²⁾，风篁啸晚⁽³⁾，翠微高处幽居⁽⁴⁾。缥缈云签⁽⁵⁾，人间一点尘无。绿深门户啼鹃外，看堆床、宝晋图书⁽⁶⁾。尽萧闲，浴研临池⁽⁷⁾，滴露研朱⁽⁸⁾。　　旧时曾写桃花扇，弄霏香秀笔⁽⁹⁾，春满西湖。松菊依然，柴桑自爱吾庐⁽¹⁰⁾。冰弦玉麈风流在⁽¹¹⁾，更秋兰、香染衣裾⁽¹²⁾。照窗明，小字珠玑，重见欧虞⁽¹³⁾。

【注释】

〔1〕苏壁山房：原笺引戚辅之《佩楚轩客谈》云："金应桂字一之，雅标度，能欧书。受知贾似道，居西湖南山中，筑苏壁山房，左弦右壶，中设图史。客至，抚摩谛玩，清淡缱缱。每肩舆入城府，幅巾氅衣，望之若神仙然。"

〔2〕石笋埋云：状山崖高耸。

〔3〕篁：竹子。 风篁：风吹竹林。

〔4〕翠微：轻淡青葱的山色。此指青山。

〔5〕缥缈云签：一本作"缥简云签"，译文从之。缥，淡青色，古时常用淡青（或黄）丝帛作书囊书衣，因代指书籍。简，简册，书籍。云签，道家典籍。

〔6〕宝晋：宋书法家米芾的书斋名宝晋斋，壁间刻有晋人法帖。

〔7〕研：一本作"砚"，同。

〔8〕研朱：研和朱丹，调成红颜料。

〔9〕霏香：飘香。霏，飞散。 秀笔：笔端文采秀丽。

〔10〕"松菊"两句：指金应桂喜爱隐居生活。晋陶渊明《归去来兮辞》："三径就荒，松菊犹存。"柴桑，陶渊明为浔阳柴桑人。其《读山海经》："众鸟欣有托，吾亦爱吾庐。"

〔11〕冰弦：白色琴弦，指素琴。 玉麈：玉柄拂尘。 风流：逞才而不拘礼法。《世说新语·品藻》："（韩康伯）居然有名士风流。"

〔12〕衣裾：衣襟。

〔13〕欧虞：唐代书法家欧阳询和虞世南。

【译文】

石笋埋在青云中，晚风吹竹萧萧鸣，翠山高处有人幽居。捧读青卷道典，没有一点人间俗尘。杜鹃啼鸣处，绿树深掩门户，看满架堆着宝晋斋里的图书。整日萧散悠闲，临池洗净笔砚，露滴研和丹朱。　往日曾题写桃花扇，挥舞飘香秀笔，那时春色正满西湖。松菊依旧，隐居人自爱自家的草庐。弹素琴，持拂尘，风采依存，更有秋兰香气染衣裾。明月照窗，小字如珠玑，使人重见欧、虞。

探 芳 讯

湖上春游继草窗韵[1]

对芳昼。甚怕冷添衣，伤春疏酒。正绯桃如火，相看自依旧。闲帘深掩梨花雨，谁问东阳瘦[2]。几多时，涨绿莺枝[3]，堕红鸳甃[4]。　　堤上宝鞍骤[5]。记草色薰晴[6]，波光摇岫。苏小门前[7]，题字尚存否。繁华短梦随流水，空有诗千首。更休言，张绪风流似柳[8]。

【注释】

〔1〕草窗：周密号草窗。周密原唱见本书卷七。

〔2〕"闲帘"两句：陆辅之《词旨》列为"警句"。梨花雨，暗指佳人落泪。唐白居易《长恨歌》："玉容寂寞泪阑干，梨花一枝春带雨。"东阳，南朝诗人沈约曾官东阳太守。《南史·沈约传》："(约与人书)言己老病：'百日数旬，革带常应移孔；以手握臂，率计月小半分'"。此为词人自比。

〔3〕莺枝：莺栖的树枝。多指柳枝。

〔4〕鸳甃：以对称的砖瓦砌成的井壁。代指井。宋秦观《水龙吟》："红成阵，飞鸳甃。"甃，井壁。

〔5〕宝鞍骤：指游骑密集。宋秦观《水龙吟》："小楼连远横空，下窥绣毂雕鞍骤。"

〔6〕草色薰晴：晴光照草而散发出浓郁香气。薰，通"熏"，香气。此用为动词。宋欧阳修《踏莎行》："草熏风暖摇征辔。"

〔7〕苏小：南朝歌妓苏小小，才貌双全。杭州西湖西泠桥畔有苏小小墓。

〔8〕张绪：南朝齐吴郡吴人，美风姿，清简寡欲，口不言利。武帝植蜀柳于灵和殿前，尝赞叹说："此杨柳风流可爱，似张绪当年时。"见《南史·张绪传》。此为词人自况。

【译文】

面对飘香的白昼，很是怕冷一再添衣，伤春成病疏离了酒。正是红桃似火，相看你我依旧。闲帘深闭梨花带雨，谁慰问东阳的消瘦。还有多少时光，黄莺栖息的枝头长满浓绿，落红飘飞鸳鸯井甃。　　堤上宝鞍密聚。总是记得晴光熏染草色，波光摇曳山岫。苏小小门前，题字还在否？繁华如短梦，随水流去远，空写下了诗千首。更不要说，张绪风采似柳。

祝英台近〔1〕

杏花初，梅花过，时节又春半。帘影飞梭，轻阴小庭院。旧时月底秋千，吟香醉玉〔2〕，曾细听、歌珠一串〔3〕。　　忍重见。描金小字题情，生绡合欢扇〔4〕。老了刘郎〔5〕，天远玉箫伴〔6〕。几番莺外斜阳，栏干倚遍，恨杨柳、遮愁不断〔7〕。

【注释】

〔1〕此词一本题作"后溪次周草窗韵"。周密原唱是《祝英台近·后溪次韵日熙堂主人》。

〔2〕醉玉：醉酒。《世说新语·容止》："山公（涛）曰：'嵇叔夜（康）之为人也，岩岩若孤松之独立；其醉也，傀俄若玉山之将崩。'"

〔3〕歌珠：歌喉宛转动听，犹如珠玉滚动。

〔4〕合欢扇：团扇。汉班婕妤《怨歌行》："裁为合欢扇，团团似明月。"

〔5〕刘郎：相传东汉永平年间，浙江剡县人刘晨、阮肇上天台山采药遇到两个仙女，半年后归家，子孙已七代，后入山访女，不见踪影。见刘义庆《幽明录》。此代指旧地寻游之人。

〔6〕玉箫：箫的美称。

〔7〕"几番"四句：陆辅之《词旨》列为"警句"。

【译文】

杏花初开，梅花已谢，时节又是春过一半。帘影卷动似飞梭，淡荫落在小庭院。昔时月光下荡秋千，吟咏香花醉饮美酒，曾细细地听，妙歌如珠贯成串。　　不忍重见，描金小字题写情诗，题写在生丝裁成的团扇。老了刘郎，远在天涯有玉箫相伴。几回莺啼处看夕阳，倚遍栏杆，恨那杨柳遮愁却遮不断。

踏 莎 行
题草窗十拟后[1]

　　紫曲迷香，绿窗梦月[2]。芳心如对春风说。蛮笺象管写新声[3]，几番曾试琼壶觖[4]。　　庾信书愁[5]，江淹赋别[6]。桃花红雨梨花雪[7]。周郎先自足风流[8]，何须更拟秦筝咽[9]。

【注释】

〔1〕草窗十拟：即周密模仿《花间集》和几位南宋词人的组词《效颦十解》。见本书卷七。其中《醉落魄》就是模仿"二隐"（李彭老与李莱老）的。

〔2〕"紫曲"两句：陆辅之《词旨》列为"属对"。紫曲，帝都郊野的曲折小路。绿窗，绿色纱窗。代指女子所居。

〔3〕蛮笺：唐时四川所造的彩色花纸。　象管：笔，或象牙饰管。

〔4〕觖（jué）：不满。指敲唾壶击节而歌，因情绪激昂而把壶敲缺。见《世说新语·豪爽》。

〔5〕庾信：北周文学家，写有《愁赋》。唐杜甫《咏怀古迹》诗："庾信平生最萧瑟，暮年诗赋动江关。"

〔6〕江淹：南朝梁诗人，写有《恨赋》、《别赋》。

〔7〕雨、雪：均指落花。

〔8〕周郎：三国时周瑜很年轻就担任吴国军事统帅，又妙解音律，时人谓"曲有误，周郎顾"，故云"足风流"。此指周密。

〔9〕"周郎"两句：暗示周密作词应走自己的路。秦筝，战国时流行于秦国，故名。传为蒙恬所造。后泛指筝。筝，一本作"箫"。

【译文】

　　紫色曲径迷绕浓香，绿色纱窗月照幽梦，如同春心在对春风诉说。蜀笺象管写下新词，几次击节把唾壶敲缺。　庾信写愁，江淹咏别，桃花泼红雨梨花飘雪。周郎本已够风流，何须再学秦筝呜咽。

浪　淘　沙

　　泼火雨初晴[1]。草色青青。傍檐垂柳卖春饧[2]。画舫载花花解语[3]，绾燕吟莺[4]。　箫鼓入西泠[5]。一片轻阴。钿车罗盖竞归城[6]。别有水窗人唤酒，弦月初生[7]。

【注释】

　〔1〕泼火雨：旧俗寒食禁火，其时下雨，叫泼火雨。唐白居易《洛阳寒日作》诗：“蹴毬尘不起，泼火雨新晴。”

　〔2〕饧：麦芽或谷芽熬成的糖。

　〔3〕花解语：用唐明皇称杨贵妃为“解语花”（见《开元天宝遗事》）典，指貌美的歌妓。

　〔4〕绾燕：穿梭往还的燕子。绾，牵系，贯联。燕、莺也暗指歌妓舞女。

　〔5〕箫鼓入西泠：周密《武林旧事》卷三：“若游之次第，则先南而后北，至午则尽入西泠桥里湖，其外几无一舸矣。弁阳老人（周密）有词云：‘看画船尽入西泠，闲却半湖春色’，盖纪实也。”

　〔6〕“钿车”句：《武林旧事》卷三：“至花影暗而月华生始渐散去。绛纱笼烛，车马争门，日以为常。张武子诗云：‘帖帖平湖印晚天，踏歌游女锦相牵。都城半掩人争路，犹有胡琴落后船。’最能状此景。”钿车，以金花为饰之车。

　〔7〕弦月：月成半圆形如弦，故名。阴历初七、初八，月亮缺上半，为上弦月；二十二、二十三，月亮缺下半，为下弦月。

【译文】

清明雨刚晴，草色一片青。垂柳依屋檐，有人卖春饧。画船载花花懂人语，莺燕往来吟唱不停。　　箫声鼓声到西泠，一片淡荫，罗盖宝车竞回城。水上船窗中，有人还唤酒，弦月已初升。

四 字 令

兰汤晚凉⁽¹⁾。鸾钗半妆⁽²⁾。红巾腻雪吹香⁽³⁾。擘莲房赌双⁽⁴⁾。　　罗纨素珰⁽⁵⁾。冰壶露床⁽⁶⁾。月移花影西厢⁽⁷⁾。数流萤过墙。

【注释】

〔1〕兰汤：有香味的热水。兰，一种香料。战国楚屈原《九歌·云中君》："浴兰汤兮沐芳，华采衣兮若英。"

〔2〕鸾钗：鸾形发钗。鸾，传说中凤凰一类的鸟。

〔3〕腻雪：喻女子肌肤。

〔4〕擘：用手掰开。　赌：猜，卜问。

〔5〕罗纨素珰：《古诗为焦仲卿妻作》："腰若流纨素，耳着明月珰。"珰，耳珠。

〔6〕冰壶：盛冰的玉壶。喻明净的天空。　露床：铺设竹席的凉床。

〔7〕西厢：西侧厢房。

【译文】

兰香热水晚来凉，鸾钗斜挽半鬓妆。玉肌披红巾，风吹阵阵香。掰开莲房，赌猜莲子是否成双。　　身着丝纱耳戴明珰，夜空明净坐凉床。花影随月移到西厢，数数有几只流萤飞过墙。

生 查 子

罗襦隐绣茸⁽¹⁾，玉合销红豆⁽²⁾。深院落梅钿⁽³⁾，寒峭收灯后⁽⁴⁾。　　心事卜金钱，月上鹅黄柳⁽⁵⁾。拜了夜香休⁽⁶⁾，翠被听春漏⁽⁷⁾。

【注释】

〔1〕罗襦：丝织短袄。　绣茸：绣绒，刺绣用的丝缕。

〔2〕玉合：玉饰妆盒。合，通"盒"。　红豆：相思木所结之子。古常喻爱情或相思。唐王维《相思》："红豆生南国，春来发几枝。劝君多采撷，此物最相思。"

〔3〕梅钿：此指梅花。

〔4〕峭：轻寒或风力尖冷。　收灯：指元宵收灯。

〔5〕"月上"句：宋欧阳修《生查子》："月上柳梢头，人约黄昏后。"鹅黄，幼鹅毛嫩黄，故以喻柳芽初萌之色。

〔6〕拜了夜香：晚间焚香祈祷。

〔7〕漏：滴水计时之具。

【译文】

丝罗短袄绣绒淡，玉饰妆盒红豆暗。深苑散落梅花，元宵收灯后，天气仍轻寒。　　用铜钱卜测心事，月亮爬上鹅黄柳。夜来焚香祈祷后，才肯去歇，翠被中卧听春漏。

李莱老

李莱老（生卒年不详），字周隐，号秋崖。《景定严州续志》卷二《知州题名》："李莱老，朝请郎。咸淳六年（1270）六月十六日到任，当年八月六日丁本生母忧去任。"宋亡，与其兄彭老隐居以终。词名稍逊之。《彊村丛书》本《龟溪二隐词》辑其词十七首。

惜 红 衣
寄弁阳翁〔1〕

笛送西泠〔2〕，帆过杜曲〔3〕。昼阴芳绿。门巷清风〔4〕，还寻故人书屋〔5〕。苍华发冷，笑瘦影、相看如竹。幽谷。烟树晓莺，诉经年愁独〔6〕。　　残阳古木。书画归船，匆匆又南北。蘋洲鸥鹭素熟〔7〕。旧盟续。甚日浩歌招隐〔8〕，听雨弁阳同宿〔9〕。料重来时候，香荡几湾红玉〔10〕。

【注释】

〔1〕弁阳翁：周密别号弁阳老人。此词与李彭老《一萼红·寄弁阳翁》为同时之作。

〔2〕西泠：杭州西湖桥名，一名西林桥，又名西陵桥，是孤山到北山的必经之地。

〔3〕杜曲：在长安（今西安）东少陵原的东南端，因唐代贵族杜氏世居于此而得名。此借指临安贵胄聚居地。

〔4〕门巷清风：《南史》本传："谢谖不妄交接，门无杂宾。尝曰：'入吾室者，但有清风；对吾饮者，惟当明月。'"此喻指周密人品高洁，绝去俗尘。

〔5〕故人书屋：周密原有书屋志雅堂、书种堂。后又建有浩然斋、弁阳山房等。此处当指弁阳山房。

〔6〕经年：一年或多年。形容历时长久。

〔7〕蘋洲：指周密。周密号蘋洲。　鸥鹭素熟：言周密抱节隐居的决心一贯不变。鸥鹭，用《列子·黄帝》载鸥鹭忘机典。

〔8〕招隐：淮南小山作有《招隐士》。此表示对周密的怀念，希望早

日重访湖州。同时也鼓励周密继续隐居，抱节守志。

〔9〕弁阳：今浙江湖州。一说指弁阳山房，亦通。

〔10〕红玉：指荷花。

【译文】

西泠的笛声为他送行，他的船行到杜曲。白天浓荫伴着绿树。清风轻拂故居的门巷，回来后寻找他的书屋。花白头发透冷意，相看一笑，彼此都清瘦如竹。山谷幽暗，雾蒙蒙的树林有早莺啼鸣，似在诉说多年的愁苦孤独。　　残阳照古木，书画满归船，匆匆又是天南地北。蘋洲的鸥鹭一向熟识，此去旧盟理应再续。整日高歌《招隐士》，期待你再来弁阳听雨同宿。料想重来的时候，几湾池塘里飘香的荷花已如红玉。

青 玉 案
题草窗词卷〔1〕

吟情老尽江南句〔2〕。几千万、垂丝缕。花冷絮飞寒食路。渔烟鸥雨〔3〕。燕昏莺晓，总入昭华谱〔4〕。　　红衣妆靓凉生渚。环碧斜阳旧时树〔5〕。拈叶分题觞咏处〔6〕。荀香犹在〔7〕，庾愁何许〔8〕，云冷西湖赋。

【注释】

〔1〕草窗词卷：指《蘋洲渔笛谱》，为周密生前手定。书成后曾分赠词友，王沂孙、李彭老、李莱老、毛玶、王易简等皆有题词。

〔2〕吟情：诗情。　江南句：指伤心凄绝的诗句。宋贺铸作《青玉案》，中有"一川烟草，满城风絮，梅子黄时雨"，黄庭坚喜之，赋绝句云："解道江南断肠句，只今唯有贺方回。"见《碧鸡漫志》卷二。

〔3〕渔烟鸥雨：陆辅之《词旨》列入"词眼"。

〔4〕昭华谱：指《蘋洲渔笛谱》。昭华，乐器名，即玉管。传说秦咸

阳宫有玉管长二尺三寸，二十六孔，铭曰"昭华之琯"。见《西京杂记》卷三。

〔5〕环碧：即环碧园，宋末词坛领袖杨缵的家园。

〔6〕拈叶分题：探叶各自题咏。拈犹抓阄，抽取其一来吟咏。宋末咏物词盛行，一花一草皆为吟咏对象。宋张炎《词源》卷下："近代杨守斋精于琴，故深知音律，有《圈法周美成词》；与之游者周草窗（密）、施梅川（岳）、徐雪江（宇）、奚秋崖（濠）、李商隐（彭老），每一聚首，必分题赋曲。"

〔7〕荀香：东汉末年尚书令荀彧衣带有香气，《襄阳记》："荀令君至人家，坐幕，三日香气不歇。"此指周密词卷中的风韵雅气。

〔8〕庾愁：北周文学家庾信作有《愁赋》、《哀江南赋》。

【译文】

　　诗人至老都在写吟咏江南的诗句，诗兴犹如几千几万低垂的丝缕。花透冷气，柳絮飞扬，尽在寒食路。渔洲烟蒙蒙，鸥鹭沐春雨。燕子暮飞，黄莺啼晓，总被写进《渔笛谱》。　　荷花着靓妆，凉气生水渚，环碧园内夕阳还照着旧时树，那是拈叶分题饮酒赋诗处。荀彧的香气还在，庾郎的愁意无限，云彩冷冷飘，空馀西湖赋。

扬 州 慢
琼花次韵[1]

　　玉倚风轻，粉凝冰薄，土花词冷无人[2]。听吹箫月底[3]，传暮草金城[4]。笑红紫、纷纷成雨，溯空如蝶，肯堕珠尘[5]。叹而今、杜郎还见[6]，应赋悲春。　　佩环何许[7]，纵无情、莺燕犹惊。怅朱槛香销，绿屏梦杳，肠断瑶琼[8]。九曲迷楼依旧[9]，沉沉夜、想觅行云[10]。但荒烟幽翠，东风吹作秋声。

【注释】

〔1〕原笺引《山房随笔》:"扬州琼花天下只一本,士大夫爱重,作亭花侧,榜曰'无双'。德祐乙亥北师至,花遂不荣。赵棠国炎有绝句吊曰:'名擅无双气色雄,忍将一死报东风。他年我若修花史,合传琼妃烈女中。'"

〔2〕词:一本作"祠",是。土花祠指扬州后土祠。

〔3〕吹箫月底:化用杜牧《寄扬州韩绰判官》"二十四桥明月夜,玉人何处教吹箫"诗意。

〔4〕金城:本指城内牙城。此指扬州城。

〔5〕珠尘:轻细如尘的青砂珠。传说为仙药,服之可以长生。见《拾遗记》。

〔6〕杜郎:晚唐诗人杜牧,曾在扬州冶游。姜夔《扬州慢》:"杜郎俊赏,算而今、重到须惊。"

〔7〕佩环:化用宋姜夔《疏影》"想佩环、月下归来,化作此花幽独"词意,此移指琼花。

〔8〕瑶琼:喻指琼花花瓣。

〔9〕迷楼:隋炀帝时,浙人项升进新宫图,帝令扬州依图起造,经年始成。所筑回环自合,工巧弘丽,人误入者终日不得出。帝顾左右曰:"使真仙游其中,亦当自迷也,可目之曰迷楼。"见《迷楼记》。

〔10〕行云:巫山神女曾以朝云暮雨自称。见宋玉《高唐赋》。后即以此喻男女情事。

【译文】

琼花倚风起舞,香粉结凝如薄冰,土花祠清冷无人。听月下吹箫,声音传入暮草迷离的扬州城。笑红红紫紫、纷纷零落如雨,凌空翻舞似蝴蝶,怎肯将玉瓣堕落荒尘?叹息今时芳景,杜郎如果还能见到,当赋诗伤春。 花魂何在?纵然无情的莺燕,还感到心惊,怅恨朱栏边花儿消损,绿屏中幽梦渺远,断肠人伤心为玉琼。环环曲曲的迷楼依旧,沉沉的夜晚,想寻觅飘荡的彩云。只有荒烟笼盖清幽的翠树,东风吹,听来却是萧瑟的秋声。

谒 金 门

春意态。闲却远山横黛[1]。香径莓苔嗟粉坏。凤靴双斗彩[2]。　　折得花枝懒戴。犹恋鸳鸯飞盖[3]。旧恨新愁都只在。东风吹柳带。

【注释】

〔1〕远山横黛：指双眉如涂抹着青黛的远山。用《西京杂记》称卓文君"眉色如望远山"语。黛，画眉用的青黑色颜料。

〔2〕"凤靴"句：谓绣靴描有凤凰双戏的图案。

〔3〕鸳鸯飞盖：指绣有鸳鸯图案的车盖。飞盖，高高的车盖；借指车。

【译文】

春天的意态，似闲时的眉山淡抹青黛。徘徊在长了莓苔的香径，嗟叹花朵开败，靴上绣着凤凰戏双的图彩。　　折取花枝懒得戴，还恋着饰有鸳鸯的车盖。旧恨和新愁，都只在那东风吹拂的柳带。

浪 淘 沙

榆火换新烟。翠柳朱檐[1]。东风吹得落花颠。帘影翠梭悬绣带[2]，人倚秋千。　　犹忆十年前。西子湖边[3]。斜阳催入画楼船[4]。归醉夜堂歌舞月，拚却春眠[5]。

【注释】

〔1〕"榆火"两句：旧俗于寒食清明之后钻榆木更换新火，在屋檐上

插柳迎春。见李彭老《木兰花慢》注〔1〕。

〔2〕翠梭：翠羽装饰的纺梭。 绣带：用彩丝织成的带子。

〔3〕西子湖：杭州西湖的别称。宋苏轼《饮湖上初晴后雨》："欲把西湖比西子，淡妆浓抹总相宜。"

〔4〕"斜阳"句：见李彭老《浪淘沙》注〔5〕。

〔5〕"归醉"两句：陆辅之《词旨》列入"警句"。拚却，不惜去做，甘愿如此。

【译文】

取了榆火换来新烟，翠柳挂在朱檐。东风吹得落花袅袅地颠。帘影闲来垂，绣带挂翠梭，玉人倚靠在秋千。　　还记得十年前，美丽的西子湖边，夕阳催促进了彩绘楼船。归来夜堂醉饮，月光下载歌载舞，甘愿与春花同眠。

生 查 子

　　妾情歌柳枝[1]，郎意怜桃叶[2]。罗带绾同心[3]，谁信愁千结。　　楼上数残更，马上看新月。绣被怨春寒，怕学鸳鸯叠[4]。

【注释】

〔1〕柳枝：乐府曲名，又名《折杨柳》。后用作词调名。

〔2〕怜：爱。 桃叶：晋王献之爱妾，此代指所恋女子。

〔3〕绾：缠绕打结。 同心：同心结。用锦带制成的菱形连环回文结，表示恩爱之意。南朝梁武帝《有所思》："腰中双绮带，梦为同心结。"

〔4〕鸳鸯叠：折叠成双双对对的形状。

【译文】

妾寄情歌《柳枝》，郎属意爱桃叶。罗带打成同心结，谁信竟成愁千结。　　妾在楼上数残更，郎在马上看新月。绣被孤单怨春寒，最怕学折鸳鸯叠。

高 阳 台

落 梅

门掩香残，屏摇梦冷，珠钿糁缀芳尘[1]。临水搴花[2]，流来疑是行云[3]。藓捎空挂凄凉月[4]，想鹤归、犹怨黄昏。黯销凝[5]，人老天涯，雁影沉沉。　　断肠不在听横笛，在江皋解佩[6]，翳玉飞琼[7]。烟湿荒村，背春无限愁深。迎风点点飘寒粉，怅秋娘[8]，满袖啼痕。更关情。青子悬枝，绿树成阴[9]。

【注释】

〔1〕珠钿：喻指梅花。钿，花。　糁缀：散落。

〔2〕搴：拔取。此犹"拣取"。

〔3〕行云：见作者《扬州慢》注〔10〕。

〔4〕捎：一本作"梢"，是。藓梢为枝干上生有苔藓之梅。宋范成大《梅谱》："苔须垂于枝间，或长数寸，风至，绿丝飘飘可玩。"

〔5〕黯销凝：感伤出神。

〔6〕江皋解佩：用《列仙传》载"江妃二女，游于江滨，逢郑交甫，遂解佩与之。交甫受佩而去，数十步，怀中无佩，女亦不见"事。

〔7〕翳：遮蔽。　玉、琼：皆指梅花花瓣。

〔8〕秋娘：唐李德裕家姬名谢秋娘，唐李锜妾名杜秋娘。后泛指美人。此喻梅花。

〔9〕"更关情"三句：用唐杜牧"绿叶成阴子满枝"诗意。见李演《祝英台近》注〔4〕。

【译文】

庭门虚掩，花残香存；玉屏摇曳，幽梦清冷；花瓣散落香尘。

临水拣花，疑是流来天上的行云。苔枝徒然挂住一轮凄凉月，料想黄鹤归来，还会怨恨黄昏。黯然凝神，天涯飘流人已老，雁影孤单昏沉。　　伤心不在听横笛，却在江畔，仙女曾解佩相赠，又恍然玉失琼飞我心惊。烟云浸湿荒村，不见大好春光，无边愁海正深。迎风飘来点点寒花，使秋娘惆怅，满袖都是泪痕。更牵挂愁情的是，梅子悬挂枝头，绿树已成荫。

木 兰 花

寄题苏壁山房〔1〕

　　向烟霞堆里，著吟屋、最高层〔2〕。望海日翻红，林霏散白〔3〕，猿鸟幽深。双岑〔4〕。倚天翠湿，看浮云、收尽雨还晴。晓色千松逗冷〔5〕，照人眼底长青。
　　闲情。玉麈风生〔6〕。摹茧字〔7〕，校鹅经〔8〕。爱静缃缃帙〔9〕，芸台棐几〔10〕，荷制兰缨〔11〕。分明。晋人旧隐，掩岩扉、月午籁沉沉〔12〕。三十六梯树杪〔13〕，溯空遥想登临〔14〕。

【注释】
　　〔1〕苏壁：金应桂字一之，号苏壁。山房在西湖南山中。见李彭老《高阳台》注〔1〕。
　　〔2〕吟屋：书房。
　　〔3〕霏：云气。
　　〔4〕双岑：指西湖边的南、北高峰。岑，小而高的山。
　　〔5〕"晓色"句：唐王维《过香积寺》："泉声咽危石，日色冷青松。"逗，张相《诗词曲语辞汇释》："犹透也，露也。"
　　〔6〕玉麈：有玉柄的拂尘。麈，驼鹿，俗称四不象。魏晋名士清谈，喜持麈尾以助谈势。《世说新语·容止》："王夷甫容貌整丽，妙于谈玄。恒

捉玉柄麈尾,与手都无分别。"

〔7〕摹茧字:指临摹王羲之的《兰亭》帖。茧字,用蚕茧作的纸。晋书法家王羲之用蚕茧纸、鼠须笔写《兰亭序》。见张彦远《法书要录》卷三。

〔8〕校鹅经:指校读道书。相传王羲之曾手书《黄庭经》换道士两只鹅,故也称道书为鹅经。

〔9〕缃:同"翻"。 缃帙:浅黄色的书籍布套。代指书籍。

〔10〕芸台:古人以芸香草置书间以避蠹虫,故称藏书台为芸台。亦称芸阁、芸署。见洪刍《香谱》卷上。 棐几:榧木制成的小桌。棐通"榧"。

〔11〕荷制兰缨:隐士所服,象征高洁,不与时俗同污。战国楚屈原《离骚》:"制芰荷以为衣兮","纫秋兰以为佩"。

〔12〕籁:孔穴中发出的声音,泛指大自然的声响。

〔13〕三十六梯:极言山房石级之高,非确指。

〔14〕溯:逆流而上,引申为沿着。

【译文】

向云霞深处瞭望,有一座书屋在山的最高层。远眺日出海上,水波翻卷红光,树林里飘散着白茫茫的云气,猿鸟栖息在深林。两座山峰,倚靠九天翠欲滴,看飘忽不定的云,收尽雨脚又来晴。清晨千松逗透冷色,照人眼帘的是四季长青。 情趣悠闲,玉柄拂尘挥风生。临摹书帖,校读道经。喜爱静心浏览书卷,芸香弥漫藏书台,榧木制成桌几,荷做衣裳兰结冠缨。分明是,晋人中的旧隐士,关掩山门,月到中天声响寂沉。无数石阶高出树梢,回望高空,遥想主人正拾级登临。

清 平 乐

绿窗初晓[1]。枕上闻啼鸟[2]。不恨王孙归不早。只恨天涯芳草[3]。 锦书红泪千行[4]。一春无限思量。折得垂杨寄与[5],丝丝都是愁肠[6]。

【注释】

〔1〕绿窗：绿纱窗，代指女子所居。唐韦庄《菩萨蛮》词："劝我早归家，绿窗人似花。"

〔2〕"枕上"句：用唐孟浩然《春晓》"春眠不觉晓，处处闻啼鸟"诗意。

〔3〕"不恨"两句：正话反说，因恨王孙不归，连及芳草。恨王孙也无用，故言。汉淮南小山《招隐士》："王孙游兮不归，春草生兮萋萋。"王孙，此指远游之人。

〔4〕锦书：书信。前秦秦州刺史窦滔被徙流沙，其妻苏氏思之，织锦为回文旋图诗以赠，诗能回环成诵，词甚哀婉。

〔5〕"折得"句：古人有折柳赠别的习俗。此又借用陆凯折梅寄赠范晔典。

〔6〕丝丝：犹枝枝。丝，谐音"思"。

【译文】

绿纱窗中天色刚晓，睡在枕上听啼鸟。不恨王孙归来不早，只恨天涯多芳草。　锦书浸满泪千行，整个春天不停地思量。折取垂杨寄给情郎，枝枝都像是愁肠。

台　城　路

寄弁阳翁[1]

半空河影流云碎，亭皋嫩凉收雨[2]。井叶还惊[3]，江莲乱落，弦月初生商素[4]。堂深几许。渐爽入云帱[5]，翠绡千缕。纨扇恩疏[6]，晚萤光冷照窗户。　文园憔悴顿老[7]，又西风暗换，丝鬓无数。灯外残砧[8]，琴边瘦枕[9]，一一情伤迟暮。故人倦旅。料渭水长安[10]，感时吟苦。政自多愁[11]，砧蛩终夜语。

【注释】

〔1〕弁阳翁：周密别号弁阳老人。此词与周密《扫花游·九日怀归》（见卷七）内容相似，疑为赠答之作。

〔2〕亭皋：水边平地。亭，平。皋，水边地。

〔3〕井叶还惊：见井边落叶惊觉秋节已到。《淮南子·说山训》："见一叶落而知岁之将暮。"

〔4〕弦月：阴历初七、初八，月亮缺上半，为上弦月。二十二、二十三，月亮缺下半，为下弦月。　商素：素秋。古以商为五音中的金音，声凄厉，与秋天肃杀之气相应。

〔5〕云帱：有云彩图案的帐子。帱，帐子。

〔6〕纨扇恩疏：表示天凉不再用扇。汉班婕妤《怨歌行》："新裂齐纨素，皎洁如霜雪。裁为合欢扇，团团似明月。出入君怀袖，动摇微风发。常恐秋节至，凉飙夺炎热。弃捐箧笥中，恩情中道绝。"

〔7〕文园：西汉辞赋家司马相如曾官孝文园令。唐杜牧《为人题赠》："文园终病榻，休咏白头吟。"此词人自指。

〔8〕残砧：零落的捣衣声。砧，捣衣石。古代妇女常于秋天赶制寒衣，游子听到捣衣声即起思归之情。唐李白《子夜吴歌》："长安一片月，万户捣衣声。"

〔9〕瘦枕：人在枕上消瘦。

〔10〕渭水长安：唐贾岛《忆江上吴处士》："秋风吹渭水，落叶满长安。"长安，借指临安。

〔11〕政：通"正"。

【译文】

银河星影流泻，半空云彩飘碎；水边平地上，微凉把雨收。井边秋叶令人心惊，江畔莲花纷纷凋落，弦月初升照清秋。庭院深几许？凉爽渐入云帐，翠被加厚。疏远了团扇，傍晚冷冷的萤光映入窗口。　我容貌憔悴顿生老态，又是西风悄悄换来，耳边白发无数。灯影外传来断续的捣衣声，琴声中我倚枕消瘦，事事伤情都因迟暮。老友飘游已疲倦，料想在临安河边，感慨今昔吟咏正苦。自己正是愁多，石阶旁的蟋蟀却彻夜长诉。

浪 淘 沙

宝押绣帘斜⁽¹⁾。莺燕谁家⁽²⁾。银筝初试合琵琶⁽³⁾。柳色春罗裁袖小，双戴桃花。　　芳草满天涯。流水韶华⁽⁴⁾。晚风杨柳绿交加。闲倚栏杆无藉在⁽⁵⁾，数尽归鸦。

【注释】
〔1〕宝押：对压帘之物的美称。
〔2〕莺燕：犹莺俦燕侣，喻情侣。
〔3〕合：应和。
〔4〕韶华：美好的春景。也指青春。
〔5〕无藉在：无聊赖，没情绪。

【译文】
压不住，绣帘斜，莺燕飞入谁家？银筝刚调，试和琵琶。柳色春罗裁的衣衫袖口小，两鬓都戴上了桃花。　　芳草满天涯，流水送走大好年华。晚风吹拂杨柳，绿色相交加。闲靠栏杆无情绪，数尽归来的晚鸦。

杏 花 天

年时中酒风流病⁽¹⁾。正雨暗、蘼芜深径⁽²⁾。人家寒食烟初禁⁽³⁾。狼藉梨花雪影。　　西湖梦、红沉翠冷。记舞板、歌裙厮趁⁽⁴⁾。斜阳苦与黄昏近⁽⁵⁾。生怕画船归尽。

浪 淘 沙

宝押绣帘斜[1]。莺燕谁家[2]。银筝初试合琵琶[3]。柳色春罗裁袖小，双戴桃花。　　芳草满天涯。流水韶华[4]。晚风杨柳绿交加。闲倚栏杆无藉在[5]，数尽归鸦。

【注释】
〔1〕宝押：对压帘之物的美称。
〔2〕莺燕：犹莺俦燕侣，喻情侣。
〔3〕合：应和。
〔4〕韶华：美好的春景。也指青春。
〔5〕无藉在：无聊赖，没情绪。

【译文】
压不住，绣帘斜，莺燕飞入谁家？银筝刚调，试和琵琶。柳色春罗裁的衣衫袖口小，两鬓都戴上了桃花。　　芳草满天涯，流水送走大好年华。晚风吹拂杨柳，绿色相交加。闲靠栏杆无情绪，数尽归来的晚鸦。

杏 花 天

年时中酒风流病[1]。正雨暗、蘼芜深径[2]。人家寒食烟初禁[3]。狼藉梨花雪影。　　西湖梦、红沉翠冷。记舞板、歌裙厮趁[4]。斜阳苦与黄昏近[5]。生怕画船归尽。

【注释】

〔1〕年时：当年，往年时节。　中酒：醉酒，病酒。　风流病：指耽迷于风雅之事或男女私情，如病一样。

〔2〕蘼芜：香草名。又称江蓠。南朝齐谢朓《王主簿季哲怨情》："相逢咏蘼芜，辞宠悲团扇。"

〔3〕烟初禁：旧时有寒食节禁火吃冷食的习俗。

〔4〕板：拍板，歌唱时用以打拍子。　歌裙：代指歌妓。　厮趁：相伴。

〔5〕苦：甚，极，非常。

【译文】

　　年来醉酒风流成病。雨色正暗笼，长满蘼芜的丛深小径。居家寒食刚禁烟，梨花雪片乱飘影。　　西湖如梦，红叶沉落碧水寒冷。记得敲打舞板，与歌妓亲近。夕阳黄昏苦相逼，生怕画船都已归尽。

小重山

　　画檐簪柳碧如城[1]。一帘风雨里，过清明。吹箫门巷冷无声[2]。梨花月，今夜负中庭[3]。　　远岫敛修嚬[4]。春愁吟入谱，付莺莺[5]。红尘没马翠埋轮。西泠曲[6]，欢梦絮飘零。

【注释】

〔1〕画檐簪柳：旧时风俗清明节于门上插柳以迎春。见李彭老《木兰花慢》注〔1〕。　碧如城：碧翠成城，指春色极浓。

〔2〕吹箫：指寒食前后卖饧人吹箫以招徕顾客。宋宋祁《寒食》："箫声吹暖卖饧天。"

〔3〕"梨花"两句：宋欧阳修《蝶恋花》词："寂寞起来搴绣幌，月明正在梨花上。"负，空照。因中庭只剩一人，不得与旧好同赏，故言。

〔4〕岫：山峦。　颦：通"颦"，皱眉。

〔5〕莺莺：暗指歌妓。

〔6〕西泠：桥名。在西湖孤山下，此代指西湖。

【译文】

　　彩檐插翠柳，浓绿似围城。满帘风雨声，时序过清明。吹箫卖饧的门巷寂静无声，一轮明月梨花伴，今夜空照中庭。　　远山皱起细长的蛾眉，吟咏春愁都写入音谱，交给喋喋不休的黄莺。马蹄踏花尘，翠草埋车轮。西湖曲曲幽幽，欢梦已如柳絮飘零。

应法孙

　　应法孙（生卒年不详），字尧成，号芝室。

霓裳中序第一

　　愁云翠万叠。露柳残蝉空抱叶。帘卷流苏宝结[1]。乍庭户嫩凉，栏干微月。玉纤胜雪[2]。委素纨、尘锁香奁[3]。思前事、莺期燕约。寂寞向谁说。　　悲切。漏签声咽[4]。渐寒炧、兰钉未灭[5]。良宵长是闲别。恨酒凝红绡，粉浣瑶玦[6]。镜盟鸾影缺[7]。吹笛西风数阕[8]。无言久，和衣成梦，睡损缕金蝶[9]。

【注释】

　　〔1〕流苏：以五彩羽毛或丝线制成的穗子。常用作车马、帷帐等的

垂饰。
　〔2〕玉纤：女子细柔的肌肤。
　〔3〕委素纨：弃置团扇不用。素纨，团扇。用汉班婕妤《怨歌行》典故。见李莱老《台城路》注〔6〕。　香奁：装梳妆用品的小箱。奁，小箱。
　〔4〕漏：漏壶，滴水计时之具。　签：刻度尺，插在壶中。
　〔5〕炧：也作"炪"，灯烛灰烬。　兰釭：兰灯。兰膏可为灯油。
　〔6〕涴：弄脏，玷污。　瑶玦：开缺口的玉环。泛指首饰佩物。
　〔7〕镜盟：指夫妻或情侣表示恩爱的誓言。　鸾影：状孤独不偶。宋范泰《鸾鸟诗序》："昔罽宾王得鸾鸟甚爱之，欲其鸣而不能致。夫人曰：'闻鸟得类而后鸣，何不悬镜以映之。'王从其言。鸾鸟睹影而鸣，一奋而绝。"
　〔8〕阕：乐曲一首为一阕。
　〔9〕缕金蝶：丝织描金蝴蝶，女子用作头饰。

【译文】

　　翠云含愁，皴起千万叠。露水打柳，残蝉空抱树叶。卷起宝帘带上流苏结，庭院突然变得轻凉，栏杆上挂起了一轮淡月。柔嫩肌肤白胜雪，疏弃团扇，尘封梳妆奁。回想前事，莺儿期盼燕子相约，如今寂寞向谁诉说？　　悲凉凄切，漏壶中水声呜咽，香炉灰烬渐冷，兰灯还未灭。良宵总是轻别。怅恨酒痕凝结红纱，香粉玷污玉玦。孤鸾愁照镜，旧盟仍付缺，西风吹来笛声数阕。久久无言，和衣入梦，睡时磨损缕金蝶。

贺 新 郎

　　宿雾楼台湿。晓晴初、花明柳润，燕飞莺集。旧约重来歌舞地，留得艳香娇色。又梦草、东风吹碧[1]。午困腾腾春欲醉[2]，对文楸、玉子无心拾[3]。看蝶舞，傍花立。　　酒痕未醒愁先入，记年时、翠楼寒浅[4]，宝笙慵吸〔5〕。想驻马河桥分别，恨轻竹风帆烟笠。早尘暗、华堂帘隙。倚尽黄昏人独自，望江南回雁归云急〔6〕。凭付与〔7〕，锦笺墨〔8〕。

【注释】

〔1〕梦草：池塘边草。见楼采《瑞鹤仙》注〔1〕。

〔2〕腾腾：蒙眬、迷糊貌。宋欧阳修《蝶恋花》："半醉腾腾春睡重。"

〔3〕文楸、玉子：围棋棋盘和棋子。

〔4〕年时：当年；往年时节。

〔5〕吸：吹奏。唐吕岩《题东都妓馆壁》："一吸弯笙裂太清。"

〔6〕回雁：南归的大雁。 归云：行云。暗用巫山朝云典，喻情事。见楼采《玉漏迟》注〔5〕。

〔7〕凭：烦请、拿。

〔8〕锦笺：精致华美的笺纸。

【译文】

昨夜雨雾把楼台浸湿。今晨晴色初开，花朵明艳柳叶温润，燕子飞翔黄莺群集。赴旧约重来歌舞之地，还留有艳香与娇色。又见塘边春草，东风已吹得翠碧。午时倦意阵阵袭来，春色直欲醉人，对着棋盘、棋子，无心去拈拾。看蝴蝶飞舞，依花伫立。 酒醉未醒愁却先来，记得往年，寒意轻罩翠楼，宝笙懒得吹。回想桥上驻马分别，怅恨轻倩的翠竹、风中的船帆、烟雾中的斗笠。灰尘早已暗封华堂窗帘的缝隙。黄昏中玉人久久独自伫立，望尽江南，大雁南回云归急。拿什么付给，锦笺上的香墨。

王亿之

王亿之（生卒年不详），字景阳，号松间。

高 阳 台

双桨敲冰[1]，低篷护冷，扁舟晓渡西泠[2]。回首吴山[3]，微茫遥带重城[4]。堤边几树垂杨柳，早嫩黄、摇动春情。问孤鸿，何处飞来，共唤飘零。　　轻帆初落沙洲暝，渐潮痕雨渍，面色风皴[5]。旅思羁愁，偏能老大行人。姮娥不管征途苦[6]，甚夜深、尽照孤衾。想玉楼，犹凭栏杆，为我销凝[7]。

【注释】

〔1〕冰：水，水洁如冰，故云。
〔2〕西泠：桥名，在西湖孤山下，此代指西湖。
〔3〕吴山：在西湖东南，春秋时为吴国南界，故名。
〔4〕重城：指临安。
〔5〕皴（cūn）：开裂，粗糙。
〔6〕姮娥：月中嫦娥。此指月亮。
〔7〕销凝：感伤出神。

【译文】

双桨敲打着洁白的湖水，低低的船篷护挡冷气，一叶扁舟清晨渡过西泠。回头看吴山，淡淡云气远远地笼盖临安城。堤边有几棵低垂的杨柳，早已张开嫩黄的柳眼，摇动寻春心情。问孤独的大雁，从何处飞来，相唤同去飘零。　　轻帆刚卸落，沙洲已昏暗，潮水渐渐地卷动波痕，雨水浸渍堤岸，脸色被风吹皴。客思困愁，偏偏能够衰老行人。月中嫦娥不管征途凄苦，夜已很深，为何尽照在孤寂的被衾？遥想玉楼，佳人还在凭栏想望，为我伤感神凝。

余桂英

余桂英（生卒年不详），字子发，号野云。周密《浩然斋雅谈》卷中称其为俞桂英。曾为贾似道所赏识。馀事无考。

小 桃 红

芳草连天暮。斜日明汀渚。懊恨东风，恍如春梦，匆匆又去。早知人、酒病更诗愁，镇轻随飞絮[1]。宝镜空留恨[2]，筝雁浑无据[3]。门外当时，薄情流水，如今何处。正相思、望断碧山云[4]，又莺啼晚雨。

【注释】

〔1〕镇：长，常，尽。宋柳永《定风波》词："镇相随，莫抛躲。"

〔2〕"宝镜"句：暗用孤鸾照影典故。见应法孙《霓裳中序第一》注〔7〕。

〔3〕筝雁：筝，因筝弦斜排如雁阵，故云。此又指雁，相传雁能传书，而见"雁"（筝）无书，故言"无据"。　浑：全然，完全。　无据：无准，没凭证。

〔4〕云：合下句"雨"字，共暗用巫山神女典，喻指男女相会情事。见楼采《玉漏迟》注〔5〕。

【译文】

芳草连天天欲暮，夕阳照亮了洲渚。恼恨东风软绵绵，恍惚如春梦，匆匆春又归去。早知我，酒病更兼诗愁，尽日轻飘随风絮。　宝镜空照相思恨，筝弦如雁阵，说传书全无据。当时门外轻别，薄情似流水，如今佳人在何处？相思正苦，望尽碧山行云，又听晚莺唤雨。

胡仲弓

胡仲弓（生卒年不详），字希圣，号苇杭（一作苇航），清源（今福建仙源）人。有《苇航漫游稿》四卷。曾登进士第，为县令，不久罢免，浪迹以终。与仇远为诗友，相互酬唱。词存一首。

谒 金 门

蛾黛浅[1]。只为晚寒妆懒。润逼镜鸾红雾满[2]。额花留半面[3]。　　渐次梅花开遍。花外行人已远。欲寄一枝嫌梦短[4]。湿云和恨剪[5]。

【注释】

〔1〕蛾黛：女子眉毛上的铅粉。蛾，蛾眉。蚕蛾的触须弯曲细长，形如人眉，故云。黛，画眉用的青黑色铅粉。

〔2〕镜鸾：即鸾镜。旧时铜镜背面多刻有鸾鸟图案。鸾，传说中凤凰一类的神鸟。　红雾：脸上的红潮。

〔3〕额花：妇女贴在额上的花饰。

〔4〕欲寄一枝：用陆凯折梅寄赠范晔典。见张枢《庆宫春》注〔6〕。

〔5〕云：指花。

【译文】

蛾眉黛色浅浅画，只因晚寒梳妆懒。秀润脸庞照鸾镜，颊上红霞贮满，额头花只留半面。　　梅花次第开遍，花中行人已去远。想寄一枝去，却嫌好梦短。泪湿的花朵，和恨一起剪。

尚希尹

尚希尹（生卒年不详），字莘老，号畏斋。《阳春白雪》卷六载其词一首，作向希尹。存词共二首。

浪 淘 沙

结客去登楼[1]。谁系兰舟[2]。半篙清涨雨初收。把酒留春春不住，柳暗江头。 老去怕闲愁[3]。莫莫休休[4]。晚来风恶下帘钩。试问落花随水去，还解西流[5]。

【注释】

〔1〕结客：结交宾客，多指结交豪侠之士。《后汉书·刘玄传》："弟为人所杀，圣公结客欲报之。"

〔2〕兰舟：船的美称，或用木兰树制成。

〔3〕闲愁：无端之愁。

〔4〕莫莫休休：意即算了算了，表示不管闲事。休休，语出唐司空图，《新唐书·卓行传》载唐将亡，"司空图本居中条山王官谷，有先人田，遂隐不出，作亭观素食，悉图唐兴节士文人，名亭曰'休休'，作文以见志曰：'休，美也，既休而美具，故量才一宜休，揣分二宜休，耄而瞆三宜休，又少也情，长也率，老也迂，三者非济时用，则又宜休。'"莫莫，即"休休"之意。

〔5〕"试问"两句：宋苏轼《浣溪沙》："门前流水尚能西，休将白发唱黄鸡。"解，能。宋吴文英《祝英台近》："有情花影阑干，莺声门径，解留我、霎时凝伫。"

【译文】

结交豪客去登楼，谁来系住木兰舟？清水涨了半篙雨才收。把酒留春留它不住，柳色暗笼江头。　　老来怕闲愁，万事皆休。晚来风恶放下帘钩。试问落花为何随水流去，还能不能向西流？

柴　望

　　柴望（1212—1280），字仲山，号秋堂，又号归田，衢州江山（今属浙江）人。入仕后曾忤贾似道，诏下府狱，寻放归。宋亡不仕，自称宋遗臣，与其从弟随亨、元亨、元彪隐居，称"柴氏四隐"。其词今存十三首，饶有家亡国痛之悲，风格闲雅秀整。《彊村丛书》辑有《秋堂诗馀》一卷。

念 奴 娇

　　春来多困，正晷移帘影⁽¹⁾，银屏深闭。唤梦幽禽烟柳外，惊断巫山十二⁽²⁾。宿酒初醒，新愁半解，恼得成憔悴⁽³⁾。蓬松云鬓，不忺鸾镜梳洗⁽⁴⁾。　　门外满地香风，残梅零落，玉糁苍苔碎⁽⁵⁾。乍暖乍寒浑莫拟⁽⁶⁾，欲试罗衣犹未。斗草雕栏⁽⁷⁾，买花深院⁽⁸⁾，做踏青天气⁽⁹⁾。晴鸠鸣处，一池昨夜春水。

【注释】
　　〔1〕晷：一本作"日"，日影。
　　〔2〕巫山十二：巫山之上，群峰连绵，尤著者有十二峰。此指巫山上的行云，喻男女欢会之情事。见楼采《玉漏迟》注〔5〕。
　　〔3〕恼：引逗，撩拨。

〔4〕忺：适意，高兴。　鸾镜：镜的美称。古时铜镜背面镌有鸾鸟图案。

〔5〕玉：花瓣。　糁：散落。

〔6〕浑：全然，完全。　莫拟：不定，不能料想。

〔7〕斗草：古代妇女儿童的一种游戏，春日寻奇草，以多者为胜。《荆楚岁时记》："五月五日，有斗百草之戏。"

〔8〕买花：暗指狎妓。

〔9〕踏青：春日郊游。古时踏青节的日期，因时地而异，或在二月二日，或在三月三日。后以清明出游为踏青。

【译文】

　　春来多倦意，正是阳光移动帘影，银屏深深掩闭。唤醒春梦，幽居的鸟儿在烟柳中噪鸣，惊落了巫山十二峰上的行云。昨夜醉酒刚醒，新愁消解一半，鸟声撩拨令人憔悴。蓬松如云秀发，不愿照着鸾镜梳洗。　　门外满地香风吹，残梅零落，花瓣散落青苔零碎。天气忽暖忽冷，全不能捉摸，想一试春罗衣还未到天时。雕栏边争采奇草，深院中去买花，应承踏青的节气。晴光下鸠鸟鸣叫处，昨夜涨满一池春水。

朱　藻

　　朱藻（生卒年不详），号野逸，淳熙十五年（1188）曾官仙居知县，绍熙元年（1190）罢去。嘉定十六年（1223）官大理司直。存词一首。

采 桑 子

障泥油壁人归后〔1〕，满院花阴。楼影沉沉。中有伤春一片心。 　　闲穿绿树寻梅子，斜日笼明⁽²⁾。团扇风轻⁽³⁾。一径杨花不避人⁽⁴⁾。

【注释】

〔1〕障泥：垂于马腹两侧，用以遮挡尘土的马鞯。 油壁：古代妇女所乘之车，因车壁以油涂饰而名。

〔2〕笼明：隐隐约约地照亮。

〔3〕团扇：丝织扇子，妇女所用。

〔4〕"一径"句：宋晏殊《踏莎行》："春风不解禁杨花，濛濛乱扑行人面。"一径，满路。

【译文】

坐马乘车的游人归去后，满院内只剩下花荫。楼影黑沉沉，楼中有人怀着一片伤春的心。 闲来穿过绿林寻摘梅子，夕阳时暗时明。团扇摇来风轻，满路的杨花不避行人。

黄 铸

黄铸（生卒年不详），字亦颜（一作晞颜），号乙山，邵武（今属福建）人。理宗朝（1225—1264）曾知柳州。存词二首。

秋蕊香令

花外数声风定。烟际一痕月净。水晶屏小欹翠枕。院静鸣蛩相应⁽¹⁾。 　　香销斜掩青铜镜。背灯影。空砧夜半和雁阵⁽²⁾。秋在刘郎绿鬓⁽³⁾。

【注释】

〔1〕蛩：蟋蟀。

〔2〕砧：捣衣石，此指捣衣声。

〔3〕刘郎：本指刘晨，入天台山采药遇仙女而忘归。见刘义庆《幽明录》。此指女子所思念之男子。　绿鬓：黑色头发。

【译文】

花丛中数声风响已落定，云烟边一缕月痕真素净。在小小水晶屏下斜靠翠枕，庭院寂静蟋蟀正此唱彼应。　香气消散，烛光掩照青铜镜。背对灯影，空旷的捣衣声半夜和着雁鸣。秋色染上了刘郎黑色的双鬓。

王同祖

王同祖（生卒年不详），字与之，号花洲，金华（今属浙江）人。嘉熙元年（1237），官朝散郎、大理寺主簿。淳祐（1241—1252）官建康府通判，改添差沿江制置司机宜文字。有《学诗初稿》一卷。词存三首。

阮 郎 归

一帘疏雨细于尘。春寒愁杀人⁽¹⁾。桐花庭院近清明。新烟浮旧城⁽²⁾。　寻蝶梦⁽³⁾，怯莺声。柳丝如妾情⁽⁴⁾。丙丁帖子画教成⁽⁵⁾。妆台求晚晴⁽⁶⁾。

【注释】

〔1〕愁杀人：极言愁之困人。

〔2〕新烟：旧俗于清明节后钻榆木取新火。见李彭老《木兰花慢》注〔1〕。

〔3〕蝶梦：梦中化为蝴蝶。用庄周梦蝶典，含梦幻非真之意。唐齐己《渚宫春日有怀作》："客思莫牵蝴蝶梦，乡心自应鹧鸪声。"

〔4〕"柳丝"句：意谓女子之情如柳丝之柔。

〔5〕丙丁：古以十干配五行，丙丁属火，因以丙丁称火。《吕氏春秋·孟夏记》"其日丙丁"注："丙丁，火日也。" 帖子：一种乞求天气转暖太阳朗照的画符。

〔6〕晴：谐音"情"。

【译文】

一帘疏雨细于飞尘，春寒极度困愁人。庭院开桐花，时序近清明，新烟飘浮在旧城。　　寻觅化为蝴蝶的好梦，害怕黄莺啼出的凄声。绵绵柳丝，就像我的柔情。丙丁帖子已教人画成，贴在梳妆台边祈求夜来放晴。

王茂孙

王茂孙（生卒年不详），字景周，号梅山。

高阳台

春梦

迟日烘晴⁽¹⁾，轻烟缕昼，琐窗雕户慵开⁽²⁾。人独春闲，金猊暖透兰煤⁽³⁾。山屏缓倚珊瑚畔⁽⁴⁾，任翠阴、移过瑶阶。悄无声，彩翅翩翩⁽⁵⁾，何处飞来。　　片时千里江南路⁽⁶⁾，被东风误引，还近阳台⁽⁷⁾。腻雨娇云，多情恰喜徘徊。无端枝上啼鸠唤⁽⁸⁾，便等闲、孤枕惊回⁽⁹⁾。恶情怀，一院杨花，一径苍苔。

【注释】

〔1〕迟日：春日。《诗·豳风·七月》："春日迟迟，采蘩祁祁。"后因以迟日指春日。

〔2〕琐窗：雕有连环花纹的窗户。

〔3〕金猊：做成狻猊形的铜香炉。　兰煤：香煤。兰，一种香料。

〔4〕珊瑚：热带海洋中的腔肠动物，骨骼相连，形如树枝，故又名珊瑚树。汉司马相如《上林赋》："玫瑰碧林，珊瑚丛生。"

〔5〕彩翅：代指彩蝶。暗用庄周梦蝶典。指进入一种虚幻的梦境。

〔6〕片时：极短的时间。唐岑参《春梦》："枕上片时春梦中，行尽江南数千里。"词用之。

〔7〕阳台：楚襄王梦中与巫山神女相会处。见宋玉《高唐赋》。此指与情人幽会处。下句"腻雨娇云"也暗用此典。

〔8〕鸠唤：相传鸠鸣唤雨，其声似呼唤，故称。

〔9〕等闲：无端，白白地。

【译文】

春日久长晴光烘出暖意，白昼升起缕缕轻烟，雕花窗户懒得打开。人孤独春悠闲，猊形铜炉兰煤飘香。山形屏风轻靠在珊瑚树边，任凭绿荫移过玉石台阶。悄然无声，蝴蝶彩翅翩翩舞，不知你从何处飞来。　霎时在梦中飞越千里，来到江南路，被东风误引，又走近阳台。雨滑泽云娇柔，多情人正喜欢悠闲徘徊。鸠鸟在枝头无故啼唤，便白白地把孤枕上的美梦惊回。情怀恶劣，满院杨花，满径苍苔。

点绛唇

莲 房

折断烟痕⁽¹⁾，翠蓬初离鸳鸯浦⁽²⁾。玉纤相妒⁽³⁾。翻被专房误⁽⁴⁾。　乍脱青衣⁽⁵⁾，犹著轻罗护⁽⁶⁾。多情处。芳心一缕⁽⁷⁾。都为相思苦。

【注释】

〔1〕烟痕：指莲茎间的丝缕。或指莲丝如云烟。

〔2〕翠蓬：绿莲房。　鸳鸯浦：鸳鸯栖息的水滨。或两浦相对，形如鸳鸯。

〔3〕玉纤：女子白细的手指。　相妒：想象剥食莲蓬是因妒使然。

〔4〕翻：反而。　专房：莲子排列在莲房内犹如后宫佳人各专一房。

〔5〕青衣：莲子的绿色外皮。

〔6〕轻罗：指莲子的白色内皮。

〔7〕芳心：指莲芯。莲芯味苦，故有下句。

【译文】

折断如烟的丝缕，绿莲刚刚离开鸳鸯栖息的江浦。因生妒心剥食莲子，却反被莲子专房恼怒。　刚刚脱下青色外衣，内还有细软的罗衣呵护。多情所在，是那莲心一缕，都为相思而味苦。

王易简

王易简（生卒年不详），字理得，号可竹，山阴（今浙江绍兴）人。宋末登进士第，除瑞安主簿，不赴。入元，隐居不仕。曾参与遗民词人咏物聚会,《乐府补题》有其词四首。有诗集《山中观吟史》。今存词七首。

齐 天 乐
客长安赋⁽¹⁾

　　宫烟晓散春如雾。参差护晴窗户⁽²⁾。柳色初分,饧香未冷⁽³⁾,正是清明百五⁽⁴⁾。临流笑语。映十二栏杆⁽⁵⁾,翠嚬红妒⁽⁶⁾。短帽轻鞍,倦游曾遍断桥路⁽⁷⁾。　　东风为谁媚妩⁽⁸⁾。岁华频感慨,双鬓何许。前度刘郎⁽⁹⁾,三生杜牧⁽¹⁰⁾,赢得征衫尘土。心期暗数。总寂寞当年,酒筹花谱。付与春愁,小楼今夜雨⁽¹¹⁾。

【注释】
　〔1〕长安:此借指临安。
　〔2〕"参差"句:陆辅之《词旨》列为"警句"。
　〔3〕饧:麦芽或谷芽之类熬成的糖。见汤恢《倦寻芳》注〔1〕。
　〔4〕清明百五:宋洪迈《容斋四笔》:"今人谓寒食一百五者,以其自冬至之后至清明,历节气六,凡一百七日,而先两日为寒食,故云。"
　〔5〕十二栏杆:总言栏杆之多,栏杆之曲。
　〔6〕翠嚬红妒:《词旨》列为"词眼"。嚬,通"颦",皱眉。
　〔7〕断桥:桥名。在杭州西湖孤山边。因孤山之路至此而断,故自唐以来便有此名。
　〔8〕媚妩:娇美。宋苏轼《於潜女》:"逢郎樵归相媚妩,不信姬姜有齐鲁。"
　〔9〕刘郎:唐朝诗人刘禹锡。见周密《探芳信》注〔4〕。
　〔10〕三生杜牧:宋黄庭坚《广陵春早》诗:"春风十里珠帘卷,仿佛三生杜牧之。"刘郎、杜牧皆作者自比。
　〔11〕"心期"五句:《词旨》列为"警句"。酒筹,饮酒计数之具。花

谱，实暗指众多的歌妓舞女。谱，有"名册"义。

【译文】

　　宫烟晓散，春色薄如雾。高低不齐，护住晴光下的窗户。柳色刚分明，饧香尚未冷，正是未到清明一百五。临流照水，自笑语。水中映出许多栏杆，翠叶皱眉红花生妒。戴短帽跨轻鞍，曾经疲倦地游遍断桥路。　　东风为谁这样媚妩？年华频频令人感慨，双鬓白发又添几许。前度游览的刘郎，三生有幸的杜牧，赢得征衫落满尘土。心中约期悄悄数，总是寂寞如当年，唯伴酒筹与花谱。一切都付与了春愁，小楼今夜下起了雨。

酹 江 月

　　暗帘吹雨，怪西风梧井[1]，凄凉何早。一寸柔情千万缕，临镜霜痕惊老[2]。雁影关山，蛩声院宇[3]，做就新怀抱。湘皋遗佩[4]，故人空寄瑶草[5]。　　已是摇落堪悲[6]，飘零多感，那更长安道。衰草寒芜吟未尽，无那平烟残照[7]。千古闲愁，百年往事[8]，不了黄花笑[9]。渔樵深处，满庭红叶休扫。

【注释】

　　〔1〕"怪西风"句：谓见井边梧桐叶落忽觉秋节已到。《淮南子·说山训》："见一叶落而知岁之将暮。"梧井，四周植有梧桐树的水井。
　　〔2〕霜痕：指白发。
　　〔3〕蛩：蟋蟀。
　　〔4〕湘皋遗佩：指《韩诗外传》载郑交甫在江边遇二仙女，得所赠玉佩而失之事。
　　〔5〕空寄瑶草：暗用陆凯折梅寄赠范晔典。见张枢《庆宫春》注〔6〕。瑶草，仙草。

〔6〕摇落堪悲：语本战国楚宋玉《九辩》："悲哉秋之为气也，萧瑟兮草木摇落而变衰。"

〔7〕无那：无奈。

〔8〕百年往事：指宋靖康元年（1126），帝及后妃被掳往北庭事。暗示南宋灭亡为时不远。

〔9〕黄花：菊花。

【译文】

窗帘幽暗风吹来雨，惊见秋风扫落井边梧桐，凄凉时节为何来得这么早。一寸柔情交织着千丝万缕，对镜照见白发惊已衰老。大雁影掠关山，蟋蟀声响庭院，成了伤心人的一种新怀抱。湘水边遗失了玉佩，故人白白寄来一枝仙草。　　已是草木摇落令人堪悲，飘零自多感慨，哪能再走近临安道？吟不尽的荒寒杂草，无奈又是平烟拥夕照。千古闲愁，百年往事，不变的是黄花笑。渔子樵夫深处居，满庭红叶不要扫。

庆 宫 春
谢草窗惠词卷⁽¹⁾

庭草春迟，汀蘋香老⁽²⁾，数声珮悄苍玉⁽³⁾。年晚江空，天寒日暮，壮怀聊寄幽独⁽⁴⁾。倦游多感，更西北、高楼送目⁽⁵⁾。佳人不见，慷慨悲歌，夕阳乔木⁽⁶⁾。
紫霞洞窅云深⁽⁷⁾，袅袅馀音，凤箫谁续⁽⁸⁾。桃花赋在，竹枝词远⁽⁹⁾，此恨年年相触。翠笺芳字⁽¹⁰⁾，谩重省、当时顾曲⁽¹¹⁾。因君凝伫，依约吴山⁽¹²⁾，半痕蛾绿⁽¹³⁾。

【注释】

〔1〕草窗：周密号草窗。　词卷：指周密手定《蘋洲渔笛谱》，书成

后曾分赠诸人。王沂孙、李彭老、李莱老、毛珝等皆有题识。

〔2〕草、蘋：分别嵌入周密的号与书名。 春迟：犹言春日迟迟。指春昼和暖。

〔3〕珮、玉：以珮、玉相鸣之声，喻周密吟咏之声。

〔4〕幽独：凄幽孤独的心境。宋姜夔《疏影》词："化作此花幽独。"

〔5〕西北、高楼：语本《古诗十九首》："西北有高楼，上与浮云齐。"此泛指高楼。

〔6〕夕阳乔木：指故国如日薄西山。《孟子·所谓故国者章》："所谓故国者，非谓有乔木之谓也，有世臣之谓也。"后用乔木喻指故国。

〔7〕紫霞洞：指杨缵《紫霞洞谱》，今佚。杨缵见本书卷三。

〔8〕凤箫：箫的美称。相传萧史与秦穆公之女弄玉吹箫引凤仙去，故云。此指杨缵的声律之学。

〔9〕竹枝：本乐府曲调名，后用作词调，即《折杨柳》。此指周密描写江南风俗的词。

〔10〕芳字：对别人作品的美称。

〔11〕顾曲：指周密能依声谱作词。三国周瑜精通音律，时人谓"曲有误，周郎顾"。

〔12〕吴山：在杭州城南，因是春秋吴国的南界而名。

〔13〕蛾绿：指女子的青眉。宋姜夔《疏影》词："犹记深宫旧事，那人正睡里，飞近蛾绿。"

【译文】

庭草深茂春日迟迟，沙洲青蘋花老香歇，几声吟咏如轻敲佩环碧玉。年岁已晚江面空远，天气寒冷日色已晚，且把壮怀交给幽独。疲倦的游历有太多感慨，又到西北的高楼上，登临送目。不见了佳人，只得慷慨悲歌，面对着斜阳乔木。 《紫霞洞谱》幽渺如云深，馀音袅袅，凤箫谁来接续？桃花赋尚在，《竹枝》词已远，这种遗憾年年都在心中怅触。翠笺上写了佳词，重又茫然记起，当时正被周郎指顾。因为君的缘故出神伫望，吴山依稀，就像蛾眉半着青绿。

张 桂

张桂（生卒年不详），字惟月，号竹山，成纪（今甘肃天水）人。张俊之裔孙，与张枢为从兄弟。曾官大理司直，特赠容州观察使。词存二首。

菩 萨 蛮

东风忽骤无人见[1]。玉塘烟浪浮花片[2]。步湿下香阶[3]。苔粘金凤鞋[4]。　　翠鬟愁不整。临水闲窥影。摘得野蔷。游蜂相趁归[5]。

【注释】
〔1〕忽骤：猛且疾速。
〔2〕玉塘：水塘。水面光洁如玉，故云。
〔3〕香阶：落花留香的台阶。
〔4〕金凤鞋：有描金凤凰图案的绣鞋。
〔5〕相趁：相随，相与。

【译文】
东风忽来骤失，没人看见。塘面如玉，浪波似烟，浮起落花片。款步走下湿润留香的台阶，苔藓粘上金凤鞋。　　黑色鬟鬟愁来懒得修整，临流照水闲来一窥身影。摘到了野蔷薇，游蜂相伴而归。

浣 溪 沙

　　雨压杨花路半干。蜂遗花粉在栏杆。牡丹开尽正春寒。　　懒品幺弦金雁并[1]，瘦惊双钏玉鱼宽[2]。新愁不放翠眉闲。

【注释】

　　〔1〕幺弦：琵琶的第四弦，因其最细，故称。此代指琵琶。　金雁：琴弦。琴弦斜列如雁阵，故云。此代指琴。

　　〔2〕双钏：臂环一类饰物。　玉鱼：鱼形玉佩饰物。

【译文】

　　春雨打压杨花，路面却半干，游蜂遗落花粉在栏杆，牡丹开过后正是春寒。　　懒得品弹琵琶，雁柱依然并排。瘦来惊觉双钏玉鱼宽，新生的愁绪不让翠眉悠闲。

张　磐

　　张磐（生卒年不详），字叔安，号梅崖。宋末为嵊县（今属浙江）令。有《梅崖集》，不传。词存二首。

绮 罗 香

渔浦有感[1]

浦月窥檐，松泉漱枕[2]，屏里吴山何处[3]。暗粉疏红，依旧为谁匀注。都负了、燕约莺期，更闲却、柳烟花雨[4]。纵十分、春到邮亭[5]，赋怀应是断肠句。

青青原上荠麦，还被东风无赖[6]，翻成离绪。望极天西，唯有陇云江树[7]。斜照带、一缕新愁，尽分付、暮潮归去[8]。步闲阶、待卜心期，落花空细数。

【注释】

〔1〕渔浦：原笺引《会稽志》："渔浦在萧山县西三十里。"又引《十道志》："舜渔处也。"

〔2〕漱枕：人卧于枕上，听泉水鸣响，觉其在枕边流过。

〔3〕屏里：屏风上。　吴山：在杭州城南，为春秋吴国南界。

〔4〕"暗粉"四句：陆辅之《词旨》列为"警句"。匀注，均匀地点染，化妆。宋徽宗《燕山亭》："淡著燕脂匀注。"燕约莺期，指情侣间的约会。燕、莺，犹莺俦燕侣，喻情侣。柳烟花雨，喻情事。

〔5〕邮亭：驿馆，递送文书投止之所。

〔6〕无赖：无端。

〔7〕"望极"两句：南朝齐谢朓《之宣城出新林浦向板桥》："天际识归舟，云中辨江树。"

〔8〕"尽分付"句：宋毛滂《惜分飞》："今夜山深处，断魂分付潮回去。"

【译文】

渔浦月光窥照朱檐，松间泉水洗漱玉枕，屏风上的吴山在何处？暗淡稀疏的红粉，依旧为谁均匀地抹注？都辜负了燕子邀约、黄莺期盼，更闲置了笼罩柳树的烟霭、浇灌花朵的春雨。纵然有十分春色能到邮亭，赋咏情怀一定是伤心的诗句。　　荒原上荞麦青又青，还是被东风无端吹弄，反而成了离愁别绪。望尽天西，只有丘垄上的云彩江边的绿树。夕阳带来一缕新愁，全交给晚潮带将归去。漫步空荡的台阶，准备卜问心中的归期，空把落花细细数。

浣 溪 沙

习习轻风破海棠。秋千移影上回廊[1]。昼长蝴蝶为谁忙。　　度柳早莺分暖绿[2]，过花小燕带春香。满庭芳草又斜阳。

【注释】

〔1〕回廊：曲折环绕的走廊。
〔2〕度：穿过。　分暖绿：争着到有阳光照射的枝上。唐白居易《钱塘湖春行》诗："几处早莺争暖树，谁家新燕啄春泥。"

【译文】

习习轻风吹开了海棠，光照秋千影上回廊。白昼漫长，蝴蝶来去为谁忙？　　穿飞柳树的早莺，争到向阳的暖枝。飞过花丛的小燕子，沾带着春花的芳香。满庭芳草又笼照着夕阳。

张　林

张林（生卒年不详），字去非，号樗岩。厉鹗笺引《至正金陵新志》云："张林，池州守，大军至，迎降。"唐圭璋《全宋词》云宋末名张林者甚多，未知是否此人，俟考。词存二首。

唐 多 令

　　金勒鞚花骢[1]。故山云雾中。翠蘋洲、先有西风。可惜嫩凉时枕簟[2]，都付与、旧山翁[3]。　　双翠合眉峰[4]。泪华分脸红[5]。向樽前、何太匆匆。才是别离情便苦，都莫问、淡和浓。

【注释】

〔1〕金勒：带嚼口的马笼头。　鞚：马勒，此用为动词，控制。　花骢：五花马，相传大宛种。代指骏马。唐杜甫《骢马行》："初得花骢大宛种。"骢，青白杂毛的马。

〔2〕簟：竹席。

〔3〕山翁：即山简，晋襄阳镇守，性好酒。唐李白《襄阳歌》："笑杀山翁醉似泥。"此指隐士。

〔4〕眉峰：眉山。形容女子眉毛弯曲秀长。

〔5〕泪华：泪花。

【译文】

　　金勒套住花骢，故山笼罩在云雾中。青蘋覆盖的沙洲，早就吹来了西风。可惜微凉时节的枕席，都交给了往日的山翁。　　合上翠峰般的双眉，脸上泪花分去了胭红。对着酒杯，感叹为何太匆匆！刚刚分离，心情就觉得凄苦，都不要问酒味是淡还是浓。

柳 梢 青
灯 花

　　白玉枝头[1]，忽看蓓蕾，金粟珠垂。半颗安榴，一支浓杏，五色蔷薇[2]。　　何须羯鼓声催[3]。银钆里、春工四时[4]。却笑灯蛾，学他蜂蝶，照影频飞。

【注释】

〔1〕白玉枝：有分枝而如树枝状的灯架。代指华美之灯。

〔2〕蓓蕾、金粟珠、安榴、杏、蔷薇：皆喻灯花。安榴，安石榴，即石榴，相传来自安石国。南朝梁简文帝《大同八年秋九月》："安榴拆晚红。"

〔3〕羯鼓声催：唐明皇好羯鼓，尝于内庭临轩击鼓，庭下柳杏时正绽蕾，明皇指而笑问宫人曰："此一事，不唤我作天公可乎？"见唐南卓《羯鼓录》。后来流传为羯鼓催花的故事。羯鼓，古羯族乐器，形如漆桶，音声急促高烈。

〔4〕钆：灯。　春工：春天造化万物之工。

【译文】

白玉般晶莹的灯架上，忽地看到了含苞欲放的花蕾，像金粟般大小的宝珠挂垂。又像半颗璀璨的石榴，一枝浓艳的红杏，五色并呈的蔷薇。　　何须羯鼓声声来催。银灯里照出春天造化四时。却笑扑灯的飞蛾，学那蜜蜂蝴蝶，围着灯影频频飞。

朱晞孙

朱晞孙（生卒年不详），字令则，号万山。词存一首。

真 珠 帘

春云做冷春知未[1]。春愁在、碎雨敲花声里。海燕已寻踪，到画溪沙际〔2〕。院落秋千杨柳外。待天气、十分晴霁。春市〔3〕。又青帘巷陌〔4〕，红芳歌吹〔5〕。 须信处处东风，又何妨对此，笼香觅醉。曲尽索馀情，奈夜航催离〔6〕。梦满冰衾身似寄〔7〕，算几度、吴乡烟水。无寐。试明朝说与，西园桃李〔8〕。

【注释】

〔1〕做冷：带来寒冷。宋史达祖《绮罗香·咏春雨》："做冷欺花，将烟困柳。"

〔2〕画溪：风景如画的小溪。

〔3〕春市：春天的集市或街市。

〔4〕青帘：酒帘，古时酒店挂的幌子。唐刘禹锡《鱼复江中》："风樯好住贪程去，斜日青帘背酒家。"

〔5〕歌吹：歌声和鼓吹声。唐杜牧《题扬州禅智寺》："谁知竹西路，歌吹是扬州。"

〔6〕奈：无奈。

〔7〕寄：犹寄生，不能自主，靠他人的供应为生。

〔8〕西园：本汉上林苑的别称，此泛指园林。

【译文】

春云带来寒冷，春天知不知？春愁在碎雨敲打花朵的声音里。海燕寻觅旧踪迹，已到如画的小溪、沙洲的边际。庭院内秋千悬挂杨柳中，等着天气完全放晴。春天的街市，又是酒帘飘挂巷陌，红花丛中笙歌鼓吹。 须信处处有东风，又何妨对此良景，护住花香寻酒觅醉。一曲奏毕仍要尽馀兴，无奈夜中航船又催别离。冰冷的被衾里装满幽梦，身躯似寄游，算来有几度徜徉于吴地的烟水。夜不能睡，打算明天说给，西园中的桃李。

吴大有

吴大有（生卒年不详），字有大，一字勉道，号松壑，嵊县（今属浙江）人。宝祐间（1253—1258）游太学，率诸生上书言贾似道奸状，不报，遂退处林泉，与林昉、仇远、白珽等诗酒自娱。元初辟为国子检阅，不赴。著有《千古功名镜》、《松下偶抄》、《雪后清音》、《归来幽庄》。词存一首。

点 绛 唇
送李琴泉⁽¹⁾

江上旗亭⁽²⁾，送君还是逢君处。酒阑呼渡⁽³⁾。云压沙鸥暮。　　漠漠萧萧⁽⁴⁾，香冻梨花雨⁽⁵⁾。添愁绪。断肠柔橹⁽⁶⁾。相逐寒潮去。

【注释】
〔1〕李琴泉：事迹不详。
〔2〕旗亭：酒楼。宋范成大《揽辔录》："过相州市，有秦楼、翠楼、康乐楼、月白风清楼，皆旗亭也。"
〔3〕酒阑：酒残，酒将尽。《史记·高祖纪》："酒阑，吕公因目固留高祖。"
〔4〕漠漠萧萧：空寂萧疏之景。唐许浑《送薛秀才南游》："绕壁旧诗尘漠漠，对窗寒竹雨萧萧。"漠漠，状灰尘、烟雾等密布、迷濛；萧萧，状风声或雨声。
〔5〕梨花雨：梨花开放时的雨水。宋孙光宪《虞美人》："暗淡梨花雨。"
〔6〕柔橹：操橹轻摇。或指船桨轻划之声。

【译文】
　　江边酒楼，是送君处，又是遇君处。酒将尽时招呼船渡，乌云逼压沙鸥，天色将暮。　　　烟雾漠漠，风声萧萧，芳香的梨花夹带着春雨。添出一段愁绪，令人断肠的轻柔橹声，互相追逐着寒潮远去。

张　炎

　　张炎（1248—1319后）字叔夏，号玉田，又号乐笑翁。张俊六世孙，曾祖张镃、父张枢均为词家。本西秦巴人，后寓居临安（今浙江杭州）。早年与周密等在杨缵门下学音律。宋亡，流落江湖，至以卖卜为生。至元二十七年（1290），北上大都（今北京）写《金刚经》，次年春后南归。晚年落魄，纵游金陵、苏杭一带。张氏早年词作反映的是"承平故家贵游少年"的生活，"嘲明月以谑乐，卖落花而陪笑"（郑思肖《山中白云词序》）。入元以后，词风出现向辛派豪放词风倾斜的趋向。晚年磨去白石词风棱角，变峭拔为圆润，"意度超玄，律吕协洽"（仇远《山中白云序》）。张炎多才多艺，"诗有姜尧章（夔）深婉之风，词有周清真（邦彦）雅丽之思，画有赵子固（孟頫）潇洒之意"（舒岳祥《赠玉田序》）。有词学理论专著《词源》二卷、词集《山中白云词》八卷，存词约三百首。

壶 中 天
养拙夜饮，客有弹箜篌者，即事以赋[1]

　　瘦筇访隐[2]，正繁阴闲锁，一壶幽绿[3]。乔木苍寒图画古[4]。窈窕人行韦曲[5]。鹤响天高，水流花净[6]，笑语通华屋。虚堂松外，夜深凉气吹烛。　　乐事杨柳楼心[7]，瑶台月下[8]，有生香堪掬[9]。谁理商声帘户悄[10]，萧飒悬珰鸣玉[11]。一笑难逢[12]，四愁休赋[13]。

任我云边宿。倚阑歌罢^{（14）}，露萤飞下秋竹。

【注释】

〔1〕一本题作"养拙园夜饮"。 养拙：园名，在临安城内。 箜篌：依琴制作，似瑟而小，七弦，用拨弹之，如琵琶。

〔2〕瘦筇：细竹手杖。筇，竹名，可为杖。此用作动词，意谓拄杖。

〔3〕一壶幽绿：传说有谪仙人壶公卖药于市，所携壶中有神仙世界。后世用壶中喻指仙境。典出晋葛洪《神仙传》。

〔4〕乔木苍寒：暗指故国荒芜凄凉。见王易简《庆宫春》注〔6〕。

〔5〕韦曲：地名，在今陕西西安城南。为樊川第一名胜，唐时以诸韦世居于此而名。此指临安繁华胜地。

〔6〕"鹤响"两句：陆辅之《词旨》列入"乐笑翁奇对"。

〔7〕"乐事"句：指快乐地欣赏歌舞。宋晏几道《鹧鸪天》词："舞低杨柳楼心月，歌尽桃花扇影风。"楼心，楼中。

〔8〕瑶台：美玉砌成之台，极言其华丽。

〔9〕掬：用双手捧取。

〔10〕商声：秋声。见李莱老《台城路》注〔4〕。

〔11〕珰、玉：以珰、玉之声状秋声，或喻箜篌之音。珰，屋橼头装饰，用玉制成。

〔12〕一笑难逢：唐杜牧《九日齐山登高》："尘世难逢开口笑。"

〔13〕四愁：东汉诗人张衡作有《四愁诗》四首。

〔14〕阑：栏杆。

【译文】

挂着细竹手杖探幽访隐，正是浓荫悠闲地笼盖，一片仙景深杳翠绿。乔木青苍透寒，如古色古香的图画。窈窕佳人走在繁华的韦曲。鹤在高空鸣叫，水流漱净落花，欢声笑语传遍华丽的房屋。空堂外松树边，夜深凉气吹灭了蜡烛。 赏心乐事在杨柳依偎的青楼中，月下玉台上，有浓浓香气真可用手掬。帘户静悄悄，谁弹出凄凉的秋声，萧疏清翠宛如交鸣的悬珰佩玉。难以相逢，聊寄一笑，《四愁诗》不要吟咏，任凭我在天边露宿。倚遍栏杆歌声散尽，露水中萤火虫飞下秋竹。

渡 江 云

次赵元父韵[1]

锦香缭绕地[2]，凉灯挂壁，帘影浪花斜。酒船归去后，转首河桥[3]，那处认纹纱[4]。重盟镜约[5]，还记得、前度秦嘉[6]。唯只有、叶题缄付[7]，流不到天涯。　　惊嗟。十年心事，几曲栏杆，想萧郎声价[8]。闲过了、黄昏时候，疏柳啼鸦[9]。浦潮夜涌平沙白，溯断鸿、知落谁家[10]。书又远[11]，空江片月芦花。

【注释】

〔1〕赵元父：赵与仁字元父，张炎词友。见本书卷七。

〔2〕锦香：女子居处的香气。锦，彩色丝织品，状居处华丽。

〔3〕河桥：桥梁。北周庾信《李陵苏武别赞》："河桥两岸，临路悽然。"

〔4〕纹纱：水面波纹如皱纱。前已言风吹垂帘，波动如浪，女子想象为赵君离去的船儿激起的浪花。此再言纹纱，表明其对情郎的依依不舍。

〔5〕镜约：暗用"破镜重圆"典，指男女间的情约。

〔6〕秦嘉：东汉陇西人，为郡上掾。《玉台新咏》载有秦嘉《赠妇诗》三首，嘉妻徐淑答诗一首，叙夫妇惜别互表忠诚之情，为历代所传颂。此指赵元父。

〔7〕叶题：题诗于红叶。见陈允平《唐多令》注〔4〕。　缄付：封好寄出。

〔8〕萧郎：郎，一本作"娘"。译文从之。宋周邦彦《瑞龙吟》词："唯有旧家秋娘，声价如故。"萧娘，泛指美丽的女子。唐杨巨源《崔娘》："风流才子多春思，肠断萧娘一纸书。"

〔9〕疏柳啼鸦：鸦为不吉祥之物，预示好事不再。宋周邦彦《渡江云》："千万丝、陌头杨柳，渐渐可藏鸦。"

〔10〕溯：逆流而上。此指大雁逆风而飞。

〔11〕书：暗用鸿雁传书典。

【译文】

香气缭绕的锦绣居室，凄凉的灯盏挂在墙壁，风吹垂帘，帘影如浪花横斜。船儿载酒归去后，转瞬就到了河桥，到那里再看水波皱起似纹纱。重新修结镜边盟约，又记起前朝的秦嘉。只是有红叶题诗，封好欲寄，流水却送不到天涯。　　令人惊叹，十年来的心事，全在这几曲栏杆，想起旧时萧娘的声价。黄昏时候，闲却了疏柳中的啼鸦。江潮夜涌，平坦的沙洲泛着白光，孤雁逆飞，不知将落在谁家？传书路途又遥远，空旷的江面，一片淡月照芦花。

甘　州

饯草窗西归[1]

记天风、飞佩紫霞边，顾曲万花深[2]。怪相如游倦[3]，杜陵愁老，还叹飘零。短梦恍然今昔[4]，故国十年心[5]。回首三三径[6]，松竹成阴。　　不恨片帆南浦[7]，只恨剪灯听雨[8]，谁伴孤吟。料瘦筇归后[9]，闲锁北山云[10]。是几番、柳边行色，是几番、同醉古园林。烟波远，笔床茶灶[11]，何处逢君。

【注释】

〔1〕饯：原作"钱"，误，据别本改。　草窗西归：元至元二十八年（1291），草窗（周密）自杭州回到故乡湖州，卜筑终老之宅，名"复庵"。张炎亦于是年从大都回到南方。词当作于此时。

〔2〕"记天风"两句：回想周密与自己先后师从杨缵学音律，于花丛中审音协律，极尽风雅之事。　紫霞：杨缵号紫霞，宋末词坛领袖。见本书卷三。　顾曲：三国周瑜精通音律，时人谓"曲有误，周郎顾"。此指周密在审音度律。

〔3〕相如：西汉辞赋家司马相如。　杜陵：唐代著名诗人杜甫，字少

陵。穷愁潦倒，终其一生。相如、杜陵皆喻指周密。

〔4〕短梦：指词人早年所经历的南宋繁华生活。

〔5〕故国：故乡，隐含已亡的宋朝。　十年：取其整数。此词作于元至元二十八年，国破家亡已十六年。

〔6〕三三径：即三径。表示乡里隐居处。汉蒋诩隐居后，于院中开三条小路，只与求仲、羊仲二人交往。晋陶渊明《归去来兮辞》："三径就荒，松菊犹存。"

〔7〕南浦：南面的水边，泛指送别之地。战国楚屈原《九歌·河伯》："子交手兮东行，送美人兮南浦。"

〔8〕剪灯听雨：唐李商隐《夜雨寄北》："何当共剪西窗烛，却话巴山夜雨时。"

〔9〕瘦筇：细竹手杖，喻周密清瘦身影。

〔10〕北山：在杭州城。周密宋亡后定居杭州。

〔11〕笔床：笔架。

【译文】

长忆风来天上，鸣响紫霞身上的玉佩，在万花深处度律审音。惊怪相如游历已倦，少陵愁中渐老，还又感叹飘零。繁华梦短恍然今昔，十年来故国萦绕寸心。回想隐居的门径，松竹已撒下一片浓荫。　　不恨孤帆离开南浦，只恨剪灯花听夜雨，谁陪伴你孤苦地长吟？料想你挂着细竹手杖归去后，笼罩北山的依旧是闲云。是第几次柳边行色匆匆，又是第几次一同醉倒在古园林。烟波空远，有笔架与茶灶，何处再逢君？

赵崇霄

赵崇霄（生卒年不详），字有得，号莲峤，又作赵崇宵。商王裔孙，居剑浦（今福建南平）。宝庆二年（1226）进士。存词一首。

东风第一枝

　　妒雪梅苏，迷烟柳醒，游丝轻飏新霁[1]。卷帘看燕初归，步屦为花早起[2]。春来犹浅，便做出、十分春意。喜凤钗、才卸珠幡[3]，早换巧梳描翠。　　著数点、催花雨腻[4]。更一阵，递香风细。小莺忺暖调声[5]，嫩蝶试晴舞翅。清欢易失，怕轻负、年芳流水。好趁闲、共整吟鞯[6]，日日访桃寻李。

【注释】
　　〔1〕游丝：春虫所吐之丝。　霁：天色放晴。
　　〔2〕屦：木底鞋，木屐。
　　〔3〕珠幡：指春幡。一种用纸或丝织物剪出的旗帜一类的饰物。《岁时风土记》："立春之日，士大夫之家，剪裁为小幡，或悬于家人之头，或缀于花枝之下。"宋辛弃疾《汉宫春·立春日》："春已归来，看美人头上，袅袅春幡。"
　　〔4〕雨腻：雨水洗过花朵后，有滑泽之感。
　　〔5〕忺（xiān）：喜欢。
　　〔6〕吟鞯：指诗人的马鞍。

【译文】
　　雪花争妒梅花初开，烟雾迷濛柳芽睁眼，游丝轻飞，天色刚放晴。卷起珠帘，看到燕子开始归来，因为赏花才着木屐早起。春色虽来仍浅，却装出十分的春意。喜看女人头上的凤钗，才卸下春幡，早就开始了巧妙的梳妆精心的描翠。　　下了几点催花开放的春雨，带着花朵的脂腻；又吹来一阵送香的春风细细。雏莺喜暖调弄歌声，嫩蝶弄晴试舞彩翅。清欢易失去，怕草草辜负了春意，大好春景似流水。最好趁着闲暇，一起整理吟游的马鞍，天天访桃寻李。

范晞文

范晞文（生卒年不详），字景文，号药庄，钱塘（今浙江杭州）人。太学生。咸淳二年（1266），上书弹劾奸臣贾似道，被窜琼州。入元，以程钜夫荐，除提举杭州路学，转长兴丞。后居无锡以终。有《药庄废稿》，又有《对床夜话》五卷。词存一首。

意 难 忘

清泪如铅。叹咸阳送远，露冷铜仙[1]。岩花纷堕雪，津柳暗生烟。寒食后，暮江边。草色更芊芊[2]。四十年，留春意绪，不似今年。　　山阴欲棹归船[3]。暂停杯雨外，舞剑灯前。重逢应未卜，此别转堪怜[4]。凭急管，倩繁弦[5]。思苦调难传。望故乡，都将往事，付与啼鹃[6]。

【注释】

〔1〕"清泪"三句：唐李贺《金铜仙人辞汉歌》序："魏明帝青龙元年八月，诏宫官牵车西取汉孝武捧露盘仙人，欲立置前殿。宫官既拆盘，仙人临载，乃潸然泪下。"诗云："空将汉月出宫门，忆君清泪如铅水。衰兰送客咸阳道，天若有情天亦老。"此指元军攻陷临安，宋帝、太后及三宫百官被俘北行之事。

〔2〕芊芊：碧绿色。

〔3〕"山阴"句：用王子猷雪夜访戴典，此指访友。

〔4〕转：更加。

〔5〕倩：请。

〔6〕啼鹃：传说杜鹃为蜀帝杜宇魂魄所化，其声凄切。此指被俘的宋

幼帝。

【译文】

　　清泪如铅水，叹息从咸阳送来，路途遥远，露水冷滴铜仙。岩石间花朵凋零，似雪花纷纷落下；渡口边柳树昏暗，笼罩着云烟。寒食节后，晚江旁边，草色更加浓密绵延。四十年来，留恋春光的心情，不像今年。　　访友欲驾归船，暂且雨中罢酒，灯前舞剑。重逢之时一定不能卜知，此次离别更加堪称哀怜。任凭急促的笛管声，又借繁复的琴弦，思绪正苦调声难传。望着故乡，都把往事，交付给了凄鸣的杜鹃。

郑斗焕

　　郑斗焕（生卒年不详），字丙文，号松窗。词存一首。

新 荷 叶

　　乳鸭池塘，晴波漾绿鳞鳞[1]。宿藕根香，夏来生意还新。蚨钱小、钿花贴翠[2]，相间萍星[3]。一番雨过，一番暗展圆青[4]。　　鱼戏龟游，看来犹未胜情。因忆年时[5]，垂钓曾约轻盈[6]。玉人何处，关情是、半卷芳心[7]。帘风一棹，鸳鸯催起歌声。

【注释】

　　〔1〕鳞鳞：形容水波如鱼鳞状。唐李群玉《江南》："鳞鳞别浦起

微波。"

〔2〕蚨钱：传说用青蚨之血涂于钱上，可以引钱使归。此以蚨钱喻初生的荷叶。　钿花：金花，妇人首饰。　贴翠：女子额饰。均指荷叶。

〔3〕萍星：浮萍，小而圆。

〔4〕"一番"两句：化用宋周邦彦《苏幕遮》"叶上初阳干宿雨。水面清圆，一一风荷举"词意。圆青，又圆又绿。

〔5〕年时：当年，往日。

〔6〕轻盈：代指体态轻盈的佳人。

〔7〕半卷芳心：以荷芯半卷喻佳人芳心不展。

【译文】

乳鸭嬉游池塘，晴光下水波荡漾，碧波如鳞。隔年的藕根还香，夏天来了生意又新。蚨钱般的荷叶正小，像钿花贴翠，中间星布无数浮萍。一阵雨飘过，荷叶又一次悄然铺展，又圆又青。　鱼戏水，龟纵游，看来还未尽情。因之想起去年，垂钓曾约轻盈的佳人。佳人现在何处？牵挂愁情的是，半卷不展的荷芯。荷叶间风送一叶扁舟，鸳鸯相戏，催人唱起思恋的歌声。

曹良史

曹良史（生卒年不详），字之才，号梅南，钱塘（今浙江杭州）人。入元不仕，至大元年（1308）前卒。与周密、方回、马臻等交游。有《咸淳诗摘》、《梅南诗摘》、《镂冰词摘》，合称《诗词三摘》。方回序云："至如《镂冰词摘》，则以诗之馀演为雕刻流丽之作，以至宝丹之字，料生姜白之文，法寄于少游、美成之声调。"

江 城 子

　　夜香烧了夜寒生。掩银屏。理银筝⁽¹⁾。一曲春风，都是断肠声。杜宇欲啼杨柳外，愁似海，思如云。

背灯暗卸乳鹅裙⁽²⁾。酒初醒⁽³⁾。梦初醒。兰炷香篝⁽⁴⁾，谁为暖罗衾。二十四帘人悄悄⁽⁵⁾，花影碎，月痕深。

【注释】

　〔1〕银筝：镶银宝筝。以物衬人，极言女子居所用物的雅洁。
　〔2〕乳鹅裙：浅黄裙。乳鹅毛色浅黄，故云。
　〔3〕醒：酒醉。
　〔4〕兰：香料。　香篝：熏笼。
　〔5〕二十四帘：极言帘幕重重。非确指。或本于唐杜牧《寄扬州韩绰判官》："二十四桥明月夜，玉人何处教吹箫。"

【译文】

　　夜香烧尽夜寒又生。掩起银屏，调理银筝，一曲筝声春风传送，都是断肠声。杜鹃欲在杨柳边啼鸣，忧愁深似海，思绪乱如云。　　背对灯光悄悄脱下嫩黄裙。酒刚醉，梦刚醒，熏笼熏兰香，谁来为她温暖罗衾？重重帘幕人声静，花影随风碎，明月留痕深。

董嗣杲

　　董嗣杲（生卒年不详），字明德，号静传，临安（今浙江杭州）人。咸淳（1265—1274）末，为武康令。宋亡，入山为道，改名思学，字无益，号老君山人。与仇远等交。著有《庐山集》、《西湖百咏》、《百花诗集》。词存二首。

湘 月

莲幽竹邃[1]，旧池亭几处，多爱君子[2]。醉玉吹香还认取[3]，忙里得闲标致[4]。心逐云帆，情随烟笛，高会知谁继[5]。宵筵会启[6]，蓦然身外浮世[7]。　　因见杜牧疏狂[8]，前缘梦里[9]，谩蹙双眉翠。香满屏山春满几[10]，炉拥麝焦禽睡[11]。月落梅空，霜浓窗掩，两耳风声起。艳歌终散，输他鹤帐清寐[12]。

【注释】

〔1〕邃：深幽。

〔2〕君子：莲、竹均有"君子"之称，因其有"德"而比拟。

〔3〕醉玉：醉酒。玉，喻品德仪容之美。见李彭老《祝英台近》注〔2〕。

〔4〕标致：风韵。此用为动词。

〔5〕高会：高人雅集。

〔6〕启：开始。

〔7〕浮世：人间，人世。旧时认为世事虚浮无定，故称。

〔8〕杜牧：晚唐诗人，行为狂放。此词人自喻。

〔9〕前缘梦里：盖用唐杜牧《遣怀》"十年一觉扬州梦"之句。

〔10〕屏山：折叠的屏风，形状像山。唐温庭筠《菩萨蛮》词："无言匀睡脸，枕上屏山掩。"

〔11〕"炉拥"句：即"拥麝焦禽炉睡"之倒装。麝焦，麝香浸的煤炭。禽，禽形香炉。

〔12〕鹤帐：绣有白鹤图案的睡帐。古代隐士常与鹤为伴，以示超凡脱俗。

【译文】

莲花清幽竹丛密深，几处旧池亭边，最喜爱莲竹君子。风吹来花香，酒醉时还要认取，忙里得闲雅标风致。心逐齐云高帆远去，情随雾中笛声起伏，高人雅集谁来接继？晚上筵会刚开始，突然觉得如在身外尘世。　　因而想见杜牧的疏狂，前缘如在梦里，佳人徒然皱起青翠的双眉。香满屏山，春满桌几；拥着禽炉，煤香里独自入睡。月光西沉梅花落尽，霜寒正浓窗户关掩，两耳边风声响起。艳丽的歌声终于散去，比不上他在鹤帐中清寐。

卷 七

周 密

周密（1232—1298），字公谨，号草窗、蘋洲，又号四水潜夫、弁阳老人、弁阳啸翁、华不注山人。生平事迹见本书前言。周密词远祧清真，近师白石，与吴文英并称"二窗"。风格清雅秀丽，间有苍莽高远之致，精刻细琢之巧。宋亡以后，格调低回幽沉，不再着眼于字句的推敲，而体现一种浑融苍凉之美。周密为一通才，除诗词和音乐以外，长于书法与绘画，兼擅野史笔记。所辑《绝妙好词》七卷，是现存第一部有严格选录标准的断代词选，宋末江湖词人多赖以存名。

国 香 慢
赋子固《凌波图》　夷则商[1]

玉润金明[2]。记曲屏小几，剪叶移根。经年汜人重见[3]，瘦影娉婷。雨带风襟零落[4]，步云冷、鹅管吹春[5]。相逢旧京洛[6]，素靥尘缁[7]，仙掌霜凝[8]。　　国香流落恨[9]，正冰销翠薄，谁念遗簪[10]。水空天远，应念矾弟梅兄[11]。渺渺鱼波望极[12]，五十弦、愁满湘云[13]。凄凉耿无语[14]，梦入东风，雪尽江清。

【注释】

〔1〕一本作"夷则商国香慢"。 子固：赵孟坚字子固，宋末画家，尤擅画水仙。《凌波图》即赵氏所画《水墨双钩水仙卷》。原笺引《画禅室随笔》："子固水仙，欲与杨无咎梅花作敌，周草窗极重此品。" 夷则商：意为夷则均的商调式。在燕乐二十八调中为"林钟商"的别名。

〔2〕玉润金明：水仙花黄蕊白瓣，故称。

〔3〕经年：犹多年，形容时间长。 氾人：唐沈亚之《湘中怨解》载，太学进士郑生乘晓月渡洛桥，遇艳女自言依兄家，因嫂恶，欲投水，生载归与之同居，号氾人。数年后，氾人自言本是"蛟宫之娣"，贬谪而从生，今已期满，于是离去。此把水仙比作氾水之神。

〔4〕带、襟：指水仙的长叶。

〔5〕步云：犹云步，指仙子在云中袅袅而行。唐杜牧《张好好诗》："绛唇渐轻巧，云步转虚徐。" 鹅管：指笙。因笙上之管状如鹅毛管，故称。此喻指水仙花茎。

〔6〕旧京洛：指南宋故都临安。

〔7〕尘缁：被灰尘弄黑。缁，黑色。

〔8〕仙掌：汉武帝仙人承露盘。见赵闻礼《贺新郎》注〔2〕。

〔9〕国香：犹言国色天香，本指牡丹，此指水仙。见张抡《壶中天慢》注〔3〕。

〔10〕遗簪：遗落的发簪。指水仙花瓣。《群芳谱》："水仙花大如簪头。"

〔11〕矾弟梅兄：山矾花和梅花。按二十四番花信风的排列顺序，梅花开在其前，故称梅兄，山矾花开在其后，故称矾弟。见汤恢《倦寻芳》注〔3〕。

〔12〕鱼波：微波。代指水面、水域。

〔13〕五十弦：指瑟。唐李商隐《锦瑟》诗："锦瑟无端五十弦，一弦一柱思华年。" 愁满湘云：将水仙比作含愁带恨的湘妃。

〔14〕耿：悲伤，心情不安。

【译文】

白瓣温润，黄蕊清明。记得在曲屏小桌旁，细细剪叶轻轻移根。年年重见氾人仙颜，身影清瘦真娉婷。风雨催落她宽长的襟带，她冷冷地驾迈云步，鹅毛似的茎管吹出一片新春。相逢在故都洛阳，白皙的面容蒙上黑尘，仙人铜掌有霜雪结凝。 恨国色天香流落，正是冰雪消融翠叶单薄，谁来怜悯零落的花簪？水面空

阔天空遥远，想必在思念山矾弟与梅花兄。望尽渺茫的水波，弹起
五十弦，愁恨溢满湘云。凄凉悲愁无言语，梦中回到春风里，雪花
消尽江面清。

一 萼 红
登蓬莱阁有感[1]

　　步深幽。正云黄天淡，雪意未全休。鉴曲寒沙[2]，
茂林烟草，俯仰今古悠悠[3]。岁华晚、飘零渐远，谁念
我、同载五湖舟[4]。磴古松斜[5]，崖阴苔老，一片清
愁。　　　回首天涯归梦，几魂飞西浦，泪洒东州[6]。故
国山川，故园心眼[7]，还似王粲登楼[8]。最负他、秦鬟
妆镜[9]，好江山、何事此时游。为唤狂吟老监[10]，共赋
销忧[11]。

【注释】
　　〔1〕原笺引王象之《舆地纪胜》："绍兴郡治在卧龙山上，蓬莱阁在
郡设厅后，取元微之'我是玉皇香案吏，谪居犹得近蓬莱'句也。"又引
《会稽志》："张伯玉《州宅诗序》云：'越守王工部，至和中，新葺蓬莱阁
成，画图来乞诗。'工部乃王逵也。"
　　〔2〕鉴曲：鉴湖水曲，鉴湖边。鉴湖本名镜湖，北宋初改称鉴湖。
　　〔3〕俯仰：观察天文地理。《易·系辞》："仰以观于天文，俯以察于地
理。"一说一俯一仰，极言时间短暂。
　　〔4〕五湖：说法不一，一说指太湖。《国语·越语》载范蠡帮助勾践
灭吴国后，"遂乘轻舟，以浮于五湖，莫知其所终极"。见吴文英《八声甘
州》注〔9〕。
　　〔5〕磴：山路石阶。古：指"磴"历时久远。
　　〔6〕西浦、东州：作者词末自注云："阁在绍兴，西浦、东州皆其
地也。"

〔7〕故园心眼：谓心存对家乡的思恋。宋苏轼《永遇乐》："天涯倦客，山中归路，望断故园心眼。"

〔8〕王粲登楼：王粲是建安时期的辞赋家，曾避乱荆州，作《登楼赋》，抒发思乡之情。

〔9〕秦鬟：会稽的秦望山，因秦始皇临幸而得名。山远望像妇人的髻鬟。 妆镜：镜湖，湖面水平如镜。

〔10〕狂吟老监：唐代诗人贺知章晚年自号"四明狂客"，又因曾官秘书监，故称"狂吟老监"。唐玄宗天宝初年（742）归隐鉴湖。

〔11〕共赋销忧：汉王粲《登楼赋》："登兹楼以四望兮，聊假日以销忧。"

【译文】

边行边领略蓬莱阁的深幽，正是黄云笮盖天色暗淡，天欲下雪意未全休。鉴湖水拍打寒冷的沙岸，烟霭笼绕茂林荒草，一俯一仰，觉古往今来似水悠悠。大好年华已迟暮，飘泊零落渐行远，谁会想念我、和我同泛五湖舟。石阶古，松树斜，山崖阴沉苔藓老，酿我一片清愁。　回想天涯思归梦，几次魂梦飞到西浦，热泪洒在东州。故国的山川，家乡的期盼，还是像昔时王粲登楼。最是辜负了，那束起髻鬟的秦望山，那如妆镜的镜湖水，大好江山，为何非在这时纵游！为我唤醒狂客贺老监，一起赋诗解忧愁。

扫 花 游

九日怀归[1]

　　江蓠怨碧[2]，早过了霜花，锦空洲渚。孤蛩自语。正长安乱叶，万家砧杵[3]。尘染秋衣，谁念西风倦旅。恨无据[4]。怅望极归舟，天际烟树[5]。　　心事曾细数。怕水叶沉红[6]，梦云离去[7]。情丝恨缕。倩回文为织[8]，那时愁句。雁字无多[9]，写得相思几许。暗凝伫[10]。近重阳、满城风雨[11]。

【注释】

〔1〕九日：九月九日重阳节。

〔2〕江蓠怨碧：江边的蘼芜因绿叶凋零而泣怨。

〔3〕"正长安"两句：化用唐李白《子夜吴歌》"长安一片月，万户捣衣声"诗意。长安，借指南宋都城临安。砧，捣衣石。杵，捣衣棒。

〔4〕无据：无所依凭。

〔5〕"怅望极"两句：化用南朝齐谢朓《之宣城出新林浦向板桥》："天际识归舟，云中辨江树。"

〔6〕"怕水叶"句：水上漂流的题诗红叶容易沉落，不能传递情思，故怕。红叶题诗，见陈允平《唐多令》注〔4〕。

〔7〕梦云：用巫山朝云典，喻男女情事。见楼采《玉漏迟》注〔5〕。

〔8〕回文：前秦窦滔妻苏氏织有《回文璇玑图诗》。见张枢《庆宫春》注〔8〕。

〔9〕雁字：大雁常列成"人"字或"一"字形飞行。

〔10〕凝伫：失神伫望。

〔11〕"近重阳"句：《诗话总龟》：谢无逸尝问潘大临有新诗否。答曰："昨日得'满城风雨近重阳'句，忽催租人至，遂败人意，只一句奉寄。"

【译文】

江边蘼芜抱怨碧叶的凋零，时令早过了霜降，似锦的花簇凋尽在沙洲江渚。孤寂的蟋蟀自言自语，长安落叶正纷飞，千家万户石边敲着捣衣杵。尘埃蒙染秋衣，谁想念秋风中疲惫的行旅？幽恨无边无据！心中惆怅极目眺望归舟，天边云雾绕佳树。　曾把心事细细数，怕水上红叶落沉，梦中朝云离去。情与恨似千丝万缕，请谁织成回文诗，织出那时的愁句。天上雁字不多，写出的相思有几许？暗然失神伫望，节近重阳，满城风雨。

三 姝 媚

送圣与还越〔1〕

浅寒梅未绽。正潮过西陵〔2〕，短亭逢雁〔3〕。秉烛相看⁽⁴⁾。叹俊游零落⁽⁵⁾，满襟依黯⁽⁶⁾。露草霜花，愁正在、废宫芜苑。明月河桥，笛外樽前，旧情消减。　　莫诉离觞深浅⁽⁷⁾。恨聚散匆匆，梦随帆远。玉镜尘昏⁽⁸⁾，怕赋情人老⁽⁹⁾，后逢凄婉。一样归心，又唤起、故园愁眼⁽¹⁰⁾。立尽斜阳无语，空江岁晚。

【注释】

〔1〕圣与：王沂孙字圣与，宋亡，隐居会稽，数次到临安与周密等词人凭吊故国江山。　越：指会稽，今浙江绍兴。

〔2〕西陵：渡口名，在浙江萧山县西。隔钱塘江与杭州相望。

〔3〕短亭：古人于路边设亭，十里一长亭，五里一短亭，为行人休息或送别之处。

〔4〕秉烛相看：原指久别重逢后相互细看。此移来写送别，更突出难舍难分的惜别深情。唐杜甫《羌村三首》："夜阑更秉烛，相对如梦寐。"

〔5〕俊游：高朋雅友。宋秦观《望海潮》："金谷俊游，铜驼巷陌，新晴细履平沙。"

〔6〕依黯：惆怅凄惋。语出唐韩偓《却寄诸兄弟》："却望山南空黯黯，回看童仆亦依依。"

〔7〕离觞：别离时所饮之酒。

〔8〕玉镜：镜的美称。

〔9〕赋情人：吟咏性情之人，指周密自己。

〔10〕故园愁眼：即愁眼望故乡之意。宋苏轼《永遇乐》："天涯倦客，山中归路，望断故园心眼。"

【译文】

　　天气浅寒，梅花未开绽，潮水正卷过西陵渡口，短亭中遇上归雁。夜来把烛互细看，叹息佳朋雅友飘零散落，满腔惆怅心凄黯。霜露侵花草，忧愁正在废旧的宫殿、荒芜的亭苑。明月照河桥，笛声中酒樽前，往日情怀正消减。　　莫说离别宴上酒杯是深是浅，只恨聚散太匆匆，魂梦随着船帆走远。玉镜蒙尘昏暗，怕赋情人衰老，以后重照更觉凄惋。那不变的归心，又唤起望断故园的愁眼。伫望夕阳没入尽头，默默无语，江面空阔年华已晚。

法曲献仙音

吊雪香亭梅⁽¹⁾

　　松雪飘寒，岭云吹冻，红破数椒春浅⁽²⁾。衬舞台荒，浣妆池冷⁽³⁾，凄凉市朝轻换⁽⁴⁾。叹花与人凋谢，依依岁华晚。　　共凄黯。问东风、几番吹梦，应惯识当年，翠屏金辇⁽⁵⁾。一片古今愁，但废绿、平烟空远⁽⁶⁾。无语销魂，对斜阳、衰草泪满⁽⁷⁾。又西泠残笛⁽⁸⁾，低送数声春怨。

【注释】
　　〔1〕一本调无"法曲"两字。　雪香亭：原笺引《武林旧事》："集芳园在葛岭，元系张婉仪园，后归太后。殿内有古梅老松甚多。理宗赐贾平章。旧有清胜堂、望江亭、雪香亭等。"见王沂孙《法曲献仙音·聚景亭梅次草窗韵》注〔1〕。
　　〔2〕红破数椒：椒树开红花。此指梅花初绽花蕾。
　　〔3〕衬舞台、浣妆池：皆园中景点。
　　〔4〕市朝：市场和朝廷，此偏指朝廷。"市朝换"即谓改朝易代（指宋亡）。
　　〔5〕翠屏金辇：指故宋皇帝皇妃临幸聚景园。《咸淳临安志》卷十三："孝宗皇帝至养北宫，拓圃西湖之东，又斥浮屠之庐九以附益之。亭宇皆孝宗皇帝御匾。尝恭请两宫临幸，光宗皇帝奉三宫，宁宗皇帝奉成肃皇太后，亦皆同幸。"
　　〔6〕"但废绿"句：指聚景园的荒凉景象。宋董嗣杲《西湖百咏》："……曾经四朝临幸，继以谏官陈言，出郊之令遂绝。园今芜圮，惟柳浪桥、花光亭存。"宋吴文英《西平乐慢》："叹废绿平烟带苑。"
　　〔7〕"对斜阳"句：宋吴文英《三姝媚》："贮久河桥欲去，斜阳泪满。"
　　〔8〕西泠：桥名，在杭州西湖孤山下。　笛：暗指笛曲《落梅花》，因谓梅落，故有下句之"怨"。

【译文】

雪压古松飘寒气，云拂山岭吹冻意，几朵梅花似椒树绽红，报示春意正浅。衬舞台荒芜，浣花池清冷，市朝变凄凉，繁华被轻换。叹息花与人同凋谢，依依怜惜年华已晚。　　一切都凄惋愁黯！问东风，几次吹醒过酣梦？应常常记起当年，聚景园中的翠色屏风金色车辇。思古伤今愁一片，只是荒芜的草丛中，低平的云烟空茫渺远。默默无语独自伤心，对着夕阳衰草、泪水将眼眶浸满。西泠又响起残笛，低低地送来几声惜春的幽怨。

高 阳 台

送陈君衡被召[1]

照野旌旗，朝天车马[2]，平沙万里天低。宝带金章，尊前茸帽风欹[3]。秦关汴水经行地[4]，想登临、都付新诗。纵英游，叠鼓清笳，骏马名姬[5]。　　酒酣应对燕山雪[6]，正冰河月冻，晓陇云飞[7]。投老残年，江南谁念方回[8]。东风渐绿西湖柳，雁已还、人未南归。最关情，折尽梅花，难寄相思[9]。

【注释】

　　〔1〕陈君衡：陈允平字君衡，一字衡仲，号西麓。入元后，被征至大都，不仕而归。元陶宗仪《辍耕录》："宋亡，草窗才四十五岁，交好如陈允平、赵孟頫，皆不固晚节，草窗与邓牧、谢翱诸子，独厉岁寒之操。"

　　〔2〕"照野"两句：指写迎接陈允平朝见天子的车马仪仗煊赫。

　　〔3〕"宝带"两句：指陈允平在饯别酒宴上，着官服佩金印酒酣帽斜之态。

　　〔4〕秦关汴水：泛指陈允平北行途中所经历的山山水水。秦关，秦地关塞。唐李白《登敬亭北二小山》："回鞭指长安，西日落秦关。"汴水，汴河。

〔5〕"纵英游"三句：想象陈允平北上大都后携妓纵游、击鼓吹筛的春风得意之态。　叠鼓：轻轻击鼓。南朝齐谢朓《鼓吹曲》："凝筛翼高盖，叠鼓送华辀。"

〔6〕燕山：自河北蓟县东南蜿蜒而东，延袤数百里。唐李白《北风行》："燕山雪花大如席。"

〔7〕陇：丘垄，田埂。

〔8〕方回：北宋词人贺铸字方回，此为词人自比。宋贺铸《青玉案》"试问闲愁都几许？一川烟草，满城风絮，梅子黄时雨"，是写愁的名句。宋黄庭坚《寄方回》："解道江南肠断句，只今惟有贺方回。"

〔9〕"折尽"两句：陆凯《寄赠范晔》诗："折梅逢驿使，寄与陇头人。江南无所有，聊赠一枝春。"词化用之。

【译文】

旌旗映照原野，原来是朝见天子的车马，平沙万里天幕低。宝带系着金印，酒杯前风吹皮帽斜。秦关汴水必经地，想必登临所见，都写进新诗。纵情豪游，有胡鼓轻击胡笳清吟，骑着骏马拥着名姬。　面对燕山雪花，应是美酒酣饮，黄河正连月冰封，陇上晓云飘飞。已到老残之年，谁会想起吟咏江南的贺方回？东风渐渐吹绿西湖柳，大雁已回还，人却未南归。最牵挂愁情的是梅花，折尽也难寄一点相思。

庆 宫 春
送赵元父过吴〔1〕

重叠云衣，微茫鸿影〔2〕，短篷稳载吴雪。霜叶敲寒，风灯摇晕〔3〕，棹歌人语呜咽〔4〕。拥衾呼酒，正百里、冰河乍合〔5〕。千山换色，一镜无尘〔6〕，玉龙吹裂〔7〕。　夜深醉踏长虹〔8〕，表里空明，古今清绝。高堂在否〔9〕，登临休赋，忍见旧时明月〔10〕。翠销香冷，怕空负、年芳轻别。孤山春早⁽¹¹⁾，一树梅花，待君同折。

【注释】

〔1〕赵元父：赵与仁字元父。见本书卷七。

〔2〕微茫鸿影：宋苏轼《卜算子》："缥缈孤鸿影。"

〔3〕晕：光影的模糊部分。

〔4〕棹歌：船工行船时所唱的号子。唐张志和《渔父歌》之五："青草湖中月正圆，巴陵渔夫棹歌连。"

〔5〕冰河：寒冷的河流。

〔6〕一镜：指湖水。湖面水平如镜。

〔7〕玉龙吹裂：唐独孤生善吹笛，声入云天，至入破时笛裂。见《太平广记》引《逸史》。玉龙，喻笛。宋林逋《霜天晓角·题梅》："甚处玉龙三弄，声摇动，枝头月。"

〔8〕长虹：形容拱形长桥。此指垂虹桥，在江苏吴江东。桥上有垂虹亭。

〔9〕高堂：指赵氏故居。

〔10〕忍：不忍。

〔11〕孤山：在杭州西湖中，山有梅花。此寄意赵元父，希望能一同隐居孤山。

【译文】

云彩披挂似重重叠叠的衣裳，渺茫的苍穹中鸿影出没，短舟稳稳向前，荷载吴地大雪。霜叶瑟瑟似敲出一片寒意，风中灯光摇出模糊淡影，船歌人语呜呜咽咽。裹着被衾取来酒，百里之内，河水突然冰合。无数山峰换了颜色，一波如镜无尘埃，笛声吹得管破裂。　深夜乘着醉意踏上垂虹桥，水波表里俱空明，古往今来此景清绝。君之高堂还在否？登临时不要赋诗，当不忍心看到旧时明月。翠叶销残花香透冷，怕白白辜负芳景，却又轻易离别。孤山春天早来，满树梅花，期待与君一同攀折。

高 阳 台

寄越中诸友^[1]

小雨分江^[2]，残寒迷浦，春容浅入蒹葭^[3]。雪霁空城^[4]，燕归何处人家^[5]。梦魂欲渡苍茫去，怕梦轻、还被愁遮^[6]。感流年，夜汐东还^[7]，冷照西斜^[8]。　　凄凄望极王孙草^[9]，认云中烟树^[10]，鸥外春沙。白发青山，可怜相对苍华^[11]。归鸿自趁潮回去，笑倦游、犹是天涯。问东风，先到垂杨，后到梅花。

【注释】

〔1〕越中诸友：指隐居会稽的词人群，其中有李彭老、李莱老、王沂孙等人。王沂孙有和作《高阳台·和周草窗寄越中诸友韵》。

〔2〕分：犹遍。《左传·哀公元年》："在军，熟食者分，而后敢食。"杜预注："分，犹遍也。"

〔3〕蒹葭：芦苇。《诗·秦风·蒹葭》："蒹葭凄凄，白露未晞。"

〔4〕空城：指杭州。南宋都城临安遭兵火后，变得凄凉萧条，入元后改为杭州。宋姜夔《扬州慢》："渐黄昏，清角吹寒，都在空城。"

〔5〕"燕归"句：化用唐刘禹锡《金陵五题·石头城》"旧时王谢堂前燕，飞入寻常百姓家"诗意。

〔6〕"梦魂"两句：元陆辅之《词旨》列为"警句"。苍茫，指寥阔的山山水水。

〔7〕夜汐：晚潮。

〔8〕冷照：指清冷的月光。

〔9〕"凄凄"句：汉淮南小山《招隐士》："春草生兮萋萋，王孙游兮不归。"凄凄，犹"萋萋"。王孙，喻指越中诸友。

〔10〕云中烟树：南朝齐谢朓《之宣城新林浦向板桥》诗："天际识归舟，云中辨江树。"

〔11〕"白发"两句：宋吴文英《八声甘州》："华发奈山青。"苍，青黑色。华，白色。

【译文】

小雨洒遍江面，残寒迷绕江浦，春光浅浅地融入蒹葭。雪后天晴，空城里的燕子飞回哪一处人家？梦魂想飞渡辽阔山水归去，怕梦境太轻，又被忧愁拦遮。感叹似水流年，夜晚潮汐东回，冷月西斜。　　极目眺望远处的芳草，辨认云烟缭绕的碧树，鸥鸟栖息在回春的洲沙。白发面对青山，可悲的是，两相对照一黑一花。大雁自个儿趁着潮落时归去，却笑疲倦的游子，还沦落在天涯。想问问东风，是否先吹到垂杨，后吹到梅花？

探 芳 信

西泠春感[1]

步晴昼[2]。向水院维舟，津亭唤酒[3]。叹刘郎重到[4]，依依漫怀旧[5]。东风空结丁香怨[6]，花与人俱瘦[7]。甚凄凉，暗草沿池，冷苔侵甃[8]。　　桥外晚风骤。正香雪随波，浅烟迷岫。废苑尘梁，如今燕来否[9]。翠云零落空堤冷，往事休回首。最销魂，一片斜阳恋柳[10]。

【注释】

〔1〕西泠：桥名，在杭州西湖孤山下。此篇是宋亡后凭吊故都的佳作，一时和者有李彭老、仇远、张炎等人。

〔2〕步晴昼：在晴天里漫步。

〔3〕津亭：设在渡口旁的亭子。

〔4〕刘郎：唐朝诗人刘禹锡，此为词人自称。刘禹锡于元和年间从贬所被召回长安，因游玄都观赏桃花写诗讽刺新贵，又被远贬。十四年后再次被召回京，重游旧地，作《再游玄都观》诗："种桃道士归何处，前度刘郎今又来。"

〔5〕依依：恋恋不舍貌。　漫：徒然，白白地。

〔6〕"东风"句：南唐李璟《摊破浣溪沙》："青鸟不传云外信，丁香空

结雨中愁。"丁香因花蕊繁密，诗词中常喻愁多郁结。

〔7〕"花与"句：宋秦观《如梦令》："人与绿杨俱瘦。"

〔8〕甃（zhòu）：井壁。

〔9〕"废苑"两句：隋薛道衡《昔昔盐》诗："空梁落燕泥。"

〔10〕"最销魂"两句：宋吴文英《西子妆慢》："最伤心，一片孤山细雨。"销魂，极度忧伤。

【译文】

晴光下漫步，在水院边系住小舟，渡口亭子里传唤美酒。叹息刘郎再次前来，思绪绵绵空怀旧。东风徒然吹开含愁带怨的丁香，那花与人一样清瘦。多凄凉啊！暗绿的杂草沿着水池伸延，幽冷的苔藓侵入井甃。　　桥边晚风急骤。正是香花飘落随流水，淡烟迷茫绕山岫。废旧庭苑里灰尘落满屋梁，如今燕子还来否？碧云飘零江堤空冷，往事不要回首！最伤心，一片斜阳恋恋不舍地挂在杨柳。

水 龙 吟

白　荷〔1〕

素鸾飞下青冥〔2〕，舞衣半惹凉云碎〔3〕。蓝田种玉〔4〕，绿房迎晓〔5〕，一奁秋意〔6〕。擎露盘深，忆君清夜，暗倾铅水〔7〕。想鸳鸯、正结梨云好梦〔8〕，西风冷、还惊起。　　应是飞琼仙会〔9〕。倚凉飙、碧簪斜坠〔10〕。轻妆斗白，明珰照影〔11〕，红衣羞避。霁月三更〔12〕，粉云千点，静香十里。听湘弦奏彻〔13〕，冰绡偷剪〔14〕，聚相思泪。

【注释】

〔1〕《乐府补题》题作"浮翠山房拟赋白莲"。参加此次吟唱的词人

有：周密、王易简、陈恕可、唐珏、吕同老、赵汝钠、王沂孙、李居仁、张炎。金启华、萧鹏《周密及其词研究》："浮翠山房咏白莲可能是五咏中的初咏，作于入元后不久。词人寄意所在，大抵以出污泥而不染的白莲自喻，抱节守志，不食周粟，不愿意屈服元朝。"

〔2〕素鸾：白色凤凰。喻指白莲。　青冥：青空。

〔3〕舞衣：喻指随风起舞的荷叶。

〔4〕蓝田种玉：指白藕埋于泥土之中。　蓝田：山名，在陕西省蓝田县东南。以产美玉著称。种玉，《搜神记》载，杨伯雍在无终山种石子生玉，在种玉处四角作大石柱，名曰"玉田"。

〔5〕绿房：花苞。花未开前，苞房皆呈绿色。

〔6〕奁：妇女用于盛放梳妆品的盒具。此指莲房。

〔7〕"擎露"三句：唐李贺《金铜仙人辞汉歌》序云："魏明帝青龙元年八月，诏宫官牵车西取汉孝武捧露盘仙人，欲立置前殿。宫官既拆盘，仙人临载，乃潸然泪下。"诗云："空将汉月出宫门，忆君清泪如铅水。"

〔8〕梨云好梦：指梦中恍惚见到如云的梨花。用唐王建梦见梨花云典故。后用为梦的雅称。见吴文英《西江月》注〔4〕。

〔9〕飞琼：许飞琼，传说中西王母侍女。此喻莲花。

〔10〕飙：疾风。

〔11〕珰：女子耳饰。

〔12〕霁月：雨后明月。

〔13〕湘弦奏彻：古有湘灵鼓瑟的传说。战国楚屈原《远游》："使湘灵鼓瑟兮，令海若舞冯夷。"彻，乐曲的结尾。此以湘灵喻指白荷。

〔14〕冰绡偷剪：把白莲比作南海鲛人。冰绡，素丝，此指藕丝。唐顾况《龙宫操》："鲛人冰绡采藕丝。"见杨子咸《木兰花慢》注〔3〕。偷剪，意谓悄悄停下织纺。

【译文】

好似白凤飞下青天，摇曳的荷叶惹得凉云心碎。莲藕是蓝田山种出的美玉，莲房迎来天晓，满奁储满秋的情意。叶盘高擎，似幽深的承露盘，清夜中思念旧君，暗洒清泪如铅水。想那水上鸳鸯，正做合欢好梦，西风尖冷，梦中又被惊起。　想必是飞琼参加仙会，凉风中展露风姿，碧玉簪斜坠。白花淡妆竞显白，明亮耳珠照倩影，红花害羞地躲避。明月三更照，如云花朵千万瓣，幽香静谧传十里。听湘灵琴弦奏毕，鲛人悄悄地停织素丝，眼中噙满相思泪。

效颦十解

此十首词是周密模仿《花间集》和九位南宋词人的作品，"效颦"是自谦之词。

四 字 令
拟《花间》[1]

眉消睡黄[2]。春凝泪妆[3]。玉屏水暖微香[4]。听蜂儿打窗。　　筝尘半床[5]。绡痕半方[6]。愁心欲诉垂杨。奈飞红正忙。

【注释】

〔1〕《花间》：即《花间集》，五代后蜀赵崇祚所编的一部曲子词集。风格香艳绮丽。

〔2〕黄：古代妇女涂抹于额角的黄色颜料。

〔3〕泪妆：一种宫妆。五代王仁裕《开元天宝遗事》："宫中嫔妃辈施素粉于两颊，相号为泪妆。"

〔4〕玉屏：玉饰屏风，或用作屏风的美称。　　水暖微香：水沉香被烘暖而微微散香。

〔5〕床：安放器物的架子。

〔6〕半方：手帕的一半。

【译文】

睡起额妆褪了黄，春情凝结成泪妆。玉屏内水沉烘暖散微香，闲来听蜂儿翅膀拍窗。　　灰尘落了半筝床，泪浸手帕染半方。心绪忧愁想告诉垂杨，无奈飞花落得正忙。

西 江 月

延祥观拒霜拟稼轩⁽¹⁾

绿绮紫丝步障⁽²⁾，红鸾彩凤仙城。谁将三十六陂春⁽³⁾。换得两堤秋锦⁽⁴⁾。　　眼缬醉迷朱碧⁽⁵⁾，笔花俊赏丹青⁽⁶⁾。斜阳展尽赵昌屏⁽⁷⁾。羞死舞鸾妆镜⁽⁸⁾。

【注释】

〔1〕原笺引《武林旧事》："孤山路四圣延祥观，有韦太后沉香四圣像、小蓬莱阁、瀛屿堂、金沙井、六一泉。"　拒霜：木芙蓉花的异名。冬凋夏茂，仲秋开花，耐寒不落，故名。　稼轩：辛弃疾字幼安，自号稼轩。见本书卷一。

〔2〕绮：织素为文曰绮。　步障：用以遮避风尘或障蔽内外的屏幕。

〔3〕三十六陂：宋王安石《题西太乙宫壁》："三十六陂烟水，白头想见江南。"陂，池塘湖泊。三十六言其多。此指西湖。

〔4〕锦：织彩为文曰锦。此指花。

〔5〕眼缬：眼发花。北周庾信《夜听捣衣》："花鬟醉眼缬，龙子细文红。"

〔6〕笔花：犹笔生花。喻笔下有才思。相传唐代大诗人李白梦所用之笔头上生花，从此才情横溢，文思丰富。见五代王仁裕《开元天宝遗事》。俊赏：高超的鉴赏力。　丹青：图画。

〔7〕赵昌屏：赵昌绘制的屏风。赵昌，宋剑南人，字昌之。以善画花果著名，后画草虫折枝，妙于傅彩。见《宣和画谱》十八。

〔8〕舞鸾妆镜：用孤鸾照镜典故。喻无偶或失偶者对命运的伤悼。见施岳《兰陵王》注〔7〕。

【译文】

绿素紫丝围作屏障，红鸾彩凤居住仙城。谁将西子一湖的芳春，换成两堤一段秋锦？　　眼发花是醉迷红红碧碧，笔生花是在欣赏丹青。夕阳下展开赵昌画的玉屏，羞死舞鸾照妆镜。

江 城 子

拟蒲江[1]

罗窗晓色透花明。靘瑶笙[2]。按瑶筝。试讯东风，能有几分春。二十四栏凭玉暖[3]，杨柳月，海棠阴。

依依愁翠沁双颦[4]。爱莺声。怕鹃声[5]。人自多情，春去自无情。把酒问花花不语[6]，花外梦，梦中云[7]。

【注释】

〔1〕蒲江：卢祖皋字申之，号蒲江。见本书卷一。

〔2〕靘（qìng）：以青黑色装饰。 瑶笙、瑶筝：即玉笙、玉筝。或以玉为饰。极言笙、筝的名贵。

〔3〕二十四栏：极言栏杆之多，非确指。或言栏杆曲折之多。

〔4〕双颦：双眉皱起，此指双眉。颦，皱眉。

〔5〕"爱莺声"两句：莺鸣于早春，有唤春之意，且婉转动听。杜鹃啼于春暮，声甚凄切，更动春归之愁。

〔6〕问花花不语：宋欧阳修《蝶恋花》："泪眼问花花不语，乱红飞过秋千去。"

〔7〕梦中云：犹梦中的朝云，用巫山云雨典。见楼采《玉漏迟》注〔5〕。喻男女情事。

【译文】

纱窗清晨开，晓色透花明。修饰玉笙，弹起宝筝。试向东风问个讯，还能留下几分春？重重玉栏杆，凭遍求心暖，月照杨柳，荫到海棠。 愁绪依依惜惜，翠色沁入双眉。爱听黄莺叫，怕听杜鹃鸣。佳人本多情，春去自无情。端酒问花花不语，花间有幽梦，梦中一片云。

少 年 游
宫词拟梅溪[1]

帘销宝篆卷宫罗[2]。蜂蝶扑飞梭[3]。一样东风，燕梁莺院[4]，那处春多。　　晓妆日日随香辇[5]，多在牡丹坡。花深深处，柳阴阴处，一片笙歌[6]。

【注释】

〔1〕宫词：以宫廷生活为题材的诗。唐大历中王建作《宫词》百首，始以宫词为题。　梅溪：史达祖号梅溪。见本书卷二。

〔2〕宝篆：焚香时烟雾升腾形如篆文。

〔3〕扑飞梭：指蜂蝶扑来扑去犹如织梭飞动。

〔4〕燕、莺：喻指情侣。

〔5〕辇：帝王后妃所乘之车。

〔6〕"花深"三句：元陆辅之《词旨》列为"警句"。

【译文】

帘中篆香销尽，卷起宫窗纱罗，蜂蝶来去如飞梭。东风一样吹，燕飞屋梁莺飞庭院，哪处春光最多？　　晨起即梳妆，天天随香辇，赏玩多在牡丹坡。花丛幽深处，柳荫浓密处，传来一片笙歌。

好 事 近
拟东泽[1]

新雨洗花尘，扑扑小庭香湿[2]。早是垂杨烟老，渐嫩黄成碧。　　晚帘都卷看青山，山外更山色。一色梨花新月[3]，伴夜窗吹笛。

【注释】

〔1〕东泽：张辑字宗瑞，号东泽。见本书卷二。

〔2〕扑扑：盛貌。唐白居易《山石榴寄元九》："杜鹃啼时花扑扑。"

〔3〕梨花新月：宋欧阳修《蝶恋花》："寂寞起来搴绣幌，月明正在梨花上。"

【译文】

刚下一场雨，洗落花上尘；香气盈小庭，郁郁雨沁湿。早已是，垂杨展缕，青烟欲老，嫩黄芽儿渐渐转成青碧。 晚来帘儿都卷起，细看窗前青山，山外是更青的山色。梨花清一色，同伴新样月；夜来倚小窗，横吹我玉笛。

西 江 月

拟花翁[1]

情缕红丝冉冉[2]，啼花碧袖荧荧[3]。迷香双蝶下庭心[4]。一行愔愔帘影[5]。 北里红红短梦[6]，东风燕燕前尘[7]。称销不过牡丹情[8]。中半伤春酒病。

【注释】

〔1〕花翁：孙惟信字季蕃，号花翁。见本书卷二。

〔2〕冉冉：随风袅袅貌。

〔3〕荧荧：微光闪烁貌。此指泪光。

〔4〕庭心：庭院中央。

〔5〕愔愔：安闲貌。宋陆游《十一月四日夜半枕上口占》："小室愔愔夜向分，幽人残睡带残醺。"

〔6〕北里：唐长安平康里，因在城北，也称北里。为妓女所居。因代称风流处。 红红：唐代著名歌妓，名张红红，色美，歌声嘹亮，大历中为将军韦青宠姬。后被召入宜春院，宫中号记曲娘子。见《乐府杂录·歌》。此代指歌妓。

〔7〕燕燕：喻指娇妻美妾。宋苏轼《张子野年八十五尚闻买妾述古令作诗》："诗人老去莺莺在，公子归来燕燕忙。" 前尘：犹往事。

〔8〕称销：据南京师范大学《全宋词》电脑检索系统，此词在《全宋词》中仅此一例，义不详。疑为"消受"之意。

【译文】

红丝含情随风袅，翠袖泪花湿荧荧。双蝶迷花香，飞到我中庭，庭中晃起一行安闲的帘影。　　北里红红苦梦短，东风拂去燕燕的旧尘。消受不了牡丹的愁情，一半为伤春，一半为酒病。

醉 落 魄
拟参晦⁽¹⁾

忆忆忆忆。宫罗褶褶销金色⁽²⁾。吹花有尽情无极⁽³⁾。泪滴空帘⁽⁴⁾，香润柳枝湿。　　春愁浩荡湘波窄⁽⁵⁾。红兰梦绕江南北⁽⁶⁾。燕莺都是东风客⁽⁷⁾。移尽庭阴，风老杏花白。

【注释】

〔1〕参晦：赵汝芜字参晦，号霞山。见本书卷三。

〔2〕宫罗：一种质地较薄的丝织品。此指宫罗衣。　褶褶：皱褶，褶裥。　销金色：指宫罗上的金线，因年久而褪色。

〔3〕吹花：风吹花落，指落花。又似"吹花（叶）嚼蕊"之省，指吹奏，歌唱。参李商隐《柳枝五首》诗序。

〔4〕空帘：透明的窗帘。

〔5〕湘波窄：极言湘妃愁多，湘水承载不了。

〔6〕红兰：兰灯。兰膏可为灯油。

〔7〕燕莺：犹莺俦燕侣，喻夫妻或情侣。

【译文】

　　不住地回忆，宫罗衣褶，褪暗了金色。风吹花落有尽时，愁情却无极。泪水滴在空帘，香气浸润柳枝湿。　春愁浩荡湘水嫌窄，兰灯伴梦，梦绕江南江北。燕莺都是东风中的过客。庭荫尽随光移转，风衰竭，杏花白。

朝 中 措
茉莉，拟梦窗[1]

　　彩绳朱乘驾涛云。亲见许飞琼[2]。多定梅魂才返[3]，香瘢半掐秋痕[4]。　枕函钗缕，熏篝芳焙，儿女心情[5]。尚有第三花在，不妨留待凉生[6]。

【注释】

　　〔1〕梦窗：吴文英号梦窗。见本书卷四。

　　〔2〕许飞琼：传说中西王母侍女。此喻茉莉花。

　　〔3〕多定：多半，大概。

　　〔4〕香瘢：花的疤痕。

　　〔5〕"枕函"三句：谓一般儿女只知用茉莉花装枕、插花、薰香、焙茶，不知赏其雅韵。熏篝，香笼，熏笼。

　　〔6〕"尚有"两句：化用宋吴文英《朝中措》"尚有落花寒在，绿杨未褪春绵"词意。清况周颐《蕙风词话》评曰："庶几得梦窗之神似。"第三花，指经过多次采摘后重又开放的花。

【译文】

　　亲眼见到许飞琼，她揽彩绳，驭红车，奔行在涛云。多半是梅花魂儿才返回，若秋来采撷，花剩半面疤痕。　函置枕中，系在发钗，熏笼熏香，焙花制茶，儿女总抱如此心情。如果再有摘采后的花朵，不妨留待秋凉再生。

醉落魄

拟二隐⁽¹⁾

　　馀寒正怯。金钗影卸东风揭⁽²⁾。舞衣丝损愁千褶。一缕杨丝，犹是去年折。　　临窗拥髻愁难说⁽³⁾。花庭一寸燕支雪⁽⁴⁾。春花似旧心情别。待摘玫瑰，飞下粉黄蝶。

【注释】

　　〔1〕二隐：指李彭老（字商隐）和李莱老（字周隐）。见本书卷六。

　　〔2〕揭：举起。

　　〔3〕拥髻：捧持发髻，表示愁苦。《飞燕外传·伶玄自叙》："子于（伶玄字）老休，买妾樊通德，能言赵飞燕故事。子于闲居命言，厌厌不倦。子于语通德曰：'斯人俱灰灭矣，当时疲精力，驰骛嗜欲蛊惑之事，宁知终归荒田野草乎？'通德占袖顾视烛影，以手拥髻，悽然泣下，不胜其悲。"

　　〔4〕燕支：胭脂。指花的颜色。

【译文】

　　残寒正令人胆怯，卸下金钗，东风把鬓发撩揭。舞衣上金线磨损，愁如层层皱褶。一缕杨柳柔条，还是去年折。　　临窗捧发，忧愁难以向人说，庭中盈寸花朵，红如胭脂白如雪。春花似旧，心情有别。正要摘朵玫瑰，飞来一只粉黄蝴蝶。

浣溪沙

拟梅川⁽¹⁾

　　蚕已三眠柳二眠⁽²⁾。双竿初起画秋千。莺栊风响十三弦⁽³⁾。　　鱼素不传新信息⁽⁴⁾，鸾胶难续旧姻缘〔5〕。薄情明月几番圆。

【注释】

〔1〕梅川：施岳号梅川。见本书卷四。

〔2〕蚕已三眠：蚕脱皮时，不食不动，其状如眠，谓之蚕眠。宋秦观《时食》："（蚕生）九日，不食一日一夜，谓之初眠，又七日再眠如初……又七日三眠如再，又七日若五日，不食二日，谓之大眠。" 柳二眠：指柽柳（人柳）的柔弱枝条在风中时时伏倒。《三辅故事》："汉苑中有柳状如人形，号曰人柳，一日三眠三起。"

〔3〕莺栊：指歌妓所居之地。栊，窗上棂木或指窗户。 十三弦：唐宋时教坊所用的筝均为十三根弦，因代指筝。宋张先《菩萨蛮·咏筝》："纤指十三弦，细将幽恨传。"

〔4〕鱼素：书信。相传鱼能传书。古乐府《饮马长城窟行》："呼儿烹鲤鱼，中有尺素书。"

〔5〕鸾胶：传说海上有凤鳞洲，多仙人，以凤喙麟角合煎作膏，名续弦胶，能续弓弩断弦。见《十洲记》。

【译文】

蚕已经三眠，柳只二眠。刚撑起双栏杆，就悠然把秋千荡。风儿拂莺窗，奏响十三弦。 书信已不来，没有新消息。鸾胶可续弦，却难续旧姻缘。薄情的明月，又已几回圆。

甘 州
灯夕书寄二隐〔1〕

渐萋萋、芳草绿江南〔2〕，轻晖弄春容。记少年游处，箫声巷陌，灯影帘栊。月暖烘炉戏鼓，十里步香红〔3〕。欹枕听新雨〔4〕，往事朦胧。 还是江南春梦晓，怕等闲愁见〔5〕，雁影西东〔6〕。喜故人好在，水驿寄诗筒⁽⁷⁾。数芳程、渐催花信⁽⁸⁾，送归帆、知第几番风。空吟想，梅花千树，人在山中。

【注释】

〔1〕灯夕：旧以农历正月十五日为元宵节，是夕放灯，故名灯夕。二隐：即"龟溪二隐"李彭老（字商隐）和李莱老（字周隐）。见本书卷六。

〔2〕"渐萋萋"句：汉淮南小山《招隐士》："王孙游兮不归，春草生兮萋萋。"宋王安石《泊船瓜洲》："春风又绿江南岸，明月何时照我还？"

〔3〕"记少年"五句：周密《武林旧事》卷二："（元宵节）终夕天街鼓吹不绝，都民士女，罗绮如云，盖无夕不然也。……诸舞队次第簇拥，前后连亘十馀里，锦绣填委，箫鼓振作，耳目不暇给。" 烘炉：火炉。

〔4〕欹枕：把枕头放斜。指展转不寐。宋岳飞《小重山》："烛残漏断频欹枕，起坐不能平。"

〔5〕等闲：平白。 见：同"现"。

〔6〕雁影西东：宋苏轼《卜算子》："缥缈孤鸿影。"

〔7〕水驿：水路转运站。 诗筒：以竹筒盛诗，便于传递，称诗筒。

〔8〕花信：即二十四番花信风。见汤恢《倦寻芳》注〔3〕。

【译文】

芳草渐茂密，已把江南绿，柔和的春光打扮着春容。回想少年游历处，箫声走巷陌，灯影透帘栊。月夜暖香炉，悠然听戏鼓，信步十里穿花丛。斜靠枕上听新雨，往事朦朦胧胧。 又是江南春梦晓，怕平白地愁来，雁影忽西又东。喜故人健在，从水驿寄来诗筒。数一数春天行程，已是花信风渐催春色，那时送你的归帆，不知将是第几番风？徒然吟诗怀想，梅花缀千树，有人在山中。

踏 莎 行

与莫两山谈邗城旧事⁽¹⁾

远草情钟⁽²⁾，孤花韵胜⁽³⁾。一楼耸翠生秋暝⁽⁴⁾。十

年二十四桥春，转头明月箫声冷[5]。　赋药才高[6]，题琼语俊[7]，蒸香压酒芙蓉顶[8]。景留人去怕思量，桂窗风露秋眠醒[9]。

【注释】

〔1〕莫两山：莫岂字子山，号两山。见本书卷五。　邗城：今扬州。唐武德七年（624）改兖州为邗州，因邗沟而名。九年改为扬州。莫为江都（今扬州）人。

〔2〕钟：聚集。

〔3〕孤花：独特的香花。此指扬州琼花。旧扬州后土祠有琼花一枝，相传为唐人所植，宋淳熙以后，多聚八仙接木移植，为稀有珍异植物。见周密《齐东野语》卷十七。

〔4〕楼：指隋炀帝所建迷楼。见李莱老《扬州慢》注〔9〕。

〔5〕"十年"两句：唐杜牧《寄扬州韩绰判官》："二十四桥明月夜，玉人何处教吹箫？"二十四桥，见陈允平《瑞鹤仙》注〔6〕。

〔6〕赋药：赋咏芍药花。宋吴曾《能改斋漫录》卷十五引武仲《芍药谱》云："扬州芍药，名于天下，非特以多为夸也，其敷腴盛大而纤丽巧密，皆他州所不及。"

〔7〕题琼：题咏琼花。

〔8〕"蒸香"句：谓琼花、芍药等花佐酿新酒后还有芙蓉继续可供观赏。芙蓉从八九月开始，耐寒不落，故又名拒霜。宋苏轼《和陈述古拒霜花》："千株扫作一番黄，只有芙蓉独自芳。"压酒，米酒酿制将熟时，压榨取酒。唐李白《金陵酒肆留别》："风吹柳花满店香，吴姬压酒劝客尝。"

〔9〕桂窗：桂木制成的窗户。

【译文】

　　远处芳草聚幽情，孤花韵致更独胜。一楼耸入碧空，秋色生昏暝。二十四桥边，十年不断春；转瞬明月照，箫声显清冷。　赋咏芍药的才华高，题写琼花的诗句俊，芍药琼花佐酿后，又有芙蓉可管领。景留人去怕回想，风露打桂窗，秋来不成眠。

王沂孙

王沂孙（生卒年不详），字圣与，又字咏道，号碧山，又号中仙、玉笥山人，会稽（今浙江绍兴）人。早年往来于临安、会稽间。景炎元年（1276），在越与李彭老、仇远、张炎等赋《天香》诸调，编为《乐府补题》一卷。据《延祐四明志》载，曾官庆元路学正。其词集名《花外集》，又名《玉笥山人词集》，又名《碧山乐府》。陈廷焯《白雨斋词话》卷二：“词法之密，无过清真。词格之高，无过白石。词味之厚，无过碧山。词坛三绝也。”碧山词沉郁凄迷，最善于以咏物的形式表达身世之感、家国之悲，代表了南宋咏物词的最高成就。

醉 蓬 莱
归故山[1]

扫西风门径，黄叶凋零，白云萧散。柳换枯阴，赋归来何晚[2]。爽气霏霏[3]，翠蛾眉妩[4]，聊慰登临眼。故国如尘[5]，故人如梦[6]，登高还懒。　　数点寒英[7]，为谁零落，楚魄难招[8]，暮寒堪揽[9]。步屧荒篱[10]，谁念幽芳远。一室秋灯，一庭秋雨，更一声秋雁[11]。试引芳樽，不知消得，几多依黯[12]。

【注释】

〔1〕故山：指王沂孙故里会稽（今绍兴）。

〔2〕“赋归”句：作者于宋亡后出任元庆元路学正，此隐约表示自悔出仕的心情。晋陶渊明《归去来兮辞》：“归去来兮，田园将芜胡不归。”

〔3〕爽气：山中清新宜人的气息。　霏霏：云气流动貌。《世说新语·简傲》："王子猷作桓车骑参军，桓谓王曰：'卿在府久，比当相料理。'初不答，直高视，以手版拄颊云：'西山朝来，致有爽气。'"

〔4〕翠蛾：指青山远望像美人蛾眉。宋王观《卜算子》："水是眼波横，山是眉峰聚。"

〔5〕故国如尘：回想故国恍如隔世。尘，佛教称人间为"尘世"、"凡尘"。道家称一世为"一尘"。

〔6〕故人如梦：指故人遥远，只能在梦中思念。

〔7〕寒英：指菊花。

〔8〕楚魄：《楚辞》中有《招魂》一篇。　难招：王逸《楚辞章句》云屈原死去不能复生，魂魄难招。

〔9〕暮寒堪揽：极言晚来寒气浓重，举手可揽。

〔10〕屐：一作"屩"，木底鞋。

〔11〕"一室"三句：元陆辅之《词旨》列为"警句"。

〔12〕依黯：惆怅感怀貌。见李彭老《法曲献仙音》注〔9〕。

【译文】

秋风吹扫着门前的小路，黄叶凋谢零落，白云悠闲散淡。柳树变得枯瘦阴沉，弃官归来多么晚！清爽宜人的云气飞来飞去，远山像佳人蛾眉般妩媚，暂且可以告慰我登高眺望的愁眼。故国恍如隔世，故人如在梦中，登高又是心意慵懒。　几朵寒花，为谁零落？屈子魂魄难招回，傍晚的寒气可用手揽。脚着木屐行走在荒篱边，谁能想到幽花将去远？一盏秋灯照空室，一阵秋雨洒庭院，还有凄鸣一声的秋雁。试着拿起精美的酒杯，不知道能消释，多少惆怅和伤感。

法曲献仙音

聚景亭梅，次草窗韵〔1〕

层绿峨峨〔2〕，纤琼皎皎〔3〕，倒压波痕清浅〔4〕。过眼年华，动人幽意，相逢几番春换。记唤酒寻芳处，盈盈褪妆晚⁽⁵⁾。 已销黯。况凄凉、近来离思，应忘却、明月夜深归辇⁽⁶⁾。茌苒一枝春⁽⁷⁾，恨东风、人似天远⁽⁸⁾。纵有残花，洒征衣、铅泪都满⁽⁹⁾。但殷勤折取，自遣一襟幽怨⁽¹⁰⁾。

【注释】

〔1〕聚景亭：在聚景园中。原笺引宋董嗣杲《西湖百咏》注云："聚景园在清波门外。"按：周密原唱作"吊雪香亭梅"。李彭老和作"官圃赋梅"。三词所咏同为一时一事，而所咏地点有别。《蘋洲渔笛谱》江昱疏证云：《武林旧事》："葛岭集芳园内有'雪香'扁。"说者因谓周词乃即指此，不知"集芳"初虽张婉仪别墅，理宗朝即赐贾似道，改名后乐园，终属贾氏，并未复还官家。今观倡和诸作，皆寄寓兴亡之感，无一语涉贾，则据王词称"聚景"者为得之。而当时以谏官陈言，罢绝临幸，以致培桑莳果，废为荒圃，则李词"官圃"之名，复相信也。况《咸淳临安志》载聚景诸亭名，又有亭植红梅而不载亭名，安知其不亦名"雪香"乎？故此词以指聚景园为是。

〔2〕层绿：绿色花萼。宋姜夔《卜算子》跋："聚景官梅，皆植之高松之下，苀阴岁久，萼尽绿。夔昨岁观梅于彼，所闻于园官者如此，末章及之。" 峨峨：高耸貌。战国楚宋玉《招魂》："层冰峨峨。"

〔3〕纤琼：苔梅枝上的细须。一说指白色的小朵梅花。宋范成大《梅谱》说绍兴、吴兴一带的古梅"苔须垂于枝间，或长数寸，风至，绿丝飘飘可玩"。

〔4〕"倒压"句：指梅花倒映水中。宋林逋《山园小梅》："疏影横斜水清浅，暗香浮动月黄昏。"宋姜夔《暗香》："千树压、西湖寒碧。"

〔5〕盈盈：姿态美好貌。

〔6〕"应忘却"句：意谓希望被掳北去的南宋帝后的车辇，能在夜深月明时归来，而这是不可能的，故云"应忘却"。

〔7〕茌苒：柔弱貌。晋傅咸《羽扇赋》："体茌苒以轻弱，侔缟素于齐鲁。" 一枝春：指梅花。陆凯《寄赠范晔》："江南无所有，聊赠一枝春。"

〔8〕人：此指被金兵掳走的幼帝和太后。

〔9〕铅泪都满：唐李贺《金铜仙人辞汉歌》："忆君清泪如铅水。"

〔10〕一襟：满腔。襟，衣领。

【译文】

层层绿萼高托起，纤细花须真皎洁，倒映照出水波的清浅。转瞬即逝的年华，动人幽幽意绪，相逢已是春色几番变换。记得唤酒寻花处，盈盈花妆褪却晚。　　已是伤感惆怅，何况凄凉、近来的离情别思。应忘掉、夜深明月照归辇。柔弱的一枝梅，恨东风，送人去后似天远。即使有残花，也只洒落在征人衣衫上，连铜仙人的铅泪都沾满。只好殷勤摘取，自己排遣满腔幽怨。

淡 黄 柳

　　甲戌冬，别周公谨丈于孤山中。次冬，公谨游会稽，相会一月。又次冬，公谨自剡还，执手聚别，且复别去，怅然于怀，敬赋此解[1]。

　　花边短笛，初结孤山约[2]。雨悄风轻寒漠漠[3]。翠镜秦鬟钗别[4]，同折幽芳怨摇落。　　素裳薄。重拈旧红萼[5]。叹携手，转离索。料青禽、一梦春无几[6]，后夜相思[7]，素蟾低照[8]，谁扫花阴共酌。

【注释】

〔1〕甲戌：宋度宗咸淳十年（1274），即临安失陷的前二年。　周公谨：周密字公谨。　丈：对周密的尊称。王沂孙约比周密小十岁左右。咸淳十年，元军进逼临安，各地守军望风投降，周密于是年出任婺州义乌（今属浙江）令。冬，赴任途中经会稽（今绍兴）访王沂孙。第二年，临安陷落，婺州也被攻占，周密拒降遁归，经会稽，王沂孙赋此词送别。剡：县名。属会稽郡。宋宣和三年（1121）改名嵊县。此用其古名。

〔2〕"初结"句：指词人们在西湖结社酬唱。参加者有杨缵、张枢、王沂孙、周密等人。周密《采绿吟》序云："甲子（景定五年，1264）夏，霞翁（杨缵）会吟社诸友逃暑于西湖之环碧。"夏承焘《周草窗年谱》据此认为西湖吟社始于此时。

〔3〕漠漠：弥漫貌。唐韩愈《同水部张员外曲江春游寄白二十二舍人》诗："漠漠轻阴晚自开，青天白日映楼台。"

〔4〕翠镜：指会稽鉴（镜）湖。　秦鬟：指会稽的秦望山。见周密《一萼红》注〔9〕。　钗别：分钗赠别。古有女子分钗赠别恋人的习俗。此借指双方分别。

〔5〕红萼：红色花萼。此指红梅。

〔6〕青禽：翠鸟，相传为梅花之神。宋姜夔《疏影》："苔枝缀玉，有翠禽小小，枝上同宿。"

〔7〕后夜：深夜。

〔8〕素蟾：月亮。

【译文】

花丛中吹响短笛，刚在孤山上结社盟约。雨悄悄，风轻轻，寒气萧萧。翠绿的镜湖水，髻鬟般束起的秦望山，似在分钗赠别；一同折取凄怨的芳花，哀怨花摇落。　素衣单薄，重又捻捏旧时的红梅花萼。叹息刚携手同游，转而又是离群独索。料想栖息梅枝的翠鸟，整个春天没有多少梦想，深夜抱相思，素月低低照，谁扫花荫与我共酌？

一 萼 红

石屋探梅作[1]

思飘摇。拥仙姝独步[2]，明月照苍翘[3]。花候犹迟，庭阴不扫，门掩山意萧条。抱芳恨、佳人分薄[4]，似未许、芳魄化春娇[5]。雨涩风悭[6]，雾轻波细，湘梦迢迢。　谁伴碧尊雕俎[7]，唤琼肌皎皎[8]，绿发萧萧[9]。青凤啼空，玉龙舞夜[10]，遥睇河汉光摇[11]。未须赋、疏香淡影，且同倚、枯藓听吹箫。听久馀音欲绝，寒透鲛绡[12]。

【注释】

〔1〕石屋：洞名。在杭州西湖西南南高峰下。原笺引宋董嗣杲《西湖百咏》注云："石屋在大仁院内，钱氏建。岩石虚广若屋，下有洞路。石上镌有五百罗汉，屋上建阁三层。"

〔2〕仙姝：仙女。宋苏轼《留仙游潭中兴寺》："还访仙姝款石闱。"

〔3〕苍翘：盘虬曲屈的梅枝。

〔4〕分：缘份。

〔5〕春娇：春花。此指梅花。唐元稹《连昌宫词》："春娇满眼睡红绡。"

〔6〕雨涩风悭：指风雨交至。宋苏轼《约公择饮是日大风》："晓来风颠尘暗天，我思其由岂坐悭。"注云："俗谚悭值风、啬值雨。"

〔7〕雕俎：雕有花纹的小桌。

〔8〕琼肌：花瓣。

〔9〕绿发：梅枝上的苔须。见作者《法曲献仙音》注〔3〕。

〔10〕玉龙：积雪的树枝。宋韩琦《韩魏公集》二十《遗事》："又作《喜雪》诗一联云：'危石益深盐虎陷，老枝擎重玉龙寒。'"

〔11〕河汉光摇：宋苏轼《雪夜书北堂壁》："光摇银海眩生花。"

〔12〕鲛绡：南海鲛人所织薄纱，一名龙沙，为服入水不湿。此借指自己所穿之衣。

【译文】

思绪飘摇，独自挽拥仙姝漫步，明月把翠枝玉虬照。花候还是来得迟，庭院花荫无人扫，山门虚掩，春意萧条。佳人抱春恨，缘分却浅薄，似乎不许花魂化春娇。风雨交妒，雾轻波细，潇湘欢梦路迢迢。　　谁伴我消磨美酒玉宴，是唤醒皎洁的花瓣，还是把玩苔须萧萧飘？翠凤空中啼鸣，积雪树枝如玉龙夜舞，遥看银河光影摇。不须赋诗，因有疏香淡影，且来同倚枯瘦的苔枝，听玉人吹箫。听久了馀音欲绝，寒气冷透了轻薄的鲛绡。

长 亭 怨
重过中庵故园⁽¹⁾

泛孤艇、东皋过遍⁽²⁾。尚记当日，绿阴门掩。屐齿莓阶⁽³⁾，酒痕罗袖事何限⁽⁴⁾。欲寻前迹，空惆怅、成秋苑⁽⁵⁾。自约赏花人，别后总、风流云散⁽⁶⁾。　　水远。怎知流水外，却是乱山尤远⁽⁷⁾。天涯梦短，想忘了、绮疏雕槛⁽⁸⁾。望不尽、苒苒斜阳⁽⁹⁾，抚乔木，年华将晚⁽¹⁰⁾。但数点红英，犹识西园凄婉⁽¹¹⁾。

【注释】

〔1〕中庵：名不详。元代散曲家刘敏中，字中庵，疑不是。刘敏中生于北方，仕于北方。

〔2〕东皋：泛指田野、高地。晋陶渊明《归去来兮辞》："登东皋以舒啸，临清流而赋诗。"

〔3〕屐齿莓阶：木屐齿在长莓的台阶上印出痕迹。屐齿，《宋书·谢灵运传》："灵运常着木屐，上山则去前齿，下山去后齿。"

〔4〕酒痕罗袖：唐白居易《琵琶行》："血色罗裙翻酒污。"

〔5〕成秋苑：变成一片凄凉景象。唐李贺《河南府试十二月乐词·三月》："梨花落尽成秋苑。"

〔6〕风流云散：汉王粲《赠蔡子笃》："风流云散，一别如雨。"

〔7〕"水远"三句：化用宋欧阳修《踏莎行》"平芜尽处是春山，行人更在春山外"词意。

〔8〕"天涯"两句：化用南唐李煜《虞美人》"雕栏玉砌应犹在，只是朱颜改"词意。绮疏，雕饰花纹的窗户。

〔9〕苒苒：柔和貌。唐元稹《莺莺传》："华光犹苒苒，旭日渐瞳瞳。"

〔10〕"抚乔木"两句：《世说新语·言语》："桓公北征，经金城，见前为琅琊时种柳皆十围，慨然曰：'木犹如此，人何以堪！'攀枝折条，泫然流泪。"

〔11〕西园：原西汉上林苑别称，后泛指园林。此指中庵故园。

【译文】

驾泛孤艇，游遍东边的田原。还记得当天，绿荫浓浓园门静掩。青莓台阶上印出木屐齿痕，罗袖沾染酒渍，乐事无限。欲寻旧踪迹，空自惆怅，一切都变成凄凉的荒苑。自己约定赏花的人，分别后总像风流云飘散。　　流水逝远，怎知流水外，却是乱山更远。天涯路长梦境苦短，想忘掉雕饰花纹的窗户栏杆。望不尽柔和的夕阳，轻抚乔木，年华将要迟晚。只有几朵红花，还记得故园的凄凉与柔婉。

庆 宫 春

水　仙[1]

明玉擎金[2]，纤罗飘带，为君起舞回雪[3]。柔影参差，幽香零乱，翠围腰瘦一捻[4]。岁华相误，记前度、湘皋怨别[5]。哀弦重听，都是凄凉，未须弹彻[6]。　　国香到此谁怜[7]，烟冷沙昏，顿成愁绝。花恼难禁[8]，酒销欲尽，门外冰澌初结[9]。试招仙魄，怕今夜、瑶簪冻折[10]。携盘独出，空想咸阳，故宫落月[11]。

【注释】

〔1〕一本题作"水仙花"。

〔2〕明玉擎金：水仙花黄蕊玉瓣，像是玉盘托起金盏。宋赵潘《长相思》："金璞明，玉璞明，小小杯桦翠袖擎。"

〔3〕回雪：形容舞姿婉转轻曼。汉张衡《观舞赋》："裾似飞鸾，袖如回雪。"

〔4〕"翠围"句：指水仙花茎如美人细腰。一捻，一把。

〔5〕湘皋怨别：把水仙比作湘水女神。传说舜帝出巡，死于苍梧之野，舜二妃娥皇、女英追之不及，自沉湘水，为湘水女神。

〔6〕"哀弦"三句：古有琴曲《水仙操》，相传春秋时期伯牙在海岛闻水声有感而作。见《乐府解题》。彻，乐曲的结尾。

〔7〕国香：国色天香，本指牡丹，此指水仙。宋黄庭坚《刘邦直送水仙》："可惜国香天不管，随缘流落野人家。"

〔8〕花恼难禁：禁止不住对花的感伤。唐杜甫《江畔独步寻花七绝句》之一："江上被花恼不彻。"

〔9〕冰澌：冰凌。宋张元幹《夜游宫》："半吐寒梅未坼，双鱼洗，冰澌初结。"此用其成句。

〔10〕瑶簪：玉制发簪，指花茎。《群芳谱》："水仙花大于簪头。"

〔11〕"携盘"三句：用金铜仙人辞汉比喻水仙辞乡去国的愁怀，寄托对故国的思念。见唐李贺《金铜仙人辞汉歌》诗及序。

【译文】

　　晶莹的玉盘托起金盏，碧叶如轻罗飘带，为君起舞似翻转白雪。柔弱的花影高高低低，幽香到处飘零，花茎细如美人瘦腰一捻。耽误了大好年华，记得前度湘水边幽怨地泣别。又听到哀怨的琴弦，弹出的都是凄凉之音，不须奏彻。　　国香沦落如此，谁来可怜？烟气清冷沙岸昏暝，顿时叫人愁绝。思花幽恨难禁，欲借酒销尽愁意，门外流水冰初结。试招仙花魂魄，怕今夜花簪冻折。携着花盘独自出去，徒然怀想咸阳，故国宫殿挂落月。

高 阳 台

　　残萼梅酸[1]。新沟水绿，东风节序暄妍[2]。独立雕栏，谁怜枉度华年。朝朝准拟清明近[3]，料燕翎、须寄银笺[4]。又争知、一字相思，不到吟边[5]。　　双蛾不拂青鸾冷[6]，任花阴寂寂，掩户闲眠。屡卜佳期，无凭却怨金钱[7]。何人寄与天涯信，趁东风、急整归船。纵飘零，满院杨花，犹是春前。

【注释】

〔1〕残萼：花凋谢后，花萼结出青子。萼尚存，不久将脱落，故云残萼。　梅酸：宋杨万里《闲居初夏午睡起》："梅子留酸软齿牙。"

〔2〕暄妍：暖和明丽。

〔3〕准拟：准备，打算。

〔4〕燕翎：指折成燕羽形的书信。宋周密《水龙吟》："燕翎谁寄愁笺。" 银笺：白色信笺。

〔5〕吟边：诗中。

〔6〕"双蛾"句：佳人无心修整蛾眉，任灰尘积满鸾镜，也懒得揩拭。青鸾，背面刻有翠色鸾鸟图案的镜子。

〔7〕"无凭"句：因预卜的佳期没有应验，故怨恨铜钱。唐于鹄《江南曲》："暗掷金钱卜远人。"

【译文】

残萼梅子酸，新沟绿水流，东风时节暖和明艳。独自伫立雕栏旁，谁可怜我虚度华年？朝朝企盼清明节的到来，料想寄来的信一定是燕羽白笺。又怎么知道，一点相思的心绪，吟不到诗间。　　双蛾不修饰，青镜泛冷光，任凭花阴沉寂，掩起窗户清眠。屡次卜问归来的佳期，没有应验却怨铜钱。何人从天涯寄来书信，约我趁着东风，快快整理归船。即使满院杨花，飘飘零零，还是在春天过尽以前。

西 江 月

为赵元父赋《雪梅图》〔1〕

褪粉轻盈琼靥〔2〕，护香重叠冰绡〔3〕。数枝谁带玉痕描〔4〕。夜夜东风不扫。　　溪上横斜影淡〔5〕，梦中落莫魂销〔6〕。峭寒未肯放春娇〔7〕。素被独眠清晓。

【注释】

〔1〕赵元父：赵与仁字元父。见本书本卷。

〔2〕琼靥：洁白的梅花容颜。靥，脸颊上的浅涡。

〔3〕冰绡：梅枝上的积雪。绡，丝织品。

〔4〕玉痕：指花容、花痕。

〔5〕"溪上"句：化用宋林逋《山园小梅》"疏影横斜水清浅"诗意。

〔6〕"梦中"句：化用唐王昌龄《梅诗》"落落寞寞路不分"诗意。落

莫，寂寞、冷落、淡薄。魂销，犹销魂、伤感。

〔7〕春娇：见作者《一萼红》注〔5〕。

【译文】

雪花似褪粉，轻盈落花面，为了护住花香，雪积似千缕白缟。谁带来几枝梅花，又把玉容细细描？夜夜东风不拂扫。　　溪上淡影忽横斜，梦中寂寞花魂销。春寒不肯放春娇，雪被中花儿独眠到清晓。

踏 莎 行
题草窗词卷〔1〕

　　白石飞仙〔2〕，紫霞凄调〔3〕。断歌人听知音少〔4〕。几番幽梦欲回时，旧家池馆生青草〔5〕。　　风月交游，山川怀抱。凭谁说与春知道。空留离恨满江南〔6〕，相思一夜蘋花老〔7〕。

【注释】

〔1〕草窗词卷：指周密词集《蘋洲渔笛谱》。书成后曾分赠诸人。

〔2〕白石飞仙：借用白石先生事指代白石道人姜夔。白石先生为中黄丈人弟子，至彭祖时，已二千岁了。不肯修升天之道，但取不死而已。常煮白石为粮，因就白石山而居，时人号曰"白石飞仙"。见《神仙传》。

〔3〕紫霞凄调：杨缵号紫霞，宋末音律名家，周密出其门下。元夏文彦《图绘宝鉴》卷四："度宗朝，女为淑妃，官列卿。好古博雅，善琴，倚调制曲，有《紫霞洞谱》传世。"

〔4〕"断歌"句：周密《木兰花慢》序："西湖十景尚矣。张成子尝赋《应天长》十阕，余冥搜六日而词成。异日霞翁见之曰：'语丽矣，如律未协何？'遂相与订正，阅数月而后定。是知词不难作，而难于协律。翁往矣，赏音寂然。"

〔5〕"池馆"句：南朝宋谢灵运《登池上楼》："池塘生春草。"

〔6〕"离恨"句：宋郑文宝《柳枝词》："载将离恨过江南。"

〔7〕蘋花：指周密。周密号蘋洲，其《水龙吟·次张斗南韵》："怅江南远望，蘋花自采，寄将愁与。"

【译文】

白石成仙飞去，紫霞洞谱成凄调，只有断歌人听，知音者少。几次幽梦要回时，却梦见旧家池馆长青草。　　与风月交游，山川入怀抱。托谁说给春天知道？空把离思别恨洒满江南，相思令蘋花一夜衰老。

醉 落 魄

小窗银烛。轻鬟半拥钗横玉〔1〕。数声春调清真曲〔2〕。拂拂朱帘〔3〕，残影乱红扑。　　垂杨学画蛾眉绿〔4〕。年年芳草迷金谷〔5〕。如今休把佳期卜。一掬春情〔6〕，斜月杏花屋。

【注释】

〔1〕轻鬟半拥：用手捧持发髻，表示忧愁。见周密《醉落魄》(馀寒正怯)注〔3〕。半拥，因无力而半捧。　　玉：玉虫。一种坠于发钗上的虫形饰品。

〔2〕春调：咏春曲调。此指惜春之曲。　　清真：北宋词人周邦彦号清真居士。

〔3〕拂拂：风吹动貌。唐李贺《河南府试十二月乐辞并闰月·七月》："晓风何拂拂，北斗光阑干。"

〔4〕"垂杨"句：垂杨长出的细弯新叶，像佳人画出的蛾眉。

〔5〕金谷：晋太康中石崇所筑花园，旧址在今河南洛阳。此泛指游览胜地。

〔6〕一掬：一捧。宋晏殊《渔家傲》："一掬蕊黄沾雨润，天人乞与金英嫩。"

【译文】

　　小窗燃白烛，蓬松髻鬟手半捧，钗上横挂饰玉。传来几声咏春曲调，是清真的惜春曲。风拂红帘，残乱花影随风扑。　　垂杨长新叶，似佳人把蛾眉画绿。芳草年年，迷乱金谷。如今不要把佳期卜。捧一把浓郁的春情，斜月照着杏花掩映的小屋。

赵与仁

　　赵与仁（生卒年不详），字元父，号学舟，燕王赵德昭裔孙，赵希挺长子。宋末曾为临安府判官。与周密以词相倡和。元元贞二年（1296）起为常德路学教授，改辰州教授。与方回、张炎、仇远、程钜夫等交游。存词五首。

柳 梢 青
落 桂

　　露冷仙梯。《霓裳》散舞，记曲人归[1]。月度层霄[2]，雨连深夜，谁管花飞。　　金铺满地苔衣[3]。似一片、斜阳未移。生怕清香，又随凉信[4]，吹过东篱[5]。

【注释】

　　〔1〕"露冷"三句：宋王灼《碧鸡漫志》卷三引《逸史》："罗公远中秋侍明皇（唐玄宗）宫中玩月，以拄杖向空掷之，化为银桥，与帝升桥，寒气侵人，遂至月宫。女仙数百，素练霓衣，舞于中庭。上问曲名，曰《霓裳羽衣》。上记其音，归作《霓裳羽衣曲》。"仙梯即银桥。

　　〔2〕层霄：重重云霄，高空。

〔3〕金：金黄的花，此指桂花。
〔4〕凉信：凉风，秋风。
〔5〕东篱：菊圃。见吴文英《采桑子慢》注〔14〕。

【译文】

　　露水冷浸仙梯，月宫《霓裳》舞散，记曲人已归。月光穿过重重云霄，夜深时雨下不休，谁管桂花飘飞？　　金黄的花朵铺上满地苔衣，好似一片夕阳久久不肯挪移。生怕那清香，又随着凉风，一起吹过东篱。

琴调相思引

　　冰箔纱帘小院清⁽¹⁾。晴尘不动地花平。昨宵风雨，凉到木樨屏⁽²⁾。　　香月照妆秋粉薄⁽³⁾，水云飞佩藕丝轻⁽⁴⁾。好天良夜，闲理玉靴笙⁽⁵⁾。

【注释】

　　〔1〕冰箔：冰帘，由琉璃制成，色明洁似冰，故称。
　　〔2〕"昨宵"两句：陆辅之《词旨》列为"警句"。木樨屏，画有桂花的屏风。木樨，桂花的别称。以其木纹如犀而名。
　　〔3〕秋粉：秋花。指桂花。
　　〔4〕飞佩：用郑交甫江皋失佩典，状一种怅然若失的情绪。　藕丝：犹言藕断丝连，喻指未断的情思。
　　〔5〕玉靴笙：一种古乐器，形制不详。宋李莱老《西江月》："更深犹唤玉靴笙。"清赵棻《南宋宫闱杂咏一百首》："内家善谱玉靴笙，敌国传闻想艳名。"

【译文】

　　水晶纱帘垂挂，小院清幽寂静；晴光下灰尘不起，地上野花低平。昨晚起风雨，凉气直透木樨屏。　　香夜月光照，秋花着淡妆，水云飞动玉佩，藕丝轻轻漾。好天良夜，闲来调理玉靴笙。

西 江 月

夜半河痕依约⁽¹⁾，雨馀天气冥濛⁽²⁾。起行微月遍池东。水影浮花，花影动帘椻⁽³⁾。　　量减难追醉白⁽⁴⁾，恨长莫尽题红⁽⁵⁾。雁声能到画楼中。也要玉人，知道有秋风。

【注释】
〔1〕依约：隐约。
〔2〕冥濛：幽暗不明。
〔3〕"花影"句：唐温庭筠《菩萨蛮》："珠帘月上玲珑影。"椻，窗上椻木或指窗户。
〔4〕醉白：谓李白。《旧唐书》本传言其"终日沉醉"。
〔5〕题红：题诗于红叶上。见陈允平《唐多令》注〔4〕。

【译文】
夜半银河隐隐约约，雨后天气幽暗迷濛。起来借着淡月行遍池东，浮花水上照影，花影动，摇晃倒映帘椻。　　酒量消减，难以追踪醉仙李白，长恨绵绵，未能尽付题红。雁声若能传到画楼中，也要玉人，知道有秋风。

清 平 乐

柳丝摇露。不绾兰舟住⁽¹⁾。人宿溪桥知那处。一夜风声千树⁽²⁾。　　晓楼望断天涯⁽³⁾。过鸿影落寒沙⁽⁴⁾。

可惜些儿秋意⁽⁵⁾，等闲过了黄花⁽⁶⁾。

【注释】

〔1〕绾：缠绕打结。　兰舟：木兰制成的船，船的美称。

〔2〕"一夜"句：宋晏殊《蝶恋花》："昨夜西风凋碧树。"

〔3〕"晓楼"句：宋晏殊《蝶恋花》："独上高楼，望尽天涯路。"望断，极目眺望，望尽。

〔4〕"过鸿影"句：宋苏轼《卜算子·黄州定慧院寓居作》："缥缈孤鸿影。""拣尽寒枝不肯栖，寂寞沙洲冷。"

〔5〕些儿：一点儿。

〔6〕等闲：无端，白白地。　黄花：菊花。

【译文】

柳条摇曳秋露，却不能把兰舟系住。人宿溪桥，也不知是何处，一夜风声吹过万千碧树。　晓来楼中望尽天涯，鸿影飞落在寒冷的洲沙。可惜生出一点儿秋意，又无端地开过了黄花。

好 事 近

春色醉荼蘼⁽¹⁾，昼永篆烟初绝⁽²⁾。临水杨花千树，尽一时飞雪。　穿帘度竹弄轻盈，东风老犹劣⁽³⁾。睡起凭栏无绪⁽⁴⁾，听几声啼鴂⁽⁵⁾。

【注释】

〔1〕荼蘼：花名。以色似酴醾酒而名。开在春末夏初，二十四番花信风中排倒数第二。宋苏轼《杜沂游武昌以酴醾花菩萨泉见饷》："酴醾不争春，寂寞开最晚。"

〔2〕篆烟：袅袅升腾如篆形文的香烟。

〔3〕劣：顽劣。

〔4〕无绪：没有心情。

〔5〕啼鸠：杜鹃。啼于春末夏初，其声凄切。

【译文】

　　荼蘼醉迷春色，昼长篆烟刚灭。临水万千杨柳，全在一时飘絮如雪。　　穿过窗帘，度越竹林，舞姿真轻盈，东风将尽犹顽劣。睡起倚栏无情绪，听到几声啼鸠。

仇　远

　　仇远（1247—1326），字仁近，一字仁父，号山村，钱塘（今杭州）人。咸淳间以诗名，与白珽并称"仇白"。张雨、张翥、莫维贤皆出其门。元大德九年（1305）为溧阳州学教授。不久以杭州知事致仕。晚年归老西湖，与林昉、白珽、吴大有、胡仲弓等七人，以诗酒娱年。卒葬杭州北山栖霞岭下。有《金渊集》、《稗史》、《兴观集》以及词集《无弦琴谱》二卷。博雅多艺，兼工书画诗词。尝为张炎《山中白云词》作序，词风与张炎最为接近，高远清疏，体崇骚雅。

生　查　子

　　钗头缀玉蚕[1]，耿耿东窗晓[2]。京洛少年游，犹恨归来早[3]。　　寒食正梨花，古道多芳草[4]。今宵试青灯，依旧双花小。

【注释】

　　〔1〕玉蚕：缀在发钗上的小饰物。

〔2〕耿耿：明亮。

〔3〕"犹恨"句：指京洛少年恨归来太早，与下片佳人卜问灯花祈盼早归形成对照。人不能双，而灯花却成双。

〔4〕多芳草：芳草萋萋犹幽恨绵绵。宋秦观《八六子》："倚危亭，恨如芳草，凄凄刬尽还生。"

【译文】

　　金钗悬垂小玉虫，一夜不眠东窗晓。京洛少年姿欢游，还恨回家太早。　　寒食时节正开梨花，古道多芳草。今晚卜试青灯，双花依旧小。

八犯玉交枝

招宝山观月上[1]

　　沧岛云连，绿瀛秋入[2]，暮景却沉洲屿。无浪无风天地白，听得潮生人语。擎空孤柱[3]。翠倚高阁凭虚，中流苍碧迷烟雾。唯见广寒门外[4]，青无重数。　　不知是水，不知是山是树。漫漫知是何处。倩谁问、凌波轻步[5]。漫凝伫、乘鸾秦女[6]。想庭曲、《霓裳》正舞[7]。莫须长笛吹愁去。怕唤起鱼龙[8]，三更喷作前山雨。

【注释】

〔1〕招宝山：原笺引《延祐四明志》："招宝山在定海县东北八里，一名候涛山，为海控扼。"又引《甬东山水古迹记》："庆元东逼海，有招宝山。或云他处见。山有异气，疑下有宝。或云东夷以海货来互市，必泊此。山前至峡口，怪石嵌险离立。南曰'金鸡'，北曰'虎蹲'。又前为蛟门，峡东浪激。或大如五斗瓮，跃入空中，却堕下碎为雾雨。或远如雪山冰岸，声势崩拥。秋风一作，海水又壮，排空触岸，杳不知舟楫所在。"

〔2〕绿瀛：瀛洲。传说中海上三神山之一。

〔3〕孤柱：指招宝山。

〔4〕广寒门：传说为月中仙宫名。

〔5〕凌波轻步：语本三国魏曹植《洛神赋》："凌波微步，罗袜生尘。"

〔6〕乘鸾秦女：弄玉随萧史学箫，引来凤凰，双双乘凤凰仙去。见《列仙传》。

〔7〕《霓裳》正舞：月宫中正舞奏《霓裳羽衣舞》。用唐明皇游月宫归记舞曲典。见奚涘《华胥引》注〔9〕。

〔8〕鱼龙：传说中水下巨物，能够降雨。北魏郦道元《水经注》："鱼龙以秋日为夜，秋分而降，蛰寝于渊也。"

【译文】

翠岛云雾连绵，秋天来到瀛洲，晚景掩却沙洲岛屿。无浪无风天地白白一片，听见潮生人语。托起高空的孤柱，翠色倚靠凭空而立的高阁，中流青碧迷绕烟雾。只见月宫广寒门边，青山无重数。

不知哪处是水，不知哪处是山是树。水势浩荡又不知是何处？请谁去问凌波仙子，她正轻移微步。空然凝神伫立，乘鸾成仙的秦女。想月庭仙曲，《霓裳》正奏舞。不须悠长的笛声将愁吹去，怕唤起水中鱼龙，三更时在前山喷雨。

绝妙好词续钞

翁孟寅 见卷三

摸 鱼 儿⁽¹⁾

卷西风、方肥塞草⁽²⁾，带钩何事东去⁽³⁾。月明万里关河梦⁽⁴⁾，吴楚几番风雨⁽⁵⁾。江上路。二十载头颅⁽⁶⁾，凋落今如许。凉生弄麈⁽⁷⁾。叹江左夷吾⁽⁸⁾，隆中诸葛⁽⁹⁾，谈笑已尘土。　　寒汀外，还见来时鸥鹭。重来应是春暮。轻裘岘首陪登眺⁽¹⁰⁾，马上落花飞絮。拼醉舞。谁解道，断肠贺老江南句⁽¹¹⁾。沙津少驻。举目送飞鸿⁽¹²⁾，幅巾老子⁽¹³⁾，楼上正凝伫⁽¹⁴⁾。

【注释】
〔1〕原笺引此词本事云："（翁孟寅）宾旸尝游维扬，（时）贾师宪开帷闼，甚前席之。其归，又置酒以饯。宾旸即席赋《摸鱼儿》……师宪大喜，举席间饮器凡数十万，悉以赠之。"　按：这段记载，出自周密《浩然斋雅谈》卷下。
〔2〕方肥塞草：秋天，北方雪封冰生，南方正水美草丰，故一些少数民族常借口牧马，南下侵扰。词言时当秋日，塞草正美，金兵正欲入侵。时宋金边塞已移至淮河一带。
〔3〕带钩：拿着武器。钩，兵器名。代指武器。唐李贺《南园十三首》之五："男儿何不带吴钩，收取关山五十州。"

〔4〕关河：关山。此指被金人占领的大好河山。

〔5〕吴楚：泛指春秋时吴、楚故地，今长江中下游一带。时宋金常有战事发生，故曰"风雨"。

〔6〕二十载：似指开禧北伐以来的时间。 头颅：指被金兵杀戮者。

〔7〕弄麈：挥麈。此代指清谈。晋人清谈时，常挥麈以为谈助。麈，麈尾，执手中以驱虫、掸尘的工具。

〔8〕江左夷吾：晋室南渡，朝纲未举，温峤深以为忧，及与王导共谈，欢然曰："江左自有管夷吾，吾复何虑！"见《晋书·温峤传》。管夷吾，春秋时政治家管仲，曾相齐桓公成霸业。后代称能辅国救民者。

〔9〕隆中诸葛：汉末大乱，诸葛亮隐居隆中（在湖北襄樊西南，临汉江），刘备三次往访，遂以联吴抗魏策略出山相助，从而形成魏、蜀、吴三分天下的局面。

〔10〕轻裘：轻暖的裘皮衣。 岘首：岘山，在湖北襄阳。晋羊祜都督荆州诸军事，驻襄阳，常往岘山登临吟咏，置酒赏玩。祜死后，人于其登临处树碑纪念，见者每思其功德而堕泪，杜预称为堕泪碑。见《晋书·羊祜传》。词以羊祜颂比贾似道，故用"陪"字。

〔11〕"谁解道"两句：宋黄庭坚《寄方回》云："解道江南断肠句，只今惟有贺方回。"贺老，即贺铸（字方回）。

〔12〕"举目"句：三国魏嵇康《四言赠兄秀才公穆入军诗》之十四："目送归鸿，手挥五弦。俯仰自得，游心太玄。"词用之。

〔13〕幅巾：古时男子以整幅细绢裹头的头巾。汉末王公多服此以为雅。宋时则为闲暇之服。幅巾老子，指贾似道，称美其有从容闲雅之度。

〔14〕凝伫：伫立凝望。

【译文】

　　西风飞卷，塞草正肥美，何事带钩向东去？明月皎皎，万里关河入梦寐。吴与楚，遭受几番风和雨。江头路，二十年，堆满多少同胞骨，凋零竟如许！凉气生拂麈。叹息隆中诸葛亮，江左管夷吾，议论与谈笑，化作尘和土。　　寒汀外，还见到来时的鸥与鹭。重来应是在春暮。陪公轻裘登岘首，任马上落满花和絮。拼一醉，为公舞。谁理会，贺老江南断肠句？沙津上，略停步。看公头裹幅巾举远目，送飞鸿，高楼正凝伫。

王　澡　见卷三

祝英台近
别　词

　　玉东西[1]，歌宛转，未做苦离调[2]。著上征衫，字字是愁抱。月寒鬓影刁萧[3]，舵楼开缆，记柳暗、乳鸦啼晓。　　短亭草。还是绿与春归，罗屏梦空好。燕语难凭[4]，憔悴未渠了[5]。可能妒柳羞花，起来浑懒，便瘦也、教春知道。

【注释】
　　〔1〕玉东西：酒杯名。或言酒名。宋黄庭坚《次韵吉老十小诗》之六："佳人斗南北，美酒玉东西。"
　　〔2〕苦离调：凄伤的别离曲调。
　　〔3〕刁萧：凋零，萧条。
　　〔4〕凭：依托，信任。
　　〔5〕渠（jù）：通"遽"，匆遽。

【译文】
　　美酒盛玉杯，歌声宛转梁上绕，尚未做成凄苦的别离调。征衣穿上身，字字都把愁恨表。月光寒，鬓发渐渐凋。舵船开缆时，记得是绿杨深处，乳鸦啼清晓。　　短亭边的草，还是绿随春色去，梦里罗屏空见好。燕语难依靠，憔悴哪能一时了。可能是嫉妒柳，羞见花，睡了懒得起床早。就是瘦，也要教春知道。

赵希迈 见卷三

满 江 红

三十年前，爱买剑、买书买画。凡几度、诗坛争敌[1]，酒兵争霸[2]。春色秋光如可买[3]，钱悭也不曾论价[4]。任粗豪、争肯放头低[5]，诸公下。　　今老大。空嗟讶[6]。思往事，还惊诧。是和非未说，此心先怕。万事全将飞雪看，一闲且问苍天借。乐馀龄、泉石在膏肓[7]，吾非诈。

【注释】

〔1〕争敌：争胜。

〔2〕酒兵：即酒。此指饮酒。《南史·陈暄传》："酒犹兵也，兵可千日而不用，不可一日而不备，酒可千日而不饮，不可一饮而不醉。"

〔3〕"春色"句：唐李白《襄阳歌》："清风朗月不用一钱买，玉山自倒非人推。"此化用之。

〔4〕悭：稀少。　论价：讨价还价。

〔5〕争：通"怎"。

〔6〕嗟讶：嗟呀，叹息，惊叹。

〔7〕馀龄：馀年。　泉石在膏肓：即泉石膏肓，形容爱好山水成癖，如病入膏肓。《旧唐书·隐逸传·田游岩》："臣泉石膏肓，烟霞痼疾，既逢圣代，幸得逍遥。"

【译文】

三十年前，喜欢买剑、买书、买画。曾经几度，诗坛较胜，酒席争霸。春色秋光如果也可买，囊中钱少也不计较价。任被粗豪讥，怎肯将头颅放低，在诸公之下。　　而今年岁已老大，空叫人叹息嗟讶。思念往事，又让人惊诧。是非还没说出口，这心里头就先害怕。万事都当飞雪看，一个"闲"字且向苍天借下。尚可喜，馀年嗜爱山水和烟霞，吾这话绝不诈。

薛梦桂　见卷三

醉落魄

（按：此词卷三已录，故此处从略。）

翁元龙　见卷四

江城子

一年箫鼓又疏钟。爱东风。恨东风。吹落灯花，移在杏梢红。玉靥翠钿无半点[1]，空湿透，绣罗弓[2]。　燕魂莺梦渐惺忪[3]。月帘栊。影迷濛[4]。催趁年华，都在艳歌中[5]。明日柳边春意思，便不与，夜来同。

【注释】
〔1〕玉靥：光洁的脸庞。　翠钿：翠玉首饰。词中似又指翠靥，面饰

的一种，即以绿色"花子"粘在眉心，或制成小圆形贴在酒窝处。唐温庭筠《南歌子》："脸上金霞细，眉间翠钿深。"

〔2〕绣罗弓：女子的绣罗鞋。

〔3〕惺忪：此指清醒。宋杨万里《雪后东园午望》："天色轻阴小霁中，昼眠初醒未惺忪。"

〔4〕迷濛：模糊不清貌。

〔5〕艳歌：艳情歌曲。

【译文】

　　一年到岁尾，喧天箫鼓疏疏钟。爱东风，又恨东风。吹落灯花，移上杏树梢头红。没有半点梳妆打扮，白白湿透了，绣罗鞋如弓。　　渐醒燕莺绮春梦。月照帘栊影朦胧。催人趁着年华好，都在艳歌声声中。试看明日柳树边，芳意便不与夜间同。

西 江 月

　　画阁换粘春帖〔1〕，宝筝抛学银钩〔2〕。东风轻滑玉钗流〔3〕。织线燕纹莺绣〔4〕。　　隔帐灯花微笑〔5〕，倚窗云叶低收〔6〕。双鸳刺罢底尖头〔7〕。剔雪闲寻豆蔻〔8〕。

【注释】

〔1〕画阁：饰绘华美的楼阁。南朝梁庾肩吾《咏舞曲应令》："歌声临画阁，舞袖出芳林。" 春帖：又称春帖子、春端帖等。宋制，翰林一年八节要撰作帖子词，贴于禁中门帐，以歌颂升平或寓意规谏。其于立春日所制帖子词，称春帖，多为五、七言绝句。

〔2〕宝筝：筝之美称。 银钩：此指绣花之钩针。

〔3〕玉钗：钗之美称。

〔4〕"织线"句：指刺绣出燕、莺等美丽的飞鸟图案。也可理解为春天因燕、莺的装点而秀美如绣。

〔5〕灯花微笑：指灯花发出轻微的燃爆声。

〔6〕云叶：浓密的树叶。 收：聚拢。

〔7〕双鸳：双鸳鸯图案。　刺：刺绣。　底：通"抵"，对着。
〔8〕剔：拨开。　豆蔻：植物名，果实扁球形。此指其果。

【译文】

画阁换上新春帖，抛下宝筝学银钩。东风轻轻吹，玉钗慢滑溜。织出莺燕一团绣。　　隔帐灯花似微笑，云叶倚窗低低收。绣罢双鸳鸯头抵头，闲去拨积雪，寻找小豆蔻。

朝 中 措

茉 莉

花情偏与夜相投⁽¹⁾。心事鬓边羞⁽²⁾。薰醒半床凉梦，能消几个开头⁽³⁾。　　风轮漫卷⁽⁴⁾，冰壶低架⁽⁵⁾，香雾飕飕⁽⁶⁾。更着月华相恼⁽⁷⁾，木犀淡了中秋⁽⁸⁾。

【注释】

〔1〕投：投合，投缘。谓茉莉花在夜间特别香。
〔2〕鬓边羞：似谓鬓发斑白，羞于鬓边插花。
〔3〕开头：最先（头批）开放的花朵。俗谓戴花以开头花为好。见元无名氏《盆儿鬼》第一折："常言道饮酒须饮大深瓯，戴花须戴大开头。"
〔4〕风轮：古人夏日取凉用的机械装置。宋周密《武林旧事·禁中纳凉》："又置茉莉、素馨……等南花数百盆于广庭，鼓以风轮，清芬满殿。"
〔5〕冰壶：盛冰之玉壶。亦取凉用。
〔6〕"香雾"句：谓风挟花香快速通过，发出飕飕声音。
〔7〕月华：月光，月色。　恼：撩拨。
〔8〕木犀：即桂花。中秋前后香正馥郁。词言茉莉花香压过了桂花。

【译文】

花情恰恰与夜相投，心事却为鬓白不能簪花而羞。半床凉梦被花薰醒，还能受戴几个"大开头"？　　风轮漫漫卷，冰壶架得低，香雾成阵风飕飕。更有月色把人恼，淡了木犀花，淡了个中秋。

鹊桥仙
七 夕

  天长地久⁽¹⁾，风流云散⁽²⁾，惟有离情无算⁽³⁾。从分金镜不曾圆⁽⁴⁾，到此夜、年年一半。　　轻罗暗网⁽⁵⁾，蛛丝得意⁽⁶⁾，多似妆楼针线⁽⁷⁾。晓看玉砌淡无痕⁽⁸⁾，但吹落、梧桐几片。

【注释】

  〔1〕天长地久：本谓时间悠久，《老子》中有"天长地久"之语，此似用白居易《长恨歌》"天长地久有时尽，此恨绵绵无绝期"句意。

  〔2〕风流云散：风吹去，云飘散。比喻人飘零离散。汉王粲《赠蔡子笃》："风流云散，一别如雨。"词中"风流"又暗指男女私情，因牛女夫妻七夕相会于天，故"云散"用得极切当。

  〔3〕无算：无数。喻数量多。

  〔4〕从分：自从分别以来。　金镜：铜镜。词中暗用南朝陈太子舍人徐德言与妻乐昌公主破镜重圆典。见唐孟棨《本事诗·情感》。

  〔5〕轻罗：质地轻薄的一种丝织品。　网：指蜘蛛结网。

  〔6〕得意：会得乞巧之意。

  〔7〕妆楼针线：旧俗，于农历七月七日夜（或于六日夜），妇女在庭院中陈瓜果等向织女乞求智巧。《荆楚岁时记》："七月七日为牵牛织女聚会之夜。是夕，人家妇女结彩楼，穿七孔针，或以金银鍮石为针，陈瓜果于庭中以乞巧，有喜子（指蜘蛛）网于瓜上则以为符应。"

  〔8〕玉砌：台阶之美称。

【译文】

  天长地久，欢爱转眼云飞散。只有离情无数，难计算。自从分别后，铜镜不曾圆，除此夜，年年都一半。　　轻罗纱上结网暗，蜘蛛会得乞巧意，仿佛女红的针线。晓看台阶痕迹淡，剩下秋风吹落梧桐叶，有几片。

张　枢　见卷五

恋绣衾

　　屏绡裛润惹篆烟[1]。小窗闲、人泥昼眠[2]。正雪暖、荼蘼架[3]，奈愁春、尘锁雁弦[4]。　　杨花做了香云梦[5]，化池萍、犹泛翠钿[6]。自不怨、东风老，怨东风、轻信杜鹃[7]。

【注释】

　　[1]屏绡：装饰屏风的丝织品。　裛：同"浥"，沾湿。　惹：沾上。篆烟：盘香的烟，因其形似篆文而称。

　　[2]泥（nì）：留连，迷恋。

　　[3]雪：喻白色花。此指荼蘼花。　荼蘼：也作酴醾，夏季开白花，有清香。

　　[4]锁：封盖。　雁弦：筝等弦乐器上的弦柱，排列整齐，如雁阵。此代指筝或弦乐器。

　　[5]香云：祥云，美好的云气。也指女子头发。宋柳永《尾犯》："剪香云为约。"

　　[6]化池萍：传说杨花落池中，化为浮萍。　泛：本指在水上漂，此指沾在人的发上。　翠钿：翠玉首饰。

　　[7]"自不怨"两句：清况周颐《蕙风词话》："亦是未经人道语。"　信杜鹃：暗指春归。相传古蜀国望帝失国，魂化为杜鹃，常悲啼，其声如人言"不如归去"。

【译文】

　　银屏上覆丝绡，透润绕香烟。小窗清闲，主人贪睡白日眠。正是架上蔷薇开，如雪白又暖。怎奈为春愁，任灰尘落上琴弦。
杨花做了个香云梦：化作池中萍，犹如飘浮的翠玉钿。自是不怨东风老，只怨东风轻信了杜鹃的诳言。

清 平 乐

　　凤楼人独[1]。飞尽罗心烛[2]。梦绕屏山三十六[3]。依约水西云北[4]。　　晓奁懒试脂铅[5]。一绹鸾髻微偏[6]。留得宿妆眉在[7]，要教知道孤眠。

【注释】

　　〔1〕凤楼：指女子居住处。　南朝梁江淹《征怨》："荡子从征久，凤楼箫管闲。"
　　〔2〕罗心烛：即烛。
　　〔3〕屏山：如屏之山。　三十六：极言其多。
　　〔4〕依约：隐约，仿佛。
　　〔5〕晓奁：晨起梳妆。　脂铅：胭脂和铅粉，化妆品。
　　〔6〕绹（guā）：量词，指盘结的发髻。南唐李煜《长相思》："云一绹，玉一梭。"　鸾髻：鸾形发髻。
　　〔7〕宿妆：隔天的梳妆，残妆。

【译文】

　　凤楼上独自住，燃尽了罗心蜡烛。梦魂飞绕过三十六座如屏障一样的山峰，那人隐约在水西云北处。　晓妆懒用胭脂和黛铅。一绹鸾形发髻微微偏。留得残妆眉样在，要教他知道是孤眠。

木兰花慢

歌尘凝燕垒[1]，又软语、在雕梁[2]。记剪烛调弦[3]，翻香校谱[4]，学品伊凉[5]。屏山梦云正暖，放东风、卷雨入巫阳[6]。金泠红絛孔雀[7]，翠闲彩结鸳鸯[8]。　　银釭[9]。焰冷小兰房[10]。夜悄怯更长[11]。待采叶题诗[12]，含情赠远[13]，烟水茫茫。春妍尚如旧否，料啼痕、暗里浥红妆[14]。须觅流莺寄语[15]，为谁老却刘郎[16]。

【注释】
〔1〕歌尘：极写歌声动听。《艺文类聚》卷四三引汉刘向《别录》："汉兴以来，善《雅歌》者鲁人虞公，发声清哀，盖动梁尘。" 燕垒：燕巢。
〔2〕软语：柔婉的话语。宋史达祖《双双燕》："还相雕梁藻井，又软语商量不定。"词中歌尘、软语既指人的歌声、话语，又指燕声。
〔3〕剪烛：剪去烛花。唐李商隐《夜雨寄北》："何当共剪西窗烛。"弦：代指弦乐器。
〔4〕翻：同"燔"，焚烧。宋范成大《乐神曲》："老翁翻香笑且言，今年田家胜去年。" 校谱：校订乐谱。
〔5〕品：品鉴。 伊、凉：指《伊州曲》和《凉州曲》。
〔6〕"屏山"两句：暗用"巫山云雨"典，指男女欢会。巫阳，巫山之阳。
〔7〕"金泠"句：犹言系着红丝绳的金孔雀冷。金，指孔雀尾羽发光的羽色。宋孙光宪《八拍蛮》："孔雀尾拖金线长。"絛，同"绦"，丝绳，丝带。
〔8〕"翠闲"句：犹言系有彩结的翠鸳鸯闲。
〔9〕银釭：银灯。
〔10〕兰房：妇女居室，犹言香闺。也泛指雅洁的居室。
〔11〕"夜悄"句：即"怯夜悄更长"之倒装。更，更漏，指夜晚的时间。
〔12〕采叶题诗：用"红叶题诗"典。

〔13〕赠远：赠给远方的人（此指妻或情人）。

〔14〕浥：沾湿。

〔15〕流：谓莺声婉转流丽。

〔16〕刘郎：用刘晨、阮肇上天台山遇仙女典，后泛指女子所欢，此为主人公自称。前已注。

【译文】

你的歌声美妙凝燕巢，你的软语动听留画梁。记得曾经共同剪灯调琴弦，焚香校音谱，学习品赏《伊》《凉》腔。如今屏风梦暖云，只能放东风卷雨飞到巫山阳。冷落了系红丝的金孔雀，清闲了带彩结的翠鸳鸯。　　一盏银灯焰儿冷，闪烁在小小的闺房。怕夜晚静，怕更漏长。想采红叶题诗句，含情赠远方，无奈烟水又茫茫。你是否还是旧时样？料想啼痕暗里浸湿你的红妆。应当寻只流莺捎句话：为谁老却，这个多情郎？

李　演　见卷五

贺 新 凉

多景楼落成〔1〕

笛叫东风起〔2〕。弄尊前、杨花小扇〔3〕，燕毛初紫〔4〕。万点淮峰孤角外〔5〕，惊下斜阳似绮〔6〕。又婉娩、一番春意〔7〕。歌舞相缪愁自猛〔8〕，卷长波、一洗空人世〔9〕。间热我〔10〕，醉时耳。　　绿芜冷叶瓜州市〔11〕。最怜予、洞箫声尽〔12〕，阑干独倚。落落东南墙一角〔13〕，谁护山河万里。问人在、玉关归未〔14〕。老矣青山灯火客〔15〕，抚佳期、漫洒新亭泪〔16〕。歌哽咽，事如水。

【注释】

〔1〕多景楼：在江苏镇江北固山甘露寺内。原笺云："淳祐间，丹阳太守重修多景楼，落成高宴，一时席上皆湖海名流。酒馀，主人命妓持红笺征诸客词，秋田李演广翁词先成，众人惊赏，为之阁笔。"按：这段记载，出自周密《浩然斋雅谈》卷下。

〔2〕"笛叫"句：指笛声唤起东风吹送。

〔3〕尊：酒杯。 杨花小扇：指杨花轻飘。

〔4〕"燕毛"句：指乳燕刚换上紫毛。

〔5〕淮峰：南宋时淮河一带为宋金边界，扬州离之不远。 角：号角。

〔6〕绮：有花纹的丝织品。

〔7〕婉娩（wǎn）：谓天气温和。南朝梁庾肩吾《奉使北徐州参丞御》："年光正婉娩，春树转丰茸。"

〔8〕缪（liáo）：通"缭"，缠绕不休。

〔9〕长波：连续的波浪。

〔10〕间：更迭，交替。

〔11〕绿芜：杂草丛生的地方。 瓜州：在镇江对面。 市：街市。

〔12〕洞箫：箫。竹管编排成箫，以蜡蜜封底者为排箫，无封者即洞箫。音清幽凄婉。

〔13〕落落：稀疏，零落。 东南墙一角：指镇江一带。一角，有偏安一隅之意。

〔14〕玉关：玉门关，在西北。此泛指边关。

〔15〕青山灯火客：似谓隐居山林之人。系作者自称。青山，归隐之处。

〔16〕新亭泪：晋室南渡，士夫每于景物佳美日游宴新亭（在今江苏江宁南），周颙中坐而叹："风景不殊，正自有山河之异。"众皆相视流泪。见《世说新语·言语》。此指怀念故国或忧国伤时。

【译文】

吹长笛，东风起。尊前逗得杨花飘，乳燕刚刚换紫毛。淮峰万点外，孤角声声悲，惊下斜阳如散绮。又是一番和暖的春意。歌舞相迭愁自猛，卷动长波，洗尽了人世。我的醉时耳，不断热。 瓜州街，一片绿芜和冷叶。最可怜，洞箫声尽后，我独自倚栏杆。稀疏疏，这东南一角墙，谁护我河山万里长？问人在边关，如今归来未？江湖客，我老矣！对佳期如此，空洒新亭泪。歌声呜咽，世事到头似流水。

刘　澜　见卷五

买　陂　塘

游天台雁荡东湖[1]

御风来、翠乡深处[2]，连天云锦平远[3]。卧游已动蓬舟兴[4]，那在芙蓉城畔[5]。巾懒岸[6]。任压顶嵯峨[7]，满鬓丝零乱。飞吟水殿[8]。载十丈青青[9]，随波弄粉[10]，菰雨泪如霰[11]。　　斜阳外，也有仙妆半面[12]。无言应对花怨。西湖千顷腥尘暗[13]。更忆鉴湖一片[14]。何日见。试折藕占丝[15]，丝与肠俱断[16]。遐征渐倦[17]。当颍尾湖头[18]，绿波彩笔[19]，相伴老坡健[20]。

【注释】

〔1〕天台：天台山。　雁荡：雁荡山。两山都在浙江。

〔2〕御风：乘风而行。《庄子·逍遥游》谓列子"御风而行"，也借指仙家。　翠乡：风景美丽之处。此指天台。

〔3〕云锦：如锦绣般的云朵，即彩云。也指朝霞。

〔4〕卧游：《宋书·宗炳传》："有疾，还江陵，叹曰：'老疾俱至，名山恐难遍睹，唯当澄怀观道，卧以游之。'凡所游历，皆图之于室。"　蓬舟：当作"篷舟"，有篷之船。唐温庭筠《西江上送渔父》："三秋梅雨愁枫叶，

一夜篷舟宿苇花。"

〔5〕那（nuó）："奈何"的合音。　芙蓉城：传说中的仙境。宋苏轼有《芙蓉城》诗。作者曾为道士，词似指其事。然于"那"字有扞格。此词殊难理解。作者本即天台人，上文之"卧游"云云，似亦难解。或许其中有原因为后人不知者。

〔6〕巾：冠。　岸：指将冠帽上推，露出前额。

〔7〕嵯峨：冠高貌。

〔8〕飞吟：相传唐仙人吕洞宾（岩）《绝句》诗有"三上岳阳人不识，朗吟飞过洞庭湖"句。作者曾为道士，故用此事。　水殿：临水的殿堂。

〔9〕十丈：泛言面积极广。　青青：指水面。

〔10〕粉：指荷花上的红粉。唐杜甫《秋兴》之七："波漂菰米沉云黑，露冷莲房坠粉红。"

〔11〕菰：俗称茭白。

〔12〕半面：半面妆，南朝梁元帝徐妃因帝眇一目，每知帝将至，必饰半面妆待之。见《南史·梁元帝徐妃传》。

〔13〕西湖：即杭州西湖。　腥尘：腥膻之气，借指寇敌。作者卒于景炎元年（1276），此词为其绝笔，创作时，宋已纳表请降，元兵入临安，西湖等早在其占领之下，故词用"腥尘暗"、"何日见"诸语。

〔14〕鉴湖：在浙江绍兴。

〔15〕占（zhān）：察看。又有以"丝"占卜之义，因上句问"何日"，故此句用"占"。

〔16〕丝：谐音"思"。

〔17〕遐征：远征、远游。

〔18〕颍尾湖头：颍，指颍水、颍川，源出河南登封嵩山西，宋苏辙晚居许州，临颍河，自称颍滨遗老。湖，指湖州，在浙江。

〔19〕彩笔：湖州所产毛笔甚有名。又，江淹少时曾梦人授以五色彩笔，文思由此大进。后代指词藻富丽的文笔。

〔20〕老坡：宋苏轼。结合"颍尾湖头"看，老坡似指其兄长，然亦不详。

【译文】

　　乘风而来，到翠乡深处，彩霞似锦连天远。卧游已动乘舟兴，无奈身在芙蓉城畔。懒整头上冠，任它嵯峨压顶，满头鬓丝零乱。朗吟飞过水殿。载负十丈青青水，随波弄粉莲。菰上雨，如泪滴成霰。　　斜阳外，也有仙家妆半面。却无言应对花之怨。西湖波千顷，蒙受虏尘腥膻暗。更记得有鉴湖一片。何日重相见？试折藕丝占。丝与肠，一起断。远征兴致渐渐倦。在颍尾湖头，绿波澄澄彩笔如椽，相伴着坡老常强健。

李彭老 见卷六

惜 红 衣[1]

水西云北，记前回同载，高阳伴侣[2]。一色荷花香十里，偷把秋期频数[3]。脆管排云[4]，轻桡喷雪[5]，不信催诗雨[6]。碧筒呼酒[7]，秀笺题遍新句[8]。   谁念病损文园[9]，岁华摇落[10]，事与孤鸿去。露井邀凉吹短发[11]，梦入蘋洲菱浦[12]。暗草飞萤，乔枝翻鹊[13]，看月山中住。一声清唱，醉乡知有仙路[14]。

【注释】
〔1〕《惜红衣》，姜夔自度曲。此词一本调作《壶中天》。
〔2〕高阳伴侣：犹言高阳酒徒，嗜酒而放荡不羁的人。《史记·郦生陆贾列传》："吾高阳酒徒也，非儒人也！"
〔3〕秋期：本指男女约会之期。《诗·卫风·氓》："将子无怒，秋以为期。"此指秋日聚会之期。
〔4〕脆管：管乐器。此代指音乐。 排云：排开云层，形容乐声响亮。
〔5〕轻桡：小桨，代指小船。唐戴叔伦《送观察李判官巡郴州》："轻桡上桂水。" 雪：浪花。
〔6〕催诗雨：雨触发诗兴，如催诗。
〔7〕碧筒：碧筒杯，以荷叶制成的饮酒器。见唐段成式《酉阳杂

俎·酒食》。

〔8〕秀笺：精美的诗笺。

〔9〕文园：即孝文园，汉文帝陵园。司马相如曾任文园令，因代称相如。 病损：司马相如有消渴病。

〔10〕岁华：谓草木。因其一岁一枯荣。 摇落：凋残。词谓时至秋，一岁将尽。唐陈子昂《感遇》之二：“岁华尽摇落，芳意竟何成。”

〔11〕露井：露天之井。 邀凉：招凉。宋张耒《和晁应之大暑书事》：“白羽邀凉计已疏。”

〔12〕蘋：一作“蘋”，水草。 洲：水中陆地。 菱浦：生长菱的水边。

〔13〕翻：飞舞。

〔14〕醉乡：醉酒后的境界。唐王绩有《醉乡记》。

【译文】

水之西，云之北，记得前回同船载，都是高阳的酒客。一色荷花香十里，暗中频数秋会期。清脆的管弦云霄响，轻快的小船喷雪浪。不相信竟会下催诗的雨。卷起绿荷叶饮酒，秀美笺纸遍题新诗句。 有谁还念病相如？草木凋零岁云暮。往事已随孤鸿去。露井台上邀凉，风吹短发疏，梦中来到蘋洲和菱浦。暗草间萤火虫闪灭，乔木枝上飞乌鹊，看明月迁往山中住。远处传来一声清唱，醉乡中知道有通仙乡的路。

木兰花慢
送 客〔1〕

折秦淮露柳〔2〕，带明月，倚归船。看佩玉纫兰〔3〕。囊诗贮锦〔4〕，江满吴天〔5〕。吟边。唤回梦蝶〔6〕，想故山、薇长已多年〔7〕。草得梅花赋了〔8〕，棹歌远和离舷〔9〕。 风弦〔10〕。尽入吟篇。伤倦客、对秋莲。过旧经行处，渔乡水驿，一路闻蝉。留连。漫听燕语〔11〕，便江湖、夜雨隔灯前⁽¹²⁾。潮返浔阳暗水⁽¹³⁾，雁来好寄瑶笺⁽¹⁴⁾。

【注释】

〔1〕清陈廷焯《白雨斋词话》卷二："此词绝有感慨。"

〔2〕折秦淮露柳：古俗折柳送别。秦淮，水名，在江苏南京。露柳，秋天之柳。

〔3〕纫兰：战国楚屈原《离骚》："纫秋兰以为佩。"喻人品高洁。纫，缀连。

〔4〕囊诗贮锦：即"锦囊贮诗"。相传唐李贺出门常随一小奴，负锦囊，得诗句即书投囊中。见唐李商隐《李长吉小传》。

〔5〕江满吴天：似"吴江满天（秋）"的倒装和省略。吴，泛指古吴地，今江苏、安徽等部分地区。

〔6〕梦蝶：用庄子梦蝶典。

〔7〕薇：山菜，即野豌豆。《史记·伯夷列传》："隐于首阳山，采薇而食之。"可以充饥。

〔8〕草：赋写。　梅花赋：泛指赋写梅花的文字。词句似言吹笛曲《梅花三弄》。宋徽宗《眼儿媚》："家山何处，忍听羌笛，吹彻《梅花》！"

〔9〕棹歌：行船时所唱之歌。　离舷：离开的船。词中有扣舷而歌之义。

〔10〕风弦：风声。风吹物所发之声。唐白居易《琴》："何烦故挥弄，风弦自有声。"

〔11〕燕语：家居交谈声。《汉书·孔光传》："沐日归休，兄弟妻子燕语。"

〔12〕"夜雨"句：唐李商隐《夜雨寄北》："何当共剪西窗烛，却话巴山夜雨时。"又，唐郑谷《思图昉上人》："每思闻净话，夜雨对绳床。"均指朋友、亲属会晤。

〔13〕浔阳：江名，在江西长江经九江北的一段。此指对方所往之地。

〔14〕瑶笺：对别人书信的美称、尊称。

【译文】

折下秦淮河边的含露柳，带着明月驾归船。看君佩玉纫秋兰，锦囊里装着优美的诗篇，离开吴江，秋气正满天。吟咏处，唤回了蝴蝶梦；想故山，薇菜生长已多年。写完梅花赋，棹歌远远和着离去的船舷。　风声似琴弦，都进入你新写的华篇。可伤倦游客，愁对秋日莲。经过往昔行到处，渔乡和水驿，一路听鸣蝉。此心尚流连。空听得别人家居在谈天；便是江湖夜雨，友朋也隔了灯盏。潮返浔阳通暗水，希望大雁捎来你的瑶笺。

祝英台近

载轻寒、低鸣舻[1]。十里杏花雨[2]。露草迷烟，萦绿过前浦。青青陌上垂杨，绾丝摇佩[3]，渐遮断、旧曾吟处。　　听莺语。吹笙人远天长[4]，谁翻水西谱[5]。浅黛凝愁，远岫带眉妩[6]。画阑闲倚多时，不成春醉，趁几点、白鸥归去。

【注释】

〔1〕鸣舻：同"鸣橹"，行船声，借指行船。

〔2〕杏花雨：杏花开时，正值清明前后多雨，故称杏花雨。

〔3〕绾丝摇佩：状柳条风中舞动貌。

〔4〕吹笙：喻识音之人。

〔5〕翻：谱写，改编，也可指演唱。南唐冯延巳《采桑子》："昭阳殿里新翻曲，未有人知，偷取笙吹。"　水西谱：或指作者《惜红衣》"水西云北"词。

〔6〕"远岫"句：用"远山眉"典。眉妩，同"眉怃"，《汉书·张敞传》："又为妇画眉，长安中传张京兆眉怃。"谓眉样妩媚。

【译文】

冒了轻寒，缓缓地驾着小船。杏花雨十里连成片。沾带露水的草，迷离缭绕的烟，一路穿行，经过绿波盈盈的前川。道上垂杨青又青，柳丝飘摇风里绾，旧日曾经吟诗的地方渐渐被遮断。　　听着黄莺的巧啭。白日长长，吹笙人离得远，《水西》新曲谁能翻？浅浅的眉黛凝愁恨，远峰偏被这妩眉染。久久闲倚在画栏。春醉不成便归去，趁还有白鸥一点点。

清 平 乐

合欢扇子[1]。扑蝶花阴里。半醉海棠扶不起[2]。淡日秋千闲倚。　　宝筝弹向谁听[3]。一春能几番晴。帐底柳绵吹满[4]，不教好梦分明。

【注释】

〔1〕合欢扇：即团扇。上面有对称的图案花纹，象征男女欢会。

〔2〕"半醉"句：用《杨太真外传》载杨贵妃醉酒，被玄宗比为海棠睡未足事，状人娇软之态。

〔3〕宝筝：筝的美称。

〔4〕柳绵：柳絮。

【译文】

手持合欢扇，扑蝴蝶进入花阴里面。自己却似半醉的海棠扶不起，如玉的身子娇又软。春日淡，斜倚在秋千。　　宝筝声音虽美妙，又弹奏给谁听？一春能有几次晴？柳絮吹满红罗帐，不让人把好梦做分明。

章 台 月

露轻风细。中庭夜色凉如水[1]。荷香柳影成秋意。萤冷无光，凉入树声碎。　　玉箫金缕西楼醉[2]。长吟短舞花阴地。素娥应笑人憔悴[3]。漏歇帘空[4]，低照半床睡[5]。

【注释】

〔1〕中庭：庭中。

〔2〕玉箫：玉制之箫。多作箫的美称。　金缕：《金缕曲》，唐时李锜常唱此调，其词为："劝君莫惜金缕衣，劝君惜取少年时……"词中突出其青春无伴之意。　西楼：泛指西边之楼。此借指女子住处。

〔3〕素娥：嫦娥。代指月。

〔4〕漏歇：漏声停止。谓天将亮。

〔5〕低照：似指月亮初落。

【译文】

露滴轻落风声细，庭中夜色凉如水。阵阵荷花香，丝丝柳影移，便做成几分秋意悲。天冷萤火虫无光，寒气入林树声碎。　玉箫吹奏《金缕曲》，西楼有人听得醉。长吟又短舞，花影铺满地。嫦娥应笑，斯人独憔悴。漏声渐歇帘幕空，月低低，洒照半床人正睡。

青 玉 案

　　楚峰十二阳台路〔1〕。算只有、飞红去〔2〕。玉合香囊曾暗度〔3〕。榴裙翻酒〔4〕，杏帘吹粉〔5〕，不识愁来处。

燕忙莺懒青春暮〔6〕。蕙带空留断肠句〔7〕。草色天涯情几许〔8〕。荼蘼开尽〔9〕，旧家池馆，门掩风和雨〔10〕。

【注释】

〔1〕楚峰十二：指巫山十二峰。　阳台：战国楚宋玉《高唐赋》序言楚王游高唐，梦会巫山神女，临去神女自称"妾在巫山之阳，高丘之阻。旦为朝云，暮为行雨，朝朝暮暮，阳台之下"。后因指男女欢会之处。

〔2〕飞红：落花。

〔3〕玉合：玉制或玉饰之盒。传说唐玄宗曾以钿合赠杨玉环为定情

之物。见唐陈鸿《长恨歌传》等。 香囊：盛香料的小袋，亦男女定情之物。魏繁钦《定情》诗：“何以致叩叩，香囊系肘后。” 度：传递，赠送。

〔4〕榴裙：大红石榴裙。唐白居易《琵琶行》：“血色罗裙翻酒污。”此用之。

〔5〕杏帘：酒店前悬挂的幌子。

〔6〕青春：春光。也指青春年华。

〔7〕蕙带：香草做的佩带。《楚辞·九歌·少司命》：“荷衣兮蕙带。”

〔8〕草色天涯：谓别离。汉淮南小山《招隐士》：“王孙游兮不归，春草生兮萋萋。”

〔9〕荼蘼开尽：谓春天将结束。二十四番花信中，荼蘼与牡丹、楝花殿后。

〔10〕“门掩”句：宋欧阳修《蝶恋花》：“雨横风狂三月暮，门掩黄昏，无计留春住。”此化用之。

【译文】

巫山十二座，阳台路迷离。算来只有片片飞红去。香囊与玉盒，暗里也曾赠。酒色翻污石榴裙，杏黄酒帘满花粉，不知道何处来愁恨。 燕子匆忙黄莺懒，春意又阑珊。佩带上留诗句，空令人肠断。草色遥遥天涯远，赢得别情有几许？荼蘼花开又败谢，旧家池馆门长掩，风风又雨雨。

李莱老 见卷六

倦 寻 芳

缭墙粘藓，糁径飞梅〔1〕，春绪无赖〔2〕。绣压垂帘〔3〕，骨有许多寒在〔4〕。宝幄香销龙麝饼〔5〕，钿车尘冷鸳鸯带〔6〕。想西园〔7〕，被一程风雨〔8〕，群芳都碍。 逗晓

色、莺啼人起，倦倚银屏，愁沁眉黛。待拚千金⁽⁹⁾，却
恨好晴难买。翠苑欢游孤解佩⁽¹⁰⁾，青门佳约妨挑菜⁽¹¹⁾。
柳初黄，罩池塘、万丝愁霭⁽¹²⁾。

【注释】

〔1〕糁（sǎn）：散落。唐杜甫《绝句漫兴》之七："糁径杨花铺白毡。" 飞梅：飞落的梅花。

〔2〕无赖：无聊，情绪无依托而烦闷。

〔3〕"绣压"句：即"绣帘压垂"之倒装。压，覆盖。或与"垂"义近。

〔4〕骨：犹兀自，尚，还。见张相《诗词曲语辞汇释》卷六。

〔5〕宝幄：帷帐之美称。 龙麝饼：龙涎香与麝香合制的香饼。代指气味浓烈的香料。

〔6〕钿车：以钿为饰之车。代指华美之车。钿，指金、银、玉、贝等嵌饰物。 鸳鸯带：鸳鸯钿带，绣有鸳鸯花纹并嵌钿的衣带。唐徐彦伯《拟古》之三："赠君鸳鸯带。"

〔7〕西园：泛指园林。

〔8〕被：遭受。 一程：犹一些日子。

〔9〕拚：舍弃。

〔10〕"翠苑"句：即"孤翠苑解佩欢游"之倒装。孤，辜负。解佩，用郑交甫遇江皋二女典，指男女互慕而赠物。

〔11〕"青门"句：即"妨青门挑菜佳约"之倒装。青门，宋时杭州有东青门，俗呼菜市门。又，汉长安城东南霸城门亦名青门，时人每于此游冶、折柳赠别。因代指城东欢游之处。佳约，男女相约会。挑菜，挑菜节，旧俗于农历二月初二，仕女出郊拾菜，士民多游观其间。

〔12〕霭：云烟。

【译文】

墙周粘绿藓，小径散落梅，春情无聊赖。绣帘垂垂压，仍有许多寒气在。帐帷里龙麝香已尽，积尘封游车，冷落了鸳鸯绣衣带。料想西园里，遭受这一些风和雨，百花开放被阻碍。　　莺啼一声逗晓色。起床倦倚银屏风，愁恨沁眉黛。想舍弃千金，却恨好晴天实在难买。辜负翠苑欢游解佩情，妨碍城门佳约难挑菜。杨柳叶初黄，千丝万缕罩池塘，丝丝缕缕皆愁霭。

点 绛 唇

　　绿染春波，袖罗金缕双鸂鶒[1]。小桃匀碧[2]。香衬蝉云湿[3]。　　舞带歌钿[4]，闲傍秋千立。情何极。燕莺尘迹[5]。芳草斜阳笛。

【注释】

　　[1] 袖罗：罗袖，指鸂鶒的腿部毛色如罗（丝织品）。　金缕：金缕衣，谓其身上毛色华丽绚烂。　鸂鶒（xī chì）：水鸟名，俗称紫鸳鸯，形大于鸳鸯，毛有五彩（以紫为多），喜并游。此句或谓罗袖上用金缕线绣着双鸂鶒图案。

　　[2] 小桃：桃之一种，初春开花。

　　[3] 蝉云：喻指女子的美发，因其鬓发薄如蝉翼而云。

　　[4]“舞带”句：“歌舞钿带”之倒装。　钿带：见上首注[6]。

　　[5]“燕莺”句：时为初春，燕、莺未来，故言。尘迹，犹言“陈迹”。此用作动词，犹“成为陈迹”。

【译文】

　　春波染绿色，罗袖上金缕线绣成双鸂鶒。小桃叶碧匀匀，花香衬着蝉鬓如云湿。　　闲了歌舞的钿带，秋千边傍立。有无限情和意。莺燕尚未来，行踪成旧迹。芳草斜阳一声笛。

西 江 月

海　棠

　　绿凝晓云冉冉[1]，红酣晴雾冥冥[2]。银簪悬烛锦官城[3]。困倚墙头半影。　　雨后偏饶艳冶[4]，燕来同作清明。更深犹唤玉靴笙⁽⁵⁾。不管西池露冷⁽⁶⁾。

【注释】

〔1〕绿凝：喻指海棠叶。　冉冉：柔弱下垂貌。

〔2〕红酣：喻指海棠花。　冥冥：迷漫貌。

〔3〕银：白色的花。　烛：烛火，指红色的花。　锦官城：四川成都，因其尝为掌织锦官员之官署而称。唐杜甫《春夜喜雨》："晓看红湿处，花重锦官城。"

〔4〕偏：偏偏。　饶：益，增添。　艳冶：美丽鲜明。

〔5〕玉靴笙：唐圭璋《词话丛编》本《浩然斋词话》此词后注曰："案：'玉靴笙'三字未详其义，疑有误。"今按：似指玉靴（代指人）和笙（吹笙）。并化用宋苏轼《海棠》诗"只恐夜深花睡去，故烧高烛照红妆"句意。

〔6〕西池：传说中西王母所居瑶池之异称。也泛指西面池塘。

【译文】

叶片凝绿，如一片晓云柔软低垂；花朵儿酣红，像晴日烟雾冥冥。又似银白的发簪，悬挂的蜡烛，开遍一座锦官城。墙头上还倚着娇困的身影。　新雨之后，偏偏显得美艳绝伦，等候燕子飞来，一同好去装点清明。夜深还唤起了玉靴笙，全不怕西池的露水冷。

周　容

周容（生卒不详），字子宽。四明（今属浙江）人。

小 重 山

　　谢了梅花恨不禁[1]。小楼羞独倚，暮云平。夕阳微放柳梢明。东风冷，眉岫翠寒生[2]。　　无限远山青。重重遮不断，旧离情。伤春还上去年心。怎禁得，时节又烧灯[3]。

【注释】
　　〔1〕不禁（jīn）：经受不住。
　　〔2〕眉岫：犹言眉峰。
　　〔3〕"时节"句：谓到了元宵灯节。

【译文】
　　梅花落，愁恨难担承。羞上小楼独倚，暮云低平。夕阳微照，柳树梢头一抹明。东风吹冷，寒从翠眉尖上生。　　远山重重无限青。遮不断，旧日的离情。伤春意，偏又来到去年受伤的心。怎禁得起，放灯时节又来临。

张　涅

　　张涅（字或作湟，生卒不详），字清源。

祝英台近

一番风，连夜雨。收拾做春暮。艳冷香销〔1〕，莺燕惨无语。晓来绿水桥边，青门陌上〔2〕，不忍见、落红无数。　　怎分付。独倚红药栏边〔3〕，伤春甚情绪。若取留春〔4〕，欲去去何处。也知春亦多情，依依欲住〔5〕。子规道、不如归去〔6〕。

【注释】

〔1〕艳：代指花。

〔2〕青门：见李莱老《倦寻芳》词注〔13〕。

〔3〕红药：红芍药。一名将离，古人将别，采以相赠。见《古今注》卷下。

〔4〕若取留春：据词意，似反指不留春。

〔5〕依依：留恋不舍。

〔6〕"子规"句：子规，杜鹃，相传其啼声如人言"不如归去"。

【译文】

连夜风和雨，逼迫得春天快凋残。花冷香也消，莺莺燕燕惨无言。待到天色晓，绿水桥边，东郊道上，落红无数不忍见。　　怎么打发，这伤春的情绪？红芍药栏边独自倚。如若不留春，教它且往何处去？也知道春天本来也是多情物，依依不舍想久住。无奈子规偏说："不如归去。"

章谦亨

　　章谦亨（生卒不详），字牧之，一字牧叔。吴兴（今浙江湖州）人。绍定间为铅山令。历官京西路提举常平茶盐，嘉熙二年（1238），除直秘阁，为浙东提刑，兼知衢州。性蕴藉滑稽，不同流俗。

玉楼春
守　岁[1]

　　团栾小酌醺醺醉[2]。厮捱着、没人肯睡[3]。呼卢直到五更头[4]，便铺了妆台梳洗[5]。　　庭前鼓吹喧人耳。蓦忽地、又添一岁。休嫌不足少年时，有多少、老如我底[6]。

【注释】

　　〔1〕此词一本调作《步蟾宫》，似误。　守岁：阴历除夕夜不睡眠，以迎接新年。晋周处《风土记》："蜀之风俗……至除夕达旦不眠，谓之守岁。"实各地多如此。
　　〔2〕团栾：团聚。
　　〔3〕厮捱：宋人口语。犹言顶着、抵住、支撑着。
　　〔4〕呼卢：即呼卢喝雉，古代一种赌博方式。用木骰子五枚，每枚两面，一面涂黑，画牛犊，一面涂白，画雉。一掷五枚皆黑为卢，为最胜采，四黑一白为雉，次胜采。掷时往往喝呼，故名。
　　〔5〕铺：展开。
　　〔6〕底：通"的"。

【译文】

团聚在一起小酌，人人都喝得醺醺醉。支撑着，也没有谁肯去睡。呼卢喝雉闹到五更头，便铺开妆台去梳洗。　门庭前喧天响鼓吹。忽然间，自己又添了一岁。休要心嫌不足，空把少年时光追慕，要知道有多少人像我这样老的？

魏子敬

魏子敬，生平事迹不详。《直斋书录解题》云其有《云溪乐府》四卷，今不传。

生 查 子[1]

愁盈镜里山[2]，心叠琴中恨。露湿玉栏秋[3]，香伴银屏冷[4]。　云归月正圆，雁到人无信[5]。孤损凤皇钗[6]，立尽梧桐影[7]。

【注释】

〔1〕《浩然斋雅谈》云此词曾题壁。

〔2〕山：眉山，眉峰。又化用远山眉典。

〔3〕玉栏：玉栏杆。

〔4〕银屏：饰银之屏风。

〔5〕"雁到"句：相传雁能传书。

〔6〕孤损：辜负尽。孤，同"辜"。或解作孤独，损有"煞"义，状程度深。　凤皇钗：凤凰形的贵重金钗。相传本晋石崇使人所制。见《拾遗记·晋时事》。皇，通"凰"。词中实以钗反形人（女子）。

〔7〕"立尽"句：相传凤栖于梧桐，食梧实。此言人立梧桐树下。

【译文】

镜子里眉山堆满愁恨，心中的愁恨满琴声。秋天露水打湿玉栏杆，香气绕着屏风冷。　　云归来，月正圆；雁到时，人却无书信。真辜负了凤凰钗，夜深了还久久立在梧桐影。

陈参政

陈参政，生平事迹不详。据词意，为由宋入元人。

木兰花慢

送陈石泉南还[1]

归人犹未老[2]，喜依旧，著南冠[3]。正雪暗潇沱[4]，云迷芒砀[5]，梦落邯郸[6]。乡心日行万里，幸此身、生入玉门关[7]。多少秦烟陇雾[8]，西湖净洗征衫[9]。　　燕山[10]。从不见吴山[11]。回首一归难。慨故都禾黍[12]，故家乔木[13]，那忍重看。钧天[14]。紫城何处[15]，问瑶池、八骏几时还[16]。谁在天津桥上，杜鹃声里阑干[17]。

【注释】

〔1〕陈石泉：不详。南还，一作"自北归"，正可与此互相释义，盖自北方南归。

〔2〕归人：指陈石泉。

〔3〕南冠：南人的衣冠式样。《左传·成公九年》："南冠而絷者，谁

也?"此指南宋衣冠。

〔4〕滹沱：滹沱河，在河北西部。出山西，穿太行。

〔5〕芒砀：芒山、砀山，在安徽砀山县东南，与河南接界。秦始皇言东南有天子气，刘邦遂匿身隐于芒砀间。

〔6〕邯郸：在河北，战国时赵国都城。

〔7〕"生入"句：后汉班超戍守西域凡三十一年，老而思归，上疏云："臣不敢望到酒泉郡，但愿生入玉门关。"词用此事。玉门关，在甘肃敦煌西北，为中原与西域交通的门户。此代指南宋边关。

〔8〕秦、陇：秦岭和陇山，均在西北。代指元地。

〔9〕西湖：即杭州西湖。

〔10〕燕山：燕山山脉，自天津蓟县延至海滨。此泛指北方燕地的山。

〔11〕吴山：泛指吴地（代指南宋）的山。

〔12〕故都禾黍：春秋时周大夫行役至宗周，见故宗庙宫室尽为禾黍，闵周室之亡，而作《黍离》之诗。后用为慨叹亡国之典。据此，时南宋似已灭亡。

〔13〕故家乔木：《孟子·梁惠王下》："所谓故国者，非谓有乔木之谓也，有世臣之谓也。"后以形容故国或故里。

〔14〕钧天：天之中央，神话谓天帝所居之处，引申指帝王。也为钧天广乐，相传穆天子奏之于玄池。

〔15〕紫城：犹言紫都，帝都。

〔16〕瑶池：神话谓在昆仑山上，西王母所居。　八骏：相传是穆天子的八匹骏马。后借指皇帝的车驾。此似指南宋帝昺逃亡或投海之事。

〔17〕"谁在"两句：相传邵雍在洛阳天津桥上听到杜鹃声，预感国家将乱而叹息。因杜鹃本为南鸟而北飞，暗喻王安石以南人而为相。见《邵氏闻见前录》卷十九。有人已证其妄，然相沿以成典实。词中指为国势忧虑。天津桥，在河南洛阳。

【译文】

　　君归年岁尚未老，可喜依旧戴南冠。正是雪暗滹沱河，云迷邙山和砀山，梦魂落处是邯郸。归乡心似箭，日行千万里，所幸你此身竟能生入玉门关。多少秦烟陇头雾，西湖的水，都将为你洗净征衣衫。　　燕山远。从来就望不见吴山。想回头一归何其难！感慨故都的禾黍，感叹故家的乔木，哪忍心重新看！问巍峨帝都在何处，问帝王车驾几时还？是谁站立在天津桥，杜鹃声里倚栏杆？

失　名

谒　金　门

　　休只坐。也去看花则个[1]。明日满庭红欲堕。花还愁似我。　　索性痴眠一𪢮[2]。凭个梦儿好做。杜宇不知春已过[3]。枝头声越大。

【注释】

　　〔1〕则个：语助词，表委婉或商量语气。
　　〔2〕痴眠：酣睡。　𪢮：梦。
　　〔3〕杜宇：杜鹃鸟。

【译文】

　　不要只管坐，也去看看花呃。明日里满庭花都将落。花的愁，还似我。　　索性酣眠不醒着。找个梦儿做做。杜鹃不知道春已过，还在枝头越来越大声地唱歌。

小　重　山

　　鼓报黄昏禽影歇[1]。单衣犹未试，觉寒怯。尘生锦瑟可曾阅[2]。人去也，闲过好时节[3]。　　对景复愁绝。东风吹不散，鬓边雪[4]。些儿心事对谁说[5]。眠不得，一枕杏花月[6]。

【注释】

〔1〕鼓报黄昏：旧时鼓楼早晚都以鼓声报时。宋欧阳修《和丁宝臣游甘泉寺》："城头暮鼓休催客，更值横江弄月归。"

〔2〕锦瑟：漆有丝锦纹的瑟。

〔3〕闲过：等闲度过。

〔4〕雪：指白发。

〔5〕些儿：少许，一点儿。

〔6〕杏花月：指杏花开时的月亮。

【译文】

鼓声报道黄昏来，归禽儿枝上歇。单衣尚未试，觉得寒，心里怯。锦瑟生灰尘，可曾去查阅。情人离去，荒废了好时节。　　对景又愁绝。东风吹不散，鬓发白如雪。些许儿心事，可对谁诉说？睡也睡不得，满枕都是杏花春月。

失　名

踏　莎　行[1]

照眼菱花[2]，剪情菰叶[3]。梦云吹散无踪迹[4]。听郎言语识郎心，当时一点谁消得。　　柳暗花明[5]，萤飞月黑。临窗滴泪研残墨。合欢带上旧题诗[6]，如今化作相思碧[7]。

【注释】

〔1〕按：此词《浩然斋雅谈》云见于赵闻礼《钓月集》，又云："然集中大半皆楼君亮、施仲山所作，安知非他人者。"

〔2〕照眼：明亮耀眼。　菱花：菱的花。南朝梁简文帝《采菱曲》：

"菱花落复含，桑女罢新蚕。"

　〔3〕菰叶：菰的叶片，宽扁而尖长，两侧犹利，故用"剪"字。

　〔4〕梦云：用"巫山云雨"典，指男女幽会或欢会。

　〔5〕柳暗花明：用宋陆游《游山西林》诗中原句。

　〔6〕合欢带：象征男欢女爱的丝带。

　〔7〕碧：青绿或青白色的玉。此指碧泪。相传苌弘死，其血三年而化为碧。见《庄子·外物》。唐曹唐《游仙诗》："周王不信长生话，空使苌弘碧泪垂。"词借指相思之深。

【译文】

　　菱花照眼明，菰叶如剪能断情。梦中云雨风吹散，没处寻。听郎言语知道郎的心，当时一点点，谁人消受得成？　　柳树暗，花儿新。月黑空中有飞萤。泪水滴下研残墨，临窗写书信。往日题诗的合欢带，如今已化作相思的碧血凝。

失　名

望　远　行
元　夕(1)

　　又还到元宵台榭(2)。记轻衫短帽(3)，酒朋诗社(4)。烂漫向、罗绮丛中(5)，驰骋风流俊雅(6)。转头是、三十年话。　　量减才悭(7)，自觉是、欢情衰谢。但一点难忘，酒痕香帕。如今雪鬓霜髭(8)，嬉游不忺深夜(9)。怕相逢、风前月下。

【注释】

〔1〕元夕：指正月十五元宵节之夜。　按：此词《浩然斋雅谈》作"古词"，并云："翁宾旸（孟寅）谓是孙季蕃词，然集中无之。"《全宋词》作孙惟信（季蕃）词。

〔2〕台榭：此似专指为元宵节放灯而搭建的台和榭。

〔3〕轻衫短帽：轻小的衣帽。宋辛弃疾《洞仙歌》："叹轻衫短帽，几许红尘。"

〔4〕酒朋：酒伴。　诗社：诗人们定期集会吟咏做诗的社团。

〔5〕烂漫：色泽绚丽。　罗绮：代指身着华丽服饰的美女。

〔6〕风流俊雅：英俊潇洒又有才学。也含有"解风情"之意。

〔7〕量：酒量。　才：诗才。　悭：少。

〔8〕雪鬓霜髭：谓须、发皆白。

〔9〕忺（xiān）：愿，欲。

【译文】

又到元宵节，还是上台榭。记得当年，穿轻衫，戴短帽，会酒朋，聚诗社。向艳丽的女儿国里，驰骋风流和俊雅。转过头来，已是三十年前的话。　酒量减小，诗才减少，自觉得欢乐之心渐衰老。只有一点难忘怀：酒痕洒上香罗帕。如今髭如霜，鬓似雪，嬉游不愿到深夜。最惧怕相逢在风前与月下。

无名氏

减字木兰花〔1〕

并州霜早〔2〕。禾黍离离成腐草〔3〕。马困人疲。惟有郊原雀鼠肥〔4〕。　分明有路。好逐衡阳征雁去〔5〕。鼓角声中〔6〕。全晋山河一半空〔7〕。

【注释】

〔1〕《浩然斋雅谈》记此词本事云："金贞祐中，太原已受兵，人情淘淘，忽有书一词于府治宣诏亭壁间，云……盖鬼词也。"

〔2〕并州：今山西太原。

〔3〕禾黍离离：《诗·王风·黍离》："彼黍离离，彼稷之苗。"离离，盛貌。

〔4〕郊原：原野。　雀鼠：麻雀和老鼠。

〔5〕衡阳：在湖南，有回雁峰，相传雁飞至此而止，遇春而回。

〔6〕鼓角：指攻伐声。

〔7〕"全晋"句：谓将被元人占领，城必破。晋，含今山西、河北等地。

【译文】

并州的霜下得早，茂盛的禾黍化作腐草。马匹困顿人疲惫，郊原上只有麻雀老鼠养得肥。　分明有出路，好随征雁到衡阳去。鼓声角声中，全晋的山河，一半要落空。

王夫人

夫人名清惠，度宗昭仪。宋亡徙北，为女道士，号冲华（一说夫人本字冲华）。

满 江 红 〔1〕

太液芙蓉，浑不似、旧时颜色〔2〕。曾记得、春风雨露〔3〕，玉楼金阙〔4〕。名播兰馨妃后里〔5〕，晕潮莲脸君王侧〔6〕。忽一声、鼙鼓揭天来〔7〕，繁华歇。　　龙虎散⁽⁸⁾，风云灭⁽⁹⁾。千古恨，凭谁说。对山河百二⁽¹⁰⁾，泪盈襟血。客馆夜惊尘土梦⁽¹¹⁾，宫车晓碾关山月⁽¹²⁾。问姮娥、于我肯从容⁽¹³⁾，同圆缺。

【注释】

〔1〕《浩然斋雅谈》载此词本事云："宋谢太后北觐，有王夫人题一词于汴京夷山驿中云……" 按：此词《东园客谈》、《佩楚轩客谈》等俱谓张琼瑛（张璃英）作。

〔2〕"太液"两句：唐白居易《长恨歌》："芙蓉如面柳如眉。"词用之。太液，汉、唐等宫中古池名，代指宫苑水池。

〔3〕春风雨露：指美景良辰，也暗喻帝王恩泽。

〔4〕玉楼金阙：本天帝或仙人所居之处，此代指帝王宫殿。

〔5〕兰馨：兰之馨香。比喻人德行之美。

〔6〕晕潮：红潮，脸面泛起的红色。 莲脸：形容貌美如荷花。隋薛道衡《昭君辞》："自知莲脸歇，羞看菱镜明。"君王侧：唐白居易《长恨歌》："一朝选在君王侧。"

〔7〕"鼙鼓"句：唐白居易《长恨歌》："渔阳鼙鼓动地来。"鼙鼓，小鼓和大鼓。军中所用。鼙，小鼓。

〔8〕龙虎：喻指君臣。

〔9〕风云：《易·乾》："同声相应，同气相求。……云从龙，风从虎，圣人作而万物睹。"喻指君臣际会。

〔10〕山河百二：喻指山河形势险峻。《史记·高祖本纪》："秦，形胜之国，带河山之险，县（悬）隔千里，持戟百万，秦得百二焉。"百二，百的一倍。或言以二敌百。

〔11〕尘土：指旅途鞍马劳顿。

〔12〕关山月：汉乐府横吹曲中有《关山月》曲。

〔13〕从容：盘桓逗留。

【译文】

全失却，往日太液池里芙蓉一样的好颜色。曾记得，春风化雨露，玉楼高耸在金阙。芳名播在兰馨后妃册；莲脸晕红潮，常伴侍在君王侧。忽然一声响，鼙鼓惊天动地来，繁华都消歇。 龙虎四处散，风云飘摇灭。千古的仇和恨，凭谁去诉说！对山河险峻，泪倾襟沾血。客馆夜里梦，犹惊尘和土；宫车清晓行，碾碎关山月。试问嫦娥：于我能否从容些？和我同圆又同缺。

严　蕊

严蕊（生卒不详），字幼芳。天台（今属浙江）营妓。善琴、弈，歌、舞、丝竹，书、画、色、艺，冠绝一时。间作诗词，有新语。

如 梦 令
赋红白桃花[1]

道是梨花不是。道是杏花不是。白白与红红，别是东风情味[2]。曾记。曾记。人在武陵微醉[3]。

【注释】

〔1〕《齐东野语》卷二十云此词是唐与正守台州时，酒边命严赋，成，赏双缣。　红白桃花：一树或一朵有红白二色的桃花。一本无此题。

〔2〕别是：另外是。

〔3〕武陵：武陵溪，相传东汉刘晨、阮肇入天台山，迷不得返，见桃林，饥食其果，后遇仙女，留相款洽。见《幽明录》。唐王之涣《惆怅词》之十："晨肇重来路已迷，碧桃花谢武陵溪。"词句取"醉"脸之微红状花之"红白"。又含它是武陵溪上的仙桃花之意。

【译文】

说你是梨花，却不是梨花。说你是杏花，又不是杏花。白白与红红，是另一番东风情味。记起了，记起了，那是人在武陵溪上微醉。

乩 仙

鹊 桥 仙
七 夕[1]

　　鸾舆初驾[2]，牛车齐发[3]，隐隐鹊桥咿轧[4]。尤云殢雨正欢浓[5]，但只怕、来朝初八。　　霞垂丝幔，月明银烛，馥郁香喷金鸭[6]。年年此际一相逢，未审是、甚时结煞[7]。

【注释】

　　〔1〕《齐东野语》卷十六载此词本事云："宋庆之寓永嘉时，遇诏岁乡土，从之者颇众。适七夕会饮，有僧法辨，善五星，在坐，每以八煞为说，众人号为'辨八煞'。酒间，一士致仙扣试事，忽箕动神降。宋怪之，漫云：'姑置此。且求七夕一词如何？'复请韵。宋指辨云：'以八煞为韵。'忽运箕如飞，成此词。众夸其精敏。"

　　〔2〕鸾舆：以鸾为驾的乘舆，此指仙人（织女）的车驾。鸾，传说中的神鸟。

　　〔3〕牛车：指牛郎的车驾。

　　〔4〕鹊桥：相传每年七夕牛郎与织女渡银河相会，喜鹊为其架桥。见《风俗通》。　咿轧：象声词，此状牛车声。

　　〔5〕尤云殢（tì）雨：喻男女欢爱。尤，缠绵，爱昵。殢，迷恋，沉湎。云、雨，化用"巫山云雨"典。

　　〔6〕金鸭：铜制鸭形香炉。

　　〔7〕审：知道，清楚，明白。　结煞：犹结束，停止。煞，动词，与"结"同义。

【译文】

织女的鸾舆刚刚启驾，牛郎的牛车也同时出发，鹊桥上隐隐传来车声的咿轧。云雨缠绵欢正浓，怕就怕，第二天便初八。　　霞光垂下彩丝幔，月明如点亮银光蜡。香气正馥郁，香炉似金鸭。年年此时逢一次，不知道什么时候才作罢。

又 续

陆 游 见卷一

钗 头 凤⁽¹⁾

  红酥手⁽²⁾。黄滕酒⁽³⁾。满城春色宫墙柳⁽⁴⁾。东风恶⁽⁵⁾。欢情薄。一怀愁绪，几年离索⁽⁶⁾。错。错。错。 春如旧。人空瘦。泪痕红浥鲛绡透⁽⁷⁾。桃花落。闲池阁。山盟虽在⁽⁸⁾，锦书难托⁽⁹⁾。莫。莫。莫⁽¹⁰⁾。

【注释】

  〔1〕原笺引《齐东野语》卷一："陆务观初娶唐氏，闳之女也，于其母夫人为姑侄。伉俪相得，而弗获于其姑。既出，而未忍绝之，则为别馆，时时往焉。姑知而掩之，虽先知挈去，然事不得隐，竟绝之，亦人伦之变也。唐后改适同郡宗子士程。尝以春日出游，相遇于禹迹寺南之沈氏园。唐以语赵，遣致酒肴，翁怅然久之，为赋《钗头凤》一词，题园壁间云……实绍兴乙亥岁也。翁居鉴湖之三山，晚岁每入城，必登寺眺望，不能胜情。尝赋二绝云……盖庆元己未岁也。未久，唐氏死。至绍熙壬子岁，复有诗。序云：'禹迹寺南，有沈氏小园。四十年前，尝题小词一阕壁间。偶复一到，而园已三易主，读之怅然。'诗云……又至开禧乙丑岁暮，夜梦游沈氏园，又两绝句云……沈园后属许氏，又为汪之道宅云。"（引文据原书校改）今人考证，此事不可信。

  〔2〕红酥手：红润白嫩的手。

  〔3〕黄滕酒：陈鹄《耆旧续闻》云是黄封酒，一种官酒。

　　〔4〕宫墙柳：宋高宗曾一度以绍兴为行都，或云绍兴为古代越国的都城，故有宫墙之称。宫墙柳寓唐琬已嫁人，如宫墙中的杨柳一样可望不可及。

　　〔5〕东风恶：喻指陆游母亲的反对。

　　〔6〕离索：离散，分居。

　　〔7〕"泪痕"句：沾染着脸上胭脂的泪水把手帕都湿透了。浥，湿润。鲛绡，传说中南海鲛人所织的绡，此指丝织手帕。

　　〔8〕山盟：像山一样坚定牢固的盟誓。

　　〔9〕锦书难托：唐琬已嫁人，故书信难寄。

　　〔10〕莫。莫。莫：表示绝望，只好作罢。

【译文】

　　红润白嫩的手，满斟黄封美酒，倾城皆春色，宫墙锁翠柳。东风吹得恶，人间欢情薄，满怀忧愁心绪，几年分别寂寞。太错，太错，太错！　　春色依然如旧，玉人徒然消瘦，泪水洗脂痕，丝帕湿个透。桃花已飘落，闲苦了池阁。像山一样的盟誓虽在，书信却难以交托。切莫，切莫，切莫！

吴 琚　见卷一

水 龙 吟
喜 雪〔1〕

　　紫皇高宴萧台〔2〕，双成戏击琼包碎〔3〕。何人为把，银河水剪，甲兵都洗〔4〕。玉样乾坤，八荒同色〔5〕，了无尘翳〔6〕。喜冰消太液〔7〕，暖融鸂鶒〔8〕，端门晓、班初退〔9〕。　　圣主忧民深意。转洪钧、满天和气〔10〕。太平有象〔11〕，三宫二圣〔12〕，万年千岁。双玉杯深〔13〕，五云楼迥〔14〕，不妨频醉。细看来、不是飞花，片片是丰年瑞〔15〕。

【注释】

〔1〕原笺引《武林旧事》卷七："淳熙八年正月元日，上坐紫宸殿，引见人使讫，即率皇后、皇太子、太子妃至德寿宫，行朝贺礼讫。官家恭请太上、太后，来日就南内排当。初二日，进早膳讫，遣皇太子到宫恭请两殿，并只用轿儿。未初，雪大下，正是腊前，太上甚喜。官家云：'今年正欠些雪，可谓及时。'太上云：'雪却甚好，但恐长安有贫者。'上奏云：'已令有司，比去年数倍支散矣。'太上亦命提举官，于本宫支拨。官会照朝廷数目发下临安府，支散贫民一次。又移至明远楼，张灯进酒。节使吴琚进喜雪《水龙吟》词云云。上大喜，赐镀金酒器二百两、细色段匹、复古殿香、羔儿酒等。"

〔2〕紫皇：道家传说中的神仙。此指太上皇高宗赵构。　萧台：萧史与弄玉吹箫仙去之地。此指宫中楼台。

〔3〕双成：董双成，传说中西王母侍女。炼丹宅中，丹成得道，自吹玉笙，驾鹤升仙。见《汉武帝内传》。　琼包：玉饰之包。谓雪花降落好像仙女将玉器打碎所致。

〔4〕甲兵都洗：洗尽兵器，收藏起来。指无战事。

〔5〕八荒：八方荒远之地。汉刘向《说苑・辨物》："八荒之内有四海，四海之内有九州。"

〔6〕翳：障蔽。

〔7〕太液：汉唐均有太液池。此指宫中池沼。

〔8〕鸫鹊：汉宫观名，在长安甘泉宫外。此指宫中楼观。

〔9〕端门：宫殿南面正门。　班：指文武百官早朝。

〔10〕洪钧：万物皆由天所化育而成，因称天为洪钧。钧，制作陶器的转轮。

〔11〕太平有象：太平本无象，即谓太平盛世无一定标志。《资治通鉴》二四四唐大和六年："会上御延英（殿），谓宰相（牛僧孺）曰：'天下何时当太平，卿等亦有意于此乎？'僧孺对曰：'太平无象。今四夷不至交侵，百姓不至流散，虽非至理，亦谓小康。陛下若别求太平，非臣等所及。'"此谓太平有象，乃颂谀之辞。

〔12〕三宫：指皇帝、太后、皇后。　二圣：指太上皇高宗赵构和皇

上孝宗赵昚。

〔13〕双玉杯：一种玉制的酒杯，形制不详。

〔14〕五云楼：道家指仙人所住之楼。

〔15〕"细看来"二句：化用宋苏轼《水龙吟·次韵章质夫杨花词》"细看来、不是杨花，点点是离人泪"词意。

【译文】

紫皇高居萧台宴佳宾，双成嬉戏不慎把玉包击碎。是谁截取银河水，把天下甲兵都清洗。玉一样冰洁的乾坤，八方荒远同一颜色，无一点灰尘障蔽。喜看冰层消释太液池，暖意弥漫鸦鹊楼，南门告晓，百官早朝初退。　　圣主忧民深致意，洪天陶转，满天和气。太平自有景象，三宫二圣，祝愿万年千岁。双玉杯深满，五云楼遥远，不妨频频一醉。细看来，不是飞落雪花，片片是丰年祥瑞。

吴文英　见卷四

玉　楼　春

元　夕[1]

茸茸貍帽遮梅额[2]。金蝉罗剪胡衫窄[3]。乘肩争看小腰身[4]，倦态强随闲鼓笛。　　问称家住城东陌[5]。欲买千金应不惜。归来困顿殢春眠[6]，犹梦婆娑斜趁拍[7]。

【注释】

〔1〕原笺引《武林旧事》卷二："都城自旧岁冬孟驾回，则已有乘肩小女，鼓吹舞绾者数十队，以供贵邸豪家幕次之玩。而天街茶肆渐已罗列灯

毯等求售，谓之灯市。自此以后，每夕皆然。三桥等处，客邸最盛，舞者往来最多。每夕灯楼初上，则箫鼓已纷然自献于下。酒边一笑，所费殊不多，往往至四鼓乃还。"此词一本题作"京市舞女"。

〔2〕狸帽：狸皮帽子。 梅额：古时妇女的一种妆式。用寿阳公主梅花妆典。

〔3〕金蝉罗：轻薄如蝉翼的丝罗。 胡衫窄：舞女穿的胡式紧身衫，能展现体态。

〔4〕乘肩：骑在大人身上。

〔5〕城东陌：南宋临安瓦子勾栏有十三处，其在城东者，有新开门外新门瓦、荐门桥瓦、菜市桥瓦、艮山门瓦等。见《焦氏笔录》。东陌，东街。

〔6〕殢：贪恋。

〔7〕婆娑：舞貌。 斜：顾盼貌。

【译文】

毛茸茸的狸帽，遮住了梅花额；金蝉罗裁成的胡衫，穿着又紧又窄。争看大人肩上的苗条腰身，倦态中强打精神合着悠闲的鼓笛。 问起来说家住城东陌，欲买一笑千金应不顾惜。归来困顿贪恋春眠，还梦见她婆娑起舞和着节拍。

张 抡

张抡（生卒年不详），字才甫，一作材甫，自号莲社居士，开封（今属河南）人。太宗玄孙琼王赵仲儡之婿。绍兴间，多次出使金国。为两浙西路马步军副都统总管。转知阁门事。淳熙五年（1178），为宁武军承宣使，再知阁门事，兼客省四方馆事。有《道情鼓子词》一卷，《莲社词》一卷。集中多应制词。

柳梢青[1]

柳色初浓，馀寒似水，纤雨如尘。一阵东风，縠纹微皱[2]，碧沼鳞鳞[3]。　　仙娥花月精神。奏凤管、鸾弦斗新[4]。万岁声中，九霞杯内[5]，长醉芳春。

【注释】

〔1〕原笺引《武林旧事》卷七："乾道三年三月初十日……太上云：'传语官家……后园亦有几株好花，不若来日请官家过来闲看。'……次日，进早膳后，车驾与皇后、太子过宫，起居二殿讫。……至清妍亭看荼蘼花就，登御舟绕堤闲游，亦有小舟数十只，供应杂艺、嘌唱、鼓板、蔬果，与湖中一般。太上倚栏闲看，适有双燕掠水飞过，得旨令曾觌赋之，遂进《阮郎归》云（词见后）。既登舟，知阁张抡进《柳梢青》云……曾觌和进云（词见后）。各有宣赐。"（引文据原书校改）

〔2〕縠纹：水波如皱起的纱纹。

〔3〕鳞鳞：鱼鳞状，形容水波。

〔4〕凤管：即笙。唐杜牧《寄李起居四韵》："云叠心凸知难捧，凤管簧寒不受吹。" 鸾弦：琴弦的美称，因琴声如鸾鸣，故称。

〔5〕九霞杯：酒杯名。相传仙人用酒杯舀饮流霞。唐许碏《醉吟》："阆苑花前是醉乡，踏翻王母九霞觞。"

【译文】

柳色刚浓绿，馀寒似水清，细雨如飞尘。一阵阵东风，微微吹皱波纹，碧池中波光粼粼。　　仙娥如花似月真精神，吹凤笙弹鸾弦，呈巧斗新。万岁的呼喊声中，精美的九霞杯内，一起长醉芳春。

壶中天慢

牡 丹⁽¹⁾

　　洞天深处赏娇红⁽²⁾，轻玉高张云幕。国艳天香相竞秀⁽³⁾，琼苑风光如昨。露洗妖妍，风传馥郁⁽⁴⁾，云雨巫山约⁽⁵⁾。春浓如酒，五云台榭楼阁⁽⁶⁾。　　圣代道洽功成，一尘不动，四境无鸣柝⁽⁷⁾。屡有丰年天助顺，基业增隆山岳。两世明君⁽⁸⁾，千秋万岁，永享升平乐。东皇呈瑞⁽⁹⁾，更无一片花落。

【注释】

〔1〕原笺引《武林旧事》卷七："淳熙六年三月十五日，车驾过宫，恭请太上太后幸聚景园。次日，皇后先到宫起居，入幕次换头面，候车驾至，供泛索讫。从太上太后至聚景园……遍游园中，再至瑶津西轩。入御筵至第三盏，都管使臣刘景长供进新制《泛兰舟》曲破，吴兴祐舞，各赐银绢……遂至锦壁赏大花，三面漫波，牡丹约千馀丛……又别剪好色花样各一千朵安顿花架……进酒三杯，应随驾官人、内官，并赐两面翠叶滴金牡丹一枝，翠叶牡丹沉香柄、金绥御书扇各一把。是日，知阁张抡进《壶中天慢》云……赐金杯盘、法锦等物。"

〔2〕洞天：洞中别有天地之意。道家称神仙居处，有十大洞天、三十六洞天之说。此指聚景园。

〔3〕国艳天香：犹国色天香，极言牡丹美艳浓香。《摭异记》："大和中，内殿赏花，上问程修己曰：'今京邑传唱牡丹诗，谁称首？'对曰：'中书舍人李正封诗云："国色朝酣酒，天香夜染衣。"'上叹赏移时。"后专用喻牡丹香色不同凡花。

〔4〕馥郁：浓郁的香气。

〔5〕"云雨"句：喻男女情事。见楼采《玉漏迟》注〔5〕。

〔6〕五云：道家谓仙人所居之地。　榭：筑在台上的高屋。

〔7〕鸣柝：即刁斗。军用铜器，像锅子，白天用来烧饭，晚上用来打更。无鸣柝指世态安宁，没有战争。

〔8〕两世明君：指太上皇高宗赵构和皇上孝宗赵昚。

〔9〕东皇：司春之神。

【译文】

洞中别样天，深处赏玩娇艳红花，轻倩花瓣高高撑起云幕。国色天香竞争秀，花苑风光一如昨。露水洗花花更娇美，春风传来花的浓香，云雨在巫山相约。春色浓如酒，仙云环绕台榭楼阁。

圣朝天道融通功业告成，一尘不惊动，四境不敲鸣柝。屡有丰年天顺助，基业可增高山岳。两代圣明的君王，千秋万岁，永享升平安乐。东皇呈祥瑞，更无一片花凋落。

临 江 仙⁽¹⁾

闻道彤庭森宝仗⁽²⁾，霜风逐雨驱云。六龙扶辇下青冥⁽³⁾。香随鸾扇远⁽⁴⁾，日映赭袍明⁽⁵⁾。　　帘卷天街人顶戴⁽⁶⁾，满城喜气氤氲⁽⁷⁾。等闲散作八荒春⁽⁸⁾。欲知天意好，昨夜月华新。

【注释】

〔1〕一本题作"车驾朝享景灵宫，久雨，一夕开霁"。原笺引《武林旧事》卷七："（淳熙六年九月）十六日，（帝）登门肆赦毕，车驾诣宫小次，降辇提举。传太上皇圣旨，特减八拜，仍免至寿圣处。饮福行礼毕，略至绛华堂进泛索。知阁张抡进《临江仙》云……"

〔2〕彤庭：汉皇宫以朱色漆中庭，称彤庭。此指皇家庭院。　森：森严。　宝仗：皇家仪仗。

〔3〕六龙：皇帝车驾的六匹马，马八尺称龙，因称六龙。唐李白《上皇西巡南京歌》之四："谁道君王行路难，六龙西幸万人欢。"　青冥：青天。

〔4〕鸾扇：羽扇的美称。

〔5〕赭袍：红袍，帝王所服。

〔6〕天街：京城之街，因天子所居，故称。　顶戴：感恩。

〔7〕气：一作"望"。　氤氲：云烟弥漫貌。一作"清尘"。

〔8〕"等闲"句：一作"欢声催起岭梅春"。八荒，八方极远之地。

【译文】

听说宫庭仪仗森严，西风逐赶雨水驱遣乌云。六龙驾扶帝辇下青天，香气随团扇摇远，阳光把红袍照明。　天街卷帘万民谢恩，满城喜气似弥漫烟云。随意散作八荒春，要知天意好，昨夜月光气象新。

曾　觌

曾觌（1109—1180），字纯甫，号海野老农，汴（今河南开封）人。以父任补官，绍兴三十年（1160）以寄班祗候为建王（孝宗）内知客。孝宗受禅，除权知阁门事兼干办皇城司。常侍宴应制。觌与知阁门事龙大渊怙宠依势，世号"曾龙"，为大臣所劾，出为淮西副总管，移浙东。淳熙元年（1174），除开府仪同三司。六年，加少保，醴泉观使。孝宗后寖觉其奸，渐疏之。有《海野词》一卷。《四库总目提要》云："虽与龙大渊朋比成奸，名列《宋史·佞幸传》中，为谈艺者所不耻，而才华富艳，实有可观。"

阮 郎 归
双　燕〔1〕

柳阴庭院占风光。呢喃春昼长〔2〕。碧波新涨小池塘。双双蹴水忙。　萍散漫，絮飞扬。轻盈体态狂。

为怜流水落花香[3]。衔将归画梁。

【注释】

〔1〕一本题作"上苑初夏侍宴，池上双飞新燕掠水而去，得旨赋之"。
见张抡《柳梢青》注〔1〕。

〔2〕呢喃：燕子鸣声。唐刘兼《春燕》："多时窗外语呢喃，只要佳人
卷绣帘。"

〔3〕怜：爱。

【译文】

柳荫遍布的庭院独占风光，听呢喃燕语觉春昼漫长。绿波刚刚
涨满小池塘，燕子双双踏水正忙。　浮萍散漫，柳絮飞扬，轻盈体
态真颠狂。因为喜爱流水送来的花香，衔取落花飞回画梁。

柳 梢 青
和张才甫韵[1]

桃靥红匀[2]。梨腮粉薄[3]，鸳径无尘[4]。凤阁凌虚[5]，
龙池澄碧[6]，芳意鳞鳞[7]。　　清时酒圣花神[8]。看内
苑、风光更新。一部仙韶[9]，九重鸾仗[10]，天上长春。

【注释】

〔1〕一本题作"侍宴禁中（和）张知阁应制作"。见张抡《柳梢青》
注〔1〕。

〔2〕靥：笑容上的酒窝。此喻指桃花正开。

〔3〕腮：脸，此指梨花。

〔4〕鸳径：两条相邻的小道，或有鸳鸯出没的小道。

〔5〕凤阁：宫中楼阁。

〔6〕龙池：在今西安。唐玄宗登帝位前，旧宅在皇城内兴庆宫，宅东

有井，忽涌为小池，常有云气，或见黄龙出其中。景龙中，其沼浸广，因名龙池。此泛指皇宫内池沼。

〔7〕鳞鳞：见张抡《柳梢青》注〔3〕。

〔8〕酒圣：谓豪饮之人。唐李白《月下独酌》："所以知酒圣，酒酣心自开。" 花神：司花之神。唐陆龟蒙《和扬州看辛夷花韵》："柳疏梅堕少春丛，天遣花神别致功。"

〔9〕韶：传说舜所作乐曲名。

〔10〕九重：重重宫阙。战国楚宋玉《九辩》："岂不郁陶而思君兮，君之门以九重。" 鸾仗：天子仪仗，旗帜绣有鸾鸟。

【译文】

桃花笑脸红抹匀，梨花香腮轻施粉，鸳鸯嬉戏的小径无飞尘。宫中楼阁凌空起，皇家池沼清澈翠碧，春意一如水波泛鳞纹。清景时节酒圣花神齐光临，看内苑风光更新。一部仙家韶乐，九重鸾帜仪仗，天上长是芳春。

壶中天慢
中　秋⁽¹⁾

素飙飏碧⁽²⁾，看天衢稳送⁽³⁾，一轮明月。翠水瀛壶人不到⁽⁴⁾，比似世间秋别。玉手瑶笙，一时同色，小按霓裳叠⁽⁵⁾。天津桥上，有人偷记新阕⁽⁶⁾。　　当日谁幻银桥⁽⁷⁾，阿瞒儿戏，一笑成痴绝⁽⁸⁾。肯信群仙高宴处，移下水晶宫阙。云海尘清，山河影满⁽⁹⁾，桂冷吹香雪。何劳玉斧⁽¹⁰⁾，金瓯千古无缺⁽¹¹⁾。

【注释】

〔1〕原笺引《武林旧事》卷七："淳熙九年八月十五日，驾过德寿宫起居，太上留坐至乐堂，进早膳毕，命小内侍进彩竿垂钓。上皇曰：'今日中

秋，天气甚清，夜间必有好月色，可少留，看月了去。'上恭领圣旨……待月初上，箫韶齐举，缥缈相应，如在霄汉。既已坐，乐少止，太上召小刘贵妃，独吹白玉笙《霓裳中序》。上自起执玉杯，奉两殿酒，并用垒金嵌宝注碗杯盘等赐贵妃。侍宴官开府曾觌恭上《壶中天慢》一首云……上皇曰：'从来月词不曾用金瓯事，可谓新奇。'赐金束带、紫番罗、水晶注碗一副。上亦赐宝盏、古香。至一更五点还内。是夜，隔江西兴亦闻天乐之声。"一本无"中秋"两字。

〔2〕素飙：秋风。

〔3〕天衢：天街。衢，四通八达的道路。

〔4〕瀛壶：海中三神山之一。此指宫中假山。

〔5〕霓裳：即《霓裳羽衣曲》，唐代著名法曲，从西凉传入中土，唐玄宗曾润色修饰。小说家附会唐明皇夜游月宫，归而记之。 叠：乐曲一段谓一叠。

〔6〕"天津"两句：唐元稹《连昌宫词》："李謩擫笛傍宫墙，偷得新翻数般曲。"自注："明皇尝于上阳宫，夜后按新翻一曲，属明夕正月十五日，潜游灯下。忽闻酒楼上有笛奏前一夕新曲，大骇之。明日，密遣捕捉笛者，诘验之。自云：其夕窃于天津桥玩月，闻宫中度曲，遂于桥柱上插谱记之，臣即长安少年善笛者李謩也，明皇异而遣之。"阕，词曲一首或乐曲一遍谓一阕。

〔7〕谁幻银桥：《碧鸡漫志》卷三引《逸史》云："罗公远中秋侍明皇宫中玩月，以拄杖向空掷之，化为银桥，与帝升桥，寒气侵人，遂至月宫。"

〔8〕阿瞒：唐明皇小字。唐南卓《羯鼓录》："元玄（玄宗）禁中尝称阿瞒。"

〔9〕山河影：《淮南子》："月中有物者，山河影也。"

〔10〕玉斧：相传月宫中有八万二千修月户。见唐段成式《酉阳杂俎·天咫》。

〔11〕金瓯：盛酒器。指月亮。喻指疆土完固。《南史·朱异传》："我国家犹若金瓯，无一伤缺。"

【译文】

秋风飘荡碧空，看天街稳稳地送来，一轮明月。瀛洲绿水绕，游人不能到，与世间相比，秋色似有别。玉手持宝笙，一时上下天光同色，小吹《霓裳》一叠。天津桥上，有人偷偷记下新阕。
当时谁幻作银桥，阿瞒儿戏，竟成情痴一绝。一定是群仙高会饮宴处，移下这片水晶宫阙。云海尘埃澄清，月中光影却满，桂花冷冷地洒落一片香雪。何劳玉斧修理，月宫千古无缺。

周必大

周必大（1126—1204），字子充，一字洪道，号省斋居士、青原野夫，致仕后自号平园老叟。庐陵（今江西吉安）人。绍兴二十一年（1151）进士，二十七年又中宏词科。孝宗朝，累官吏部尚书兼翰林院承旨。淳熙七年（1180）除参知政事，十四年转右丞相，十六年转左丞相。光宗立，转少保，封益国公。宁宗朝，以少傅致仕。卒谥文忠。有《周益国文忠公全集》二百卷。《彊村丛书》辑有《平园近体乐府》一卷。

点 绛 唇
梅[1]

踏白江梅[2]，大都玉斫酥凝就[3]。雨肥霜逗。痴騃闺房秀[4]。　　莫待冬深，雪压风欺后。君知否。却嫌伊瘦。又怕伊僝僽[5]。

【注释】

〔1〕原笺引《齐东野语》卷十五："周平原尝出使，过池阳，太守赵富文彦博招饮。籍中有曹盼者，洁白纯静，或病其讷而不颖。公为赋梅以见意云……酒酣，又出家姬小琼舞以侑欢，公又赋一阕云……范石湖尝云：'朝士中姝丽有三杰。'谓韩无咎、晁伯如家姬及小琼也。禁中亦闻之。异时有以此事中伤公者，阜陵亦为一笑。"按，以上两词，晨风阁本《益公大

全集·近体乐府》分别题作："赴池阳郡会，坐中见梅花；赋。丁亥九月己丑。""七夜，赵富文出家姬小琼，再赋，丁亥七月己丑。"据"赋"、"再赋"字样，两者次序甚明，然前者为"丁亥九月己丑"，后者反为同年"七月己丑"，必误。其"七"乃"九"之误欤？丁亥，宋孝宗乾道三年（1167）。

〔2〕踏白：本唐宋骑兵番号名。充破敌先锋。北宋末宗泽留守开封，命岳飞为踏白使，以五百骑破金兵于氾水。见元黄溍《日损斋笔记》。此喻江梅最先开放。

〔3〕玉斫：以玉砍、削而成。斫，本义为大锄，引申为砍、斩。酥：酥油，牛羊乳制成的食品，色白。

〔4〕痴騃：天真无知，迷于情爱。

〔5〕僝僽：埋怨，嗔怪。宋秦观《满园花》："行待痴心守，甚捻着脉子，倒把人来僝僽。"

【译文】

最先开的江畔梅花，大概是白玉削成、酥油凝就。雨催肥了它，寒霜又来逗弄，就像天真的闺秀。　　不要等到深冬，等到冰雪打压寒风欺凌它之后。您知道吗？您会嫌弃它瘦，又怕它烦恼，那个时候。

又

赠小琼

秋夜乘槎[1]，客星容到天孙渚[2]。眼波微注。将谓牵牛渡[3]。　　见了还非，重理霓裳舞[4]。谁无误。几年一遇。莫讶周郎顾[5]。

【注释】

〔1〕槎：木筏。晋张华《博物志》卷三："年年八月，有浮槎来去不失期。"

〔2〕客星：神话传说：天河与海相通，有人乘槎至天河，并与牵牛晤

谈。返回后，至成都，卖卜者严君平告之云：某年月日有客星犯牵牛宿。计其时，正此人到天河日。见《博物志》卷十。 天孙渚：天河。

〔3〕牵牛：牵牛星。

〔4〕霓裳：霓裳裙。一种饰有云彩图案的裙子。

〔5〕周郎顾：三国周瑜精通音律，时人谓"曲有误，周郎顾"。此为词人自指。

【译文】

秋夜乘着木筏，客星差不多来到天河之渚。眼波微微关注，说是牵牛星将把银河渡。 见了又不是，重又打理霓裳裙来起舞。谁没个耽误。几年才有一次相遇。莫要惊讶周郎一回顾。

俞国宝

俞国宝（生卒年不详），号醒庵，临川（今江西抚州）人。淳熙间太学生。有《醒庵遗珠集》，不传。《全宋词》辑其词五首，《全宋词补辑》从《诗渊》中又辑得八首。

风 入 松
题酒肆⁽¹⁾

一春长费买花钱⁽²⁾。日日醉湖边。玉骢惯识西湖路⁽³⁾，骄嘶过、沽酒楼前⁽⁴⁾。红杏香中歌舞，绿杨影里秋千。 暖风十里丽人天⁽⁵⁾。花压鬓云偏。画船载取春归去，馀情付、湖水湖烟。明日重携残酒，来寻陌上花钿⁽⁶⁾。

【注释】

〔1〕原笺引《武林旧事》卷三："淳熙间……一日御舟经断桥，桥旁有小酒肆，颇雅洁，中饰素屏，书《风入松》一词于上。上（光尧）驻目称赏久之，宣问何人所作，乃太学生俞国宝醉笔也。其词云……上笑曰：'此词甚好，但末句未免儒酸。'因为改定云：'明日重扶残醉。'则迥然不同矣！即日命解褐云。"

〔2〕买花钱：旧指狎妓费用。

〔3〕玉骢：唐玄宗所蓄马有玉花骢、照夜白等。此泛指宝马。

〔4〕沽酒：卖酒。

〔5〕丽人天：美好宜人的春天。唐杜甫《丽人行》："三月三日天气新，长安水边多丽人。"

〔6〕花钿：用金翠珠宝制成的花形首饰。唐白居易《长恨歌》："花钿委地无人收，翠翘金雀玉搔头。"

【译文】

整个春天总是花费狎妓钱。每天沉醉在湖边。玉花骢熟识西湖路，昂声嘶鸣，经过卖酒楼前。红杏香中载歌载舞，绿杨荫下荡秋千。暖风吹十里，丽人占取一片天。头上花压鬓云偏。画船满载春色归去，尚有馀情交给湖水湖烟。明天再带着残酒，来寻路上遗落的花钿。

乩　仙

事迹不详。

忆 少 年 [1]

凄凉天气，凄凉院宇，凄凉时候。孤鸿叫斜月，寒灯伴残漏。　　　落尽梧桐秋影瘦。鉴古画难就[2]。重阳又近也，对黄花依旧[3]。

【注释】

〔1〕原笺引《齐东野语》卷十六："湖举甲子岁科举后，士友有请仙问得失者，赋此词云……此人竟失举。"

〔2〕"鉴古"句：一本作"菱鉴古、画眉难就"。译文从之。菱鉴，菱花镜。古铜镜中，六角形的或镜背刻有菱花的，叫菱花镜。

〔3〕黄花：菊花。

【译文】

凄凉的天气，凄凉的庭院，凄凉的时候。孤鸿在月亮西沉时哀鸣，寒灯陪伴残漏。　　梧桐落尽，瘦了秋景。菱花镜古旧，画眉难画就。重阳节又快到了，面对菊花一切依旧。

附　录

四库全书总目提要

集部词曲类词选之属

《绝妙好词笺》七卷　兵部侍郎纪昀家藏本

《绝妙好词》，宋周密编。其笺则国朝查为仁、厉鹗所同撰也。密所编南宋歌词，始于张孝祥，终于仇远，凡一百三十二家，去取谨严，犹在曾慥《乐府雅词》、黄昇《花庵词选》之上。又，宋人词集，今多不传，并作者姓名亦不尽见于世。零玑碎玉，皆赖此以存。于词选中，最为善本。初，为仁采摭诸书以为之笺，各详其里居出处，或因词而考证其本事，或因人而附载其佚闻，以及诸家评论之语，与其人之名篇秀句不见于此集者，咸附录之。会鹗亦方笺此集，尚未脱稿，适游天津，见为仁所笺，遂举以付之，删复补漏，合为一书，今简端并题二人之名，不没其助成之力也。所笺多泛滥旁涉，不尽切于本词，未免有嗜博之弊。然宋词多不标题，读者每不详其事，如陆淞之《瑞鹤仙》、韩元吉之《水龙吟》、辛弃疾之《祝英台近》、尹焕之《唐多令》、杨恢之《二郎神》，非参以他书、得其原委，有不解为何语者。其疏通证明之功，亦有不可泯者矣。密有《癸辛杂识》诸书，鹗有《辽史拾遗》诸书，皆以著录。为仁，字心谷，号莲坡，宛平人，康熙辛卯举人。是集成于乾隆己巳，刻于庚午。鹗序称其尚有《诗馀纪事》如干卷，今未之见，殆未成书欤？

柯 煜 序

粤稽诗降为词，六朝潜启其意，而体创于李唐，五代继隆其轨，而风畅于赵宋。柳屯田之"晓风残月"，苏学士之"乱石崩云"，世所共称，固无论已。建炎而后，作者斐然。数南渡之才人，无非妍手；咏西湖之丽景，尽是嵩家。薄醉尊前，按红牙之小拍；清歌扇底，度《白雪》之新声。况乎人间玉碗，阙下铜驼，不无荆棘之悲，用志黍离之感。文弦鼓其凄调，玉笛发其哀思。亦有登山临水，胜情与豪素争飞；惜别怀人，秀句共邮筒俱远。凡斯体制，有待纂编。

于是，草窗周氏汇次成书。山玉川珠，供其采撷；蜀罗赵锦，藉彼剪裁。蔡家幼妇之碑，固应无愧，黄氏散花之集，讵可齐观。秀远为前此所无，规矩实后来之式。然而剑气长埋，珠光易匿。五百年之星移物换，金石尚尔销沉；一卷书之云散波流，简帙能无散佚？于今风雅殆胜曩时，翡翠笔床，人宗石帚；瑠璃砚匣，家拟梅溪。爰有好事之家，千金购其善本；嗜奇之士，古鼎质其秘书。时岁甲子，访戚虞山，叔丈遵王招携永日。郗方回之游谦，久钦逸少门风；卢子谅之婚姻，凤附刘琨世戚。觞咏之暇，签轴斯陈。谢氏五车，未足方其名贵；田宏万卷，犹当逊其珍奇。得此一编，如逢拱璧。不谓失传已久，犹能藏弆至今。讽咏自深，剞劂有待。河北胶东之纸，传此名篇；然脂弄墨之馀，成余素志。上偕诸父，俾我弟昆，共订鲁鱼，重新梨枣。从此光华不没，风景常新。非惟一日之赏心，允矣千秋之胜事。

武唐柯煜序。

高士奇序

　　草窗周公谨集选宋南渡以后诸人诗馀，凡七卷，名之曰《绝妙好词》。公谨生于宋末，以博雅名东南。所作音节凄清，情寄深远，非徒以绮丽胜者。兹选披沙拣金，合一百三十二人，为词不满四百，亦云精矣。

　　余尝论：选家以今稽古，病在不亲，《穀梁》所谓"听远音者闻其疾，而不闻其舒"也。若同时之人，征蒐该博，参互详审，其去疧疧正谬悠，较之后代，难易什伯。宋人选宋词，如曾慥《乐府雅词》、赵粹夫《阳春白雪》，以及《谪仙》、《兰畹》诸集，皆名存书逸，每为可惜。草窗所选，乃虞山钱氏秘藏钞本，柯子南陔得之，与其从父寓匏舍人及余考校缺误，缮刻以行。夫古书显晦，各有其时。皇上圣学渊奥，凡经、史、子、集以及《类说》、《稗乘》，罔不搜讨。宋元旧本，渐已毕出，彼曾、赵诸集，又岂无搜废簏而弃之者？是书之出，其嚆矢夫。

　　康熙戊寅夏五，江邨高士奇序于清吟堂。

厉 鹗 序

　　《绝妙好词》七卷，南宋弁阳老人周密公谨所辑。宋人选本朝词，如曾端伯《乐府雅词》、黄叔旸《花庵词选》，皆让其精粹。盖词家之准的也。所采多绍兴迄德祐间人，自二三巨公外，姓字多不著。夫士生隐约，不得树立功业、炳焕天壤，仅以词章垂称后世，而姓字犹在若灭若没间，无人为从故纸堆中抉剔出之，岂非一大恨事耶！津门查君莲坡，研精风雅，耽玩倚声，披阅之暇，随笔札记，辑有《诗馀纪事》如干卷，于是编尤所留意，特为之笺，不独诸人里居出处十得八九，而词中之本事，词外之佚事，以及名篇秀句，零珠碎金，攟拾无遗，俾读者展卷时，怳然如聆其笑语而共其游历也。予与莲坡有同好，向尝缀拾一二，每自矜创获，会以衣食奔走，不克卒业。及来津门，见莲坡所辑，颇有望洋之叹，并举以付之，次第增入焉。譬诸掇遗材以裨建章，投片琼以厕悬圃，其为用不已微乎？莲坡通怀集益，犹不忘所自，必欲附贱名于简端，辞不得已，因述其颠末如此云。

　　乾隆戊辰闰七夕前三日，钱塘厉鹗书于津门之古春小茨。

绝妙好词题跋附录

花气烘人尚暖，珠光出海犹寒。如今贺老见应难。解道江南肠断。　　谩击铜壶浩叹，空存锦瑟谁弹。庄生蝴蝶梦春还。帘外一声莺唤。

调《西江月》，玉田生张炎叔夏。《山中白云词》

弁阳老人选此词，总目后又有目录。卷中词人，大半予所未晓者。其选录精允，清言秀句，层见叠出，诚词家之南、董也。此本又经前辈细看批阅，姓氏下各朱标其出处里第，展玩之，心目了然。或曰弁阳老人即周草窗，未知然否。虞山钱遵王。钱氏《述古堂藏书》题词

词人之作，自《草堂诗馀》盛行，屏去激楚阳阿，而巴人之唱齐进矣。周公谨《绝妙好词》选本，中多俊语，方诸《草堂》所录，雅俗殊分，顾流布者少。从虞山钱氏钞得，嘉善柯孝廉南陔重锓之。作者百三十有二人，第七卷仇仁近残阙，目亦无存，可惜也。公谨自有《蘋洲渔笛谱》，其词足与陈衡仲、王圣与、张叔夏方驾。金风亭长朱彝尊。《曝书亭集》

张玉田《乐府指迷》云：“近代词，如《阳春白雪集》、《绝妙词选》，亦有可观，但所取不甚精一，岂若草窗所选《绝妙好词》为精粹。惜此板不存，墨本亦有好事者藏之。”据此，则是

书在元时已为难得。有明三百年，乐府家未曾见其只字，徒奉沈氏"草堂选"为金科玉律，无怪乎雅道之不振也。幸虞山钱遵王氏收藏抄本，禾中柯孝廉南陔、钱唐高詹事江邨校刊以传，是书乃流布人间矣。近时购之颇艰。余最有倚声之癖，吴丈志上掇残帙以赠，仅得二卷，又借于符君幼鲁，属门人录成，乃为完好，聊志岁月于简端。时康熙六十一年十二月九日，钱唐厉鹗题于无尽意斋。

绝妙好词纪事

何焯《读书敏求记跋》:“绛云未烬之先，藏书至三千九百馀部，而钱遵王此记，凡六百有一种，皆纪宋板元钞，及书之次第、完阙、古今不同，手披目览，类而载之。遵王毕生之菁华萃于斯矣。书既成，扃之枕中，出入每自携。灵踪微露，竹垞谋之甚力，终不可见。竹垞既应召，后二年，典试江左，遵王会于白下。竹垞故令客置酒高谦，约遵王与偕，私以黄金翠裘予侍书小史启镝，豫置楷书生数十于密室，半宵写成，而仍返之。当时所录，并《绝妙好词》在焉。词既刻，函致，遵王渐知竹垞诡得，且恐其流传于外也。竹垞乃设誓以谢之。”

又跋:“遵王纂成此书，秘之笈中，知交罕得见者。竹垞检讨校士江南日，龚方伯遍召诸名士大会秦淮河，遵王与焉。是夕，私以黄金青鼠裘予其侍史，启箧得是编，命藩署廊吏钞录，并得《绝妙好词》。既而词先刻，遵王疑之，竹垞为之设誓以谢之，不授人也。”

按:柯崇朴《绝妙好词序》云:“往余与朱检讨竹垞有《词综》之选，摭拾散逸，采掇备至，所不得见者数种，周草窗《绝妙好词》其一也。嗣闻虞山钱子遵王藏有写本，余从子煜为钱氏族婿，因得假归，然传写多讹，逮再三参考，始厘然复归于正，爰镂板以行之。”据此，则非先生所诡得矣。义门之言近诬。杨谦《朱竹垞先生年谱》:康熙二十年辛酉，五十三岁。

厉鹗，字太鸿，号樊榭，钱塘人，康熙五十九年举人，乾隆元年荐举博学鸿词，有《樊榭山房集》。征君性情孤峭，义不苟合，读书搜奇爱博，钩新摘异，尤熟于宋元以来丛书稗说。以孝廉需次县令，将入京，道经天津，查莲坡先生留之水西庄，觞咏数月，同撰周密《绝妙好词笺》，遂不就选，而归扬州。马秋玉兄弟延为上客。嗣后，往来竹西者凡数载。马氏小玲珑山馆多藏旧书善本，间以古器名画，因得端居探讨。所撰《宋诗纪事》、《辽史拾遗》，极为详洽，今皆录入《四库》书中。其先世家于慈溪，故以四明山樊榭为号。予于戊辰岁在长洲赵君饮谷小吴船遇之，辱为忘年交。嗣后征君过吴，必访余于朱氏蘘花水阁。凡三年，而征君下世。其词直接碧山、玉田，予录入《琴画楼词钞》。樊榭下世，葬于杭州西溪王家坞，因无子嗣，不久化为榛莽。后四十馀年，何君春渚琪游西溪田舍，见草堆中樊榭及姬人月上栗主在焉，取归，偕同人送武林门外牙湾黄山谷祠，扫洒一室以供之。予为撰"丈室花同天女散，摩围诗共老人参"句，以题其楣。李光甫方湛、蒋蒋邨炯、陶凫香梁诸子皆有诗词记之。樊榭生于康熙三十一年五月初二日辰时，殁于乾隆十七年此十四字原本失写，今据栗主补入九月十一日辰时。月上姓朱氏，名满娘，乌程人，生于康熙五十八年三月二十四日辰时，殁于乾隆七年正月初三日戌时，并属蒋邨及项金门埔、许周生宗彦，各于忌日奉酒脯荐焉。王昶《蒲褐山房诗话》

蔡木龛煜云：厉征君子绣周有女，适桑弢甫先生之孙近仁。绣周亡后，其妻丁氏，龙泓先生女，无所归，奉厉氏先代栗主依于桑，桑家车桥，先与其甥倪米楼稻孙同居，而北郭之童佛庵铨又故与米楼善，性好奇，一日访米楼，值无人，遂于厉氏家庙中检征君暨月姬主怀归。月姬主为樊榭手书，樊榭主为丁龙泓手书也。童以告何春渚琪，诡言得之西溪田舍草堆中，何转告王述庵司寇，因率同人庋置湖市宋黄文节公祠，各酿百钱致祭。时为嘉庆六年四月六日也。不一载，其事即废。道光丁亥春正月二十二日，邑人公请其主，由黄公祠移供西溪之茭芦庵塔院内。颠末详载《厉征君祠志》。

善长善和跋

先君子究心词学有年，是编因戊辰秋钱唐厉太鸿先生北来，假馆于舍，先君子人事之暇，相与篝灯茗碗，商榷笺注，搜罗考订，颇瘁心力。成书于己巳夏，即殁之前数日也。正欲授梓，不谓疾作，遽尔见背。今春，检阅遗稿，手迹宛然，读之涕泪交并，因急付剞劂，用副先志焉。

乾隆庚午春三月上浣，男善长、善和谨识。

续钞余集原序

　　词至南宋而工，词律亦至南宋而密。此《绝妙词》之所以独传也。草窗编辑原本七卷，人不求备，词不求多，而蕴藉雅饬，远胜《草堂》、《花庵》诸刻，又经樊榭笺疏，使词中本事、词外逸闻，历历可见，诚善本也。向阅宋人说部，见有与集中可引证者随笔录出，用补樊榭之阙，惜不能重刻，以广其传。而草窗所录词，见于杂著者，多同时人所赋，为《绝妙词》之所未载，因别为一卷，而其人与事有可备采摭者亦仿樊榭之意，备录于篇，虽无当著述，要亦草窗之志也。

　　秋室书。

续钞徐栐跋

　　余氏秋室《绝妙好词续钞》一卷，盖继草窗之志也。戊子夏，予有重锓词笺之举，友人瞿子颖山将续钞重为编次，嘱附于后，其词太半从《浩然斋雅谈》辑出，馀惟《志雅堂杂钞》一阕，《癸辛杂识》、《齐东野语》数阕，兼缀以词话。今检《武林旧事》，又钞录当时供奉诸作，而《雅谈》、《杂志》、《野语》中尚有未采者，亦在所勿弃。至若王迈、林外、甄龙友诸人之词，句既零星，语涉谐谑，不复录矣。知不免罜漏，聊以补余氏《续钞》之阙云尔。

　　己丑秋八月十一日，问年道人徐栐识于秋声旧馆。

再版后记

　　二十年前，有幸考入邓师门下读博，与荣平君、韶华女士同届，韶华专攻诗画比较方向，我与荣平攻词学。邓师的培养方式，以按照他制订的文学经典阅读书目认真阅读为主，每次一个专题，从《诗经》开始读起。到了规定的时间，每个人汇报自己的阅读成果，或据笔记、提纲临场发挥，或凭记忆和高超的语言组织能力临时话说。口拙如我者往往提前成文可以朗读，免得尴尬，邓师也宽容地允许。此外，老师还布置一定的实践任务，锻炼我们的知识应用能力。现在记得的就有《豪放词萃》和《绝妙好词译注》的撰稿。《绝妙好词译注》是上海古籍出版社向邓师约的稿，老师当时适有他事，就把撰稿任务交给我和荣平兄。分工后，我们就开始各自查找资料撰写，有时也一起讨论交流看法。

　　博士楼在丽娃河畔，每人一间房，可以摆放一张床，一个书桌，一个书架，另有洗浴间。丽娃餐厅就在旁边，晚上跑步则要到稍远的共青操场，白天和傍晚的散步风雨无阻，我喜欢绕丽娃河走上一圈两圈。有时可以看见松鼠从草丛间穿过，一溜烟爬上树，运气好的话，还可以看见乌龟在夏雨岛边的石头上晒太阳。印象不佳的是经常夜间被楼上同学在地板上转动椅子的声音折磨，忍无可忍时上去敲门理论，就看见房间里烟雾缭绕，几个人高谈阔论，兴至处脚放到另外一只椅子上，前后拖动椅腿，完全不顾楼下人的死活。博士楼中心天井里种了一棵芭蕉，长得很高很大，花朵很美，成为这个男性空间里的一道旖旎风光。可怕的是，经常在午睡时，有人从高楼层给芭蕉浇水，一盆水从芭蕉顶部落下，住在低楼层的人从睡梦中惊醒，以为下大雨了，有的竟然懵懵然跑出去收被子。就这样，一边读书一边注释、翻译《绝妙好词》，照常散步、跑步锻炼身体，去食堂补充营养，终于在约定的时间内完成了任务，老师审读一遍撰写了前言，最后由我交到出版社。

光阴如飞鸟，转瞬间二十年过去，老师也于去年年初不幸离世。出版社决定再版这部书，老师已经不能亲自审读，令人不禁唏嘘。此次再版，我们修正了少数注释，对不贯通的翻译也做了调整；统一了原词的符号，特别是韵脚处一律使用句号；少数文字的繁简体做了统一。更多的翻译则照旧，以留住岁月泥爪，不足不当之处尚请读者教正。

感谢老师当年的培养，感谢上海古籍出版社再版此书，我们视此为纪念老师的一种方式。

彭国忠

二〇一九年八月"利奇马"离沪二日

中国古代名著全本译注丛书

周易译注   列子译注

尚书译注   孙子译注

诗经译注   鬼谷子译注

周礼译注   六韬·三略译注

仪礼译注   管子译注

礼记译注   韩非子译注

大戴礼记译注   墨子译注

左传译注   尸子译注

春秋公羊传译注   淮南子译注

春秋穀梁传译注   齐民要术译注

论语译注   金匮要略译注

孟子译注   食疗本草译注

孝经译注   救荒本草译注

尔雅译注   饮膳正要译注

考工记译注   洗冤集录译注

     周髀算经译注

国语译注   九章算术译注

战国策译注   茶经译注（外三种）修订本

贞观政要译注   酒经译注

晏子春秋译注   天工开物译注

     人物志译注

孔子家语译注   颜氏家训译注

荀子译注   梦溪笔谈译注

中说译注   世说新语译注

老子译注   闲情偶寄译注

庄子译注   山海经译注

穆天子传译注·燕丹子译注　　六朝文絜译注
搜神记全译　　　　　　　　　古文观止译注
　　　　　　　　　　　　　　文心雕龙译注
楚辞译注　　　　　　　　　　文赋诗品译注
千家诗译注　　　　　　　　　人间词话译注
唐贤三昧译注　　　　　　　　唐宋传奇集全译
唐诗三百首译注　　　　　　　聊斋志异全译
花间集译注　　　　　　　　　子不语全译
绝妙好词译注　　　　　　　　阅微草堂笔记全译
宋词三百首译注　　　　　　　历代名画记译注